ଗୋପପୁର ଓ ଅନ୍ୟାନ୍ୟ ଗଳ୍ପ

ଗୋପପୁର ଓ ଅନ୍ୟାନ୍ୟ ଗଳ୍ପ

ରାମଚନ୍ଦ୍ର ବେହେରା

BLACK EAGLE BOOKS
2020

BLACK EAGLE BOOKS

USA address:
7464 Wisdom Lane
Dublin, OH 43016

India address:
E/312, Trident Galaxy, Kalinga Nagar,
Bhubaneswar-751003, Odisha, India

E-mail: info@blackeaglebooks.org
Website: www.blackeaglebooks.org

First International Edition Published by
BLACK EAGLE BOOKS, 2020

GOPAPURA O ANYANYA GALPA
by Ramchandra Behera

Copyright © **Ramchandra Behera**

Cover & Interior Design: Ezy's Publication

ISBN- 978-1-64560-062-6 (Paperback)

Printed in United States of America

ସୂଚୀପତ୍ର

ଶେଷ ସୂର୍ଯ୍ୟର ବହ୍ନି

ଯେଉଁଦିନ ଅବିନାଶ ବାବୁଙ୍କୁ ଅବସର ଗ୍ରହଣ ପାଇଁ ଆଦେଶ ଦିଆଗଲା, ସେ'ଦିନ ସେକ୍ରେଟେରୀଏଟ୍‌ର ବାୟୁମଣ୍ଡଳଟା ତାଙ୍କର ଉତ୍ତପ୍ତ ଓ ହାହାକାରମୟ ଦୀର୍ଘଶ୍ୱାସରେ କେତେ ପରିମାଣରେ ଭାରାକ୍ରାନ୍ତ ଓ କରୁଣ ହୋଇଯାଇଥିଲା ତାହା ବର୍ଣ୍ଣନା କରିବା କଷ୍ଟକର। ସେହି ବିଷାଦମୟ ଦିନଟି ତାଙ୍କ ପାଇଁ ଆଦୌ ଅପ୍ରତ୍ୟାଶିତ ନ ଥିଲା; ମାତ୍ର ତାଙ୍କର ମାନସିକ ପ୍ରତିକ୍ରିୟାର ଶାଣିତ ତରବାରୀଟା ତାଙ୍କର ଶାରୀରିକ କ୍ଷମତା ଓ ଚାକିରିପ୍ରତି ରହିଥିବା ମମତାକୁ ଖୁବ୍ କଦର୍ଯ୍ୟ ଏବଂ ନିଷ୍ଠୁର ଭାବେ ରକ୍ତାକ୍ତ କରି ପକାଇଲା। ସେ ଅନୁଭବ କଲେ ଯେ, ତାଙ୍କର ମନର ମାନସୀ ତାଙ୍କୁ ବୃଦ୍ଧ, ଅକ୍ଷମ ସୁତରାଂ ବର୍ଜନୀୟ ବୋଲି ମନେ କରି କୋଳାହଳମୟ ପ୍ରେମ ରାଜ୍ୟର କେଉଁ କୋଣରେ ହଜି ଯାଇଛି।

ଅତଏବ ସେ ଜଣେ ପରିତ୍ୟକ୍ତ ମଣିଷ।

ଏତିକିରେ ତାଙ୍କର ଦୁଃଖ ସୀମାବଦ୍ଧ ନ ଥିଲା। ତାଙ୍କର ପ୍ରକୃତ ବୟସ ଷାଠିଏ ପାଖାପାଖି ହେଲେ ମଧ୍ୟ ସେ ଯଥେଷ୍ଟ କାର୍ଯ୍ୟକ୍ଷମ ଥିଲେ। ସେ ନକଲି ଦାନ୍ତର ଆଶ୍ରୟ ନେଇ ନ ଥିଲେ। ଅବଶ୍ୟ ତାଙ୍କ ମୁଣ୍ଡରେ ଆଦୌ କେଶ ନଥିଲା; ମାତ୍ର ମୁଣ୍ଡର କେଶହୀନତା ପ୍ରକୃତରେ ଶାରୀରିକ ଅକ୍ଷମତା ଓ ଅଫିସ କାମରେ ଅପାରଙ୍ଗମତାର ମାପକାଠି ହୋଇ ନ ପାରେ। ସତ କହିବାକୁ ଗଲେ, ଅବିନାଶ ବାବୁଙ୍କର ଏ ସମ୍ପର୍କରେ ଯଥେଷ୍ଟ ଅହଂକାର ଥିଲା। ମାତ୍ର ଅବସର ଗ୍ରହଣ ପାଇଁ ଆଦେଶପତ୍ରଟା ତାଙ୍କର ଏହି ଅହଂକାରର ବୁଦ୍‌ବୁଦ୍‌କୁ ଫୁଟାଇ ଦେବା ସଙ୍ଗେ ସଙ୍ଗେ ସରକାରଙ୍କ ତରଫରୁ ତାଙ୍କୁ

ବୃଦ୍ଧ, ଅକ୍ଷମ ଓ ନିର୍ବଳ ବୋଲି ଘୋଷଣା କରି ଦିଆଗଲା। ଏକଥା ଚିନ୍ତାକରି ଅବିନାଶ ବାବୁ ନିଃସହାୟ ଭାବେ ଭାଙ୍ଗି ପଡ଼ିଲେ।

ସେ'ଦିନ ସେକ୍ରେଟେରୀଏଟ୍‌ରୁ ବାହାରି ଦଗ୍‌ଧୀଭୂତ ମନ ଓ ଭାରାକ୍ରାନ୍ତ ଚିନ୍ତାଧାରାର ଆର୍ତ୍ତନାଦ ଶୁଣି ଶୁଣି ସେ କ୍ୱାର୍ଟର୍ସକୁ ଫେରି ଆସିଲେ।

କ୍ୱାର୍ଟର୍ସଟିରେ ସବୁଦିନ ଭଳି ନୀରବତା ଓ ଶୃଙ୍ଖଳା ନେସି ହୋଇ ରହିଥିଲା। ସେଇଟା ସତେ ଯେପରି ସବୁଦିନ ପାଇଁ ଆଶ୍ରୟ ଦେବାକୁ ଉଦ୍‌ବିଗ୍ନତାର ସହିତ ତାଙ୍କର ଫେରିବା ବାଟକୁ ଚାହିଁ ବସିଛି! ତାଙ୍କ ପାଇଁ ସେକ୍ରେଟେରୀଏଟ୍‌ର ସବୁଦିନ ନିମନ୍ତେ ରୁଦ୍ଧଦ୍ୱାର ଓ କ୍ୱାର୍ଟର୍ସଟିର ତାଙ୍କ ପାଇଁ ଉତ୍କଣ୍ଠିତ ପ୍ରତୀକ୍ଷା!! ଅବିନାଶବାବୁ ନିଜ ଭିତରୁ ଏକ କରୁଣ ମୂର୍ଚ୍ଛନାର ଧ୍ୱନି ଶୁଣିବାକୁ ପାଉଥିଲେ। କ୍ୱାର୍ଟର୍ସର ଗୋଟିଏ ଖମ୍ଭକୁ ଆଉଜି, ତାହାରି ଉପରେ ସେ ନିଜର ଦୁଇହାତ ପାପୁଲି ଜୋର୍‌ରେ ଘଷିବାକୁ ଲାଗିଲେ ଏବଂ ତାଙ୍କ ପ୍ରତି କ୍ୱାର୍ଟର୍ସର ରହିଥିବା ଅବ୍ୟକ୍ତ ମମତା ଓ ସ୍ନେହ ଅନୁଭବ କରିବାକୁ ଚେଷ୍ଟା କଲେ।

ଡ୍ରଇଂରୁମ୍ ଭିତରେ ଥିବା ସୋଫାସେଟ୍, ଟେବୁଲ୍, ପ୍ଲାଷ୍ଟିକ୍ ଫୁଲରେ ସଜ୍ଜିତ ଫୁଲଦାନି ଓ ଅନ୍ୟାନ୍ୟ ଆସବାବପତ୍ର ଆଗଭଳି ପରିଷ୍କାର ଚଟାଣ ଉପରେ ଓ କୋଳାହଳ ଶୂନ୍ୟ, ଶାନ୍ତ ବାୟୁମଣ୍ଡଳ ଭିତରେ ବୁଡ଼ି ରହିଛନ୍ତି। ବଡ଼ ଝରକାରେ ଲଗାଯାଇଥିବା ପର୍ଦ୍ଦାଗୁଡାକୁ ବାହାରର ପବନ ପୂର୍ବପରି ହସ କୁତୁକୁତୁ କରୁନାହିଁ। ସମସ୍ତେ ତାଙ୍କୁ ଥକା ହେଇ ଚାହିଁ ରହିଛନ୍ତି ଓ ନିଜ ନିଜର ଭବିଷ୍ୟତ ସମ୍ପର୍କରେ ଅବିନାଶ ବାବୁଙ୍କର ନିଷ୍ପତ୍ତି ଶୁଣିବାକୁ ବ୍ୟାକୁଳ ହୋଇ ପଡ଼ିଛନ୍ତି। ସେ ଆହୁରି ଦୁର୍ବଳ ହୋଇପଡ଼ିଲେ। ତାଙ୍କୁ ଜଣାଗଲା, ତାଙ୍କର ଛାତି ପକେଟରେ ରହିଥିବା ଅବସର ଗ୍ରହଣ ପାଇଁ ଆଦେଶନାମାଟା ସତେ ଯେମିତି ଏକ ବିରାଟ ବୋଝହୋଇ, ତାଙ୍କୁ ବ୍ୟତିବ୍ୟସ୍ତ ଓ କ୍ଳାନ୍ତ କରି ପକାଉଛି। ସେ ତାକୁ ଟେବୁଲ ଉପରେ ଥୋଇଲେ। ମାତ୍ର ସେହି କାଗଜର କଳାକଳା ଦାନ୍ତଗୁଡ଼ିକ ତାଙ୍କୁ ଯେଭଳି ଭାବରେ ବିଦ୍ରୂପ କରିବାକୁ ଲାଗିଲେ, ତାହା ତାଙ୍କୁ କିଂକର୍ତ୍ତବ୍ୟବିମୂଢ଼ କରି ପକାଇଲା କିଛି ସମୟ ପାଇଁ ତା'ପରେ ସେହି କାଗଜ ଖଣ୍ଡିକ, ଟେବୁଲ ଡ୍ରୟାର ଭିତରେ ଥିବା ଆହୁରି ଅନେକ କାଗଜର ପୋଖରୀ ଭିତରେ କେଉଁଆଡ଼େ ଲୁଚିଗଲା।

ଏଥର ସେ ଯଥେଷ୍ଟ ଆରାମ ବୋଧକଲେ। ଅବସର ଗ୍ରହଣ ପାଇଁ ଆଦେଶପତ୍ର ପାଇ ସେ ଯେ ଆଦୌ ବିବ୍ରତ ନୁହନ୍ତି, ତାହା ପ୍ରକାଶ କରିବାପାଇଁ ସେ ଉପାୟ ଉଦ୍ଭାବନରେ ଲାଗିପଡ଼ିଲେ। ସରକାରୀ ଭାବେ ତାଙ୍କୁ ବୃଦ୍ଧ ଓ ଅକ୍ଷମ ବୋଲି ଘୋଷଣା କରାଯିବା ସତ୍ତ୍ୱେ ସେ ଯେ ତାହା ସ୍ୱୀକାର କରିବାକୁ ପ୍ରସ୍ତୁତ ନୁହନ୍ତି, ତାହା ମଧ୍ୟ ଡ୍ରଇଂରୁମ୍‌ର ସାମଗ୍ରୀଗୁଡିକୁ ଜଣାଇ ଦେବାପାଇଁ ସେ ଅସ୍ଥିର ହୋଇପଡ଼ିଲେ।

ତା' ପରେ ଡ୍ରଇଂରୁମ୍‌ର କବାଟ ବନ୍ଦ ହେଲା।

ନିର୍ଜନ କୋଠରି ଭିତରେ ଏକରକମ ଦୌଡ଼ା ଦୌଡ଼ି କରି ସେ ହିନ୍ଦୀଫିଲ୍ମର ଗୀତ ଗାଇବାକୁ ଲାଗିଲେ। ସମୁଦ୍ର କୂଳସ୍ଥ ବାଲି ଉପରେ ପଡ଼ିଥିବା ଅସଂଖ୍ୟ ପାଦଚିହ୍ନଭଳି ତାଙ୍କ ଗୀତ ଅନେକ ଗୁଡ଼ାଏ ଗୀତର ଏକ ଅର୍ଥହୀନ ସମାବେଶ ହେଲେ ମଧ୍ୟ ସେ ଗୀତର ଧ୍ୱନିରେ ଚପଳତା ଓ ହୃଦୟର ଉଚ୍ଛ୍ୱାସ ଯେ ଭରି ରହିଥିଲା, ତାହା ଅସ୍ୱୀକାର କରି ହେବନି। ଏହିପରି କିଛି ସମୟ ଚାଲିବାପରେ ଅବିନାଶ ବାବୁ କ୍ଲାନ୍ତି ଓ ବିରକ୍ତି ବୋଧକଲେ। ଅଗତ୍ୟା ନିଜର ଅନିଚ୍ଛା ସତ୍ତ୍ୱେ ତାଙ୍କୁ ସେଥିରୁ ନିବୃତ୍ତ ହେବାକୁ ପଡ଼ିଲା।

ଏତେ ଶୀଘ୍ର କ୍ଲାନ୍ତ ହୋଇଯିବା କଥାଟା ଚିନ୍ତା କରି ସେ ଯଥେଷ୍ଟ ବିବ୍ରତ ହୋଇପଡ଼ିଲେ। ନିଜର ଶାରୀରିକ ଶକ୍ତି ସମ୍ବନ୍ଧରେ ତାଙ୍କର ଦୃଢ଼ ବିଶ୍ୱାସକୁ ସନ୍ଦେହର ନିର୍ମମ ଅଟ୍ଟହାସ୍ୟ ଭୟଭୀତ କରି ପକାଇଲା। ସେ କୋଟ୍, ଟାଇ ପ୍ରଭୃତି ଖୋଲି ହାତର ମାଂସପେଶୀଗୁଡ଼ାକୁ ପରୀକ୍ଷା କରିବାକୁ ଲାଗିଲେ। ତା'ପରେ ଝରକା, ରେଲିଂଗୁଡ଼ାକୁ ହଲାଇବାକୁ ଚେଷ୍ଟା କଲେ। ମାତ୍ର ରେଲିଂଗୁଡ଼ାକର ଦୃଢ଼ତା ତାଙ୍କର ସମସ୍ତ ଚେଷ୍ଟାକୁ ବେଖାତିର କରି ପୂର୍ବଭଳି ରହିଲେ ଅବିଚଳିତ ହୋଇ। ଏଥର ସୋଫାସେଟ୍‌ର ଓଜନ ମାପିବାକୁ ଆଗେଇ ଆସିଲେ ସେ। ତହିଁରେ ସେ କୃତକାର୍ଯ୍ୟ ହେଲେ। ତା'ପରେ ଟେବୁଲ, ଟି-ପୟ ଇତ୍ୟାଦି। ଏତେବଡ଼ ଟେବୁଲଟିକୁ ତଳୁ ଉଠାଇବାରେ ସୁବିଧା ନ ଥିଲା, କିନ୍ତୁ ସେ ତା'ର ସ୍ଥାନ ପରିବର୍ତ୍ତନ କରିବାକୁ ସକ୍ଷମ ହେଲେ। ଟି-ପୟ ତ ଗୋଟାଏ ହାତରେ ତଳୁ ଉଠି ଆସିଲା। ସେ ହାତ ପୁଣି ବାମହାତ। ଅବିନାଶବାବୁ ଖୁବ୍ ଉଲ୍ଲସିତ ଓ ଉତ୍ସାହିତ ହୋଇପଡ଼ିଲେ। ନିଜର ଅଜାଣତରେ ତାଙ୍କ ପାଟିରୁ ଆନନ୍ଦ ଓ ବିଜୟର ଚିତ୍କାର ବାହାରି ଆସିଲା।

ରୁମ୍ କବାଟ ଖୋଲି ସେ ବାହାରକୁ ଆସିଲେ।

ଗୋଧୂଳିର ମ୍ଳାନ ଆଲୋକରେ ଅବିନାଶବାବୁ ଦେଖିଲେ, ଚାକର ପିଲାଟି ବଗିଚା କାମରେ ବ୍ୟସ୍ତଅଛି। ତାଙ୍କ କ୍ୱାର୍ଟର୍ସ ଚାରିପାଖରେ ଘେରି ରହିଥିବା କମ୍ପାଉଣ୍ଡ ୱାଲ ଭିତରେ ସବୁଜିମା ଲହଡ଼ି ଭାଙ୍ଗେ। ନିଜର ରୁଚି ଅନୁସାରେ ବଗିଚାଟିକୁ ଗଢ଼ିପାରିଛନ୍ତି ବୋଲି ଅବିନାଶବାବୁ ଅନେକ ସମୟରେ ଗର୍ବ ଅନୁଭବ କରନ୍ତି। ରିଟାୟାର୍ଡ଼ ପରେ ତ ଏ ଘର ଛାଡ଼ିବାକୁ ହେବ, ତେବେ ପିଲାଟି ବଗିଚାରେ କାମ କରୁଛି କାହିଁକି ? ସେ ଭାବିଲେ, ପିଲାଟିକୁ ଏଥିରୁ ନିବୃତ ହେବାକୁ କହିବେ। ମାତ୍ର କାହିଁକି କେଜାଣି, ସେ ତାହା କରିପାରିଲେ ନାହିଁ। ପିଲାଟି ତା' ହେଲେ ପୂର୍ବପରି କାମକରୁ। କାରଣ ତାଙ୍କର ଦୃଢ଼ ଧାରଣା ଅଛି ଯେ, ମଣିଷର ପରିଶ୍ରମ ଓ କର୍ତ୍ତବ୍ୟ

ନିଷ୍ଠା ହିଁ ପୃଥିବୀ-ଘଡ଼ିର ଏକମାତ୍ର ସ୍ପ୍ରିଙ୍ଗ୍। ଏହି ସ୍ପ୍ରିଙ୍ଗ୍ ପୃଥିବୀକୁ ଜୀବନ ଦେଇଛି, ଗତିଶୀଳତା ଦେଇଛି, ଏହାର ରୂପ ଦେଇଛି। ତେଣୁ ପିଲାଟିର କାମରେ ବାଧା ଦେଇ କିଛି ଲାଭ ନାହିଁ। ମଣିଷ ଜୀବନର ସାର୍ଥକତା ସାର୍ଥକ କାର୍ଯ୍ୟ ସମ୍ପାଦନରେ ନିହିତ ବୋଲି ତାଙ୍କର ବିଶ୍ୱାସ ରହିଛି।

ଅବିନାଶବାବୁ ଶୋଇବା କୋଠରିକୁ ଚାଲି ଆସିଲେ। ଜୋତା ଓ ପ୍ୟାଣ୍ଟ ଖୋଲି ପକାଇଲେ। ତା'ପରେ ଲନ୍-ଟେନିସ୍ ଖେଳିବା ପାଇଁ ଉଦ୍ଦିଷ୍ଟ ହାଫ୍‌ପ୍ୟାଣ୍ଟ (ଏ ବୟସରେ ମଧ୍ୟ ସେ କେବେ କିପରି ଲନ୍-ଟେନିସ୍ ଖେଳନ୍ତି) ପିନ୍ଧିଲେ। କାମ କରୁଥିବା ଚାକର ପିଲାଟି ପାଖରେ ପହଞ୍ଚି, ତାକୁ ବିଶ୍ରାମ ନେବାପାଇଁ ନିର୍ଦ୍ଦେଶ ଦେଲେ। ତା'ହାତରୁ କୋଦାଳଟି ନେଇ ମାଟି ଖେଳିବାରେ ଲାଗିପଡ଼ିଲେ ନିଷ୍ଠାର ସହିତ; ସତେ ଯେପରି ଏହି ମାଟି ଖୋଳାରେ ହିଁ ତାଙ୍କର ଭବିଷ୍ୟତ ଓ ଶରୀରର ସାର୍ଥକତା ନିହିତ ଅଛି। ସେ ଏଭଳି କାମ ଆଗରୁ କରି ନ ଥିଲେ। ଚାକରର ବିସ୍ମୟ ବିସ୍ଫାରିତ ମୁହଁ ଆଡ଼େ ନ ଚାହିଁ ସେ କାମ କରି ଚାଲିଲେ। ଅଳ୍ପ ସମୟ ପରେ ଅନ୍ଧକାର ମାଡ଼ି ଆସିଲା। ହାତ ପାପୁଲିରେ ମୁହଁର ଝାଳ ପୋଛୁ ପୋଛୁ ଅନ୍ଧକାର ଓ ମାଟି ଖୋଳା, ଶରୀର ଓ ଆତ୍ମା ସମ୍ବନ୍ଧରେ କିଛି ଭାବିବାକୁ ଚେଷ୍ଟା କଲେ।

X X X

ଅବସର ନେବାର ପ୍ରାୟ ଦୁଇମାସ ପରେ ଅବିନାଶ ବାବୁଙ୍କର ସ୍ୱାସ୍ଥ୍ୟହାନି ଘଟିଲା। ସରକାରୀ ଘର ଛାଡ଼ିଦେଇ, ସେ ମଫସଲ ଗ୍ରାମକୁ ଚାଲି ଯାଇଥିଲେ ଏବଂ ନିଜ ଫାର୍ମର ଦେଖାଶୁଣା କରୁଥିଲେ। ସେ ଭାବିଥିଲେ ଯେ, ଚାଷ କାର୍ଯ୍ୟରେ ବ୍ୟସ୍ତ ରହିଲେ, ତାଙ୍କର ଦିନଗୁଡ଼ିକ ବେଶ୍ ଶୀଘ୍ର କଟିଯିବ। ମାତ୍ର ବିପରୀତ କଥାଟି ସତହେଲା। ସମୟର ପ୍ରାଚୁର୍ଯ୍ୟ ଭିତରେ ସେ ଅଣନିଃଶ୍ୱାସୀ ହୋଇପଡ଼ିଲେ। ତା'ଛଡା ମଫସଲର ଜଳବାୟୁ ବୋଧହୁଏ ତାଙ୍କ ପାଇଁ ଅନୁକୂଳ ନଥିଲା। ତେଣୁ ପ୍ରଥମେ ସର୍ଦ୍ଦି, କାଶ ଓ ଜ୍ୱର ପରେ ତାଙ୍କର ଦୃଷ୍ଟିଶକ୍ତି କ୍ଷୀଣ ହେବାକୁ ଲାଗିଲା। ସେ ଖୁବ୍ ବ୍ୟସ୍ତ ହୋଇ ନିଜର ଏକମାତ୍ର ପୁଅ ପାଖରେ ପହଞ୍ଚିଗଲେ।

ବିକାଶବାବୁ ଲାଇଫ୍ ଇନ୍‌ସ୍ୟୁରାନ୍‌ସ କର୍ପୋରେସନ୍‌ର ଜଣେ ଉଚ୍ଚପଦସ୍ଥ କର୍ମଚାରୀ। ଅବିନାଶବାବୁଙ୍କର ସେ ଏକମାତ୍ର ସନ୍ତାନ। ଅବିନାଶବାବୁଙ୍କର ମନଦର୍ପଣରେ ନିଜ ସ୍ତ୍ରୀଙ୍କ ଛବି ଆଉ ପ୍ରତିଫଳିତ ହେଉନାହିଁ। ଯେଉଁ ନର୍ସିଂହୋମରେ ବିକାଶବାବୁ ଜନ୍ମଗ୍ରହଣ କରିଥିଲେ, ସେଇଠାରେ ତାଙ୍କ ସ୍ତ୍ରୀଙ୍କର କାଳ ହେଲା, ସତେ ଯେପରି ସ୍ତ୍ରୀଙ୍କର ଆତ୍ମା ପ୍ରବେଶକଲା ପୁତ୍ରର କୋମଳ ଶରୀରରେ। ଅବିନାଶବାବୁ ଆଉ ବିବାହ କଲେ ନାହିଁ। ବିକାଶବାବୁଙ୍କର ସେ ମା' ହେଲେ, ବାପା ହେଲେ।

ବିକାଶବାବୁ ଜଣେ ଅତ୍ୟାଧୁନିକ ମଣିଷ। ମନ୍ଦିର କ୍ୱଚିତ ଯାଆନ୍ତି। ଗୀତା କ୍ୱଚିତ ପଢ଼ନ୍ତି। ମାତ୍ର ନିଜ ଶୋଇବା ଘରେ ଥିବା ଅବିନାଶବାବୁଙ୍କର ବଡ଼ଫଟୋ ଆଗରେ ପ୍ରଣତି ଜଣାଇବାକୁ କେବେହେଲେ ସେ ଭୁଲନ୍ତି ନାହିଁ।

କନ୍‌ଭେଣ୍ଟରେ ଟେନ୍‌ଥ ଷ୍ଟାଣ୍ଡାର୍ଡରେ ପଢୁଥିବା ତାଙ୍କ ନାତି ମଣ୍ଟୁର ଶୋଇବା ଘରେ ଅବିନାଶବାବୁଙ୍କର ରହିବା ବନ୍ଦୋବସ୍ତ ହେଲା। ମଣ୍ଟୁ ମେଧାବୀ, କ୍ଷିପ୍ର, ଚପଳ, ଭଦ୍ର ଓ ବୟସ ଅନୁପାତରେ ଆଶାତୀତ ଭାବେ ପ୍ରଗତିଶୀଳ। ତେଣୁ ମଣ୍ଟୁ ଥିବାବେଳେ ସେ ତା' ସହିତ ବେଶ୍ ଆଳାପ ଆଲୋଚନାରେ ବ୍ୟସ୍ତ ରହନ୍ତି। ଦିନ ଦଶଟା ବେଳକୁ ଘରଟା ଖାଁ ଖାଁ ଡାକେ। ବିକାଶବାବୁ ଅଫିସ ଯାଆନ୍ତି, ମଣ୍ଟୁ ସ୍କୁଲକୁ ଚାଲିଯାଏ। ମିସେସ୍ ଦାସ ତ ଭାରି ଲଜ୍ଜାଶୀଳା। ସେ ତିନିବର୍ଷର ଝିଅ ଡଲିକୁ ନେଇ ଏତେ ବଡ଼ ଘରେ ପଡ଼ିରହନ୍ତି।

ଘରୋଇ ଚିକିତ୍ସା ଆରମ୍ଭ ହେଲା ଅବିନାଶବାବୁଙ୍କର ଆଖି ପାଇଁ। ଆଖି ବିଶେଷଜ୍ଞ ସଭିଙ୍କର ଆଶଙ୍କା ଓ ଭୟକୁ ହସରେ ଉଡ଼ାଇଦେଇ ମତଦେଲେ ଯେ ଶରୀରର ଅନ୍ୟ କେତେକ କାରଣ ଯୋଗୁ ତଥା ଖାଦ୍ୟପ୍ରାଣର ଅଭାବ ହେତୁ ଅବସ୍ଥା ଏପରି ହୋଇଛି। ବିଶ୍ରାମ, ଔଷଧ ସେବନ ଓ କିଛିଦିନ ପାଇଁ ପଢ଼ାପଢ଼ି ସ୍ଥଗିତ ରଖିଲେ ଅବସ୍ଥାର ଉନ୍ନତି ଘଟିବ। ସୁତରାଂ ଅବିନାଶବାବୁଙ୍କୁ ଏକ ଅନିର୍ଦ୍ଦିଷ୍ଟକାଳ ପାଇଁ ସେଠାରେ ରହିବାକୁ ପଡ଼ିବ।

ବିରକ୍ତି ଓ ମନୋଟନି। ଅଳ୍ପଦିନ ପରେ ଅବିନାଶବାବୁ ବ୍ୟସ୍ତ ହୋଇ ପଡ଼ିଲେ। ଏତେବଡ଼ ସହରର କୋଳାହଳ ଭିତରେ ଥାଇ ସେ ଯେଉଁଭଳି ଭାବରେ ନୀରବତା ଓ କାର୍ଯ୍ୟହୀନତାର ଭୂମିକା ଗ୍ରହଣ କଲେ, ତାହା ତାଙ୍କୁ କ୍ରମଶଃ ଜୀବନ ସମ୍ବନ୍ଧରେ ଆଶା ଓ ନିରାଶାର ଦ୍ୱନ୍ଦ୍ୱ ଆଣିଦେଲା।

ସେ' ଦିନ -

ସମୟ ପ୍ରାୟ ଦିନ ବାରଟା। ସେ ଝରକାପାଖ ଚୌକିରେ ବସିଥିଲେ ଓ ନିହାତି ଏକ ଉଦ୍ଦେଶ୍ୟହୀନ ଦୃଷ୍ଟିରେ ରାସ୍ତାର ମଞ୍ଚ ଉପରେ ଚାଲିଥିବା କାର୍ଯ୍ୟବ୍ୟସ୍ତତାର ନାଟକ ଦେଖୁଥିଲେ। ରାସ୍ତାର ଅନ୍ୟପାର୍ଶ୍ୱରେ ଥିବା ସୌଖୀନ ଘରଗୁଡ଼ିକ ଅନୁଚ୍ଚ କମ୍ପାଉଣ୍ଡ ୱାଲର ଘେର ଭିତରେ ରହି ତନ୍ମଧ୍ୟସ୍ଥ ବଗିଚାର ସବୁଜିମା ଉପଭୋଗ କରୁଛନ୍ତି ଓ ଫୁଲର ମହକ ମାଖି ହେଉଛନ୍ତି। ବିକାଶବାବୁଙ୍କ କ୍ୱାର୍ଟର୍ସଠାରୁ ସାମ୍ନା ଘରଟିର ବ୍ୟବଧାନ ପ୍ରାୟ ଚାଳିଶ ମିଟର ହେବ।

କଳାରଙ୍ଗର ଫିଆଟ୍‌ଟିଏ ସାମ୍ନା ଘରର ଫାଟକ ପାଖରେ ହର୍ଣ୍ଣ ଦେବାର ଶୁଣି ଅବିନାଶବାବୁ ଖାମଖିଆଲି ଭାବରେ ଚାହିଁଲେ ସେଇଆଡ଼କୁ। ଫାଟକ ଖୋଲାହେଲା,

ଗାଡ଼ିଟି ଠିଆହେଲା ପୋର୍ଟିକୋ ତଳେ। ତହିଁରେ ଆରୋହୀ ଥିଲେ ମାତ୍ର ଦୁଇଜଣ-ଜଣେ ତରୁଣ, ଆଉ ଜଣେ ତରୁଣୀ।

ଅବିନାଶବାବୁ ନିଜ ଅଜାଣତରେ ଟିକିଏ ଚଞ୍ଚଳ ହୋଇ ପଡ଼ିଲେ।

ଦୁର୍ବଳ ଦୃଷ୍ଟିଶକ୍ତି ହେତୁ ସେମାନଙ୍କୁ ପରିଷ୍କାର ଭାବରେ ଦେଖିବା ସମ୍ଭବ ନଥିଲା। ପୁଣି ପୋର୍ଟିକୋ ତଳଟା କିଞ୍ଚିତ ଅନ୍ଧାରୁଆ ଥିଲା। ତଥାପି ତରୁଣୀର ଅତ୍ୟାଧୁନିକତା ଓ ଅନୁପମ ସୌନ୍ଦର୍ଯ୍ୟ ସମ୍ବନ୍ଧରେ କ୍ଷୀଣ ସୂଚନା ସେ ପାଇପାରିଲେ। ତରୁଣ ସମ୍ପର୍କରେ ବିଶେଷ ଆଗ୍ରହୀ ନ ଥିଲେ ଅବିନାଶବାବୁ। ତଥାପି ତା'ର ବ୍ୟକ୍ତିତ୍ୱ ଓ ଯୁବକସୁଲଭ ଚଳଚଞ୍ଚଳ ସ୍ୱଭାବ ଛାଏଁ ଧରାଦେଲା ତାଙ୍କ ଦୃଷ୍ଟିରେ। ତା'ପରେ ଗୃହିଣୀଙ୍କର ଆବିର୍ଭାବ। ତା'ପରେ ବାରଣ୍ଡାଟା ଶୂନ୍‌ଶାନ୍ ହୋଇଗଲା।

ଧେତ୍..... ଅବିନାଶବାବୁ ବିରକ୍ତିରେ ମୁହଁ ବୁଲାଇ ଆଣିଲେ। ଚୌକି ଉପରୁ ଉଠି ସେ ବାରଣ୍ଡା ପାଖକୁ ଆସିଲେ ଏବଂ ଦେଖିଲେ ଯେ, କେହି ତାଙ୍କର ଗତିବିଧି ଲକ୍ଷ୍ୟ କରୁନାହିଁ। ସେ ନିଶ୍ଚିତ ହୋଇ ପୁଣି ରୁମ୍ ଭିତରେ ପଶି କବାଟ ବନ୍ଦକଲେ। ରୁମ୍ ଭିତରେ ମଣ୍ଟୁର ବ୍ୟବହାରିକ ସାମଗ୍ରୀ ପୂରି ରହିଛି। ଗୋଟିଏ କୋଣରେ ଥିବା ଆଲମିରାଟା ମଣ୍ଟୁର ବହିପତ୍ର ଓ ଆହୁରି ଅନେକ ଜିନିଷ ନିଜ ଗର୍ଭରେ ଧରି ଠିଆହୋଇଛି ନିର୍ବାକ ହୋଇ।

ଅବିନାଶବାବୁଙ୍କୁ ଜଣାଗଲା, ସତେ ଯେପରି ତାଙ୍କର କ୍ଳାନ୍ତି ଓ ଅବସାଦ କେଉଁଆଡ଼େ ଉଭେଇଯାଇଛି। ସେ ପୁଣିଥରେ ଝରକା ପାଖକୁ ଯାଇ ସାମ୍ନା ଘରର ବାରଣ୍ଡା ଆଡ଼କୁ ଚାହିଁଲେ। ସେଇଟା ଆଗଭଳି ନିଶୂନ। ସେ ଫେରିଆସିଲେ ମଣ୍ଟୁର ପୋଷାକ ଥିବା ର୍‍ୟାକ୍ ପାଖକୁ। ଈଷତ୍ ମଇଳା ବୁଶ୍ ଶାର୍ଟଟିଏ ହାତରେ ଧରି ସେ ତାକୁ ଏପାଖ ସେପାଖ କରି ଦେଖିଲେ ଗୋଟାଏ ଅଦ୍ଭୁତ ଜିନିଷ ଭଳି। ସେଇଟାକୁ ଶୁଙ୍ଘିଲେ ସେ। ତେର-ଚଉଦ ବର୍ଷ ପିଲାର ଝାଳର ଗନ୍ଧ ତାଙ୍କୁ ସମ୍ମୋହିତ କରି ପକାଇଲା। ଆଉ କାଳ ବିଳମ୍ବ ନ କରି ସେଇ ଛୋଟିଆ କମିଜଟାକୁ ସେ ପିନ୍ଧି ପକାଇଲେ।

ସେଇ ପରିଧାନ ଅବିନାଶବାବୁଙ୍କୁ ଏକ ନୂତନ, ଅଦ୍ଭୁତ ଓ କମ୍ପିତ ଅଭିଜ୍ଞତା ଦେଲା। ଘର କୋଣରେ ଥିବା ମଣ୍ଟୁର ଛୋଟ କ୍ରିକେଟ୍ ବ୍ୟାଟ୍‌ଟି ଧରି, ସେ ବ୍ୟାଟିଂ କରିବା ଭଙ୍ଗିରେ ଠିଆହୋଇ ଓ ଦୁଇ-ଚାରିଥର ଏ କାନ୍ଥରୁ ସେ କାନ୍ଥ ଦୌଡ଼ାଦୌଡ଼ି କଲେ। ଏକ ଜରୁରୀ କଥା ମନେ ପଡ଼ିବା ଭଳି ସେ ପୁଣି ଝରକା ପାଖକୁ ଯାଇ ସାମ୍ନା ଘର ବାରଣ୍ଡାକୁ ଚାହିଁଲେ ଓ ପୁନର୍ବାର ହତାଶ ହୋଇ ଫେରି ଆସିଲେ।

ଶେଲ୍‌ଫରେ ଥିବା ଦର୍ପଣ ଆଗରେ ଠିଆହୋଇ, ସେ ପ୍ରଚୁର କୌତୁକର ସହିତ

ନିଜକୁ ଲକ୍ଷ୍ୟକଲେ। ମଞ୍ଜୁର ବୁଶ୍‌ଶାର୍ଟଟି ତାଙ୍କ ଦେହକୁ ଗୋଟାଏ ଗଛର ବକ୍‌କଲ ଭଳି ଜଡ଼ାଇ ଧରିଛି, ମାତ୍ର ନିଜର ଝାଲୁଆ ମୁହଁ ତାଙ୍କୁ କିଞ୍ଚିତ ବ୍ୟସ୍ତ କରି ପକାଇଲା। ଛୋଟ ଟର୍କିସ୍ ଦ୍ୱାରା ଖୁବ୍ ଜୋର୍‌ରେ ସେ ନିଜର ମୁହଁ ଘଷିଲେ ଓ Dream-me ପାଉଡ଼ର ନେଇ ନିଜ ମୁହଁରେ ଏକ ପ୍ରଲେପ ଦେଲେ।

ବୁଶ୍‌ଶାର୍ଟଟିକୁ ଦେହରୁ କାଢ଼ି ର୍‌ୟାକ୍‌ରେ ରଖିବା ପୂର୍ବରୁ ତାହାକୁ ପୁଣିଥରେ ଶୁଙ୍ଘିବାକୁ ସେ ଭୁଲିଗଲେ ନାହିଁ। ତା'ପରେ ମଞ୍ଜୁର ଆଲମିରା ଖୋଲାହେଲା। କାହିଁକି ଜିନିଷପତ୍ରଗୁଡ଼ିକୁ ଏଭଳି ତନ୍ନତନ୍ନ ଭାବରେ ସେ ଖେଳେଇ ପକେଇଲେ, ତା'ର କାରଣ ସେ ଜାଣନ୍ତି ନାହିଁ। ପରିଶେଷରେ ଗୋଟିଏ ଛୋଟ ଟିଣବାକ୍‌ସ ଭିତରୁ ସେ ଯେଉଁ ଜିନିଷଟି ପାଇଲେ, ତାହା ତାଙ୍କୁ ଆନନ୍ଦରେ ଏକରକମ ପାଗଳ କରିଦେଲା। ଏକ ଅମୂଲ୍ୟ ଧନଭଳି ଜିନିଷଟିକୁ ସେ ଛାତିରେ ଚାପିଧରିଲେ।

ସେଇଟା ଗୋଟାଏ ବାଇନୋକ୍ୟୁଲାର- ଖୁବ୍ କମ୍ ଦାମ୍‌ର। ସେଇଟାକୁ ଧରି ଅବିନାଶବାବୁ ଧାଇଁଗଲେ ଝରକା ପାଖକୁ। କି ଚମତ୍କାର! ସାମ୍‌ନାଘରର ବାରଣ୍ଡା ଖୁବ୍ ନିକଟରେ ଥିବାଭଳି ଜଣାପଡୁଛି। ଆବିଷ୍କୃତ ବସ୍ତୁଟିର ପରୀକ୍ଷାପାଇଁ ସେ ସତେଜ ଓ କ୍ଷିପ୍ର ହୋଇପଡ଼ିଲେ। ବିପୁଳ ବ୍ୟଗ୍ରତା ଓ ଅସ୍ଥିରତାର ସହିତ ବାଇନୋକ୍ୟୁଲାରଟିକୁ ଆଖି ସାମ୍‌ନାରେ ଧରି ସେ ଅପେକ୍ଷା କରିବାକୁ ଲାଗିଲେ ଏକ ଦକ୍ଷ ଶିକାରୀ, ତା'ର ଈପ୍‌ସିତ ଶିକାରକୁ କାବୁ କରିବାପାଇଁ ଅପେକ୍ଷା କରିବାଭଳି।

ତା'ପରେ -

ତରୁଣୀଟିର ଆବିର୍ଭାବ। ବାଇନୋକ୍ୟୁଲାର ସାହାଯ୍ୟରେ ତାକୁ ଦେଖିବା ସମୟରେ କାହିଁକି କେଜାଣି ଅବିନାଶବାବୁଙ୍କର ହୃତ୍‌ସ୍ପନ୍ଦନ ବଢ଼ିଗଲା ଓ ସେ ପରିଷ୍କାର ଭାବରେ ନିଜର ହାର୍ଟ-ବିଟ୍ ଶୁଣିବାକୁ ସକ୍ଷମ ହେଲେ। ତାଙ୍କୁ ଜଣାଗଲା, ସତେ ଯେମିତି ସେ କିଛି ଜିନିଷ ଚୋରିକରିବାକୁ ଅନ୍ୟ ଘରେ ପଶିଛନ୍ତି! ନିଶ୍ଚିନ୍ତ ହେବାପାଇଁ ସେ ରୁମ୍‌ର ଦରଜାକୁ ଚାହିଁଲେ। ସେଇଟା ବନ୍ଦ ଅଛି।

କିନ୍ତୁ ତରୁଣୀଟିର ଅତୁଳନୀୟ ସୌନ୍ଦର୍ଯ୍ୟ ଅବିନାଶବାବୁଙ୍କୁ ସାମାନ୍ୟ ନିରୁତ୍ସାହିତ କରିଦେଲା। ତଥାପି, ବାରଣ୍ଡାରେ ପଡ଼ିଥିବା ଇଜି ଚୌକିରେ ବସି ହାଲ୍‌କା ଆକାଶୀରଙ୍ଗର ଶାଢ଼ୀ ଓ ସ୍ଲିଭ୍‌ଲେସ୍ ବ୍ଲାଉଜ୍ ପିନ୍ଧି, ଗୋଡ଼ ହଲାଉଥିବା ଉକ୍ତ ନାରୀ ମୂର୍ତ୍ତିର ସୌନ୍ଦର୍ଯ୍ୟ ଦେଖିବାକୁ ଅବିନାଶବାବୁ ଆଶାତୀତ ଭାବେ ବ୍ୟାକୁଳ ଥିଲେ। ବାଇନୋକ୍ୟୁଲାର ଯୋଗେ ସେ ଏତେ ନିକଟରେ ଥିଲାଭଳି ଦେଖାଯାଉଥିଲା ଯେ ଅବିନାଶବାବୁ ବେଳେବେଳେ ବିଚଳିତ ହୋଇ ପଡୁଥିଲେ ମଧ୍ୟ।

ଠିକ୍ ଏତିକିବେଳେ ଦରଜାରେ ଠକ୍....ଠକ୍... ଶବ୍ଦ।

ତରତରରେ ବାଇନୋକ୍ୟୁଲାରଟିକୁ ତକିଆ ତଳେ ରଖି, ସେ କବାଟ ଖୋଲିଲେ। ସାମ୍‌ନାରେ ତାଙ୍କର ପୁତ୍ରବଧୂ- ବିକାଶର ସହଧର୍ମିଣୀ।

ମୁହଁ ତଳକୁ ପୋତି ସେ ଟିକିଏ ଆଶ୍ଚର୍ଯ୍ୟ ହେଲା ଭଳି ନିମ୍ନ ସ୍ୱରରେ କହିଲେ - "ଆପଣ ଶୋଇନାହାନ୍ତି? ଭାବିଲି, ଆପଣ ଶୋଇଯାଇଥିବେ। ଔଷଧ ଖାଇବା ସମୟ ତ ହୋଇଗଲାଣି।"

- "ଏଁ!!" ଅବିନାଶବାବୁ କିଛି କଥା ନ ଶୁଣି ପାଟିକରି ଉଠିଲେ।

- "ହଁ, ତିନିଟା ବାଜିଲାଣି।" ମିସେସ୍ ଦାସଙ୍କ ରକ୍ତିମ ଓଠରେ ଖିଏ ସରୁ ହସ।

ସେ ଚାଲିଗଲେ। ଅବିନାଶବାବୁ ସେଇଠି ଠିଆହୋଇ ନିଜର ସଚେତନ ମନ ଭିତରକୁ ଫେରି ଆସୁଥିଲେ କ୍ରମଶଃ। ତାଙ୍କୁ ଜଣାଗଲା, ଯେ ଯାହା ସବୁ କରି ପକାଇଛନ୍ତି, ସେ ସବୁ ସ୍ୱପ୍ନ। ଧୀର ପଦରେ ସେ ଚାଲି ଆସିଲେ ବିଛଣା ପାଖକୁ। ତକିଆ ତଳୁ ବାଇନୋକ୍ୟୁଲାରଟିକୁ ନେଇ ଏପାଖ ସେପାଖ କରି ସେ ଦେଖିବାରେ ଲାଗିଲେ। ଆଲମିରାର ଯଥାସ୍ଥାନରେ ତାହାକୁ ରଖି ସେ ନିର୍ବାକ ହୋଇ ଠିଆହେଲେ।

ସେଠାରୁ ପାଦ ଫେରାଇଲା ବେଳକୁ ତାଙ୍କର ମନ ପୁଣି ସେଇ ଛୋଟିଆ ଯନ୍ତ୍ରଟି ଆଡ଼କୁ ଧାବିତ ହେଲା। ସେ କିଛି ସମୟ ସ୍ଥିର ହୋଇ ଠିଆହେଲେ ଓ ମନ ଭିତରେ ଚାଲିଥିବା ଦୁଇଟି ପରସ୍ପର ବିରୋଧୀ ଚିନ୍ତାଧାରାର ସଂଘର୍ଷ ଲକ୍ଷ୍ୟ କଲେ।

ତା'ପରେ ଅବିନାଶବାବୁ ପୁଣି ଆଲମିରାରୁ ବାଇନୋକ୍ୟୁଲାର ଆଣି, ଆଖି ସାମ୍‌ନାରେ ଧରି ସାମ୍ନାଘର ବାରଣ୍ଡା ଆଡ଼କୁ ଚାହିଁଲେ। ଯଦିଓ ବାରଣ୍ଡାରେ କେହି ନଥିଲେ; ତଥାପି ଖୁବ୍ ଉଦ୍‌ବିଗ୍ନତା ଓ ବ୍ୟାକୁଳତାର ସହିତ ସେ ଉକ୍ତ ନାରୀ ମୂର୍ତ୍ତିର ପ୍ରତୀକ୍ଷା କଲେ।

ସନ୍ଧ୍ୟା ପାଞ୍ଚଟା ବେଳକୁ ମଣ୍ଟୁ ସ୍କୁଲରୁ ଫେରିଲା। କ୍ଳାନ୍ତି ଯୋଗୁଁ ସେ ଅବସନ୍ନ ଦେଖାଯାଉଥିଲା। ସେ ଜେଜେ ଜେଜେ ଡାକି ବହିପତ୍ର ଥିବା ବ୍ୟାଗଟିକୁ ଟେବୁଲ ଉପରକୁ ଏକରକମ ଫୋପାଡ଼ି ଦେଇ, ଅବିନାଶବାବୁଙ୍କର ବିଛଣା ଉପରେ ନିଜକୁ ଲୋଟାଇଦେଲା। ତକିଆଟା ଅଡୁଆ ଲାଗିବାରୁ, ସେ ତାହାକୁ ଟେକିଦେବା ମାତ୍ରେ ବାଇନୋକ୍ୟୁଲାରଟି ଉପରେ ତା'ର ଦୃଷ୍ଟି ପଡ଼ିଲା।

- "ଆରେ ତୁମେ ଏଇଟାକୁ ପାଇଲ କେଉଁଠୁ?" ମଣ୍ଟୁ ଆଶ୍ଚର୍ଯ୍ୟମିଶା କଣ୍ଠରେ ପ୍ରଶ୍ନକଲା ବୃଦ୍ଧଙ୍କ ଉଦ୍ଦେଶ୍ୟରେ।

- "ତୋ ଆଲମିରାରୁ।"

- "ତୁମେ ଏଇଟାକୁ କ'ଣ କରୁଛ?" ମଣ୍ଟୁ ପ୍ରଶ୍ନକଲା। ଉତ୍ତର ପାଇଁ ଅପେକ୍ଷା ନ କରି କହିଲା - "ଜାଣିଲ ଜେଜେ, ଗତବର୍ଷ ଅଷ୍ଟ୍ରେଲିଆ ସାଙ୍ଗରେ ଭାରତର

ଯେଉଁ କ୍ରିକେଟ୍ ଟେଷ୍ଟ ଏଠାରେ ହୋଇଥିଲା, ତାହା ଦେଖିବା ପାଇଁ ମୁଁ ଏଇଟାକୁ କିଣିଥିଲି । ଭାରତର Poor fielding....."

ମଣ୍ଟୁ କଥା ଶେଷକରି ପାରିଲା ନାହିଁ । ମିସେସ୍ ଦାସ ତାକୁ ଖାଇବାକୁ ଡାକିନେଲେ । ଦିନର ଆଲୋକ କ୍ରମଶଃ ଦ୍ରବୀଭୂତ ହେଉଥିଲା ଅନ୍ଧକାରରେ । ମୁଣ୍ଟୁ ଚାଲିଯିବା ପରେ ଅବିନାଶବାବୁ ମଧ୍ୟ ସାନ୍ଧ୍ୟ ଭ୍ରମଣରେ ବାହାରି ପଡ଼ିଲେ । ସାନ୍ଧ୍ୟ ଭ୍ରମଣ ସେ କ୍ୱଚିତ କରିଥାନ୍ତି, ମାତ୍ର ସେଦିନ ସନ୍ଧ୍ୟାରେ ସାମ୍‌ନା ଘର ସମ୍ମୁଖରେ ଟିକିଏ ବୁଲାଚଲା କରିବା ପାଇଁ ସେ ବ୍ୟସ୍ତ ହୋଇ ପଡ଼ିଲେ ।

ସଫା ଧୋତି-ପଞ୍ଜାବି ପିନ୍ଧି ଓ ଦର୍ପଣ ଆଗରେ ଠିଆହୋଇ ନିଜକୁ କିଛି ସମୟ ପାଇଁ ଲକ୍ଷ୍ୟ କରିବାପରେ ଅବିନାଶବାବୁ ରାସ୍ତା ଉପରେ ପାଦଦେଲେ । ସାମ୍‌ନାଘର ଆଡ଼କୁ ଚାହିଁ ରାସ୍ତା ଅତିକ୍ରମ କଲାବେଳକୁ ସେ ଦେଖିଲେ ଯେ ଉକ୍ତ ରୂପସୀ ତରୁଣୀଟି ଗେଟ୍ ଖୋଲି ବାହାରକୁ ଆସୁଛି । ଅବିନାଶବାବୁଙ୍କର ପାଦ ଯେ ଖାଲି ସ୍ଥିର ହୋଇଗଲା, ତା' ନୁହେଁ; ତାଙ୍କର ଦୁଇଆଖି ତରୁଣୀଟିର ଅନୁପମ ସୁନ୍ଦର ମୁହଁ ଉପରେ ନିବଦ୍ଧ ହୋଇଗଲା । ତା'ର ଦୁଇ ରକ୍ତିମ ଓଠରେ ଯେଉଁ ଅପୂର୍ବ ସ୍ମିତହାସ୍ୟର ମନଲୋଭା କ୍ଷୁଦ୍ର ତରଙ୍ଗଟି ଲାଗି ରହିଥିଲା, ତାହା ତାଙ୍କୁ ଚମତ୍କୃତ କରିଦେଲା । ପୁରୁଣା, ତଥା କମ୍‌ଦାମ୍‌ର ଦଦରା ବାଇନୋକ୍ୟୁଲାର ସାହାଯ୍ୟରେ ଏତେ ସୌନ୍ଦର୍ଯ୍ୟ ତାଙ୍କୁ ପରିଷ୍କାର ଭାବରେ ଦେଖାଯାଉ ନଥିଲା ।

ଏଭଳି ତରୁଣୀକୁ ଏତେ ପାଖରେ ଦେଖିବା ତାଙ୍କ ଜୀବନରେ ଏଇ ହେଉଛି ପ୍ରଥମ । ଚାକିରିର ବ୍ୟସ୍ତତା ଭିତରେ ବାନ୍ଧିହୋଇ ସେ ଯେପରି ଏ ଦିଗପ୍ରତି ଧ୍ୟାନଦେବାକୁ ସମୟ ପାଇ ନଥିଲେ ।

ଗେଟ୍ ବନ୍ଦ କରୁ କରୁ ତରୁଣୀଟି ଈଷତ୍ ବିରକ୍ତ ମିଶା ସ୍ୱରରେ କହିଲା - "ଆରେ, ଆପଣ ଏତେ ଜୋର୍‌ରେ ଚାଲୁଛନ୍ତି କାହିଁକି ?"

ଅବିନାଶବାବୁ ତତ୍‌କ୍ଷଣାତ୍ ନିଜ ଆଡ଼େ ଚାହିଁଲେ ଏବଂ ଦେଖିଲେ ଯେ ସେ ଆଦୌ ଚାଲୁନାହାନ୍ତି । ତେବେ ତରୁଣୀର ସେହି କୋମଳ କଣ୍ଠ ବାୟୁମଣ୍ଡଳଟାକୁ ଝଂକୃତ କରିପକାଇଲା ଏବଂ ଅବିନାଶବାବୁଙ୍କୁ ସମଗ୍ର ବିଶ୍ୱ ସଙ୍ଗୀତମୟ ଜଣାଗଲା । ସେ ବ୍ୟସ୍ତ ହୋଇ ନିଜ ଚାରିପାଖକୁ ଚାହିଁଲା ବେଳକୁ ଜଣେ ତରୁଣର ସ୍ୱର ଶୁଣିଲେ - "Come on quick".

ଅବିନାଶବାବୁ ଚାହିଁଲେ ଆଗକୁ । ସକାଳେ ଫିଆଟ ନେଇ ପହଞ୍ଚିଥିବା ସେଇ ଯୁବକ । ସେ ଠିଆହୋଇ ତରୁଣୀକୁ ଅପେକ୍ଷା କରିଛି । ଆହତ ଦୃଷ୍ଟିରେ ସେ ସେଇଠି ଠିଆହୋଇ ତରୁଣୀର ଯିବାବାଟକୁ ଚାହିଁ ରହିଲେ । ଅଳ୍ପକ୍ଷଣ ପରେ ସେ ଦୁଇଜଣଙ୍କର

ଖିଲି ଖିଲି ହସ ତାଙ୍କ ମନକୁ ବିବ୍ରତ ଓ ହୃଦୟକୁ ଆଘାତ କରିବାକୁ ଲାଗିଲା।

ତା'ପର ଦିନ -

ମଣ୍ଟୁ ସ୍କୁଲ ଯିବାପାଇଁ ବାହାରିଲା ବେଳକୁ ଅବିନାଶବାବୁ ପ୍ରଶ୍ନକଲେ - "ଆରେ, ମଣ୍ଟୁ, ତୁ ସେମାନଙ୍କୁ ଚିହ୍ନିନୁ ?"

ମୁଣ୍ଡ କୁଣ୍ଡାଉଥିବା ଅବସ୍ଥାରେ ସେ ଓଲଟା ପଚାରିଲା - 'କାହାକୁ ?'

ଅବିନାଶବାବୁ ଉପଲବ୍ଧି କଲେ ଯେ, ଯାହାର ଭାବନା ତାଙ୍କର କାର୍ଯ୍ୟହୀନ ସମୟର ଶୁଖିଲା ସ୍ରୋତକୁ ଚବିଶ ଘଣ୍ଟା ହେଲା ପ୍ଲାବିତ କରିଛି, ମଣ୍ଟୁ ତାଙ୍କୁ ଜାଣେନା। ମଣ୍ଟୁର ବ୍ୟବହାରିକ ଜ୍ଞାନ ଖୁବ୍ କମ୍ ବୋଲି ସେ ଅନୁଭବ କଲେ। ତା'ପରେ ବୃଦ୍ଧ ଉଦାର ପ୍ରଶ୍ନକଲେ - "ହିମାଳୟର ରୁକ୍ଷ କଳେବର ଉପରେ ଆଦ୍ୟ ସୂର୍ଯ୍ୟର କୋମଳ କିରଣପାତ କଥା ତୁ କେବେ ଚିନ୍ତା କରିଛୁ ?" ବୋଧହୁଏ ମଣ୍ଟୁ ଏ ପ୍ରକାର ଦର୍ଶନ ସହିତ ନିଜକୁ ଖାପ ଖୁଆଇପାରୁନି ବୋଲି ମନେକରି, ସେ କହି ଚାଲିଲେ - "ଗତକାଲି ସାମ୍ନା ଘରକୁ କାର୍ ଯୋଗେ କେଇଜଣ ଲୋକ ଆସିଛନ୍ତି। ଏତେ ଜୋର୍‌ରେ ଅଭଦ୍ରଙ୍କ ଭଳି ହସୁଛନ୍ତି ଯେ, ମୁଁ ଜମା ଶୋଇ ପାରିନଥିଲି ଦିନଟା ସାରା। ଗୋଟାଏ ଝିଅ ଆସିଛି ଯେ ଖାଲି ଘୋଡ଼ୀଙ୍କ ଭଳି ହସିବାରେ ବ୍ୟସ୍ତ। ଏମିତି ଅଣ୍ଡିରାଚଣ୍ଡୀ ଟୋକୀ ମୁଁ ଆଗରୁ ଦେଖିନଥିଲି।"

ମଣ୍ଟୁ ଭୃକୁଞ୍ଚନ କରି ପଚାରିଲା - "ସତେ ?" ତା'ପରେ ସେ କୌଣସି କଥାକୁ ଅପେକ୍ଷା ନକରି ଝରକା ପାଖକୁ ଗଲା ଓ ସାମ୍ନାଘର ବାରଣ୍ଡାକୁ ଚାହିଁଲା। ହଠାତ୍ ଗୋଟାଏ ଗୁରୁତର କଥା ମନେପଡ଼ିଲା ଭଳି ସେ ବିଛଣା ଉପରେ ଥୁଆ ହୋଇଥିବା ବାଇନୋକ୍ୟୁଲାରଟି ନେଇ ଧରିଲା ଆଖି ସାମ୍ନାରେ। ସେହିଭଳି ଆଗକୁ ଚାହିଁ ପଚାରିଲା - "ଜେଜେ, ବାରଣ୍ଡାରେ ଜଣେ ସ୍ତ୍ରୀଲୋକ ମୁଣ୍ଡ କୁଣ୍ଡାଉଛି। ତାହାରି କଥା ତୁମେ କହୁଛ କି ?"

ଅବିନାଶବାବୁ ବିରକ୍ତ ହେଲାଭଳି କହିଲେ - "କେଜାଣି ? ମୋର ତ ଆଖି ଖରାପ ଯେ ମୁଁ ଭଲରକମ କିଛି ଦେଖିପାରୁନି। ଆଉ, କିଏ ମୁଣ୍ଡ କୁଣ୍ଡେଇଲା, କିଏ ଇଜି ଚେୟାର ଉପରେ ବସି ଗୋଡ଼ ହଲେଇଲା, କିଏ ସ୍ଲିଭଲେସ୍ ବ୍ଲାଉଜ ପିନ୍ଧିଲା, ସେ କଥା ଏତେ ଦୂରରୁ ଦେଖିବି କିପରି ?"

ତାଙ୍କୁ ଉତ୍ସାହିତ କଲାଭଳି ମଣ୍ଟୁ କହିଲା - "ତୁମେ ଏଇ ବାଇନୋକ୍ୟୁଲାରଟା ନେଇ ଦେଖ, ଜେଜେ। ସବୁ ଜିନିଷ ପାଖରେ ଥିବାଭଳି ଜଣାପଡୁଛି।"

ଆଗ୍ରହହୀନ ସ୍ୱରରେ ସେ ଜାବବ ଦେଲେ - "ଆରେ, ସେସବୁ ଦେଖି ମୁଁ କ'ଣ କରିବି ? ସେଇଟା ରଖିଥା। କ୍ରିକେଟ୍ ଖେଳ ଦେଖିବୁ।"

ମାତ୍ର ମଣ୍ଟୁ ଅବିନାଶବାବୁଙ୍କ ହାତକୁ ସେଇଟା ବଢ଼ାଇଦେଲା ବେଳେ ତାହା ହାତରୁ ଖସିପଡ଼ିଲା ଓ ତା'ର ଅନ୍ୟ ଲେନ୍‌ସଟି ଭାଙ୍ଗି ଚୂନା ହୋଇଗଲା।

ମଣ୍ଟୁର ସ୍କୁଲବେଳ ହୋଇଗଲା। ଏତିକିବେଳେ ବିକାଶବାବୁଙ୍କ କାରର ହର୍ଣ୍ଣ ଶୁଣିବାକ୍ଷଣି, ସେ ଏକାକୁଦାକେ ରୁମ୍‌ରୁ ନିଷ୍କ୍ରାନ୍ତ ହେଲା।

ରୁମ୍‌ର ଶାନ୍ତ ନୀରବ ପରିବେଶ ଭିତରେ ଅବିନାଶବାବୁ ବୋଧକଲେ, ସତେଯେପରି ତାଙ୍କର ଆଶାର କାଚ ଘରଟା ଧ୍ୱଂସ ସ୍ତୂପରେ ପରିଣତ ହୋଇଯାଇଚି। ଭାଙ୍ଗିଯାଇଥିବା ଲେନ୍ସର ଟୁକୁରାଗୁଡ଼ିକୁ ସେ ଉଠାଇନେଲେ, ମାତ୍ର ବାହାରକୁ ଫିଙ୍ଗିଦେବା ପାଇଁ ତାଙ୍କର ମନ ବଳିଲା ନାହିଁ।

ସେ ଆସିଲେ ଝରକା ପାଖକୁ। ସାମ୍‌ନାରେ ସେଇ ଘର, ସେଇ ବାରଣ୍ଡା। ସେ ଚାହିଁ ରହିଲେ। ଅଳ୍ପ ସମୟ ପରେ, ସେ ଘରର ଗେଟ୍ ଟପି ଏକ ଫିଆଟ୍ ବାହାରକୁ ବାହାରିଲା ଓ ଅଳ୍ପକ୍ଷଣ ପରେ ତାଙ୍କ ଦୃଷ୍ଟିର ଅନ୍ତରାଳରୁ ଚାଲିଗଲା।

ଅବିନାଶବାବୁଙ୍କର ସେଠାରେ ରହିବା କାଳ ଭିତରେ ସେ ଫିଆଟ୍ ପୁନର୍ବାର ସେହି ଘରର ପୋର୍ଟିକୋ ତଳକୁ ଫେରି ନ ଥିଲା।

■

ଛବି

ଚୁପ୍ ହ।

ଏତିକି କଥାରେ ପାଖ ପାହାଡ଼ ଟହଲିଯିବା କଥା। ଏତେ ବଡ଼ ବଡ଼ ଗଛ ତଳେ ପଡ଼ି ଯାଉ ଯାଉ ନିଜକୁ ସଳଖ କରିବାପାଇଁ ଚେଷ୍ଟା କରିବା କଥା। କଢ଼ଟିଏ ଆଉ ଫୁଲ ନ ହୋଇ ପ୍ରତ୍ୟାହାର କରି ନିଅନ୍ତା ନିଜକୁ ପୂର୍ବ ଅବସ୍ଥାକୁ। ନଈର ସୁଅ, ସମୁଦ୍ରର ଲହଡ଼ି ଅପରାଗ ଅବସ୍ଥାରେ ଅଟକି ରହନ୍ତେ। କିଛି ଦିନ ପୂର୍ବେ ଯେଉଁ ଛୋଟ ସର୍କସ ପାର୍ଟି ପାଇଁ ସେ ଟହଲିଆ କାମ କରୁଥିଲା, ତାହାର ଅସୁସ୍ଥ ବାଘ ଆଉ ଉଠି ପାରନ୍ତା ନାହିଁ ପିଞ୍ଜରାକୁ। ଯେଉଁ ଅପେରା ପାର୍ଟି ପାଇଁ ସେ କାମ କରିବାକୁ ଚାହୁଁଚି, ତାହାର ଅଭିନେତାମାନେ ଆଉ ଉଚ୍ଚାରଣ କରିପାରନ୍ତେ ନାଇଁ କୌଣସି ସଂଳାପ। ଫାଟି ଯାଆନ୍ତା ଢୋଲ୍‌କି, ଢଳି ପଡ଼ନ୍ତା ରଙ୍ଗମଞ୍ଚ।

ଏତେ ବଡ଼ ଚିତ୍କାର କରି ଏଇ ଯେଉଁ ଆଦେଶ ଦେଲା ମୁରଲୀ, ତାହାର ପ୍ରତିକ୍ରିୟା ଲକ୍ଷ୍ୟ କରି ସେ ପ୍ରାୟ ପାଗଳ ହୋଇଗଲା କ୍ରୋଧରେ। କେହି ଚୁପ୍ ହେଲେ ନାଇଁ। ନା, ପିଣ୍ଡାରେ ଡେରି ହୋଇ ବସିଥିବା ହେମ, ନା ଖୁଣ୍ଟକୁ ଧରି ଠିଆ ହୋଇଥିବା ଦଶ-ଏଗାର ବର୍ଷର ଝିଅ, ଛବି।

ଆପାତତଃ କୁନ୍ଥୁଉଥିଲା ହେମ ଦୀର୍ଘଦିନର ଅସୁସ୍ଥତା ଯୋଗୁ। ଧଇଁ ସଇଁ ହେଉଥିଲା, ଦୁଇ ପାପୁଲିରେ ମୁଣ୍ଡକୁ ଚିପିଧରି। ପତଳା ଗଢ଼ଣର ଏଇ ମଣିଷଟି ଏଥର ପ୍ରାୟ ଚିପୁଡ଼ି ହୋଇଯାଇଚି ବେମାର ଯୋଗୁ। ଆଖି, ଗାଲ ପଶିଯାଇଚି ହାଡ଼ର ଛାଞ୍ଚ ଭିତରକୁ। ଶୁଖିଯାଉଥିବା ଓଠକୁ ସେ ବାରମ୍ବାର ଓଦା କରୁଥିଲା ଜିଭ ସାହାଯ୍ୟରେ।

ପିନ୍ଧିଥିଲା ଗୋଟେ ଛିଣ୍ଡା ଲୁଗା; ଯାହାର ରଙ୍ଗ ଆଉ ବାରି ହେଉ ନ ଥିଲା ମଇଳା ଓ ପୁରାତନତାର ବହଳ ପଲସ୍ତରା ଯୋଗୁ।

ମୁରଲୀ କଥାରେ ଆଦୌ ବିଚଳିତ ନହୋଇ କହୁଥିଲା- "ଆରେ, ଯା'ମ! ଏମିତି ଅଲଣା ଧମକ ଦେଖି ଆସିଚି ବାହାହେବା ପରଠାରୁ। ଆଜକୁ ବାର-ତେର ବର୍ଷ ହେଲା ଏଇ ଫୁଟାଣି ଛଡ଼ା ଆଉ କେଉଁ କରାମତି ତୁମେ ଦେଖେଇଚ? ଯାଉନ, ଯାଅ। ଗୋଟେ ବାବନାଭୂତ ହୋଇ ବୁଲୁଥିବ ଯାଆ। ଆଜି କେଉଁ ସର୍କସ, କାଲି କେଉଁ ଅପେରା ତା' ପରଦିନ କେଉଁ ମେଲଣ। ଘରେ କିଏ ମଲା କି ଗଲା, ଖାଇଲା କି ଉପାସ ରହିଲା, ସେ କଥା କିଏ ପଚାରେ।?"

ତା' କଥା ସରି ନଥିଲା - "ତୁମ ଭଳି ମରଦଟେ ନ ଥିବ କାହାରି ଭାଗ୍ୟରେ। ବୁଝିଲ, ତୁମ ଭଳି ଏଇମିତି ଦେହଟେ ପାଇଥିଲେ ମୁଁ ପାତାଳ ଫଟେଇ ଦିଅନ୍ତି। ଗୁଣ୍ଡ କରି ଦିଅନ୍ତି ଏ ପାହାଡ଼ ପର୍ବତକୁ । ଗୋଟେ ଶୁଖିଲା ଲୁଗା ଚାଳ ଉପରୁ ଆଣିଲା ଭଳି ଟାଣି ଆଣନ୍ତି ଏ ସ୍ୱର୍ଗକୁ। ଭଙ୍ଗାଭଙ୍ଗି କରି ଥୋଇ ଦିଅନ୍ତି ସେଇ ଭାଡ଼ି ଉପରେ। ଛି, ଛି, ଗୋଟେ ମଣିଷ ଖାଲି ବୁଲୁଚି ଚବିଶ୍ ଘଣ୍ଟା! ଦଶ-ବାରଟା କିଆରିର ଚାଷ କରି ପାରିବ ନାଇଁ ଯେ ଦେଇଦେବ ଭାଗଚାଷୀମାନଙ୍କୁ! ଏଣେ ତେଣେ ବୁଲି ଫୁର୍ତ୍ତିମାରିବ, ବାଲିଙ୍ଗି ବାହାର କରିବ। ତାଉ ଦେଖେଇବ ମାଇପ ଆଗରେ, ଝିଅ ଆଗରେ।"

ହେମ ସଚେତନ ହୋଇପାରି ନ ଥିଲା ଯେ, ତା' କଥା ତିରସ୍କାରରେ ପରିଣତ ହୋଇଯାଉଚି। ଉଚ୍ଚ ହୋଇଯାଉଛି ତା' ସ୍ୱର। ଏତେ ନିର୍ଯାତନା ଓ ଦୁର୍ବଳତା ସତ୍ତ୍ୱେ, ତା' ଭିତରର ଏଇ ପୁଞ୍ଜିଭୂତ ହାହାକାର, ଏଇ ଅବହେଳାଜନିତ ଦୁଃଖ ଏମିତି ପ୍ରକାଶିତ ହୋଇଯାଏ। ସେ ଜାଣେ, ତା' ଭର୍ତ୍ସନା ଯେତେବେଳେ ପହଞ୍ଚିଯାଏ ଚରମ ଅବସ୍ଥାରେ, ମୁରଲୀ ଅସମ୍ଭାଳ ହୋଇପଡ଼େ। ଅନ୍ଧ ହୋଇଯାଏ ସେତେବେଳେ। ନିର୍ଧୂମ୍ ବାଡ଼ାଏ। ଅଥଚ ହେମ ମଧ୍ୟ ଅସମ୍ଭାଳ ହେବା ସ୍ତରରେ ପହଞ୍ଚିଗଲେ ନିର୍ଭୀକ ହୋଇ କହିଚାଲେ ଏଇଭଳି କଥା। ସେ କହେ, ଶାସ୍ତି ପାଏ ପୁଣି କହେ। ଏଇଭଳି ବାରମ୍ବାର ଆପାତତଃ ଆତ୍ମହତ୍ୟାର ଦୃଶ୍ୟ ଘଟୁଥାଏ ସେ ଘରେ। ଗୋଟେ ମଣିଷକୁ ସେ ଆଉ ବାଗକୁ ଆଣିପାରିବ ନାଇଁ। ଏଇ ନୈରାଶ୍ୟ ତାହାର ସମସ୍ତ ଭାଷା ଓ ତିରସ୍କାରକୁ ନୀରବ କରି ପାରନ୍ତା। ମାତ୍ର ତାହା ହୁଏ ନାଇଁ। ସେ ମୁରଲୀକୁ ଏଇଭଳି ଉତ୍ୟକ୍ତ କରେ। ଏହା ଜରିଆରେ ତା' ଉପରେ ଗୋଟେ ପ୍ରତିଶୋଧ ନେଉଚି ବୋଲି ଭାବେ। ପରିଣାମରେ ତା'ଠାରୁ ଯେଉଁ ଶାରୀରିକ ଶାସ୍ତି ପାଏ, ତାହା ଭୁଲିଯାଏ।

ଅଗଣାରେ ଠିଆ ହୋଇଥିବା ମୁରଲୀ ଧାଇଁ ଆସିଲା ହେମ ପାଖକୁ କମ୍ପିତ ଦେହ ନେଇ। ପୁଣି ଚିତ୍କାର କଲା - "ଚୁପ୍ ହେବୁ ନା ଦେବି ଏକାଥରେ ନିପାତ କରି?"

ଗୋଟେ ମାମୁଲି ମାଛିକୁ ମଧ୍ୟ ଏତେ ହେୟଜ୍ଞାନ କରି କେହି ହୁରୁଡ଼ାଇ ଦିଅନ୍ତା ନାଇଁ, ହେମ ଯେମିତି ବେଖାତିର କଲା ଏଇ ଚେତାବନୀକୁ - "ଦେଖିଚି ଏମିତି ପୁରୁଷପଣ। ଦେହରେ ଯଦି ରକ୍ତ ଥାଆନ୍ତା, ମଗଜରେ ଯଦି ଟିକିଏ ବୁଦ୍ଧି ଥାଆନ୍ତା, ତେବେ କଥାଟା ଏତେ ବାଟକୁ ଯାଆନ୍ତା କାହିଁକି? ବିବେକ ଅଛି ନା ମଣିଷପଣିଆ ଅଛି? ହକ କଥା କହିଦେଲେ ବାବୁଙ୍କ ଦେହକୁ ଭାରି ବାଧିଯାଏ। ମୋ ମା' ଲୋ, ବାବୁ। ଠିଆଟେ ହେଇଚ କ'ଣ? ଚିପି ଦେଉନ, ଏ ତଣ୍ଟିକୁ? କିଏ ମନା କରୁଚି? ମାରି ତ ଦେଲଣି ଆମ ଦୁହିଁଙ୍କୁ। ଖାଲି ମଶାଣିରେ ପୋଡ଼ିଦେବା କଥା। ପୋଡ଼ି ନ ଦେଲେ ଫୋପାଡ଼ି ଦେବ। ସେତକ କରିବାପାଇଁ ବି କିଏ କହୁଚି, ତୁମକୁ?"

ମୁରଲୀ ଆଦୌ ପାରିବ ନାଇଁ ଏତେ କ୍ରୋଧ ନିଜ ଭିତରେ ବନ୍ଦୀ କରି। ଦରକାର ଗୋଟେ ପରିପ୍ରକାଶ। ଗୋଟେ ସଂହାର ଦରକାର। ଗୋଟେ ଧକ୍କାରେ ଏ ଘରକୁ ଠେଲି ଦିଅନ୍ତା ତଳକୁ। ଖଣ୍ଡ ଖଣ୍ଡ କରି ଭାଙ୍ଗି ପକାନ୍ତା ଏ କାନ୍ଥ, ଛପରକୁ। ଚିହ୍ନବର୍ଣ୍ଣ ମିଳନ୍ତା ନାଇଁ ଗାରୁଗାରୁ ହେଉଥିବା ଏ ମାଇପ ପୁଳାକର। ଦେଖୁନ, ଦେଖ। ଅବିଚଳିତ ହୋଇ କିଛି ନ ଘଟିବା ଭଳି ଖୁଣ୍ଟରେ ଡେରି ହୋଇ ଠିଆହୋଇ ସବୁ ଦେଖୁଚି, ଶୁଣୁଚି ନୀରବରେ ଆହୁରି ଖଣ୍ଡେ ଜୀବନ। ତାହାର ମଧ୍ୟ ଟେର ପାଆନ୍ତେ ନାହିଁ କେହି ସୃଷ୍ଟି କରିବାକୁ ମନ ହେଉଥିବା ତାଣ୍ଡବଲୀଳାରେ।

ମାତ୍ର ମୁରଲୀ ଦୁଇ ପାପୁଲି ପେଷି ପାରିଲା ନାଇଁ ହେମର ମୁଠାଏ ବେକକୁ। ଆଙ୍ଗୁଳିଗୁଡ଼ିକୁ ଅଳ୍ପ ସଙ୍କୁଚିତ କରିବା କଥା ତା' ବେକ ଉପରେ। ଖତମ ହୋଇଯାଆନ୍ତା ସେ। ସେଇ ମୁହୂର୍ତ୍ତଟି ଖୋଲି ଦିଅନ୍ତା ମୁକ୍ତି ଓ ଉଦ୍ଦାମତାର ଶେଷହୀନ, ମସୃଣ, ରଙ୍ଗିନ ପରିସର। ସେ ଆହୁରି ମନ ଇଚ୍ଛା ଖର୍ଚ୍ଚ କରିପାରନ୍ତା ନିଜକୁ। ସେତକ କରିବ ବୋଲି ଯେତେଥର ଶପଥ ନେଉଚି, ସେତିକି ଥର ବିଫଳ ହେଉଚି। ମାସକ ତଳେ ସେ ବାଡ଼େଇଥିଲା ତାକୁ ସମସ୍ତ ପୈଶାଚିକତାର ସହିତ। ଅବସ୍ଥା ଏମିତି ହୋଇଥିଲା ଯେ, ସେ ସଚେତନ ହୋଇ ପାରିନଥିଲା, କ'ଣ ସେ କରୁଚି। ବହୁ ସମୟ ପରେ ହୋସ୍ ଫେରି ପାଇ କହିଥିଲା ମନକୁ ମନ- ଅଲକ୍ଷଣୀଟା ମରିଗଲା କି?

ଏଇ ଚିନ୍ତା ତାକୁ କାହିଁକି ଏମିତି ଭୟଭୀତ କଲା, ଶୁଖେଇ ଦେଲା ତା' ତଣ୍ଟି, ହଲାଇ ଦେଲା ତା' ହୃତ୍‌ପିଣ୍ଡ, ହରଣଚାଳ କରିନେଲା ତା' ଦେହର ବଳିଷ୍ଠ ହାଡ଼, ତାହା ସେ ଜାଣେନା। ଅଥଚ ହେମ ମଲା ନାଇଁ। ତା' ପରଠୁ ବିଛଣା ଧରିଥିଲା ଯେ ଏଇ ଦିନେ, ଦୁଇଦିନ ହେବ ସାମାନ୍ୟ ଚଲାବୁଲା କରୁଚି। ବସୁଚି କାନ୍ଥରେ ଡେରି ହୋଇ ଶୀର୍ଣ୍ଣ ଦେହ ନେଇ। ମୁରଲୀ ଫେରାଇ ଆଣିଲା ହାତ ହେମା ପାଖରୁ ଏବଂ

ସେଇ ମୁହୂର୍ତ୍ତରେ ଇଚ୍ଛା କଲା ନିଜ ବେକକୁ ମୋଡ଼ି ଦେବା ପାଇଁ ହେମକୁ ମାରି ନ ପାରିବା ଅକ୍ଷମତା ଯୋଗୁ।

ସେ ଏଥର ଚାହିଁଲା ଛବି ଆଡ଼େ। ଭାବିଲା, ପାଗଳ ହୋଇଯିବ। ଏତେ ବଚସା ଓ ହେମକୁ ମାରିବା ପାଇଁ ତା'ର ଉଦ୍ୟମ ସତ୍ତ୍ୱେ, ସେ ଆଗ ଭଳି ଖୁଣ୍ଟରେ ଡେରି ହୋଇ ଠିଆ ହୋଇଚି। କୌଣସି ଆତଙ୍କ, ପାଟିତୁଣ୍ଡ ନ କରି। ମୁରଲୀ ମନେ ନାଇଁ ସେ ପିନ୍ଧିଥିବା ଏଇ ଫ୍ରକ୍‌ଟିକୁ ସେ କେବେ କିଣିଥିଲା ଏବଂ କେଉଁଠୁ। ଏମିତି ବି ହୋଇପାରେ, ଏହାକୁ ସେ ଆଦୌ କିଣି ନାଇଁ। ଏବେ ଫ୍ରକ୍‌ଟି ସମ୍ପୂର୍ଣ୍ଣ ଭାବେ ନିଜର ପରିଚୟ ହଜାଇ ସାରିଚି। ବୋଧହୁଏ ତିନି-ଚାରି ବର୍ଷ ତଳୁ ଛବି ଏହାକୁ ପିନ୍ଧି ଆସୁଚି। ଖୁବ୍ ସାନ ହୋଇଯାଇଚି ବର୍ତ୍ତମାନ। ମୁରଲୀ ବିସ୍ମିତ ହେଉଥିଲା ଏଇ କାରଣରୁ ସେ ଏତେ ଅଯତ୍ନ, ମାଡ଼ ଓ ଅଭାବ ସତ୍ତ୍ୱେ ଛବି ଭଳି ପିଲାଟେ ବଡ଼ ହେଉଚି। ସାନ କରିଦେଉଚି ଚାରିବର୍ଷ ତଳର ଫ୍ରକ୍‌କୁ। ତାହାର ଜୀବନ ହୁଏତ ବର୍ତ୍ତମାନ ଓ ଭବିଷ୍ୟତକୁ ଆକଳନ କରନ୍ତା। ନିଶ୍ଚିତ ହୋଇଯାଆନ୍ତା ଯେ, ତା' ପାଇଁ ଏଠାରେ କିମ୍ବା ଅନ୍ୟ କେଉଁଠାରେ କୌଣସି ବ୍ୟବସ୍ଥା ନାହିଁ। ଏତକ ଯଥେଷ୍ଟ ହୁଅନ୍ତା, ତାହାର ଅଭିବୃଦ୍ଧିକୁ ବାତିଲ୍ କରିଦେବା ପାଇଁ। ସେ ରହିଯାଆନ୍ତା, ଯେଉଁଠି ସେ ଅଛି। ସେ ରହିଯିବା ଉଚିତ ଥିଲା, ଯେଉଁଠି ସେ ଥିଲା। ତାହା ହେମର ଗର୍ଭ ବି ହୋଇପାରେ। ଜମା ଭୂମିଷ୍ଠ ନ ହୋଇଥାଆନ୍ତା। ଚମତ୍କାର ହୋଇଥାଆନ୍ତା। ଯେଉଁ ପ୍ରଶ୍ନ ମୁରଲୀ ନିଜକୁ ବାରମ୍ବାର ପଚାରି ଆସୁଚି, ତାହା ମଧ୍ୟ ସେ ପଚାରନ୍ତା ନାଇଁ - ମୁଁ ସତରେ ବାହା ହେଲି କାହିଁକି? ଏମିତି କେଉଁ ଆବଶ୍ୟକତା ପୂରଣ ପାଇଁ ମୁଁ ଏମିତି କଲି? କ'ଣ ଏମିତି ଥିଲା, ଆବର୍ଜନା ପୁଳାଏ ଭଳି ଦେଖାଯାଉଥିବା ଏଇ ନାରୀର, ଯାହା ସମ୍ଭବ କରିପାରିଲା ସଙ୍ଗମ, ଶୃଙ୍ଗାର? କ'ଣ ଅଛି ଏଭଳି ଆକର୍ଷଣ ଏହା ଭିତରେ, ଯାହାକୁ ବର୍ଜନ କରିବାପାଇଁ, ଧ୍ୱଂସ କରିବାପାଇଁ ସେ ଚେଷ୍ଟା କରି ବାରମ୍ବାର ବିଫଳ ହେଉଚି?

ସବୁଠାରୁ ବଡ଼ ବିଡ଼ମ୍ବନା ହେଉଚି, ଛବି ଜନ୍ମ ହେଲା କାହିଁକି? ଦେଖ, ଖୁଣ୍ଟରେ ଡେରି ହୋଇ ସେ ବଡ଼ ବଡ଼ ଆଖିରେ ଚାହିଁ ରହିଚି ତାକୁ। ତେଲବିହୀନ ଫୁରୁଫୁରୁ କେଶ ପୁଳାଏ ଢାଙ୍କି ରଖିଚି ତା' ଗାଲର ଗୋଟେ ଆୟତନକୁ। ଦେଖାଯାଉଚି, ଏଇ ଯେପରି ମାଟି ଭିତରୁ ସେ ଉତୁରି ଆସିଚି। ତା'ଆଖିରେ ରହିଚି ଗୋଟେ କରୁଣତା। ଘରେ ଏଇ ସବୁ ଯାହା ଘଟୁଚି, ତା'ପାଇଁ ସତେ ଯେପରି ସେ ମର୍ମାହତ। ଏସବୁ ସେ ବର୍ଜନ କରୁଚି ଏହା ଆଦୌ ସ୍ପୃହଣୀୟ ଓ ଗ୍ରହଣଯୋଗ୍ୟ ନୁହେଁ ବୋଲି। ଦୁଇ ଆଖି ତଳ ଓଦା ଦେଖାଯାଉଚି।

ହେମ ପାଖରୁ ଯିବା ବେଳେ ମୁରଲୀ ଠିଆ ହୋଇ ଚାହିଁଲା କିଛି ସମୟ ପାଇଁ

ଛବିର ଅବିଚଳିତ ମୁହଁକୁ। ପାଟିକଲା - "ସେମିତି ଗୋଟେ ଚାହିଁଚୁ କ'ଣ ?" ଟିକିଏ ଅଟକି ଯାଇ କୈଫିୟତ ଦାବି କଲା - "ମୁଁ ପରା ପଚାରୁଚି କାହିଁକି ସେମିତି ଅନେଇଚୁ ବୋଲି ?"

ଛବି କିଛି କହିଲା ନାଇଁ। ଭୟଭୀତ ହେବାର କୌଣସି ଲକ୍ଷଣ ଦେଖାଗଲା ନାଇଁ ତା'ଠାରେ। ସେ ଓଠ ଚାଟିଲା। ତା'ପରେ ମୁହଁ ଉପରେ ପଡ଼ିଥିବା ଚୂଳ ଉଠାଇ ଆଣିଲା କାନମୂଳକୁ। ଦେବ କି, ଗୋଟେ ଚଟକଣା ? ମୁରଲୀ ଭାବିଲା ଏବଂ ଏ କାମଟା ଅନାବଶ୍ୟକ ବୋଲି ଅଗ୍ରାହ୍ୟ କଲା।

ବେଳେବେଳେ ସେ ସ୍ତମ୍ଭୀଭୂତ ହୁଏ ଏଇ କାରଣରୁ ଯେ ପିଲାଟା ଆଉ କାନ୍ଦୁ ନାଇଁ ମାଡ଼ ଦେଲେ ମଧ୍ୟ। ବର୍ଷେ, ଦୁଇବର୍ଷ ପୂର୍ବେ ସେ ଗଳା ଫଟାଇ ଚିତ୍କାର କରୁଥିଲା, ମା'କୁ ମାଡ଼ ଦେବା ବେଳେ। ତା' ଚିତ୍କାରରେ ରହିଥିଲା ପ୍ରତିବାଦ ଓ ଅସହାୟତା। ଥରେ ସେ ମୁରଲୀ ହାତ କାମୁଡ଼ି ରକ୍ତାକ୍ତ କରିଥିଲା ଏବଂ ପରକ୍ଷଣରେ ସେ ସଂଜ୍ଞାହୀନ ହୋଇଯାଇଥିଲା, ମୁରଲୀ ଫୋପାଡ଼ି ଦେଇଥିବାରୁ। ଆଉ ଦିନେ ସେ ଗୋଟେ କାଠଫାଳିଆ ଧରି ଚେତାବନୀ ଶୁଣେଇଥିଲା - "ଛାଡ଼ି ଦେ, ମା'କୁ ନ ହେଲେ ମୁଣ୍ଡ ଫଟେଇ ଦେବି ଏଇଥିରେ।"

ଗୋଟିଏ ମୁହୂର୍ତ୍ତ ମଧ୍ୟରେ ତା' ହାତରୁ ଅସ୍ତ୍ରଟି ଛଡ଼ାଇ ନେଇ ମୁରଲୀ ପଚାରିଥିଲା - "କ'ଣ କହୁଥିଲୁ ? ମୁଣ୍ଡ ଫଟେଇବୁ ? ଆଁ ?" ସେ ଉଦ୍ୟତ ହୋଇଥିଲା, ଗୋଟିଏ ମାଡ଼ରେ ଏଇ ଅଦରକାରୀ ସଂକ୍ଷିପ୍ତ ଜୀବନଟିକୁ ଲିଭେଇ ଦେବାପାଇଁ। ମାତ୍ର ଛବି ଠିଆ ହୋଇ ରହିଥିଲା ଶଙ୍କୁତହୀନ, ଅନୁତପ୍ତହୀନ ହୋଇ। ନିରସ୍ତ୍ର ହୋଇଯିବା ପରେ ମଧ୍ୟ। ଏଇ ଯେଉଁ ନିର୍ଭୀକ, ନିର୍ଲିପ୍ତ ଭଂଗୀଟି ସେ ସେଦିନ ଦେଖାଇଥିଲା, ତାହାର ପୁନରାବୃତ୍ତି ଘଟୁଚି ଏବେ। ସେ କିଛି ନ କହିଲେ ମଧ୍ୟ ଭାଷାମୟ ହୋଇଯାଏ।

ଏଥର ହସ୍ତକ୍ଷେପ କଲା ହେମ- "ତୋ ବାପା ପରା ପଚାରୁଚନ୍ତି କାହିଁକି ସେମିତି ଅନେଇଚୁ ବୋଲି ? ତାଙ୍କୁ ଅନେଇବା ମନା। ତାଙ୍କୁ କିଛି କହିଲେ ଅପରାଧ। ଏତକ ଆମେ ଦୁହେଁ ଶିଖିପାରିଲେ ନାଇଁ ଏ ପର୍ଯ୍ୟନ୍ତ।"

ମୁରଲୀ ଭିତରେ ଯେଉଁ ପୈଶାଚିକତା ଉଚ୍ଛୁଳିପଡୁଥିଲା, ତାହା ସତେ ଯେପରି ନିଷ୍କ୍ରିୟ ହୋଇଯାଉଥିଲା ଅପରାହ୍ଣ ପାଞ୍ଚଟା ବେଳର ସୂର୍ଯ୍ୟ ଭଳି। ତାହା ବାସ୍ତବିକ ଅସ୍ତ ହେବାକୁ ଉଦ୍ୟତ ହେଉଥିଲା। ଆଉ ଏଠାରେ ଠିଆ ହୋଇ ଲାଭ ନାଇଁ। ସେ ଓହ୍ଲାଇଲା ପିଣ୍ଡା ତଳକୁ। ଭାବିଲା, ଆଗ ଦୋକାନ ଆଡ଼ୁ ଘେରାଏ ବୁଲି ଆସେ। ଯଦି ମନ ହୁଏ, ତେବେ ଦୋଳଯାତ୍ରା ଦେଖିବା ପାଇଁ ପଳେଇବି। ଏଇଥି ସକାଶେ ଘଣ୍ଟାଏ ହେଲା ବଚସା ଚାଲିଥିଲା।

ପ୍ରାୟ ପାହାଡ଼କୁ ଲାଗି ତା'ର ଦୁଇ ବଖରା ଘର। ପ୍ରଶସ୍ତ ଅଞ୍ଚଳ। ଏବେ ମଧ୍ୟ କାଁ-ଭାଁ ରହିଚି ଶାଳ, କେନ୍ଦୁ ଇତ୍ୟାଦି କଟାଯାଇଥିବା ଗଛମାନଙ୍କର ବିଶାଳ ଅବଶିଷ୍ଟାଂଶ। ପାହାଡ଼ ଦେଖାଯାଉଚି ଉଲଗ୍ନ, ପଥରମାନଙ୍କର ହାଡ଼ ଦେଖାଇ। ତା' ଘରଠାରୁ ବେଶ୍ ଦୂରରେ ଅନ୍ୟମାନଙ୍କର ଘର, ସବୁଜ ବାଡ଼ ଘେର ମଧ୍ୟରେ। ସେହି ଘରମାନଙ୍କ ପରିସରରୁ ଶୁଭିଯାଏ ଗାଈମାନଙ୍କର ହମ୍ବାରଡ଼ି। ଘର ଫେରନ୍ତା ବଦଳମାନଙ୍କର ନିଃଶ୍ୱାସ। ଆହୁରି ମଧ୍ୟ ଛେଳି ଛୁଆର ଆତୁରତା। କୁକୁଡ଼ାମାନଙ୍କର ଇତସ୍ତତତା। ନିର୍ଦ୍ଦିଷ୍ଟ ସମୟରେ ଖଳା ଧାନ ବିଡ଼ାମାନଙ୍କର ତଥାସ୍ତୁ। ରଜ ସମୟରେ ଦୋଳି। କାର୍ଯ୍ୟବ୍ୟସ୍ତତାର ଶେଷହୀନ ଧାରା।

ମୁରଲୀ ଆଦୌ ଲଜ୍ଜିତ ହୁଏ ନାହିଁ ଯେ, ତା' ଘର ଚାରିପଟେ ବାଡ଼ ନାହିଁ। ଗୁହାଳ ନାହିଁ। ଗତ ଦୁଇ ବର୍ଷ ତଳେ ଗୋଟେ ପିଠା ଖଡ଼ିକା ଧରି ଛବି ଯେଉଁ ଆମ୍ବ-ପଣସ-ଲେମ୍ବୁ ଗଛ ଲଗେଇଥିଲା, ତାହା ବଞ୍ଚିଯାଇଛନ୍ତି ସମସ୍ତ ଅବ୍ୟବସ୍ଥା ସତ୍ତ୍ୱେ, ସେ ନିଜେ ଯେପରି ବଞ୍ଚି ରହିଚି ଓ ବଡ଼ ହେଉଚି। ମୁରଲୀ ନିଜେ ଦେଖିଚି, ତା' ବାପା କିପରି ଅସମ୍ଭବ ଜଣା ପଡୁଥିବା ଅଞ୍ଚଳକୁ ସର୍ବଶ୍ରେଷ୍ଠ କିଆରିରେ ପରଣିତ କରିଥିଲେ ଓ ମୁରଲୀର ଢଙ୍ଗରଙ୍ଗ ଦେଖି ଅସୁସ୍ଥ ହେଲେ ଓ ମରିଗଲେ। ମରିବା ପୂର୍ବରୁ କହିଥିଲେ – "ମୁଁ ଯାଉଚି। ତୁ ମଶାଣିରେ କାଳେ ମୋତେ ପୋଡ଼ିବୁ ନାହିଁ ବୋଲି ରଖିଯାଇଚି ଯଥେଷ୍ଟ କାଠ। ଜମି ରଖିଲେ ରହିବ। ବିକି ଦେଲେ ଆପତ୍ତି କରିବି ନାହିଁ। ତେଣିକି ଯାହା ତୁ କରିବୁ। ତୋ ଇଚ୍ଛା।"

ଗୋଟେ ଅଣଓସାରିଆ ପାଦଚଲା ବାଟ। ସଡ଼କ ସହିତ ମିଶିଚି ପ୍ରାୟ ଏକ କିଲୋମିଟର ଦୂରରେ। ଗତ ଦୁଇ ବର୍ଷ ହେଲା ସ୍କୁଲ୍‌ଟେ ଖୋଲିଚି ସେଇଠି। ବୁଦୁବୁଦୁକିଆ ଜଙ୍ଗଲ ସଫା କରିବାକୁ ପଡ଼ିଥିଲା ସେଇ ଅପନ୍ତରା ସ୍ଥାନରୁ। ସେଠାରୁ ଅଳ୍ପ ଦୂରରେ, ଛକ ପାଖରେ ଅଛି ଗୋଟେ ତେଜରାତି ଦୋକାନ। ମଫସଲ ଅଞ୍ଚଳର ହାଟକୁ ଯିବା ଆସିବା କରୁଥିବା ଲୋକମାନେ ସାଇକେଲ ଅଟକାନ୍ତି ସେଇଠି। କୁଳମଣି ଏବେ ଖୋଲିଥିବା ଦୋକାନରେ ଚା', ନିମ୍‌କି ଓ ପେଡ଼ା ମିଳେ। ବେଳେବେଳେ ପକୋଡ଼ି ଓ ସେଓ। ସାଇକେଲ ମରାମତି ପାଇଁ ଆଉ ଗୋଟେ ଦୋକାନ। ପାନ-ବିଡ଼ି ମଧ୍ୟ ମିଳେ।

ମୁରଲୀ ସେଠାରେ ପହଞ୍ଚିବା ବେଳେ କେହି ଜଣେ ମନ୍ତବ୍ୟ ବାଢ଼ିଲା – ଆସିଗଲା ଗାଁର କରିତ୍‌କର୍ମା ଲୋକ ଜଣକ। କମିଜ୍ ଆଉ ଚପଲ ପିନ୍ଧିଚି ମାନେ, ବାହାରଚି କେଉଁଆଡ଼େ ଯିବାପାଇଁ। ଏଣେ ଛୁଆ-ମାଇପ ମଲେ କି ଗଲେ ଚିନ୍ତା ନାହିଁ।

ଆଉ ଜଣେ କହିଲା – ମୋ ପୁଅ ଗତକାଲି ପଚାରିଲା, ଘୋଡ଼ାମୁହାଁ ମାନେ

କ'ଣ। ମଣିଷର ମୁହଁ କ'ଣ ଘୋଡ଼ାର ମୁହଁ ଭଳି ଦେଖାଯିବ ? ତାକୁ କହିଲି- ମୁରଲୀକୁ ଦେଖ। ତା' ଢଙ୍ଗରଙ୍ଗ ଲକ୍ଷ୍ୟ କର। ଏ ଅଞ୍ଚଳର ଘୋଡ଼ାମୁହାଁ କହିଲେ ତାକୁ ବୁଝାଏ।

ମୁରଲୀ ଠିଆହେଲା କାଶୀନାଥ ଦୋକାନ ସାମ୍ନାରେ। ସେ ବଦ୍‌ମାସ୍ ମାଇକିନା କହୁଥିଲା, ଘରେ ଲୁଣ ନାହିଁ, ତେଲ ନାହିଁ। ଟିକିଏ ବାର୍ଲି କିମ୍ବା ଶାଗୁ ଦରକାର ପଥି ପାଇଁ। ଚିନି ନ ହେଲେ ଏସବୁ ହେବ କିପରି ?

ଖରାପ ହୋଇଯାଇଥିଲା ମୁରଲୀର ମୁଣ୍ଡ ଏ ବରାଦ କଥା ଭାବିବା ମାତ୍ରେ। ସେ ବେଳେବେଳେ ଆଶ୍ଚର୍ଯ୍ୟ ହୁଏ ଏଇଥିପାଇଁ ଯେ, ତା'ର ଦାୟିତ୍ୱହୀନତା ଓ ନିଷ୍ଠୁରତା ସତ୍ତ୍ୱେ ତାକୁ କୁହାଯାଏ କିଛି ଗୋଟେ ନିତାନ୍ତ ଦରକାର ଜିନିଷ ଆଣିବାପାଇଁ। ବୋଧହୁଏ ଯେତିକି ପୈଶାଚିକ ଓ ନିର୍ମମ ହେଲେ ଏ ଜଞ୍ଜାଳରୁ ସେ ମୁକ୍ତ ହୋଇପାରନ୍ତା, ତାହା ସେ ହୋଇପାରୁ ନାହିଁ। ସେଥିପାଇଁ ତା' ଉପରେ ସ୍ତ୍ରୀର ଏମିତି ଭରସାଟେ ଅଛି। ଯେତେ ଯେମିତି ଚେଷ୍ଟା କଲେ ମଧ୍ୟ ସେମାନଙ୍କର ତା' ଉପରେ ଥିବା ଏଇ ନିର୍ଭରଶୀଳତାକୁ ସେ ଧ୍ୱଂସ କରି ପାରୁ ନାହିଁ। ପଡ଼ିଶା ହରିଦାଦା ପାଖରୁ କିଛି କ୍ଷୀର ଆସିଚି। ଔଷଧ ପାଇଁ ମଧ୍ୟ ତା'ର ଅନିଚ୍ଛୁକ ହାତ ବଢ଼େଇ ଦେଇଚି କିଛି ଟଙ୍କା।

ଗୋଟେ ଅସ୍ଥିର, ଉଦ୍‌ଭ୍ରାନ୍ତ ଭାବ ଶକ୍ତିଶାଳୀ ହୋଇପଡ଼ିଲା ମୁରଲୀ ଭିତରେ। ଏତେ ସବୁ ଜଞ୍ଜାଳ ପାଇଁ ତା' ଠାରେ କୌଣସି ପ୍ରବଣତା, ମାନସିକତା ନାହିଁ। ସେ ଆଦୌ ପାରିବ ନାହିଁ ଏ ଝମେଲାର ମୁକାବିଲା କରି। ହେମ ମରିଯିବ କି ? କେଜାଣି ? ଗୋଟେ ବଡ଼ ଦାୟିତ୍ୱ ସରିଯାଆନ୍ତା ଯେମିତି ହେଲେ। ଆଉ ଛବି ? ମୁରଲୀର ହାତ ମୁଠା ଦେଲା। ଟାଣି ହୋଇଗଲା ଶିରାପ୍ରଶିରା, ମାଂସପେଶୀ। ଯେଉଁ ଯୋଜନାଟି ତା' ମନ ଭିତରେ ଅଛି ଅନେକ ଦିନୁ ତାହାକୁ ଚଞ୍ଚଳ କାମରେ ପରିଣତ ନ କଲେ ଆଉ ଚଳିବ ନାହିଁ। ହେମ ଆଉ ଛବି ଶୋଇଥିବା ଅବସ୍ଥାରେ ସେ ନିଆଁ ଲଗାଇଦେବ ଘରେ।

– "କ'ଣ, ମୁରଲୀ।" ବେଶି ବିଦ୍ରୂପ ଅଳ୍ପ ଜିଜ୍ଞାସା ନେଇ ପଚାରିଲା କାଶୀନାଥ – "ପୁଣି କୁଆଡ଼େ ବାହାରିଲୁଣି କି ?"

ସେ କିଛି କହିବା ପୂର୍ବରୁ ଅନ୍ୟ ଜଣେ କହିଲା – "ଚାରିଆଡ଼େ ଦୋଳଯାତ୍ରା ହେଉଥିବା ବେଳେ, ମୁରଲୀ ଗାଁରେ ରହିପାରିବ ବୋଲି ତୁମେ ସବୁ ଭାବୁଚ କିପରି ?"

ମୁରଲୀ ଅନ୍ୟମନସ୍କ ଓ ଆଗ୍ରହହୀନ ଥିଲା ସେତେବେଳେ। ଏଇ ସବୁ କଥା ଏବଂ ଟିକିଏ ଦୂରରେ ଚାଲିଥିବା ତାସ୍ ଖେଳର ପ୍ରକ୍ରିୟା ଖଣ୍ଡିତ ହୋଇ ସ୍ପର୍ଶ କରୁଥିଲା ତା' ଚେତନାକୁ- ସତର ? ଅଛି। ଅଠର ? ଅଛି।

ସେ ଠିଆହେଲା କାଶୀନାଥ ଦୋକାନ ସାମ୍ନାରେ। ସେ ନିଜକୁ ମଧ୍ୟ ବିଶ୍ୱାସ କରିପାରିଲା ନାହିଁ ଯେତେବେଳେ ପଚାରିଲା - "ତୋ ଦୋକାନରେ ବାର୍ଲି ଅଛି ?" ଖୁବ୍ ଚଞ୍ଚଳ ଘରେ ନିଆଁ ଲଗାଇ ମାରି ଦେବାକୁ ଯାଉଥିବା ସ୍ତ୍ରୀ ପାଇଁ ତା' ଭିତରେ ଏଇ ଅହେତୁକ ଉଦ୍‌ବିଗ୍ନତାର କାରଣ କ'ଣ ସେ ବୁଝିପାରିଲା ନାଇଁ।

- "ନା।" କାଶୀନାଥ ଚଟାପଟ୍ ଉତ୍ତର ଦେଲା।

- "ଶାଗୁ ?"

- "ଥିଲା। ଚାରି-ପାଞ୍ଚ ଦିନ ହେଲା ସରି ଯାଇଚି।" ଯଥେଷ୍ଟ ଆଶ୍ୱସ୍ତ ହୋଇ ଦୋକାନୀ ଜଣକ ଉତ୍ତର ଦେଲା ଏବଂ ଯୋଗ କଲା - "ଦୁଇଦିନ ପରେ ମାଲ ପାଇଁ ସହରକୁ ଗଲେ ଏସବୁ ଆସିଯିବ।" ସେତେବେଳେ ମୁରଲୀ ମୁହଁ ବୁଲାଇ ସାରିଲାଣି ଯଥେଷ୍ଟ ଚିନ୍ତାଶୂନ୍ୟ ହୋଇ। କାଶୀନାଥ ପଚାରିଲା - "କାହା ଦେହ ଖରାପ ଅଛି ନା କ'ଣ ?"

ମୁରଲୀ ଏଥର ବାଟ ଚାଲୁଥିଲା ଏବଂ ସଂଧ୍ୟା ସାତଟା ବେଳକୁ ପ୍ରାୟ ଆଠ ନଅ କିଲୋମିଟର ଦୂର ବସ୍‌ଷ୍ଟାଣ୍ଡରେ ପହଞ୍ଚି ଯାଇଥିଲା। ଗୋଟେ ଟ୍ରକ୍ ଡାଲା। ପଚାଶ୍ କିଲୋମିଟର ଦୂର ସହର ସେତେବେଳେ କୋଳାହଳ ଓ ଲୋକଗହଳିରେ ମୁଖରିତ ହୋଇ ପଡ଼ିଥିଲା ଅଭୂତପୂର୍ବ ଭାବରେ।

ଏହାର ଘଣ୍ଟେ-ଦୁଇଘଣ୍ଟା ପରେ, ମୁରଲୀ ଯେଉଁ କାମ କରୁଥିଲା, ତାହା ଦେଖି ତା' ଗାଁର କୌଣସି ଲୋକ ବିଶ୍ୱାସ କରିପାରନ୍ତେ ନାହିଁ। ସେଠାରେ ସାତ ରାତି ପାଇଁ ଅବସ୍ଥାନ କରୁଥିବା ଅପେରା ପାର୍ଟିର ମେସ୍ ସକାଶେ ସେ ଭାରରେ ପାଣି ବୋହୁଚି ପାଖରେ ଥିବା ଟିଉବ୍-ୱେଲର ହେଣ୍ଡଲ୍ ମାରି, ମସଲା ବାଟୁଚି, ଡେକ୍‌ଚି-ବାଲ୍‌ଟି ମାଜୁଚି, ଅଇଁଠା ପତ୍ର ଉଠାଉଚି ଇତ୍ୟାଦି। ସବୁଠୁ ବଡ଼ କଥା ହେଲା, ଏସବୁ କାମ କରିବାପାଇଁ ତା' ଠାରେ ଅଛି ଶେଷହୀନ ତତ୍ପରତା ଓ ବିଶ୍ୱସ୍ତତା। ଅନ୍ୟମାନଙ୍କର ବୋଲହାକ ପାଳନ କରିବା ପାଇଁ ସତେ ଯେପରି ସେ ଜନ୍ମ ନେଇଥିଲା। ସେମାନଙ୍କ ପ୍ରତି ବିନୟୀ ଓ ଆଜ୍ଞାବହ ହେବା ପାଇଁ ସତେ ଅବା ତା'ର ଯୋଡ଼ହସ୍ତ ସୃଷ୍ଟି କରାଯାଇଥିଲା। ତାହାର କାନ ଧନ୍ୟ ହୋଇଯାଉଥିଲା କାହାର ପଦେ ପ୍ରଶଂସା ଶୁଣିବା ମାତ୍ରେ।

ଏଇଭଳି ସବୁବେଳେ ହୁଏ। ସେ ଚାଲିଆସେ ଏମିତି ଗୋଟେ ଗହଳି ଭିତରକୁ ଏବଂ କୌଣସି ସ୍ଥାନରେ କାମ ପାଇଯାଏ। ତାହା ଜଳଖିଆ ଦୋକାନରେ ହୋଇପାରେ। ହୋଇପାରେ ସର୍କସ ପାର୍ଟିର ଘୋଡ଼ାକୁ ଦାନା ଦେବା, ଝାଡୁ ମାରିବାରେ। ଯାତ୍ରା ସରିଯାଏ। ଅପେରା ଦଳ ପ୍ରସ୍ତୁତ ହୁଅନ୍ତି ଅନ୍ୟ କେଉଁଠାକୁ ଯିବା ପାଇଁ ଏବଂ

କେହି ଜଣେ ନାଟକୀୟ ଢଙ୍ଗରେ କହିପକାଏ - "ଆହା, ଆମେ ଯେଉଁ ସ୍ଥାନକୁ ଯାଉଚେ, ସେଠାରେ କ'ଣ ମୁରଲୀ ଭଳି ମଣିଷ ଜଣେ ଆମେ ପାଇବା ?" ଅଥଚ ମୁରଲୀ ଏମାନଙ୍କ ସହିତ ଯାଇ ପାରେ ନାଇଁ। ନିଃସଙ୍ଗ ହୋଇଯାଏ। ସବୁଆଡ଼େ ଥାଏ ଗୋଟେ ଖାଁ ଖାଁ ଭାବ। ସବୁ ଜଣାପଡ଼େ ଗୋଟେ ପରିତ୍ୟକ୍ତ ପେଣ୍ଡାଲ ଭଳି। ଭଲ କରି ପୋତି ହୋଇ ନଥିବା ଅସଂଖ୍ୟ ଗାତ ଭଳି ସବୁ ଯେପରି ଫମ୍ପା ଓ ଭୋକିଲା।

ଏବଂ ଫମ୍ପା ଓ ଭୋକିଲା ହୋଇ ମୁରଲୀ ଆବିଷ୍କାର କରେ ସେ ଠିଆ ହୋଇଚି ନିଜ ଘର ସାମ୍ନାରେ। ଅବିକା ସେ ଦେଖିବ ଗୋଟେ ଶୁଖିଲା ମଣିଷକୁ, ଯାହାର ଅଭିଯୋଗପୂର୍ଣ୍ଣ ଭାଷା ତାହାକୁ ଉତ୍ୟକ୍ତ କରିବ। ଖୁଣ୍ଟରେ ଠିଆହୋଇ ଏକ ଅଦ୍ଭୁତ ଅବିଚଳିତ ମୁହଁ ନେଇ ତାକୁ ଲକ୍ଷ୍ୟ କରୁଥିବ ଆଉ ଗୋଟେ ମଇଳା ଜୀବ।

ଏଥର ଅପେରା ପାର୍ଟିର ମେସ୍ ପାଇଁ ସେ ଏମିତି କାମ କରୁଥିଲା ଏବଂ ସମୟ ପାଇଲେ ଘେରାଏ ବୁଲି ଆସୁଥିଲା, ବିସ୍ତୀର୍ଣ୍ଣ ପଡିଆରେ ଅନୁଷ୍ଠିତ ହେଉଥିବା ଦୋଳଯାତ୍ରା ଆଡ଼େ। ଅଥଚ କେଉଁଠି କିଛି ଗୋଟେ ଖଟ୍‌କା ରହିଥିଲା ଯେପରି। ସେ ସମ୍ପୂର୍ଣ୍ଣଭାବେ ନିଜକୁ ସାମିଲ କରି ପାରୁ ନ ଥିଲା କୌଣସି ଜିନିଷ ସହିତ। କାରଣ ଜାଣିପାରୁ ନ ଥିବା ଗୋଟେ କରୁଣ, ଉଦାସ ଭାବ ଗ୍ରାସ କରୁଥିଲା ତା' ଚେତନାକୁ। ଏଇତ, ସେ ହେଣ୍ଡଲ୍ ମାରୁଚି। ତଳେ ଥୁଆ ହୋଇଥିବା ପାଣି ଟିଣ ଉଚ୍ଛୁଳି ପଡ଼ିଲାଣି କେତେବେଳୁ। ତାକୁ ଜଣାପଡୁ ନାଇଁ। ନିର୍ବାକ୍ ହୋଇ ଠିଆ ହୋଇରହିଚି ଏବଂ ତା' ଭିତରେ କେହି ଜଣେ କହୁଚି ଯା, ପଳା ଏଠାରୁ। ଏଥର କିଛି ଭଲ ଲାଗୁନାଇଁ କାହିଁକି କେଜାଣି। ଆଉ ଡେରି କଲୁ କାହିଁକି ? ଚଞ୍ଚଳ ପଳା। ମୁରଲୀ ଇତସ୍ତତଃ ହୁଏ। ଅନ୍ୟମନସ୍କ ହୋଇଯାଏ। ଅଟକିଯାଏ ହାତ। ପୋତି ହୋଇପଡ଼େ ଗୋଡ଼।

ସାତଦିନ ପରେ ଗାଁ ଘର। ତାକୁ ଅପେକ୍ଷା କରିଥିଲା ବନ୍ଦ ଦରଜା। ଝୁଲୁଥିଲା ଗୋଟେ କୋଲପ। ସେ ବୁଝିପାରିଲା ନାଇଁ ଏହାର ତାତ୍ପର୍ଯ୍ୟ। ଉଠିଲା ପିଣ୍ଡା ଉପରକୁ। ଚାବି ହଲାଇଲା। ଚାହିଁଲା ଏଣେତେଣେ। ମା'-ଝିଅ ଦି'ଟା ମରିଗଲେ ନା କ'ଣ ? ଏତିକି ଭାବିବା ମାତ୍ରେ ଅତ୍ୟନ୍ତ ହାଲୁକା ଲାଗିଲା ତାକୁ। ଭାବିଲା, ଦୋଳଯାତ୍ରା ଯିବା ଏଥର ତା' ହେଲେ ସାର୍ଥକ ହୋଇଚି ! ଏମିତି ସୁଖପ୍ରଦ ବିସ୍ମୟଟେ ତାକୁ ଅପେକ୍ଷା କରିଚି ବନ୍ଦ ଦରଜା ଓ ବନ୍ଦ କୋଲପ ନେଇ ! ତାକୁ ଜଣା ପଡ଼ିଲା ବନ୍ଦ ଲୋକପଟା ଗୋଟେ ଖବରକାଗଜର ନାମ। ବନ୍ଦ ଦରଜା ହେଉଚି ତାହାର ପ୍ରସାରିତ ଫର୍ଦ୍ଦ। ତା' ଉପରେ ଲେଖାଯାଇଚି ଗୋଟିଏ ଈପ୍‌ସିତ ଖବର- ଏବେଠାରୁ ମୁରଲୀ ମୁକ୍ତ !

ଗୋଟିଏ ମୁହୂର୍ତ୍ତ ମଧ୍ୟରେ ମସୃଣ, ରଙ୍ଗିନ ଭବିଷ୍ୟତଟେ ଖୋଲିଯାଉଥିଲା ତା' ସାମ୍ନାରେ। ଏବେଠାରୁ ସେ ବୁଲିବ ନିର୍ଜଞ୍ଜାଳ ହୋଇ। ଦେଖିବ ନାଇଁ ତାକୁ ଆଉଉ,

ସଂଯତ, ସୀମିତ କରି ରଖିବା ପାଇଁ ଅସଫଳ ଚେଷ୍ଟା କରି ଆସୁଥିବା ଗୋଟେ ଅଦରକାରୀ ମଳିନ ସ୍ତ୍ରୀକୁ। ଦେଖିବାକୁ ପାଇବ ନାଇଁ ଖୁଣ୍ଟରେ ଡେରି ହୋଇ ଅନେକ ଅନୁଚ୍ଚାରିତ ଅଭିଯୋଗ, ତିରସ୍କାର, ନିବେଦନର ଦଶ-ଏଗାର ବର୍ଷର ଗୋଟେ ପ୍ରତିମୂର୍ତ୍ତିକୁ। ବୁଲିବ ଏଥର ସେ ଗହଳି ଭିତରେ, ଶାଗୁ, ବାର୍ଲି, ଚିନି ପାଇଁ ଅଯଥା ଚିନ୍ତିତ ନ ହୋଇ।

ବ୍ୟାପାରଟା ବାସ୍ତବିକ କ'ଣ? କେଉଁଠି ହେଲେ ସୂଚନା ନ ଥିଲା ଏ ବାବଦରେ। ଏଥର ଗୋଟେ ଉତ୍କଣ୍ଠା। ଯଦି ସତରେ ମରି ନ ଥାନ୍ତି ସେ ଦୁହେଁ ? ଅନ୍ୟ କେଉଁଆଡ଼େ ଯିବାର ସମ୍ଭାବନାକୁ ସହଜରେ ଏଡ଼ାଇ ଦେଇ ହେବ। ଅନ୍ତତଃ ସେ ଜାଣେ, ପୃଥିବୀର ଏ ବିଶାଳତା ଭିତରେ ହେମ ପାଇଁ କେବଳ ରହିଚି ଏଇ ଆଶ୍ରୟ ଟିକକ। ଏବେ ବନ୍ଦ ହୋଇ ରହିଥିବା ଏ ଘର।

ମାତ୍ର ମସୃଣ, ରଙ୍ଗିନ ଭବିଷ୍ୟତର ଇମାରତ ଧସକି ପଡ଼େ ଗୋଟିଏ ଦୃଶ୍ୟରେ। ପଡ଼ୋଶୀ ଘନଭାଇ ଓ ଶ୍ରୀଧର ମଉସାଙ୍କ ସହିତ ଆଉ କେତେଜଣ ଆସି ପହଞ୍ଚିବେ ଏବଂ ସେ ଦେଖିବ, ସେମାନଙ୍କ ଗହଣରେ ରହିଚି ଅନିବାର୍ଯ୍ୟ ଛବି।

ଘନଭାଇର ବକ୍ତବ୍ୟ - "ଆମେ ରାକ୍ଷସ କଥା ଶୁଣିଥିଲୁ। ଦେଖି ନଥିଲୁ। ନେ, ଏଥର ଏ ଝିଅକୁ ଖା। ଯା ମା'ର ରକ୍ତ ଶୋଷି ତ ମାରିଦେଲୁ। ଏଥର ଯାର ପାଳି।"

ଶ୍ରୀଧର ମଉସାଙ୍କର ଏପରି ବୀଭତ୍ସ, କଦାକାର ମୁହଁ ସେ ଦେଖି ନଥିଲା ଏହା ପୂର୍ବରୁ। ସେ ଏତେ ଉତ୍ତ୍ୟକ୍ତ ହୋଇ ପଡ଼ିଲେ ଯେ କିଛି ମଧ୍ୟ କହି ପାରି ନ ଥିଲେ। ଗୋଟେ ବଳିଷ୍ଠ ଚଟକଣା ଦେବା ପରେ ଖୁବ୍ କଷ୍ଟରେ କହିଲେ - "ତୁ ମୁରଲୀ, ମରିଯାଆନ୍ତୁ ଯଦି କେତେ ଉଶ୍ୱାସ ଲାଗନ୍ତା ସମସ୍ତଙ୍କୁ। ଏ ଗାଁରୁ ଗୋଟେ ଦୂଷିତ କଳଙ୍କ ଚାଲିଯାଆନ୍ତା। ଠିଆ ହୁଅନା ଯା ପାଖରେ। ଯା ଦେହରୁ, ଭାବନାରୁ ଦୁର୍ଗନ୍ଧଟେ ବାହାରୁଚି। ଛାଡ଼ିଦିଅ ତା' ଝିଅକୁ ତା' ପାଖରେ।"

ମୁରଲୀ ବସିଥିଲା ପିଣ୍ଡା ଉପରେ। ନିର୍ବିଘ୍ନରେ ତାକୁ ଅଭିଯୋଗ କରି ଏତେ ଘୃଣା ଓ ଭର୍ତ୍ସନା ଦେଉଥିବା ଲୋକମାନଙ୍କୁ ସେ ଦେଖୁଥିଲା ଓ ଶୁଣୁଥିଲା। ଆଉ ସମ୍ଭାଳିପାରିଲା ନାଇଁ। ଠିଆ ହେଲା ସେମାନଙ୍କ ଆଗରେ ଏବଂ ଘୋଷଣା କଲା ଦମ୍ଭ ଓ ଅନୁତାପହୀନ ସ୍ୱରରେ - "ବହୁତ ହୋଇଗଲା। ବୁଝିଲ? ବହୁତ ଶୁଣେଇଲ। ଯାଅ, ଏଥର। ମୋତେ ଛାଡ଼ିଦିଅ ମୋ ବାଟରେ। ବିଶ୍ୱାସକର, ତୁମ ସ୍ତ୍ରୀମାନେ ବିଲକୁଲ୍ ମରିବେ ନାଇଁ। କିମିତି ମରିବେ? ତୁମେ ସମସ୍ତେ ସେମାନଙ୍କର ଏତେ ଯତ୍ନ ନେଉଚ ପରା। କେବଳ ମରିବା ପାଇଁ ଜନ୍ମ ନେଇଥିଲା ମୋ ସ୍ତ୍ରୀ। ଭୋକ ହେଉଥିଲା। ତାକୁ ଖାଇଲି। ପୁଣି ଭୋକ ହେବ। ଝିଅକୁ ଖାଇବି। ବାସ୍! ଏଥର ଯାଅ। ଆଉ ବେଶି

ବିରକ୍ତ କରନା। ମୋ ମୁଣ୍ଡ ଉପରକୁ ପିତ୍ତ ଚଢ଼ିଲେ କ'ଣ ନାଇଁ କ'ଣ କରି ପକାଇବି। ତୁମେ ସମସ୍ତେ ମିଶିଲେ ମଧ୍ୟ ମୋତେ ଅଟକାଇ ପାରିବ ନାଇଁ।"

ଶୁଦ୍ଧିକ୍ରିୟା ପରେ ସବୁ କେମିତି ଫାଙ୍କା ଲାଗିଲା, ଲଣ୍ଡା ମୁଣ୍ଡ ଭଳି। ସେ ଆଶ୍ଚର୍ଯ୍ୟ ହେଲା ଯେ ଘର ଭିତରେ କେମିତି କେଜାଣି ଗୋଟେ ପ୍ରତିଧ୍ୱନି ସୃଷ୍ଟି ହୋଇଯାଉଚି। ମୋଞ୍ଚାଏ ବୋଲି ମଣିଷଟେ ଚାଲିଯିବା ପରେ ଘର ଭିତରେ ଏମିତି ଗୋଟେ ଶୂନ୍ୟତା ସୃଷ୍ଟି ହୋଇଯିବ ବୋଲି ସେ ବିଶ୍ୱାସ କରି ନ ଥିଲା। ପ୍ରଥମ କିଛି ଦିନ ଗୋଟେ ନାହିଁ ନଥିବା ସ୍ଥାଣୁତା, ଜଡ଼ତା। ସେ ବସି ରହିଥିଲା ଚୁପ୍‌ଚାପ୍ ସମ୍ପୂର୍ଣ୍ଣଭାବେ ପ୍ରତିକ୍ରିୟାହୀନ ହୋଇ। ସେ ଆଶ୍ୱସ୍ତ ହେଉଥିଲା ଯେ ଘର ଭିତରେ ଅଭ୍ୟାସଗତ କାମ କ୍ରମାନ୍ୱୟତା ହରାଇ ନାଇଁ। ସକାଳେ ଚୁଲିରୁ ମଲା ପାଉଁଶ କଢ଼ା ହେବ। ଲିପା ହେବ। ଡେକ୍‌ଚି, ସିଲ୍‌ଭର ଥାଳି ସଫା ହେବ। ପଖାଳ ଖିଆ ହେବ ଗୋଟେ ଲଙ୍କା ଓ ଲୁଣ ସହିତ।

ଏ ଫ୍ରକ୍ ଆଉ ପିନ୍ଧିବାଯୋଗ୍ୟ ହୋଇ ରହି ନାଇଁ ବୋଲି କହି ହେଉ ନ ଥିବ। ମୁରଲୀ ଦେଖୁଥିବ ଏବଂ ଭାବୁଥିବ ଯେ ଅଲୌକିକ ଶକ୍ତି ବଳରେ ଅନ୍ତତଃ ସେଇ ଫ୍ରକ୍‌ଟା ମରାମତ ହୋଇଯାଆନ୍ତା। ମଇଳା, ଫୁରୁଫୁରୁ ଚୁଳ ସଜାଡ଼ି ହୋଇଯାଆନ୍ତା ତେଲ-ପାନିଆ ସ୍ପର୍ଶରେ। ସେ ଦଉଡିଆ ଖଟରେ ଏଇମିତି ବସିଥିବା ବେଳେ ଛବି ନିଜ ପାଇଁ ବାଢ଼ିବ। ତା' ନିଦ ଭାଙ୍ଗିବାବେଳେ ଦେଖିବ, ଗୋଟେ ତେଲଚିକିଟା ଛିଣ୍ଡା ବସ୍ତା ଉପରେ ଜାକିଜୁକି ହୋଇ ଶୋଇ ପଡ଼ିଚି କ୍ଲାନ୍ତି, ଅବହେଳା ଓ ନିର୍ଯାତନାର ଛବିଟିଏ।

– "ଶୁଣ, କାଶୀନାଥ ଦୋକାନରୁ ଡାଲି ଅଧକିଲୋ, ସାବୁନଟେ ଆଣିବୁ।" ମୁରଲୀ ଆଦେଶଦେଲା ଛବିକୁ। "ସବୁଦିନ ଭାତ ସହିତ ଲୁଣ ଖାଇ ହେବ ନାଇଁ। ଯା, ତୁ ଆଜି ଏ ଫ୍ରକ୍ ସଫାକର।"

– "ସେ ବାକି ଦେବ ନାଇଁ।" ଖୁଣ୍ଟରେ ଡେରି ହୋଇଥିବା ଛବି ଉତ୍ତର ଦେଲା।

– "ତୁ କିମିତି ଜାଣିଲୁ ?"

– "ମୁଁ କାଲି ଯାଇଥିଲି ଡାଲି ପାଇଁ, ଟିକିଏ ଲୁଗାଧୁଆ ସୋଡ଼ା ପାଇଁ।" ନିର୍ଭୀକ ହୋଇ ଉତ୍ତର ଦେଲା ଛବି। "ଦେବାକୁ ସେ ମନା କଲା।"

ଗୋଟିଏ ମୁହୂର୍ତ୍ତ ପାଇଁ ଅଟକିଗଲା ମୁରଲୀ। ଏସବୁ ଜାଣିବା ପାଇଁ ସେ ବରାଦ କରି ନଥିଲା। ତା' ପାଇଁ ଦରଦୀ ହୋଇ ଛବି ଏମିତି ତତ୍ପରତା ଦେଖାଇଥିଲା, ନା ସେ ନିଜେ ଭାତ-ଲୁଣ ଖାଇ ବିରକ୍ତ ହୋଇଯାଇଥିଲା ? ପଚାରିଲା – "ଘରେ ତେନ୍ତୁଳି କିମ୍ବା ଆମ୍ବୁଲ ଖଣ୍ଡେ ନାଇଁ। ତୁ ସେସବୁ ଲୁଚେଇ ଲୁଚେଇ କାହିଁକି ଖାଇଲୁ ?"

– "ମୁଁ କେବେ ସେମିତି କରେ ନାହିଁ।" ଛବି ସ୍ୱରରେ ଏଇଭଳି ସ୍ପଷ୍ଟତା ଓ ଅବିଚଳିତ ଭାବଟେ ଥାଏ। ଯୋଗ କଲା – "ମା' ଦେହ ଖରାପ ବେଳେ ସେ ଏଇଥିରୁ କେବେ କିପରି ଖାଉଥିଲା। ତାକୁ ମୁଁ ମନା କରୁଥିଲି। କହୁଥିଲି, ବାପା ବାଡ଼େଇବ। ଏସବୁ ଜମା ଖା' ନା।"

କାହିଁକି କେଜାଣି ମୁରଲୀ ପରାଜିତ ଓ ନିରସ୍ତ ହୋଇଗଲା କିଛି ସମୟ ପାଇଁ। କହିଲା – "ହଉ, ବେଶି ଗୁଡ଼ାଏ ଭାଷଣ ଦେ'ନା। ଯା' କାଶୀନାଥକୁ କହିବୁ, ମୁଁ ତୋତେ ପଠେଇଚି। ସେ କେତେଟା ଜିନିଷ ବାକିରେ ଦେବ।"

– " ମୁଁ ଯିବି ନାଇଁ।! ଛବି କହିଲା – "ସେ ମୋତେ ଦେବ ନାଇଁ?"

– "କ'ଣ କହିଲୁ?" ମୁରଲୀ କଠୋର ହୋଇଗଲା ଏଇ ଅମାନ୍ୟ ଶୁଣି।

ଛବି କିଛି କହିଲା ନାଇଁ। ମାତ୍ର ଏଇଠି ଭୁଲ୍ କଲା ସେ। ଆଗ ଭଳି ସେ କେବଳ ଚାହିଁ ରହିଲା ବାପାକୁ। ତା'ର ଏଇ ନୀରବ ଅଥଚ ଭାଷାପୂର୍ଣ୍ଣ ଦୃଷ୍ଟିକୁ ମୁରଲୀ କେବେହେଲେ ପସନ୍ଦ କରି ନାଇଁ।

– "ମୁଁ କହୁଚି, ଯା।" ମୁରଲୀ ଉଚ୍ଚସ୍ୱରରେ ପାଟିକଲା ଏବଂ ଠିଆ ହେଲା ଛବି ପାଖରେ ଆତଙ୍କର ଦୃଷ୍ଟାନ୍ତଟିଏ ହୋଇ।

ଛବି ସାମାନ୍ୟତମ ଚଞ୍ଚଳତା ପ୍ରକାଶ କଲା ନାଇଁ। ମୁହଁ ଟେକି ଚାହିଁ ରହିଲା ବାପାକୁ ଏବଂ ସୂଚେଇ ଦେଲା ଯେ, ତାହାର ଯେକୌଣସି ଚାଲେଞ୍ଜକୁ ସେ ଗ୍ରହଣ କରେ। ମୁରଲୀ ପାଇଁ ସହଜ ଥିଲା, ବେଶି ଗୁଡ଼ାଏ ଆପତ୍ତି- ଅଭିଯୋଗ କରୁଥିବା, ତା'ର ପ୍ରତ୍ୟେକ କଥାର ଜବାବ ଦେଉଥିବା ହେମକୁ ସାବାଡ଼ କରିବା। କିନ୍ତୁ ଛବି ଚୁପ୍‌ଚାପ୍ ଠିଆ ହୁଏ ଏବଂ ତା'ର ନୀରବତା ବେଳେବେଳେ ପାଗଳ କରିଦିଏ ମୁରଲୀକୁ।

ଯା'ପରେ କ'ଣ ହେଲା କେଜାଣି? ସଚେତନ ହବାବେଳେ ମୁରଲୀ ଦେଖିଲା, ପିଣ୍ଡା ଉପରରୁ ତକଲୁ ଖସିପଡ଼ିଚି ଛବି। ଠିଆ ହେଉଚି। ଦେହରୁ ଝାଡୁଚି ଧୂଳି। ପରେ ସେ ପୁଣି ଉଠି ଆସିଲା ପିଣ୍ଡା ଉପରକୁ। ଖୁଣ୍ଟରେ ଡେରି ହୋଇ ଠିଆ ହେଲା ଏବଂ ସତେ ଯେପରି ଘୋଷଣା କଲା – ତୋର ପରବର୍ତ୍ତୀ ଆକ୍ରମଣ ପାଇଁ ମୁଁ ପ୍ରସ୍ତୁତ। ମାତ୍ର ଅଯୌକ୍ତିକ ଆଦେଶ ପାଳନ ପାଇଁ ମୁଁ ଯିବି ନାଇଁ କୁଆଡ଼େ।

– "କବାଟ ଆଉଜେଇ ଦେ। ଆଲୁଅ ପଡୁଚି। ନିଦ ହେଉନାଇଁ।" ମୁରଲୀ କଡ଼ ଲେଉଟାଇଲା ଖଟ ଉପରେ ଏବଂ ଆଦେଶ ଦେଲା।

ବହୁଦିନ ପରେ, ଦିନ ଏଗାରଟା ବେଳେ ସେ ଆଜି ଗଂଜେଇ ଟାଣିଲା। ଘଣ୍ଟେ ଦୁଇଘଣ୍ଟା ପରେ ନିର୍ଧୂମ୍ ଖାଇଲା ସଜନା ଶାଗ ମିଶେଇ। ଗଡ଼ପଡ଼ ହେବା

ବେଳକୁ ଆବିଷ୍କାର କଲା ଯେ, ନିଦ ବ୍ୟାହତ ହେଉଚି କବାଟ ଖୋଲା ଥିବାରୁ। ଛବି ସେତେବେଳେ ଝିଆ ଆରମ୍ଭ କରିଚି ବାପାର ଅଇଁଠା ଥାଳିରେ। ତାହାର ଏଇ ଆଦେଶ ଶୁଣି କିଛି କହିଲା ନାଇଁ। ପିଣ୍ଡା ଉପରକୁ ଉଠେଇନେଲା ଥାଳି। କବାଟ ବନ୍ଦ କଲା।

ଏହାର କିଛି ସମୟ ପରେ ଘର ଭିତରୁ ବାହାରି ଆସିଲା ଆଉ ଗୋଟେ ଆଦେଶ – "ବାସନ ପରେ ମାଜିବୁ। ଖଡ଼୍ ଖଡ଼୍ ଶବ୍ଦ କରନା, କହି ଦେଉଚି। ମଣିଷ ଟିକେ ଶୋଇବ ବୋଲି ଭାବିଲା ବେଳକୁ ଇଏ ଗୋଟେ ଧନ୍ଦା ଆରମ୍ଭ କରୁଚି।"

କେତୋଟି ମିନିଟ୍ ପାଇଁ ସବୁ ନୀରବ ହୋଇଗଲା, ମୁରଲୀକୁ ସନ୍ତୁଷ୍ଟ କରିବାପାଇଁ। ମାତ୍ର ତା'ପରେ ପୁଣି ସେଇ ଶବ୍ଦ। ଏଥର ଘର ଭିତରୁ ନୁହେଁ; ଖୁବ୍ ପାଖରୁ ଏଇ ଭାଷା – "ତୋତେ ପରା ଥରେ କହିଲି, ମଜାମଜି କାମ ପରେ କରିବୁ ବୋଲି ? ଜମା ଖାତିର ନାଇଁ, ଦେଖୁଚି।"

– "ଡେକ୍‌ଚି ମଜା ଅଧା ହୋଇଥିଲା।" ତା'ଆଡ଼କୁ ନ ଚାହିଁ ଜବାବ ଦେଲା ଛବି। ପୁଣି କହିଲା – "କଳା ହେଇଚି ଯେ କାହିଁରେ କ'ଣ। ଛାଡୁ ନାଇଁ।"

– "କାହିଁକି ଏତେ କଳା ହେଉଚି ?" କୈଫିୟତ ମାଗିଲା ମୁରଲୀ – "ଏତେ ବଡ଼ ପିଲାଟେ ହେଲୁଣି। ନିଆଁ ଲଗେଇ ଆସୁ ନାଇଁ ?"

– "କଞ୍ଚା କାଠରେ ଏମିତି ହୁଏ। ତୁ ନିଜେ ଥରେ ପରୀକ୍ଷା କରି ଦେଖ।" ଛବି ଜାଣିଶୁଣି ଏମିତି କହିଲା। ଘରେ କାଠ ଖଣ୍ଡେ ନାଇଁ ବୋଲି ଗତକାଲିଠାରୁ ସେ କହିଥିଲା ବାପାକୁ। ସେ ପୁଣି ଡେକ୍‌ଚି ମାଜିବାରେ ବ୍ୟସ୍ତ ରହିଲା।

– "ବନ୍ଦ କରିବୁ ନା ଦେଖିବୁ ?" ମୁରଲୀ ରୀତିମତ ଉତ୍ତେଜିତ ହୋଇ ସାରିଥିଲା ଛବିର ଆକ୍ଷେପ ଓ ଆଚରଣ ସକାଶେ।

ଛବି ଏମିତି ବ୍ୟବହାର ଦେଖାଇଲା, ସତେ ଯେପରି ପାଖରେ କେହି ନାହାନ୍ତି; କେହି କିଛି ତାକୁ କହୁ ନାହାନ୍ତି। ମୁରଲୀ ତାକୁ ଉଠାଇ ଆଣିଲା ସେଠାରୁ। ଠିଆ କରାଇଲା ପିଣ୍ଡା ଉପରେ ଏବଂ ଆଦେଶ ଦେଲା – "ବନ୍ଦ କର, ମୁଁ କହୁଚି।"

ଗୋଟେ ମୁହୂର୍ତ୍ତ ପାଇଁ ଛବି ଦେଖିଲା ତା' ବାପାକୁ ଏବଂ ତାକୁ ସ୍ତମ୍ଭୀଭୂତ କରି ପୁଣି ଡେକ୍‌ଚି ମାଜିବାକୁ ବସିଲା। ମୁରଲୀ ଅସମ୍ଭାଳ ହୋଇଗଲା। ତାକୁ ଆପାତତଃ ଟେକି ନେଲା ଘର ଭିତରକୁ। ଚିତ୍କାର କଲା – "ତଣ୍ଟି ଚିପି ମାରି ଦେବି। ତୁ'ମୋତେ ଚିହ୍ନିନୁ। ଆରେ, କହିଲି ପରା ବାହାରକୁ ଯାଇପାରିବୁନି ବୋଲି ?"

ଛବି ଏମିତି ଟକ୍‌କର ଦେଇନଥିଲା ଯା ପୂର୍ବରୁ କେବେ। ସେ ଆସିଲା ଅଧା ମଜା ହୋଇଥିବା ଡେକ୍‌ଚି ପାଖକୁ। ପୁଣି କାମରେ ମନ ଦେଲା କିଛି ହୋଇ ନଥିବା ଭଳି।

ମୁରଲୀ ପାଖରେ ଆଉ କୌଣସି କାର୍ଯ୍ୟାନୁଷ୍ଠାନ ନଥିଲା। ବସି ରହିଲା ଖଟରେ ଏବଂ ନିଷ୍ପତ୍ତି ନେଲା ଯେ ଆଉ ବେଶି ଡେରି କରିବା ଠିକ୍ ନୁହେଁ। ଏଇ ଦଶହରା ବେଳକୁ ହିଁ ଅନେକ ଦିନ ହେଲା ଚିନ୍ତା କରିଥିବା କାମଟି କରିବାକୁ ହେବ। ଏଇଟା ଗୋଟେ ଅଡୁଆ। ବଦ୍‌ମାସ୍ ମାଇକିନାଟା ବଞ୍ଚିଥିବାବେଳେ କଟର କଟର ହେଉଥିଲେ ମଧ୍ୟ, ସେ ମଝିରେ ମଝିରେ ଅନ୍ୟଆଡ଼େ ପଳେଇଯାଉଥିଲା। ସେଇଟା ମରିବା ପରେ ସେ ବାସ୍ତବିକ ଅନୁଭବ କରୁଚି ଯେ ଘରୁ କୁଆଡ଼େ ଯିବା ଆଉ ସମ୍ଭବ ହେଉ ନାହିଁ। ଏ ମେଞ୍ଚଡ଼ ଛୁଆକୁ ସେ ଛାଡ଼ିବ କାହା ଦାୟିତ୍ୱରେ ? ପଣା ସଂକ୍ରାନ୍ତି ବେଳେ ସେ କେବଳ ଯାଇଥିଲା ଦିନେ-ଦୁଇଦିନ ପାଇଁ ଗୋଟେ ଖଣି ଅଞ୍ଚଳକୁ। ଭଲ ଯାତ୍ରା ହେଉଥିଲେ ମଧ୍ୟ ସେ ଫୂର୍ତ୍ତି ଅନୁଭବ କରି ପାରି ନ ଥିଲା। ଫେରିଥିଲା ଗୋଟେ ଫ୍ରକ୍ କିଣି।

ଦଶହରା ବେଳକୁ ଚାବି ପଡ଼ିଲା ଘରେ। ମୁରଲୀ କହିଲା - ଚାଲ୍। ଏବଂ ସେମାନେ ଚାଲିବା ଆରମ୍ଭ କଲେ। ଛବି ପ୍ରଥମ ଥର ପାଇଁ ବାହାରକୁ ଯାଉଚି, ବାପା ସହିତ। ତା' ପ୍ରତି ଛବି ମନ ଭିତରେ ଯେଉଁ କୃତଜ୍ଞତା ଓ ଶ୍ରଦ୍ଧା ଆସି ଯାଇଥିଲା, ତାହା ମୁରଲୀ କାହିଁକି, କୌଣସି ବାପା କେବେହେଲେ ବିଶ୍ୱାସ କରି ପାରେନ୍ତ ନାହିଁ। ସେ ଚାଲିଚି ଆଗେ ଆଗେ। ନୀରବରେ ଏବଂ ଟିକିଏ ଦ୍ରୁତ ଗତିରେ। ସତେ ଯେପରି ଜରୁରୀ ସୁଯୋଗ ହାତଛଡ଼ା ହୋଇଯିବ ସାମାନ୍ୟ ଡେରିକଲେ। ଗୋଟେ ବିହ୍ୱଳ, ପୁଲକିତ ମନ ନେଇ ଛବି ଚାଲୁଥିଲା ଏବଂ ଧାଉଁଥିଲା ବାପା ପାଖାପାଖି ହେବାପାଇଁ। ସାମାନ୍ୟ ଉତ୍କଣ୍ଠା ଓ ବ୍ୟାକୁଳତା ଆଚ୍ଛନ୍ନ କରିଥିଲା ତାକୁ। ସତରେ କ'ଣ ଏତେ ବଡ଼ ଦଶହରା ଉତ୍ସବ କେଉଁଠି ଅନୁଷ୍ଠିତ ହୁଏ ? କିପରି ହୁଏ ? ଏ ସମ୍ପର୍କରେ ବାପା କୌଣସି ଆଭାସ ଦେଇ ନ ଥିଲେ ମଧ୍ୟ ଗୋଟେ ମନୋମୁଗ୍ଧକର, କଳ୍ପନା ବହିର୍ଭୂତ ଉତ୍ସବ ଭିତରକୁ ଯାଉଚି ବୋଲି ଛବିର ସନ୍ଦେହ ନ ଥିଲା। କିଏ କହିଲା, ଯେ, ବାପା ଜଣଙ୍କ ପୈଶାଚିକ ଓ ନିଷ୍ଠୁର ? ଛବି ପ୍ରତି ତା' ଉପରେ ଠୁଳ ହୋଇଥିବା ସମସ୍ତ ଶ୍ରଦ୍ଧା ସତେ ଯେପରି ଏଇଥର ପ୍ରକାଶିତ ହୋଇଯାଉଚି।

ପ୍ରାୟ ଦଶଦିନ ପରେ ଗାଁ। ଏଥର ଦୁଇଟି ପରିବର୍ତ୍ତନ ଦେଖିବାକୁ ପାଇଲେ ଗାଁ ଲୋକେ ମୁରଲୀ ପାଖରେ। ଭଲ ଜୋତା, କମିଜ-ଧୋତି ପିନ୍ଧିଥିଲା ଏବଂ ଗୋଟେ ବଡ଼ ବ୍ୟାଗ୍‌ରେ କେଜାଣି କ'ଣ ସବୁ ଆଣିଥିଲା। ଦ୍ୱିତୀୟଟି ହେଉଚି, ସେ ଫେରିଥିଲା ଏକୁଟିଆ ଛବି ଗଲା କୁଆଡ଼େ ?

ଗାଁ ଭିତରେ ଗୋଟେ ଚାପା ଗୁଞ୍ଜରଣ ସୃଷ୍ଟି ହୋଇଗଲା। କାହାରି ମନରେ ଆଦୌ ସନ୍ଦେହ ରହିଲା ନାହିଁ ଯେ, ଝିଅକୁ ସେ ବିକ୍ରି କରି ଦେଇଚି କାହାକୁ।

ବିନିମୟରେ ଯେଉଁ ଟଙ୍କା ପାଇଚି, ସେଇଥିରେ କିଣିଚି ଏସବୁ ଜିନିଷ। ଏ ଅଞ୍ଚଳରେ ଏମିତି ଅମାନୁଷିକତା ଘଟି ନ ଥିଲା ଯା ପୂର୍ବରୁ। ମୁରଲୀକୁ ଆଉ କେହି ଅପଦାର୍ଥ, ଘୋଡ଼ାମୁହାଁ ବୋଲି କହିଲେ ନାଇଁ ଯା ପରେ। ସେ ଗୋଟାଏ ପିଶାଚ, ଗୋଟେ ଘାତକ ବୋଲି ତା' ସାମ୍‌ନାରେ ଲୋକମାନେ କହିଲେ। ଗାଁରୁ ଏଇ ବିପଜ୍ଜନକ କଂସେଇକୁ କିପରି ହଟେଇ ଦିଆଯାଇପାରିବ, ତାହା ଗୋପନରେ ଆଲୋଚନା କଲେ କେତେଜଣ।

ଯଦି ପୁଲିସ୍ ତା' ପାଖରେ ପହଞ୍ଚି ନ ଥାନ୍ତା, ତେବେ ହୁଏତ ଏତେ କଥା ଜାଣି ପାରି ନଥାନ୍ତା ମୁରଲୀ।

– "ତୋ ଝିଅ ଗଲା କୁଆଡ଼େ ?" ଖାକି ପୋଷାକ ପରିହିତ ଲୋକଜଣକ ପଚାରିଲେ।

"ହଜିଗଲା। ଏତେ ବଡ଼ ଯାତ୍ରାରେ ତାକୁ ପାଇଲି ନାଇଁ।"

– "ଚାଲ, ଶଳା, ଥାନାକୁ। ତୋ ବାଲିଙ୍ଗି ବାହାର କରିଦେବି।" ପୁଲିସ୍ ଅଫିସର ମୁରଲୀ ଓ ତା' ଘରକୁ ବାରମ୍ବାର ଅନାଇଲେ, ଏଇଥିରୁ କିଛି ଫାଇଦା ମିଳିବ କି ନାଇଁ ବୋଲି ଭାବୁଥିବା ଅବସ୍ଥାରେ।

ମୁରଲୀ ଗୋଟିଏ ମୁହୂର୍ତ୍ତ ମଧ୍ୟରେ ଘରୁ ନେଇ ଆସିଲା ଖଣ୍ଡେ କାଗଜ ଏବଂ କହିଲା – "ପଢ଼ନ୍ତୁ।"

ସେତକ ପଢ଼ିସାରିବା ପରେ ଅଫିସରଙ୍କର ତେଜ କମିଗଲା। କାଗଜ ଖଣ୍ଡିକ ଥିଲା ଗୋଟେ ଏତଲା। ଛବି ହଜି ଯାଇଚି ବୋଲି ଏଇ ଏଫ୍.ଆଇ.ଆର୍.ଟା ଦିଆଯାଇଥିଲା ସେଠାକାର ପୁଲିସ୍ ଷ୍ଟେସନ୍‌ରେ। ସେ ମୁରଲୀ ଆଡ଼କୁ ଅନାଇବା ବେଳେ ଆଉ ଖଣ୍ଡିଏ କାଗଜ ଆସିଗଲା ତାଙ୍କ ହାତକୁ। ଅଣ୍ଡର ସାର୍ଟିଫିକେଟ୍ ଅଫ୍ ପୋଷ୍ଟିଙ୍ଗ ଯୋଗେ ଏତଲାର ଗୋଟେ କପି ଏଇ ଥାନାକୁ ପଠାଯାଇଚି ବୋଲି ମୁରଲୀ କହିଲା।

– "କାଇଁ ? ଏମିତି କିଛି ଏତଲା ଆମ ଥାନା ଏ ପର୍ଯ୍ୟନ୍ତ ପାଇ ନାଇଁ ?" ଅଫିସର କହିଲେ, ଅନେକ ହତାଶା ଓ ହତୋତ୍ସାହର ସହିତ। ପୁଣି ପଚାରିଲେ – "ତୁ ସେଠାରୁ ଫେରିଲୁ କେଉଁଦିନ ?"

– "ଦୁଇ ଦିନ ହେବ।"

– "ଆମ ଥାନାକୁ ଯାଇ ଏ କଥା ତ ଏଯାଏ କହିନୁ ?" ସେ ପଚାରିଲେ।

– "ଦେହ ଖରାପ ଥିଲା।" କୈଫିୟତ ଦେଲା ମୁରଲୀ– "ଭାବିଥିଲି ଆସନ୍ତା କାଲି ଯିବି।"

ଆଉ କିଛି ଘଟିଲା ନାଇଁ। ସମୟକ୍ରମେ ସମସ୍ତେ ଭୁଲିଯିବାକୁ ଆରମ୍ଭ କଲେ ଯେ ଗାଁରେ ଛବି ବୋଲି ଝିଅଟେ ଥିଲା। ମୁରଲୀକୁ ଦେଖିବା ମାତ୍ରେ ସଚେତନ ଲୋକମାନେ କେବଳ ସଙ୍କୁଚିତ ହୋଇପଡୁଥିଲେ ଘୃଣା ଓ କ୍ରୋଧରେ। କିଛି ଦିନ ପରେ ଏଇ ଏଇ ପ୍ରତିକ୍ରିୟା ହରାଇଲା ସମସ୍ତ ତୀକ୍ଷ୍ଣତା। ଗାଁ ପୁଣି ଗ୍ରହଣ କରି ନେଉଥିଲା ତାକୁ ଆଗଭଳି।

X X X

ବସ୍ ଅଟକିଲା ଛକ ଉପରେ। ଜଣେ ମହିଳା ଓହ୍ଲେଇଲେ ବିଶାଳ ସୁଟ୍‌କେଶ୍ ଧରି। ବାମ କାନ୍ଧରେ ଭେନିଟ୍ ବ୍ୟାଗ୍ ଓହଳାଇ। ହୁଇସିଲ୍ ବାଜିବା ମାତ୍ରେ ବସ୍ ଗଡ଼ିଲା ଆଗକୁ। ତାକୁ ଗୋଡ଼ଉଥାଏ ବିଶାଳ ଧୂଳିର ଲହଡ଼ିଟେ ଗ୍ରାସ କରିବା ପାଇଁ। କିଛି ସମୟ ପରେ ସତକୁ ସତ ହଜିଗଲା ବସ୍ ଧୂଳିର ପାକସ୍ଥଳୀ ଭିତରେ। ସମ୍ପୂର୍ଣ୍ଣ ନୀରବ ହୋଇଗଲା ତାହାର ଭାଷା।

ମହିଳା ଜଣକ ସଜାଡ଼ିନେଲେ ଶାଢ଼ି। ଦୁଇ ପାପୁଲି ବୁଲାଇ ଆଣିଲେ ସାମ୍ପୁକରା ଚକ୍ ଚକ୍ ବବ୍ କେଶ ଉପରେ। ତାଙ୍କ ପଛକୁ, ଆଠ-ଦଶ ଫୁଟର ବ୍ୟବଧାନରେ ଧାଡ଼ିଏ ସିମେଣ୍ଟ ଟାଇଲଢ଼ଙ୍କା ଘର। ଅତୀତରେ ଏଇ ସ୍ଥାନଟା ଥିଲା ଅରମା, ଅନାବନା ଗଛକୁ ନେଇ। ଚାରି ପାଞ୍ଚଟା ଦୋକାନ। ସବାଶେଷରେ, ଆମ୍ବଗଛ ମୂଳେ କୁଳମଣିର ଚା'-ପକୋଡ଼ି ଦୋକାନ। ଏବେ ଯଥେଷ୍ଟ ଖାନଦାନୀ ଦେଖାଯାଉଚି, ଦୁଇଟା ଟେବୁଲ, ଆଠ-ଦଶଟା ଚେୟାରକୁ ନେଇ। ଛାତରୁ ଝୁଲୁଚି ଫ୍ୟାନ୍। ରାସ୍ତା ଆଉ ପାଖରେ ଚାରି-ପାଞ୍ଚଟା ପାନ-ଦୋକାନର କେବିନ୍। ସିଗାରେଟ୍ ଓ ଥଣ୍ଡାପାନୀୟର ବିଜ୍ଞାପନ ପୋଷ୍ଟର। ଗୋଟେ ଦୁଇଟା ଦୋକାନରୁ ଉଛୁଳି ଆସୁଚି ଅଡ଼ିଓ କ୍ୟାସେଟ୍ ପରିବେଷଣ କରୁଥିବା ଭଜନ ଓ ହିନ୍ଦୀ ଫିଲ୍ମ ଗୀତ। ଛକ ପାଖରେ ଥିବା ବିଶାଳ ବରଗଛର ଡାଳ କଟାଯାଇଚି। ଚାରି-ପାଞ୍ଚଟା କୃଷ୍ଣଚୂଡ଼ା ଗଛ କେତେ ବଡ଼ ହୋଇଗଲେଣି। ବରଗଛକୁ ଲାଗି ଯାତ୍ରୀମାନଙ୍କର ରେଷ୍ଟସେଡ୍। ପାଖରେ ଟିଉବ୍-ୱେଲ୍।

ସବୁ ଆଡୁ ଆଖି ଫେରାଇଲେ ମହିଳା ଜଣକ। ରାସ୍ତା କଡ଼ରେ ଥିବା ବୁଦୁବୁଦୁକିଆ ଶାଳ ଜଙ୍ଗଲର ଚିହ୍ନବର୍ଣ୍ଣ ନାହିଁ। ଏଠାରେ ଠିଆହୋଇ ଯେ କୌଣସି ଦିଗକୁ ଚାହିଁହେବ। ଅନ୍ତରାୟ ସୃଷ୍ଟି କରିବା ପାଇଁ ଗଛଟିଏ ବି ନାଇଁ ଆଖ ପାଖରେ। ଦେଖାଯାଉଚି ବିଲମାନଙ୍କର ହିଡ଼, ଶୁଖିଲା ମାଟି।

ଦରକାର ଚା' କପେ। ମହିଳା ଜଣକ ସୁଟ୍‌କେଶ ଧରି ଆଗେଇ ଆସିଲେ କୁଳମଣି ଦୋକାନ ଆଡ଼େ। ସେତେବେଳେ ପ୍ରତ୍ୟେକ ଦୋକାନରୁ ଜିଜ୍ଞାସୁ ମୁହଁ ଗୁଡ଼ିଏ ବାହାରି ଆସିଥିଲା ପଦାକୁ। ଏତେ ଚମତ୍କାର, ଆତ୍ମ-ବିଶ୍ୱାସୀ ଆଧୁନିକ ମହିଳା

ଜଣକୁ ଉପଯୁକ୍ତ ସମ୍ବର୍ଦ୍ଧନା ଜଣାଇବା ପାଇଁ କିଛି ହେଲେ ବ୍ୟବସ୍ଥା ନାହିଁ ବୋଲି ସମସ୍ତେ ସତେ ଯେପରି ଲଜ୍ଜିତ ଓ ଅପ୍ରତିଭ ହୋଇପଡ଼ିଥିଲେ।

– "ଚା' କପେ ଦରକାର।" ସେ ଏତକ କହିବା ମାତ୍ରେ କୁଳମଣି କୃତକୃତ୍ୟ ହୋଇପଡ଼ିଲା। ଏତେ ବର୍ଷ ଧରି ଦୋକାନ କରିବାର ସାର୍ଥକତା ମିଳିଗଲା ଏଇ କଥାରେ। ସେ କାନ୍ଧରେ ପକାଇଥିବା ଗାମୁଛାରେ ଝାଡ଼ିଲା ଗୋଟେ ଚେୟାର ଏବଂ ପ୍ରାୟ ପ୍ରାର୍ଥନା କଲା – "ବସନ୍ତୁ ଆଜ୍ଞା।" ଏବଂ ପରେ ପରେ – "ଧୁଣ୍ଡା, ଭଲ କରି ଧୋଇଆଣ, ଏ ସସ୍ ପ୍ୟାନ୍‌ଟା।"

ମହିଳା ଜଣକ ଟିକିଏ ଆମୋଦିତ ହେଉଥିଲେ ଏବଂ ଚା' ପିଉଥିଲେ। କୁଳମଣି ଇତିମଧ୍ୟରେ ହରାଇ ସାରିଚି ଗୁଡ଼ାଏ ଦାନ୍ତ ଓ କେଶ। ବେକର ମାଂସପେଶୀ ଦେଖାଯାଉଚି ଲୋଚାକୋଚା। ଜାର୍ ଭିତରେ ଏବେ ନିମ୍‌କି ଓ ପେଡ଼ା ଦେଖାଯାଉନାହିଁ ଯାହାକୁ ସେ ଏକଦା ଦେଖୁଥିଲେ ପ୍ରଲୁବ୍ଧ ହୋଇ। ଗୋଟେ କାଚ ଆଲମାରିରେ ସଜ୍ଜିତ ହୋଇ ରହିଚି ବିଭିନ୍ନ ପ୍ରକାରର ମିଠା। ସେପଟକୁ ଗୋଟେ ଫ୍ରିଜ୍। ପାଖରେ ଆଉ ଗୋଟେ ପିଲା ପରିବା କାଟୁଚି। ମଧ୍ୟାହ୍ନଭୋଜନ ପାଇଁ ବ୍ୟବସ୍ଥା ନିଶ୍ଚୟ।

– " ଏ ଦୋକାନରେ ମିଲ୍ ମଧ୍ୟ ମିଳେ ?" ଜିଜ୍ଞାସା ଓ କିଞ୍ଚିତ୍ ବିସ୍ମୟର ପ୍ରଶ୍ନ।

– "ଆଜ୍ଞା, ହଁ।" ଅନେକ ଉତ୍ସାହର ସହିତ କୁଳମଣିର ଉତ୍ତର – "ହାଇସ୍କୁଲ ସାର୍‌ମାନେ ତ ଖାଆନ୍ତି। ତା' ଛଡ଼ା.... ।"

– "ହାଇସ୍କୁଲ ? ଏ ଗାଁରେ ?" ବିଶ୍ୱାସ କରିପାରୁ ନ ଥିଲେ ମହିଳା ଜଣକ।

– "ହଁ। ଗତ ସାତ-ଆଠ ବର୍ଷ ହେଲାଣି।" କୁଳମଣି ଉତ୍ତର ଦେଲା ହାଇସ୍କୁଲଟା ଗାଁରେ ଗୋଟେ ମାମୁଲି ଅନୁଷ୍ଠାନ ବୋଲି।

ମହିଳା ଜଣକ କିଛି କହିଲେ ନାହିଁ। କିଛି କହିବା ପାଇଁ ଭାରି ଇଚ୍ଛା ହେଉଥିଲା ସେଇ ମୁହୂର୍ତ୍ତରେ। ଭିତରୁ ଉଠି ଆସୁଥିଲା ଗୋଟେ ବଳିଷ୍ଠ ଆବେଗ। ତାହା ବାରମ୍ବାର ବିଛେଇ ହୋଇପଡୁଥିଲା ଦେହରେ, ପ୍ରତ୍ୟେକ ଲୋମକୂପ ଓ ହାଡ଼ ଭିତରର ମଜ୍ଜାକୁ ଓଦା କରି। ମାତ୍ର ସେଠାରେ ଗୋଟେ ନାଟକ ସୃଷ୍ଟି କରିବାପାଇଁ ଇଚ୍ଛା ହେଲା ନାହିଁ ତାଙ୍କର। ସେ କେବଳ ଭାବୁଥିଲେ, ଏମିତି ଗୋଟେ ଦିନ ଥିଲା; ଯେତେବେଳେ ମାମୁଲି ଚାଳ ତଳେ ପଡ଼ିଥିଲା ବେଞ୍ଚଟେ। ଜାର୍ ଭିତରେ ରହିଥିଲା ନିମ୍‌କି ଓ ପେଡ଼ା, ତାଙ୍କର ଲାଳସା-ପରିପୂର୍ଣ୍ଣ ଦୃଷ୍ଟି ସତ୍ତ୍ୱେ ଅବିଚଳିତ ହୋଇ।

ମହିଳା ଜଣକ ଦାମ୍ ତୁଟେଇଲେ। ଉଠେଇଲେ ସୁଟ୍‌କେଶ। ତାଙ୍କର ସାମାନ୍ୟ ଆଦେଶରେ ସେଠାରେ ଥିବା ଯେକୌଣସି ଲୋକ ସେଇ ସୁଟ୍‌କେଶ୍ ଧରି ବ୍ରହ୍ମାଣ୍ଡ ପରିକ୍ରମା କରିବାପାଇଁ ଆଗ୍ରହୀ ଥିଲା। ମାତ୍ର ସେ ନିଜ ବାଟ ଓ ଗନ୍ତବ୍ୟ ସ୍ଥଳ

ସମ୍ପର୍କରେ ସମ୍ପୂର୍ଣ୍ଣ ଅବହିତ ଥିବା ଭଳି ମନେହେଲା। ଛାତି ଉପରେ ଦୁଇ ହାତ ଛନ୍ଦି ଠିଆ ହୋଇଥିବା ଓ ଚଷମା ଲଗେଇଥିବା ଏଇ ବ୍ୟକ୍ତି ଜଣକ କାଶୀନାଥ। ତାଙ୍କୁ କହିବା ପାଇଁ ମନ ହେଉଥିଲା ଦାଦା, କେତେ ଚଞ୍ଚଳ ବୁଢ଼ା ହୋଇଗଲ, ତୁମେ। ତୁମ ଦୋକାନ ଏବେ ଭଲ ଚାଲିଚି ବୋଲି ଜଣା ପଡୁଚି, ତୁମ ରିଷ୍ଟୱାଚ୍‌ରୁ, ଚପଲରୁ ଓ ଫୁଲ୍‌ସାର୍ଟରୁ। କେତେଥର ତୁମ ଦୋକାନରୁ ମୁଁ ଫେରିଚି ଖାଲି ହାତରେ। ବାକି ଦେବ ନାଇଁ ବୋଲି ମୋତେ ଫେରାଇଦେବା ବେଳେ ବି ତୁମେ ଭାବି ପାରିନଥିବ ବାପା କେମିତି ମୋତେ ବାଡ଼େଇବ, ଶୋଧିବ। ଥାଅ ସୁଖରେ। ପରିପୂର୍ଣ୍ଣ ଦେହ ଓ ମନ ନେଇ।

ଅଥଚ ଏ ରାସ୍ତା ଚାଲିବା ବେଳେ ସେ ଏମିତି ପ୍ରକମ୍ପିତ, ସ୍ପନ୍ଦିତ ହୋଇପଡୁଚନ୍ତି କାହିଁକି ? ଏ ମାଟିରୁ, ଦୂର ଦିଗ୍‌ବଳୟରୁ ସତେ ଯେପରି ଭାସି ଆସୁଚି ଗୋଟେ ଗନ୍ଧ। ଶୈଶବର ଗନ୍ଧ। ଶୁଭିଯାଉଚି ଗୋଟେ ମନମତାଣିଆ ହୁଳହୁଳି। ଅତୀତକୁ ସମ୍ବର୍ଦ୍ଧନା କରିବାର ହୁଳହୁଳି। ଆଉ, ସତକୁ ସତ, ପାହାଡ଼ ଉପରେ ଥିବା ମହାଦେବଙ୍କ ମନ୍ଦିରର ଘଣ୍ଟଧ୍ୱନି ତ ଶୁଭୁଚି।

ମହିଳା ଜଣକ ଚାଲୁଥିଲେ ସିନା; କିନ୍ତୁ ଦେଖିପାରୁ ନ ଥିଲେ ଭଲ କରି ବାଟ। ଦୁଇ ପାଖର ଦୃଶ୍ୟ। ସେ ଆଖି ପୋଛିଲେ। ସଂଯତ କଲେ ନିଜକୁ। ଡାହାଣ ପାଖରେ ପାଚେରି ଘେର ମଝିରେ ମାଇନର ସ୍କୁଲ। ତା' ପାଖକୁ ଜନତା କ୍ଲବ୍‌ର ଘର। ଆର୍.ଆଇ. ଅଫିସ୍। ବାମ ପାଖରେ ଥିବା ଅପର ପ୍ରାଇମେରୀ ସ୍କୁଲ୍‌ର ନୂଆ କଳେବର। ଇଟା କାନ୍ଥ। ସିମେଣ୍ଟ ଟାଇଲ୍। ସେ ବୋଧହୁଏ ଏଠାକୁ ଆସିଥିଲେ ପନ୍ଦର-କୋଡ଼ିଏ ଦିନ ପାଇଁ। ଗୋବର ଲିପା ପିଣ୍ଡା ଓ କୋଠରି ଥିଲା ସେତେବେଳେ। ଆହୁରି ଆଗକୁ ପଞ୍ଚାୟତ ଅଫିସ୍ ଓ ଗ୍ରାମ୍ୟ ବ୍ୟାଙ୍କ୍। ଏତେ ଗୁଡ଼ାଏ ପରିବର୍ତ୍ତନ ଯା' ଭିତରେ। ଏଇତ, ସେ ପାଦଚଲା ସରୁ ରାସ୍ତାରେ ଆଉ ଚାଲୁ ନାହାନ୍ତି। ମୋରମ ଘୋଡ଼େଇ ହୋଇଥିବା ସଡ଼କ ଲମ୍ବିଯାଇଚି ଆଗକୁ।

ଏବଂ ଡାହାଣ ପାଖରେ ଘର। ଦୁଇଟି ପ୍ରକାଣ୍ଡ ଆମ୍ବ - ପଣସ ଗଛ ଉହାଡ଼ରେ ଘର। ମହିଳା ଜଣକ ଆଗେଇ ଆସି ପିଣ୍ଡା ପାଖରେ ପହଞ୍ଚିବା ବେଳକୁ, ଶାଗପଟାଳିରେ କାମ କରୁଥିବା ଲୋକ ଜଣକ ଉଠି ଆସିଥିଲା। ବାଟବଣା ହୋଇଯାଇଥିବା ମହିଳାଙ୍କୁ ସାହାଯ୍ୟ କରିବାପାଇଁ।

- "କାହାକୁ ଖୋଜୁଚ ?" ମୁରଲୀ ବିଚଳିତ ହୋଇପଡ଼ିଲା, ଯେତେବେଳେ ସେ ଦେଖିଲା ଯେ ତା' ପିଣ୍ଡା ଉପରେ ସୁଟ୍‌କେଶ ରଖି, ମହିଳା ଜଣକ ତାକୁ ଦେଖୁଚନ୍ତି ଏବଂ ଏଇଭଳି ଦେଖୁଥିବା ବେଳେ ତାଙ୍କ ଦୁଇ ଓଠ, ନାକପୁଡ଼ା ଓ ଭ୍ରୂ କମ୍ପୁଚି।

ଏଥର ସେ ଆଗେଇ ଆସିଲେ ଏବଂ ମୁରଲୀ ଇତସ୍ତତଃ ହେବା ଆରମ୍ଭ କଲା ଏଇ ଅଭାବିତ, ଅବିଶ୍ୱାସ୍ୟ ଦୃଶ୍ୟ ଦେଖି। ତା'ର ଧୂଳିମଖା ପାପୁଲି ଦୁଇଟି ମହିଳାଙ୍କ ପାପୁଲି ଭିତରେ। ତାକୁ ଆହୁରି ମନ୍ତ୍ରମୁଗ୍ଧ ଓ ନିର୍ବୋଧ କରି, ପାପୁଲି ଦୁଇଟିକୁ ଚୁମ୍ବନ କରି ସେ କହିଲେ - "ମୁଁ, ଛବି।"

ମାଟିରୁ ଆକାଶ ପର୍ଯ୍ୟନ୍ତ ଏମିତି ଏକ ପ୍ରତିଧ୍ୱନି ସୃଷ୍ଟି ହେଲା ଯେ ମୁରଲୀ ବୁଝିପାରିଲା ନାଇଁ, ଶୁଣି ପାରିଲା ନାଇଁ କିଛି। ଅଧା ଖୋଲା ପାଟି ନେଇ ସେ କେବଳ ଚାହିଁ ରହିଲା ଛବି ଆଡ଼େ। ତା'ର କୋଟରଗତ ଆଖି ହାରିଯାଉଥିଲା। ସେ ଦେଖିପାରୁ ନ ଥିଲା ଭଲ କରି ଏତେ ପାଖରେ ଠିଆ ହୋଇଥିବା ମଣିଷ ଜଣକୁ। ତାକୁ ଦେଖିବା ପାଇଁ ସେ ଯେପରି ଯୋଗ୍ୟତା ହରାଇ ସାରିଥିଲା। ସେ ଯାହା ଶୁଣିଲା, ତାହା ପୁଣି ଥରେ ଶୁଣିବା ସକାଶେ ସେ ଅନୁରୋଧ କରିପାରିଲା ନାଇଁ। ସବୁ ଜଣା ପଡ଼ିଲା, ଅବାସ୍ତବ। ଗୋଟେ ସ୍ୱପ୍ନ ଭଳି। କେଜାଣି, ମଣିଷ ଜଣକ ଗୋଟେ ପ୍ରହେଳିକା ହୋଇପାରେ, ମାତ୍ର ତାହାକୁ ସ୍ପର୍ଶ କରି, ତାହାର ବାସ୍ତବତା ପରଖିବା ପାଇଁ ସାହସ ହେଲା ନାଇଁ ମୁରଲୀର।

- "କ'ଣ କହିଲ ଯେ, ଶୁଣି ପାରିଲି ନାଇଁ।"

- "ମୁଁ ଛବି।" ସେ କହିଲା ଏବଂ ପିଣ୍ଡା ତଳେ ଚପଲ ରଖି ଘର ଭିତରେ ପଶିଲା। କୋଡ଼ିଏ-ବାଇଶ୍ ବର୍ଷ ପୂର୍ବେ ମାଠିଆ ଯେଉଁଠି ଥିଲା, ସେଇଠି ଅଛି। ଲୋଟାକୋଟା ସିଲ୍‌ଭର ଢାଳ। ପାଣି ଆଣି ଛବି ଗୋଡ଼ ଧୋଇଲା। ପରେ ହାତ ଓ ମୁହଁ।

- "ତୁମେ - ।" ଏଇଠି ଅଟକିଗଲା ଛବି ଗୋଟେ ମୁହୂର୍ତ୍ତ ପାଇଁ। ନିଜକୁ ସଂଶୋଧନ କରି ପଚାରିଲା - "ତୁ ଗାଧୋଇଲୁଣି ?"

- "ନା" ତଥାପି ସ୍ୱପ୍ନାଚ୍ଛନ୍ନ ଥିଲା ମୁରଲୀ।

- "ତୁ ଯା ଗାଧୋଇ ଆସିବୁ।" ପରାମର୍ଶ ଦେଲା ଛବି। ପୁଣି କହିଲା - "ମୋତେ ଭୋକ ଲାଗିଲାଣି। ମୁଁ ଏଣେ ଭାତ ବସଉଚି।"

ଇଏ କ'ଣ ସେଇ ଖୁଣ୍ଟ, ଯାହା ଉପରେ ଡେରି ହୋଇ ସେ ଠିଆ ହେଉଥିଲା ଏବଂ ଭାବୁଥିଲା ଯେ ତାହା ଏକ ଚୁମ୍ବକ ଭଳି ଶୋଷି ନିଅନ୍ତା କି ତାହାର ଯାବତୀୟ ଦୁଃଖ, ଲୁହ ଓ ହାହାକାର ! ଏତେ ବଡ଼ ହୋଇଯାଇଥିବା ଆମ୍ବ ପଣସ ଗଛ ଦେଖି ତା'ର ମନେହେଉଥିଲା, ଧୂଳି ଉପରୁ ଉଠି ଆସିଥିବା ଗୋଟେ ଛୋଟ ପିଲା ପିଠାଖଡ଼ିକା ଧରି ମାଟି ଉପରେ ସ୍ଥାନଟିଏ ସୃଷ୍ଟି କରୁଚି ଦୁଇଟି ଚାରାପାଇଁ। ତଥାପି ରହିଚି ଅତୀତର ଚିକ୍କଣ ପଥର ଖଣ୍ଡିକ; ଯାହା ଉପରେ ବସି ସେ ଡେକ୍‌ଚି, ବାସନ ମାଜୁଥିଲା। ପିଣ୍ଡାର

ଏଇ କୋଣ। ଏଇଠି ଠିଆହୋଇ ସେ ଦେଖୁଥିଲା, ତା' ଭଳି ପିଲାମାନେ କେତେ ଉତ୍ସାହ-ଉଲ୍ଲାସର ସହିତ ସ୍କୁଲ ଯାଉଥିବାର। ଏଇଭଳି ଦେଖୁ ଦେଖୁ ଗୋଟେ ହାହାକାର ସୃଷ୍ଟି ହୋଇ ଯାଉଥିଲା ତା' ଭିତରେ। ଆଖିରୁ ଝରି ଆସୁଥିବା ଲୁହ। ପିଣ୍ଡାର ଏଇ ଜାଗାରେ ମା' ବସୁଥିଲା କାନ୍ଥରେ ଡେରି ହୋଇ। କାନ୍ଥର ନିର୍ଦ୍ଦିଷ୍ଟ ସ୍ଥାନ ଟିକକ ତେଲ ଚିକିଟା ହୋଇଯାଉଥିଲା। ନା, ସେସବୁର ଚିହ୍ନବର୍ଣ୍ଣ ନାହିଁ।

ଛବି ଫେରି ଆସିଲା ଚୁଲି ପାଖକୁ। ପାଣି ଫୁଟିବାକୁ ଆରମ୍ଭ କଲାଣି। କାଠ ସଜାଡ଼ି ଦେଇ ସେ ପୁଣି ଆସିଲା ପିଣ୍ଡା ଉପରକୁ। ଆଗ ଅପେକ୍ଷା ଆହୁରି ଲଙ୍ଗଳା ହୋଇ ପଡ଼ିଥିବା ପୃଥିବୀକୁ ଦେଖିଲା ଏବଂ ମନକୁ ମନ କହିଲା - "ଏ ଆଖିର ବହୁତ ଶୋଷ। ଏତେ ଶୋଷ ଯେ ଏସବୁ ଦୃଶ୍ୟକୁ ଦେଖି ଦେଖି ପରମାୟୁଟିଏ ବିତେଇ ଦେଲେ ମଧ୍ୟ ସନ୍ତୋଷ ଆସିବ ନାଇଁ।"

କିନ୍ତୁ ଏଇ ଲଙ୍ଗଳା ପରିବେଶ ଭିତରେ, ପିଣ୍ଡା ତଳକୁ କେତୋଟି ଶାଗ ପଟାଳି ଜନ୍ମ ନେଇପାରିଲା କିପରି ? ଏସବୁକୁ ଗୋଟିଏ ବାଡ଼ ଘେରାଉ କରିପାରିଲା କିପରି ? ଏସବୁର ବିଶ୍ୱକର୍ମା ଜଣକ କିଏ ? ବାପା ? ସେ ବିଶ୍ୱାସ କରିପାରିଲା ନାଇଁ; ଅଥଚ ସେ ଏଠାରେ ପହଞ୍ଚିବା ବେଳେ ସେ କିଆରିରେ ହିଁ କାମ କରୁଥିଲା।

ମୁରଲୀ ଘରେ ପହଞ୍ଚିବା ବେଳକୁ ପଟାଳିରୁ ସଦ୍ୟ ଅଣାଯାଇଥିବା ଶାଗ କାଟିବାରେ ବ୍ୟସ୍ତ ଥିଲା ଛବି। ମୁରଲୀ ପୁଣି ଇତସ୍ତତଃ ହେଲା। ବସିବ ନା ଠିଆହେବ ନା କେଉଁଆଡ଼େ ପଳେଇବ, ତାହା ସ୍ଥିର କରି ପାରିଲା ନାଇଁ। ସାହସ ସଞ୍ଚୟ କରି କହିଲା - "ଏଇ, ନେ।"

- "କ'ଣ ଅଛି ସେଥିରେ ?"

- "ଡାଲି ଗଣ୍ଡାଏ। ଆଳୁ ଦି'ଟା।" ମୁରଲୀ ଅପ୍ରତିଭ, ଲଜ୍ଜିତ ହୋଇ କହିଲା, ସତେ ଯେପରି ଏକ ଉପାଦାନରେ ଛବିକୁ ସମ୍ବର୍ଦ୍ଧନା ଦେବା ଅର୍ଥ ତାହାକୁ ଅପମାନ ଦେବା।

- "ରଖ, ସେଇଠି।" ଛବି ଏଥର ଚାହିଁଲା ଟିକିଏ ଦୂରରେ ଗୋଟେ ଅପରାଧୀ ଭଳି ବସିଥିବା ବାପାକୁ। ଏଇତ, ସେ ମୁହଁ ବୁଲେଇ ନେଲା ଅନ୍ୟ ଆଡ଼େ।

- "ଏ ଶାଗ ପଟାଳି କିଏ କରିଚି ?" ଛବି ପଚାରିଲା - "ଆହୁରି ମଧ୍ୟ ଅଛି ଲଙ୍କା, ଭେଣ୍ଡି, ବାଇଗଣ ଗଛ।"

ମୁରଲୀ କହିଲା ନାଇଁ କିଛି। ସହଜ ହେବାକୁ ଚେଷ୍ଟା କରୁଥିଲା, ଛବିର ହସହସ, ସ୍ୱାଭାବିକ ମୁହଁ ଦେଖି।

- "ମୋର ବିଶ୍ୱାସ ନଥିଲା, ତୁ ଘରେ ଥିବୁ ବୋଲି।" ଛବି କହିଲା -

"ଭାବୁଥିଲି, ଏତେ କଷ୍ଟରେ ଏତେ ବାଟ ଅତିକ୍ରମ କରି ଯାଉଚି ସିନା; କିନ୍ତୁ ବାପା ଯଦି ଘରେ ନଥିବ? ସବୁ ଅକାରଣ ହୋଇଯିବ ସିନା।"

– "ମୁଁ ଆଉ କୁଆଡ଼େ ଯାଉ ନାଇଁ!" ମୁରଲୀ ଏତକ କହିଲା ପ୍ରାୟଶ୍ଚିତ୍ତର ସ୍ୱର ନେଇ। କାହିଁକି କେଜାଣି ଯୋଗକଲା – "ସେଇ ଦଶହରା ପରଠୁ ମୁଁ ଆଉ ଘର ଛାଡ଼ି ନାଇଁ।"

ମୁରଲୀର ସ୍ୱର ବାଷ୍ପାକୁଳ ହୋଇପଡ଼ିଲା ଟିକିଏ। ଛବି ଆଦୌ ଚାହୁଁ ନଥିଲା ଅତୀତର କୌଣସି ପ୍ରସଙ୍ଗ ଉତ୍‌ଥାପନ କରିବାକୁ। ତାହା ସମୁଦାୟ ପରିବେଶକୁ ଅଶ୍ଳୀଳ କରି ଦିଅନ୍ତା।

– "ବସ୍‌ଷ୍ଟାଣ୍ଡରେ କୁଳଦାଦା, କାଶୀଦାଦାଙ୍କୁ ଦେଖିଲି।" ଛବି କହିଲା। "ହେଲେ, ସେମାନେ ଚିହ୍ନି ପାରିଲେ ନାଇଁ ମୋତେ। ତୋତେ ଯଦି ନ ପାଇଥାନ୍ତି, ତେବେ ଚୁପ୍‌ଚାପ୍ ପଳେଇ ଯାଇଥାନ୍ତି। କେହି ଜାଣି ପାରି ନଥାନ୍ତେ।"

କୌଣସି ମନ୍ତବ୍ୟ ବାଢ଼ିଲା ନାଇଁ ମୁରଲୀ। ଛବି କହୁଥିଲା – "କେତେ ଚଞ୍ଚଳ ସେମାନେ ବୟସ୍କ ଦେଖାଯାଉଚନ୍ତି। ସେମାନଙ୍କ ତୁଳନାରେ ତୁ ଦେଖାଯାଉଚୁ ସବୁଠୁ ବୟସ୍କ। ଆଠ-ଦଶ ଦିନର ଦାଢ଼ି। ଶୁଖିଲା ମୁହଁ। ନୁଖୁରା ମୁଣ୍ଡ। ଖରାସିଝା ଦେହ। ଫଟା ଗୋଇଠି।"

ଦୀର୍ଘଶ୍ୱାସ ତ୍ୟାଗ କଲା ମୁରଲୀ। କହିଲା – "କେତେ ଚଞ୍ଚଳ ଆଉ କ'ଣ? ବାଇଶ୍ – ତେଇଶ ବର୍ଷ ପରେ ଜଣେ ଲୋକକୁ ଦେଖିଲେ ଏମିତି ହୁଏ।"

ଦୀର୍ଘ ନୀରବତା। ପୃଥିବୀର ସମସ୍ତ ଭାଷା ଲୋପ ପାଇଯାଇଥିଲା। ଛବି ସ୍ୱାଭାବିକ ଓ ଗତାନୁଗତିକ ବ୍ୟବହାର ଦେଖାଇବାକୁ ଚେଷ୍ଟା କରୁଥିଲା ଅବଶ୍ୟ; ମାତ୍ର କ୍ରମେ ସଚେତନ ହେଉଥିଲା ଯେ ତା' ଭିତରଟା ମେଘୁଆ ହେବା ଆରମ୍ଭ କରୁଚି। ବର୍ଷା ହେଇଯିବ ଯେକୌଣସି ମୁହୂର୍ତ୍ତରେ।

– "ବାଇଶ୍-ତେଇଶ୍ ବର୍ଷ!" ମୁରଲୀ ଅବିଶ୍ୱାସର ସହିତ ଉଚ୍ଚାରଣ କଲା ଏଇ କଥା। ପୁଣି କହିଲା – "ୟା ପୂର୍ବରୁ କ'ଣ ତୁ ଆସିପାରି ନ ଥାନ୍ତୁ?"

– "ନା" ଛବି କହିଲା – "ମୁଁ ଭାରି କଷ୍ଟରେ ଆସିଚି। ଅଳ୍ପଦିନ ପାଇଁ। ଯିବା ଆସିବାରେ ତ ପ୍ରାୟ ସବୁ ସମୟ ଚାଲିଯିବ। ତୋ ପାଇଁ ବଳିବ ଜମା ପାଞ୍ଚ-ଛ ଘଣ୍ଟା।"

– "ପାଞ୍ଚ-ଛ ଘଣ୍ଟା କ'ଣ?" ପ୍ରତିବାଦ କଲା ମୁରଲୀ। "ତୁ ପୁଣି ପଳେଇଯିବୁ ନା କ'ଣ?" ଏକଥାରେ ଥିଲା ଅନେକ ଆତଙ୍କ।

– "ଏ ବସ୍ ଫେରିବ ପାଞ୍ଚଟା ଆଡ଼କୁ। ମୁଁ ସେଇଥିରେ ଫେରିଯିବି।" ଛବିର

ହସ କ୍ରମେ ପୋତିହୋଇ ପଡୁଥିଲା ପ୍ରକାଶିତ ହେବାକୁ ଯାଉଥିବା ଶୋକ ଓ ଯନ୍ତ୍ରଣାରେ।

- "ତୁ ତେବେ ମୋ ପାଖକୁ ଆସୁଥିଲୁ କାହିଁକି? ଆଁ, କାହିଁକି ଆସୁଥିଲୁ? ମୁଁ ତ ବେଶ୍ ଥିଲି। ସବୁ ଭୁଲିଯିବାକୁ ଚେଷ୍ଟା କରୁଥିଲି। ଏଇ ହେଉଚି ମୋ ଜୀବନ ବୋଲି ନିଜକୁ କହୁଥିଲି।" ସେ ଜାଣେ, ସେ ନିଜ କଥା ଠିକ୍ ଭାବରେ ଉପସ୍ଥାପନ କରି ପାରିବ ନାଇଁ। କେବେହେଲେ କରି ହୁଅନ୍ତା ନାଇଁ।

- "ମୁଁ କିନ୍ତୁ କିଛି ହେଲେ ଭୁଲିପାରୁ ନଥିଲି।" ଛବି ଏଥର ଟିକିଏ ତନ୍ଦ୍ରାଚ୍ଛନ୍ନ ସ୍ୱରରେ କହିଲା। "ତୋ ପାଖରୁ ଯିବା ପରଠୁ, ମୁଁ ଖାଲି ଛଟପଟ ହେଉଥିଲି। ଭାରି ବ୍ୟସ୍ତ ଲାଗୁଥିଲା। ତୁ ଖିଆପିଆ କରୁଚୁ କେମିତି? ତୋତେ ତ ଭାତ ଗାଳି ଆସେ ନାଇଁ। ଚୁଲି ଲଗେଇ ଆସେ ନାଇଁ। କେମିତି ଚଳୁଥିବୁ ଏଠାରେ? କେମିତି କଟୁଥିବ ତୋ' ଦିନ? ଯାତ୍ରା, ଅପେରା, ସର୍କସ ପାଖରେ ଏମିତି କେତେଦିନ ରହୁଥିବୁ?"

ଛବି ବାଧ୍ୟ ହେଲା ଲୁହ ପୋଛିବା ପାଇଁ। ଧସକି ପଡୁଥିବା ମୁହଁକୁ ସ୍ୱାଭାବିକ କରିବା ପାଇଁ ଚେଷ୍ଟା କଲା।

- "କ'ଣ ଲାଭ ହେଲା, ମୋ ପାଖରେ କେତେଟା ଘଣ୍ଟା କଟେଇବାରେ?" ଛବି ଚାହିଁଲା ବାପା ମୁହଁକୁ କିଛି ସମୟ ପାଇଁ ଏ ପ୍ରଶ୍ନ ଶୁଣି।

କିପରି ଦିଆଯାଇପାରେ ଏ ପ୍ରଶ୍ନର ଉତ୍ତର? କେତେ କହିଲେ, କେଉଁ ଭଳି ଭାଷାରେ କହିଲେ ଉତ୍ତରଟା ସନ୍ତୋଷଜନକ ହେବ? ସେ ଜାଣେ ନାଇଁ। କହିଲା - "ଲାଭ ଆଉ କ'ଣ? ତୋତେ ତ ମନ ଭରି ଦେଖିଲି। ଏହାଠାରୁ ଆଉ ଅଧିକ କେଉଁ ଲାଭ ହୋଇଥାଆନ୍ତା?"

ପୁଣି ଦୀର୍ଘ ନୀରବତା। ଛବି ପ୍ରସ୍ତାବ ବାଢ଼ିଲା - ମୁଁ ବାଢୁଚି। ମୋତେ ଭାରି ଭୋକ ଲାଗିଲାଣି।"

ସିଲ୍‌ଭର ଥାଳିରେ ସେ ଭାତ ବାଢ଼ିଲା। ଭାତ କଡ଼ରେ ଥୋଇଲା ଶାଗ। କହିଲା - "ଡେକ୍‌ଚିରେ ଆଉ ଗଣ୍ଡେ ଭାତ ବଳିଚ। ପଖାଳି ଦେଉଚି। ସଞ୍ଜବେଳେ ଖାଇବୁ।"

- "ମୁଁ ଡାଲି-ଆଳୁ ଆଣିଥିଲି।" ମନେ ପକାଇଦେଲା ମୁରଲୀ।

- "କ'ଣ ହେବ ସେ ସବୁ?" କୈଫିୟତ ଦେଲା ଛବି। ଯୋଗ କଲା - "ଏଠାରେ ଥିବାବେଳେ ଯେମିତି ଯାହା ଖାଉଥିଲି, ସେଇଭଳି ଖାଇ ଫେରିବି ବୋଲି ଠିକ୍ କରିଥିଲି।"

ମୁରଲୀ ପ୍ରଥମେ ଛବିକୁ ଦେଖି ସାହସ ଓ ଆତ୍ମବିଶ୍ୱାସ ହରାଇଥିଲା। ସାମନାରେ ଠିଆ ହେବା ପାଇଁ ମଧ୍ୟ ଶକ୍ତି ନ ଥିଲା ତା' ଠାରେ। ସେ କ୍ରମେ ଏଇ ଜଡ଼ତାରୁ ମୁକ୍ତ

ହେଉଥିଲା। ତା'ର ହୃଦ୍‌ବୋଧ ହେଉଥିଲା ଯେ ପାଖରେ ବସିଥିବା ଏକ ଅପୂର୍ବ ଝିଅଟି ତା'ର। ପଚାରିଲା - "କହିଲୁ ନାଇଁ ତ ତୁ ଏବେ କେଉଁଠି ଅଛୁ।"

- "ବହୁତ ଦୂରରେ। ତୁ ବୁଝିପାରିବୁ ନାଇଁ।"

ଆଉ କିଛି ପଚାରିବା ପାଇଁ ସାହସ ହେଲା ନାଇଁ। ମୁରଲୀ ଜାଣିପାରିଲା ନାଇଁ ସେ ଇଚ୍ଛା କରି ହାତଛଡ଼ା କରିଦେଇଥିବା ଛବି ବର୍ତ୍ତମାନ କେଉଁଠି, କେମିତି, କାହା ସହିତ ସମୟ କଟାଉଚି। ସବୁ ଜଣା ପଡ଼ିଲା ରହସ୍ୟମୟ ଓ ଦୁର୍ବୋଧ୍ୟ। ତେବେ ତାକୁ ଦେଖିବା ମାତ୍ରେ ଯେକୌଣସି ଲୋକ ଭାବିବ ଯେ ସେ ଅଛି ସୁଖରେ, ପରିପୂର୍ଣ୍ଣ ମନ ଓ ହୃଦୟ ନେଇ।

- "ତୁ ସୁଖରେ ଅଛୁ। ସେଇଭଳି ଥା। ଘରେ ନ ରହିଲୁ ନାଇଁ ପଛେ।" ବହୁତ ସଂଘର୍ଷ କରିବାକୁ ପଡ଼ିଲା ଏତିକି କଥା ପାଇଁ।

ଛବି କହିଲା - "ସୁଖ ପୁଣି ଗୋଟେ କ'ଣ? କେଉଁଠି ତାହା ଥାଏ? ବହୁତ ଦୂରରେ ଅନେକ ଗହଳି ଭିତରେ ମୁଁ ରହୁଚି। ଚାରିଆଡ଼େ ଏତେ ମଣିଷ; କିନ୍ତୁ ହେଲା କ'ଣ? ସବୁ ଆଡ଼େ ମୁଁ ଖାଲି ତୋତେ ଖୋଜୁଥିଲି। ମୁଁ ଚାହୁଁଥିଲି ଏଇଠି ଥାଆନ୍ତି। ତୋଠୁ ଗାଳି-ମାଡ଼ ଖାଉଥାଆନ୍ତି। ଭଲକରି ଖାଇବାକୁ ପିନ୍ଧିବାକୁ ପାଉ ନଥାନ୍ତି। ତୁ ପଳେଇ ଯାଇଥାଆନ୍ତୁ। ମା' ମରୁଥାନ୍ତା। ତୋ' ପାଇଁ ରୋଷେଇ କରି ଦେଉଥାଆନ୍ତି। କିଛି କଷ୍ଟ ଲାଗନ୍ତା ନାଇଁ। ବିଶ୍ୱାସ କର, ସବୁ ସହି ନେଉଥାନ୍ତି। କାହିଁକିନା,ତୁ ତ ଥାଆନ୍ତୁ ପାଖରେ। କହ, ତୋତେ ମୁଁ ପୃଥିବୀର କେଉଁ ଜାଗାରେ ବା ପାଆନ୍ତି? ମୁଁ ଯେଉଁଠି ଅଛି, ସେଠାରେ ଯେତେ ଖୋଜିଲେ ବି ତୁ ମିଳନ୍ତୁ କିପରି, କହ।"

ଛବି ଏସବୁ କହିବ ନାଇଁ ବୋଲି ଠିକ୍ କରିଥିଲା। କହି ହୋଇଗଲା। ଏକଥା ସେ ରଖିପାରିଥାଆନ୍ତା ବା କିପରି, ନିଜ ଭିତରେ? ବାପାକୁ ଦେଖିବ, ଅତୀତକୁ ଆଘ୍ରାଣ କରିବ ଏବଂ ପୁଣି ହଜିଯାଉଥିବାର ଯନ୍ତ୍ରଣା ନେଇ ଫେରିବ ବୋଲି ସେ ତ ମାନସିକ ପ୍ରସ୍ତୁତି କରିଥିଲା।

ମୁରଲୀ ଅଭିଭୂତ ହୋଇପଡ଼ିଲା। ତା'ର ମନେହେଲା, ସେ ସଂଜ୍ଞା ହରାଇବାକୁ ଯାଉଚି। ସେତକ ହୋଇଥିଲେ ଭଲ ହୋଇଥାଆନ୍ତା। ମାତ୍ର ସେ ବସି ରହିଲା ଥାଳି ପାଖରେ। ତା' ସାମ୍‌ନାରେ ଚିରନ୍ତନ ଓ ବିଶାଳ ହୋଇଯାଉଥିଲା ଝିଅ; ଯେ କି ଅଗଣିତ ମୁରଲୀର ମା' ବି ହୋଇପାରେ।

କୌଣସି ଆପତ୍ତି ଶୁଣିଲା ନାଇଁ ଛବି। ପରିଚିତ ଚିକ୍‌କଣ ପଥର ଉପରେ ବସି ଥାଳି ମାଜିଲା। ଫେରିଲା। ମାଠିଆ ଗଡ଼େଇ ଢାଳ ଭର୍ତ୍ତିକଲା। ପାଣି ପିଇଲା। ସେ ପାଖକୁ ଆସିବା ମାତ୍ରେ ତା'ର ଦୁଇ ହାତକୁ ଧରିନେଲା ମୁରଲୀ। ମଇଳା, ଛିଣ୍ଡା

ଗାମୁଛାରେ ତା' ହାତରେ ଲାଗିଥିବା ଟୋପା ଟୋପା ପାଣି ପୋଛିଦେଲା। ଏଥର ଦୁଇ ପାପୁଲିରେ ଧରିଲା ଛବିର ମୁହଁକୁ। ଦେଖିଲା, ତାହାର ସ୍ଥିର, ଅଚଞ୍ଚଳ ଆଖି। ସାମାନ୍ୟ କୁଞ୍ଚିତ ହୋଇଥିବା ଭ୍ରୁ। କମ୍ପୁଥିବା ଦୁଇ ରକ୍ତିମ ଓଠ। ଦୀର୍ଘ ସମୟ ପରେ, ତାହାର କପାଳରେ ଆଙ୍କିଲା ପୃଥିବୀର ସର୍ବଶ୍ରେଷ୍ଠ ଚୁମ୍ବନ।

ଛବି ଘଡ଼ି ଦେଖିଲା ଏବଂ ସଚେତନ ହେଲା ଯେ ଏତେ ଅପୂର୍ବ ଅଭିଜ୍ଞତା ମଧ୍ୟ ସମୟକୁ ଅଟକାଇ ପାରିନାଇଁ। ସେ ଥୁଆ ହୋଇଥିବା ସୁଟ୍‌କେଶ ଖୋଜିଲା। ଏଥର କହିଲା ସ୍ୱାଭାବିକ ସ୍ୱରରେ- "ତୋ ପାଇଁ ଏ ଲୁଗାପଟା ଆଣିଥିଲି ! ରଖ, ଏସବୁ।"

- "ଏତେ ଦାମିକା ସୁଟ୍‌କେଶ ମୋର କ'ଣ ହେବ ?" ମୁରଲୀ ନିରୁତ୍ସାହିତ ହୋଇଯାଇଥିଲା। କହିଲା - "ତୁ ଏତେ ଲୁଗାପଟା ଆଣୁଥିଲୁ କାହିଁକି ?"

ତା' କଥା ନ ଶୁଣିବା ଭଳି ଛବି କହିଲା - "ତୋ' ପାଖକୁ ଚିଠି କିମ୍ବା ମନିଅର୍ଡର ପଠାଇବା ପାଇଁ ଇଚ୍ଛା କଲେ ମଧ୍ୟ ସମ୍ଭବ ହେଉ ନଥିଲା। ଏଠାରେ ପହଞ୍ଚିଲେ ବି ତାହା ତୋର ହସ୍ତଗତ ହୁଅନ୍ତା କି ନାଇଁ କିଏ କହିପାରିବ ? ନେ, ଏତକ ଟଙ୍କା ରଖିଥା ପାଖରେ।"

ସତ କଥା କହିବାକୁ ଗଲେ, ମୁରଲୀ ନିଜେ ମଧ୍ୟ ଜାଣି ପାରି ନଥିଲା ଯେ ଛବି ହାତରୁ ଟଙ୍କା ନେଇ ସେ ଠିଆ ହୋଇଚି। ଏଭଳି ଅନୁଭୂତି ତା'ର ନ ଥିଲା, ଏତେ ବର୍ଷ ପୂର୍ବେ ଗୋଟେ ଝିଅକୁ ବିକ୍ରି କରି ଟଙ୍କା ଧରିବାବେଳେ। ବର୍ତ୍ତମାନର ଏଇ ଅନୁଭୂତି ସତେ ଯେପରି ହଜିଯାଇଚି, ସେ ବୁଝିପାରୁନଥିବା ଉପାଦାନରେ। ଛବି ସତେ ଯେପରି ପରିଣତ ହୋଇଯାଇଥିଲା ଏକ ବିଶିଷ୍ଟ ଦ୍ରବ୍ୟରେ। ବିକ୍ରି ହେଉଥିଲା ସେ ବାରମ୍ବାର। ବିନିମୟରେ ସେ ଯାହା ପାଉଥିଲା, ତାହାର କିଛି ଅଂଶ ହାତରେ ଧରିଥିବା ଏଇ ଟଙ୍କା ଏବଂ ଚଟାଣ ଉପରେ ଥୁଆ ହୋଇଥିବା ଲୁଗାଭର୍ତ୍ତି ଏଇ ସୁଟ୍‌କେଶ। ଖଣ୍ଡିଏ ମହାନ୍ ଜମି କି ଏଇ ଛବି ? ତା' ଉପରେ ମାଲିକାନା ବଦଳୁଥିଲେ ମଧ୍ୟ ସେ ଧରି ରଖିପାରୁଚି ଫସଲ। ଏହାର ଗୋଟିଏ ଅଂଶ ଏବେ ମୁରଲୀ ହାତରେ।

ସେ ଭାବିଲା, ନା, ୟା ପରେ ଆଉ ବଞ୍ଚି ରହିବା ସମ୍ଭବ ହେବ ନାଇଁ ତା' ପକ୍ଷରେ। ଅହରହ ବିକ୍ରିବଟା ଚାଲିଥିବା ପ୍ରକ୍ରିୟା ଭିତରେ ଛବିର ସ୍ଥିତି କଥା ଚିନ୍ତା କରି, ସେ ଖର୍ଚ୍ଚ କରିବ କିପରି ଏ ଟଙ୍କା ? ପିନ୍ଧି ପାରିବ କିପରି ଏ ଲୁଗାପଟା ? ସମଗ୍ର ଧରଣୀ ଓ ବିଧାତା କେତେ ତୁଚ୍ଛ ହୋଇଯାଉଚନ୍ତି ସାମ୍‌ନାରେ ଠିଆହୋଇଥିବା, ପରିଚୟ ଓ ଠିକଣା ହରାଇଥିବା ଛବି ତୁଳନାରେ ?

- "ତୁ ଛୋଟ ପିଲାଟିଏ ଭଳି କାନ୍ଦୁଛୁ; ମୁଁ ଏଣେ ଯିବାକୁ ବାହାରିଲିଣି।" ଅନେକ ଦରଦ, ଆତ୍ମୀୟତା ଥିଲା ଏ କଥାରେ।

ଛବି ଗାଁ ବସ୍‌ଷ୍ଟାଣ୍ଡ ଆଡ଼େ ଆଗେଇଯିବା ବେଳେ, ମୁରଲୀ ତାକୁ ଅନୁସରଣ କରିଥିଲା। କେତୋଟି ପଦକ୍ଷେପ ପରେ ସେ ଧସକି ପଡ଼ିଲା। ଲୁହଭିଜା ଆଖିରେ ଦେଖିଲା, ଗୋଟେ ନିଃସଙ୍ଗ ମଣିଷ ଆଗେଇ ଯାଉଚି ଜରୁରୀ କାମର ଆହ୍ୱାନରେ। ସେ ଠିଆ ହୋଇ ରହିଲା। ପରେ ମୁହଁ ବୁଲେଇଲା। ପ୍ରଥମ ଥର ପାଇଁ ଅନୁଭବ କଲା, ପୃଥିବୀରୁ ଆକାଶ ପର୍ଯ୍ୟନ୍ତ, ଏଠାରୁ ଦିଗ୍‌ବଳୟ ପର୍ଯ୍ୟନ୍ତ କେବଳ ରହିଚି ନିଃସଙ୍ଗତା ଓ ଶୂନ୍ୟତା।

■

ଶୋଷ

କିନ୍ତୁ ଭାବିବା ପାଇଁ କିମ୍ବା କେଉଁଆଡ଼େ ଖସିଯିବା ପାଇଁ ଉପାୟ ନ ଥିଲା। ଗୋଟାଏ ଅଭୂତପୂର୍ବ ଶକ୍ତି ତାକୁ ଉଠେଇନେଲା ପାଣି ଭିତରୁ ଏବଂ ଅଳ୍ପ କେତୋଟି ମୁହୂର୍ତ୍ତ ପରେ ସେ ଝୁଲି ରହିଲା ଏହି ବିଶାଳ ଅଥଚ ସୂକ୍ଷ୍ମ ହାତମୁଠା ଭିତରେ, ଆକାଶ ଓ ସମୁଦ୍ର ମଝିରେ। ଘଟଣାଟି ଏମିତି ଅପ୍ରତ୍ୟାଶିତ ଭାବରେ, ତା'ର ସମସ୍ତ ସତର୍କତା ଓ ଅନୁମାନକୁ ପରାଜିତ କରି ଘଟିଯିବ ବୋଲି ସେ ବା ଜାଣିଥାନ୍ତା କିପରି ? କେହି କ'ଣ ଜାଣିପାରେ, ପର ମୁହୂର୍ତ୍ତରେ କ'ଣ ଘଟିବ ?

ହେତୁ ହେଲାଦିନୁ ସେ ବଞ୍ଚି ରହିଥିଲା ସମୁଦ୍ର ଭିତରେ ଆମେ ଯେମିତି ବଞ୍ଚି ରହିଛେ ପୃଥିବୀରେ ଅନାହତ କାଳ ପର୍ଯ୍ୟନ୍ତ। ଚାରୋଟି ଗୋଡ଼ ଓ ବେକ ସମେତ ମୁହଁ କାଢ଼ି ସେ ଯାଉଥିଲା ଏତେ ତେଣେ ପାରୁପର୍ଯ୍ୟନ୍ତ ଚାରିଆଡ଼େ ନଜର ଦେଇ ଓ ସାବଧାନତା ଅବଲମ୍ବନ କରି। ବିଧାତାଙ୍କ ଦୟାରୁ ତା' ପିଠି ଓ ପେଟ ବେଶ୍ ଟାଣୁଆ ଥିଲେ ମଧ୍ୟ ସମୁଦ୍ର ଭଳି ଏକ ଅନନ୍ତ ଇଲାକାରେ ସେ ସନ୍ତୋଷଜନକ ଭାବରେ ଆତ୍ମପ୍ରତ୍ୟୟଶୀଳ ନ ଥିଲା। ସେ ଦେଖିଥିଲା ଆହୁରି ଅନେକ ବଡ଼ ବଡ଼ ଜୀବମାନଙ୍କୁ, ଯେଉଁମାନେ ଅନ୍ୟମାନଙ୍କ ପ୍ରତି ବେଶ୍ ନିର୍ଦ୍ଦୟ ଓ ସମ୍ପୂର୍ଣ୍ଣ ସହାନୁଭୂତିହୀନ ହୋଇପଡ଼ନ୍ତି ନିଜର ସ୍ଥିତି ସଂରକ୍ଷଣ ସକାଶେ। ସମୁଦ୍ର ଭିତରେ ଅହରହ ଚାଲିଥିବା ହତ୍ୟାକାଣ୍ଡ ଓ ବିବାଦ ଦେଖି ଦେଖି ସେ ଭାବି ନେଇଥିଲା ଯେ, ଏମିତି ଏକ ସମୟ ଆସିଯିବ, ଯେତେବେଳେ ତା'ର ସୁଦୃଢ଼ ପିଠି ଓ ପେଟ ତାକୁ ପ୍ରତିରକ୍ଷା କରିବାପାଇଁ ନିଜର ଅସହାୟତା ପ୍ରକାଶ କରିବେ ଏବଂ ତା'ପରେ ସମୁଦ୍ର ଭିତରେ ତା'ର ସଂସାର ସରିଯିବ।

ଏଇମିତି ସଂସାର ସରିଯାଏ। ସେ ମଧ୍ୟ କିଛି କମ୍ ଛୋଟ ଛୋଟ ଜୀବଙ୍କର ସଂସାର ଉଜାଡ଼ି ଦେଇନାହିଁ। ଅନେକଙ୍କୁ ସେ କାବୁ କରିଚି। କେଜାଣି ଏଇଭଳି କାବୁ କରିବା ସକାଶେ ସେ ଜିଇଁ ରହିଥିଲା ସମୁଦ୍ର ଭିତରେ ଏକ ଅବଶ୍ୟମ୍ଭାବୀ ଲୋଭ ଓ ପ୍ରବୃତ୍ତିକୁ ସନ୍ତୁଷ୍ଟ କରିବାକୁ ଚେଷ୍ଟା କରି।

ମାତ୍ର ହଠାତ୍ ଏସବୁ କ'ଣ ଘଟିଗଲା ? ବିନା ଉପକ୍ରମଣିକା ଓ ଚେତାବନୀରେ କ'ଣ ଗୋଟାଏ ଗୁଡ଼େଇ ହୋଇଗଲା ତା'ର ଚାରିପଟେ। ତା' ତଥାକଥିତ ସୁଦୃଢ଼ ଦେହକୁ ଆୟତ୍ତ କରି ଛନ୍ଦି ଦେଲା ଅଦେଖା, ଅଶୁଣା ଶକ୍ତିଟିଏ। କ'ଣ ହେଲା ବୋଲି ଶଙ୍କାଗ୍ରସ୍ତ ହେଉଁ ହେଉଁ ସେ ଅନୁଭବ କଲା, ସେ ଊର୍ଦ୍ଧ୍ୱମୁଖୀ ହେଉଚି। ଛଟପଟ ହେବା ଆରମ୍ଭ କଲା ବେଳକୁ ସେ ଆଉ ନଥିଲା ନିଜ ପରିଚିତ ପୃଥିବୀ ଭିତରେ। ଝୁଲି ରହିଥିଲା ଶୂନ୍ୟରେ। ତଳେ ତା'ର ନିରଙ୍କୁଶ, ନିର୍ବାକ ସମୁଦ୍ର। ଜନ୍ମ ହୋଇ ଏତେବଡ଼ ହୋଇଥିଲା ଯାହାର ବିଶାଳତା ଭିତରେ, ସେ ଚଉଦିଗକୁ ଛାତି ବିସ୍ତାର କରି ପଡ଼ି ରହିଛି। ତା'ର ହୃତ୍ସ୍ପନ୍ଦନର କମ୍ପନ ଚାରିଆଡ଼େ। ସେ କମ୍ପନ ଏତେ ପାଖରେ - ଏଇ ଯେମିତି ଛୁଇଁଦେଇ ହେବ। ଏଇ ଯେମିତି ପଶିଯାଇ ହେବ ସମୁଦ୍ର ଭିତରକୁ। ଅସ୍ଥିର ବ୍ୟାକୁଳତାରେ ସେ ପ୍ରଲୁବ୍ଧ ହେଲା ଏବଂ ଛଟପଟ ହେବା ଅବ୍ୟାହତ ରଖିଲା ନିଜ ସଂସାର ଭିତରକୁ ଫେରିଯିବା ପାଇଁ।

ତା'ର ସ୍ଥିତି କେଉଁଠି, ତାହା ସେ ଦେଖିପାରିଲା କ୍ଷଣକ ମଧ୍ୟରେ। କଳା ମଚ୍ ମଚ୍ କେହି ଜଣେ ଠିଆ ହୋଇଚି ସମୁଦ୍ର ଉପରେ। ଗୋଟାଏ ହାତ ପ୍ରସାରିତ ହୋଇଚି। ସେଇ ହାତରୁ ଓହଳି ଆସିଚି ସୂକ୍ଷ୍ମ, ସୁଦୃଢ଼ ଶକ୍ତିଟି, ଯାହା ଭିତରେ ସେ ଆଉଟି ପାଉଟି ହେଉଚି ଖସିଯିବା ପାଇଁ କୌଣସି ମତେ ସମୁଦ୍ର ଭିତରକୁ।

ଏମିତି କିଛି ସେ ଦେଖି ନ ଥିଲା ଆଗରୁ। ସମୁଦ୍ର ଉପରେ ଠିଆ ହୋଇଥିବା ଏଇ କଳା ମଚ୍ ମଚ୍ ଅଚିହ୍ନା ଜୀବଟି କିଏ ହୋଇପାରେ ? ମାତ୍ର ଯେମିତି ଢ଼ଙ୍ଗରେ ସେ ତାକୁ ଟେକି ଧରିଥିଲା ତା'ର ବାସସ୍ଥାନ ଉପରେ, ସେଇଥିରୁ ସେ ବୁଝିପାରିଲା ଯେ ବିପଦ; ଏମତି କି ପ୍ରାଣନାଶର ସମୟ ଆସିଗଲା। ସେ ତାକୁ ଟେକି ଧରିଥିଲା ସମସ୍ତ ଯାନ୍ତବ ଦାମ୍ଭିକତାର ସହିତ। ତାକୁ ସେମିତି ଧରି ସେ ସମ୍ଭବତଃ ଅଟ୍ଟହାସ୍ୟ କରୁଥିଲା ଏବଂ ପ୍ରକାରାନ୍ତରେ ଚାଲେଞ୍ଜ କରୁଥିଲା - ଫେରିଯିବୁ ? ଗଲୁ ଦେଖିବା ? ଏଇ ତ ତୋ ପାଖରେ ରହିଚି ତୋ ଘର। ତୁ ଦେଖି ପାରୁଚୁ ତା' ଛାତିର ହୃତ୍-କମ୍ପନକୁ। ଦେଖିବା କେମିତି ଯିବୁ ମୋ କବଳରୁ ?

ଏଇଭଳି ଗୋଟାଏ ଭାଷା ସେ ପଢ଼ି ପାରୁଥିଲା, ସେଇ ଅପରିଚିତ ଜୀବର ଢଙ୍ଗରୁ। ସେ ପ୍ରାଣପଣେ ଚେଷ୍ଟା କଲା ମୁକ୍ତି ପାଇଁ, ଅଥଚ ଏକ ନିଷ୍କରୁଣ, ଦୁର୍ଦ୍ଦାନ୍ତ

ଅଟ୍ଟହାସ୍ୟ ତୁହାକୁ ତୁହା ବିଛେଇ ହୋଇ ପଡୁଥିଲା ସବୁଆଡ଼େ। କ'ଣ ସେ କରିବ, କିଛି ଭାବି ନ ପାରି ପ୍ରତିବାଦ କରୁଥିଲା ତାକୁ ଛନ୍ଦି ହୋଇଥିବା ବନ୍ଧନ ବିରୁଦ୍ଧରେ। ସେ ପୂରାପୂରି ହଡ଼ବଡ଼େଇ ଯାଇଥିଲା ଅଟ୍ଟହାସ୍ୟ ଭଳି ଦିଶୁଥିବା ଏବଂ ତାକୁ ହାତରେ ଟେକି ଧରିଥିବା ସେ ଜୀବଟିକୁ ଦେଖି।

ଦାନ୍ତ କଡ଼ମଡ଼ କରି ପ୍ରଚଣ୍ଡ କ୍ରୋଧ ଓ ବିରକ୍ତିରେ ଗୋପୀ ପାଟି କରିଉଠିଲା - "ଶାଲା, ହାରାମଜାଦା କାହାଁକା !"

ପ୍ରଥମ ଥର ଜାଲ ଫୋପାଡ଼ିବା ପରେ ମାଛ ବଦଳରେ ସେ ପାଇଲା କ'ଣ ନା, ଗୋଟାଏ କଇଁଚ ! କିଛି ସମୟ ପାଇଁ ଜାଲଟିକୁ ଟେକି ଧରି ସେ ପଳାୟନବାଦୀ କଇଁଚର ବ୍ୟାକୁଳ ପ୍ରତିବାଦ ଦେଖିନେଲା। ଭାବିଲା, ଲାଭ କ'ଣ ? ଅଦରକାରୀ ଜୀବଟିକୁ ଫୋପାଡ଼ି ଦେବା ଦରକାର ପାଣି ଭିତରକୁ। ସମୟ ଗଡ଼ିଯାଉଚି।

ଜାଲ ଭିତରୁ ମୁକ୍ତ କଲାବେଳେ କଇଁଚଟି ନିଜର ଗୋଡ଼ ଓ ମୁହଁ ପ୍ରତ୍ୟାହାର କରିନେଲା ନିଜ ଦେହ ଭିତରକୁ। ନିଜକୁ ନିଜ ଭିତରେ ଲୁଚେଇବା ପାଇଁ ଚେଷ୍ଟା କଲା ଏବଂ ସମସ୍ତଙ୍କୁ ସୂଚନା ଦେଲା ଯେ, ସେ କିଛି ନୁହେଁ। ଖାଲି ଏମିତି ଗୋଟାଏ ଗୋଲାକାର, ଆବଶ୍ୟକହୀନ ବସ୍ତୁଟିଏ।

ମାତ୍ର ଗୋପୀ ଭଳି ଏକ ଅଭିଜ୍ଞ କେଉଟ କଇଁଚର ଏଇ ଛଳନା ପ୍ରତି ଆଦୌ ଧ୍ୟାନ ଦେଇ ନ ଥିଲା। ଜାଲରୁ କଇଁଚକୁ ବାହାର କରି ସମୁଦ୍ର ଭିତରକୁ ଫୋପାଡ଼ି ଦେବାବେଳେ ହାତ ତା'ର ଅଟକିଗଲା ସତେ ଯେମିତି କୁହୁକ ବଳରେ।

ଭ୍ରୂ କୁଞ୍ଚନ ଏକାଗ୍ରତାର ସହିତ ସେ ଦେଖିନେଲା ଧରିଥିବା କଇଁଚଟିକୁ ଏବଂ ସ୍ୱୀକାର କଲା ଯେ, ଏଭଳି କଇଁଚ ସେ ଆଗରୁ ଦେଖି ନଥିଲା କେବେ। ବର୍ଷ ବର୍ଷ ଧରି ସେ ଓ ତା'ର ସହକର୍ମୀମାନେ ଡଙ୍ଗାରେ ଚଢ଼ି ସମୁଦ୍ର ଭିତରକୁ ଆସିଛନ୍ତି ମାଛ ମାରିବା ପାଇଁ। ସମୁଦ୍ର ଭିତରୁ ଫସଲ ପାଇଛନ୍ତି ଅନେକ। ଏଇମିତି ଅନେକ କଇଁଚ ଧରି ପର ମୁହୂର୍ତ୍ତରେ ସେମାନଙ୍କୁ ଫେରାଇ ଦେଇଛନ୍ତି ପାଣି ଭିତରକୁ। ମାତ୍ର ବର୍ତ୍ତମାନର ଏଇ ଛୋଟ କଇଁଚଟି ଥିଲା ଅନନ୍ୟ, ବିଚିତ୍ର ଓ ତୁଳନାହୀନ।

ମାଛ ମାରିବା ପାଇଁ ଆସିଥିବା ଗୋପୀ ପ୍ରୟୋଜନ ନ ଥିବା କଇଁଚକୁ ଧରିଲା ଦୁଇ ହାତରେ। ଏପଟ ସେପଟ କରି ଖୋଜିବା ଆରମ୍ଭ କଲା ତା'ର ବିଶେଷତ୍ୱକୁ; ଯାହା ତା' ଭଳି ବୟସ୍କ କେଉଟର ଜରୁରୀ କାର୍ଯ୍ୟକ୍ରମକୁ ସ୍ତବ୍ଧ କରିଦେଇଥିଲା ଏବଂ ତା'ର ବିସ୍ମୟାଚ୍ଛନ୍ନ ଦୃଷ୍ଟିକୁ ନିଜ ଉପରେ ବନ୍ଦୀ କରି ରଖିଥିଲା ସେ ପର୍ଯ୍ୟନ୍ତ।

ଶଙ୍କିତ, ଧୈର୍ଯ୍ୟର ସହିତ କଇଁଚଟି ଚୁପ୍‌ଚାପ୍ ରହିଥିଲା, ଆଗଭଳି ପିଠି ଓ ପେଟ ଭିତରେ ଜାକିଜୁକି ହୋଇ। ମଧ୍ୟାହ୍ନ ଅତିକ୍ରମ କରି ଯାଇଥିବା ସୂର୍ଯ୍ୟ ତା' ପିଠିରେ

ଆକାଶରେ ଲଦି ହୋଇଥିଲା ନିରାଶ୍ରୟ ଭାବରେ। ଗୋପୀ ଚାହିଁଲା ଚାରିଆଡ଼କୁ। ସେଇ ଡଙ୍ଗାର ଆର ପାଖରେ ଠିଆ ହୋଇ ତା' ସାଇର ସନିଆଁ ଜାଲ ଫିଙ୍ଗି ମାଛ ମାରିବାରେ ବ୍ୟସ୍ତ ଅଛି। ଅନ୍ୟ ଦୁଇଟି ଡଙ୍ଗାରେ ଆସିଥିବା ଅନ୍ୟ ଚାରିଜଣ ବହୁ ଦୂରରେ ଅଛନ୍ତି, ଦେଖାଯାଉ ନାହାନ୍ତି। ତା' ଚାରିପଟେ ବିଶାଳ, ନୀଳ ସମୁଦ୍ର ଚାରିଆଡ଼େ ବ୍ୟାପିଯାଇଚି ନୀଳ ଆକାଶକୁ ସବୁ ଦିଗରେ ଦିଗ୍‌ବଳୟର କବ୍‌ଜାରେ ଧରି ରଖିବା ପାଇଁ।

ଗୋପୀ ହାତରେ ଅବର୍ଣ୍ଣନୀୟ, ଚମତ୍କାର, ଗୋଲ କଇଁଚଟିଏ। ପ୍ରାୟ ସମତଳ ଦେଖାଯାଉଥିବା ସମୁଦ୍ର ଭଳି ତା'ର ସମତଳ ପେଟ। ଢାଙ୍କୁଣୀ ଭଳି ଦିଶୁଥିବା ଆକାଶ ସତେ ଯେମିତି କଇଁଚ ପିଠିର ଏକ ପରିବର୍ଦ୍ଧିତ ପ୍ରକାଶ। କଇଁଚଟି ଦିଶୁଥିଲା ସମୁଦ୍ର ଓ ଆକାଶର ସଂକ୍ଷିପ୍ତ ଆକାରଟିଏ ଭଳି ଏବଂ ଏହାର ସୁନ୍ଦର ନୀଳ ପିଠିରୁ ବିଚ୍ଛୁରିତ ହେଉଥିବା ଅପୂର୍ବ ନୀଳିମା ସମୁଦ୍ର ଓ ଆକାଶକୁ ନୀଳ ବର୍ଣ୍ଣରେ ରଞ୍ଜିତ କରୁଥିଲା। ସେମାନଙ୍କ ରଙ୍ଗ ନିର୍ଭରଶୀଳ ହୋଇ ରହିଥିଲା ଏଇ କଇଁଚର ନୀଳ ପିଠି ଉପରେ। ଏଇ କଇଁଚ ହିଁ ଯୁଗ ଯୁଗ ଧରି ସୃଷ୍ଟିର ସମସ୍ତ ନୀଳ ରଙ୍ଗ ଉଦାର ଭାବରେ ଯୋଗାଇ ଆସିଛି। ସେଇ ରଙ୍ଗର ଉତ୍ସଟି ବର୍ତ୍ତମାନ ଗୋପୀ ହାତରେ।

ଗୋପୀ ସେଇଟିକୁ ଫୋପାଡ଼ି ପାରିଲା ନାଇଁ, ପାଣି ଭିତରକୁ ସେ ତନ୍ମୟ ହୋଇଯାଇଥିଲା ମାତ୍ର ତା'ର କୌଣସି ଯୋଜନା ନଥିଲା କଇଁଚ ସମ୍ପର୍କରେ। ଟିପ୍‌ସ ଢାଳି ମରାମତ କରୁଥିବା ଜଣେ କୁଲି ପାଖରେ ଚକ୍ ଚକ୍ ବର୍ଣ୍ଣିଳ ପଥର ଖଣ୍ଡେର ସ୍ଥାନ କେଉଁଠି ?

– "ସନିଆଁ ଏଣେ ଦେଖିଲୁ।" ସହକର୍ମୀର ଦୃଷ୍ଟି ଆକର୍ଷଣ କରିବାପାଇଁ ଚେଷ୍ଟା କଲା ଗୋପୀ। କେଜାଣି କାହିଁକି ସେ ଭାବିନେଲା ଯେ, ପୃଥିବୀର ସମସ୍ତ ମଣିଷ ବିସ୍ମୟର ସହିତ ଏଇ ଅଲୌକିକ ଆଶ୍ଚର୍ଯ୍ୟଟିକୁ ଦେଖିବେ। ସେମାନଙ୍କର ହୃଦ୍‌ବୋଧ ହେବ ଯେ କେଡ଼େ ଯତ୍ନ ଓ ଶ୍ରଦ୍ଧାର ସହିତ ବିଧାତା ପରିଚିତ ଦରବ ସୃଷ୍ଟି କଲାବେଳେ ଅଭାବିତ ବ୍ୟତିକ୍ରମ ମଧ୍ୟ ତିଆରି କରି ପକାଏ। ଦେଖଣାହାରୀମାନେ ଏଭଳି ବ୍ୟତିକ୍ରମ ଦେଖନ୍ତି ଓ ଚାହାନ୍ତି ଆକାଶ ଆଡ଼େ ଏମାନଙ୍କର ନିର୍ମାତାକୁ ଦେଖିବା ପାଇଁ।

ଗୋଟିଏ ହାତରେ ଜାଲ ଧରି ଅନ୍ୟ ହାତ ପାପୁଲିରେ କପାଳ ଓ ବେକର ଝାଳ ପୋଛିଲା ସନିଆଁ। ଚାହିଁଲା ଗୋପୀ ଆଡ଼େ ଏବଂ ପଚାରିଲା – "କ'ଣ ?"

"ଏଇ, ଦେଖ !" ହାତରେ ଧରିଥିବା କଇଁଚକୁ ଗୋପୀ ଦେଖାଇଲା।

"କ'ଣ ? ଏଇ କଇଁଚ ?" ସାନିଆଁ ଏକରକମ ଆଶ୍ଚର୍ଯ୍ୟ ହତାଶ ହେଲା। ଗୋଟାଏ ମାମୁଲି କଇଁଚ ପାଖରେ ଏମିତି କେଉ ବୈଶିଷ୍ଟ୍ୟ ରହିଚି ଯେ, ସେ ମାଛମରା

ସ୍ଥଗିତ ରଖି ତାକୁ ଚାହିଁ ବସିଥିବ ? କିଛି ଭଲା ଅଦ୍ଭୁତ ଗୁଣ ଥା'ନ୍ତା ତା' ପାଖରେ ! କୌଣସି ଅଙ୍ଗ ମୋଡ଼ି ଦିଆଯାଆନ୍ତା ଏବଂ ଭୁସ୍ ଭୁସ୍ ହୋଇ ବାହାରନ୍ତା ଧୂଆଁ। ବ୍ୟାପିଯାଆନ୍ତା ଆକାଶ ପର୍ଯ୍ୟନ୍ତ। ବନିଯା'ନ୍ତା ଗୋଟାଏ ରାକ୍ଷସ। କିମ୍ୱା ତା' ପେଟରୁ ବାହାରନ୍ତା ମୋତି-ମାଣିକ୍ୟର ଐଶ୍ୱର୍ଯ୍ୟମୟ ଗନ୍ତାଘର। କିମ୍ୱା କିଛି ନ ହେଲେ ବି ମୁଦିଟିଏ। ଏହି ମୁଦି ନ ଦେଖି ସ୍ୱାମୀ ଦ୍ୱାରା ପ୍ରତ୍ୟାଖ୍ୟାତ ହୋଇଥିବା ଓ ଅନ୍ତଃସତ୍ତ୍ୱା ହୋଇଥିବା, ଲୁହ ଝରାଉଥିବା କେଉଁ ଅସହାୟା ରମଣୀ ଫେରିପାଆନ୍ତା ତା' ମନର ଈଶ୍ୱରଙ୍କୁ। ଏଇମିତି କିଛି। କାହିଁ ? ସେମିତି ସମ୍ଭାବନା ଥିବାର ଜଣାପଡୁ ନାହିଁ ମୁର୍ଦ୍ଦାର ଭଳି ଅଭିନୟ କରୁଥିବା କଇଁଚଟି ପାଖରେ ! ହଁ, ଦିଶୁଚି ଗୋଟେ ପ୍ରକାର। ମୁଖ୍ୟତଃ ନୀଳବର୍ଣ୍ଣରେ ଚିତ୍ରିତ ତଥା ଅନ୍ୟ ହାଲ୍‌କା ରଙ୍ଗର ସମ୍ମିଶ୍ରଣରେ ବେଶ୍ ଭଲ ଦିଶୁଚି।

– "ଦେଖୁନୁ, କେତେ ଭଲ ଦିଶୁଚି।" ଗୋପୀ ପ୍ରବର୍ତ୍ତାଇବା ପାଇଁ ଚେଷ୍ଟା କଲା ସନିଆଁକୁ। "ଆମେ ଅନେକ କଇଁଚ ଦେଖିଚେ। ହେଲେ ଏମିତି ସୁନ୍ଦର କଇଁଚ କେବେ ବି ଧରା ଦେଇ ନ ଥିଲେ ଆମ ଜାଲରେ।"

ବିରକ୍ତିରେ ସନିଆଁ ମୁହଁ ବୁଲେଇନେଲା। ପରିହାସ କରି କହିଲା, ଜାଲ ଫୋପାଡୁଥିବା ଅବସ୍ଥାରେ.... "ପାଖରେ ରଖିଥା। ହଜାର ଟଙ୍କା ଦେଇ କେହି ଜଣେ କିଣି ନେବେ। ବଡ଼ ଲୋକ ହୋଇଯିବୁ।"

ତାହା ବି ସମ୍ଭବ ନୁହେଁ। ଏଇ ଗୋଲାକାର ଜୀବଟି ତା'ର ଭବିଷ୍ୟତ ପରିବର୍ତ୍ତନ କରିଦେଇ ପାରିବ ବୋଲି ଗୋପୀର ବିଶ୍ୱାସ ନାହିଁ ଅଥଚ ପ୍ରଥମ ଜାଲ ଫୋପଡ଼ାରେ ଧରିଥିବା ନିଷ୍ପ୍ରୟୋଜନ କଇଁଚକୁ ସେ ଛାଡ଼ିପାରିଲାନି କାହିଁକି କେଜାଣି। ଖୁବ୍ ଆସ୍ତେ, ଯତ୍ନର ସହିତ ତାକୁ ଡଙ୍ଗା ଭିତରେ ରଖିଲା ଏବଂ ମନକୁ ମନ କହିଲା – "ଥାଉ। ପିଲାମାନେ ଖେଳିବେ।"

ସୀମାତୀତ ପାଣିର ପୃଷ୍ଠ ଉପରେ ଭାସି ଚାଲିଥିବା ସରଳ, ଛୋଟ ଡଙ୍ଗାଟି। ଦୁଇ ପାଖରେ ଠିଆ ହୋଇ ଦୁଇଜଣ ମଣିଷ ବ୍ୟସ୍ତ ରହିଲେ ଦୈନନ୍ଦିନତାରେ। ଡଙ୍ଗାଟି କମ୍ପି ଉଠିଲା ଅହରହ। ତା'ର ଅସ୍ଥିର ଗତିରେ ନ ଥିଲା କୌଣସି ନିର୍ଦ୍ଦିଷ୍ଟତା, କୌଣସି ନିର୍ଧାର୍ଯ୍ୟ ଦିଗ।

ଢେର ସମୟ ଧରି କମ୍ପିତ ଡଙ୍ଗାର ଚଟାଣ ଉପରେ ଧୀର ସ୍ଥିର ହୋଇ ବସି ରହିଥିଲା କଇଁଚଟି। ତା'ର ଉଦ୍‌ବେଗ ବଢ଼ି ଯାଇଥିଲା ଏବଂ ସମ୍ଭବତଃ ସେ ଅସହାୟତାର ଲୁହ ଝରେଇବା ଆରମ୍ଭ କରି ଦେଇଥିଲା। ଇଏ କି ବିଚିତ୍ର ପୃଥିବୀ ! ବିନା ପାଣିରେ କିଭଳି ବଞ୍ଚିବା ସମ୍ଭବ ? କେଉଁଆଡ଼େ ଗଲା, ବିପଦସଙ୍କୁଳ ହେଉ ପଛେ, ତା'ର ପରିଚିତ, ପ୍ରିୟ ପୃଥିବୀ ! କୁଆଡ଼େ ଗଲେ ସେ ଭୟ କରୁଥିବା ସମୁଦ୍ରର

ଜୀବମାନେ ! କୁଆଡ଼େ ଗଲେ, ସେ ବଞ୍ଚ ରହିବାର ଅବଲମ୍ବନଗୁଡ଼ିକ ? ତା'ର ଧାରଣା ନ ଥିଲା ଯେ, ସମୁଦ୍ରକୁ ଛାଡ଼ିଦେଲେ ଆଉ କିଛି ଅଞ୍ଚଳ ଅଛି, ଯେଉଁଠାରେ କାଳାତିପାତ କରିବା ସମ୍ଭବ। ସେ ଏବେ କରିବ କ'ଣ ? ଯିବ କୁଆଡ଼େ ? ଏତେ ଦହଗଞ୍ଜ ଏତେ ଅଣନିଃଶ୍ୱାସୀ ହୋଇ ପଡୁଥିବା ଜୀବନକୁ ଧରି ସେ ଯିବ କେଉଁଠିକି ? ଖୁବ୍ ଚଞ୍ଚଳ ସେ ମରିଯିବ କି ?

କଇଁଚଟି ଆସ୍ତେ, ଖୁବ୍ ସନ୍ତର୍ପଣରେ ମୁହଁ କାଢ଼ିଲା ତା' ଖୋଳପା ଭିତରୁ ଏବଂ ତତ୍କ୍ଷଣାତ୍ ଜାକିଜୁକି ହୋଇ ରହିଲା ଆଗ ଭଳି। ଚାରୋଟି ବିଶାଳ ଖମ୍ବ ଭଳି ଦିଶୁଚି ଦୁଇଜଣ ମଣିଷଙ୍କ ଗୋଡ଼। କିଛି ଗୋଟାଏ ଭଲ ମନ୍ଦ ହୋଇଯାଇପାରେ। ସେ ପୁଣି ଅପେକ୍ଷା କଲା।

ମାତ୍ର କେତେ ସମୟ ପର୍ଯ୍ୟନ୍ତ ସେ ଏମିତି ଗୋଡ଼ହାତ ବାନ୍ଧି ପଡ଼ିରହିବ, ମରିଯାଇଥିବାର ଅଭିନୟ କରି ? ତା'ର ଧୈର୍ଯ୍ୟ ଭୁଶୁଡି ପଡ଼ିଲା। ସମସ୍ତ ସାହସ ନେଇ ସେ ପୁନରାୟ ମୁହଁ ବାହାର କଲା ଏ ଅଦ୍ଭୁତ, ପାଣିହୀନ ଅପରିଚିତ ପୃଥିବୀକୁ ଭଲକରି ଦେଖିବା ପାଇଁ। ଅଣଓସାରିଆ, ଲମ୍ବା ଡଙ୍ଗାର ମଙ୍ଗ ଉପରେ ତା'ର ଦୃଷ୍ଟି ପହଁରି ଆସିଲା ସେଇକ୍ଷଣି। ମଣିଷ ଦୁଇଜଣ ଦୁଇଆଡ଼େ ମୁହଁ କରି କାର୍ଯ୍ୟବ୍ୟସ୍ତ ଅଛନ୍ତି। ଉପରଟା ଶୂନ୍ୟ। ଅପେକ୍ଷ କଲା, ତା'ର ଏଇ ଢଙ୍ଗଟିକୁ ତାକୁ ବନ୍ଦୀ କରିଥିବା ମଣିଷମାନେ ବରଦାସ୍ତ କରୁଛନ୍ତି କି ନା' ଦେଖିବା ପାଇଁ।

ସେ ଉତ୍ସାହିତ ହେଲା ଏଇଥିପାଇଁ ଯେ, ତା' ଉପରେ କିଛି ହେଲେ ଅପ୍ରୀତିକର ଘଟିଲା ନାଇଁ। ଗୋଟିଏ ଦୁଇଟି ପାହୁଣ୍ଡ ନେଲା ଏବଂ ଅପେକ୍ଷା କଲା। ନା, କିଛି ଘଟୁନାଇଁ। ଅସାମାନ୍ୟ ଆନନ୍ଦରେ ସେ ବିଭୋର ହେଲା। ସମସ୍ତଙ୍କର ଅଲକ୍ଷ୍ୟରେ ସେ ଖସି ପଳାଇଯିବ। ପଳାଇଯିବ ଏ ଡଙ୍ଗାରୁ କୌଣସି ମତେ। ତା'ପରେ ସେ ଖୋଜିବ ତା'ର ସମୁଦ୍ରକୁ। ଏ ଡଙ୍ଗାରୁ ସମୁଦ୍ର କେତେ ବଟ କେଜାଣି ?

ସହଜରେ ଦିଶିଯାଉଚି ଡଙ୍ଗା କାନ୍ଥର ଉଚ୍ଚତା। ଏଇ ଉଚ୍ଚତା ଟପିଗଲେ ମୁକ୍ତିର ଅନନ୍ତ ଅଞ୍ଚଳ। ଜଣାପଡୁଚି, ଏ ଉଚ୍ଚତା ଯେପରି କିଛି ନୁହେଁ। ଅଳ୍ପ କେତୋଟି ପଦକ୍ଷେପ ଏହାକୁ ଅତିକ୍ରମ କରିପାରିବ। କଇଁଚଟି ଚେଷ୍ଟା କଲା ଡଙ୍ଗାର ପାଚେରି ଚଢ଼ିବା ପାଇଁ। ଚେଷ୍ଟା କଲା ଏବଂ ଖସି ଆସିଲା ବାରମ୍ବାର ଡଙ୍ଗାର ଚଟାଣ ଉପରକୁ। କ୍ରମେ ସେ ଅଥୟ ହୋଇ ପଡୁଥିଲା ଏବଂ ଖସି ପଳେଇଯିବାର ଚେଷ୍ଟା ଓ ଇଚ୍ଛା ତୀବ୍ରତର ହୋଇ ପଡୁଥିଲା। ଏଇ ଇଚ୍ଛା ବାରମ୍ବାର ବିଫଳ ଚେଷ୍ଟାର ସମ୍ମୁଖୀନ ହେଉଥିଲା ଏବଂ ପରିଣାମରେ, ତା'ର ଅସହାୟତା ଓ ବ୍ୟାକୁଳତା ବଢୁଥିଲା ଆସ୍ତେ ଆସ୍ତେ।

କିଛି ସମୟ ପାଇଁ ସେ ଚୁପ୍‌ଚାପ୍ ବସି ରହିଲା। ଶକ୍ତି ସଂଗ୍ରହ କଲା ପରବର୍ତ୍ତୀ

ପର୍ଯ୍ୟାୟର ଚେଷ୍ଟା ପାଇଁ। ଏଥର ସେ ଅନ୍ୟ ଏକ ଦିଗକୁ ମୁହେଁଇଲା। ପୁଣି କ'ଣ ଭାବି, ମୁହଁ ଫେରାଇଲା ଏବଂ ପ୍ରଚଣ୍ଡ ଆତୁରତାରେ ସେ ଦରାଣ୍ଡି ପକାଇଲା ଡଙ୍ଗାର ଚଟାଣ। କେଉଁଠି ଟିକିଏ ଫାଙ୍କ ଥାଆନ୍ତା କି! ଏମିତି କି ସାମାନ୍ୟ ଛିଦ୍ରଟିଏ। ସେ ନିଜକୁ ତା' ଭିତରେ ଘୋଷାରି ନିଅନ୍ତା କିଛି ହେଲେ ସୁଯୋଗ ସେ ପାଉଛି!

ମୁକ୍ତି ପାଇବାର ନିଶା ଏତେ ପ୍ରବଳ ହୋଇଯାଇଥିଲା ଯେ ତାକୁ କଇଦୀ କରି ରଖିଥିବା ମଣିଷମାନଙ୍କର ଉପସ୍ଥିତି ଏବଂ ସମ୍ଭାବ୍ୟ ଶାସ୍ତି କଇଁଚର ଚେତନାରେ ସେତେବେଳେ ଆଦୌ ନଥିଲା। ଜଣେ ପାଗଳ ଭଳି ସେ ଖାଲି ଖୋଜି ଚାଲିଥିଲା ଡଙ୍ଗାର ଦେହକୁ, ଟିକିଏ ବାଟ ପାଇବା ଆଶାରେ। ଡଙ୍ଗାର ପାଚେରି ଖୁବ୍ ବେଶି ଉଚ୍ଚ ନଥିଲେ ମଧ୍ୟ, ତା'ର ହୃଦ୍‌ବୋଧ ହୋଇ ସାରିଥିଲା ଯେ, ଏହାକୁ ଟପିବା ସମ୍ଭବ ନୁହେଁ। ଏହା ଜାଣି ସାରିବା ପରେ ବି, ସେ ଚଢ଼ିବାକୁ ଚେଷ୍ଟା କରୁଥିଲା ତା' ଉପରେ ଏବଂ ପର ମୁହୂର୍ତ୍ତରେ ଖସି ଆସୁଥିଲା ଡଙ୍ଗାର ଚଟାଣ ଉପରକୁ।

ଚାଲିଥିଲା ଏଇ ପ୍ରକାରର ଏକ ଅକୃତକାର୍ଯ୍ୟ ଚେଷ୍ଟା ଅନବରତ ଭାବରେ। ଉପରେ ତା' ପିଠି ଭଳି ଦିଗହଜା ଆକାଶ ବିନ୍ଦୁ ପରିସୀମାହୀନ ସମୁଦ୍ରର ବ୍ୟାପ୍ତି। ସାମାନ୍ୟ ଗୋଟିଏ ଜହ୍ନ ଭଳି ଦିଶୁଥିବା ଓ ଅହରହ ଅସ୍ଥିର ଭାବରେ କମ୍ପି ଉଠୁଥିବା ଡଙ୍ଗାର ପେଟ ଭିତରେ ଆହୁରି ସାନ ନଗଣ୍ୟ କେଇଁଚଟି ଅବ୍ୟାହତ ରଖୁଥିଲା କେଉଁଆଡ଼େ ଖସି ପଳେଇଯିବାର ବ୍ୟାକୁଳ ଚେଷ୍ଟା। ଅନନ୍ତ ଶୂନ୍ୟତା ଭିତରେ ଏକ ସଙ୍କୁଚିତ ଡଙ୍ଗାର ବାଡ଼ ଆବଦ୍ଧ କରି ରଖିଥିଲା ତାକୁ ଏବଂ ତା'ର ମୁକ୍ତିର ବାଟ ବନ୍ଦ କରି ରଖିଥିଲା। ଏତେ କମ୍ ଉଚ୍ଚ ଦେଖାଯାଉଥିବା ହୋଇପାରେ ଏବଂ ସେ ଓ ତା'ର ସ୍ୱାଧୀନତା ମଝିରେ ପାଚେରି ବି ଅନତିକ୍ରମ୍ୟ ଅଲଂଘନୀୟ ପ୍ରତିବନ୍ଧକ ହୋଇ ଠିଆ ହୋଇପାରେ! ଏକଥା କେହି କ'ଣ ବିଶ୍ୱାସ କରନ୍ତି ସେଇମିତି ପରିସ୍ଥିତି ନ ଆସିବା ଯାଏଁ?

ସବୁଦିନ ଭଳି ପ୍ରାୟ ଏକ ସମୟରେ ତିନୋଟିଯାକ ଡଙ୍ଗା କୂଳରେ ଲାଗିଲେ, ସେ' ଦିନର ଫସଲ ବୋଝେଇ କରି। କୂଳରେ ଅପେକ୍ଷା କରିଥିଲେ ସବୁଦିନ ଭଳି କେଉଟ ବସ୍ତିର ଆଠ-ନ' ଜଣ ପିଲା ଦକ୍ଷ ବାପାମାନଙ୍କର ପ୍ରତ୍ୟାବର୍ତ୍ତନକୁ। ସେମାନେ ସମସ୍ତେ ଛ'ରୁ ଦଶ ବର୍ଷ ବୟସର, ସମସ୍ତେ ମଇଳା, ନିରକ୍ଷର ଓ ଅଧା ଲଙ୍ଗଳା। ସମୁଦ୍ର କୂଳରୁ କିଛି ଦୂରରେ ସେମାନଙ୍କର ବସ୍ତି। ବଖରାଏ ଲେଖାଁ ଅଳ୍ପ କେତୋଟି ଘର। ବାରମ୍ବାର ବତାସରେ ଉଡ଼ିଯାଉଥିବା ଛପର। କୌଣସିମତେ ଘରର ସୀମା ନିର୍ଦ୍ଧାରଣ କରୁଥିବା କାନ୍ଥ। ସୁ ସୁ ପବନ ସତ୍ତ୍ୱେ ଅବାଧ ହୋଇ ନିଜର ସ୍ଥିତି ବଜାୟ ରଖିଥିବା ଶୁଖୁଆ ଓ ପଚା ମାଛର ଗନ୍ଧ। ରାଶି ରାଶି ବାଲିର ସ୍ତୂପ ଭିତରେ ଗୋଡ଼ ଲୁଚେଇ ଠିଆ ହୋଇଥିବା ଝାଉଁଗଛ।

ଏଇ ହେଲା କେଉଟ ବସ୍ତିର ପରିପାଟୀ। ସମୁଦ୍ର ବଞ୍ଚେଇ ରଖିଚି ଏହାକୁ; ଅଥଚ ଏହାର କ୍ରୁଦ୍ଧ ନିଃଶ୍ୱାସରେ ବସ୍ତିର ଚାଳ ବିପର୍ଯ୍ୟସ୍ତ ହୁଏ। ବେଳେବେଳେ ଜୀବନ ଛିନ୍‌ଛତ୍ର ହୁଏ। ଏହାର ପୃଷ୍ଠଭୂମିରେ ଜୀବନ ସମସ୍ତ ଦାମ୍ଭିକତା ଓ ଆତ୍ମବିଶ୍ୱାସର ସହିତ ଠିଆ ହୁଏ। ସେମାନେ ପୁଣି ଡଙ୍ଗା ଧରି ଯାଆନ୍ତି ସମୁଦ୍ର ଭିତରକୁ। ପିଲାମାନେ ପୁଣି ବାହାରି ପଡ଼ନ୍ତି ସମୟ କଟେଇବା ପାଇଁ। ସବୁ ଦୁର୍ଯ୍ୟୋଗ ଓ ଦୁର୍ବିପାକ ପ୍ରକୃତିର ଗୋଟାଏ ଗୋଟାଏ କୌତୁକ ଭଳି ମନେହୁଏ।

ବସ୍ତିର ଏଇ ଆଠ-ନ' ଜଣ ପିଲାଙ୍କ ପାଇଁ ସବୁ ବିଶାଳ ଓ ଅନନ୍ତ ସମୁଦ୍ର ଆକାଶ, ବାଲିର ଅପନ୍ତରା ଓ ସମୟ, ସେମାନଙ୍କର ଦୃଷ୍ଟିକୁ ବାଧା ଦେବା ଭଳି କେଉଁଠି କିଛି ପ୍ରତିବନ୍ଧକ ନ ଥାଏ। ସାରାଦିନ ସେମାନେ ସମୟ କଟାଇବା ସମସ୍ୟାର ସାମ୍ନା ସାମ୍ନି ହୁଅନ୍ତି। ଗଛ ଚଢ଼ି, ସମୁଦ୍ର କୂଳରେ ଖେଳି ସେମାନେ ଆବିଷ୍କାର କରନ୍ତି ଯେ, ଆହୁରି ଅନେକ ସମୟ ପରେ ସେମାନଙ୍କର ବାପାମାନେ ଫେରିବେ।

ସେଦିନ ଡଙ୍ଗା ତିନୋଟିରୁ ମାଛ ଖଲାସ ହେବା ପରେ ଗୋପୀ ଗର୍ବର ସହିତ ଘୋଷଣା କଲା - "ପିଲାମାନେ, ତୁମ ପାଇଁ ବଢ଼ିଆ ଜିନିଷଟିଏ ଆଣିଚି।"

ସମସ୍ତେ ଘେରିଗଲେ ଗୋପୀକୁ ଏବଂ ଜିନିଷଟି କ'ଣ ବୋଲି ସେ କହିବା ପୂର୍ବରୁ ସେମାନେ ତାହାକୁ ଦେଖି ସାରିଥିଲେ। ସେମାନେ ପରସ୍ପରର ମୁହଁ ଦେଖିଲେ। ସମସ୍ତଙ୍କର ମୁହଁର ଆଗ୍ରହ ନିଷ୍ପ୍ରଭ ହୋଇଯାଉଥିଲା।

ଜିନିଷଟିର ବିଶେଷତ୍ୱ ବୁଝେଇବା ପାଇଁ ଚେଷ୍ଟା କଲା ଗୋପୀ- "ଏଇଟା କଇଁଚଟିଏ ବୋଲି ତୁମ ମୁହଁଟିମାନ ଶୁଖିଗଲା। ନୁହେଁ କି ? ଏଇଟା କଇଁଚଟିଏ, ହିଁ; ହେଲେ ଏମିତି କଇଁଚ ଆମେ ଆମ ଜୀବଦ୍ଦଶାରେ କେବେବି ଦେଖି ନଥିଲୁ। ତା' ନ ହୋଇଥିଲେ ମୁଁ ଏତେ କଷ୍ଟ କରି ଏଇଟାକୁ ଆଣିଥାନ୍ତି କାହିଁକି ? ନିଅ ଖେଳିବ।"

ସେ ଦୁଇଟି ଆଗ୍ରହହୀନ ହାତକୁ ତାହା ବଢ଼ାଇଦେଲା। ପିଲାମାନେ କଇଁଚକୁ ଦେଖୁଥିବା ବେଳେ, ସେମାନଙ୍କର ସନ୍ତୁଷ୍ଟ ବାପାମାନେ କୂଳର ବାଲି ଅତିକ୍ରମ କରି ଫେରିଯାଉଥିଲେ ବସ୍ତିକୁ।

ସୂର୍ଯ୍ୟ ଦିଗ୍‌ବଳୟର ପାଖାପାଖି ସେତେବେଳେ। ସମୁଦ୍ର କୂଳ ନିର୍ଜନ ଓ ପରିତ୍ୟକ୍ତ। କେବଳ କଇଁଚଟି କେନ୍ଦ୍ରବିନ୍ଦୁ ହୋଇ ରହିଥିଲା ଜଣଙ୍କ ହାତରେ ଏବଂ ସମସ୍ତେ ତାକୁ ଘେରି ଏକ ବ୍ୟୂହ ରଚନା କରିଥିଲେ। ସେଇଟିକୁ ଏକ ଆକର୍ଷଣୀୟ ଦରବ ବୋଲି ଗ୍ରହଣ କରିବା ପାଇଁ ଚେଷ୍ଟା କରୁଥିଲେ ସେମାନେ। ସମୁଦ୍ର ଲହଡ଼ିର ଆହ୍ୱାନ ଓ ହାତ ସମ୍ପ୍ରସାରଣ ପ୍ରତ ସେମାନଙ୍କର ଜମା ଧ୍ୟାନ ନ ଥିଲା।

ତେବେ ଗୋଟାଏ କଇଁଚକୁ ନେଇ କିଭଳି ଖେଳାଯାଇ ପାରେ ? ସେମାନେ

ଭାବିପାରୁ ନଥିଲେ ଏହାର ଉତ୍ତର। ପୁଣି, ତା' ପ୍ରତି ସେମାନଙ୍କର ମୂଳ ଦୃଷ୍ଟିକୋଣଟି ଆଦୌ ବଦଳୁ ନଥିଲା। ସେମାନେ ତାହାକୁ ଗୋଟିଏ ମାମୁଲି କଇଁଚ ବୋଲି ହିଁ ଭାବୁଥିଲେ। ସେମିତି କିଛି ଅସାଧାରଣ ବ୍ୟତିକ୍ରମ ବୋଲି ମନେକରୁ ନ ଥିଲେ।

ସେତେବେଳେ କଇଁଚର ଉଦ୍‌ବେଗ ହୃତ୍‌କମ୍ପନ ବଢ଼ି ଯାଇଥିଲା ଅସମ୍ଭବ ଭାବରେ। ମୁକ୍ତିପାଇଁ ନିଷ୍ଫଳ ଅନ୍ୱେଷଣ ତାକୁ କ୍ଳାନ୍ତ କରି ଦେଇଥିଲା। ପୁଞ୍ଜିଭୂତ କ୍ଷୋଭ ଓ ପ୍ରତିବାଦରେ ତା'ର ତନ୍ତ୍ରୀ ଜଡ଼ସଡ଼ ହୋଇଯାଉଥିଲା। ପୁଣି ସେ ଆର୍ତ୍ତନାଦ କରୁଥିଲା ପରାଜୟର ଦଂଶନରେ। ତା'ର ଅଭ୍ୟସ୍ତ ପୃଥିବୀରୁ ବିଚ୍ଛିନ୍ନ ହେବା ଫଳରେ ସେ ନିଜର ଚେତନାକୁ ଭଲ କରି ଧରି ରଖିପାରୁ ନ ଥିଲା। ତା'ର ହଂସା ଉଡ଼ିଯାଉଥିଲା ଅସମ୍ଭବ ଶୋଷରେ। ପାଣିହୀନ ଶୂନ୍ୟତା ସହିତ ଆଦୌ ସାଲିସ୍ କରିପାରୁ ନ ଥିଲା ତା' ଜୀବନ। ଅଣନିଃଶ୍ୱାସୀ ହୋଇ ସେ ନିଃସହାୟ ଭାବରେ ଅପେକ୍ଷା କଲା କୌଣସି ଗୋଟିଏ ମୁହୂର୍ତ୍ତକୁ-ମୁକ୍ତିର ମୁହୂର୍ତ୍ତ; ଯାହାର ସମ୍ଭାବନା ନ ଥାଏ କିମ୍ବା ମୃତ୍ୟୁର ମୁହୂର୍ତ୍ତ; ଯାହା ଆସିବାରେ ଅଯଥା ବିଳମ୍ବ କରେ।

ଧରିଥିବା ପିଲାଟି ତାକୁ ତଳେ ପକେଇଦେଲା ଏବଂ କହିଲା - "ଏଇଟା ମରିଗଲା ଭଳି ଜଣାପଡୁଛି। ଚଲ, ଆମେ ଦୂରରେ ଠିଆହେବା। ବଞ୍ଚିଥିବ ଯଦି ଚାଲିବ। ଆମକୁ ଦେଖିଲେ, ଶଳାଟି ହାତମୁହଁ ପଦାକୁ ବାହାର କରିବ ନାଇଁ।"

ସମସ୍ତେ ଠିଆ ହେଲେ କିଛି ଦୂରରେ। ତଳେ ଆପାତତଃ ଶୁଖିଲା, ଅସମତଳ ବାଲି। କଇଁଚଟି ଆସ୍ତେ ମୁହଁ କାଢ଼ିଲା। ତା' ସାମ୍ନାରେ ଅନନ୍ତ ନୀଳିମା, ତା'ର ପୃଥିବୀ। ସହସେ ସେ ଉତ୍‌ଫୁଲିତ ହେଲା ଏବଂ ପ୍ରାଣପଣେ ଧାଇଁବା ଆରମ୍ଭ କଲା ତା'ର ପୃଥିବୀ ଆଡ଼େ।

- "ବଞ୍ଚିଚି ସେ।" ଶୁଭିଲା ଏକ ଉତ୍ସାହୀ ଚିତ୍କାର ଏବଂ ତା' ପରେ କ'ଣ ଘଟିଲା ତାହା ବୁଝିପାରିଲାନି କଇଁଚଟି। ତା ମୁହଁ ଉପରେ ସେ ଶକ୍ତ ଆଘାତଟିଏ ଅନୁଭବ କଲା। କିଛିବାଟ ଶୂନ୍ୟରେ ଉଠିପଡ଼ି ରହିଲା ଅନେକ ଦୂରରେ, ପାଣିର ଧାରରୁ ଢେର ବ୍ୟବଧାନରେ। ଆପଣା ଛାଏଁ ତା'ର ଗୋଡ଼-ମୁହଁ ପଶିଗଲେ ତା' ପିଠି-ପେଟ ଭିତରକୁ। ତା' ଭିତରୁ ସେ ଦେଖି ପାରିଲା ତା' ସାମ୍ନାରେ ତାକୁ ନେଇ ଖେଳ ଆରମ୍ଭ କରିଥିବା କେତେଜଣଙ୍କୁ। କେତେବେଳେ ଏଇମିତି ଖେଳ ଶେଷ ହୁଏ, କେଜାଣି ?

- "ପାଖରେ ଠିଆହେଲେ ଗୋଡ଼-ମୁହଁ ଜମା ବାହାର କରୁନି, ଆଣିଲୁ ସେଇ ବାଡ଼ିଟା ଯାର ଗୋଡ଼-ହାତ ବାହାର କରିବା।" ଆଉ ଜଣେ କହିଲା।

ପ୍ରସ୍ତାବ ଅନୁସାରେ ଜଣେ ଆଣିଦେଲା ତିନି-ଚାରି ଫୁଟର ଶକ୍ତ ବାଡ଼ିଟିଏ।

କହିଲା- "ଏହାର ପିଠି ଉପରେ ଏ ବାଡ଼ିଟା ରଖୁଚି। ତୁମେ ଦୁଇଜଣ ବାଡ଼ିର ଦୁଇମୁଣ୍ଡରେ ଠିଆ ହୁଏ। ଗୋଡ଼-ମୁହଁ ବାହାରି ପଡ଼ିବ।"

ସେୟା କରାଗଲା। ଚିକ୍‌କଣ ପିଠି ଉପରୁ ଖସି ଆସୁଥାଏ ବାଡ଼ିଟା। ମାତ୍ର ତା'ର ଦୁଇ ମୁଣ୍ଡରେ ଯେଉଁ ଓଜନ ଠିଆ ହୋଇଥିଲା, ତା' ଫଳରେ କଇଁଚର ଗୋଡ଼ ଓ ମୁହଁ ବାହାରକୁ ବାହାରି ଆସୁଥିଲା ବେଳେ ବେଳେ। ପରେ କିନ୍ତୁ ତା'ର ଗୋଡ଼-ମୁହଁ ତ ଦୂରର କଥା, କଇଁଚଟି ଆଦୌ ଦେଖା ଗଲା ନାହିଁ। ପୋତି ହୋଇଗଲା ବାଲି ଭିତରେ।

ତା' ଉପରୁ ବାଡ଼ିଟି କାଢ଼ି ନିଆଗଲା। ଅନ୍ୟଜଣେ ବାଲିର ପରସ୍ତରେ ତାହାକୁ ପୋତିଦେଲା ଏବଂ କହିଲା - "ଭିତରୁ ଆସି ପାରୁଚି କି ନା, ଦେଖିବା।"

ସେ ଏତକ କହିଚି କି ନାହିଁ କଇଁଚଟି ବାଲିର ପଲସ୍ତରା ଅମାନ୍ୟ କରି ଉଠି ଆସିଲା ଉପରକୁ ଏବଂ କାହାରିକୁ ଭୟ ନ କରି ଚାଲିବା ଆରମ୍ଭ କଲା। ସମସ୍ତଙ୍କୁ ତିରସ୍କାର ଓ ଅମାନ୍ୟ କରି ସେ ବାସ୍ତବିକ ଦୌଡ଼ିବାକୁ ଲାଗିଲା। ତା' ଗତିରେ ଥିଲା ନିର୍ଭୀକ ସ୍ପର୍ଦ୍ଧା। ସେ ସୂଚେଇ ଦେଉଥିଲା ଯେ, ଏମିତି ସଙ୍କଟ ସମୟରେ ଜୀବନ ନିଜକୁ ବାଜି ଲଗେଇ ଦିଏ, ନିଜକୁ ରକ୍ଷା କରିବାପାଇଁ। ସେତେବେଳେ ନିର୍ଭୟର ସହିତ ଜୀବନ ଗ୍ରହଣ କରିନିଏ ବାହାରର ସମସ୍ତ ଚାଲେଞ୍ଜକୁ; ସମସ୍ତ ବିପଦର ସମ୍ମୁଖୀନ ହେବାପାଇଁ ସେ ଅଣ୍ଟା ଭିଡ଼ି ବାହାରି ପଡ଼େ। ପରିଣାମ କ'ଣ ହେବ, ପରେ ହିସାବ କରିବାକୁ ଫୁରୁସତ ନଥାଏ ତା' ପାଖରେ।

କଇଁଚଟି ଦୌଡ଼ିଲା ଏକ ରକମ। ସମସ୍ତେ କୌତୁକର ସହିତ ଦେଖିଲେ ଏଇ ଦୃଶ୍ୟଟିକୁ। ତା' ଚାରିପଟେ ଘେରିଯିବା ପାଇଁ ସେମାନଙ୍କୁ ବେଶି ସମୟ ଲାଗିଲା ନାହିଁ।

- "ବଲ୍ ଭଳି ଖେଳିବା।" ପ୍ରସ୍ତାବ ଦେଲା ଜଣେ।

- "ବଲ୍ ଭଳି ? ଗୋଡ଼କୁ କାଟିବ, ଏଇଟା ଟାଣୁଆ ହୋଇଚି ଭାରି।" ଅନ୍ୟ ଦୁଇ-ତିନି ଜଣଙ୍କର ନିରୁତ୍ସାହିତ ଉତ୍ତର ଶୁଭିଲା।

- "ଶୁଣ, ଏଇମିତି କରିବ। କଇଁଚଟି ଯାହା ପାଖରେ ପହଞ୍ଚିବ, ସେ ତା'ର ପେଟ ତଳେ ଗୋଡ଼ରଖି, ଗୋଡ଼ରେ ତାହାକୁ ଫୋପାଡ଼ିବ ଉପରକୁ। ଏମିତି କଲେ ଗୋଡ଼କୁ ବାଧିବ ନାହିଁ।"

ପ୍ରସ୍ତାବଟି କାର୍ଯ୍ୟକାରୀ ହେଲା ତତ୍‌କ୍ଷଣାତ୍। ଚାଲିଲା କିଛି ସମୟ ପାଇଁ ଏଇ ଖେଳ। କଇଁଚଟି ଉଠୁଥାଏ ଶୂନ୍ୟତା ଭିତରକୁ ଏବଂ ଖସି ପଡୁଥାଏ ବାଲି ଉପରେ। ଏମିତି ନିରବଚ୍ଛିନ୍ନ ଭାବରେ ଏ ଖେଳ ଚାଲିଲା ଯେ, କଇଁଚଟି ସଂଜ୍ଞାହୀନ

ହୋଇଗଲା। ନିଜକୁ ସେ ଆଉ ଅନୁଭବ କରିପାରିଲା ନାହିଁ। ଗୋଡ଼-ମୁହଁହୀନ ଏକ ଗୋଲାକାର ବସ୍ତୁରେ ପରିଣତ ହୋଇ ସେ ପଡୁଥାଏ ପୃଥକ୍ ସ୍ଥାନମାନଙ୍କରେ।

ମାତ୍ର ଏମିତି କେତେବେଳଯାଏଁ ବା ଖେଳ ଚାଲୁ ରଖିବା ସମ୍ଭବ ହୋଇଥାନ୍ତା ? ସମସ୍ତଙ୍କର ଆଗ୍ରହ ହଜିଗଲା କ୍ଳାନ୍ତି ଓ ବିରକ୍ତି ଭିତରେ। ହାଲିଆ ହୋଇ ସମସ୍ତେ ଘରମୁହାଁ ହେଲେ।

ଆଉ କିଛି ସମୟ ପରେ ସୂର୍ଯ୍ୟର ଅବଶିଷ୍ଟାଂଶ ସମୁଦ୍ର ଭିତରେ ହଜିଯିବ। ପରିତ୍ୟକ୍ତ ଖେଳନା ଭଳି ଦୀର୍ଘସମୟ ପର୍ଯ୍ୟନ୍ତ କଇଁଚଟି ପଡ଼ିରହିଲା ବାଲି ଜର୍ଜରିତ ହୋଇ ପାଣିଧାରର ଅଳ୍ପ ଦୂରରେ। ସମଗ୍ର ବ୍ରହ୍ମାଣ୍ଡର ଆଉ କେହି ନ ଥିଲେ ସେତେବେଳେ। ସମୁଦ୍ରର ଲହଡ଼ିଭଙ୍ଗା ଗର୍ଜନ ହିଁ ଥିଲା ଏକମାତ୍ର ଶବ୍ଦ। ମୁମୂର୍ଷୁ ଅବସ୍ଥାରେ ପଡ଼ିଥିବା ଦରମଲା କଇଁଚଟି ହିଁ ଥିଲା ଏକମାତ୍ର ସର୍ବଶେଷ ଜୀବନ।

ଯୋଜନ ଯୋଜନ ଲମ୍ବର ଲହଡ଼ିମାନେ ଉଠୁଥିଲେ ସମୁଦ୍ର ଛାତିରେ। ଧାଇଁ ଆସୁଥିଲେ କିଛି ବାଟ। ସେମାନଙ୍କର ଅଣ୍ଟା ଭାଙ୍ଗିଯାଉଥିଲା। ମଡ୍-ମାଡ୍ ଶବ୍ଦ କରି ପରାଜୟର ମାଡ଼ରେ ସେମାନେ ସମତଳ ହୋଇ ଯାଉଥିଲେ। ଅନ୍ତହୀନ ପ୍ରକ୍ରିୟା ଚାଲିଥିଲା ଏଇମିତି। ଅଥଚ ବାଲିର କାନ୍ଥ ଅତିକ୍ରମ କରି କେଉଁଆଡ଼େ ଖସି ପଳେଇଯିବାର ଉପାୟ ନ ଥିଲା। ଅନନ୍ତ କାଳର ବନ୍ଦୀ ଏଇ ସମୁଦ୍ର ଅବ୍ୟାହତ ରଖିଥିଲା ମୁକ୍ତିର ସ୍ୱପ୍ନକୁ। ସେ ବିଧ୍ୱସ୍ତ ସ୍ୱପ୍ନ ରାଶି ରାଶି ବୁଦ୍ ବୁଦ୍ ହୋଇ କେଉଁଆଡ଼େ ନିଶ୍ଚିହ୍ନ ହେବା ପୂର୍ବରୁ, ପୁଣି ରାଶି ରାଶି ବୁଦ୍ ବୁଦ୍। ଗୋଟିଏ ଲହଡ଼ିର ଅଣ୍ଟା ଭାଙ୍ଗିବା ପୂର୍ବରୁ ପୁଣି ଏକାଧିକ ଲହଡ଼ି ଓ ତା' ପରେ ସଂଖ୍ୟାହୀନ ଲହଡ଼ିର ବିଶ୍ୱସ୍ତ ପ୍ରତିଶ୍ରୁତି।

ଯା' ପରେ ଆଉ କ'ଣ କରାଯାଇପାରେ ? ଏକ ଅସ୍ପଷ୍ଟ, ଖଣ୍ଡିତ ଚେତନା ଫେରି ଆସୁଥିଲା କଇଁଚ ପାଖକୁ। ସେ ଚେଷ୍ଟା କଲା ମୁଣ୍ଡ ଓ ଗୋଡ଼ ବାହାର କରିବାପାଇଁ। ନା, ହେଉନି। ତା ଦେହର ସମସ୍ତ ସନ୍ଧି ବାଲିରେ ଭରପୂର। ସେ ଚେଷ୍ଟାକଲା ଆଉଥରେ। ଅବରୁଦ୍ଧ କରିଥିବା ବାଲିର କାନ୍ଥ କିଛି ଅଂଶରେ ଧସଡ଼ି ପଡ଼ିଲା। ମୁହଁ କାଢ଼ି ଦେଖିବାକୁ ଚେଷ୍ଟାକଲା ସେ। ସବୁ କୁହୁଡ଼ିଢ଼ଙ୍କା, ଜାଲଜାଲୁଆ। ସେଇ ନିଷ୍ପ୍ରଭ ଦୃଷ୍ଟିରେ ସେ କିନ୍ତୁ ଦେଖିପାରିଲା, ତା' ପୃଥିବୀର ସୀମା, ସମୁଦ୍ରର ପାଣିଧାର।

ସେ ଅସ୍ଥିର ହୋଇ ପଡ଼ିଲା ଅସମ୍ଭବ ଭାବରେ। ନିଜ ପ୍ରତି ଏକ ତୀବ୍ର ଆବେଗରେ ସେ ସତେ ଯେପରି ଓଦା ହୋଇଗଲା। ନିଜକୁ ସେ ଏତେ ଭଲ ପାଇ ନଥିଲା ଯା' ପୂର୍ବରୁ। ଜୀବନ ଏତେ ମମତା ଓ ସ୍ନେହ ଦାବି କରେ ବୋଲି ଧାରଣା ନ ଥିଲା ତା'ର। କିନ୍ତୁ, କାହିଁ ? ସେ ତ ଚାଲି ପାରୁନି ଆଦୌ !

ଅବଶ ହୋଇ ପଡିଲା ସେ କିଛି ସମୟ ପାଇଁ। ବର୍ତ୍ତମାନ ସବୁ ଦୁଃସ୍ୱପ୍ନ ଭଳି ଜଣାପଡୁଚି। ପାଣିରୁ ତାକୁ ଟେକି ଆଣିବାଠାରୁ ଆରମ୍ଭ କରି ବର୍ତ୍ତମାନର ଏ ଅର୍ଦ୍ଧ ମୃତ ଅବସ୍ଥା ପର୍ଯ୍ୟନ୍ତ। ଏମିତି କାହିଁକି ଘଟିଲା, କେଜାଣି ? ଏମିତି କ'ଣ ଘଟେ ? ଗୋଟିଏ ଜୀବନକୁ ତା' ସ୍ନେହର ପୃଥିବୀ ଭିତରୁ ଉଠେଇ ନିଆଯାଏ ଏବଂ ନିଷ୍କରୁଣ, ନୃଶଂସ ଅତ୍ୟାଚାର ପରେ ତାକୁ ଏଇମିତି ଅକାମୀ କରି ପକେଇ ଦିଆଯାଏ ତା' ପୃଥିବୀଠାରୁ ଅଳ୍ପ ଦୂରରେ ? ଇଏ ପୁଣି କି ଅଦ୍ଭୁତ ପରିବେଶ ! ଚାରିଆଡ଼େ ବାଲିର ଐଶ୍ୱର୍ଯ୍ୟ, ଯାହା ସହିତ ସେ ବଞ୍ଚି ରହିଥିବା ପୃଥିବୀର ଲେଶମାତ୍ର ସାମଞ୍ଜସ୍ୟ ନାହିଁ। ଜୀବନ ଯଦି ଏଇଭଳି ପରିବେଶ ଭିତରକୁ ଟଣାହୋଇ ଆସେ ଏବଂ ଏଇଭଳି ନିର୍ମମତାର ସମ୍ମୁଖୀନ ହୁଏ, ତେବେ ଜୀବନ କ'ଣ ? ଅଭିଶାପ ? କିନ୍ତୁ ତାହାକୁ ବଞ୍ଚେଇ ରଖିବା ପାଇଁ ଏତେ ବ୍ୟାକୁଳତା ଆସେ କେଉଁଠୁ ? କାହିଁକି ?

ସମସ୍ତ ଶକ୍ତି ଏକାଠି ଠୁଳ କରି କଇଁଚଟି ଚାଲିବା ଆରମ୍ଭ କଲା। ମାତ୍ର ଗୋଟିଏ ପଦକ୍ଷେପ। ତା' ପରେ ସେ ପୁଣି ପଡ଼ି ରହିଲା। ଆଉ ହେବନି, ବୋଧହୁଏ। ଅଥଚ କେଡ଼େ ପାଖରେ ଅଛି ତା'ର ସମୁଦ୍ର ? କେଡ଼େ ପାଖରେ, ସତେ ! ଏଇ ଯେମିତି ଛୁଇଁଦେଇ ହେବ। ଏଇ ଯେମିତି ସେ ବୁଲିବ, ତା'ର ନୀଳିମା ଭିତରେ। ଶେଷହୀନ ସ୍ୱପ୍ନ ଦେଖିବ ଓ ସୃଷ୍ଟି କରିବ ତା'ର ଉତ୍ତର ପୁରୁଷ ! ଏତେ ସୁନ୍ଦର ଭବିଷ୍ୟତ ଅପେକ୍ଷା କରିଚି ତାକୁ ଅଳ୍ପ କେତୋଟି ପାହୁଣ୍ଡ ଦୂରରେ !

ଏତେ ଦହଗଞ୍ଜ ହେବା ପରେ ସଂସାରରୁ ଆଉ ଅଧିକ କ'ଣ ଆଶା କରୁଥିଲା ସେଇ ମୃତପ୍ରାୟ, ଏକଦା ସୁନ୍ଦର, ଅନନ୍ୟ କଇଁଚଟି ? ବର୍ତ୍ତମାନ ତା' ଦେହରେ ଆକର୍ଷଣ ବିବର୍ଣ୍ଣ ହୋଇ ଯାଇଥିଲା, ତା' ଜୀବନ ମଳିନ ହୋଇ ଯାଇଥିଲା; ତଥାପି ତା'ର ନିଷ୍ପ୍ରଭ ଆଖିରେ ସ୍ପଷ୍ଟ ହୋଇ ଉଠୁଥିଲା ଏକ ଅପ୍ରତିଦ୍ୱନ୍ଦ୍ୱୀ ଶୋଷ। ସେ ଚାହିଁଥିଲା ସମୁଦ୍ର ଆଡ଼େ ଏମିତି ଢଙ୍ଗରେ ସତେ ଯେପରି ସମୁଦ୍ରର ସମସ୍ତ ପାଣି ତା' ଶୋଷ ପାଇଁ ଆଦୌ ଯଥେଷ୍ଟ ନ ଥିଲା। ସେଇମିତି ପଡ଼ି ରହି ସେ କେଜାଣି ଆହ୍ୱାନ କରୁଥିଲା - ବହୁତ ପାଣି ତୋ ପାଖରେ ଅଛି ବୋଲି ତୋର ଭାରି ଅହଂକାର ପରା ! ଗର୍ବରେ ତୋ ଛାତି ଫୁଲି ଉଠେ ! ସନ୍ତୁଷ୍ଟ କର ମୋର ଶୋଷକୁ। ହଁ, କେବଳ ମୋରି ଶୋଷକୁ।

ନିଜର ପଙ୍ଗୁତା ବିରୁଦ୍ଧରେ ସଂଘର୍ଷ ଚାଲୁ ରଖିଥିଲା କଇଁଚଟି। ତା' ସାମ୍ନାରେ ଥିବା ସମୁଦ୍ର କ୍ରମଶଃ ଅଶାନ୍ତ ହୋଇ ପଡୁଥିଲା। ସମସ୍ତ ବାଲିର କାନ୍ଥକୁ ପରିହାର କରି ସେ ଆହୁରି ବ୍ୟାପ୍ତ ହେବାପାଇଁ ପ୍ରାଣମୂର୍ଚ୍ଛା ଉଦ୍ୟମ ଆରମ୍ଭ କଲା। ଅନ୍ୟ ଦିନଠାରୁ ଯଥେଷ୍ଟ ଦୀର୍ଘ, ଯଥେଷ୍ଟ ଉଚ୍ଚ ଲହଡ଼ି ସୃଷ୍ଟି ହେଲା ତା' ଛାତିରେ। ବାଲିର କାନ୍ଥ ଉପରେ ସେ ହାତ ବଢ଼ଉଥିଲା କିଛି ଗୋଟାଏକୁ ନିଜ ଭିତରକୁ ଆଣିବା ପାଇଁ।

- "ଚାଲିଆ, ମୋ ଭିତରକୁ।" ସତେ ଯେପରି ସମୁଦ୍ରର ମର୍ମସ୍ଥଳରୁ ବାହାରିଲା ଏଇ ସ୍ନେହମୟ, ବାତ୍ସଲ୍ୟପୂର୍ଣ୍ଣ ଡାକଟି। "ବାପରେ, ମୋ ଭିତରକୁ ଚାଲିଆ। ଆଉ କେଇଟି ମାତ୍ର ପାହୁଣ୍ଡ ତା'ପରେ ତୋତେ ଲୁଚେଇ ରଖିବି ମୋ ଗର୍ଭରେ। ମୋ ଆଖିର ଲୁହରେ ଧୋଇଦେବି ତୋର ସମସ୍ତ କ୍ଷତ, ପୋଛିଦେବି ତୋ ଦେହର ଯାବତୀୟ ବାଲିର ମଇଳା। ଚାଲିଆ, ମୋ ଧନ ।"

କଇଁଚଟି ପ୍ରଲୁବ୍ଧ ହେଲା ଏବଂ ପୁଣି ଥରେ ଚାଲିବାକୁ ଚେଷ୍ଟା କଲା। ଜମା ହେଉନି। ସେ ଏବେ କରିବ କ'ଣ ? ଅସମତଳ ବାଲିର ଚଟାଣ ଉପରେ ତା' ଦେହ କେବଳ ଥରୁଚି, ଜୀବନର ସଙ୍କେତ ଦେଇ। ମାତ୍ର ତା'ର ଗତିଶୀଳତା କାହିଁ ? ଅଳ୍ପ କେତୋଟି ପଦକ୍ଷେପର ବ୍ୟବଧାନ। ଅଥଚ ସେ ତ ପାରୁନି !

ସେଦିନ ଭଳି ସମୁଦ୍ର ଏତେ ଅସ୍ଥିର ଓ ବିଦ୍ରୋହୀ ହୋଇ ନ ଥିଲା। ତା'ର ଗର୍ଜନରେ ଏଇ ଯେପରି ଖଣ୍ଡ ଖଣ୍ଡ ହୋଇ ଆକାଶ ଭାଙ୍ଗି ଖସି ପଡ଼ିବ ତା' ଭିତରକୁ। ବାଲିର କାନ୍ଥ ଭୁଶୁଡ଼ି ପଡ଼ିବ ରସାତଳକୁ। ସମୁଦ୍ର ମୁଣ୍ଡ ପିଟୁଥିଲା ନାହିଁ ନ ଥିବା ଆବେଗ ଉତ୍କଣ୍ଠାରେ। ବାରମ୍ବାର ହାତ ପ୍ରସାରିତ ହେଉଥିଲା ତାକୁ ବନ୍ଦୀ କରି ରଖିଥିବା ବାଲିର ପାଚେରି ଉପରେ। ମାତ୍ର ସବୁଥର ରିକ୍ତହାତ ତା'ର ଫେରିଯାଉଥିଲା ତା' ପାଖକୁ।

- "ଚାଲିଆ, ମୋ ଭିତରକୁ।" ଏ ଆହ୍ୱାନ ଥିଲା ଶେଷହୀନ। "ତୋତେ ଭାରି ଶୋଷ। ନୁହଁ ? ଚାଲିଆ। ମୋ ପାଣି ପିଇ ମୋତେ ଶୁଖେଇ ଦେ। ତୋହରି ପାଇଁ ଏ ପାଣି। ଆ, ତୋତେ ହାତ ବଢ଼େଇ ଡାକୁଚି ପରା ! ଦେଖୁଚୁ ତ, ମୁଁ ବି ଏଇ ବାଲିର ଶୃଙ୍ଖଳର ବନ୍ଦୀ। କ'ଣ ଆଉ କରିବି ମୁଁ ?"

ଯୁଗ ଯୁଗ ଧରି ଚାଲିଥିଲା ଏଇଭଳି ସଂଘର୍ଷ। ଏକଦା ସୁନ୍ଦର, ଚମତ୍କାର ଓ ଉଚ୍ଚ ଅଭିଳାଷ ଥିବା ଓ ବର୍ତ୍ତମାନ ଦରମଲା, ଅତ୍ୟାଚାରିତ, ବାଲି ବିମଣ୍ଡିତ ହୋଇଯାଇଥିବା ଆହତ କଇଁଚର ସମୁଦ୍ର ଭିତରକୁ ଯିବାପାଇଁ ପ୍ରାଣାନ୍ତକ ଚେଷ୍ଟା ଏବଂ କ୍ଷୁଧିତ, ନିରୁପାୟ ସମୁଦ୍ର ତାକୁ ହାତ ବଢ଼େଇ ନିଜ ଭିତରକୁ ନେଇ ଯିବାର ବିଗଳିତ ବ୍ୟାକୁଳତା। ଶୋଷ ସନ୍ତୁଷ୍ଟ ହୁଏ ନାହିଁ, କ୍ଷତ ଭଲ ହୁଏ ନାହିଁ। ସମୁଦ୍ରର ଆବେଗ ମୁଣ୍ଡପିଟି, ହାତ ବଢ଼େଇ ଅହରହ ଲୁହମିଶା ସ୍ୱରରେ କହୁଥାଏ - "ବାପରେ, ଚାଲିଆ ମୋ ଭିତରକୁ।"

କଇଁଚଟି ଶୁଣେ ଓ ଉଲ୍ଲସିତ ହୁଏ। ହେଇ ଦିଶୁଥିବା ପାଣିକୁ ଛୁଇଁବା ବି ସମ୍ଭବ ହୁଏ ନାହିଁ। ସମୁଦ୍ର ଓ ତା' ମଝିରେ ଥିବା ବାଲିର ବ୍ୟବଧାନଟି ଅପରାଜେୟ ହୋଇ ରହିଥାଏ, ଯେମିତିକି ଡଙ୍ଗାର ଅନତିକ୍ରମ୍ୟ ହୋଇ ରହେ ସମୁଦ୍ର ଓ ତା' ମଝିରେ।

ସେତେବେଳେ କିଏ ବା ପାଖରେ ଥାଏ ଏସବୁ ବୁଝିବା ପାଇଁ ? ସ୍ନେହରେ

କିଏ ଘୁଞ୍ଚେଇଦିଏ କଇଁଚକୁ ପାଣିର ଧାର ପର୍ଯ୍ୟନ୍ତ ? ନିର୍ମମତା ହେଉ ପଛେ କିଏ ବା ତାକୁ ଫୋପାଡ଼ି ଦିଏ ପାଣି ଭିତରକୁ ?

ମାତ୍ର ସେଦିନର ଘଟଣାଟି ଆଉ ଅଧିକ ବର୍ଣ୍ଣନା କରିବା ସମ୍ଭବ ହେଉନାହିଁ। ବୋଧହୁଏ କଇଁଚ ଓ ସମୁଦ୍ରର ଏଇ ମିଳିତ ବ୍ୟାକୁଳତା, ଅସଫଳ ଚେଷ୍ଟା ଆହୁରି ମର୍ମସ୍ପର୍ଶୀ ଓ ଅସହ୍ୟ ହୋଇ ପଡ଼ିଥିଲା। ଏଇଥିପାଇଁ, ଏହାକୁ ସମସ୍ତଙ୍କ ଦୃଷ୍ଟିର ଅନ୍ତରାଳକୁ ନେଇଯିବା ସକାଶେ ସ୍ୱର୍ଗ ଓ ମର୍ତ୍ତ୍ୟ ମଧ୍ୟରେ ଘନୀଭୂତ ହେଉଥିଲା ଅନନ୍ତ ଅନ୍ଧକାର।

■

ଆବିଷ୍କାର

ଅପରାହ୍ଣ ଚାରିଟା ବେଳକୁ ଗାଁ ଶେଷମୁଣ୍ଡର ବାତାବରଣ ଏକ ଅନିଶ୍ଚିତ, ଅସ୍ଥିର ନୀରବତାରେ ପଡ଼ିରହିଲା। ସାମ୍ନା ସାମ୍ନି ଦୁଇଟି ଚାଳଘରୁ ଊର୍ଦ୍ଧ୍ୱମୁଖୀ ହେଉଥିଲା ଗୋଟାଏ ଅକଥନୀୟ କ୍ଳାନ୍ତି। ଘର ଦୁଇଟି ନିଶ୍ଶେଷ ହୋଇଯାଇଥିଲେ କଳିତକରାଳ, ବଚସା କରିବା ଯୋଗୁଁ, ଚୂଡ଼ାନ୍ତ ଧୈର୍ଯ୍ୟ ଓ ଶକ୍ତି ନିଗିଡ଼ିଯାଇଥିବା କାରଣରୁ। ନା, ଆଉ କିଛି ଶୁଭୁନାହିଁ। ବିରତି ସକାଶେ ଏ ଯେମିତି ଏକ ପାରସ୍ପରିକ ବୁଝାମଣା। ପୁଣି ଯେତେବେଳେ ପାଟି ଖଲଖଲ ହେବ, ଦେହ ଭିତରକୁ ଫେରି ଆସିବ ସାମାନ୍ୟ ଜୀବନ ସେ ସବୁ ବିନିଯୋଗ ହେବ ଜଣେ ଅନ୍ୟ ଜଣକୁ ଅଭିଶାପ ଦେବାରେ, ଚରମ ଅମଙ୍ଗଳ କାମନା କରିବାରେ।

ବ୍ୟାପାରଟା ମୋଟାମୋଟି ଏଇଭଳି। ଚିରନ୍ତନ କଳହରତ ଗାଁର ଦୁଇଟି ମଧ୍ୟବୟସ୍କା ସ୍ତ୍ରୀଲୋକ ସମୟ ଓ ଶକ୍ତି ଖର୍ଚ୍ଚ କରନ୍ତି ଏଇ ପ୍ରକାରେ ଏବଂ ଏଇଭଳି ପରସ୍ପରକୁ ଅଭିସଂପାତ ବର୍ଷଣ କରି ସେମାନେ ଘୋଷଣା କରନ୍ତି ଯେ, ବିଧାତାର ସୃଷ୍ଟିରେ ଅନ୍ୟ ଲୋକଟି ଏକ କଳଙ୍କ। ବିଧାତା ଅନ୍ୟ ଲୋକଟିକୁ ଏ ପୃଥିବୀକୁ ଆଣିବାରେ ଆଦୌ ଯଥାର୍ଥତା ନଥିଲା। ଜଣେ ଅନ୍ୟଜଣଙ୍କର ରୁଚି, ମର୍ଜି ଓ ଇଚ୍ଛାର ପ୍ରତିଫଳନ ହୋଇପାରୁନି; ତେଣୁ ପ୍ରତିଦ୍ୱନ୍ଦ୍ୱୀଟିର ଅସ୍ତିତ୍ୱ ପୋଛି ହୋଇଯିବା ଦରକାର ଏ ଧରା ପୃଷ୍ଠରୁ। ସ୍ତ୍ରୀଲୋକ ଦୁଇଜଣ ଏଇ ବାଗରେ ସମାଲୋଚନା କରନ୍ତି ବିଧାତାକୁ; ଯେ କି ନୈରାଶ୍ୟଜନକ ଚରିତ୍ରବିଶିଷ୍ଟ ମଣିଷ ପଠାଇଦିଅନ୍ତି ଏଠାକୁ।

ତେବେ ଚମ୍ପା ଓ ହେମ ପରସ୍ପରକୁ ଦୀର୍ଘସମୟ ଧରି ଗାଳିଗୁଲଜ କରି ହତାଶ

ହୋଇପଡ଼ନ୍ତି। କାହିଁ ? ଅନ୍ୟ ଜଣକ ତ ଜମା ଡରୁନି। ସେମାନେ ସମସ୍ତ ଶକ୍ତି ଖଟାଇ, ଗଳା ଫଟାଇ ଚିତ୍କାର କରୁଛନ୍ତି। କାହିଁ, ସେମାନଙ୍କର ଅଭିଶାପ ତ ସତ ହେଉନି ଆଦୌ। ନା ଚମ୍ପାକୁ ଝାଡ଼ା-ବାନ୍ତି ହେଉଚି, ନା ହେମ ଉପରେ ଚଡ଼କ ପଡୁଛି। ଚମ୍ପାର ବଂଶ ବୁଡୁନି କି ହେମ ରାଣ୍ଡ ହେଉନି। ମାତ୍ର ଚମ୍ପା ଓ ହେମ ଯେତେବେଳେ ଗୋଟିଏ ହାତ ଅଣ୍ଟାରେ ଦେଇ ଆର ହାତ ହଲାଇ ସାମ୍‌ନାସାମ୍‌ନି ବାକ୍‌ଯୁଦ୍ଧରେ ଲିପ୍ତ ଥା'ନ୍ତି ସେତେବେଳେ ସେମାନଙ୍କର ଅଭିଶାପ ସତରେ ହେବ କି ନା, ସେକଥା ଭାବନ୍ତି ନାଇଁ। ସେମାନଙ୍କର ଗୋଟିଏ ଲକ୍ଷ୍ୟ ହେଉଚି, କିଏ କାହାକୁ କେତେ ଗଭୀର ଭାବରେ ରକ୍ତାକ୍ତ କରିଦେଇପାରିବ। ହୃଦୟକୁ, ମନକୁ, ଆତ୍ମାକୁ ନିର୍ମମ ଆଘାତ ଦେଇପାରିବ ଓ କନ୍ଦାଇ ପାରିବ। ଅଥଚ କେହି ଜଣେ ଅନ୍ୟର ଗାଳି ଶୁଣି କାନ୍ଦିଥିବାର ଦୃଷ୍ଟାନ୍ତ ଏପର୍ଯ୍ୟନ୍ତ ସମ୍ଭବ ହୋଇନି। ସେମାନେ ଝଗଡ଼ା କରିଚାଲନ୍ତି ଯେପର୍ଯ୍ୟନ୍ତ ଜଣକର ଅନ୍ୟ ପ୍ରତି ଥିବା କ୍ରୋଧ, ଘୃଣା, ପ୍ରତିବାଦର ବହିଃପ୍ରକାଶ ସେ ଦୁହିଁଙ୍କୁ ସଂପୂର୍ଣ୍ଣ ଅବଶ ଓ ନିଷ୍ପ୍ରାଣ କରି ନ ଦେଇଚି।

ସେମାନେ ନୀରବ ରହନ୍ତି ଆପଣାଛାଏଁ; ବାହାରର ହସ୍ତକ୍ଷେପ ଯୋଗୁଁ ନୁହେଁ। ଗାଁର କୌଣସି ଲୋକ ଏ ଦୁହିଁଙ୍କର ଝଗଡ଼ାର ହେତୁ ଜାଣିବା ପାଇଁ ଆଗ୍ରହୀ ହୋଇନାଇଁ। ଲୋକମାନେ ଚଳପ୍ରଚଳ କରନ୍ତି ଦୁଇ ଘର ମଝିରେ ଥିବା ଅଣଓସାରିଆ, ଆବଡ଼ାଖାବଡ଼ା ସର୍ବସାଧାରଣ ରାସ୍ତା ଉପରେ। ବଚସା ପ୍ରତି ସେମାନେ ସଂପୂର୍ଣ୍ଣ ଉଦାସୀନ ରହନ୍ତି। ବାକ୍‌ଯୁଦ୍ଧଟି ଗାଁର ଏକ ସ୍ୱାଭାବିକ, ଅସ୍ୱସ୍ତିକର କୋଳାହଳ ବୋଲି ମନେ କରିଥାଆନ୍ତି ସମସ୍ତେ। ଶିବୁ ଘରକୁ ଫେରି ବଳଦ ହଳକୁ ବାନ୍ଧେ। ଧୂଳି, କାଦୁଅ ଜର୍ଜରିତ ହାତଗୋଡ଼ ନେଇ ବସେ ପିଣ୍ଡାରେ। ଗାମୁଛାରେ ବିଞ୍ଚି ହେଉଁ ହେଉଁ ସେ ଦେଖେ ବାଡ଼ ପାଖରେ ଠିଆ ହୋଇ ତା' ଘରଣୀ ହେମକୁ ଶୋଧୁଥିବାର ଚିରାଚରିତ ଦୃଶ୍ୟ। ସେତେବେଳେ ସେ କିଛି କହେନି ଚମ୍ପାକୁ। ଦରକାର ହେଲେ ନିଜେ ଯାଇ ପାଣି ମନ୍ଦେ ଆଣେ, ଧୋଇହୁଏ, ପିଏ। ଚମ୍ପା କାନିକୁ ଧରି ଦୁଇ ବର୍ଷର ସବା ସାନପୁଅଟା ହୁଏତ ରାହା ଧରି କାନ୍ଦୁଥିବ। ବଡ଼ପୁଅ ଓ ଅନ୍ୟ ଦୁଇଝିଅ ସେଇଠି ଖେଳୁଥିବେ। ଚଗଲା ହେଉଥିବେ।

ହରି ଭାରେ କାଠ ଧରି ହୁଏତ ପହଞ୍ଚିଯାଇଥିବ ନିଜ ଘରେ। ଗୋଟିଏ ପାଖରେ ବନ୍ଧା ହୋଇଥିବ ବିଡ଼ାଏ ଶାଳ ଦାନ୍ତକାଠି ଓ ପତ୍ର। ଖଣ୍ଡିଏ ଶୁଖିଲା ପତ୍ର ଓ ଦୋକ୍ତା ଧରି ସେ ଉଦ୍ୟତ ହେଉଥିବ ଗୋଟାଏ ପିକା ତିଆରି କରିବାପାଇଁ। ହେମ ଆଡୁ ଏକ ନିର୍ଲିପ୍ତ ଦୃଷ୍ଟି ବୁଲାଇ ଆଣୁଥିବା ଅବସ୍ଥାରେ ସେ ହାଇମାରିବ ଏବଂ ଭାବିବ, କେଉଁଠି ସେ ଦୀର୍ଘ ସମୟ ଧରି ନିର୍ଦ୍ୱନ୍ଦ୍ୱରେ ଶୋଇପଡ଼ନ୍ତା କି ! ସଂସାର କଥା ଭାବିଲେ ହିଁ ତାକୁ ନିଦ ଲାଗେ ଏବଂ କ୍ଲାନ୍ତିକର ଅବସାଦ ତା'ର ସମସ୍ତ ଶିରାପ୍ରଶିରା ଉପରେ ବିଛେଇ

ହୋଇପଡ଼େ। ଭୋକ ଲାଗୁଥିଲେ ବି ହେମକୁ ଭାତ ବାଢ଼ିବା ପାଇଁ ସେ ପ୍ରସ୍ତାବ ଦେଇପାରେନି। ଅପେକ୍ଷା କରେ କେତେବେଳେ ଏ ବଜ୍ଜାତ ମାଇକିନା ଦୁଇଟା ଥକିଯିବେ ଏବଂ ଘରମୁହାଁ ହେବେ।

"ଦେଖୁନ, ସେ ଅଳପାଇସା ଆଣ୍ଟୁକୁଡ଼ାକୁ!" ସେପଟ ବାଡ଼ ପାଖରୁ ନିଃସଙ୍କୋଚରେ ଭାସିଆସୁଥିବା ଚମ୍ପାର ଏଇ କଥା ହରିର ଅନ୍ୟମନସ୍କତା ଓ ତନ୍ଦ୍ରାକୁ ଛଟପଟ କରିପକାଏ। କିଛି ଗୋଟାଏ ରକ୍ତାକ୍ତ କରିପକାଏ ତା'ର ଚେତନା ଓ ଦେହକୁ। ସେ ଚଞ୍ଚଳ ହୋଇପଡ଼େ ଏବଂ ଜାଣିବାକୁ ଚାହେଁ ତା' ଭଳି ଶାନ୍ତ, ହସ୍ତକ୍ଷେପରୁ ବିରତ ମଣିଷ ପାଇଁ ଏ ଅନାହୂତ ଗାଳିର ତାତ୍ପର୍ଯ୍ୟ କ'ଣ ହୋଇପାରେ? କ୍ଷଣକ ପାଇଁ ତା' ମୁହଁର ମାଂସପେଶୀ କଠିନ ହୋଇପଡ଼େ। ଗୋଟିଏ ତ୍ରସ୍ତତା କାବୁ କରିପକାଏ ତାକୁ ଅଥଚ ପରକ୍ଷଣରେ ସେ ଚାହେଁ ଚାରିଆଡ଼କୁ। ହସିପକାଏ ଏକ ନିର୍ବୋଧତାର ହସ। ପିକାକୁ ଓଠରେ ଲଗାଇ ଧୂଆଁ ଛାଡୁଥିବା ଅବସ୍ଥାରେ କହିପକାଏ ମନକୁ ମନ - "ଶାଳୀକି ଦିଅନ୍ତି ଭଲକରି ପାନେ ଯେ ମଜା ବାହାରିପଡ଼ନ୍ତା। ହାରାମଜାଦୀ, ସଦାବେଳେ ଆଣ୍ଟୁକୁଡ଼ା ବୋଲି କହି ମରୁଚି କାହିଁକି କେଜାଣି?"

ହରିର ଏଇ ଭାବନା ଭିତରେ ଚମ୍ପାର ଗାଳି କ୍ରମାନ୍ୱୟତା ରକ୍ଷା କରିଥାଏ। ସେ କହୁଥାଏ - "ମୋ ଛୁଆକୁ ପୁଣି ଶୋଧିବ ଏ ଅଲକ୍ଷଣୀ, ଆଣ୍ଟୁକୁଡ଼ୀ! କ'ଣଟେ ହୋଇଗଲା ବା? ଗୁହାଳକୁ ବଳଦ ଆଣୁଚି ମୋ ଛୁଆ। ବଳଦ ଚାଲିଚି ତା' ବାଟରେ। ତୋ' ବାରିରେ କାହିଁକି ସେ ବଳଦ ମୁହଁ ମାରିବ ଲୋ, ସବାଖାଇ? ଯେଉଁ ବାରି ତ! ନାଇଁ ଯଦି ମୁହଁ ମାରିଥାଏ, କ'ଣ ଟେ ହୋଇଗଲା? କୋଉ ପୁଅଝିଅ ମୁହଁରେ ଦେବୁ ସେ ପରିବା? ଦେଖ, କାନିରେ ଗଣ୍ଠି ପଡ଼ିଲା। ତୋ ଡିହ ଉପରେ ଯଦି ବିଲୁଆ ହୁକେହୋ ନ କରିବ ତା'ହେଲେ ମୋ ନାଁ ଚମ୍ପା ନୁହେଁ। ତୋ ଗୁଣ ସକାଶେ ଧରମ ଦେବତା ତୋତେ ବାଞ୍ଝ କରି ରଖିଚନ୍ତି।"

ଚମ୍ପାର ବ୍ୟାପକ ଗାଳି ଭିତରେ ଏଇ ଅବଶ୍ୟମ୍ଭାବୀ ଅଭିଶାପ ପାଇଁ ହେମ ପାଖରେ ଉପଯୁକ୍ତ ଉତ୍ତର ନଥାଏ। ସେ ଜଡ଼ସଡ଼ ହୋଇଯାଏ ଏକ ନାହିଁ ନ ଥିବା କ୍ରୋଧରେ। ନିଃସନ୍ତାନ ରହିବାର ଗ୍ଲାନି ଓ ପରାଜୟ ସମସ୍ତ ଜିନିଷକୁ ତୁଚ୍ଛ କରିପକାଏ ତା' ଦୃଷ୍ଟିରେ। ଏକଥା ଶୁଣିବା ଆଗରୁ ସେ ଯଦି ମରିଯାଆନ୍ତା! କିମ୍ବା ସାକ୍ଷାତ ହୋଇପାରନ୍ତା ଯଦି ଏ ବିଶ୍ୱନିୟନ୍ତାଙ୍କ ସହିତ! କେଉଁଟି ବି ସମ୍ଭବ ହୋଇପାରେନି। ଅଥଚ ସେ ବାଞ୍ଝ ବୋଲି ନୃଶଂସ ସତ୍ୟଟି ନିର୍ବିଘ୍ନରେ ବାହାରିଆସେ କଳିହୁଡ଼ୀ ଚମ୍ପାର ଶାଣିତ ପାଟିରୁ। ତା'ର ନିଃସ୍ୱ, ଅଦରକାରୀ ଦେହ କଣ୍ଟକିତ ହୋଇଯାଏ। ଆଖିରୁ ଝରିଆସୁଥିବା ଲୁହକୁ ଲୁଚେଇ ସେ ଚମ୍ପାକୁ ଏଇଭଳି ଭାବରେ ଜବାବ ଦିଏ- "ଆଲୋ, ତୋ ସତିପଣିଆ ଦେଖେଇବୁ

ଆଉ କାହା ପାଖରେ । ଧରମ ଦେବତା ଉପରେ ଥାଇ ଦେଖୁଚି ତୋତେ । ସେ କ'ଣ ଜାଣିନାଇଁ କି ଆର ସାଇ ଦେନେଇକୁ ଘଇତା କରିଚୁ ! ହଜାରେ ଥର ତୋ ଘରୁ ରାତିରେ ବାହାରିଚି । ତୋ ଘଇତା ତୋତେ ସେଇଥିପାଇଁ ଦିଏ ଭଲ କରି ସାବାଡ଼ କରି ଯେ ଦେହ, ମୁଣ୍ଡରୁ ରକତ ବାହାରେ । ଆଉ ତୋ ଘଇତା ! ଆଲୋ, ମନେ ନାଇଁ? ଏଇ ପରା କାଲି ଭଳି ଲାଗୁଚି । ବିଶାଖା ପାଖରେ କ'ଣ ହେଉଥିଲା ? ଗାଆଁ ଟୋକାମାନେ ଛେଚିଥିଲେ ଯେ ପାଞ୍ଚଦିନ ଡାକ୍ତରଖାନାରେ ପଡ଼ିଥିଲା । କ'ଣ ନା ବାଞ୍ଝ ! ଭଲ କରି ନିଜକୁ ପଚାର, ତୋର ସେ ଛୁଆଗୁଡ଼ାକ କାହାର ।"

ଏତକ କଥା ଶୁଣି ଶିବୁ ଭାରବାଡ଼ି ଧରି ଉଠିଆସେ ପିଣ୍ଡା ଉପରୁ । ଅଥୟ ଭାବରେ କମ୍ପୁଥିବା ଦେହକୁ କୌଣସିମତେ ଆୟତ୍ତ କରିବାକୁ ଚେଷ୍ଟା କରୁଥିବା ଅବସ୍ଥାରେ ଚେତାବନୀ ଶୁଣାଏ - "ଖବରଦାର୍ ମାଇକିନା ! ସେମିତି କଥା ଆଉ ଥରେ ଯଦି କହିଚୁ, ମୁଁ କାହାର ନୁହେଁ । ଶଳା, ଶାଳୀ ଦି'ଟାଙ୍କୁ ଦେବି ଏକାପାହାରେକେ ଖତମ୍ କରି ।"

ତା' ଗାଳି ଶିବୁକୁ ଆହତ କରିଥିବା ଯୋଗୁଁ ହେମ ଉତ୍‌ଫୁଲ୍ଲିତ ହୁଏ । ନିଜକୁ ଆଶ୍ୱାସନା ଦେଇ ସେ ଆହୁରି ଉଚ୍ଚସ୍ୱରରେ ଚିତ୍କାର କରିଉଠେ । ଶିବୁ, ଚମ୍ପା ଓ ହେମର ଫେଣ୍ଟାଫେଣ୍ଟି ଗାଳି ଭିତରେ କିଛି ସାବଲୀଳତା, ଶୃଙ୍ଖଳା ରହେ ନାଇଁ । ସବୁ ହୋଇପଡ଼େ ଏକ ଅର୍ଥହୀନ କୋଳାହଳ ।

ପିଣ୍ଡା ଉପରେ ତଥାପି ହରି ବସିଥାଏ ସ୍ଥିର, ଅବିଚଳିତ ଭାବରେ । ତା' ପିକାରେ ଧୂଆଁ ଚାଳ ଟପି ଅଗଣା ଆଡ଼େ ମାଡ଼ିଯାଏ । ତା' ଦୃଷ୍ଟି ବୁଲିଆସେ ସବୁଆଡୁ - ଡେଙ୍ଗା, ଗରିବ ଅମୃତଭଣ୍ଡା ଗଛ ଉପରୁ, ଦୂରରେ ଠିଆ ହୋଇଥିବା ବିଶାଳ ତେନ୍ତୁଳି ଗଛ ଉପରୁ, ଆକାଶ ଉପରୁ । ତା' ଦୃଷ୍ଟିରେ ଧରାଦିଏ ଆହୁରି ଅଚଞ୍ଚଳ ଦୃଶ୍ୟସବୁ । ନିର୍ବାକ୍ ହୋଇପଡ଼ିଥିବା ଶସ୍ୟ ତିଆରି; ଚକିତ ହୋଇ କାନପାତି ଠିଆ ହୋଇଥିବା କୁକୁର । କେତେବେଳେ କିମିତି ସେ ହସୁଥାଏ, ପୁଣି ପରକ୍ଷଣରେ ଗମ୍ଭୀର ହୋଇପଡୁଥାଏ । ମନକୁମନ ସଂହତିହୀନ କଥାଗୁଡ଼ାକ କହୁଥାଏ ଏବଂ ଦୁଇଓଠରେ ଜାବୁଡ଼ି ଧରୁଥାଏ ବିଶ୍ୱସ୍ତ ପିକାକୁ ।

ସେ ବାରମ୍ବାର ଚାହେଁ ତା' ଘରଣୀ ଆଡ଼େ, ଯିଏ ଅସଂଯତ ପରିଧାନ ନେଇ, ହାତ-ମୁଣ୍ଡ ହଲାଇ ମୁକାବିଲା କରୁଥାଏ ଦୁଇଜଣ ପ୍ରତିଦ୍ୱନ୍ଦ୍ୱୀଙ୍କ ସହିତ । ସେ ଭଲ କରି ଜାଣେ ଯେ ବାଡ଼ ପାଖରେ ଏ କହଳ ଶେଷ ହେବା ପରେ, ତା'ର ପୁନରାବୃତ୍ତି ଘଟିବ ତା' ଘରର ପରିସୀମା ମଧ୍ୟରେ । ଏଇଥିପାଇଁ ସେ ଏକ ସହନଶୀଳ ମାନସିକ ପ୍ରସ୍ତୁତି କରିବାରେ ବ୍ୟସ୍ତ ଥାଏ, ନିଜ ନୀରବତା ମଧ୍ୟରେ ।

ଏବଂ ଠିକ୍ ତାହା ହିଁ ଘଟେ। ରାଗ ତମତମ ହୋଇ ହେମ ବାଡ଼ ପାଖରୁ ଫେରି ହରିକୁ ଶୁଣାଏ- "ମରଦ ହୋଇଚୁ, ନାଇଁ? ଧିକ୍, ତୋ ମରଦପଣିଆକୁ। ଏଇଠି ତୁ ବସିଥିବୁ ଆଉ ତା' ଘଇତା ବାଡ଼ି ଧରି ମୋ ଆଡ଼କୁ ମାଡ଼ିଆସିବ! ବସିଥା ସେଇଠି। ହାତରେ କାଚ ପିନ୍ଧ, ଦେହରେ ଶାଢ଼ୀ ପିନ୍ଧ! ଆଉ ବସିଥା। ମାଇଚିଆ କେଉଁଠିକାର! କ'ଣଟେ ଅଛି ତୋ ଦେହରେ? ମୁଁ ପଚାରୁଛି, କ'ଣ ଅଛି ତୋ' ଦେହରେ? ରକତ ଅଛି ନା। ଛୁଆର ବାପ ହେବାକୁ ତାକତ ଅଛି? କ'ଣ ପାଇଁ ବାହା ହେଉଥିଲୁ? ତୋ' ଦେହରେ କ'ଣଟେ ଅଛି ଯେ ବାହାହେବା ପାଇଁ ସଉକ ବଳେଇ ପଡ଼ିଲା?"

ସମସ୍ତ ନିର୍ଯାତନା ଓ ଅପମାନ ଝରିପଡ଼େ ହରିର ଉଦାର, ପ୍ରତିକ୍ରିୟାହୀନ କାନ ଉପରେ। କେବେ କିପରି ସେ ବୋକାଙ୍କ ଭଳି ଚାହେଁ ରାଗ ଭରପୂର ତା' ସ୍ତ୍ରୀ ଆଡ଼େ ଏବଂ ହସିପକାଏ; ଯାହାକି ଆହୁରି ଅଥୟ ଓ ଉତ୍ତେଜିତ କରେ ହେମକୁ। ବେଳେବେଳେ ଦାନ୍ତ କଡ଼ମଡ଼ କରି ସେ କଠିନ ହୋଇଯାଏ ଏବଂ ସତର୍କ କରିଦିଏ- "ଶାଳୀ, ଚୁପ୍ ହେବୁ ନା ତଣ୍ଟିଚିପି ଶେଷ କରିଦେବି?"

ହେମ ଚୁପ୍ ହୁଏ ନାଇଁ। ହରି ଚୁପ୍ ଚାପ୍ ଉଠିଯାଏ ପିଣ୍ଡା ଉପରୁ। କୋଡ଼ି ଧରି ଅଗଣାର ଅପନ୍ତରା କଠିନ ପିଠିକୁ କ୍ଷତବିକ୍ଷତ କରିଚାଲେ ସଂପୂର୍ଣ୍ଣ ହାଲିଆ ଓ ଅବସନ୍ନ ହେବା ପର୍ଯ୍ୟନ୍ତ। ଗୋଡ଼ି ମାଟିର ସେ ଅଗଣାର କୌଣସି ପ୍ରତ୍ୟୁତ୍ତର ନଥାଏ ହରିର ଏଇ ଅନାବଶ୍ୟକ ପରିଶ୍ରମ ପାଇଁ। ଅଥର୍ବ, ଅଭିଶପ୍ତ ହୋଇ ମହାନିଦ୍ରାରେ ଶୋଇବା ସକାଶେ ସତେ ଯେପରି ସୃଷ୍ଟି ସେ ଅଗଣା। ସବୁଜିମା ପାଇଁ ତା'ର ସ୍ୱପ୍ନ ନ ଥାଏ। ଏପରିକି ଘାସ ବିବର୍ଜିତ ସେ ଅଗଣା ଓ ହରିର ନିଷ୍ଫଳ ସଂସାର ପଡ଼ିରହେ ଆତୁରତାର ସହିତ ଖରାବର୍ଷା ଅଭିସଂପାତ-ଅପମାନକୁ ସହି ସହି।

ରାତିରେ ବଖରାଏ ଘରର ଅନ୍ଧକାର ବି ଚହଲିଯାଏ ଏକ ତୀବ୍ର ଶୋକର ବିସ୍ଫୋରଣରେ। ଘରର ଗୋଟିଏ କୋଣ କାହିଁ କେତେବେଳୁ ଲିଭିଯାଇଥିବା ନିଆଁର ଉତ୍ତାପକୁ ହଜମ କରିସାରିଥାଏ। ଏ ପାଖରେ ହରିର ନିଶ୍ଚିନ୍ତ ନିଃଶ୍ୱାସ ସୂଚେଇ ଦେଉଥାଏ ତା' ନିଦର ଗଭୀରତା। ଅନ୍ଧକାରର ପେଟ ଭିତରେ ଆଉ ଦିଶୁ ନ ଥାଏ କିଛି। ହେମ ଦଗ୍‌ଧିଭୂତ ଯନ୍ତ୍ରଣାରେ ଅସ୍ଥିର ହୋଇ ଚାରିଆଡ଼େ ହାତ ବଢ଼ାଇ କ'ଣ ଗୋଟାଏ ଖୋଜିଚାଲେ। ହାତଗୋଡ଼ ଛାଟିପଟି ହେଲେ ବି ଚାରିଆଡ଼େ ଯେମିତି ଶୂନ୍ୟତାର ଦିଗହଜା ବ୍ୟାପ୍ତି। ତା' ଭିତରେ ସେ ଅଣନିଃଶ୍ୱାସୀ ହୋଇପଡ଼େ, ହଜିଯାଏ। ବିଛଣା ଓ ବସୁଧାକୁ ଜାବୁଡ଼ିଧରି ସେ ଖୋଜିଚାଲେ ଗୋଟାଏ ଅବଲମ୍ବନକୁ। ହଜିଯାଉଥିବାର ହାହାକାର ଅସହ୍ୟ ହୋଇପଡ଼େ ତା' ପାଇଁ।

ସେଇ ମୁହୂର୍ତ୍ତରେ ସେ ଅଭୂତପୂର୍ବ ମମତାରେ ବିଗଳିତ ହୋଇ ପଡ଼େ କାହିଁକି

କେଜାଣି । ତା'ର ସମଗ୍ର ଶରୀର କମ୍ପିଉଠେ । କିଛି ଗୋଟାଏକୁ ଶକ୍ତ ଭାବରେ ଭିଡ଼ିଧରିବା ପାଇଁ ସେ ବିଚିତ୍ର ଉନ୍ମାଦନାରେ ଅନ୍ଧ ହୋଇଯାଏ । ସେ ଯନ୍ତ୍ରଣା ଅନୁଭବ କରେ ଚାରିଆଡ଼େ । ତା' ପରକ୍ଷଣରେ କ'ଣ ଘଟେ ସେ ଜାଣିପାରେ ନାହିଁ । ସଚେତନ ହେବା ପରେ ଜାଣେ ତା'ର ହାତ ବେଷ୍ଟନ କରିଚି ହରିର ଶୋଇଲା ଦେହକୁ । ହରିକୁ ଆପାତତଃ ସେ ଟାଣିଆଣେ ନିଜ କୋଳ ଭିତରକୁ । ତା'ର କେଶ ଭିତରେ ଆଙ୍ଗୁଳି ସଞ୍ଚାଳନ କରି କହେ ଅସ୍ପଷ୍ଟ ସ୍ୱରରେ - " କିଏ କହେ ତୁ ଜଣେ ବୟସ୍କ ମଣିଷ ବୋଲି ? ତୋର ବୟସ ବଢ଼ିବା ଉଚିତ ନ ଥିଲା ଜମା । ତୁ ତ ପାଞ୍ଚବର୍ଷର ଛୁଆଟାଏ । ମୁଁ ଅଲକ୍ଷଣୀ ଏଇ କଥା ବାରମ୍ବାର ଭୁଲିଯାଏଁ କେଉଁଥିପାଇଁ ? ମୋଠୁ ଗାଳି ଶୁଣି ତୁ ମୋତେ କାହିଁକି ମାଡ଼ ନ ଦେଉ ? ମୋତେ ମାରି ମାରି ଦରମରା ନ କରିଦେଉ କାହିଁକି ?

ହେମ ପାଲଟିଯାଏ ନିୟନ୍ତ୍ରଣାତୀତ କୋହ ସେତିକିବେଳେ । ସେ କୋହର ଆକାର ଉପହାସ କରେ ତା ଶରୀରର କ୍ଷୁଦ୍ରତାକୁ । ହରିର ଛାତି ଭିଜେ । ନିଦ ଭାଙ୍ଗେ । ସେ ପଚାରିବା ଆବଶ୍ୟକ ମଣେ ନାହିଁ ହେମର କାନ୍ଦିବାର ହେତୁ । ତା' ମୁଣ୍ଡ ଆପୁଡାଇ ପୁରୁଣା ଆଶ୍ୱାସନାର ପୁନରାବୃତ୍ତି କରେ - "ଜମା କାନ୍ଦନା । ମୁଁ ଅଛି ପରା ପାଖରେ । ଡର କାହାକୁ? ଚୁପ୍ ହ । ରାତିଟାରେ କାହିଁକି ଗୋଟେ କାନ୍ଦୁଚୁ ?"

ସାତ ବର୍ଷର ନିଷ୍ପ୍ରୟୋଜନ ସଂସାର । କେବଳ ଏକ ଆଶାୟୀ, ଭୋକିଲା ଦେହ ଓ ମନକୁ ନେଇ ବାର ଲୋକଙ୍କଠୁ "ବାଞ୍ଝ" ବୋଲି ଶୁଣି ହୀନିମାନ ହେବା କଥା । କ'ଣ ଅଛି ଏ ଦେହ ଭିତରେ କେଜାଣି ? କି ଅନାଗତ ପ୍ରତିଶ୍ରୁତି ରହିଥାଏ ତା' ଭିତରେ ? ରାଗ ମୁହୂର୍ତ୍ତରେ ବେକରେ ରଶି ଲଗାଇ ଦେବାକୁ, ପୋଖରୀକୁ ଡେଇଁ ପଡ଼ିବାକୁ କେତେ ଥର ଶପଥ ନ ନେଇଚି ସେ ? ମାତ୍ର ବାଡ଼ ପାଖରେ କ'ଣଟାଏ ଶବ୍ଦ କଲେ ସେ ଚମକିପଡ଼େ । ଘଡ଼ଘଡ଼ି ମାରିଲେ ସେ ସଙ୍କୁଚିତ ହୋଇପଡ଼େ ।

ସେଦିନ ଅପରାହ୍ଣ ଚାରିଟା ବେଳେ ଯେଉଁ ବିରତି ଆରମ୍ଭ ହେଲା, ତାହା ଏତେ ଦୀର୍ଘ ହେବ ବୋଲି କିଏ ବା ଜାଣିଥିଲା ? ଗାଁ ଶେଷ ମୁଣ୍ଡର ସ୍ଥିତି ଆଉ ବାରି ହେଉ ନ ଥାଏ । ଚାଳଘର ଦୁଇଟି ସ୍ତବ୍ଧ ବିସ୍ମୃତିରେ ନିର୍ବାକ୍, ନିଷ୍ପନ୍ଦ ହୋଇଗଲେ ଯେମିତି । ଶିବୁ ଆଗଭଳି ବଳଦ ହଳକୁ କୁଣ୍ଡା-ତୋରାଣି ପିଆଉଥିଲା, ପୁଳାଏ ଝୋଟ ଧରି ଦଉଡ଼ି ବଳୁଥିଲା କିମ୍ବା କାକୁଡ଼ି ଲଟାପାଇଁ ରଞ୍ଜା ତିଆରୁଥିଲା । ଚମ୍ପା କେବଳ ବେଳେବେଳେ ଗରଗର ହେଉଥିଲା; ମାତ୍ର ତାର ନାମହୀନ ଅସନ୍ତୋଷ ଓ କ୍ରୋଧର ପରିଧି ଘର ବାଡ଼ଠାରୁ ଟପି ପହଞ୍ଚି ପାରୁ ନ ଥିଲା ଆର ଘର ବାଡ଼ ପାଖରେ । ଅଭ୍ୟାସ ଅନୁଯାୟୀ ସେ ନିସ୍ଫୁକ ମାଡ଼ ଦେଉଥିଲା ଛୁଆମାନଙ୍କୁ ଏବଂ ସେମାନଙ୍କର ମରଣ

କାମନା କରୁଥିଲା ବେଳେବେଳେ। ନିଜ ବାଡ଼ର ଦିଗ୍‌ବଳୟ ଭିତରେ ସେତେବେଳେ ଅସ୍ଥିର ଭାବରେ ସେ ଇତସ୍ତତଃ ହେଉଥିଲା ଏବଂ ଛୁଆମାନଙ୍କ ଉପରେ ଥିବା ତା'ର କ୍ରୋଧକୁ ଭିନ୍ନାଭିମୁଖୀ କରିବାପାଇଁ ସୁଯୋଗ ଖୋଜୁଥିଲା। ମାତ୍ର ନା। ସାମ୍ନା ଘର ପିଣ୍ଡାରେ ବସି ହରି ନିର୍ବାକ ଭାବରେ ପିକା ଟାଣୁଥିବାର କିମ୍ବା ଜାଳେଣି ସଂଗ୍ରହ କରୁଥିବାର ହିଁ ଦେଖାଯାଉଥିଲା। ହେମ ଏକ ମୁଗ୍ଧ ପ୍ରଶାନ୍ତିରେ ସ୍ୱଚ୍ଛ ଓ ପରିଚ୍ଛନ୍ନ ଜଣାପଡୁଥିଲା।

ଥରେ ନୁହେଁ ତିନିଚାରି ଥର ଚମ୍ପା ତରଫରୁ ଉତ୍ତେଜନା ସୃଷ୍ଟି ହୋଇଥିଲା ସିନା, ସେ ଉତ୍ତେଜନା ଏପଟ ବାଡ଼ ପାଖରୁ ଫେରିଯାଇଥିଲା ଖାଲି ହାତରେ। ହେମ ଭଳି କଳିହୁଡ଼ୀର ଏ ଉଦାର ନୀରବତାର କାରଣ ସେ ଅନୁମାନ କରିପାରୁ ନଥିଲା ଜମା। ଏକତରଫା ବଚସାରେ ନା ଥାଏ ବିଜୟର ଆନନ୍ଦ, ନା ଥାଏ ସ୍ପର୍ଦ୍ଧିତ ଅହଙ୍କାରର ମହୋତ୍ସବ। ଚମ୍ପା ଏକରକମ ହତାଶ ହେବା ସଙ୍ଗେ ସଙ୍ଗେ ଆତଙ୍କିତ ହେଲା ଏବଂ ହେମର ଏଇ ନୀରବତା ଗୋଟାଏ ମାରାତ୍ମକ ଚାଲ୍ ବୋଲି ବିଶ୍ୱାସ କରି ନିଜକୁ ପ୍ରସ୍ତୁତ କରି ରଖିଲା।

ଅଳ୍ପଦିନ ପରେ ଚମ୍ପା ଯାହା ଶୁଣିଲା, ସେଥିରେ ସେ ବିଚଳିତ ହେଲା। ଏକ ପରାଜୟବୋଧ ତା'ର ଭାବନା ଓ ଶରୀରକୁ ଅକାମୀ କରିଦେଲା ଅନେକ ସମୟ ପର୍ଯ୍ୟନ୍ତ। ବାହାଘରର ସାତବର୍ଷ ପରେ ହେମର ପିଲା ହେବ।

ମାତ୍ର ଏଥିରେ ଏତେ ଦବିଯିବାର କାରଣ କିଛି ନାହିଁ। ତା'ର ଅବଶ ଭାବ କଟିଯିବା ପରେ ସେ ହସିଲା। ତାଚ୍ଛଲ୍ୟର ସହିତ ମୁହଁ ବିକୃତ କରି ପ୍ରକାଶ କଲା ନିଜର ପ୍ରତିକ୍ରିୟା- "ଛୁଆ ହେବ କୁଆଡେ ସେ ବାଞ୍ଝର। କେଉଁଠୁ ଯୋଗାଡ଼ କଲା କେଜାଣି? ତା' ମାଇଚିଆ ଘଇତା ହେବ ଛୁଆର ବାପ। ହୁଁ!"

ଏ ତାଚ୍ଛଲ୍ୟ କିନ୍ତୁ ସନ୍ତୁଷ୍ଟ କରିପାରିଲାନି ତାକୁ। ଯେଉଁ ଗୋଟିଏ କଥା କହି ବର୍ଷ ବର୍ଷ ହେଲା ସେ ରକ୍ତାକ୍ତ କରୁଥିଲା ତା' ପ୍ରତିଦ୍ୱନ୍ଦ୍ୱୀର ଆତ୍ମାକୁ, ତାହା ଭୁଶୁଡ଼ି ପଡ଼ିଲା, ମିଛ ହୋଇଗଲା ହେମର ସମ୍ଭାବିତ ପ୍ରାପ୍ତିରେ। ତା' ଢ଼ିହରେ ଆଉ କ'ଣ ବିଲୁଆ ହୁକେହୋ କରିବ? କେଉଁ ଲୁଗା କାନିରେ ସେ ଗଣ୍ଠି ପକେଇଥିଲା, ଏକଥା ନିଧାର୍ଯ୍ୟ ଘଟିବ ବୋଲି।

ହେମ ତା ହେଲେ ମା' ହେବ? ସତରେ? ସେ ଜମା କଳ୍ପନା ବି କରିପାରୁନି ତା' ମାତୃତ୍ୱର ଦୃଶ୍ୟ - ଛୁଆର ଦେହ, ମୁଣ୍ଡରେ ତେଲ ମାଖିଦେବା, ଉନ୍ମୁକ୍ତ ପାଟିରେ ସ୍ତନ ଗୁଞ୍ଜିଦେବାର ଦୃଶ୍ୟ। ହେମ କିପରି ଦେଖାଯିବ ସେତେବେଳେ? ତା'ର ମା' ହେବା କଥା ଶୁଣି ସେ କାହିଁକି ଏମିତି ନିର୍ଭସ ହୋଇଯାଉଚି? ଏତେ ଈର୍ଷା କାହିଁକି?

ଗୋଟାଏ ପ୍ରତିବାଦ କାହିଁକି ଘୋଟିଯାଉଚି ତା' ଭାବନା ଉପରେ? ଅଗଣିତ ଛୁଆ ଭୂମିଷ୍ଠ ହେଉଚନ୍ତି ସବୁଦିନ, ସବୁ ମୁହୂର୍ତ୍ତରେ। ଗୋଟାଏ ସ୍ୱାଭାବିକ ଧାରାର ନିରବଚ୍ଛିନ୍ନତା, ସେ କେବେ ବ୍ୟସ୍ତ ହୋଇନାଇଁ ଏଥି ସକାଶେ। ମାତ୍ର ହେମ ସହସା ତା'ଠାରୁ ବେଶି ମର୍ଯ୍ୟାଦାବନ୍ତ ଓ ସୌଭାଗ୍ୟର ଅଧିକାରିଣୀ ଜଣାପଡ଼ିବାର ତାତ୍ପର୍ଯ୍ୟ ସେ ବୁଝିପାରିଲା ନାଇଁ ଆଦୌ।

ତେବେ ହେମର କ'ଣ ବା ଅଛି ପ୍ରକୃତରେ? ଘର ଡିହଟିକୁ ଛାଡ଼ିଦେଲେ ଏତେବଡ଼ ଧରଣୀ ପୃଷ୍ଠରେ କୌଣସି ଅଂଶକୁ ମୋର ବୋଲି କହିବାପାଇଁ କୌଣସି ଅଧିକାର ନାଇଁ ତା' ଗେରସ୍ତର। କେଉଁଠି କେମିତି କାମ କରି ମୂଲ ଲାଗୁଥିବା ଜଣେ ବୋକା ମଣିଷର ଘରଣୀକୁ ସେ ଭୟ କରିବାର କୌଣସି ମାନେ ନାଇଁ। ତା' ତୁଳନାରେ ଚମ୍ପା ଢ଼େର୍ ସୁଖରେ ଅଛି। ହଳେ ବଳଦର ଚାଷ। କର୍ମଠ, ଧୂର୍ତ୍ତ ସ୍ୱାମୀ, ପିଲାପିଲି। ଏମିତି ଆତୁର ହେବା ଠିକ୍ ନୁହେଁ।

ଯା'ପରେ ହେମକୁ ଜବତ୍ କରିହେବନି ଅବଶ୍ୟ। ନିଃସ୍ୱତାକୁ ସେ ଦୁର୍ବଳତା ବୋଲି କେବେ ବି ଭାବିନାହିଁ। ନିର୍ବୋଧ ସ୍ୱାମୀ, ରିକ୍ତ ସଂସାର ଓ ବୈବାହିକ ଜୀବନର ଶୂନ୍ୟତା ସତ୍ତ୍ୱେ ସେ ଖାତିର କରିନି ଚମ୍ପାକୁ। ତା' ବଚସାକୁ ପ୍ରତିରୋଧ କରିଚି। ଶିବୁ ଓ ଚମ୍ପାର ଏକତ୍ରିତ ଆକ୍ରମଣର ପ୍ରତ୍ୟୁତ୍ତର ଦେଇଚି ନିର୍ଭୀକ ଭାବରେ। ଆଉ କିଛିଦିନ ପରେ ସେ ମା' ହୋଇଗଲା ପରେ ବଚସାର ପରିପାଟୀ କେଉଁ ଆକାର ନେବ, ତାହା କଳନା କରିପାରୁ ନ ଥିଲା ଚମ୍ପା।

– "ଗର୍ଭପାତ ହୋଇଯାଆନ୍ତା କି!" ନିଜ ଭିତରେ କେହି ଜଣେ ଚରମ ଅଭିଶାପ କାମନା କଲା ଏବଂ ତତ୍‌କ୍ଷଣାତ୍ ଚମ୍ପା ମୁଣ୍ଡ ହଲେଇ ଠିଆ ହୋଇପଡ଼ିଲା ନିଜ ଅଜାଣତରେ। ଚାରିଆଡ଼କୁ ଚାହିଁ ଆଶ୍ୱସ୍ତ ହେଲା।

– "ଗର୍ଭପାତ ହୋଇଯାଆନ୍ତା କି!" ଅଭିଶାପର ପୁନରାବୃତ୍ତି ହେବା ସଙ୍ଗେ ସଙ୍ଗେ ଦୁଇକାନରେ ଆଙ୍ଗୁଳି ଗୁଞ୍ଜି ଇତସ୍ତତଃ ପଦଚାରଣ କଲା ଅଗଣାରେ। ମୁହଁ ବିକୃତ କରି ଅସ୍ପଷ୍ଟ ଭାବରେ କହିଉଠିଲା – " ଛି!"

ସେଇ ଅଭିଶାପର ପ୍ରତିଧ୍ୱନି ତଥାପି ଅତୁଟ ରହିଲା ତା' ମନ ଭିତରେ। ଅନୁଚ୍ଚାରିତ ପ୍ରତିଧ୍ୱନିଟି ସତେ ଯେପରି ସ୍ପଷ୍ଟ ଓ ବିଶାଳ ହୋଇଯାଉଚି। ସେ ଆଦୌ ଧରି ରଖିପାରୁନି ସେ ଅଭିଶାପର ବ୍ୟାପକତାକୁ। ସଂସାରର ସମସ୍ତେ ଚାହିଁ ରହିଛନ୍ତି ତା' ଆଡ଼େ। ତା' ପୈଶାଚିକତାରେ ସ୍ତମ୍ଭୀଭୂତ ହୋଇଯାଇଛନ୍ତି।

ସେ ଅଣାୟତ୍ତ ହୋଇପଡୁଥିଲା ନିଜ ପାଖରେ। ସେ ଯେଉଁଆଡ଼େ ଗଲେ ବି, ଯାହା କଲେ ବି ସେ ପ୍ରତିଧ୍ୱନି ଅନୁସରଣ କରୁଥିଲା ତାକୁ ଏବଂ ଦାବି କରୁଥିଲା ଯେ,

ତାହାର ଉତ୍ସ ହେଉଚି ଚମ୍ପାର ମନ। ପ୍ରତିଧ୍ୱନିଟି ଏଇ ସ୍ୱୀକୃତି ଜୋର୍‌କରି ଛଡ଼ାଇ ଆଣିବାକୁ ଚେଷ୍ଟା କରୁଥିଲା ଚମ୍ପା ପାଖରୁ।"

ସେ ଠିଆ ହୋଇପଡ଼ିଲା ଦୃଢ଼ତାର ସହିତ। ଅସହାୟ ଭାବରେ କମ୍ପିତ ସ୍ୱରରେ କହିଲା - "ହେ, ଭଗବାନ!"

ଚମ୍ପା ଝାଡ଼ିଝୁଡ଼ି ହେଲା। ଏତେ ବେଳଯାଏଁ ହଜିଯାଇଥିବା କଠୋର ଭାବ ଫେରିଆସିଲା ତା' ପାଖକୁ। ହେମର ଗର୍ଭପାତ ହୋଇଯାଉ ବୋଲି ଭାବିଲା ଯେ କ'ଣଟେ ହୋଇଗଲା ? ଚମ୍ପାର ବଂଶ ବୁଡ଼ିଯାଉ, ସେ ରାଣ୍ଡ ହେଉ ବୋଲି ଅଗଣିତବାର ମୁକ୍ତ ସ୍ୱରରେ ଚିତ୍କାର କରିଚି ସେ ଡାହାଣୀ। ତା' ପେଟ ଭିତରର ଭ୍ରୂଣଟି ନିର୍ଦ୍ଧାରିତ ସମୟରେ ବାହାରକୁ ଆସିବା ଆଗରୁ ପଚିସଢ଼ି ଯାଉ ବୋଲି ଭାବିବାରେ କ'ଣ ବା ଅପରାଧ ଅଛି ?

ଚମ୍ପା ଦେଖେ, ଆଗଭଳି ଆତ୍ମବିଶ୍ୱାସର ସହିତ ହେମ ଘରର କାନ୍ଥ - ପିଣ୍ଡା ଲିପାପୋଛା କରୁଚି, ଚଉରା ମୂଳେ ପ୍ରଣାମ କରୁଚି, ସାଇ ଭିତରକୁ ଯାଇ କାହାର ଧାନ କୁଟୁଛି, ବାସିପାଇଟି କରୁଛି। କେବଳ ତଫାତ୍ ଏତିକି ଯେ, ତା' ମୁହଁ ଉପରେ ଘନୀଭୂତ ହେଉଚି ଗୋଟାଏ ଅସାଧାରଣ ନମ୍ରତା ଓ ସ୍ନେହ। ତା' ଘରୁ ଅଇଁଠାପତ୍ର ଉଡ଼ିଆସିଲେ ଚମ୍ପାର ଚିରାଚରିତ ଗାଳି ଉତ୍ତେଜନା ସୃଷ୍ଟି କରୁନି ହେମ ମନରେ । ଚମ୍ପା ଦେଖିଚି, ସେଦିନ ତାଙ୍କର ତିନି-ଚାରୋଟି ଛେଳି ହେମ ବାରିରେ ରୁଗ୍‌ଣ ହୋଇ ଆପାତତଃ ଆର୍ତ୍ତନାଦ କରୁଥିବା କେତୋଟି ବାଇଗଣ - ଭେଣ୍ଡି ଗଛର ସଞ୍ଚିତ ସବୁଜିମାକୁ ଚାଟି ସଫା କରି ଦେଇଥିଲେ। ଏଥିପାଇଁ କୌଣସି ପ୍ରତିବାଦ ନାଇଁ। ଧୀରସ୍ଥିର ଭାବରେ ହେମ ସେମାନଙ୍କୁ ବହିଷ୍କାର କରିଦେଇଥିଲା।

ବିଚିତ୍ର ପରିବର୍ତ୍ତନ! ଗୋଟାଏ ଅନାଗତ ସମ୍ଭାବନା ମଣିଷଟାକୁ ଏମିତି ଊର୍ଦ୍ଧ୍ୱମୁଖୀ କରିଦେଇପାରିଲା କିପରି ? ଏଇ ସମ୍ଭାବନା ତୁଳନାରେ ଜଗତର ଅନ୍ୟସବୁ ଜିନିଷ କେମିତି ତୁଚ୍ଛ ଓ ବୈଚିତ୍ର୍ୟହୀନ ହୋଇପଡୁଚି। ସମ୍ଭବତଃ ଏଇ ସମ୍ଭାବନାର ଆଭାସ ନ ଥିବା ହେତୁ ସେ ଏକ ନ୍ୟୂନବୋଧ, ଅଭାବବୋଧରେ ନିର୍ଯାତିତ ହେଉଥିଲା ଏବଂ ଏଇ ପୁଞ୍ଜିଭୂତ ନିର୍ଯାତନା ରୂପାନ୍ତରିତ ହୋଇଯାଉଥିଲା ତା'ର ବଚସା କରିବାରେ; ହାତଗୋଡ଼ ହଲେଇ, ବିପର୍ଯ୍ୟସ୍ତ ପରିଧାନ ନେଇ ପାଟିତୁଣ୍ଡ କରିବାରେ।

ସମସ୍ତ ପ୍ରତିଜ୍ଞା ସତ୍ତ୍ୱେ ଚମ୍ପା ନିଜ ଭିତରେ ଛୋଟ ହୋଇଯାଉଥିଲା। ଏଇ ଅନୁଭୂତି ତାକୁ ଆହୁରି ଅଥୟ, ଅସ୍ଥିର କରିପକାଉଥିଲା।

ଗତ ତିନିଚାରି ଦିନ ହେଲା ହରି କାମକୁ ଯାଇପାରିନି। କେତେବେଳେ ସେ ଅବଶ ହୋଇପଡୁଚି; ଅନ୍ୟ କେତେବେଳେ ପ୍ରଚଣ୍ଡ ଉତ୍ତେଜନାରେ କମ୍ପିଉଠୁଚି।

ହେମର କହିବା ମୁତାବକ ସବୁ ଜିନିଷ ସଜାଡ଼ି ରଖିଚି ଘରେ - ସଫା କନାଠୁ ଆରମ୍ଭ କରି ଶୁଖିଲା କାଠ ପର୍ଯ୍ୟନ୍ତ। ଏପରିକି ଆହୁରି ଚାରି ପାଞ୍ଚଦିନ ଚଳିବା ପାଇଁ ତା'ଘରେ ଜିନିଷ ମହଜୁଦ୍ ଅଛି। ସେ ସଂପୂର୍ଣ୍ଣ ପ୍ରସ୍ତୁତ। ଅଥଚ ସବୁ ପ୍ରସ୍ତୁତି ଅନ୍ତରାଳରେ ନିରବଚ୍ଛିନ୍ନ ଗୋଟାଏ ଆଶଙ୍କା ଓ ଉଦ୍‌ବେଗ ବନ୍ଦୀକରି ରଖିଚି ତାକୁ। ସେ ବେଳେବେଳେ ହାଲିଆ ହୋଇଯାଉଚି।

ବିଚାରୀ ହେମ! ତା' କଥା ଜମା ଭାବିପାରୁନି ସେ। ଏଇ କେତେଦିନ ହେଲା ସେ ଏମିତି ବଦଳିଯାଇଚି ଯେ, ହରି ତାକୁ ଭଲ କରି ଚିହ୍ନିପାରୁନି। କାହିଁ କେତେ ଦିନୁ ପେଟରେ ସଞ୍ଚୟ କରି ଚାଲିଚି ସେ ଏବଂ ଏ ସଞ୍ଚୟର ଚେହେରା କ'ଣ ହୋଇପାରେ, ତାହା ସେ ନିଜେ ବି ଜାଣିପାରିନି। ଏ ସଞ୍ଚୟ ଅନ୍ଧକାରର ବଳୟ ଟପି କେବେ ଆସିବ ତା' କୋଳକୁ, ହେମ କୋଳକୁ? ହରି ଅନୁଭବ କରୁଥିଲା, ସେ ଯେମିତି ଆହୁରି ବିଧ୍ୱସ୍ତ ହୋଇଯାଉଚି ଆଶଙ୍କା, ଅନିଶ୍ଚିତତା ଓ ଆନନ୍ଦ-ସୁଖର ଅସାଧାରଣ ଓଜନରେ। ସେ ନିରୁପାୟ ଓ ତ୍ରସ୍ତ ହୋଇଯାଉଚି। ଗୋଟାଏ ଅଚିହ୍ନା ଯନ୍ତ୍ରଣା ସଞ୍ଚରିତ ହୋଇଯାଉଚି ତା' ଭିତରେ। ସେ ଆଉ କ'ଣ କରିବ? କିଏ ତାକୁ କହିଦେବ, କ'ଣ ସେ କରିବା ଉଚିତ ବୋଲି?

ପିଣ୍ଡା ଉପରେ ଏମିତି ବସି ବସି ପିକା ଟାଣିବା ସମ୍ଭବ ହେଉନି ଆଦୌ। ସେ ଚାହିଁଲା ଭିତରକୁ। ଗୋଟିଏ କୋଣରେ ହେମ ବସିଚି ସବୁ କଥାକୁ ବିସ୍ମୃତ ହୋଇ। ସଂସାର ହଜିଯାଉଚି ତା' ଚେତନାରୁ। ଆସନ୍ନ ମୁହୂର୍ତ୍ତର ଗୁରୁତ୍ୱ ତାକୁ ପୂରାପୂରି ଆବୋରି ରଖିଚି। ହରି ଭିତରେ କରୁଣତାର ଝଡ଼ ସୃଷ୍ଟି ହେଲା। ଗୋଟାଏ କମ୍ପନ ତାକୁ ଅସ୍ଥିର କରିଦେଲା। ସେ ଚାଲିଆସିଲା ଭିତରକୁ। ପଚାରିଲା - "ସାଇରୁ କାହାକୁ ଡାକିବି କିଲୋ ହେମ?"

ହେମର ମୁହଁ ଧସିକି ପଡୁଥିଲା ଯନ୍ତ୍ରଣାରେ। ତା' ଆଖି ବୁଜି ହୋଇ ଆସୁଥିଲା। ଧଇଁସଇଁ ହେବାର ସ୍ୱର ଅଣାୟତ୍ତ ହୋଇପଡୁଥିଲା। ନିଜ ଦେହ ଭିତରେ ସେ ଧରି ରଖିବାକୁ ଚେଷ୍ଟା କରୁଥିଲା ପ୍ରାପ୍ତି ଦାବି କରୁଥିବା ସମସ୍ତ ଯନ୍ତ୍ରଣାଦଗ୍‌ଧ ସର୍ତ୍ତକୁ। ଚୂଡ଼ାନ୍ତ ତ୍ୟାଗ ଓ ମୂଲ୍ୟ ପାଇଁ ସେ ପ୍ରସ୍ତୁତ ହେଉଥିଲା

- "କହ, କିଛି କରିଦେବି, ତୋ ପାଇଁ?" ବାଷ୍ପାକୁଳ ସ୍ୱରରେ ପଚାରିଲା ହରି। ସେ ଜମା ସହିପାରୁନି ହେମର ଏଇ ଛଟପଟ ହେବା ଅବସ୍ଥା।

- "ଟିକିଏ ଗଲ, ଆର ସାଇରୁ ବିମଳା ମା' ଖୁଡୀଙ୍କୁ ଡାକି ଆଣିବ।" ହରିକୁ ଜଣାପଡ଼ିଲା, ସତେ ଯେମିତି ବହୁ କଷ୍ଟରେ ହେମ ପ୍ରସବ କରିପାରିଛି ଏତକ କଥା।

ସେ ବାହାରିଗଲା ଘର ଭିତରୁ। ବାଡ଼ ପାଖରେ ପହଞ୍ଚିଚି କି ନାଇଁ ଠିଆ

ହୋଇପଡ଼ିଲା ସ୍ଥିର ସ୍ତବ୍ଧତାରେ। ଆଉ ସାଇରୁ ଖୁଡ଼ୀକୁ ଡାକିବା ଭିତରେ ହେମର କିଛି ଭଲମନ୍ଦ ହୋଇଯିବ କି ? ସେ ଇତସ୍ତତଃ ହେଲା। ଚାହିଁଲା ପଛକୁ ଏବଂ ଫେରିଆସି କହିଲା– "ତୁ ଅଥୟ ହେବୁନି ଜମା। ମୁଁ ଏଇ ସଙ୍ଗେ ସଙ୍ଗେ ଫେରିଆସୁଚି।"

ରାତି ଦୁଇ, ତିନି ଘଡ଼ି ହୋଇଯିବଣି। ହରି ଯେମିତି କିଛି ଗୋଟାଏ ଦରାଣ୍ଡି ଚାଲିଚି ଅଗଣାରେ। ଭିତରେ କଷ୍ଟ ପାଉଚି ହେମ। ଖୁଡ଼ୀ କାହିଁ କେତେବେଲୁ ତାକୁ ସାହାଯ୍ୟ କରୁଚି। ଆଉଜା ହୋଇଥିବା ତାଟି ଚାରିପାଖରେ କେବଳ ଦିଶୁଚି ଭିତରେ ପୀଡ଼ିତ ହୋଇ ଜଳୁଥିବା ଡିବିରି ଆଲୁଅର ଅଣଓସାରିଆ ରେଖା। ମେହର ଯନ୍ତ୍ରଣାର ଭାଷା ଆଉଜା ତାଟି ବାଟେ ଉଚ୍ଛୁଳି ପଡୁଚି। ଜଣା ପଡୁଚି ହେମ ନୁହେଁ; ସମୁଦାୟ ଘରଟା ପ୍ରସବ ଯନ୍ତ୍ରଣାରେ ମ୍ରିୟମାଣ ହୋଇଯାଉଚି, ଆର୍ତ୍ତନାଦ କରୁଚି। ଶୂନ୍‌ଶାନ୍ ଧରଣୀ। କେଉଁ ଗଛରେ ଚଢ଼େଇର ଡେଣା ଝାଡ଼ିବାର ଶବ୍ଦ ବି ଶୁଭୁନି। ବାଛୁରୀ ହମ୍ବାରଡ଼ି ଦେଇ ଗାଈକୁ ଖୋଜୁନି। ନିଦବାଉଳା ଛୁଆର କାନ୍ଦଣା ଲୋପ ପାଇଯାଇଚି। ଉପରେ ବ୍ୟାପକ ଆକାଶ। ଅଚଞ୍ଚଳ, ସ୍ଥିର, ନୀରବ। ସେଠାରେ ବର୍ତ୍ତମାନ ପାଇଁ କୌଣସି ସମ୍ଭାବନା ନାଇଁ। ହରିର ଦେହ କଠିନ ହୋଇଗଲା, ଶୀତେଇ ଉଠିଲା। ଏ ସଙ୍କଟରୁ ମୁକାବିଲା ସକାଶେ ତା'ର କୌଣସି ଚାରା ବି ନାଇଁ। ସେ ସଂପୂର୍ଣ୍ଣ ଅଦରକାରୀ ହୋଇପଡ଼ିଲା ନିଜ ଭିତରେ – ନା ସେ ଖସି ପଳାଇ ଯାଉଚି କେଉଁଆଡ଼େ ନା ଠିଆ ହୋଇପାରୁଚି ଧୈର୍ଯ୍ୟର ସହିତ।

ହେମର ଚାପା ସ୍ୱରର ଦୀର୍ଘଶ୍ୱାସ, ଯନ୍ତ୍ରଣା ମିଶାମିଶି କାନ୍ଦଣା ସୂଚେଇ ଦେଉଥିଲା, ତା' କଷ୍ଟ ପାଇବାର ଗଭୀରତା। ମଝିରେ ମଝିରେ ଖୁଡ଼ୀଙ୍କର ଅସ୍ପଷ୍ଟ କଥା। ଇତସ୍ତତଃ ହେବାର ଶବ୍ଦ। ଏଇ ଏତିକି ଘରଟାକୁ ଭୟାବହ କରିପକାଉଚି ଏବଂ ଗୋଟାଏ ନିଶ୍ଚିତ ପ୍ରତିଶ୍ରୁତି ହାତଛଡ଼ା ହୋଇଗଲା ଭଳି ଜଣାପଡୁଚି। ଅନେକବେଲୁ ଡିବିରିଟା ଜଳିଲାଣି। କେତେବେଳେ ଲିଭିଯାଇପାରେ। ଭିତରକୁ ଯାଇ ଦେଖିବ କି, କେତେ ଲମ୍ବା ଭବିଷ୍ୟତ ପାଇଁ ତା'ର ଆୟୁଷ ଅଛି ?

ହରି କ'ଣ କରିବ ବୋଲି ନିଜ ନିଷ୍ପତ୍ତିହୀନତା ଭିତରେ କ୍ଲୀବ ହୋଇଯାଉଥିବା ବେଳେ ଘର ଭିତରୁ ଶୁଭିଲା ଅଚିହ୍ନା ଏବଂ ବହୁ ପ୍ରତୀକ୍ଷିତ ଅନଭିଜ୍ଞ କାନ୍ଦଣାଟିଏ। ହରି ସହସା ସଂପ୍ରସାରିତ ହୋଇଗଲା ନିଜ ଭିତରେ। ତା' ଚାରିପାଖର ସମସ୍ତ ନୀରବତା ସଙ୍ଗୀତମୟ ହୋଇଗଲା, ସମସ୍ତ ଅନ୍ଧକାର ପ୍ରଜ୍ଜ୍ୱଳିତ ହୋଇଉଠିଲା। ଆଖିର ଲୁହ ପୋଛିବାବେଳେ ନମ୍ରତା ଓ କୃତଜ୍ଞତାରେ ବିଗଳିତ ହୋଇଗଲା ସେ।

ଆଖି ଖୋଲିଲା, ବନ୍ଦ କରି କଡ଼ଲେଉଟାଇଲା ହରି। ଚମକ ଲାଗିଲା ଭଳି ବସିପଡ଼ିଲା ବିଛଣା ଉପରେ। ତା'ର ସତର୍କତା ହଜିଯାଇଥିଲା କ୍ଳାନ୍ତି ଓ ନିଦ ଭିତରେ।

ଅବଶ୍ୟ ଡିବିରିଟି ଜଳୁଚି ଆଗଭଳି ସ୍ଥିତପ୍ରଜ୍ଞର ଆତ୍ମବିଶ୍ୱାସ ନେଇ। ମାତ୍ର ମାଟି ପଲମରେ ଜଳୁଥିବା ନିଆଁ ମୁମୂର୍ଷୁ ଜୀବନ ନେଇ ଦୀର୍ଘଶ୍ୱାସ ତ୍ୟାଗ କରୁଚି। ଘରଟା ଭରପୂର ଧୂଆଁରେ। ନିଃଶ୍ୱାସ ମାରିବା ବି କଷ୍ଟ ହେଉଚି

ସେ ଉଠିପଡ଼ିଲା। ହେମ ଶୋଇଯାଇଚି ଗୋଟିଏ ହାତ ଉପରେ ମୁଣ୍ଡ ଥୋଇ। ଅପରିଷ୍କାର ଆଲୁଅରେ ତା' ମୁହଁ ଦିଶୁଚି ହାଲିଆ। ତା' ଦେହକୁ ଚିପୁଚି କେହି ଜଣେ ଯେପରି ସର୍ବଶେଷ ରକ୍ତ ଓ ଶକ୍ତି ବାହାର କରି ନେଉଚି। ଅନାବୃତ୍ତ ଛାତି। ସତେ ଯେପରି ସଦ୍ୟ ଜନ୍ମ କରିଥିବା ପୁଅ ଓ ତା' ମଧ୍ୟରେ ଥିବା ସମସ୍ତ ଅନ୍ତରାୟକୁ ସେ ଅପସାରଣ କରିନେଇଚି। ତା'ର ଦୁଇସ୍ତନ ଦିଶୁଥିଲା ଆଶାୟୀ ଓ ଉତ୍କଣ୍ଠିତ। ନିଦ ଭିତରେ ବିସ୍ମୃତି ସତ୍ତ୍ୱେ ସେ ଅର୍ପଣ କରି ଦେଇଥିଲା ଚିରନ୍ତନ ସ୍ତନ କାଳେ କେତେବେଳେ ପୁଅର ଦରକାରରେ ଆସିବ ବୋଲି।

ହରି ଅଭିଭୂତ ହୋଇପଡ଼ିଲା। ମାତ୍ର ଦେଖ, ତା' ପାଖରେ ପରିଷ୍କାର, କୋମଳ ବିଛଣାରେ ଶୋଇ ରହି ପୁଅ କିପରି ଚିତ୍କାର କରୁଚି। ପାଟି ଖୋଲି ସେ ଏପରି କାନ୍ଦୁଚି ସତେ ଅବା ସମସ୍ତ ମା' ମାନଙ୍କ କ୍ଷୀର ତା' କ୍ଷୁଧା ପାଇଁ ସନ୍ତୋଷଜନକ ହେବ ନାଇଁ। ଆଗରେ ଥିବା ଅବଶ୍ୟମ୍ଭାବୀ କ୍ଷୁଧାର ନିର୍ଯାତନା ତାକୁ ଏବେଠାରୁ ଆତଙ୍କିତ ଓ ବିଦ୍ରୋହୀ କରିପକାଇଚି।

ପିଲାଟିର କାନ୍ଦଣା ଭିତରେ ଥିଲା ଏକ ଅଦ୍ଭୁତପୂର୍ବ ଶକ୍ତି। ଏ ଶକ୍ତି ତାକୁ କେଜାଣି କିପରି ମୋହମୁକ୍ତ କରି ଲୁହ ଓ କାନ୍ଦଣା ସହିତ ଘନିଷ୍ଠ କରିପକାଉଥିଲା। ହରି ଦେଖିନେଲା ଦୃଶ୍ୟଟିକୁ। ମୃତପ୍ରାୟ ନିଆଁକୁ ଜାଗ୍ରତ କଲାବେଳେ ଖୁବ୍ ନିମ୍ନ ସ୍ୱରରେ ଡାକିଲା- "ହେମ, ଉଠ।"

ଅଳ୍ପ କେତୋଟି ମୁହୂର୍ତ୍ତ ପରେ ସେ ପୁଣି ଡାକିଲା - "ଆରେ ଉଠ୍। ପିଲାଟାକୁ ଟିକିଏ ଖୁଆଇ ଦେ। କାନ୍ଦିଲାଣି ଢେର୍ ବେଳୁ।"

ତଥାପି ହେମ ପ୍ରତ୍ୟୁତ୍ତରହୀନ। ପିଲାଟାର କାନ୍ଦଣା ବଢୁଚି। ହରି ପଛକୁ ଚାହିଁ ହେମର ଅବିଚଳିତ ନିଦ୍ରାକୁ ଦେଖି ସମବେଦନାରେ ଆହୁରି ଅଧୀର ହୋଇପଡ଼ିଲା। ନିଆଁ ଜାଳିସାରି ସେ ହେମ ପାଖରେ ବସିଲା। ପୁନରାବୃତ୍ତି କଲା ନିଜ କଥାରେ - "ହେମ, ଏ ହେମ! ଆରେ, ଉଠ୍। କେଡ଼େ ଗହୀର ନିଦରେ ଶୋଇଚୁ ତୁ? ଉଠ୍।"

ହେମ ଦେହକୁ ହଲାଇ ଉଠ୍ ବୋଲି ଡାକିବା ସଙ୍ଗେ ସଙ୍ଗେ ଏକରକମ ଚିତ୍କାର କରିପକାଇଲା ହରି। କମ୍ପିତ, ଲୁହଭିଜା ସ୍ୱରରେ ଡାକିଲା - "ଉଠ୍, ଉଠ୍। ପିଲାଟାକୁ ଖୁଆଇ ଦେ। ଉଠ୍।"

ହରି ଜୋର୍‌କରି ହେମକୁ ବସାଇଦେବା ପାଇଁ ଚେଷ୍ଟା କରୁଥିଲା ସିନା, ହେମ

କିନ୍ତୁ ଆଗଭଳି ଆଖିବୁଜି, ଅନାବୃତ୍ତ ଦୁଇସ୍ତନ ଉତ୍ସର୍ଗ କରି ଶୋଇଯାଇଥିଲା ନିଦରେ। ଏଇଭଳି ନିଦରେ ଶୋଇଯିବା ସକାଶେ ସେ ଯେମିତି ଅପେକ୍ଷା କରି ରହିଥିଲା ଏତେ ବର୍ଷ ଧରି।

ଏଇ ମାତ୍ର ପୃଥିବୀକୁ ଆସିଥିବା ଛୁଆର କାନ୍ଦଣା ଥିଲା ଦୃଢ଼ ଓ ଅପ୍ରତିହତ। ଯେକୌଣସି ପ୍ରଲୋଭନ ଓ ଲାଳସାଠାରୁ ତାହା ଯଥେଷ୍ଟ ବିଶାଳ ଓ ଗରୀୟାନ ଥିଲା। ଗୋଟାଏ ଅପ୍ରତିଦ୍ୱନ୍ଦ୍ୱୀ ଚାଲେଞ୍ଜ ଭଳି ସେ ଆହ୍ୱାନ କରୁଥିଲା ସଂସାରର ସମସ୍ତ ଜିନିଷକୁ ମୁକାବିଲା ପାଇଁ। ଅଥଚ ମୁକାବିଲାର ସମସ୍ତ ସୂତ୍ର ନିଷ୍ପନ୍ଦ ହୋଇଯାଇଥିଲା। ଏଇ ପରିପ୍ରେକ୍ଷୀରେ ହରି ପାଲଟିଗଲା ଗୋଟାଏ ତୁଚ୍ଛ, ନଗଣ୍ୟ ଜିନିଷଟିଏ। ସେ ଖାଲି ବ୍ୟସ୍ତତାର ସହିତ ଅନୁନୟ କରୁଥିଲା - "ଉଠ୍। କିଲୋ, ଉଠ୍।"

ହରି ଚାହିଁଲା ପୁଣି ଥରେ ହେମର ନିସାଡ଼ ଦେହଆଡ଼େ। ଭାବିଲା, ତା'ର ଉତ୍ସର୍ଗୀକୃତ ସ୍ତନରେ ଛୁଆଟାର କ୍ଷୁଧିତ ଓଠକୁ ଚାପି ଧରିବ କି? ଆପାତତଃ ସେ ତାହା ହିଁ କରିବାକୁ ଯାଉଥିଲା, କାଳେ ସମସ୍ତ ଆଶ୍ଚର୍ଯ୍ୟକୁ ଅବାକ୍‌କରି ନିହତ ଛାତିରୁ ଝରିଆସିବ ପ୍ରୟୋଜନ ହେଉଥିବା ଦୁଷ୍ପ୍ରାପ୍ୟ ଜିନିଷଟି। ମାତ୍ର ହାତ ତା'ର ଅଟକିଗଲା ଭୟ ଜର୍ଜରିତ ଶୀତ୍କାରରେ। ସେ ଠିଆ ହୋଇପଡି ଉନ୍ମୁକ୍ତ ପାଟିର ଆହ୍ୱାନ ଦେଖିନେଲା ଆହୁରି କିଛି ସମୟ ପାଇଁ। ଠିଆହୋଇ ରହିଲା ଏବଂ ତା'ର ମର୍ମସ୍ଥଳକୁ ଚହଲାଇ କୋହ ଉଠିଆସିଲା ଉପରକୁ। କହିଲା - "ମୁଁ ହେଲେ ଚାଲି ଯାଇଥାଆନ୍ତି ଲୋ, ହେମ।"

ସେ ଆଉ କିଛି ଶୁଣିପାରୁନି, ନିସ୍ତବ୍ଧ ଦେହ ପାଖରେ କ୍ଷୁଧାର ଆର୍ତ୍ତନାଦ ଛଡ଼ା। ଚୁଲି ପାଖରେ ଥିବା ପଖାଳହାଣ୍ଡି, ତେନ୍ତୁଳି, ଲଙ୍କା, ପିଆଜ-ସବୁ ଯେପରି ବିଦ୍ରୂପମୟ। ହରି ଆଉ ଚାହିଁପାରିଲାନି ସେଆଡ଼େ। ଦୁଇ ପାପୁଲିରେ, ମୁହଁଢ଼ାଙ୍କି ସେ ଉଚ୍ଛ୍ୱସିତ ସ୍ୱରରେ କାନ୍ଦିପକାଇଲା।

ଅଥଚ ସମୟ ଗଡ଼ିଯାଉଚି। ରିକ୍ତତାର ସ୍ଲୋଗାନ ବନ୍ଦ ହେଉନି। ଏ ସ୍ଲୋଗାନ କ'ଣ ଅନନ୍ତ? କେଇ ଘଣ୍ଟା ହେଲା ଏଠାକୁ ଆସିଥିବା ଛୁଆଟାଏ ଏତେ ଦୀର୍ଘ ସମୟ ଧରି କାନ୍ଦିବା ପାଇଁ କେଉଁଠୁ ଶକ୍ତି ଆଣେ କେଜାଣି? ଆଦୌ ଥକିଯାଉନି; ବରଂ ସୂଚେଇ ଦେଉଚି ଯେ, ଏ କାନ୍ଦଣା ଅପରିସୀମ!

ବିମଳା ମା' ଖୁଡ଼ୀଙ୍କୁ ଡାକିବ କି? କେଜାଣି, ଅଲୌକିକ ଶକ୍ତି ବଳରେ ସେ ଆଉ ଗୋଟିଏ ବିସ୍ମୟ ସୃଷ୍ଟି କରି ଦେଇପାରନ୍ତି ଏ ଘରେ। ସେ କବାଟ ପାଖକୁ ଯାଇ ଅଟକିଗଲା। ଏଣେ ଛୁଆର ଅବସ୍ଥା ହେବ କ'ଣ? ବ୍ୟାକୁଳ ପରାଜୟ ନେଇ ସେ ବସିଲା ତା' ପାଖରେ। ଦେହ ଉପରେ ଖୁବ୍ ଧୀରେ ହାତ ବୁଲାଇ ଆଣିଲା। ଜହ୍ନହୀନ ଆକାଶରୁ ଜହ୍ନଟାକୁ ନେଇ ଆସିବ ବୋଲି କହିବ? ମୋଟରଗାଡ଼ି କିଣିଆଣିବ ବୋଲି

କହି ଭୁଲାଇଦେବ କି ତା' ମନ? ହଜିଯାଇଥିବା ଦରବ ଖୋଜି ଆଣିବା ସକାଶେ ଅଟଳ ପ୍ରତିଶ୍ରୁତି ଶୁଣାଇବ?

ବିଛଣା ସମେତ ସେ ଟେକିଆଣିଲା ଜଡ଼ସଡ଼ ହୋଇଯାଇଥିବା ଛୁଆଟିକୁ। ଛାତିରେ ଜାକି ଧରିବାବେଳେ ସେ ସଚେତନ ହେଲା ଯେ ତା' ଦେହ ଯେମିତି ଭାବରେ ଥରୁଚି, ହାତରୁ ଖସିଯାଇପାରେ ଛୁଆଟା। ପୁଣି ତାକୁ ତଳେ ଶୁଆଇଦେଇ କମ୍ପିତ ସ୍ୱରରେ ଆଶ୍ୱାସନା ଶୁଣାଇଲା - "ଆରେ, ନାଇଁ ନାଇଁ। କାନ୍ଦନା। ଜମା କାନ୍ଦନା, ମୋ ସୁନାପୁଅ। ତୋ ମା' ଯାଇଚି ଗାଈ ଚରେଇ। ଏଇ ଫେରୁଥିବ। ସତେ, ଏଇ ଫେରୁଥିବ।"

ବାହାରର ଘନୀଭୂତ ସ୍ତବ୍ଧତା ଓ ଅନ୍ଧକାର ଭିତରେ, ଡିବିରିର ସଂକ୍ଷିପ୍ତ ଆଲୁଅ ଓ ଛୁଆଟିର ନିରବଚ୍ଛିନ୍ନ ହାହାକାର ହରିକୁ ନିଃସଙ୍ଗ ଓ ଭୟଭୀତ କରିପକାଇଲା। ଏଭଳି ପରିସ୍ଥିତିରେ ତା'ର କର୍ତ୍ତବ୍ୟ କ'ଣ ହୋଇପାରେ ସେ ଜାଣିପାରୁ ନ ଥିଲା। ସଂସାରର ନିଦ ବି ଭାଙ୍ଗୁନି। ଏଭଳି ମୁହୂର୍ତ୍ତରେ ମଧ୍ୟ କେହି କାହାର ପିଠିରେ ପଡ଼ନ୍ତି ନାହିଁ ବୋଲି ଭାବିବାକ୍ଷଣି ସେ ଭାଙ୍ଗି ପଡ଼ିଲା।

ଆଉ କିଛି କରିବାର ନାଇଁ। ତା' ହାତରୁ ଖସିଯାଉଚି ସମୟ। ସୁଯୋଗହୀନ ପୃଥିବୀରେ ସେ ଦେଖୁଚି କିଭଳି ଭାବରେ ଆଖି ଆଗରେ ସମସ୍ୟା ତା'ର ସମସ୍ତ ସମାଧାନର ପରିଧି ଅତିକ୍ରମ କରି ଚାଲିଚି। ସେ ନିର୍ବାକ୍ ହୋଇ ଠିଆହୋଇ ରହିଲା। ଅପେକ୍ଷା କଲା ଗୋଟାଏ ଚରମ ମୁହୂର୍ତ୍ତକୁ। କେତେବେଳେ ଛୁଆଟିର କାନ୍ଦଣା ନୈରାଶ୍ୟକୁ ଗ୍ରହଣ କରି ନେବ ଏବଂ ତା'ର ଉନ୍ମୁକ୍ତ ପାଟିରୁ ସବୁ ସ୍ୱର ଓ ଦାବି ଅପସରିଯିବ। ହରି ଚାରିଆଡକୁ ଚାହିଁ କାନ୍ଦିବା ଭିତରେ କହିଲା - "ମୁଁ ଆଉ କ'ଣ କରିବି?" ତା'ପରେ ବଡ଼ପାଟିରେ ଅନୁନୟ ହେଲା - "କେହି ଜଣେ ଆସ। ମୋ ଛୁଆ ମରିଯିବ ନ ହେଲେ।"

ଅନେକ ସମୟ ଧରି ଚମ୍ପା ପିଣ୍ଡା ଉପରେ ବସୁଥିଲା, ଠିଆ ହେଉଥିଲା, ଘରକୁ ଫେରୁଥିଲା, ଅଗଣାରେ ବୁଲାବୁଲି କରୁଥିଲା ଅନ୍ୟମନସ୍କ ହୋଇ। ତା'ର ଅଭିଜ୍ଞତା ସୂଚେଇ ଦେଉଥିଲା ଯେ, କିଛି ଗୋଟାଏ ଅଘଟଣ ଘଟିଛି। ନହେଲେ ଛୁଆଟା ଏମିତି ରାହା ଧରି କାନ୍ଦନ୍ତା କାହିଁକି? ତା' ସାଙ୍ଗକୁ ସେ ମାଇଚିଆର ଓଜନିଆ ଅସ୍ପଷ୍ଟ କଥା ଶୁଭନ୍ତା କାହିଁକି?

ସବୁ ଦେଖିସାରି ଶିବୁ ଫେରିଆସିଲା। କହିଲା - "ତା' ମାଇପ ମଲାଣି କାହିଁ କେତେବେଳୁ। ଭୋକରେ କାନ୍ଦୁଚି ଛୁଆଟା।" କହିସାରି ବସିଲା ପିଣ୍ଡାରେ। ଅଣ୍ଟାରେ ଖୋସିଥିବା ପିକା ନେଇ କହିଲା "ଦେଲୁ ଟିକିଏ ଦିଆସିଲିଟା।"

– "ଭିତରକୁ ଆସ। କବାଟ ଦେବି।" କାହିଁକି କେଜାଣି ବାଷ୍ପାକୁଳ କଣ୍ଠରେ ଚିତ୍କାର କରି ପକାଇଲା ଚମ୍ପା। ସବୁଥର ଭଳି ଆଜ୍ଞାବହ ଶିବୁ ଘର ଭିତରକୁ ଆସିଲା, ପିକାଟା ଫୋପାଡ଼ି ଦେଇ।

ଗୋଟାଏ ସୁଅ ମାଡ଼ିଆସୁଥିଲା ସେ ପାଖରୁ। ସେ ସୁଅରେ ସମସ୍ତ ଦୃଢ଼ତା, ସମସ୍ତ ପ୍ରତିଜ୍ଞା ଉପୁଡ଼ି ପଡୁଥିଲା। ଏମିତି କାନ୍ଦଣା ଚମ୍ପା ଆଗରୁ କେବେ ଶୁଣିଥିଲା କି? କେଜାଣି? ତା'ର ମନେପଡୁନି। ତା' ତଣ୍ଟିଟାକୁ ଏମିତି ଜାବୁଡ଼ି ଧରିଚି କିଏ? ଆଉ ତା ଛାତି? ସେଇଟା ଯେମିତି ରକ୍ତାକ୍ତ ହୋଇପଡ଼ିଚି। ତା' ଦେହର ମାଂସପେଶୀ ସଙ୍କୁଚିତ ହୋଇପଡୁଚି। ସେ କଡ଼ ଲେଉଟାଇ ଦେଖିଲା ଭାବନାହୀନ ମୁହଁ ନେଇ ଶିବୁ ବସିଛି।

ସେ ଆଖି ବନ୍ଦ କଲା। କହିଲା – ମନକୁମନ- "ଆରେ, ଯା'ମ! ମୋର ଗରଜ ପଡ଼ିଚି। ଜମା ଯିବି ନାଇଁ।"

ଆଗଭଳି ସେଇ କ୍ଷୁଧାତୁର ସ୍ୱର। ସେଇ ଅସହାୟ, ରିକ୍ତ ଆଶ୍ୱାସନାର ଅସ୍ପଷ୍ଟ ପ୍ରବଞ୍ଚନା। ପଚାରିଲା – "ପାଖରେ ଆଉ କେହି ନାହାନ୍ତି?"

– "ନା" ଶିବୁ ସମସ୍ତ ଆଗ୍ରହ, ଉତ୍କଣ୍ଠା ନେଇ ଅପେକ୍ଷା କରିଥିଲା ଏଇ ପ୍ରଶ୍ନଟିକୁ। "ହରି ବସିଚି ଏକୁଟିଆ। କାହାକୁ ଡାକିବ, ଛୁଆଟାକୁ ଏକୁଟିଆ ଛାଡ଼ିଦେଇ?"

ଚମ୍ପାର ଗୋଡ଼ ହାତ ଖୁଜୁବୁଜୁ ହେଲା। ବିରକ୍ତି ଓ କ୍ରୋଧର ସହିତ ଅଭିଯୋଗ କଲା – "ତୁମେ ସେଠିକି ଯାଇଥିଲ କାହିଁକି? କିଛି ଗୋଟେ ବ୍ୟବସ୍ଥା କରି ଫେରିଲନି?"

ଶିବୁ କହିପାରିଲାନି ଯେ ଏସବୁ କରିବା ପାଇଁ ଚମ୍ପାର ନିର୍ଦ୍ଦେଶ ନଥିଲା।

– "ଶୋଇପଡ଼।" ଆଦେଶ ଶୁଭିଲା ଚମ୍ପାର। ମାତ୍ର ଶିବୁ ବସିରହିଲା ଆଗଭଳି, ଅମାନ୍ୟ କରିବାର ସମ୍ଭାବ୍ୟ ପରିଣାମକୁ ଗ୍ରହଣ କରିନେବାର ଶପଥ ନେଇ।

ଚମ୍ପା ଶିବୁକୁ କିଛି କହିଲାନି। କାନ୍ଦ କାନ୍ଦ ସ୍ୱରରେ କହିଲା ନିଜକୁ – "ସଭିଏଁ ମୋତେ ଶୋଷି ଖାଇବେ। ତା'ପରେ ଯାଇ ସମସ୍ତଙ୍କ ମନବୋଧ ହେବ। ମରିଯାଆନ୍ତି ହେଲେ।"

ଆକସ୍ମିକ ଭାବରେ ସେ ଉଠିପଡ଼ିଲା। କହିଲା – "ଆସ।" ଚମ୍ପାର ଏଭଳି ମଧୁର ଆଦେଶ ଶିବୁ ଶୁଣି ନ ଥିଲା ଆଗରୁ।

ନିଜ ଘର ଚଟାଣ ଉପରେ ଦୁଇ ଗୋଡ଼ ଲମ୍ବାଇ ଚମ୍ପା ଯେତେବେଳେ ଛାତିଲୁଗା ଅପସାରଣ କଲା, ଶିବୁର ମନେହେଲା, ସେ ସ୍ୱାମୀ ନ ହୋଇ ଚମ୍ପାର କୋଡ଼ପୋଛା ପୁଅ ହୋଇପାରିଥାଆନ୍ତା କି! ସେ ବସିଲା ଚମ୍ପାର ଗୋଡ଼ ପାଖରେ ମୁହଁରେ ବିଚିତ୍ର

ସରଳତା ନେଇ। ଅପେକ୍ଷା କଲା ଦେଖିବାପାଇଁ ଚମ୍ପାର ପରବର୍ତ୍ତୀ କାର୍ଯ୍ୟଟି କ'ଣ ହେବ।

ଚମ୍ପା ନିର୍ବାକ୍ ହୋଇ ଚାହିଁଥିଲା ଆଗକୁ। ଦ୍ୱାର ପାଖରେ ବସିଥିବା ହରିର ସ୍ଥିତି ପ୍ରତି ସେ ସଚେତନ ନଥିଲା। ଛୁଆର ଓଠ ଉପରେ ସ୍ତନ ଜାକିଧରି ସେ ଆଖିର ଲୁହ ପୋଛିଲା। ସ୍ପଷ୍ଟ ଭାବରେ ଶୁଣାଇଲା - "ଗାତକୁ ଯିବ ବୋଲି ସେ ଅଲକ୍ଷଣୀ ଯଦି ଜାଣିଥିଲା, ତେବେ ଛୁଆ ଜନ୍ମ କରିବାକୁ ଏଡ଼େ ମନ ହେଉଥିଲା କାହିଁକି? କାହାର ପୋଇଲୀ ହୋଇଚି, ମୁଁ? କାହାର ଖାଏ ନା ଧାରେ?"

ଲୁଗାକାନିର ସାହାଯ୍ୟ ନେବାକୁ ପଡ଼ିଲା ଏଥର ଲୁହ ପୋଛିବା ପାଇଁ। ଚଟାଣ ଉପରେ ନିଶ୍ଚିନ୍ତ ହୋଇ ଶୋଇଯାଇଥିବା ଚାରୋଟି ଛୁଆଙ୍କ ଆଡୁ ଦୃଷ୍ଟି ଫେରାଇ ସେ ନିଜ କୋଳକୁ ଚାହିଁଲା। ସ୍ତନ ଶୋଷୁଥିବା ନୀରବ ଆଗନ୍ତୁକର ମୁଣ୍ଡ, ଦେହ ଆଉଁସି ଦେଉ ଦେଉ ପୁଣି ପ୍ରତିବାଦର ସହିତ ସ୍ୱୀକାର କଲା - "କ'ଣ ଆଉ ଅଛି ମୋ'ଠି ଯେ ତୋ ପାଟିରେ ଦେବି? କେମିତି ତୋ' ପେଟ ପୂରେଇବି? ତୋ' ମା' କ'ଣ ଠୁଳ କରିଥିବା ତା' କ୍ଷୀର ମୋତେ ଦେଇଯାଇଚି? ନିଆଁକୁ ଯିବା ଆଗରୁ ସେତକ ହେଲେ କରିଥାଆନ୍ତା ସେ ପୋଡ଼ାମୁହିଁ! ତୋ ପାଇଁ କେଉଁଠୁ ଆଣିବି?"

ଆଉ କିଛି ଶୁଭୁନାଇଁ। ଦୁଇଟି ବ୍ୟଗ୍ର ଓଠର ସ୍ୱଚ୍ଛନ୍ଦ ଚୁମ୍ବକୀୟ କମ୍ପନ ଦିଶୁଚି ଯାହା ନିଅଣ୍ଟିଆ ଆଲୁଅରେ। ମଝିରେ ମଝିରେ ଶୁଭୁଚି ଚମ୍ପାର ଚାପା କୋହ। ଚଟାଣ ଉପରେ ବସି ଶିବୁ ଦେଖୁଥିଲା ଗୋଟାଏ ବ୍ୟାପକ, ବାତ୍ସଲ୍ୟମୟ ପୃଥିବୀ। ଦ୍ୱାର ଉପରେ ଡେରି ହୋଇ ହରି ଭାବନାମୁକ୍ତ ଥିଲା। ସବୁ ଥିଲା ଜଟିଳ, ଦୁର୍ବୋଧ ତା' ପାଇଁ।

ରାତିର ଅନ୍ଧକାର ତରଳି ଯାଉଥିଲା ଆସ୍ତେ ଆସ୍ତେ ଅଦୃଶ୍ୟ ଉତ୍ତାପରେ। ନିଶ୍ଚିନ୍ତରେ ଶୋଇପଡ଼ିଥିବା ଛୁଆଙ୍କ ଆଡୁ ଦୃଷ୍ଟି ଫେରାଇ ଶିବୁ ଚାହିଁଲା ହରି ଆଡ଼େ। ଆଜି ସବୁ କାମ ବନ୍ଦ। ମଶାଣିକୁ ଯିବାର ପ୍ରସ୍ତୁତି ଆରମ୍ଭ ହେବା ଦରକାର।

■

ବଞ୍ଚି ରହିବା

ଗତ କିଛିଦିନ ହେବ ନଈ କୂଳରେ କେବେ କିପରି ବଂଶୀର ସ୍ୱର ଶୁଭୁଚି। ଅପରିଣତ ଅଙ୍ଗୁଳିଗୁଡ଼ିକ ଏଇ ସ୍ୱରକୁ ନିୟନ୍ତ୍ରଣ କରିପାରନ୍ତି ନାଇଁ ସଠିକ୍ ଭାବରେ। ସେଥିପାଇଁ ବଂଶୀ ବାଜେ ଯୋଜନାହୀନ, ଦିଗଭ୍ରଷ୍ଟ ହୋଇ ବଞ୍ଚିରହିବା ଭଳି। ଗୋଟାଏ ସାବଲୀଳ ଝଙ୍କାର ଯଦି ସୃଷ୍ଟି ହୋଇପାରୁଥାନ୍ତା, ତେବେ କେଡ଼େ ଭଲ ନ ହୁଅନ୍ତା ସତେ ! ଚମତ୍କାର ସ୍ୱରଟିଏ ପ୍ରକାଶିତ ହୋଇଯାଆନ୍ତା ଏବଂ ସତର୍କ ଅଙ୍ଗୁଳିମାନେ ନିତାନ୍ତ ମାମୁଲି ଦେଖାଯାଉଥିବା ଖଣ୍ଡେ ବାଉଁଶରୁ ସୃଷ୍ଟି କରିପାରନ୍ତେ ସୁନ୍ଦର ବିନ୍ୟାସ। ତେବେ, କେତେକ ବଂଶୀବାଦକ ବୋଧହୁଏ ଏଇଭଳି ସ୍ୱର ହିଁ ସୃଷ୍ଟି କରନ୍ତି; ପରିଣାମରେ କେତେକ ସ୍ୱର ଏଇଭଳି ବେସୁରା ହୋଇ ନଈ ପଠାର ପବନରେ ହଜିଯାଆନ୍ତି।

ବଂଶୀର ଏଇ ସ୍ୱର ସହିତ ଆଉ ଗୋଟିଏ ଧ୍ୱନି ମିଶିଯାଏ ବେଳେବେଳେ। ତାହା ହେଉଚି ଘୁଙ୍ଗୁରର ସ୍ୱର। ଏଇ ଘୁଙ୍ଗୁର ନିପୁଣ ନିର୍ତ୍ତକୀର ଶୃଙ୍ଖଳିତ ମୁଦ୍ରା ଅନୁସାରେ କେଡ଼େ ସୁନ୍ଦର ବାଜୁଥାନ୍ତା। ତାହାର ତାଳେ ତାଳେ ଏହା ସୃଷ୍ଟି କରିପାରୁଥାନ୍ତା ସ୍ୱପ୍ନ। ଗୋଟିଏ ଆବେଗ ସତେ ଯେପରି ଘୁଙ୍ଗୁରମୟ ହୋଇଯାଆନ୍ତା, ଯଦି ଏହା ଜରିଆରେ ଉଚ୍ଚାରିତ ହୋଇପାରୁଥାନ୍ତା।

ଛୋଟ, ପାହାଡ଼ୀ ନଈ ବାଲିମୟ ହୋଇ ପଡ଼ିରହେ ଅଧିକାଂଶ ଦିନ। ଦୁଇ କୂଳରେ ଅନାବନା ଛୋଟ ଗଛ- ସତେ ଯେପରି ଅପେକ୍ଷା କରି ରହିଥାନ୍ତି ଶୁଖିଲା ବାଲିର ଶୋଷ କେବେ ମେଣ୍ଟିବ, ତା’ ଦେଖିବା ପାଇଁ। ଏଇ ଗଛମାନଙ୍କର ଛିଣ୍ଡି ଯାଉଥିବା ବାଡ଼ ପାଖରୁ ଆରମ୍ଭ ହୋଇଯାଇଚି ବ୍ୟାପକ ଚାଷ ଜମି। ମଝିରେ କେଉଁଠି କିପରି ବିଶାଳ

ପଥର, ନିଃସଙ୍ଗ ଗଛ। ଚାଷଜମି ଲମ୍ବିଯାଇଛି ଗାଁ ପର୍ଯ୍ୟନ୍ତ। ନଈକୂଳର ଛୋଟ ଛୋଟ ଗଛ ଗହଣରେ କାଁ ଭାଁ ଆମ୍ବ, ଜାମୁଗଛ ଇତ୍ୟାଦି। ଏହି ଗଛଗୁଡ଼ିକ ଖର୍ବକାୟ ଗଛମାନଙ୍କ ପାଖରେ ଠିଆ ହୋଇଥା'ନ୍ତି ଆଶାବାଦର ଚିରନ୍ତନ ପ୍ରତୀକ ଭଳି। ନଈକୂଳରେ ଗୋଟିଏ ବିଶାଳ ଆମ୍ବଗଛକୁ କେନ୍ଦ୍ର କରି ଏଇ କାହାଣୀଟି ସୃଷ୍ଟି ହୋଇଚି।

କେଉଁ ମାନ୍ଧାତା ଅମଳରୁ ସେ ଗଛ ସେଠି ଠିଆ ହୋଇଚି, କେଜାଣି ? ଝଡ଼, ତୋଫାନ ସତ୍ତ୍ୱେ ତା' ଦେହ ଅତୁଟ ରହିଛି। ତା' ତଳ ସ୍ଥାନ ଖଣ୍ଡକ ଆପାତତଃ ପରିଷ୍କାର ପରିଚ୍ଛନ୍ନ। ଘାସ କେରାଏ ବି ନ ଥାଏ, ତା' ସ୍ପର୍ଦ୍ଧାକୁ ଚାଲେଞ୍ଜ କରିବା ପାଇଁ। ଗାଈଆଳ ପିଲାଏ ଧୁମ୍ ଦ୍ୱିପ୍ରହର ବେଳେ ଗୋଠ କରନ୍ତି ସେଇ ଗଛମୂଳେ। ଗାଈମାନେ ମଧ୍ୟ ତନ୍ଦ୍ରାଛନ୍ନ ହୋଇପଡ଼ନ୍ତି। ସନ୍ତୁଷ୍ଟ ହେବାର ଭଙ୍ଗୀ ନେଇ ପାକୁଳି କରନ୍ତି। ସେମାନଙ୍କର ନିଃଶ୍ୱାସର ଶବ୍ଦରେ ଗଛମୂଳ ଜୀବନ୍ତ ହୋଇପଡ଼େ। ଗଛର ବଉଳ ଦେଖାଯାଏ ତମ୍ବାରଙ୍ଗର। ବାସ୍ନା ଏତେ ବହଳିଆ ଯେ, ସମୁଦାୟ ପବନରେ ଫେଣ୍ଟି ହୋଇଗଲେ ମଧ୍ୟ ବୋଧହୁଏ ହଜିଯାଆନ୍ତା ନାହିଁ। ବଉଳ କଷି ହେବା ପରଠାରୁ ସେ ଗଛ ନାନାପ୍ରକାର ଅତ୍ୟାଚାରର ଶିକାର ହୋଇପଡ଼େ।

ମଣିଷ ଯେମିତି ପୃଥିବୀକୁ ଝୁଣି ଖାଇ ଚାଲିଚି, ତା' ସନ୍ଧିରୁ ବାହାର କରି ଆଣୁଚି ଯାବତୀୟ ଦରବ, ଗାଈଆଳ ପିଲାମାନେ ସେମତି ଆମ୍ବଗଛର ଡାଳ ଛିନ୍ନଛତ୍ର କରି ଆମ୍ବ ପାରନ୍ତି। ଏହା ସତ୍ତ୍ୱେ ନିର୍ଦ୍ଦିଷ୍ଟ ସମୟରେ ଉଚ୍ଚ ଡାଳମାନଙ୍କରେ ଗାଢ଼ ହଳଦୀ ରଙ୍ଗର ଆମ୍ବ ଝୁଲି ରହେ, ଯେ ପର୍ଯ୍ୟନ୍ତ ପବନ ଓ ଚୂଡ଼ାନ୍ତ ପରିପକ୍ୱତା ସେମାନଙ୍କୁ ମାଟି ଉପରକୁ ଖସେଇ ନ ଦେଇଚି। ଏସବୁ ଆମ୍ବ ପିଲାମାନେ ଚେଷ୍ଟା କରି ଆଣିପାରନ୍ତି ନାହିଁ। ସେମାନଙ୍କର ହାତ ସମସ୍ତ ଉଚ୍ଚତା ପାଖରେ ପହଞ୍ଚି ନ ପାରିବା ନିତାନ୍ତ ସ୍ୱାଭାବିକ କଥା। ଗଛ ବଉଳିବ, ଆମ୍ବ ହେବ ଓ ପାଚିବ। ଏ ପ୍ରକ୍ରିୟା କେବେ ବ୍ୟାହତ ହୁଏନାହିଁ ସେଠାରେ।

ଏଇ ଦୃଷ୍ଟିରୁ ଗାଈଆଳ ପିଲାମାନଙ୍କ ପାଇଁ ସେ ଗଛଟା ଥିଲା ଗୋଟାଏ ଅନିବାର୍ଯ୍ୟ ଅନୁଷ୍ଠାନ। ସେ ଗଛ ଥିଲା ସେଇମାନଙ୍କର। ସେମାନଙ୍କର ତା' ଉପରେ ସମ୍ପୂର୍ଣ୍ଣ କର୍ତ୍ତୃତ୍ୱ ରହିଥିଲା। ଖାଲି ଏତିକି ନୁହେଁ, ଗଛ ତୀଖରେ ରହିଥିଲା ସମ୍ଭବତଃ ଗୋଟିଏ ଗେଣ୍ଡାଳିଆର ବିରାଟ ନୀଡ଼ଟିଏ। ମୁଖ୍ୟତଃ କୁଟାରେ ତିଆରି ଏଇ ଘରକୁ ତଳୁ ଦେଖିଲେ ଜଣାପଡ଼େ, ସତେ ଅବା ତାହା ସ୍ୱର୍ଗରେ ଲାଗି ରହିଚି। ଏଇ ପିଲାମାନଙ୍କଠାରୁ ଅନେକ ଉପରେ ରହି ବିଶାଳ ବଢ଼େଇଟା ନିଜକୁ ନିରାପଦ ମନେ କରୁଥିଲା, ଯେମିତିକି ଗଛମୂଳେ ଗୋଠ ହୋଇଥିବା ଗାଈମାନେ ଏତେ ବଡ଼ ଇଲାକା ଛାଇ କରିଥିବାରୁ ଗଛ ପ୍ରତି କୃତଜ୍ଞ ରହୁଥିଲେ ଏବଂ ପର୍ଯ୍ୟାପ୍ତ ପରିମାଣର ଆମ୍ବ ଉପହାର ଦେଉଥିବାରୁ

ପିଲାମାନେ ତା' ପାଖରେ ନିଜକୁ ଜାହିର କରୁଥିଲେ। ଚଢ଼େଇ, ମଣିଷ ଓ ପଶୁ - ଆମ୍ବଗଛ ସହିତ ଏମାନେ ସମ୍ପର୍କିତ ହୋଇଯାଇଥିଲେ। ପ୍ରକୃତିର ବିଭବ ଏମାନଙ୍କ ପାଇଁ ଅବାରିତ ଓ ଉନ୍ମୁକ୍ତ ରହିଥିଲା।

ଚଢ଼େଇର ଘର ପିଲାମାନଙ୍କର ଚେତନାରେ କୌଣସି ରେଖାପାତ କରି ନ ଥିଲା। ଆକାଶର ଜହ୍ନ ଓ ତାରକା, ଇନ୍ଦ୍ରଧନୁ ଓ ବାଦଲ ଯେପରି ସ୍ୱାଭାବିକ ଓ ଚିରାଚରିତ ଥିଲା, ସେଇପରି ସେ ଘରଟି ମଧ୍ୟ ସେମାନଙ୍କ ଦୃଶ୍ୟମାନ ବିଶ୍ୱ ଭିତରେ ରହିଥିଲା ଗୋଟାଏ ଅବିଚ୍ଛେଦ ଅଙ୍ଗହୋଇ। କିନ୍ତୁ ଏଇ ଘରଟି ଦୃଷ୍ଟିଆକର୍ଷଣ କରିଥିଲା ଗୋଟାଏ ମାମୁଲି ଘଟଣାରୁ। ବେଳେବେଳେ ମାମୁଲି ଘଟଣା ମଧ୍ୟ ଅନ୍ତଃସତ୍ତ୍ୱା ହୋଇଯାଏ ଏବଂ ତା' ମଧ୍ୟରୁ କିଛି ଭୟାବହ ଭୂମିଷ୍ଠ ହୋଇଥାଏ।

ଜଣେ ନିତାନ୍ତ ଖାମ୍‌ଖିଆଲି ଭାବରେ ଦିନେ କହି ପକାଇଥିଲା- "ଏଇ ଯେଉ ଚଢ଼େଇର ବସାଟା ଦେଖୁଚ, ତୁମ ଭିତରୁ କେହି ପହଞ୍ଚିପାରିବ ତା' ପାଖରେ ?"

ଏତକ କହିବା ପରେ ସେ ଚାହିଁଲା ଉପରକୁ। ତା' ସାମନାରେ ଠିଆ ହୋଇଥିବା ଅନ୍ୟ ଚାରି-ପାଞ୍ଚ ଜଣ ମଧ୍ୟ ଉପରକୁ ଚାହିଁ ନିଜ ନିଜକୁ ହିସାବ କରିବା ଆରମ୍ଭ କଲେ, ସତରେ ବସା ପର୍ଯ୍ୟନ୍ତ ସେମାନେ ଗଛ ବଢ଼ିପାରିବେ କି ନାଇଁ। ସେମାନେ ପରେ ପରେ ଦୃଷ୍ଟି ଫେରାଇଲେ ଆକାଶରୁ ପୃଥିବୀ ଉପରକୁ। ପ୍ରଥମ ପିଲାଟିର ଚାଲେଞ୍ଜ କେହି ଗ୍ରହଣ କରି ନ ଥିଲେ; ଗ୍ରହଣ କରିବା ଆବଶ୍ୟକ ମନେ କରି ନ ଥିଲେ। ଗଛମୂଳ ପରିପୂର୍ଣ୍ଣ ଥିଲା ଅବସ ଗାଈମାନଙ୍କ ଦ୍ୱାରା। ସେମାନଙ୍କର ଉଚ୍ଚାରିତ ନିଃଶ୍ୱାସ ଦ୍ୱାରା।

ସେମାନେ ବିରାଟ ଚଢ଼େଇକୁ ଦେଖିଛନ୍ତି। ଚଢ଼େଇଟି ଆତ୍ମଗୋପନ କରିବା ଦରକାର ମନେ କରି ନ ଥିଲା କେବେ। କଳା ରଙ୍ଗ ପର। ଲମ୍ବା ବେକ ଓ ଦୀର୍ଘ ଚଞ୍ଚୁ। ତା' ସ୍ୱରରେ କୌଣସି ସଙ୍ଗୀତ ନ ଥିଲା। ଘରକୁ ଫେରିବା ମାତ୍ରେ ସେ ଉଚ୍ଚ ସ୍ୱରରେ ପାଟି କରୁଥିଲା। ଏ ପାଟି ମଧ୍ୟ ଶୁଣାଯାଏ, ନିଜ ଘରେ ସେ ଥିବାବେଳେ। ଚଢ଼େଇଟା ବେଶ୍ ବଡ଼ ଥିବାରୁ ଡାଳ ହଲିଯାଏ, ସେ ଘର ପାଖରେ ବସିବା ମାତ୍ରେ। ମୋଟ କଥା ହେଉଚି ସେ ମଣିଷମାନଙ୍କଠାରୁ ଅନେକ ଉଚ୍ଚରେ ଥିବାରୁ ନିଜକୁ ନିରାପଦ ମନେକରୁଥିଲା। ଏଇଥି ସକାଶେ ତାହାର ଗତି ଓ ସ୍ୱରରେ ସ୍ପଷ୍ଟ ପ୍ରତିଫଳିତ ହେଉଥିଲା ଆଶ୍ୱସ୍ତ ଆତ୍ମବିଶ୍ୱାସ।

ବାର-ଚଉଦ ବର୍ଷର ଗୋଟିଏ ପିଲା ଥରେ ନୁହେଁ, ବାରମ୍ବାର ଚାହିଁଲା ଉପରକୁ। କିଛି କହିବା ପାଇଁ ଇଚ୍ଛା କରି ନୀରବ ରହିଲା। ସେ ଆଶ୍ଚର୍ଯ୍ୟ ହେଉଥିଲା ଯେ ବର୍ଷେ ଦୁଇବର୍ଷ ହେବ ଗାଈଆଳ ଭୂମିକାରେ ଅବତୀର୍ଣ୍ଣ ହୋଇ ମଧ୍ୟ ଚଢ଼େଇର ଘର ପାଖକୁ ଯିବାପାଇଁ ସେ ଚିନ୍ତା କରି ନ ଥିଲା କିପରି ? କାମଟା ବେଶ୍ ରୋମାଞ୍ଚକର ଜଣା

ପଡୁଚି। ଏହାଦ୍ୱାରା ଗଛଚଢ଼ା ଦିଗରେ ସେ ନିଜର ସାହସ ଓ କୌଶଳ ଅକ୍ଳେଶରେ ପ୍ରଦର୍ଶନ କରିପାରନ୍ତା। ଅନ୍ୟମାନଙ୍କ ଆଡ଼େ ଚାହିଁ ସେ ନିଶ୍ଚିତ ହୋଇଗଲା ଯେ ଗଛର ଏତେ ଉପରକୁ ଚଢ଼ିବା ପାଇଁ କାହାରି ମାନସିକତା କିମ୍ବା ପଟୁତା ନାହିଁ। କହିଲା – "ମୁଁ ଚଢ଼ି ଯାଇପାରିବି।"

ଅନ୍ୟମାନେ ଚାହିଁଲେ ତା' ଆଡକୁ। କଳା ମଚ ମଚ ପତଳା ଗଢ଼ଣର ପିଲାଟି। ତେଲହୀନ, କର୍କଶ କେଶ। ରୁକ୍ଷ ଚମଡ଼ା। ପିନ୍ଧିଚି ହାଫ୍‌ପେଣ୍ଟ। ଅଣ୍ଟାରେ ବାନ୍ଧିଛି ଗୋଟାଏ ଗାମୁଛା। ପଛ ପାଖ ଅଣ୍ଟାରେ ଖୋସିଚି ଗୋଟାଏ ବଂଶୀ।

"କ'ଣ କହିଲୁ? ଚଢ଼େଇ ବସା ପର୍ଯ୍ୟନ୍ତ ବଢ଼ିପାରିବୁ? ଚଢ଼ିଲୁ ଦେଖିବା।" ପ୍ରଥମ ପିଲା ଜଣକ କହିଲା। ତା' ସ୍ୱରରେ ଅବଶ୍ୟ ଅବିଶ୍ୱାସ ନ ଥିଲା। ସେ ଏତକ କହିଲା, ଗୋଟାଏ ମଜା ଉପଭୋଗ ପାଇଁ।

– "ଆଗ କହିସାର, ମୋତେ କ'ଣ ଦେବ, ମୁଁ ଯଦି ସେ ପର୍ଯ୍ୟନ୍ତ ଚଢ଼ିଯାଇପାରେ। ମିଛଟାରେ ଏତେ ପରିଶ୍ରମ କରିବାକୁ ମୋର ମନ ନାହିଁ।" ସେ ଉତ୍ତର ଦେଲା।

ଅନ୍ୟମାନେ ଚୁପ୍ ଏତିକିରେ। ସେମାନେ ସମସ୍ତେ ଜାଣନ୍ତି ଯେ ଗଛ ଚଢ଼ିବାରେ ସେ ଗୋଟାଏ ମାଙ୍କଡ଼ ସହିତ ମଧ୍ୟ ପ୍ରତିଯୋଗିତା କରିପାରେ। ଅନ୍ୟ ଜଣେ ପିଲା କହିଲା – "ତୋତେ ପୁଣି ଗୋଟେ ଦିଆଯିବ କ'ଣ? ଚଢ଼ିବୁ ଯଦି ଚଢ଼। ଆମେ ଦେଖିବୁ। ଏତେ ଉଚ୍ଚରୁ ତଳକୁ ଅନେଇଲେ ସବୁ ଜିନିଷ କେଡ଼େ ସୁନ୍ଦର ଦିଶିବ।" ସେ ପ୍ରଲୁବ୍ଧ କରିବାକୁ ଚେଷ୍ଟା କଲା।

କିନ୍ତୁ ସେ ରାଜି ହେଲା ନାହିଁ। ଖୋସିଥିବା ବଂଶୀ ବଜେଇଲା ବେସୁରା ଢଙ୍ଗରେ। ମୁହୂର୍ତ୍ତକ ପରେ ଆବିଷ୍କାର କଲା ଯେ ତା' ହେପାଜତ୍‌ରେ ରହିଥିବା କେତେଟା ଓଲେଇ ଗାଈ ଇତସ୍ତତଃ ଦେବା ଆରମ୍ଭ କରି ସାରିଲେଣି। ସେମାନଙ୍କୁ ସତର୍କବାଣୀ ଶୁଣେଇ ସେ ଧାଇଁଲା ସେମାନଙ୍କ ଆଡ଼େ। ଗୋଟିଏ ପାଖରେ ନାଲି ରଙ୍ଗର ସ୍ୱାସ୍ଥ୍ୟହୀନ କୁକୁରଟିଏ ବିଶ୍ରାମ ନେଉଥିଲା। ତା'ର ପାଟି ଉନ୍ମୁକ୍ତ ଥିଲା ଏବଂ ଜିଭ ବାହାରି ଆସି ତଳ ଓଠ ଉପରେ ଲମ୍ବି ଯାଇଥିଲା। ବେଳେବେଳେ ପଛଗୋଡ଼ ସାହାଯ୍ୟରେ ସେ କାନ କୁଣ୍ଡଉଥିଲା। ପୁଣି ଅନ୍ୟ ସମୟରେ ଲାଞ୍ଜ ପାଖକୁ ପାଟି ଆଣିବା ପାଇଁ ଚେଷ୍ଟା କରି ଘୂରି ବୁଲୁଥିଲା। ପିଲାଟିକୁ ଧାଇଁବାର ଦେଖି ସେ ମଧ୍ୟ ଧାଇଁବା ଆରମ୍ଭ କଲା ତା' ପଛେ ପଛେ। ତା' ବେକରେ ଯେଉଁ ଗୋଟିକିଆ ଘୁଙ୍ଗୁର ବନ୍ଧା ଯାଇଥିଲା, ତାହା ଶବ୍ଦମୟ ହୋଇପଡ଼ିଲା।

ସେ ଦିନର ଏଇ ସଂକ୍ଷିପ୍ତ ଘଟଣାକୁ ସମସ୍ତେ ଭୁଲିଗଲେ। ଚଢ଼େଇ ଆସୁଥିଲା ତା' ବସାକୁ ଚିରାଚରିତ ଢଙ୍ଗରେ। ଗାଈମାନେ ଗୋଠ ହେଉଥିଲେ। ଗାଈଆଳ

ପିଲାମାନେ ଏକତ୍ରିତ ହେଉଥିଲେ ଗଛମୂଳେ। କିନ୍ତୁ କେହି ଜଣେ ବଢ଼େଇର ଘର ପର୍ଯ୍ୟନ୍ତ ଯାଇପାରିବେ ବୋଲି ପ୍ରସ୍ତାବ କିମ୍ବା ଚାଲେଞ୍ଜର ପୁନରାବୃତ୍ତି କରି ନ ଥିଲା।

ଅଥଚ ସେ ପର୍ଯ୍ୟନ୍ତ ଚଢ଼ିପାରିବ ବୋଲି ଘୋଷଣା କରିଥିବା ସେଇ କଳାରଙ୍ଗର ନହକା ଟୋକାର କ'ଣ ହେଲା କେଜାଣି ? ଗୋଟିଏ ଲାଳସା ତା' ଭିତରେ ଆସ୍ତେ ଆସ୍ତେ ବଡ଼ ହେବାରେ ଲାଗିଲା। ଲାଳସାକୁ ଦମନ କରିବାପାଇଁ କିମ୍ବା ଶୃଙ୍ଖଳିତ କରିବାପାଇଁ ଯଦି କୌଣସି ବୌଦ୍ଧିକତାର ଅନ୍ତରାୟ ନ ଥାଏ, ତେବେ ସେହି ଲାଳସା ଗୋଟାଏ ପ୍ରତିରୋଧହୀନ ପାଗଳାମୀରେ ପରିଣତ ହୋଇଯାଏ। ଠିକ୍ ତାହା ହିଁ ଘଟିଲା ତା' ପକ୍ଷରେ।

ସେ ମନ ଭିତରେ ଆଉ ସ୍ଥିର ହୋଇ ରହିପାରୁ ନ ଥାଏ ଜମା। ଅଦମ୍ୟ କୌତୂହଳ ଓ ଜିଜ୍ଞାସା କାବୁ କରି ସାରିଥିଲା ତାକୁ। ବାରମ୍ବାର ସେ ଚାହିଁଲା ଚଢ଼େଇ ଘର ଆଡ଼କୁ ଏବଂ ନିଜକୁ କଳନା କରିବା ଆରମ୍ଭ କଲା। ସେ ପର୍ଯ୍ୟନ୍ତ ଚଢ଼ିପାରିଲେ ତାକୁ କିଛି ମିଳିବାର ପ୍ରତିଶ୍ରୁତି ଦିଆଯାଇ ନ ଥିଲା ବୋଲି ସେ ପ୍ରଥମେ ନିରୁତ୍ସାହିତ ଓ ଆଗ୍ରହହୀନ ହୋଇ ପଡ଼ିଥିଲା ସିନା, କିନ୍ତୁ ଯଦି ସେ ପ୍ରକୃତରେ ସେହି ଉଚ୍ଚତା ପର୍ଯ୍ୟନ୍ତ ଯାଇପାରିଲା, ତେବେ ତା'ଠାରୁ ବଡ଼ ସଫଳତା ତା' ପାଇଁ ଆଉ କିଛି ଥାଇପାରେ ? ସେ ଅଳ୍ପ ଦିନ ପରେ ସଚେତନ ହେଲା ଯେ ଗଛ ଚଢ଼ିବା ପାଇଁ ଗୋଟାଏ ଅସମ୍ଭବ ବ୍ୟାକୁଳତା ତାକୁ ଅସ୍ଥିର, ଉଦ୍‌ଭ୍ରାନ୍ତ କରିବା ଆରମ୍ଭ କରିଚି। ସେ ପ୍ରକ୍ରିୟାଟି ଶେଷ ନ ହେବା ଯାଏଁ ସେ ଅନ୍ୟମନସ୍କ ରହିବ ଏବଂ ତା'ର ଦୈନନ୍ଦିନତା ସମସ୍ତ ସାବଲୀଳତା ହରାଇବ।

ତେବେ ଏକଥା ସତ ଯେ, ଆମ୍ବ ଗଛଟା ବାସ୍ତବିକ ଅନେକ ଉଚ୍ଚ। ଯଦି ସେ ଖସି ପଡ଼ିଲା କୌଣସି ଡାଳରୁ ? ତାକୁ ଡର ମାଡ଼ିବ କି ? ଆଶ୍ଚର୍ଯ୍ୟର କଥା, ସେ ଏସବୁ କଥା ଭାବି ମଧ୍ୟ ମନର ଯୋଜନାକୁ ବାତିଲ କରିପାରିଲା ନାଇଁ। ଠିକ୍ କଲା ଯେ, ଅନ୍ୟମାନଙ୍କର ଅନୁପସ୍ଥିତିରେ ସେ ଏଇ ଅସାଧ୍ୟ କାମଟି ସମ୍ପାଦନ କରିବ ଏବଂ ସେମାନଙ୍କୁ ଚମତ୍କୃତ କରିବ।

ଦିନେ ସେ ଉଠିଲା ଗଛ ଉପରକୁ। ନାଲି ରଙ୍ଗର କୁକୁର ଠିଆହୋଇ ରହିଲା ଗଛତଳେ। ସବୁ କଥା ବୁଝିପାରୁଥିବା ଭଳି ତା' ଲାଞ୍ଜ ହଲିଲା ସେ ପିଲାକୁ ଉତ୍ସାହିତ କରିବା ଢଙ୍ଗରେ। କିଛି ସମୟ ପରେ କିନ୍ତୁ ଗଛ ଡାଳ ମଧ୍ୟରେ ସେ ଅଦୃଶ୍ୟ ହୋଇଯିବାରୁ କୁକୁର ବିଚଳିତ ହୋଇପଡ଼ିଲା ଏବଂ ଅକାରଣଟାରେ ଦୁଇ ତିନିଥର ଭୁକିଲା ନିମ୍ନ ସ୍ୱରରେ। ଇତସ୍ତତଃ ହେଲା। ଟିକିଏ ଦଉଡ଼ା ଦଉଡ଼ି କଲା। ସେ ଓହ୍ଲେଇ ଆସିଲା। କିନ୍ତୁ ଗଛ ଅଧାରୁ ଓହ୍ଲେଇଥିବାରୁ ଆଦୌ ଗ୍ଲାନି କିମ୍ବା ପରାଜୟର ସଙ୍କେତ

ନ ଥିଲା ତା' ମୁହଁରେ। ଆପାତତଃ ସେ ପ୍ରସନ୍ନ ଦିଶୁଥିଲା - ସୂଚେଇ ଦେଉଥିଲା ସେ ଗଛଚଢ଼ା କାମ ସହିତ ସେ କେବଳ ସମକକ୍ଷ ନ ଥିଲା, ତା'ଠାରୁ ସେ ଥିଲା ଆହୁରି ସକ୍ଷମ। ନିଜକୁ ତଉଲି ସାରିବା ପରେ, ଚଢ଼େଇ ଘରଟା ଆଉ ଅପରାଜେୟ ଉଚ୍ଚତାରେ ଥିବା ଭଳି ଜଣାପଡୁ ନ ଥିଲା ତା' ପାଇଁ। ତା'ର ମନେ ହେଉଥିଲା ଯେ ତା' ପୃଥିବୀ ଉପରେ ରହିଥିଲେ ମଧ୍ୟ ସେ ଯେକୌଣସି ମୁହୂର୍ତ୍ତରେ ପହଞ୍ଚି ଯାଇପାରେ, ଆକାଶରୁ ଝୁଲୁଥିବା ଭଳି ଜଣାପଡୁଥିବା ଚଢ଼େଇ ପାଖରେ।

ଯା ସତ୍ତ୍ୱେ ସେ ଅନ୍ୟମାନଙ୍କୁ ନିମନ୍ତ୍ରଣ କଲାନାଇଁ, ଯେଉଁଦିନ ସେ ଅଭୂତପୂର୍ବ କାମଟି କରିବା କଥା। ବିଲରେ ଫସଲ ନ ଥିଲା; ତେଣୁ ଗାଈମାନେ ଛିନ୍‌ଛତ୍ର ହୋଇ ବୁଲୁଥା'ନ୍ତି ଖାଦ୍ୟ ଅନ୍ୱେଷଣରେ। ଅନ୍ୟମାନେ କେଉଁଆଡ଼େ କେଜାଣି ପଳେଇ ଯାଇଥା'ନ୍ତି। ଗଛ ଚଢ଼ିବା ପାଇଁ ଆଗ୍ରହଟା ଗୋଟାଏ ଜବରଦସ୍ତ ତୋଡ଼ ଭଳି ସେ ଟୋକାକୁ ଠେଲିନେଲା ଗଛ ଉପରକୁ।

ସେ ଚଢୁଥାଏ ଗଛ ଉପରକୁ ଏବଂ ଧୀରେ ଧୀରେ ଦୂରେଇ ଯାଉଥାଏ ମାଟି ପାଖରୁ। ପ୍ରବଳ ଆଗ୍ରହ ଓ ଉତ୍ସାହର ସହିତ ସେ କୁଣ୍ଢାଇ ଧରୁଥାଏ ମୋଟା ଡାଳମାନଙ୍କୁ। ଚଢ଼ିଯାଉଥାଏ, ଗୋଟିଏ ଡଙ୍ଗା ବିପନ୍ନମୁକ୍ତ ହୋଇ ସୁଅରେ ଭାସିଯିବା ଭଳି। ବେଶ୍ କିଛି ବାଟରେ ଆଗେଇ ଯିବା ପରେ ସେ ଉପରକୁ ଚାହିଁଲା, ପ୍ରାପ୍ତି ପାଖରେ ପହଞ୍ଚିବା ପାଇଁ ଆଉ କେତେ ଯିବାକୁ ପଡ଼ିବ ଜାଣିବା ପାଇଁ। ଆଶ୍ଚର୍ଯ୍ୟ ହେଲା ଯେ, ସେ ବୋଧହୁଏ ଅର୍ଦ୍ଧାଧିକ ଉଚ୍ଚତା ଅତିକ୍ରମ କରିସାରିଚି। ଏତେ ଚଞ୍ଚଳ ! ଏତେ ସହଜରେ ! ଚାହିଁଲା ତଳକୁ। କୁକୁର ଦେଖାଯାଉ ନାଇଁ। ଦୂରରେ ଥିବା ଗାଈ ବଳଦମାନେ ଦିଶୁଥିଲେ ଗୋଟାଏ ଗୋଟାଏ ବଡ଼ ଚଢ଼େଇ ଭଳି।

କିଛି ସମୟ ପାଇଁ ଦମ୍ ନେଲା। କପାଳ ଓ ବେକ ଝାଳ ପୋଛିଲା ହାତ ପାପୁଲିରେ। ହଠାତ୍ କାହିଁକି କେଜାଣି ମନହେଲା ଓହ୍ଲେଇ ଆସିବାପାଇଁ। ଭାବିଲା ଯେ, କିଛି ଲାଭ ନାଇଁ, ମିଛଟାରେ ଏତେ ପରିଶ୍ରମ କଲି। ତା' ଛଡ଼ା ସେ ଓହ୍ଲେଇ ଆସିଲେ ଅପଦସ୍ଥ ହେବାର କୌଣସି ଅବକାଶ ନାଇଁ। କେହି ନାହାନ୍ତି ତାକୁ ଦେଖିବା ପାଇଁ। ଗୋପନରେ କୌଣସି କାମ କରିବାକୁ ଯାଇ ଅସମାପ୍ତ କରି ରଖିଦେଲେ ତା'ର ହିସାବ କିଏ, କିପରି ରଖିବ ? ଅବଶ୍ୟ ଗୋଟାଏ ଗ୍ଲାନି ଓ ଆତ୍ମ-ତିରସ୍କାର ମନକୁ ଦୁର୍ବଳ କରିଦେବ ଯାହା। ସେଥିରେ କିନ୍ତୁ କ୍ଷତି କ'ଣ ? ପୁଣି ଗୋଟେ କାମ ହାତକୁ ନେବାକୁ ପଡ଼େ ଓ ବ୍ୟସ୍ତ ରହିବାକୁ ପଡ଼େ।

ସେ ମନ ଭିତରେ ଇତସ୍ତତଃ ହେଲା। ନିର୍ଦ୍ଦିଷ୍ଟ ଉଚ୍ଚତା ପାଖରେ ପହଞ୍ଚିବା ପାଇଁ ଯେଉଁ ଉତ୍ସାହ ଥିଲା, ତାହା ଅନେକ ଦବିଗଲା। କିନ୍ତୁ ସେ ସେଇଭଳି

ଅଟକି ରହିଲା ମଝି ସ୍ଥାନରେ। ନା ଉଠିଲା ଉପରକୁ, ନା ଓହ୍ଲେଇଲା ତଳକୁ। କିନ୍ତୁ କେତୋଟି ମୁହୂର୍ତ୍ତର ନିଷ୍ପତ୍ତିହୀନତା ପରେ ସେ ସଚେତନ ହେଲା ଯେ, ସେ ଉପରକୁ ଗତି କରୁଚି। ଏଥର ସେ ଅନୁଭବ କଲା ଗୋଟାଏ ଉଦ୍‌ବେଗ। ତା'ର ହୃତ୍‌ସ୍ପନ୍ଦନ ବଢ଼ିଯାଇଥିଲା କେଉଁଠୁ କିଛି ଶବ୍ଦ ଶୁଣାଯାଉ ନ ଥିଲା। ଆକାଶ ଓ ପୃଥିବୀ ସତେ ଯେପରି ସଂଯୋଜିତ ହୋଇଯାଇଥିଲେ ଅଭୂତପୂର୍ବ ନୀରବତା ଓ ଶୂନ୍ୟତା ଦ୍ୱାରା। ଗାଈ, ବଳଦମାନଙ୍କର ନୀରବ ହଲ୍‌ଚଲ୍ ବ୍ୟତୀତ ଆଉ କେଉଁଆଡ଼େ କିଛି କାର୍ଯ୍ୟକ୍ରମ ନ ଥିଲା ଜମା। କେବଳ ସେ ଏକୁଟିଆ ନୀରବ ଓ ଗୋପନରେ ଗଛଚଢ଼ା ଅବ୍ୟାହତ ରଖିବାପାଇଁ ଚେଷ୍ଟା କରୁଥିଲା କୌଣସି ସ୍ୱୀକୃତି କିମ୍ବା ପୁରସ୍କାରକୁ ଅପେକ୍ଷା ନ ରଖି। କେବଳ ଉପରକୁ ଚଢ଼ିବାର ଗୋଟାଏ ଅଦମ୍ୟ ନିଶାକୁ ସନ୍ତୁଷ୍ଟ କରିବା ପାଇଁ ସେ ଏକୁଟିଆ ବ୍ୟସ୍ତ ରହିଥିଲା ଏତେ ପ୍ରକାଣ୍ଡ ଦେଖାଯାଉଥିବା ଅଞ୍ଚଳ ଭିତରେ।

ଏହାପରେ ସେ ଏଭଳି ବିସ୍ମିତ ଓ ଆନନ୍ଦିତ ହେଲା, ସତେ ଯେପରି ତା'ର ଈପ୍‌ସିତ ସ୍ୱପ୍ନଟା ଧରା ପଡ଼ିଯାଇଥିଲା ତା' ପାଖରେ, ନିତାନ୍ତ କମ୍ ପରିଶ୍ରମ ବିନିମୟରେ। ସେ ଚଢ଼େଇର ଘର ପାଖରେ ପହଞ୍ଚି ଯାଇଥିଲା। ଏଇ କାରଣରୁ ଗୋଟାଏ ବିଚିତ୍ର ଶିକାରରେ ସେ ଶିହରିତ ଓ ସ୍ପନ୍ଦିତ ହୋଇପଡ଼ିଲା। ଏକ ରହସ୍ୟର ଦ୍ୱାର ପାଖରେ ସେ ପହଞ୍ଚିଯାଇଥିଲା। ସେ ହାତ ବଢାଇବା ମାତ୍ରେ ସେହି ରହସ୍ୟର ସମସ୍ତ ଗୋପନୀୟତା ସତେ ଅବା ତା' ନିରୀକ୍ଷଣ ସାମନାରେ ମାମୁଲି ଓ ତୁଚ୍ଛ ହୋଇଯିବ। ସେ ସ୍ପଷ୍ଟ ଭାବରେ ଦେଖିପାରିଲା, ଚଢ଼େଇର ବିଶାଳ ଘର ଭିତରେ ରହିଚନ୍ତି ଚାରୋଟି ଧଳା ଅଣ୍ଡା। ସେଗୁଡ଼ିକ ସ୍ୱପ୍ନାଚ୍ଛନ୍ନ ଦେଖାଯାଉଥିଲେ। ସମ୍ପୂର୍ଣ୍ଣ ଭାବରେ ସୁରକ୍ଷିତ ଥିବା ଭଳି ନିଶ୍ଚିନ୍ତ ଜଣାପଡୁଥିଲେ।

ସେଥିରୁ କ'ଣ ବୁଝିଲା କେଜାଣି, ସେ ଗାଈଆଳ ପିଲା? କେତୋଟି ମୁହୂର୍ତ୍ତ ପାଇଁ ସେ କେବଳ ମୁଗ୍‌ଧ ନୁହେଁ, ବିଗଳିତ ହୋଇଗଲା ଏକ ଆକସ୍ମିକ ଆନନ୍ଦରେ। ତାକୁ ଜଣାପଡ଼ିଲା, ଚଢ଼େଇର ସେହି ଅତୁଳନୀୟ ସମ୍ପଦ ମଧ୍ୟ ତା'ର ସମ୍ପଦ। ନିର୍ବିକାର ଏବଂ ପ୍ରତିଜ୍ଞା ଭରପୂର ସେହି ଅଣ୍ଡାଗୁଡିକର ଭବିଷ୍ୟତ ସତେ ଅବା ତା' ନିଜର ଭବିଷ୍ୟତ। ସେମାନଙ୍କ ମଧ୍ୟରେ ଲୁଚି ରହିଚି ଏକ ଅବତାର ଏବଂ ତାହା ଖୋଳପାର ସଂକୀର୍ଣ୍ଣତାକୁ ଅଭିଭୂତ କରି ଯେକୌଣସି ମୁହୂର୍ତ୍ତରେ ବିକଶିତ ହୋଇଯାଇପାରେ। ସେହି ଅବତାର ସତେ ଅବା ତା' ନିଜର ଅବତାର।

ଚଢ଼େଇର ସଂସାର ପାଖରେ ପହଞ୍ଚିଥିଲା ବୋଲି ଗୋଟିଏ ଅଣ୍ଡା ହିଁ ଅକାଟ୍ୟ ପ୍ରମାଣ। ସେ ନିଜ ସାଙ୍ଗମାନଙ୍କୁ ଦେଖାଇ ପାରିବ, ତାଙ୍କର ହୃଦ୍‌ବୋଧ ହେବା ପାଇଁ।

ସେ ହାତ ବଢ଼ାଇଲା ଏବଂ ବିସ୍ମିତ ହେଲା ଯେ, ହାତ ମୋଟେ ଗତି କରୁନାହିଁ ଲୁଣ୍ଠନ କରିବା ସକାଶେ। ହଜାରେ କଂସ ମଧ୍ୟ ପକ୍ଷାଘାତ ରୋଗୀ ଭଳି ସ୍ତବ୍ଧ, ଅଚଞ୍ଚଳ ହୋଇପଡ଼ନ୍ତେ ଏଭଳି କାମ କରିବା ପାଇଁ। ଆହା, ଦେବକୀ ଏଇଭଳି ଅପୂର୍ବ ଦୃଶ୍ୟଟେ ତ ତା' ଭାଇକୁ ଦେଖାଇ ଦେଇ ପାରିଥା'ନ୍ତା, ଏଡ଼େଇ ଦେବା ପାଇଁ ସମସ୍ତ ଦୁଃଖ ଓ ବିଚ୍ଛେଦ!

ଯା' ପରେ ସେ ଟୋକାର ତଳକୁ ଫେରିଆସିବା ହିଁ ଉଚିତ ଥିଲା; କିନ୍ତୁ ସେ ଚାହିଁ ରହିଲା ଚାରୋଟି ଧଳା, ଗୋଲାକାର ଜିନିଷକୁ, ଯାହା ଭିତରେ ଅକାଟ୍ୟ ଭବିଷ୍ୟତର ହସ୍ତାକ୍ଷର ରହିଥିଲା ଅପ୍ରକାଶିତ ହୋଇ। ଅଜଣାତରେ ତା'ର ହାତ ଏଥର ଲମ୍ବିଗଲା ସେହି ଦିଗକୁ। ପରକ୍ଷଣରେ ସେ ଏପଟ ସେପଟ କରି ଦେଖିଲା ଗୋଟିଏ ଅଣ୍ଡାକୁ। ଠିକ୍ କଲା ସେ ଏହାକୁ ସାଙ୍ଗମାନଙ୍କୁ ଦେଖାଇଦେବା ପରେ ସେ ପୁଣି ଗଛ ଚଢ଼ିବ ଏବଂ ଯଥା ସ୍ଥାନରେ ତାହାକୁ ରଖିଦେବ।

ସେ ଭଲଭାବରେ ଅଣ୍ଡାଟିକୁ ଗାମୁଛାରେ ବାନ୍ଧିବା ପାଇଁ ସମୟ ପାଇଲା ନାହିଁ। ଶୁଭିଲା ଗୋଟିଏ ଆତୁର, ଅସ୍ଥିର, ଆବେଗ ଭରପୂର ସ୍ୱର। ସେ ସ୍ୱରରେ ଥିଲା ଉତ୍କଣ୍ଠା ଏବଂ ସର୍ବନାଶ ହୋଇଯାଉଥିବା ଭଳି ଅମାପ ଦୁଃଖ। ଅଣ୍ଡାମାନଙ୍କର ମା' ବୋଧହୁଏ ଟୋକାକୁ ଠାବ କରିପାରିଥିଲା। ଏଇଥିପାଇଁ ଦୂର ଦିଗ୍‌ବଳୟରୁ ଏଇ ସ୍ୱର ତୁହାକୁ ତୁହା ଭାସି ଆସିଲା ଏବଂ ପାଖେଇ ଆସିଲା। ସେ ହୁଏତ ଚିତ୍କାର ଜରିଆରେ ଅଭିଶାପ ଏବଂ ଆର୍ତ୍ତନାଦ ପ୍ରକାଶ କରୁଥିଲା; କେହିଜଣେ ରକ୍ଷାକର ଲୁଣ୍ଠନକାରୀ ହାତରୁ ମୋର ବିଭବ। ଲୁଣ୍ଠନକାରୀ ଏତେ ଉଚ୍ଚରେ ଥିବା ଏଇ ଅସମ୍ଭବ ସ୍ଥାନକୁ ମଧ୍ୟ ଚାଲିଆସି ପାରିଚି, ଯେମିତି ଏଇ ଲୁଣ୍ଠନ ଜରିଆରେ ହିଁ ସେ ବଦ୍‌ମାସ ତା' ଜୀବନର ସମସ୍ତ ପ୍ରାପ୍ତି ଲୁଟ କରିନେଇ ପାରିବ।

କୌଣସି ମତେ ତଳକୁ ଓହ୍ଲାଇ ଥିବାବେଳେ ସମସ୍ତ ପ୍ରତିବାଦପୂର୍ଣ୍ଣ କ୍ରୋଧର ସହିତ ହତଭାଗୀ ମା' ଜଣକ ଉଡ଼ିଲା ସେ ପିଲା ପାଖରେ। ଗୋଟିଏ ଦାବି ନିଶ୍ଚିତ ଭାବରେ ନିହିତ ଥିଲା ତା' ବ୍ୟସ୍ତ ସ୍ୱର ଓ ଡେଣା ଫଡ଼ ଫଡ଼ ଶବ୍ଦ ଭିତରେ। ସେ ନିଜ ମୁହଁ ଓ ପିଠି ଉପରେ ପ୍ରାୟ ଅନୁଭବ କରୁଥିଲା ମା' ଡେଣାର ସ୍ପର୍ଶ। ସେ ବେଶ୍ ହରକତ ହୋଇପଡୁଥିଲା, କିନ୍ତୁ ତାକୁ ଖଇଚା କରୁଥିବା ଚଢ଼େଇ ପ୍ରତି ତା' ମନରେ କୌଣସି ବିଦ୍ୱେଷ କିମ୍ବା ବିରକ୍ତି ନ ଥିଲା। ଅଥଚ ଚଢ଼େଇଟି ଗୋଟାଏ ସର୍ବହରାର ଚିତ୍କାର ଓ ପ୍ରତିବାଦର ଡେଣା ଫଡ଼ଫଡ଼ ଅବ୍ୟାହତ ରଖିଥିଲା ଟୋକା ପାଖରେ।

ଏବଂ ସେ ଗଛରୁ ଓହ୍ଲାଇ ପଡ଼ିବା ମାତ୍ରେ ହିଁ ଚୂଡ଼ାନ୍ତ ସର୍ବନାଶ ସଂଘଟିତ ହୋଇଥିଲା। ଅଣ୍ଟାରେ ବନ୍ଧାଯାଇଥିବା ଗାମୁଛା ଅନ୍ତରାଳରେ ସେ ପର୍ଯ୍ୟନ୍ତ ରହିଥିବା

ଅଣ୍ଡାଟି, ଖସିପଡ଼ିଲା ତଳକୁ। ଛିନ୍ନଭିନ୍ନ ହୋଇଗଲା ଖୋଳପାର ପରଦା ଏବଂ ଉନ୍ମୋଚିତ ହୋଇଗଲା ତା' ଭିତରର ଅପ୍ରତ୍ୟାଶିତ ପରିପାଟୀ। ଆପାତତଃ ଫୁଲାଏ କଅଁଳ ମାଂସ ଭଳି ତା' ଭିତରେ ରହିଥିଲା ଅନ୍ୟ ଏକ ଚଢ଼େଇର ଅଚେତନ ଶୈଶବ। ତାହାର ଆଖି ଖୋଲି ନ ଥିଲା କିମ୍ବା ଆଖି ଖୋଲି ସଂସାରକୁ ଏବଂ ତାକୁ ବରବାଦ କରିଥିବା ଘାତକକୁ ଚାହିଁବାର କୌଣସି ସ୍ପୃହା ନ ଥିଲା। ନିତାନ୍ତ ନିକଟରେ ପଡ଼ି ରହିଥିବାରୁ ସେ ଦେଖିଲା, ଛତୁ କଢ଼ ଭଳି କୁନି କୁନି ପକ୍ଷୀର କଢ଼ ରହିଚି ତା' ଉପରେ। ହୃତ୍‌ସ୍ପନ୍ଦନ ପ୍ରକାଶିତ ହେଉଚି ତା'ର ପେଟ ଉପରେ, ବାସ୍ତବିକ୍ ସମଗ୍ର ଦେହ ଉପରେ। ଆଶ୍ଚର୍ଯ୍ୟର କଥା, ଆଖି ବନ୍ଦ ଥିଲେ ମଧ୍ୟ ସଦ୍ୟଜାତ ଚଢ଼େଇର ଚଞ୍ଚୁ ଉନ୍ମୁକ୍ତ ରହିଚି ଭୋକର ଇସ୍ତାହାର ଧରି।

ସେ ଏମିତି ଗୋଟାଏ ଦୃଶ୍ୟ ଦେଖିବ ବୋଲି ଆଶଙ୍କା କରି ନ ଥିଲା ଜମା। ଅପରିସୀମା ବିସ୍ମୟ, ଅନୁତାପ ଓ କିଂକର୍ତ୍ତବ୍ୟ ବିମୂଢ଼ତାରେ ତା'ର ଆଖି ଓ ପାଟି ବିସ୍ଫାରିତ ହୋଇଗଲା। ଉପାୟହୀନତା ଯୋଗୁ ସେ ଠିଆହୋଇ ରହିଲା ଗୋଟାଏ ଦଣ୍ଡିତ ପଙ୍ଗୁ ମଣିଷ ଭଳି। ପରିସ୍ଥିତିଟା ଅଣାୟତ୍ତ ଥିଲା ତା' ପାଇଁ।

ପରିସ୍ଥିତିଟା ଅଣାୟତ୍ତ ଥିଲା ମା' ଚଢ଼େଇ ପାଇଁ। ଗର୍ଭରୁ ଶିଶୁ ବାହାରିଗଲାପରେ, ଗର୍ଭ ମଧ୍ୟ ସାନ ହୋଇଯାଏ। ଏହା କ'ଣ ଆଉ କେଉଁ କଥା ହୋଇଚି ଯେ, ମା' ଜଣକ ବିପନ୍ନ ହୋଇ ପଡ଼ିଥିବା ନିଜ ଛୁଆକୁ ପୁଣି ସାଇତି ରଖି ପାରିବ ନିଜର ଆଶ୍ୱସ୍ତିମୟ ଜରାୟୁରେ? ଏଇଥିପାଇଁ ସେ ମା' ଜଣକ କେବଳ ଚିତ୍କାର କରୁଥାଏ ଏବଂ ସେ ଅଞ୍ଚଳକୁ ପ୍ରକମ୍ପିତ କରୁଥାଏ।

ଏତେ ସମୟ ଧରି ସମସ୍ତ କଥା ଦେଖୁଥିବା ଏବଂ କିଛି ହେଲେ ବୁଝିପାରୁ ନ ଥିବା କୁକୁରଟି ଆଗକୁ ଗତି କରିବା ଆରମ୍ଭ କଲା। ପର ମୁହୂର୍ତ୍ତରେ ମା' ଚଢ଼େଇଟି ଯୁଦ୍ଧଖୋର ମନୋବୃତ୍ତି ନେଇ କୁକୁର ସାମନାରେ ଏମତି ଉଡ଼ିବା ଆରମ୍ଭ କଲା ଯେ, କୁକୁରଟି ବେଶ୍ କେତେଟା ପଦକ୍ଷେପ ପଛଘୁଞ୍ଚା ଦେଲା। ଚଢ଼େଇର ଆକ୍ରମଣରୁ ନିଜକୁ ରକ୍ଷା କରିବା ସକାଶେ ତା'ର ଦୁଇକାନ ସଙ୍କୁଚିତ ହୋଇ ବେକ ଉପରେ ଲାଖି ରହିଲା। ସେ ବୁଜି ପକାଇଲା ଆଖି ଏବଂ ବେଶ୍ କିଛି ଦୂରରେ ଠିଆ ହେଲା। ଅଥଚ ମା' ଚଢ଼େଇଟି ସମ୍ଭବତଃ ଭାବି ନେଇଥିଲା ଯେ, ଏଇ ଜନ୍ତୁଜଣକ ହିଁ ତା' ସନ୍ତାନର ଏକ ନମ୍ବର ଶତ୍ରୁ। ସେଇଥିପାଇଁ ସେ ତାକୁ ଆହୁରି ଦୂରକୁ ଘଉଡ଼ାଇ ଦେବାକୁ ଚେଷ୍ଟା କରୁଥିଲା।

କୁକୁରଟି ଚଢ଼େଇର ଏଇ ଉତ୍ପାତ ଏତେ ସମୟ ଧରି ବରଦାସ୍ତ କରୁଥିଲା କାହିଁକି କେଜାଣି? ତାହାକୁ ଅକ୍ଲେଶରେ ସେ କାବୁ କରି ପାରିଥା'ନ୍ତା। ଥରେ ପାଟି

ମେଲା କରି ଦୁଇଟି ଗୋଡ଼ରେ ଜାବ ପକେଇ ଦେଇଥିଲେ ସେ ଚଢ଼େଇ ବିଲ୍‌କୁଲ ସାବାଡ଼୍ ହୋଇ ଯାଇଥା'ନ୍ତା; କିନ୍ତୁ ସେ କରିପାରିଲା ନାହିଁ ସେମିତି। ସମ୍ଭବତଃ ଚଢ଼େଇ ପ୍ରତି ସେ ଅନୁକମ୍ପାପୂର୍ଣ୍ଣ ହୋଇଯାଇଥିଲା, ତାହାର ବିଚ୍ଛେଦାତ୍ମକ ଆବେଗ ପ୍ରତି ସମ୍ମାନ ଦେଖାଉଥିଲା ସେ। ଏଇଥିପାଇଁ କୁକୁରଟି ଘୁଞ୍ଚିଗଲା ବେଶ୍ କିଛି ଦୂରକୁ। ବିନା ପ୍ରତିବାଦରେ। ଚାହିଁ ଦେଖିଲା ଏକ କାଣ୍ଡ ଭିଆଇଥିବା ପିଲାଟି ସେ ସ୍ଥାନରୁ ଚାଲିଯାଉଚି ଦୂରକୁ। ହୁଏତ ଏଣେ ତେଣେ ପଳେଇ ଯାଇଥିବ ଗାଈ-ବଳଦମାନଙ୍କୁ ଠୁଳ କରିବା ଥିଲା ତା'ର ଉଦ୍ଦେଶ୍ୟ।

ଚଢ଼େଇ ଜଣକ ଖାଲି ଇତସ୍ତତଃ ହେଲା। ଉପରକୁ ଉଡ଼ିଲା, ପୁଣି ଓହ୍ଲେଇଲା ତଳକୁ। ଚିତ୍କାର ସହିତ ଏଇ ପ୍ରକ୍ରିୟା ଲାଗି ରହିଲା ବେଶ୍ କିଛି ସମୟ ପାଇଁ। ଧକ୍ ଧକ୍ ହେଉଥିବା ପିଲାଟି ପାଇଁ କି ପ୍ରକାରର ବ୍ୟବସ୍ଥା ଗ୍ରହଣ କରାଯାଇପାରେ, ତାହା ସେ ଚିନ୍ତା କରିପାରୁ ନ ଥିଲା। ପିଲାଟି ଆଖିବୁଜି ପଡ଼ି ରହିଥିଲା। ତାହାର ପାଟି ଉନ୍ମୁକ୍ତ ରହିଥିଲା ପ୍ରଚଣ୍ଡ ଭୋକରେ। ଏଡ଼େ ବିଶାଳ ଦେଖାଯାଉଥିବା ପୃଥିବୀରେ ତା' ପାଇଁ କୌଣସି ବ୍ୟବସ୍ଥା ହୋଇପାରୁ ନ ଥିଲା। ମା'ର ବ୍ୟାକୁଳତା କୌଣସି ବ୍ୟବସ୍ଥା କରିପାରେ ନାହିଁ ତା' ସନ୍ତାନର।

ଅନେକ ସମୟ ପରେ ମା' ଚଢ଼େଇର ସ୍ୱର ଶୁଣାଗଲା ନାହିଁ। ଏକ ଲୟରେ ଚାହିଁ ରହିଥିବା କୁକୁରର ଅନ୍ୟମନସ୍କ ଘୁଙ୍ଗୁର ସ୍ୱର ନିଷ୍କ୍ରାନ୍ତ ହୋଇଗଲା ସେଠାରୁ। ଭଙ୍ଗା ଖୋଳପା ଗହଣରେ ପଡ଼ି ରହିଥିବା ଛୁଆର ପେଟ ଆଉ ହଲିବା ଦେଖାଗଲା ନାହିଁ ନିଃଶ୍ୱାସର ସ୍ପନ୍ଦନରେ। ତାହାର ପାଟି ଉପରେ ସମସ୍ତ ଦାବିର ହସ୍ତାକ୍ଷର ଲିଭିଗଲା। ବେକ ମୋଡ଼ି ପଡ଼ି ରହିଲା ସେ ସେହି ସ୍ଥାନରେ।

ଯେତେବେଳେ ପିମ୍ପୁଡ଼ିମାନଙ୍କର ଧାଡ଼ିଟିଏ ଲମ୍ବି ଆସିଥିଲା ସେଇ ଲାସ୍ ପାଖକୁ, ସେତେବେଳେ ଅନେକ ଉଚ୍ଚରେ ଡେଣା ଫଡ଼୍ ଫଡ଼୍ ଶବ୍ଦ ଶୁଭୁଥାଏ ଏବଂ ପୁଣି ସମସ୍ତ ବ୍ରହ୍ମାଣ୍ଡ ନୀରବ ହୋଇଯାଉଥାଏ। ଜଣେ ମା'ର ସଦ୍ୟଜାତ ଅନ୍ୟ ପିଲାମାନଙ୍କୁ ଆଶ୍ୱସ୍ତ କରୁଥିବାର ଭାଷା ଶୁଭୁଥାଏ ଏବଂ ପୁଣି ସମସ୍ତ ବ୍ରହ୍ମାଣ୍ଡ ନୀରବ ହୋଇ ଯାଉଥାଏ।

ସେ ଗାଈଆଳ ପିଲା କାହିଁକି କେଜାଣି ଆଦୌ କହିପାରିଲା ନାହିଁ ଯେ, ସେ ଚଢ଼େଇର ଘର ପର୍ଯ୍ୟନ୍ତ ଯାଇଥିଲା। ସେ ବେଶ୍ ଗୁମ୍‌ସୁମ୍ ରହିଲା କିଛିଦିନ ପାଇଁ। ଚଢ଼େଇର ଘରଆଡ଼େ ଚାହିଁବା ପାଇଁ ମଧ୍ୟ ତା'ର ମାନସିକତା ଜଖମ୍ ହୋଇଯାଇଥିଲା।

ଅନେକ ଦିନ ପରେ ସେଇ ଆମ୍ବ ଗଛରେ କୌଣସି ଚଢ଼େଇର ସ୍ୱର ଆଉ ଶୁଣାଗଲା ନାହିଁ। ସମୟ କ୍ରମେ, ପରିତ୍ୟକ୍ତ ଘରଟା ଭୁଶୁଡ଼ିବା ଆରମ୍ଭ କଲା।

■

ଗୋପପୁର

ଏବେ କ'ଣ ହେଉଚି କେଜାଣି, ଘରେ ପହଞ୍ଚିବା ବେଳକୁ ଅପେକ୍ଷା କରି ରହିଥିବ ବିପର୍ଯ୍ୟୟଟେ। ବାପଲୋ, ଧନଲୋ ବୋଲି କହି ଯେତେ ଆତୁର ହେଲେ ମଧ୍ୟ ଗର୍ଭପାତ ଭଳି କଷି ଲେମ୍ବୁଯାକ ଝଡ଼ି ପଡୁଚନ୍ତି ଗଛରୁ। ଏତେବଡ଼ କାନ୍ଦି ପକେଇଥିବା କଦଳୀଗଛକୁ ଅଟକାଇ ପାରିଲା ନାହିଁ ଠେସ। ଢଳି ପଡ଼ିଲା ଚାଳ ଉପରକୁ। ସିଲ୍‌ଭର କଡ଼େଇ କଣା ହୋଇଗଲାଣି ବୋଲି ଶୁଣିବାକୁ ପାଇଲା ସେଦିନ। ଏବେ କିଣାଯାଇଥିବା ଯୁଆଳି ଭାଙ୍ଗିଗଲା ମଝିରୁ। କଖାରୁ ଡଙ୍କ ଧକେଇ ହେଉଚି। ଧୂସର ହୋଇଯାଉଚି ବଞ୍ଚି ରହିବା ପାଇଁ ତାହାର ଆଗ୍ରହ।

ଏସବୁ ଅଘଟଣ ଅଭୂତପୂର୍ବ କିମ୍ବା ଅସ୍ୱାଭାବିକ ନ ଥିଲା। ତେଣୁ ଏସବୁର ସାମ୍‌ନା ସାମ୍‌ନି ହେଲାବେଳେ ତା' ଭିତରୁ ଆଉ କିଛି ଅର୍ଥ ଖୋଜିବା ଥିଲା ଅନାବଶ୍ୟକ। ଏମିତି ସାନ ବଡ଼ ଅତଡ଼ା ଖସି ଚାଲିଥିବ। ହୁଏତ ପହଞ୍ଚିଯିବ ଅସମ୍ଭାଳ ଅବସ୍ଥା। କୂଳ ଟପିଯିବ। ତା'ପରେ ବିପର୍ଯ୍ୟସ୍ତ ଅବସ୍ଥା।

ନାହିଁ, ଏମିତି ଭାବିବାରେ କିଛି ହେଲେ ଯଥାର୍ଥତା ନାହିଁ। ଏମିତି ମାମୁଲି ଘଟଣା ନ ଘଟିବ କାହିଁକି? ଖାଲି ତା'ର ନୁହେଁ। ଅଭିରାମର ଲେମ୍ବୁଗଛ ମଧ୍ୟ ଦେଖାଯାଉଚି କଙ୍କାଳ ଭଳି। ପ୍ରାୟ ପ୍ରତିଦିନ କାହା ବାରିରେ ଢଳି ପଡୁଚି କଦଳୀଗଛ, ଭାଙ୍ଗିଯାଉଚି ଯୁଆଳି।

ଆରେ, ନା। ବ୍ୟସ୍ତ ହେବାର କିଛି ନାହିଁ। ଏ ବର୍ଷ ଖୁବ୍ ଭଲ ଅମଳ ହେବ। ଅକ୍ଟୋବର ମାସର କିଆରି ଏମିତି ଦୃଢ଼ ପ୍ରତିଶ୍ରୁତି ଦେଉଛି। ପ୍ରଥମଥର ପାଇଁ ବାଛୁରୀ

ଜନ୍ମ କରିଥିବା ଗାଈ ଏତେ ପରିମାଣରେ କ୍ଷୀର ଦେବ ବୋଲି ବିଶ୍ୱାସ ନ ଥିଲା ତା'ର। ବଳଦ ହଳକ ଅଛନ୍ତି ସୁସ୍ଥ ସବଳ। ଆଉ ପୁଣି କ'ଣ? ଆଉ ଯାହା ସବୁ ଘଟିଚି, ସେସବୁ ମାମୁଲି ନୁହେଁ କି ଏସବୁ ତୁଳନାରେ?

ସାଇକେଲ କେରିଅର୍‌ରେ ଲଦା ଯାଇଥିଲା ଘାସବିଡ଼ା। ହେଣ୍ଡଲରୁ ଝୁଲୁଚି ବ୍ୟାଗ୍। ଘରକୁ ଫେରିବା ପୂର୍ବରୁ ଗାଁ ଦୋକାନରୁ କେତେଟା ସଉଦା ନେବା ଦରକାର।

ସନ୍ତୁଷ୍ଟ, ମୁଗ୍ଧ ଦୃଷ୍ଟିରେ ନିରାକାର ପୁଣି ଥରେ ଚାହିଁଲା ବିଲ ଆଡ଼େ, ଗାମୁଛାରେ ମୁହଁ ପୋଛିବାରେ ବ୍ୟସ୍ତ ଥିବା ସତ୍ତ୍ୱେ। ମାଟି ଭେଦ କରି ଉପରକୁ ବାସ୍ତବିକ ଉଛୁଳି ଆସୁଚି ସବୁଜ ରଙ୍ଗ। ହିଡ଼ ସତେ ଯେପରି ଧରି ରଖିପାରିବ ନାହିଁ ଏତେ ବିଭବ। ପୋତି ହୋଇପଡ଼ିବ। ବାସ୍ତବିକ ପୋତି ହୋଇପଡ଼ିଚି ଉପରେ ଘାସ, ତଳେ ଧାନଗଛର ବିପୁଳତା ଭିତରେ। ଏଠାରେ ଠିଆ ହୋଇ ଯେଉଁଆଡ଼େ ଚାହିଁଲେ, ଦିଶିଯାଉଚି ଏକ ସୁରକ୍ଷିତ ଭବିଷ୍ୟତ।

ମାତ୍ର ଘରେ ପହଞ୍ଚିଲବେଳକୁ କିଛି ହେଲେ ସୁରକ୍ଷିତ ଥିଲା ଭଳି ମନେ ହେଲାନାହିଁ। ଏହାକୁ ଅତଡ଼ା ବୋଲି କୁହାଯିବ ନାହିଁ। ରୀତିମତ ଦୁର୍ବିପାକଟିଏ। ଚାହୁଁ ଚାହୁଁ ସବୁ ଅସ୍ତ ହୋଇଯିବ। କିଛିଗୋଟେ ସହସା ବ୍ୟବସ୍ଥା ନ କଲେ ସବୁ ଅବାନ୍ତର ଓ ଅଦରକାରୀ ହୋଇପଡ଼ିବ। ତାହାର ବଳିଷ୍ଠ ଦେହ। ସବୁଜ ଧାନକ୍ଷେତ, କ୍ଷୀରପୂର୍ଣ୍ଣ ଗାଈ, ସକ୍ଷମ ବଳଦ।

ଘଣ୍ଟାଏ ହେଲା ଶଙ୍କିତ ହୋଇ, ଉଦ୍‌ବେଗର ସହିତ ସୁମିତ୍ରା ସମ୍ମୁଖୀନ ହୋଇଚି ଚାରି-ପାଞ୍ଚ ବର୍ଷ ଛୁଆର ଅସୁସ୍ଥତାର। ସାଇକେଲ ଡେରା ହେଲା ପିଣ୍ଡାରେ। କେରିଅର ଓ ହେଣ୍ଡଲର ଜିନିଷ ଝୁଲି ରହିଲେ। ବଦଳମାନଙ୍କର ଦୀର୍ଘଶ୍ୱାସ, ଗାଈର ପରିସ୍ରା କରିବାର ଶବ୍ଦ ନିରାକାରକୁ ସେମାନଙ୍କ ପ୍ରତି ମନୋଯୋଗୀ କରିପାରିଲା ନାହିଁ। - "କିରେ, କଥା କ'ଣ?" ନିରାକାର ଦରଜା ପାଖରେ ଠିଆ ହୋଇ ସାରିଥିଲା ସେତେବେଳେ। ଅଧାଅଧି କଳା ହୋଇଯାଇଥିବା ଲଣ୍ଠନ କାଚ ପାରୁପର୍ଯ୍ୟନ୍ତ ଚେଷ୍ଟା କରୁଥିଲା ବାହାରକୁ ଆଲୁଅ ନ ଛାଡ଼ିବା ପାଇଁ। ସିଲିଙ୍ଗ୍ ହୋଇଥିବା, ମାଟି କାନ୍ଥ, ସିମେଣ୍ଟ ଚଟାଣର କୋଠରି ଭିତରେ ଏମାନେ ନୀରବତା। ମଇଳା ଆଲୁଅ। ଅସୁସ୍ଥତା। ମା' ଓ ପିଲା। ଏ ସମୟରେ ପାଖ ରୋଷେଇ ଘର ବ୍ୟସ୍ତ ରହିଥାନ୍ତା। ଅଗଣାରେ ଥାଆନ୍ତା ବଡ଼ କଡ଼େଇ। ତା' ଭିତରେ ତଥାପି ରହିଥାନ୍ତା କୁଣ୍ଡା - ତୋରାଣିର ଅବଶିଷ୍ଟାଂଶ।

- "କ'ଣ ହେଇଚି?" ସତେ ଯେପରି ଏ ପ୍ରଶ୍ନର ଉତ୍ତର ଦେବା ଦରକାର ଥିଲା। ନିରାକାର ପାପୁଲି ବୁଲାଇ ଆଣିଲା ଅସୁସ୍ଥ କପାଳ ଉପରୁ। ଅଭାବଗ୍ରସ୍ତ ଆଲୁଅରେ

ଦେଖିପାରିଲା, ଦୁଇଟି ଆଖି ଅଳ୍ପ ଖୋଲିବାର, ଦୁଇ ଓଠ ଉପରେ ଜିଭ ପରିକ୍ରମା କରିବାର। ଯା'ପରେ ସବୁ ଯେପରି ବନ୍ଦ ହୋଇଗଲା, ନିଃଶ୍ୱାସ-ପ୍ରଶ୍ୱାସର ଉଠ୍ ପଡ଼ ପ୍ରକ୍ରିୟା ବ୍ୟତୀତ।

ସେ ସୁମିତ୍ରା ଆଡ଼େ ଚାହିଁଲାବେଳେ ଜାଣିପାରିଲା ଯେ ସେ ଅନେକବେଳୁ ତାକୁ ହିଁ ଲକ୍ଷ୍ୟ କରୁଚି। ସବୁଥର ଭଳି ଦେଖାଯାଉଚି ଅବିଚଳିତ, ସ୍ଥିର। ନିରାକାର ଏଇଥିପାଇଁ ହିଁ ଦମ୍ଭ ଓ ଆତ୍ମବିଶ୍ୱାସ ଫେରିପାଏ। ଇଏ ଅନ୍ୟ ଘରଣୀ ଭଳି ନୁହେଁ। କଥା କଥାକେ କାନ୍ଦି ପକାଇ ନିଃସହାୟ ହୋଇଯିବା ଓ ଅନ୍ୟକୁ ନିଃସହାୟ କରି ପକାଇବା - ଅସ୍ଥିର ହୋଇଯିବା ଓ ଅନ୍ୟକୁ ତ୍ରସ୍ତ - ବିବ୍ରତ କରିଦେବା।

ସୁମିତ୍ରା ଜାଣିପାରିଲା, ଏ ସଂକ୍ରାନ୍ତରେ ବିବରଣୀଟିଏ ତାକୁ ଦେବାକୁ ପଡ଼ିବ - "ସକାଳେ ଜଣା ପଡୁଥିଲା, ସର୍ଦ୍ଦି ଟିକିଏ ହେଇଚି ବୋଲି। ତୁମେ ତ ନିଜେ ବି ଦେଖିଥିଲ। ଦିନ ବାରଟା- ଗୋଟାଏ ବେଳେ କହିଲା, ଶୀତ ଲାଗୁଚି। ସେତେବେଳକୁ ତାତି ଆରମ୍ଭ ହୋଇଯାଇଥିଲା। ତାତି ବଢୁଚି ସିନା, କମୁ ନାଇଁ। ଟିକିଏ ପୂର୍ବରୁ ବାଉଳି ହେଉଥିଲା।"

ନିରାକାର ଚାରିଆଡ଼କୁ ଚାହିଁ ଅନ୍ୟମନସ୍କ ହୋଇଗଲା। ଦରକାର ରାସ୍ତାଟେ। ସେଇ ରାସ୍ତାରେ ଗଲେ ପିଲାଟି ଭଲ ହୋଇପାରିବ - "ତୁ ଟିକିଏ ଅରୁଣକୁ ଡକେଇ ପାରିଲୁ ନାଇଁ? ମୁଁ ବିଲରେ କାମ କରୁଚି। ମୋ ପାଖକୁ ବି ଖବର ପଠେଇ ପାରିଥାନ୍ତୁ।" ଏଥର ତା' ସ୍ୱର ସତେ ଯେପରି ତା' ଭିତରକୁ ହିଁ ଚାଲିଯାଉଚି - "ରାତି ହେଲାଣି। କ'ଣ କରାଯାଇପାରେ?"

- "ଅରୁଣ ଆସିଥିଲେ।" ସୁମିତ୍ରାର ବିବରଣୀ ସରି ନ ଥିଲା। ସେ ଯୋଗ କଲା - "କ'ଣ ଟିକିଏ ଔଷଧ ଦେଇଥିଲେ। ତାଙ୍କର ହୋମିଓପାଥିକ ଔଷଧ କାହିଁକି କେଜାଣି, ଯାକୁ ଭଲ କରିପାରୁ ନାଇଁ। କହିଥିଲେ ଭଲ ହୋଇଯିବ ବୋଲି। ତାଙ୍କୁ କହିଥିଲି, ତମକୁ ଡାକିଦେବା ପାଇଁ। 'ହଉ, ଦେଖିବା' ବୋଲି ସେ ଏଇଠି କହିଥିଲେ। ରାସ୍ତା ଉପରେ ଯାଉଥିବା କେତେଜଣଙ୍କୁ ମଧ୍ୟ ତୁମକୁ ଡାକିଦେବାକୁ କହିଥିଲି। ମୁଁ ଏଣେ ଯାକୁ ଛାଡ଼ି ଯାଇପାରୁଚି କୁଆଡ଼େ?"

ନିରାକାର ପୁଣି ଚାହିଁଲା ଏଣେ ତେଣେ। ଏ ସଙ୍କଟର ମୁକାବିଲା ପାଇଁ କୌଣସି ସହସା ଉପାୟ ନ ଥିଲା ତା' ପାଖରେ। ସେ ତେଣେ କାମ କଲାବେଳକୁ ଘର ଭିତରେ ଆସ୍ଥାନ ଜମେଇ ସାରିଲାଣି ଅସୁସ୍ଥତା।

- "ନେଇଯିବା ଡାକ୍ତରଖାନା?" ଏଇଟା ବିଧିବଦ୍ଧ ଗୋଟେ ପ୍ରସ୍ତାବ ନ ଥିଲା। ସୁମିତ୍ରା ପାଖରୁ ପରାମର୍ଶ ପାଇବା ପାଇଁ ମଧ୍ୟ ଏହା ଉଦ୍ଦିଷ୍ଟ ନ ଥିଲା। ଡାକ୍ତରଖାନା

ନେଇଗଲେ ବୋଧହୁଏ ଭଲ ହୁଅନ୍ତା। ଏଇଭଳି ଦ୍ୱନ୍ଦ୍ୱ ଓ ଉପାୟହୀନତା ମିଶ୍ରିତ ଦିଗହୀନ ବକ୍ତବ୍ୟଟିଏ ଏହା ଥିଲା।

– "ତୁମେ ଅରୁଣଙ୍କୁ ଆଉ ଥରେ ପଚାରି ଆସୁନ!" ସୁମିତ୍ରା ପ୍ରସ୍ତାବ ବାଢ଼ିଲା।

– "ପୁଣି ଗୋଟେ ପଚାରିବି କ'ଣ?" ନିରାକାର କହିଲା ଦୃଢ଼ତାର ସହିତ।

"ସିଏ ପିଲାଲୋକ। ପଢ଼ାପଢ଼ି ଭଲ କରି ନ ପାରିବାରୁ କେତେଖଣ୍ଡ ବହି ପଢ଼ି ଔଷଧ ଦେଉଚି। ତା'ର ଏତେ ଜ୍ଞାନ ଆସିବ କେଉଁଠୁ? ଥରେ ଦେଖି ସାରିଚି। ଆଉ ଅଧିକ ସେ କ'ଣ କରିପାରିବ"?

ନିରାକାର ଠିଆ ହେଲା। ଗୋଟେ ସିଦ୍ଧାନ୍ତରେ ପହଞ୍ଚିବା ପାଇଁ ଚେଷ୍ଟା କଲା। ସମୟ ଗଡ଼ିଯାଉଚି। ନିର୍ଜନ ହୋଇଯାଉଚି ପୃଥିବୀ।

ସେ ଆସିଲା ଦରଜା ପାଖକୁ। ଦୋଦୋପାଞ୍ଚ ହେଲା ଓ ପଚାରିଲା – "ତୁ ପଚାରିବୁ ନାହିଁ ଅରୁଣଙ୍କୁ, ପିଲାଟାର ଏମିତି ହଠାତ୍ ଦେହ ଖରାପ ହେବାର କାରଣ?"

– "ପଚାରିଥିଲି।" ଜବାବ ଦେଲା ସୁମିତ୍ରା – "ସେ କହିଲେ, ଜ୍ୱର ହେଇଚି। ଛାଡ଼ିଯିବ।"

ଛାଡ଼ିଯିବ। ନିରାକାର କହିଲା ମନକୁ ମନ। କେତେ ସମୟ ଲାଗେ ଜ୍ୱର ଛାଡ଼ିବା ପାଇଁ? ପୁଣି ଔଷଧ ଦେବା ସତ୍ତ୍ୱେ। ତେବେ, ତାକୁ ଟିକିଏ ହାଲୁକା ଲାଗିଲା। ଜ୍ୱର ଯଦି ହୋଇଥାଏ, ତେବେ ଏମିତି ବିଚଳିତ ହେବାର ମାନେ କିଛି ନୁହେଁ। ଭଲ ହୋଇଯିବ। ସେ ଚାହିଁଲା, ଆଖି ବନ୍ଦ କରି ଏତେ ଉତ୍ତାପ ଧରି ରଖିଥିବା ପିଲାଟିକୁ। ତା' କପାଳ ଉପରେ ପୁଣି ହାତ ଥୋଇବା ପାଇଁ ସାହସ ହେଲା ନାହିଁ ତା'ର। ତାତି ଯଦି ବଢୁଥାଏ? ନିରାକାର ଚିନ୍ତାକରି ପାରଲା ନାହିଁ ପଚିଶ୍-ତିରିଶ୍‌ଟି ଚାଳ-ଛପର ସମ୍ବଳିତ ଘର ନେଇ ସୃଷ୍ଟି ହୋଇଥିବା ଏ ଗାଁରେ ଏଭଳି ସଙ୍କଟର ସମ୍ମୁଖୀନ ହେବା ପାଇଁ କିଛି ସୂତ୍ର ଅଛି କି ନାହିଁ।

ମାତ୍ର ରାତି ପ୍ରାୟ ଦଶଟା ଆଡ଼କୁ ଆସିଗଲା ଆତଙ୍କିତ ହେବାର ବେଳ। ସୁମିତ୍ରା ପାଣିପଟି ଦେଉଥିଲା କପାଳରେ; କାଳେ ଉତ୍ତାପ କମିବ। ତା' ହାତ ଅଟକିଗଲା। ହିକା ଆରମ୍ଭ ହୋଇଯାଇଥିଲା। ବକଟେ ବୋଲି ଦେହ ରୁନ୍ଧି ହୋଇଯାଉଥିଲା ଏଥିରେ। କେତୋଟି ମୁହୂର୍ତ୍ତ ପାଇଁ ଆଖି ଖୋଲିଥିଲା ସିନା; କିନ୍ତୁ ବୋଧହୁଏ କିଛି ଦେଖିପାରି ନ ଥିଲା। ଆଖିଡୋଳା ଚହଲି ଯାଉଥିଲା। ପତା ତରବର ହୋଇ ଘୋଡ଼େଇ ତାହାକୁ।

– "କ'ଣ କରିବା?" ନିରାକାରର ଏ ସ୍ୱର ଏତେ ନିଃସଙ୍ଗ ଓ ଅସହାୟ ଜଣାଗଲା ଯେ, ସୁମିତ୍ରାର ମାଂସପେଶୀ କଠୋର ହୋଇଗଲା, ମୁକାବିଲା କରିବାର ପ୍ରସ୍ତୁତି ପାଇଁ। ସେମାନେ ଚାହିଁଲେ ପରସ୍ପରକୁ ବେଶ୍ କିଛି ସମୟ ପାଇଁ।

- "ଆଉ ଡେରି କରିବା ନାହିଁ।" ନିରାକାର ତତ୍ପର ହୋଇ ପଡ଼ିଲା - "ନେଇଯିବା ଡାକ୍ତର ପାଖକୁ। ୟାର ଏ ଅବସ୍ଥା ଦେଖି ସହି ହେଉନାହିଁ।"

ଲୁଗା ପିନ୍ଧୁଥିଲାବେଳେ ଆଶଙ୍କା ପ୍ରକାଶ କଲା ସୁମିତ୍ରା - "ଯଦି ଡଙ୍ଗାବାଲା ନ ଥିବ, ଆମେ ଆର ପାଖକୁ ଯିବା କେମିତି ?"

ଏ ପ୍ରଶ୍ନ କମିଜର ବୋତାମ ଲଗାଉଥିବା ଆଙ୍ଗୁଳିକୁ ଅକର୍ମଣ୍ୟ କରିଦେଇପାରେ। ଏଠାରୁ ପ୍ରାୟ ଦୁଇ କିଲୋମିଟର ଦୂରରେ ନଈ। ଆର ପାଖରେ ଯତ୍ନ-ଅଭାବ ସତ୍ତ୍ୱେ ତିଷ୍ଠି ରହିଥିବା ପଥର ଓ ଖାଲ ସମ୍ବଳିତ ସରୁ ସଡ଼କ। ଦୁଇ ତିନୋଟି ଗାଁ। ସାଇକେଲରେ ଧକଡ଼ ଧକଡ଼ ହୋଇ ଯିବାକୁ ପଡ଼େ। ପାଞ୍ଚ କିଲୋମିଟର ପରେ ଯାଇ ନେସନାଲ ହାଇୱେ। ସେଇଠୁ ପିଚୁ ରାସ୍ତା। ଜିଲ୍ଲା ସଦର ମହକୁମା ଡାକ୍ତରଖାନା। ସେମିତି ଦେଖିବାକୁ ଗଲେ କେତେ ପାଖ। ଏଗାର-ବାର କିଲୋମିଟର ବ୍ୟବଧାନ, ଅଥଚ କେତେ ଦୂର। ମଝିରେ ବିଶାଳ ନଈ ଯୋଗୁ।

- "କାହିଁକି ନ ଥିବ ଡଙ୍ଗାବାଲା ?" ଅନାବଶ୍ୟକ ଭାବରେ ଜୋର୍ ଦେଇ କହିଲା ନିରାକାର। ସେ ନିଜେ ନିଶ୍ଚିତ ହୋଇପାରୁ ନ ଥିଲା ଅବଶ୍ୟ ଏ ସମ୍ପର୍କରେ - "ଲୋକେ ପୁଣି ବାରଟା-ଗୋଟାଏ ବେଳେ ଆରପାଖରୁ ଆସନ୍ତି କିପରି ?" ଡଙ୍ଗାବାଲା ଶୁଏ ସେଇଠି।"

ବ୍ୟାଗ୍‌ରେ କେତେଟା ଜିନିଷ ଧରି ସେମାନେ ବାହାରି ଆସିଲେ କବାଟରେ ତାଲା ଲଗେଇ। ନିରାକାର ହାତରେ ସାଇକେଲ। ସୁମିତ୍ରା ଛାତିରେ ଅସୁସ୍ଥ ପିଲା ଓ ହାତରେ ଟର୍ଚ୍ଚ।

ପ୍ରାୟ ଦେଢ଼ବର୍ଷ ତଳ ଅଭିଜ୍ଞତାର ଇଏ ଯେପରି ପୁନରାବୃତ୍ତି। ସେ ଦିନର ସମୟ ଥିଲା ଦିନ ପ୍ରାୟ ଏଗାରଟା। ବର୍ତ୍ତମାନର ସମୟ ରାତି ଏଗାରଟା। ଏ ଛୁଆ ଏମିତି ଅସୁସ୍ଥ ହୋଇପଡ଼ିଥିଲା ଯେ ସୁମିତ୍ରା ଭଳି ଦମ୍ଭିଲା ମଣିଷ ବିକଳରେ କାନ୍ଦି ପକାଇଥିଲା। ନିରାକାର ପ୍ରାୟ ଛାଡ଼ି ଦେଇଥିଲା ସବୁ ଆଶା। ସେମାନେ ପହଞ୍ଚିଥିଲେ ଡାକ୍ତରଙ୍କ ଘରେ। ଇଞ୍ଜେକସନ୍ ଓ ଔଷଧରେ ସନ୍ତୁଷ୍ଟ ହୋଇ ନ ଥିଲେ ଡାକ୍ତର। ଝାଡ଼ା-ପରିସ୍ରା ପରୀକ୍ଷା କରାଯାଇଥିଲା। ପୁଣି ଔଷଧ। ନାକେଦମ୍ ହୋଇଥିଲା ସେଥର। ତେବେ, ବଡ଼ କଥା ହେଉଚି, ଏତେ ପରିଶ୍ରମ ଓ ଖର୍ଚ୍ଚର ସୁଫଳ ମିଳିଥିଲା ତିନି ଚାରି ଦିନ ପରେ। ଏବେ କିନ୍ତୁ ରାତି ଏଗାରଟା ପାଖାପାଖି। ସେମାନେ ନଈପାର ହୋଇ କିପରି ବିଶଲ୍ୟକରଣୀ ପାଖରେ ପହଞ୍ଚିବେ, ସେଇଟା ହେଉଚି ଅସଲ ସମସ୍ୟା।

ସାଇକେଲ ପେଡଲ ମୋଡ଼ା ହେଉଥାଏ। କେରିଅରରେ ଗୋଟିଏ ହାତରେ ପିଲାକୁ ଜାକି ଧରି ଆର ହାତରେ ସୁବିଧା ହେଲେ ଟର୍ଚ୍ଚ ଟିପୁଥାଏ ସୁମିତ୍ରା। ଅଣଓସାରିଆ

ରାସ୍ତା ଦୁଇ କଡ଼ରେ ସ୍ବର୍ଦ୍ଧିତ ହୋଇ ବଢ଼ିଥାନ୍ତି ଗଛମାନେ। ଆଉ ମାସେ ଦୁଇମାସ ପରେ ଏମାନେ ଧୂସର ଦେଖାଯିବେ। ପତ୍ର ହରାଇବେ। ନଇଁଯିବେ, ପୁଣି ବର୍ଷାଋତୁ ଆସିବା ଯାଏ। ଗଡୁଥିବା ସାଇକେଲ ଚକ ବ୍ୟତୀତ ସମୁଦାୟ ପୃଥିବୀ ସ୍ଥିର ରହିଥିଲା। ପରଦାଛଡ଼ା ଆଇନାରେ ଟୁକୁରାଏ କାଚ ଭଳି ଝୁଲି ରହିଥିଲା ଜହ୍ନ। ତାରାମାନଙ୍କୁ ନେଇ ଆକାଶ ନିର୍ବାକ୍। ପୃଥିବୀ ଅବସନ୍ନ। ସବୁ ଯେପରି ବନ୍ଦ ହୋଇଯାଇଚି।

ସାଇକେଲ ଗଡୁଥିଲା ଆଗକୁ। ନିରାକାରର ଏକାଗ୍ରତା ବେଳେବେଳେ ଅବଶ୍ୟ ଚହଲି ଯାଉଥିଲା। ସେ ଗର୍ବ କରେ ନିଜର ଓ ସୁମିତ୍ରାର ବଳିଷ୍ଠ ଦେହକୁ ନେଇ। ଦରକାର ପଡ଼ିଲେ ଦୁଇଟି କୋଦାଳ ଧରି ସେମାନେ ମାଟିରୁ ପାତାଳ ପର୍ଯ୍ୟନ୍ତ ସୁଡ଼ଙ୍ଗ ତିଆରି କରିପାରନ୍ତେ। ସମତଳ କରିପାରନ୍ତେ ପୃଥିବୀର ପୃଷ୍ଠ। ଘଣ୍ଟା ଘଣ୍ଟା ଧରି ସେମାନେ ପାଣି ମଡ଼େଇ ପାରିବେ କିଆରିରେ। ଧାନ ରୋଇପାରିବେ, ଏଠାରୁ ଦିଗ୍‌ବଳୟ ପର୍ଯ୍ୟନ୍ତ। ସବୁଯାକ କଳେଇ ଗଦା କରିପାରନ୍ତେ ଖଳାରେ। ଅଥଚ ସେମାନଙ୍କ ଔରସରୁ ଜନ୍ମିତ ପିଲାକୁ ଦେଖ। ଆଜି ସର୍ଦ୍ଦି ତ କାଲି ଜ୍ୱର।

ଏଠାରୁ ସାଇକେଲ ଯାଇପାରିବ ନାହିଁ ଆଗକୁ । ଗଡାଣି। କୂଳ ପର୍ଯ୍ୟନ୍ତ ଗଡ଼େଇ ନେବାକୁ ପଡ଼େ, ସାଇକେଲ ହେଉ ବା ସ୍କୁଟର ହେଉ। ଚାରିପାଖ ଖୋଲା। ଉପରେ ଥୁଆ ହୋଇଥାଏ କେତେ ଖଣ୍ଡ ତାଳ-ବରଡ଼ା। କାଠ ଖଟଟେ ପଡ଼ିଥାଏ, ବାଲି ଭିତରେ ଗୋଡ଼ ପୋତି। ତାହା ହିଁ ଡଙ୍ଗାବାଲାର ବାଣିଜ୍ୟ କେନ୍ଦ୍ର।

ସୁମିତ୍ରା ଟର୍ଚ୍ଚ ଟିପିଲା। ଖଟ ପରିତ୍ୟକ୍ତ। ହାମୁଡେଇ ହୋଇ ସତେ ଯେପରି ବିଶ୍ରାମ ନେଉଛି। ଡଙ୍ଗାବାଲା ବାଲିଙ୍ଗି ବାହାର କରୁଚି କି? ନିରାକାର ଟର୍ଚ୍ଚ ନେଇ ଖଟତଳ ଦେଖିନେଲା ଭଲ କରି। ଦେଖିଲା ଟର୍ଚ୍ଚ ଆଲୁଅ ଯେତେ ଦୂର ପର୍ଯ୍ୟନ୍ତ ଅନ୍ଧକାର ଭେଦ କରିପାରେ। କେହି କୁଆଡ଼େ ନ ଥିଲେ। ତାଳ-ବରଡ଼ା ଅଳ୍ପ ହଲୁଥିଲା, ଉଦାସ ପବନରେ।

ତଣ୍ଟି ଶୁଖିଗଲା ଦୁହିଁଙ୍କର। ଏହାକୁ ଓଦା କରିବା ପାଇଁ ପାଖରେ ବହିଯାଉଥିବା ସୁଅର କରାମତି ନ ଥିଲା। ଧକ ଧକ ହେଲା ହାଡ଼ ତଳର ହୃତ୍‌ପିଣ୍ଡ। ଆତୁର, ଛେଉଣ୍ଡ ଭାବଟେ ସଙ୍କୁଚିତ କରିଦେଲା ଦୁହିଁଙ୍କୁ। ତାଙ୍କ ଚାରିପାଖରେ ରହିଚି କେବଳ ଅବ୍ୟବସ୍ଥା। ଆହୁରି ରହିଚି ବିଚ୍ଛିନ୍ନତା। ଅସୁସ୍ଥତା ବହୁଚି ଏଣେ। ଅସମ୍ଭାଳ ହେଲାଣି ହିକା। ନାଉରିଆ ଗାଏବ। ଆଗରେ ନିରାସକ୍ତ ନଈ। ତା'ଠାରେ ତରବର ଭାବ ନାହିଁ। ଅସ୍ଥିରତା ନାହିଁ। ଦୃଢ଼, ସାବଲୀଳ ଗତି ସୂଚେଇ ଦେଉଚି, ଯଦି କାଇଦା ଜାଣିଚ, ତେବେ ପାରିହୁଅ। କେଉଁଠି ଟିକିଏ ଯଦି ଭୁଲ ଭଟକା ରହିଲା, ଯଦି ତୁମ ଉପାୟ ଭିତରେ ଫାଟ ରହିଗଲା, ତେବେ ତା'ର କିଛି ଦୋଷ ନାହିଁ। ଆଉ ପାଖରେ ଔଷଧ। ଦୁହିଁଙ୍କର ବଳିଷ୍ଠ ଶରୀର

ଅଦରକାରୀ ଓ ତାତ୍ପର୍ଯ୍ୟହୀନ ହୋଇପଡ଼ିଲା । ଏଇ ଔଷଧ ପାଇବା ପାଇଁ ପାଖରେ ନ ଥିଲା କୌଣସି ଅବଲମ୍ବନ ।

– "କୁଆଡ଼େ ଗଲ କି ମଉସା ?" ଏମିତି କାକୁସ୍ଥ, ଅତର୍ଚ୍ଛ ସ୍ୱର ଆଗରୁ କେବେ ଶୁଣିଚ କି ବୋଲି ପଚାରିଲେ, ନଈ କ'ଣ ଜବାବ ଦିଅନ୍ତା ? କ'ଣ କହନ୍ତା ବାଲି ? ଦୁଇ କୂଳର ବୁଦୁବୁଦୁକିଆ ଗଛ ? ଗୋଟେ ଖୋଲା ଆଞ୍ଜୁଳା ଭଳି ଅଧା ପାଣି ଅଧା ବାଲି ଉପରେ ରହିଥିବା ଡଙ୍ଗା କି ଉତ୍ତର ଦିଅନ୍ତା ? ଏଭଳି ସ୍ୱର ଆଗରୁ କେବେ ଶୁଣିନାଇଁ ବୋଲି ସମସ୍ତଙ୍କ ଅଲକ୍ଷ୍ୟରେ ପଳେଇ ଯିବାକୁ ବସିଚି କି, ଜହ୍ନ? ମୁହଁ ଲୁଚେଇଥିବା ଆକାଶ ?

– "ଏଣେ ଟିକିଏ ଆସ । ସବୁ ସରିଯିବାକୁ ବସିଲାଣି ?" ଏଇ ପ୍ରାର୍ଥନା ଭିତରେ ରହିଥିଲା ଅପରିମିତ ବ୍ୟସ୍ତତା । ଆତୁରତା । ସେମାନେ ସତେ ଯେପରି ପହଞ୍ଚି ଯାଉଛନ୍ତି ଗୋଟିଏ ମନ୍ଦିର ସାମନାରେ । ବ୍ୟାକୁଳ ହୋଇ ଆରାଧନା କଲାବେଳକୁ ଦେଖୁଚନ୍ତି ବିଗ୍ରହର ଚିହ୍ନବର୍ଣ୍ଣ ନାଇଁ । ସବୁ ଯେପରି ଈଶ୍ୱରହୀନ; ଅଥଚ ସଙ୍କଟ ପରିପୂର୍ଣ୍ଣ । କେହି କୁଆଡ଼େ ନାହାନ୍ତି, ପିଠିରେ ପଡ଼ିବାକୁ ।

ପରେ ପରେ ସଞ୍ଚରିଗଲା ଗୋଟେ କ୍ରୋଧ, ନିରାକାରର ମନରେ । ଗରମ ହୋଇଗଲା ମଗଜ । ବର୍ଷେ, ଦିବର୍ଷ ତଳର କଥା ନୁହେଁ; ହୋଇଯିବ ପାଞ୍ଚ ଛ'ବର୍ଷ । ଏଇ ନଈକୂଳ ପଡ଼ିଆରେ କେଡ଼େ ବଡ଼ ସଭା ହୋଇଥିଲା । କ'ଣ ନା ପୋଲ ତିଆରି ହେବ । ନଈ ଏ ପାଖରେ ରହିଥିବା ହଜାର ହଜାର ଲୋକ ସହଜରେ ସଂଯୋଜିତ ହୋଇଯିବେ ଜିଲ୍ଲା ମହକୁମା ସହିତ । ନାହିଁ ନ ଥିବା ଉନ୍ମାଦନା ସୃଷ୍ଟି ହୋଇ ଯାଇଥିଲା ଏ ଅଞ୍ଚଳରେ । ବନ୍ୟାପୀଡ଼ିତ, ଅବହେଳିତ ଏଇ ବିଚ୍ଛିନ୍ନ ଭୂଗୋଳର ପରିପାଟୀ ସତରେ ବଦଳିଯିବ ? ଏତେ ଦରଦ ଏ ସରକାରର ? ଏତେ ପାରଙ୍ଗମ ମାଇକ୍ ସାମ୍ନାରେ ଦେଉଥିବା ଏ ଲୋକ ଜଣକ ?

ଚାରି ପାଞ୍ଚଟା ଫୁଲମାଳ କାହିଁକି ? ଏ ଲୋକମାନେ ବର୍ତ୍ତମାନ ଓ ଭବିଷ୍ୟତର ସମସ୍ତ ଫୁଲ ଗଦା କରି ଦେଇଥାନ୍ତେ ତାଙ୍କ ପାଦତଳେ । ଧୂଳି-କାଦୁଅ ଜାଣି ନ ଥିବା ତାଙ୍କ ପାଦକୁ ଧୋଇ ଦେଇଥାନ୍ତେ ଅଭୂତପୂର୍ବ ଲୁହରେ । କୃତଜ୍ଞତା ଓ ଶୁଭେଚ୍ଛାର ଲୁହରେ । ବାସ୍ତବିକ ସେମାନେ ଗଦ୍‌ଗଦ୍ ହୋଇଯାଇଥିଲେ । ତୁମେ ବଞ୍ଚିରୁହ ହଜାରେ ପରମାୟୁ ନେଇ ଲୋକମାନଙ୍କର ସେବା କରିବାକୁ । ତୁମ ସାମ୍ନାରେ ଯେତେ ସମସ୍ୟା, ନିର୍ବାଚନ ଓ ଦୁଃଖର ନଈ ଅଛି, ସେମାନଙ୍କ ଉପରେ ତିଆରି ହୋଇଯାଉ ସୁଦୃଢ଼ ପୋଲ । ତୁମେ ରହିଥାଅ ଅତୁଟ, ଅକ୍ଷୟ ହୋଇ । ଆହା, କେଡ଼େ ଭାଗ୍ୟବାନ ବାପା-ମା'ଙ୍କ କୋଳରେ ତୁମେ ଜନ୍ମ ନେଇଚ ସତେ ! କେଡ଼େ ମହାନ, ଦରଦୀ ତୁମେ !

ଜୟ ଜୟ ଧ୍ୱନିରେ ଆକାଶ-ପବନ ଗୁଞ୍ଜରିତ ହୋଇଯାଇଥିଲା ସେଦିନ। ଏଇ ଗୋଟିଏ ଶବ୍ଦ ବ୍ୟତୀତ ଆଉ କିଛି ଭାଷା ନ ଥିଲା ପୃଥିବୀର।

ମାର୍ବଲ ଫଳକ। ନାମ, ପଦବୀ ଓ ତାରିଖ ଲେଖା ଯାଇଥିଲା। ଦୁଇଟି ବିପୁଳ ପିଲର ଉଠି ଆସିଲେ ତଳୁ। କାହିଁକି କେଜାଣି ସେତିକିରେ ବନ୍ଦ ହୋଇଗଲା ସବୁ। ପରେ ପରେ ଫଳକ ଉପରେ ଉତ୍କଟ ଭାଷା। ଏହା କିଛି ଦିନ ପରେ ତାହାର ଚିହ୍ନବର୍ଣ୍ଣ ମିଳିଲା ନାହିଁ। ସେଦିନ ସଭାରେ ଯୋଗ ଦେଇଥିବା କେତେକ ଲୋକ ସେଇ ଜାଗାରେ ମୂତିବାକୁ ବେଶି ପସନ୍ଦ କରନ୍ତି। ମାତ୍ର ପିଲର ଦୁଇଟି ଅଛନ୍ତି ଆଗ ଭଳି। ଅହଲ୍ୟା ହେବା ପାଇଁ ସ୍ୱପ୍ନ ବିଜଡ଼ିତ ଦେଖାଯାଆନ୍ତି। ଦୁହିଁଙ୍କ ମୁଣ୍ଡ ଉପରେ ଥିବା ଲୁହା ରଡ୍ ଜଙ୍ଗ୍‌ଗ୍ରସ୍ତ ହୋଇ କଳା ଦେଖାଯାଏ। ଜଣାପଡ଼େ ଦୁଇଟି କ୍ୟାଣ୍ଡଲ୍ ଠିଆ ହୋଇଚନ୍ତି, ମୁଣ୍ଡ ଉପରେ କଳାରଙ୍ଗର ସଳିତା ଧରି। କେବଳ ଅଗ୍ନି ସଂଯୋଗ କରିବା କଥା, ଆଲୁଅ ପାଇଁ।

ନଈ ଅତିକ୍ରମ କରିବାପାଇଁ ପୋଲ ହେବା ହେଲା ନାହିଁ। ଅଥଚ ଅତିକ୍ରମ କରିବା ପ୍ରକ୍ରିୟା ରହିଥାଏ ଅବ୍ୟାହତ। ଜୀବନର ଆବଶ୍ୟକତା ଓ ଦାବି କେବେ କେଉଁ ପ୍ରତିଶ୍ରୁତି କିମ୍ବା ଆଶାକୁ ଅପେକ୍ଷା କରି ସ୍ଥଗିତ ରହିଚି କି? ଲୋକମାନେ ଯାଆନ୍ତି ଏ କୂଳରୁ ସେକୂଳ। ମାଲପତ୍ର ନେବା ଆଣିବାଠୁ ଆରମ୍ଭ କରି ଝିଅ ଶାଶୁଘରକୁ ଯିବା, ଚାକିରି କରିବା। ମୋକଦ୍ଦମାରେ ହାଜର ହେବା। ହତ୍ୟା, ହିଂସାକାଣ୍ଡ ସଂକ୍ରାନ୍ତରେ ପୋଲିସ ଅନୁସନ୍ଧାନ ଚାଲୁରହିବା। ନଈ ନାମକ ପ୍ରତିବନ୍ଧକ ଅତିକ୍ରମ କରାଯାଏ, ଜୀବନର ସୁଅକୁ ଅବାରିତ କରିବାପାଇଁ।

ସବୁ ଚାଲିଚି ଆଗଭଳି, ଡଙ୍ଗାରେ। ଏ ପାଖରୁ ରୋଗୀ ଯିବ ଆର ପାଖକୁ ଚିକିତ୍ସା ପାଇଁ। ଏଇ ଯେମିତି ନିରାକାର ଓ ସୁମିତ୍ରା ଆଣିଚନ୍ତି ଚରମ ଅବସ୍ଥାରେ ପହଞ୍ଚିଥିବା ଛୁଆକୁ। ଦେଖିଲା ବେଳକୁ କିନ୍ତୁ ଅସଲ ଲୋକ ନାହିଁ। ଡଙ୍ଗା ଅଛି, କାତ ଅଛି, ମାତ୍ର ଏହାକୁ ଆଧାର କରି ପାରି କରିଦେବା କୌଶଳୀ ମଣିଷ ଜଣକ ପଳେଇ ଯାଇଚି କୁଆଡ଼େ।

– "କ'ଣ କରିବା ତେବେ?" ସୁମିତ୍ରାର ଏଇ ପ୍ରଶ୍ନ କୌଣସି ଉତ୍ତର ପାଇପାରିଲା ନାହିଁ।

ନିରାକାର ପୁଣି ଆହ୍ୱାନ କଲା – "ଆମେ ଏଣେ ଅପେକ୍ଷା କରି ରହିଚୁ, ମଉସା। ଆସ ଟିକିଏ ଜଲ୍‌ଦି।"

ଦେଖାନାଇଁ ଅବତାରର, ଉଦ୍ଧାର କାର୍ଯ୍ୟ ପାଇଁ। ଟର୍ଚ୍ଚ ଚୁପ୍‌ଚାପ୍। ଭାଷା ବନ୍ଦ। ସବୁ ନିର୍ବାକ୍ ଓ ଅଚେତ, ସୁଅକୁ ଛାଡ଼ିଦେଲେ। – "ପଳେଇବା ଘରକୁ। ପ୍ରସ୍ତାବ ବାଢ଼ିଲା ସୁମିତ୍ରା– ମୋତେ ଆଉ କିଛି ବୁଦ୍ଧିବାଟ ଦେଖାଯାଉ ନାହିଁ।"

ଚାରିପଟେ ଏତେ ଅନ୍ଧକାର ଓ ନିର୍ଜନତା ସେ କୋଦାଳ ଓ ଟାଙ୍ଗିଆ ସବୁ ବାଟଟିଏ ତା' ଭିତରେ କାଟି ପାରନ୍ତା ନାହିଁ। ନିରାକାର ଟର୍ଚ୍ଚ ଟିପି ବୁଲାଇ ଆଣିଲା ପାପୁଲି, ଅସୁସ୍ଥ କପାଳ ଉପରେ। ସଂସାରର ସମସ୍ତ ଉତ୍ତାପ ସତେ ଯେପରି ଠୁଳ ହୋଇଚି ଏଇ ମାମୁଲି ଇଲାକା ଉପରେ। ଯେମିତି ହିକା ଉଠୁଥିଲା, ତାହା ଏ ଦୁଇଜଣଙ୍କୁ କାହିଁକି; ସ୍ୱୟଂ ଚରକଙ୍କୁ ମଧ୍ୟ ନିରୁପାୟ ଓ ଆତଙ୍କିତ କରି ଦିଅନ୍ତା।

ସେ ଫେରିଯିବ? ଅବଲମ୍ବନହୀନ ଘରେ ପୁଣି ଥୋଇଦେବ ଏଇ ସଙ୍କଟକୁ ଏବଂ ଅପେକ୍ଷା କରିବ ସକାଳ ଯାଏଁ? ନିରାକାରର ଅନ୍ତରାତ୍ମା ଛିନ୍ନଛତ୍ର ହୋଇଗଲା ଏଇ ଭାବନାରେ। ସକାଳ ପର୍ଯ୍ୟନ୍ତ ଅପେକ୍ଷା କରିବା ପାଇଁ କିଛି କ'ଣ ଥିବ? କ'ଣ ସେ ଦେଖିବ ଘରେ? ପିଲାଟା କେମିତି ରାହା ନ ପାଇ ପଳେଇ ଯାଉଚି ଆରପାରିକୁ ଅନିବାର୍ଯ୍ୟ ଭାବରେ ଏତକ ନା ଆଉ କିଛି?

ସେ ଥାଉ ଥାଉ କେମିତି ଛୁଆଟେ ପଳେଇଯିବ ଆରପାରିକୁ? ସେ କାହିଁକି ଏ କୂଳରୁ ଆର କୂଳକୁ ନେଇ ଯାଇପାରିବ ନାହିଁ ଏହାକୁ? କ'ଣ ତେବେ ହେବ, ଏତେ ବଳିଷ୍ଠ ଦେହ ନେଇ ବଞ୍ଚି ରହିବାରେ? କାହିଁକି ବଞ୍ଚି ରହିବ ସେ?

ନିରାକାର ଭିତରେ ବ୍ୟାକୁଳତା ଓ କ୍ରୋଧ ଆଉ ନ ଥିଲା। କୁଆଡ଼େ ହଜିଗଲା ଉପାୟହୀନତା ଓ ନିଃସହାୟତା। ସେ ଯେପରି କଠିନ ଓ ଦୃଢ଼ ହୋଇଯାଉଚି। ସଂପ୍ରସାରିତ ହୋଇଯାଉଚି ତାହାର ତମାମ୍ ଦେହ। ଏଇ ଯେପରି ସେ ଉଡ଼ିଯିବ ପବନରେ। ପହଞ୍ଚିଯିବ ଆର ପାଖରେ। ଉପାଡ଼ି ଆଣିବ ଔଷଧର ଗନ୍ଧମାର୍ଦ୍ଦନ। ଦୁଇ କାନ୍ଧରେ ଟେକି ଆଣିବ ସମସ୍ତ ଡାକ୍ତରଙ୍କୁ।

ଏମିତି କିଛି ଘଟିବ କି ସତେ? ନିରାକାର ନିର୍ଦ୍ଦେଶ ଦେଲା – "ଚାଲ, ଆଗକୁ।"

– "କେଉଁଠିକି?" ସୁମିତ୍ରା ଜାଣିପାରିଲା ନାହିଁ, ଆଗକୁ ସେ ଯିବ କେଉଁଠିକି।

– "ଡଙ୍ଗା ପାଖକୁ ଚାଲ।" ଏହା ଥିଲା ରୂପାନ୍ତରିତ ହୋଇଯାଇଥିବା ନିରାକାରର ଆଦେଶ – "ଡେରି କରିବା ନାହିଁ। ଆଖର ହୋଇଯାଉଚି ବେଳ। ଯାହା କରିବା, ଚଞ୍ଚଳ କରିବା।"

ରୂପାନ୍ତରିତ ନିରାକାର। ମାତ୍ର ଏହା ପାଗଳାମି ନା ଅଲୌକିକ ଶକ୍ତି, ତାହା ଜମା ବୁଝିପାରିଲା ନାହିଁ ସୁମିତ୍ରା।

– "ଆଗକୁ ଯିବା କ'ଣ ପାଇଁ?" ବିଧିବଦ୍ଧ ଭୟଭୀତ ହୋଇ ସାରିଥିଲା ସୁମିତ୍ରା– "ନାଉରିଆ ନାହିଁ, ଦେଖୁଚ ପରା! ଆଉ କ'ଣ ପହଁରି କରି ଯିବ ଆର ପାଖକୁ? ନା, ଚାଲି ଚାଲି?"

– "ବେଶି କଥାବାର୍ତ୍ତା କରନା।" ସମ୍ଭବତଃ କାଳିସୀ ଲାଗି ସାରିଥିଲା

ନିରାକାରକୁ – "ଯିବି ଚାଲି ଚାଲି। ତୁ ଥିବୁ ମୋ ପାଖରେ। ମୁଣ୍ଡ ଉପରକୁ ଟେକି ଧରିଥିବି ଛୁଆକୁ। ତା'ପରେ ଦେଖିବୁ, କ'ଣ ହେଉଚି। ଏ ନଈ ବାଟ ଛାଡ଼ିଦେବ। ଛିଣ୍ଡିଯିବ, ଶୁଖିଯିବ ସୁଅ, ଆମେ ଯେଉଁଠି ପାଦ ପକାଇବା। ତା'ପରେ ଗୋପପୁର। ଆଜି କେବଳ ବସୁଦେବ ଯିବେ ନାଇଁ, ତାଙ୍କ ସହିତ ଥିବ ଦେବକୀ। ଚାଲ।" ନିରାକାର ଆପାତତଃ ସୁମିତ୍ରାର ହାତ ଟାଣିଲା।

– "ତୁମ ମୁଣ୍ଡରେ ଭୂତ ସବାର ହେଇଚି ନା କ'ଣ?" ପ୍ରତିବାଦ କଲା ସୁମିତ୍ରା, ଏଇ ବିଚିତ୍ର ଉପାୟ ଶୁଣି – "ଏମିତି ଠାକୁରଙ୍କ ପାଇଁ ଘଟିବ ସିନା, ଆମେ କିଏ? ତୁମ ବୁଦ୍ଧିରେ ଡେଇଁ ପଡ଼ିବି ଏ ଗହୀର ନଈକୁ? ତୁମେ ଆଗ ମୋ ହାତ ଛାଡ଼ିଲ। ଚାଲ ଘରକୁ। ଏଠାରେ କେହି କାହାର ସାଆ ହୁଅନ୍ତି ନାଇଁ। ନାଉରିଆ ନ ଥିବ ଦରକାର ବେଳେ। ଆଉ ଭଗବାନଙ୍କ କଥା କହୁଚ ଯେ, ତାଙ୍କର ଠିକ୍-ଠିକଣା କେଉଁଠି ଥାଏ କେଜାଣି?"

ସୁମିତ୍ରା କହୁଥାଏ ଏବଂ ଟାଣି ହୋଇଯାଉଥାଏ ସୁଅ ପାଖକୁ। ଡଙ୍ଗା ପାଖରେ ପହଞ୍ଚି, ନିରାକାର ପ୍ରଥମେ ସାଇକେଲ ଥୋଇଲା, ତା ଭିତରେ। ହାତ ବଢ଼ାଇ ଆହ୍ୱାନ କଲା – "ଉଠି ଆ, ଉପରକୁ। ମୁଁ କହୁଚି, ଉଠିଆ।"

– "ନାଇଁ, ନାଇଁ ଏମିତି କରନାଇଁ, କହି ଦେଉଚି।" ପ୍ରତିବାଦ ସହିତ ଏଥର ମିଶି ରହିଥିଲା କାକୁତିମିନତି– "ତୁମକୁ କ'ଣ ଡଙ୍ଗା ବାହି ଆସିବ? ଏତେ ଓସାରିଆ ନଈ ତୁମେ ପାର ହେବ କିପରି? ମୁଁ କହୁଚି, ଏ ପାଗଳାମି ବନ୍ଦ କର।"

ଦୁଇଟି ଦର୍ପିତ ବାଉଁଶ। କାତ। ଡଙ୍ଗା ବନ୍ଧା ଯାଇଥିଲା କୂଳରେ। ନିରାକାର ତାହା ଖୋଲି ସାରି କିଛି ବାଟ ଠେଲିଲା ଡଙ୍ଗାକୁ, ତାହା ସୁଅ ଉପରକୁ ସମ୍ପୂର୍ଣ୍ଣ ଭାବେ ଆସିବା ପର୍ଯ୍ୟନ୍ତ। ପରେ ପରେ ସେ ଉଠି ଆସିଲା ଡଙ୍ଗାକୁ। କାତ ଧରିବା ମାତ୍ରେ ଗୋଟେ ନାହିଁ ନ ଥିବା ଶୀତ୍କାର ବିଛେଇ ହୋଇଗଲା ତା' ଦେହରେ। ଟାଙ୍କୁରି ଉଠିଲା ଦେହ।

ସବୁଠାରୁ ବଡ଼ କଥା ହେଲା, ଏଭଳି ଦୁଃସାହସୀ ସେ ହୋଇ ନ ଥିଲା କେବେ। ଏହା ହୋଇପାରେ ଆତ୍ମହତ୍ୟା କିମ୍ବା ଜୀବନରକ୍ଷା। ସେ ଆଦୌ ଜାଣେ ନାଇଁ, କ'ଣ ଏହାର ପରିଣାମ। ତେବେ ସେ ଗ୍ରହଣ କରୁଚି ଗୋଟେ ଚାଲେଞ୍ଜକୁ। ଏ ବାବଦରେ ତା'ଠାରେ ରହିଚି ଯଥେଷ୍ଟ ଶାରୀରିକ ଶକ୍ତି। ଆର ପାଖକୁ କୌଣସି ମତେ ଯିବାର ଦୃଢ଼ତା।

ପାଣି ଉପରେ ଡଙ୍ଗା ହଲିବାକୁ ଆରମ୍ଭ କରିଥିଲା ସେତେବେଳକୁ। ଏ କୂଳ ଘୁଞ୍ଚି ସାରିଥିଲା ପଛକୁ; ମାତ୍ର ସୁମିତ୍ରା ପ୍ରଥମ ଥର ପାଇଁ ବାଷ୍ପାକୁଳ ସ୍ୱରରେ ପାଟିକଲା

– "ଆମକୁ ଏମିତି ବୁଡ଼େଇ ଦେବାକୁ ଯାଉଚ କାହିଁକି ? ମୁଁ କହୁଚି, ରହିଯାଅ। ଫେରି ଚାଲ ଘରକୁ। ଦେଖାଯିବ, ଯାହା ଥିବ ଆମ ଭାଗ୍ୟରେ।"

କାତର ଗୋଟିଏ ମୁଣ୍ଡ ନଈବାଲି ଉପରେ। ଯା'ପରେ ପ୍ରେସର୍ ଦେଇ ତାହାର ଆର ମୁଣ୍ଡ ପାଖରେ ପହଞ୍ଚିବା କଥା। ଥରେ ଦୁଇଥର ପରେ ଯଥେଷ୍ଟ ଆତ୍ମବିଶ୍ୱାସ ସଞ୍ଚରି ଯାଇଥିଲା ନିରାକାର ଭିତରେ। କେବଳ ସତର୍କତା ନୁହେଁ, ନିଜ ଦେହର ସମସ୍ତ ଶକ୍ତି ଓ ମନର ଏକାଗ୍ରତା କେନ୍ଦ୍ରୀଭୂତ ହୋଇଯାଇଥିଲା ଡଙ୍ଗା ବାହିବାରେ।

ନାଉରିଆର ଏଇ ପ୍ରକ୍ରିୟା ସେ ଦେଖିଚି ବାରମ୍ବାର। ଡଙ୍ଗା ଗୋଟିଏ କୂଳରୁ ବାହାରିବା ମାତ୍ରେ ସୁଅର ପ୍ରତିକୂଳରେ ଗତି କରୁଥିବାର ଜଣା ପଡ଼ିବା କଥା। ସୁଅର ଗତିକୁ ଏଣେ ପ୍ରତିରୋଧ କରୁଥିବ କାତ। ଡଙ୍ଗା ଆରପାଖ ନିର୍ଦ୍ଦିଷ୍ଟ ସ୍ଥାନରେ ଲାଗିବ। ନିରାକାର କେବଳ ଥରେ ଅଧେ କାତ ଧରିଥିଲା, ନାଉରିଆର ଉପସ୍ଥିତିରେ। କେବଳ ଗୋଟେ ଅଭିଜ୍ଞତା ହାସଲ କରିବା ଥିଲା ତା'ର ଲକ୍ଷ୍ୟ। ଅନେକ ଦିନ ତଳର କଥା ଇଏ। ବର୍ତ୍ତମାନର ପରିସ୍ଥିତି କିନ୍ତୁ ସମ୍ପୂର୍ଣ୍ଣ ଅଲଗା। ତାକୁ ଏକୁଟିଆ ଡଙ୍ଗା ବାହିବାକୁ ପଡ଼ିବ, ଏଇ ଅଧରାତିରେ। ଟିକିଏ କେଉଁଠି ଭୁଲ ରହିଗଲେ, ସରିଯିବ ସବୁ।

ସବୁ ଜଣାପଡୁଥିଲା ବୀଭତ୍ସ ଓ ରହସ୍ୟମୟ। ଗୋଟେ କଳାରଙ୍ଗର ଗତିଶୀଳ ଜିଭ ଭଳି ଦେଖାଯାଉଥିଲା ନଈ। ଜଣେ ଅନଭିଜ୍ଞ ଲୋକର ଡଙ୍ଗା ଏହାକୁ ଅଯଥା ଖିଇଚା କରୁଚି ବୋଲି ସେ ଯଦି ହିଂସ୍ର ହୋଇପଡ଼େ, ତେବେ କ'ଣ କରାଯାଇପାରେ ? ସୁମିତ୍ରାର ଦେହ ଶୀତେଇ ଉଠିଲା। ଏତେ ବ୍ୟାକୁଳତା ଓ ଉଦ୍‌ବେଗ ସହିବା ଅସମ୍ଭବ ହୋଇ ପଡୁଥିଲା ତା' ପାଇଁ। ଦୁଇ ମଙ୍ଗକୁ ଯୋଗ କରୁଥିବା ଗୋଟେ ଅଣଓସାରିଆ ପଟା ଉପରେ ବସି ଜଡ଼ସଡ଼ ହୋଇଯାଇଥିଲା। ଛାତିରେ ଜାକି ଧରିଥିବା ପିଲାର ଅସୁସ୍ଥତା ସମ୍ପର୍କରେ ତାହାର ସଚେତନତା ବ୍ୟାହତ ହେଉଥିଲା ବେଳେବେଳେ। ସେ ନିଶ୍ଚିତ ଥିଲା ଯେ, ଅନ୍ତିମ ମୁହୂର୍ତ୍ତ ଖୁବ୍ ଚଞ୍ଚଳ ପାଖେଇ ଆସୁଚି।

ଡଙ୍ଗା ବେଳେବେଳେ ଦୋହଲି ଯାଉଥିଲା ଭୟଙ୍କର ଭାବରେ, ଏଇ ଯେପରି ପିଲା ସମେତ ସେ ଛିଟିକି ପଡ଼ିବ ପାଣି ଭିତରକୁ। ବନ୍ଦ ହୋଇଯାଉଥିଲା ଆଖି। ବାତିଲ ହୋଇଯାଉଥିଲା ନିଃଶ୍ୱାସ-ପ୍ରଶ୍ୱାସ ପ୍ରକ୍ରିୟା। ଭୟରେ କେଉଁଠି କେଜାଣି ଲୁଚି ଯାଉଥିଲା ରକ୍ତ ସଂଚାଳନ। ଏଇ ଫାଟିଯିବ ହୃତ୍‌ପିଣ୍ଡ। ମନ୍ଥି ହୋଇଯିବ କଳିଜା। ହାଡ଼ମାଂସ ବାମ୍ପ ହୋଇ ହଜିଯିବ କେଉଁଆଡ଼େ।

ଏତେ ବର୍ଷ ହେଲା ଧୀର-ସ୍ଥିର ପରିଶ୍ରମୀ ବୋଲି ଭାବି ଆସୁଥିବା ମରଦ ଜଣକ ତେବେ ଏୟା ? ଏମିତି ଏକବାଗିଆ, ଜିଦ୍‌ଖୋର ପାଗଳଟେ। ଏଇ କାରଣରୁ ସୁମିତ୍ରାର ଆଶଙ୍କା ନାହିଁ ନ ଥିବା ପର୍ଯ୍ୟାୟକୁ ଆସିଯାଇଥିଲା। ଏଭଳି ପରିସ୍ଥିତିରେ ତା'ର ଆଉ

କିଛି କରିବାର ନାହିଁ। ସେ କେବଳ ଦେଖୁଥିଲା, ଗୋଟେ ଝାପ୍‌ସା ଛାଇ ଯିବାଆସିବା କରୁଛି ଡଙ୍ଗା ଉପରେ। କେତେବେଳେ ନଇଁ ପଡୁଚି ତ କେତେବେଳେ ପୁଣି ଠିଆ ହେଉଚି। ସବୁ ଥିଲା ଭୌତିକ ଓ ଭୟଙ୍କର।

– "ଟର୍ଚ୍ଚଟା ଟିକେ ପକେଇଲୁ। ଆଉ କେତେବାଟ ରହିଲା ଦେଖିବା।" ଶୁଭିଗଲା ଗୋଟେ ଧଇଁସଇଁ ସ୍ୱର। ଜଣେଇ ଦେଲା ସେ ସରିଯାଉଚି ଦେହର ଶକ୍ତି। ମନର ଦମ୍ଭ ଓ ଧୈର୍ଯ୍ୟ। ଆତ୍ମବିଶ୍ୱାସ।

ଟର୍ଚ୍ଚ ଆଲୁଅ କିଛି ହେଲେ ଠାବ କରପାରିଲା ନାହିଁ। ତାହାର ଆଲୁଅ, ନା ପହଞ୍ଚି ପାରିଲା ଏ କୂଳରେ ନା ସେ କୂଳରେ। ତେବେ, ସେମାନେ ନଈ ମଝିରେ ପହଞ୍ଚି ଯାଇଚନ୍ତି ବୋଲ ଆପାତତଃ ନିଶ୍ଚିତ ହୋଇପଡିଲେ। ଅଜାଣତରେ ସୁମିତ୍ରାର ଟର୍ଚ୍ଚ କେନ୍ଦ୍ରୀଭୂତ ହୋଇ ରହିଲା ନିରାକାରର ଦେହ ଉପରେ କେତୋଟି କ୍ଷଣ ପାଇଁ।

ଝାଳ ଯୋଗୁ ତା' ଦେହ ଚକ୍‌ଚକ୍ ଦେଖା ଯାଉଥିଲା। ନିରାକାରର ନିଘା ନ ଥିଲା ସେ ଆଡ଼େକୁ। ସେ ଆତୁର ହେବା ଆରମ୍ଭ କରିଥିଲା ଏଇ କାରଣରୁ ଯେ, ତା' ଦୁଇହାତ ଏଇ ଯେମିତି ଖସିଯିବ ତା' ଦେହରୁ। ତା' ମାଂସପେଶୀ ଅବସନ୍ନ ହେବା ଆରମ୍ଭ କରିଥିଲା। ଦୁଇ ପାପୁଲି ଆଉ ଧରି ନ ଥିଲେ କାତକୁ। ତାହା ପରିଣତ ହୋଇଯାଇଥିଲା ଗୋଟେ ନିଆଁ ରଡ଼ରେ। ସିଝିଯିବ ଅବିକା ତା' ପାପୁଲି।

ଡଙ୍ଗା ବାହିବା ଏତେ କଷ୍ଟକାମ ବୋଲି ସେ ଜାଣି ନ ଥିଲା ଆଦୌ। ସ୍ୱୀକାର କଲା ସେ। ଯା ପୂର୍ବରୁ ସେ ଯେବେ ଥରେ ଅଧେ ଡଙ୍ଗା ବାହିଥିଲା, ତାହା ଆଦୌ ସୂଚେଇ ନ ଥିଲା ଏକଥା। ଅଥଚ ନାଉରିଆ ଜଣକ ତା' ତୁଳନାରେ କେତେ ଦୁର୍ବଳ। ନହକା ଦେହ। ପ୍ରାୟ ଚନ୍ଦାମୁଣ୍ଡ। ଅଧାଅଧି ପାଚି ଯାଇଥିବା ନିଶ। ଅନ୍ୟ ଜଣକର ସାହାଯ୍ୟରେ ସେ ଏମିତି ଡଙ୍ଗା ବାହେ, ସତେ ଯେପରି ଜଣେ ବିଞ୍ଚଣାଟେ ଧରି ବିଞ୍ଚି ହେଉଚି ସ୍ୱଚ୍ଛନ୍ଦରେ।

ମାତ୍ର ଏବେ ସେ ଅନୁଭବ କରୁଚି, ହେତୁ ପାଇଲାଦିନୁ ସେ ଅନଭିଜ୍ଞ ହାତ ନେଇ ଡଙ୍ଗା ବାହି ଆସୁଚି। ଯେତେ ଚେଷ୍ଟା କଲେ ମଧ୍ୟ ଏହା ପହଞ୍ଚି ପାରୁନାହିଁ ଲକ୍ଷ୍ୟସ୍ଥଳରେ। ସମସ୍ତ ଶକ୍ତି ଓ ଧୈର୍ଯ୍ୟ ହରାଇ ଫମ୍ପା ହୋଇଯାଉଚି ତା' ଦେହ। ଦୁର୍ବଳ ହୋଇଯାଉଚି ଆର କୂଳରେ ପହଞ୍ଚିବାର ଶପଥ ଓ ଆଶା।

ବଡ଼ ଅସୁବିଧାଟି ହେଉଚି, ପ୍ରବଳ ଦୋହଲିବା ସହିତ, ଡଙ୍ଗା ନିଶ୍ଚୟ ଦିଗଭ୍ରଷ୍ଟ ହୋଇସାରିଚି। ଗୋଟିଏ ଯୁଗ ହେଲା ସେ କାତ ମାରି ଚାଲିଚି, ଅତଚ ଆର କୂଳର ଦେଖା ଦର୍ଶନ ନାହିଁ କେମିତି ? ଆହୁରି ମଧ୍ୟ ଜଣାପଡ଼ି ଯାଉଚି ଯେ ନଈର ଗହୀର ଅଞ୍ଚଳ ଆଡକୁ ଡଙ୍ଗା ଚାଲିଯାଉଚି। କେଉଁଠି ଭଉଁରି ଯଦି ଥାଏ ? କାତ ଯଦି ଆଦୌ ନ ପାଏ ? ଏ ନଈରେ କ'ଣ ପୈଶାଚିକ କୁମ୍ଭୀର ଅଛନ୍ତି।

ହଠାତ୍ ସବୁ ଯେପରି ହୁଗୁଳିଗଲା । ତା' ହାତ ମୁଠାରୁ କାତ । କାତର ନିୟନ୍ତ୍ରଣରୁ ଡଙ୍ଗା । ସେମାନେ ଏଥର ଖାଲି ଭାସି ଚାଲିଛନ୍ତି ତଳକୁ ଅକ୍ତିଆରହୀନ ଡଙ୍ଗାରେ । ଗୁଡ଼ାଏ ବିସ୍ଫୋରଣ ସୃଷ୍ଟି ହୋଇଗଲା ଚାରିଆଡ଼େ । ନିରାକାରର ଆଉ ସନ୍ଦେହ ରହିଲା ନାହିଁ ଯେ ସେ ହାରିଯାଉଚି । କ'ଣ ଘଟିବ ଯା ପରେ ? ଓଲଟି ପଡ଼ିବ କି ଡଙ୍ଗା ? ଭାସିଯିବେ ସେମାନେ ସମୁଦ୍ର ଭିତରକୁ ?

– "କ'ଣ ହେଉଚି ?" ଆତଙ୍କିତ ସୁମିତ୍ରା ଆହୁରି ଜୋର୍‌ରେ ଚାପି ଧରିଲା ପିଲାକୁ ଛାତିରେ । ସେ ଭୟରେ ଆଖି ବୁଜି ପକାଇଲା ଶେଷ ଦୁର୍ଘଟଣାକୁ ନ ଦେଖିବାପାଇଁ ।

– "ଛୁଆକୁ ଶୁଆଇ ଦେ ଡଙ୍ଗାରେ । କୌଣସିମତେ ଶୁଆଇଦେ । ଠିଆ ହୋଇପଡ଼ । ହାତରେ ଧର ଆର କାତକୁ । ଭାସିଯାଉଚି ଡଙ୍ଗା ତଳକୁ । ତାକୁ ଆଗ ଅଟକାଇବା ଦରକାର ।" ଅଲଗା ଶୁଭୁଥିଲା ନିରାକାରର ଏ ସ୍ୱର । ଉଦ୍ଧାର ପାଇବା ପାଇଁ ଏହା ହିଁ ଥିଲା ସର୍ବଶେଷ ଉପାୟ, ତା' ଦୃଷ୍ଟିରେ ।

ଗୋଟିଏ ମୁହୂର୍ତ୍ତରେ ସୁମିତ୍ରା ଅଣ୍ଟାରେ ଗୁଡ଼େଇଲା ଲୁଗା । ପରକ୍ଷଣରେ ତା' ହାତରେ କାତ । ତାକୁ ନିର୍ଦ୍ଦେଶ ଦେବା ଦରକାର ନ ଥିଲା । ଡଙ୍ଗାର ମଙ୍ଗ ପାଖରେ ସେ ଧରି ରଖିଲା କାତ । ଦୀର୍ଘ ସମୟ ପରେ ଡଙ୍ଗା ପୁଣି ମୁହାଁଇଲା କୂଳଆଡ଼େ । ଯା' ପରଠାରୁ ସୁମିତ୍ରା ଆଉ ବସି ରହି ନ ଥିଲା । ଦୁହେଁ ପରସ୍ପରକୁ ଠିକ୍ ଭାବରେ ଦେଖି ନ ପାରୁଥିଲେ ବି, ଦୁହିଁଙ୍କର କାତ ମାରିବାର ସଙ୍ଗତି ନ ଥିଲେ ବି, ଦୁହେଁ ଚାହୁଁଥିଲେ ଡଙ୍ଗା କୌଣସି ମତେ ଆର କୂଳରେ ଲାଗୁ ।

ତାହା ହିଁ ଥିଲା ଏକ ଅମୃତମୟ ମୁହୂର୍ତ୍ତ । ଡଙ୍ଗା ଲାଗିଲା ଆର କୂଳରେ । କ୍ଳାନ୍ତିର ଝାଳ ଓ ଆନନ୍ଦର ଲୁହ ନଈରେ ମିଶି ସୃଷ୍ଟି କଲେ ଏକ ଅଭୂତପୂର୍ବ ସୁଅ । କିନ୍ତୁ କୂଳର ଯେଉଁ ସ୍ଥାନରେ ସେମାନେ ପହଞ୍ଚିବା କଥା, ସେଠାରୁ ଅନେକ ତଳକୁ ଖସି ଆସିଚନ୍ତି ସେମାନେ । ସଂଘର୍ଷର ଗୋଟିଏ ମାତ୍ର ପର୍ଯ୍ୟାୟ ଶେଷ ହୋଇଚି ବୋଲି ସଚେତନ ଥିଲେ ସେ ଦୁହେଁ ।

ସାଇକେଲ ଗଡ଼ାଇବା ପୂର୍ବରୁ ନିରାକାର ବୁଲାଇ ଆଣିଲା ପାପୁଲି ପିଲାର କପାଳରେ ଏବଂ ସମୁଦାୟ ଦେହ ଉପରେ । ତାତି ଅଛି ବେଶ୍ । ହିକା ଉଠୁଚି ଆଗଭଳି । ନିରାକାର ଜମା ବୁଝିପାରିଲା ନାହିଁ କାହିଁକି ଏକ ବିଚିତ୍ର ପୁଲକ ଓ ପରିପୂର୍ଣ୍ଣ ଆବେଗରେ ସେ ଅଧୀର ହୋଇପଡ଼ିଲା ଏହାସତ୍ତ୍ୱେ । ସେ ପ୍ରାୟ କହିବାକୁ ଯାଉଥିଲା– ତୁ ଭଲ ହେବୁ । ସୁସ୍ଥ ସବଳ ହୋଇ ଖେଳିବୁ ଅଗଣାରେ । ତୋ ପାଇଁ ବଲ୍ କିଣି ଦେବି । ବଡ଼ ହେବୁ । ଶକ୍ତିଶାଳୀ ମଣିଷ ଜଣେ ହେବୁ ଆଗକୁ । ସେତେବେଳେ ଆମେ ବୁଢ଼ାବୁଢ଼ୀ ହୋଇଯାଇଥିବୁ । ତୋ ମା' ତୋ ଆଗରେ ବର୍ଣ୍ଣନା କରିବ ଏଇ ରାତି । ମୋ ମୁଣ୍ଡରେ

ଭୂତ ସବାର ହୋଇଥିବା କଥା ତୁ ଶୁଣିବୁ ଆମୋଦିତ ହୋଇ। ତୁ ଚାହିଁବୁ ନିଜ ଆଡ଼େ। ବିଶ୍ୱାସ କରିପାରିବୁ ନାଇଁ, ଆଜିର ରାତି କଥା। କେମିତି ତୋତେ ଆମେ ନେଲୁ ଗୋପପୁର।

ନିଦ ବାଉଳା ସ୍ୱର କେଉଁ ଚଢ଼େଇର। ନିରାକାର ପଚାରିଲା ତ୍ରସ୍ତ ହୋଇ - "ରାତି ପାହିଲାଣି ନା କ'ଣ ?" ଏ କଥା ସତ, ଡଙ୍ଗା ବାହିବାରେ ସେ ଏମତି ମଗ୍ନ ଥିଲା ଯେ ସମୟର ଗତି ସମ୍ପର୍କରେ ସଚେତନ ହୋଇପାରି ନ ଥିଲା। ବାସ୍ତବିକ ସେ ବିସ୍ମିତ ହେଉଥିଲା ଏଇଥିପାଇଁ ଯେ ଶହେ ଘଣ୍ଟାର ସଂଘର୍ଷ ପରେ ବି ରାତି ପାହି ନାଇଁ।

ନଈ କୂଳର ସରୁ ପାଦଚଲା ରାସ୍ତା। ସମ୍ଭବ ହେଉ ନ ଥିଲା ସାଇକେଲ ଚଳେଇବା। ସେମାନେ ଚାଲୁଥିଲେ ଆଗକୁ। ଯେଉଁଠି ଡଙ୍ଗା ଅଟକିବା କଥା, ସେଇଠି ପହଞ୍ଚିଗଲେ ଆଉ ବାଟ ଖୋଜିବା ଦରକାର ନାଇଁ। ତା'ପରେ ପରିଚିତ ଇଲାକା।

ପ୍ରାୟ ଏକ କିଲୋମିଟର ତଳକୁ ଖସି ଯାଇଥିଲେ ସେମାନେ। ଏଥର ସାଇକେଲ ପରିଚିତ ରାସ୍ତା ଉପରେ ଗୁଡ଼ୁଭିଯାଉଚି, ନେସନାଲ୍ ହାଇୱେ ଉପରେ ଯିବାଆସିବା କରୁଥିବା ଗାଡ଼ିର ଆବାଜ୍। ଦେଖା ଯାଉଚି ଆଲୁଅ। ଦୂର ଦିଗ୍‌ବଳୟ ସତେ ଯେପରି ବିସ୍ତାରିତ ହୋଇ ରହିଚି, ସହରର ଆଲୁଅମାନଙ୍କ ଯୋଗୁ।

ଅତୀତରେ ଯେଉଁ ଡାକ୍ତରଙ୍କ ପାଖକୁ ସେ ଆସିଥିଲା, ତାଙ୍କ ଘର। ଜାଫ୍ରି ବନ୍ଦ। ଆଲୁଅ ବି ବନ୍ଦ। କେଜାଣି କେତେ ବର୍ଷ ପରେ ସେ ପୃଥିବୀର କୌଣସି ଲୋକକୁ ନିଦରୁ ଉଠଉଛି।

- "କିଏ ?" ଅନେକ ନୀରବତା ପରେ ଘର ଭିତରୁ ଗୋଟିଏ ସ୍ୱର।

- "ଆଜ୍ଞା, ଏଣେ ରକ୍ଷା କରନ୍ତୁ ଆମକୁ।"

ଭିତର କବାଟ ଖୋଲିବାର ଶବ୍ଦ। ପରେ ପରେ ଜାଫ୍ରି ଆଲୁଅ ଜାଗ୍ରତ ହେଲା।

ନିରାକାର ଜାଣିଥିଲା, କବାଟ ଖୋଲିବ ନିଶ୍ଚୟ। ଆଲୁଅ ଜଳିବ। କାହାର କ'ଣ ହୋଇଚି ବୋଲି ଆଶାଟେ ଥାଏ। ଖାଲି ସେଇଥିପାଇଁ କୌଣସି ସୁଅ, କୌଣସି ଅନ୍ଧକାର ଓ ନିର୍ଜନତା, କୌଣସି ଅନଭିଜ୍ଞତା ଅଟକାଇ ପାରେ ନାହିଁ ନିରାକାରର ଗତିକୁ। ଯା ପରେ ଯଦି କାନ୍ଧକୁ ଆଉଜି ସୁମିତ୍ରା ଅବଶ ଓ ଅଚଞ୍ଚଳ ହୋଇଯାଏ ଚରମ କ୍ଲାନ୍ତି ଯୋଗୁ କିମ୍ବା ସାଇକେଲ ଚକର ହାୱା ବାହାରି ଯାଇଥାଏ, ତେବେ କ୍ଷତି କ'ଣ ?

■

ପ୍ରାୟଶ୍ଚିତ୍ତ

ମଣ୍ଟୁ ଚିନ୍ତା କରିପାରି ନ ଥିଲା ଯେ ଯେଉଁ ଘଟଣା ପାଇଁ ତାକୁ ହିରୋର ମାନ୍ୟତା ଦିଆଯାଇଥିଲା, ତାହା ଶେଷରେ ତାକୁ ଜଣେ ଅଭିଯୁକ୍ତ ଓ ସାଂଘାତିକ ଅଧର୍ମୀ ଭାବରେ ପରିଚିତ କରାଇବ। ତାହା ଘଟଣା ନ ଥିଲା; ଥିଲା ଦୁର୍ଘଟଣା। ତା'ପାଇଁ ଏବଂ ନାକେଦମ୍ ହୋଇଥିବା ପରିବାର ପାଇଁ।

ମଣ୍ଟୁ ପଢ଼େ ଗାଁ ମାଇନର ସ୍କୁଲରେ। ସେଦିନର ସେଇ ଦୁର୍ଘଟଣା ପୂର୍ବରୁ, ତାକୁ କେନ୍ଦ୍ରକରି କିଛି ହେଲେ ଉଲ୍ଲେଖଯୋଗ୍ୟ ଘଟଣା ଘଟି ନ ଥିଲା। ଅନ୍ୟ କେତେଜଣ ସହପାଠୀଙ୍କ ଭଳି ତା'ର ଗଛ ଚଢ଼ିବା, ପହଁରିବା, କାହା ବାରିରୁ କାକୁଡ଼ି ଚୋରି କରିବା ଇତ୍ୟାଦି କାମରେ ସାମର୍ଥ୍ୟ କିମ୍ବା ସାହସ ନ ଥିଲା। ସ୍କୁଲକୁ ଆଦୌ ନିୟମିତ ଆସୁ ନ ଥିବା ଏବଂ ଯଦି ଘୋର ଅସନ୍ତୋଷ ସହିତ ସ୍କୁଲକୁ ଆସନ୍ତି, ତେବେ କ୍ଲାସ୍‌ରେ ଢୁଳଉଥିବା ଏବଂ ସେଥିରେ ବ୍ୟାଘାତ ସୃଷ୍ଟି ହେଲେ ସମସ୍ତ ପିଲାଙ୍କୁ ନିର୍ଘାତ ବାଡ଼ଉଥିବା ଘନସାର୍‌ଙ୍କୁ ପାନେ ଦେବାପାଇଁ ମଧ୍ୟ ସେ ସାମିଲ ହୋଇପାରୁ ନ ଥିଲା ଅନ୍ୟମାନଙ୍କ ସହିତ।

ସେଦିନ ଦୁର୍ଭାଗ୍ୟକୁ ଥିଲା ମଙ୍ଗଳବାର। ଅନେକଙ୍କ ପାଇଁ ତାହା ପବିତ୍ର ମହାବୀରଙ୍କ ବାର। ଏ ସଂପର୍କରେ ଆଦୌ ସଚେତନ ନ ଥିବା ମାଇନର ସ୍କୁଲର ଛାତ୍ରମାନଙ୍କ ମଧ୍ୟରୁ ଜଣକର ଢେଲାମାଡ଼ରେ ଭୂତଳଶାୟୀ ହେଲା ଗୋଟେ ମାଙ୍କଡ଼।

ପ୍ରାୟ କୋଡ଼ିଏ ବାଇଶ ସଭ୍ୟ ବିଶିଷ୍ଟ ଏଇ ମାଙ୍କଡ଼ ଦଳଟି ସକାଳ ସାତଟାରୁ ଉତ୍ପାତ କରି ଚାଲିଥିଲେ ଲୋକମାନଙ୍କର ବାରି ଓ ନଡ଼ା ଛପରରେ। ଅତ୍ୟନ୍ତ ନିର୍ଭୀକ ଏମାନଙ୍କର ସତେଯେପରି ଗୋଟିଏ ଅନିବାର୍ଯ୍ୟ ଅଲିଖିତ ଦାବି ଥିଲା ଲୋକମାନଙ୍କର

ଫସଲ ଉପରେ। ଏମାନେ ଲୁଟପାଟ କରୁଥିଲେ ଏବଂ ଛୋଟକାଟର ଲଙ୍କାକାଣ୍ଡ ସୃଷ୍ଟି କରୁଥିଲେ। ଲୋକମାନଙ୍କର ଥିଲା ଯାବତୀୟ ସମସ୍ୟା। କାହାର ବା ନ ଥାଏ? ରୋଗ ଭଲ ହେଉନାହିଁ। ଶାଶୁଘରେ ଝିଅ ବହୁତ ହିନସ୍ତା ହେଉଛି। ପରିଶୋଧ କରାଯାଇପାରୁ ନାହିଁ ଲୋନ୍। ବର୍ଷା ବନ୍ଦ। ପୁଅ ଲଫଙ୍ଗା ହୋଇଗଲା। ଏ ତାଲିକା କେବେ ସରେ ନାଇ। ଏସବୁ ମୁକାବିଲା ସହିତ ବାରିର ଫସଲକୁ ମଧ୍ୟ ସୁରକ୍ଷା ଦେବା ଦାୟିତ୍ୱ ଥିଲା କେତେକଙ୍କ ପାଇଁ। ସମସ୍ତଙ୍କ ପାଇଁ ନୁହେଁ, କାରଣ ଢ଼େର୍ ଲୋକ ମାଙ୍କଡ଼ଙ୍କ ନିୟମିତ ଦୌରାତ୍ମ୍ୟ ଯୋଗୁ ନୟନ୍ତା ହୋଇସାରିଥିଲେ। ବାରିରେ ମଞ୍ଜିଟିଏ କିମ୍ବା ଚାରାଟିଏ ପୋତିବାର ମାନସିକତା ହରାଇ ସାରିଥିଲେ।

କିନ୍ତୁ କେତେକଙ୍କ ପାଇଁ ବାରିରେ ଫସଲ ଥିଲା ଦୁର୍ନିବାର ନିଶା। ଏହା ଉପରେ ସମ୍ଭାବ୍ୟ ଚଢ଼ାଉ ପ୍ରତି ସେମାନଙ୍କର ଥିଲା ଅବଜ୍ଞା। ଏହାକୁ ଏକ ଆହ୍ୱାନ ବୋଲି ମଧ୍ୟ କୁହାଯାଇପାରେ। ସେମାନେ ଏଇ ଚଢ଼ାଉ ନାମକ ମୃତ୍ୟୁ କିମ୍ବା ଲୁଣ୍ଠନକୁ ଭ୍ରୂକ୍ଷେପ କରୁ ନ ଥିଲେ। ସେମାନଙ୍କ ପାଇଁ ଜୀବନ ସୃଷ୍ଟି କରିବା ଏବଂ ଏହାର ଅଭିବୃଦ୍ଧି ପ୍ରତି ଯତ୍ନବାନ ହେବା ଥିଲା ଗୁରୁତ୍ୱପୂର୍ଣ୍ଣ। ତିଷ୍ଠି ରହିବା ଏବଂ ଏଥିପାଇଁ ସହାୟକ ହେବାଭଳି ମୌଳିକ ସତ୍ୟକୁ ଗ୍ରହଣ କରିଥିଲେ ସେମାନେ। ମାଙ୍କଡ଼ ଦଳ ଆସୁଥିଲେ ବାରମ୍ବାର। ବାଟୁଳି ଖଡ଼ା, ତାଳଫୋଟକା, ଠେଙ୍ଗା ସମେତ ହୋ ହୋ ଇତ୍ୟାଦି ଅସ୍ଥାୟୀ ପ୍ରଭାବ ମଧ୍ୟ ପକାଇପାରୁ ନ ଥିଲା ସେମାନଙ୍କ ଉପରେ।

ଛ-ସାତ ଜଣ ମାଇନର ସ୍କୁଲ ପିଲାଙ୍କ ମଧ୍ୟରୁ କାହାର ଢ଼େଲା ସେଦିନ ଅବ୍ୟର୍ଥ ହେଲା, ତାହା ଠିକ୍ ଜଣାପଡ଼ି ନ ଥିଲା; କିନ୍ତୁ କେତୋଟି ତଥ୍ୟକୁ ଆଧାର କରି ସମସ୍ତେ ଏକମତ ହେଲେ ଯେ କରିତ୍କର୍ମା ଜଣକ ମଣ୍ଟୁ ବ୍ୟତୀତ ଆଉ କେହି ନୁହେଁ।

ଢଳି ପଡ଼ିଲାମାଙ୍କଡ଼ ଓ ଛଟପଟ ହେଲା। ସେତେବେଳେ ଦଳର ଅନ୍ୟ ସଦସ୍ୟମାନଙ୍କର କୋଳାହଳ, କ୍ରୋଧ ଓ ଶୋକ ପ୍ରତି ଗୁରୁତ୍ୱ ଦେଇ ନ ଥିଲେ ସ୍କୁଲ ପିଲାମାନେ।

– "ମରଗଲା!" କହିଲା ଜଣେ। ତା' ସ୍ୱରରେ ଆନନ୍ଦ ଥିଲା କି ଆତଙ୍କ ଥିଲା, ଅବିଶ୍ୱାସ ଥିଲା କି ଅନୁତାପ ଥିଲା, କି ଏସବୁ ଏବଂ ଆହୁରି କିଛି ମିଶିଥିଲା, ତାହା ଜଣାପଡ଼ିଲା ନାହିଁ। ତେବେ ମାଙ୍କଡ଼ ଯେମିତି ସଂଘର୍ଷ କରୁଥିଲା ବଞ୍ଚିବାପାଇଁ ଏବଂ ପୁଣି ଏ ଡାଳରୁ ସେ ଡାଳ ହେବାପାଇଁ, ତାହା ତ୍ରସ୍ତ କଲା ପିଲାମାନଙ୍କୁ। ସେମାନେ ସ୍କୁଲ ମୁହାଁ ହେଲେ।

– "ଦେଖିଲ? ଗୋଟେ ଢେଲାରେ ମାଙ୍କଡ କେମିତି ପାଣି ପାଇଲା ନାହିଁ?" ଉଲ୍ଲସିତ ଓ ବିଜୟଦୀପ୍ତ ଜଣେ ଘୋଷଣା କଲା।

- "ତୋ ଢେଲା ବାଜି ନାଇଁ ତା' ଠାରେ।" ପ୍ରତିବାଦ କଲା ଅନ୍ୟ ଜଣେ। ସେ ପ୍ରମାଣ କରୁଥିଲା - "ମୁଁ ଦେଖିଚି, ତୁ ଧରିଥିଲୁ ଟୁକୁରା ଇଟା। ତା' ଦେହରେ କିନ୍ତୁ ବାଜିଚି ପଥର।"

- "ମୁଁ ଫିଙ୍ଗିଥିଲି ସେଇ ପଥର।" ନିଜ ଦାବି ଉପସ୍ଥାପନ କଲା ମଣ୍ଟୁ। କୌଣସି କ୍ଷେତ୍ରରେ ପାରଙ୍ଗମ ନ ଥିବା ମଣ୍ଟୁର ଏଇ ସଫଳତାକୁ ସହିନେଲେ ଅନ୍ୟମାନେ। ସେମାନେ ପ୍ରାୟ ପହଞ୍ଚି ଯାଇଥିଲେ ସ୍କୁଲରେ, ଦଶମିନିଟ୍ ଡେରିରେ। ଅନ୍ୟ ଏକ ଉତ୍ପାତ ସେମାନଙ୍କୁ ଅପେକ୍ଷା କରିଥିଲା କ୍ଲାସ୍‌ରୁମ୍‌ରେ। ଆଶ୍ଚର୍ଯ୍ୟଜନକ ଭାବରେ ଘନ ସାର୍ ଉପସ୍ଥିତ ଥିଲେ।

- "ଡେରି ହେଲା କ'ଣ ପାଇଁ?" ଏହା ମାଙ୍କଡ଼ର କୁହାଟ ନ ଥିଲା। ଥିଲା ବାଘର ହେଣ୍ଟାଳ।

- "ସାର୍, ରାସ୍ତା କଡ଼ରେ। ଗୋଟିଏ ଢ଼େଲାରେ ମରିଗଲା କିମ୍ବା ମରିବାକୁ ଯାଉଚି।" ପିଲାଜଣକ ଘୋଷଣା କଲା, ନିଶ୍ଚିତ ଭାବେ ତାହା ଏକ କୃତିତ୍ୱ ବୋଲି ମନେକରି।

ଆଶ୍ୱସ୍ତ ଦେଖାଗଲେ ସାର୍; କିନ୍ତୁ ଫେରାଇ ଆଣି ପାରିଲେ ନାଇଁ କିଛିକ୍ଷଣ ପୂର୍ବର ଆକ୍ରମଣାତ୍ମକ ମୁଡ୍। ପିଲାମାନେ ବସିପାରିବା ପରେ ତାଙ୍କର ଅଭିନନ୍ଦନ ଥିଲା ଏଇଭଳି - "କାହା ଢେଲାରେ ଖତମ୍ ହେଲା ବଦ୍‌ମାସ୍ ପୋଡ଼ାମୁହାଁ ଜାନୁଆର? ମୁଁ ସେ ପିଲାକୁ ଧନ୍ୟବାଦ୍ ଦେବାକୁ ଚାହେଁ। ଏ ଦିଗରେ ତାର ଆହୁରି ସଫଳତା କାମନା କରେ। ମୁଁ, ପିଲେ, ଢ଼େର୍ ଥର ଢେଲା ମାରିଚି ଏମାନଙ୍କ ବଂଶ ବୁନିଆଦି ସମୂଳେ ନିପାତ କରିବା ପାଇଁ। ହାୟ!" ସେ ଅଧିକ କହି ନ ପାରିଲେ ବି ସୂଚେଇ ଦେଲେ ଯେ ଏ ଦିଗରେ ତାଙ୍କୁ ସଫଳତା ମିଳିନାଇଁ।

ସାର୍ ବସିଲେ ଚୌକିରେ। ସମସ୍ତଙ୍କ ଷଡ଼ଯନ୍ତ୍ର ଯୋଗୁ ସେ ବନ୍ଦୀ ହୋଇ ରହିଚନ୍ତି। ଚକଡ଼ା ଚକଡ଼ା ହୋଇ ସିମେଣ୍ଟ ଉଠିଯାଉଥିବା ଏ ଚଟାଣ, ପାଣି ଗଳୁଥିବା ଏ ଖପର ଏବଂ ବିଚିତ୍ର ଛବି ତିଆରି ହୋଇଥିବା କାନ୍ଥର ଏଇ ଘରେ। ସେ ପ୍ରଥମେ ଜାଣିପାରିଲେ ନାଇଁ, ଘରେ କେତେଗୁଡିଏ ଗୁରୁତ୍ୱପୂର୍ଣ୍ଣ କାମ ଛାଡ଼ି ଦେଇ ସେ ଏଠାରେ କରୁଛନ୍ତି କ'ଣ।

- "ଅଙ୍କ ଖାତା ଆଣ।" ସେ କହିଲେ କିଛି ସମୟ ପରେ।

ସାର୍‌ଙ୍କର ସ୍କୁଲକୁ ଆସିବା ଥିଲା ଅଚାନକ ଏବଂ ଅପ୍ରତ୍ୟାଶିତ। ଅଙ୍କ କେଉଁଠି, ପିଲା କେଉଁଠି, ସାର୍ କେଉଁଠି? ଆଦୌ ତାଳମେଳ ନଥିବା ଏଇ ସଂପର୍କକୁ ଅନ୍ୟ ମୋଡ଼ ଦେଲା ଜଣେ ସାହସୀ ଓ ବୁଦ୍ଧିମାନ ପିଲା। ପଚାରିଲା - "ଆମେ ସାର୍ ଜାଣି

ନ ଥିଲୁ ମାଙ୍କଡ଼ମାନଙ୍କୁ ଆପଣ ଏତେ ରାଗନ୍ତି ବୋଲି। ଆପଣ ବି ଢେଲା ଫୋପାଡ଼ିବା କଥା ମାଲୁମ୍ ନ ଥିଲା ଆମକୁ।"

ଏତିକି କଥାରେ ବିରକ୍ତି ପରିପୂର୍ଣ୍ଣ ଘନସାର୍‌ଙ୍କ ମୁହଁର ଚେହେରା ବଦଳିଗଲା। ଅଙ୍କ କିମ୍ବା ଯେକୌଣସି ପାଠ ପଢ଼ାଇବାର ଦୁରୂହ ପ୍ରକ୍ରିୟାରୁ ସେ ନିଜକୁ ମୁକ୍ତ କଲେ ଖୁବ୍ ସହଜରେ।

- "ଢେଲା!" ସେ ବିସ୍ମୟ ସହିତ ହେୟଜ୍ଞାନ ପ୍ରକାଶ କଲେ। କହିଲେ - "ଏଇ ପିଲା ପଚାରୁଚି ମୁଁ ଢେଲା ଫୋପାଡ଼େ କାହିଁକି। କାରଣ ବନ୍ଧୁକ ଲାଇସେନ୍‌ସ ମୋତେ ମିଳିଲା ନାଇଁ। କେମିତି କେଜାଣି ଅଫିସରମାନେ ଜାଣିପାରିଲେ ଯେ ଯଦି ବନ୍ଧୁକ ଆସେ ମୋ ହାତକୁ, ତେବେ ପୃଥିବୀ ମାଙ୍ଗଡ଼ମୁକ୍ତ ହୋଇଯିବ। ମୁଁ ଏମାନଙ୍କୁ, ଏମାନେ ଜନ୍ମ କରିବାକୁ ଯାଉଥିବା ସମସ୍ତଙ୍କୁ ଫିନିଶ୍ କରିଦେବି। ଅର୍ଥାତ୍, କ'ଣ ବୁଝିପାରୁଚ ନା ନାଇଁ, ମାଙ୍କଡ଼ମାନଙ୍କ ଅତୀତ, ବର୍ତ୍ତମାନ ଓ ଭବିଷ୍ୟତକୁ ନିପାତ କରିଦେବି। ଟିକିଏ ହେଲେ ଅନୁଶୋଚନା ରହିବ ନାଇଁ ମୋଠାରେ ଏଥିପାଇଁ।"

ମନ୍ତ୍ରମୁଗ୍ଧ ହୋଇଯାଇଥିବା ପିଲାମାନେ ସମୁଦାୟ ବକ୍ତବ୍ୟକୁ ବୁଝିପାରିଲେ ନାହିଁ ଅବଶ୍ୟ; କିନ୍ତୁ ସାର୍‌ଙ୍କ ମୁହଁରୁ ଉତ୍ତେଜନା ଓ କ୍ରୋଧ ଯୋଗୁଁ ବିଚ୍ଛୁରିତ ହେଉଥିଲା ତେଜ। ସେମାନେ ଡରିଗଲେ ତାଙ୍କର ଏଇ ଅବତାର ଦେଖି। ଏପରିକି ମୁହଁ ପୋଛିବେ ବୋଲି ସେ ଧୋତି କୁଞ୍ଚ ଉଠାଇବା ବେଳେ ତାଙ୍କର ଜଂଘ ଅନାବୃତ୍ତ ହେବା ଉପରେ ସେମାନେ ଗୁରୁତ୍ୱ ଦେଲେ ନାଇଁ।

- "ସାର୍, ଆପଣ ମାଙ୍କଡ଼ବଂଶକୁ....।" ଗୋଟେ ପିଲା ସାହସ ସଞ୍ଚୟ କରି ପଚାରିଲା।

- "ଉତ୍ପାଟନ କରିଥାନ୍ତି।" ଘନସାର୍ ଅନାବଶ୍ୟକ ଭାବରେ ଉଚ୍ଚ ସ୍ୱରରେ କହିଲେ ପିଲାଟିକୁ ବାକ୍ୟ ଶେଷ କରିବାକୁ ନ ଦେଇ! ଏଥର ସହସା ନଇଁପଡ଼ିଲା ତାଙ୍କ ସ୍ୱର। କ୍ଷୋଭର ସହିତ କହିଲେ, - "ସରକାର ବେକୁଫ୍ ବୋଲି ଯେଉଁମାନେ ପାଟିତୁଣ୍ଡ କରନ୍ତି, ମାଙ୍କଡ଼ାମି ମଧ୍ୟ କରନ୍ତି, ସେମାନଙ୍କ ସହିତ ମୁଁ ଏକମତ ନୁହେଁ। ସରକାର ଚାଲାକ; ଏପରିକି ବ୍ରେନ୍ ଥିବା ଅଫିସର ବି ଅଛନ୍ତି। ନହେଲେ ବନ୍ଧୁକ ଲାଇସେନ୍‌ସ୍ ମୋତେ ଦିଆଗଲା ନାଇଁ କାହିଁକି? ମୁଁ ଅବଶ୍ୟ ଏ.କେ. ଫିଫ୍‌ଟି ସିକ୍‌ସ ବନ୍ଧୁକ କିଣିଥାନ୍ତି; ମୁତଫର୍କା, ମାମୁଲି ବନ୍ଧୁକ ନୁହେଁ। ବନ୍ଧୁକ ଆସିଥାନ୍ତା ମୋ ହାତକୁ। ଏବେ ସ୍ୱର୍ଗରେ ଥିବା ଦାଦାଙ୍କର ଆତ୍ମା ଶାନ୍ତ ହୋଇଯାଇଥାନ୍ତା, ମାଙ୍କଡ଼ ଲୋପ ପାଇବା ଦେଖି।"

- "ଆପଣଙ୍କ ଦାଦା ବି ସ୍କୁଲ ଟିଚର କିମ୍ବା ଅଫିସର ଥିଲେ?" ପିଲା ଜଣେ

ପଚାରିଲା, ସାର୍‌ଙ୍କୁ ନୀରବ ହେବା ଦେଖି ଏବଂ ଗଣିତ ଖାତା ଆଣ ବୋଲି ନିର୍ଦ୍ଦେଶ ଶୁଣିବା ଆଶଙ୍କା କରି।

- "ନା।" ଘନସାର୍ ଆଶ୍ୱସ୍ତ ହେଲେ ଯେ ତାଙ୍କ ବିବରଣୀ ଅବ୍ୟାହତ ରହୁଚି। ସେଥିପାଇଁ ପିଲାକୁ ଶ୍ରଦ୍ଧା କଲେ ମନେ ମନେ। କହିଲେ - "ଦାଦା ମୋ ଭଳି କ୍ୱାଲିଫାଏଡ୍ ନଥିଲେ। ମୁଁ ମାନୁଚି, ତାଙ୍କ ସହିତ ମୋର ଜମିବାଡ଼ି ନେଇ ବିବାଦ ଥିଲା। ସେ ଶ୍ୱାସରୋଗ ଯୋଗୁ ଧଁ ସଁ ହେଉଥିଲେ ଚବିଶ ଘଣ୍ଟା। ଦିନେ ସେ ମୋତେ ଚଟକଣି ଦେଇଥିଲେ। ଏଇଠି। ଗାଲରେ ଏଇ ଜାଗାରେ। ତାଙ୍କ ପାଞ୍ଚ ଆଙ୍ଗୁଳିର ଚିହ୍ନ ରହିଥିଲା ତିନି ଚାରିଦିନ। ସହିନେଲି। ଗୁରୁଜନ ସେ। ମାରନ୍ତୁ। ତାହା ମୋ ପାଇଁ ଆଶୀର୍ବାଦ। ଧନ୍ୟ ଧନ୍ୟ କଲେ ଆମ ଗାଁ ଲୋକେ। ସେଇ ଦାଦାଙ୍କୁ ମାଙ୍କଡ଼ କାମୁଡ଼ି କ୍ଷତବିକ୍ଷତ କରିଥିଲେ।"

ଚୁପ୍ ହୋଇଗଲା କ୍ଲାସରୁମ୍ କିଛି ସମୟ ପାଇଁ। ମାଙ୍କଡ଼ ଭୟ ଆଚ୍ଛନ୍ନ କଲା ସମସ୍ତଙ୍କୁ। ପିଲାମାନେ ସାର୍‌ଙ୍କୁ ଅନେଇଲେ ଦରଦୀ ହୋଇ। ଯେଉଁ ସାର୍‌ଙ୍କୁ ସେମାନେ ଡରନ୍ତି ସବୁଠୁ ବେଶି, ତାଙ୍କ ଦାଦାଙ୍କୁ ମାଙ୍କଡ଼ମାନେ କ୍ଷତବିକ୍ଷତ କରିବାକୁ ସାହସ କଲେ କିପରି ? ବିଶ୍ୱାସ କରିପାରୁ ନ ଥିଲେ କେହି।

ଘନସାର୍ ଘଡ଼ି ଦେଖିଲେ। ତାହା ଚାଲୁଚି କି ନାଇଁ, ନିଶ୍ଚିତ ହୋଇ ନ ପାରିବାରୁ ଭ୍ରୂକୁଞ୍ଚନ କରି ନିରୀକ୍ଷଣ କଲେ କିଛି ସମୟ। କହିଲେ - "ଦାଦାଙ୍କୁ ନିଆଗଲା ଡାକ୍ତରଖାନା। ଚାରି-ପାଞ୍ଚଟା ମାଙ୍କଡ଼ ଏକ ସମୟରେ ଆକ୍ରମଣ କରିବା କଥା ଶୁଣିଲେ ଡାକ୍ତର। ଚିନ୍ତିତ ହୋଇ କହିଲେ - ଜଣେ ମଣିଷକୁ ପିଜୁଳି କିମ୍ବା ସଜନା କିମ୍ବା ସେଇଭଳି ଗୋଟେ ଗଛ ବୋଲି ଏ ବଦ୍‌ମାସମାନେ ବିବେଚନା କଲେ କାହିଁକି ? ସେ ଆହୁରି କହିଲେ ଯେ ଯଦି କୌଣସି ମାଙ୍କଡ଼ ପାଗଳ ହୋଇଥାଏ, ତେବେ ସରିଲା କଥା। ସେଇ ଭାଇରସ୍ ଟ୍ରାନ୍‌ସମିଟେଡ୍ ହୋଇଯିବ। ଦରକାର ଚିକିତ୍ସା। ତୁରନ୍ତ ଇଞ୍ଜେକ୍‌ସନ୍ ଦେବା ବୁଦ୍ଧିମାନର କାମ। ଇଞ୍ଜେକ୍‌ସନ୍ ଦିଆଗଲା। ଦାଦା ବଞ୍ଚିଗଲେ। କିନ୍ତୁ ମରିଗଲେ ମଧ୍ୟ।"

ପିଲାମାନେ ଠିକ୍ ବୁଝିପାରିଲେ ନାଇଁ ସାର୍‌ଙ୍କର ଏଇ ଗୂଢ଼ କଥା। ଏଥିପ୍ରତି ଧ୍ୟାନ ନ ଥିଲା ସାର୍‌ଙ୍କର। କହିଲେ - "ଦାଦା ଦୁଇଟି ଦରଖାସ୍ତ ପଠାଇଥିଲେ। ତାହାର ନକଲ ମୁଁ ନିଜେ ପଢ଼ିଚି। ସେ ଲେଖିଥିଲେ ଯେ ମାଙ୍କଡ଼ମାନଙ୍କ ଯୋଗୁଁ ଢେର କ୍ଷତିଗ୍ରସ୍ତ ହେଉଛନ୍ତି ସେ। ସେଥିପାଇଁ ମାଙ୍କଡ଼ମାନଙ୍କୁ ପାନେ ଲେଖାଏଁ ଦେବାପାଇଁ ତାଙ୍କୁ ଅନୁମତି ମିଳୁ। ସରକାରଙ୍କଠାରୁ ଉତ୍ତର ପାଇବା ସକାଶେ ସେ ନିଜ ଠିକଣା ବି ଦେଇଥିଲେ।"

ସାର୍ ଦମ୍ ନେବାପରେ ହସିଲେ ଅଳ୍ପ; ଯାହାର ତାତ୍ପର୍ଯ୍ୟ ବୁଝିପାରିଲେ ନାହିଁ କେହି। କହିଲେ - "ଏମିତି ଦରଖାସ୍ତର ଜବାବ ଆଶା କରୁଥିଲେ ଦାଦା। ତାଙ୍କୁ ନିର୍ବୋଧ କୁହାଯିବ କି ନିର୍ମଳ ଏବଂ ସରଳ କୁହାଯିବ, ତାହା ମୁଁ ଠିକ୍ କରିପାରିନାହିଁ ଏଯାବତ୍। ତାଙ୍କ ଦେହାନ୍ତ ପରେ ମୁଁ ଏଣେ ସ୍କୁଲ୍ ମାରାକରି ଧାଇଁଲି ଦୁଇ ତିନିଟା ଅଫିସ୍। କାଳେ ଦାଦାଙ୍କ ପାଇଁ କ୍ଷତିପୂରଣ ମିଳିବ। ଏଠାରେ ପୁଣି କ୍ଷତିପୂରଣ।" ତାଙ୍କ ହସ ଭର୍ତ୍ସନାରେ ପରିଣତ ହୋଇଗଲା।

ସେ ଚୁପ୍ ହେବାବେଳକୁ ପିରିଅଡ୍ ଶେଷ ହେବା ଉପରେ। ପିଲାମାନଙ୍କର ଆଶଙ୍କା ପତଳା ହୋଇଯାଉଥାଏ। ସମସ୍ତଙ୍କୁ ଆଶ୍ୱସ୍ତି କରି ସେ ଠିଆ ହେଲେ ଏବଂ ପଚାରିଲେ - "କାହାର ଅବ୍ୟର୍ଥ ଲକ୍ଷ୍ୟ ଯୋଗୁ ଏଡ଼େ ସୁନ୍ଦର ଘଟଣା ଘଟିଲା? ମୁଁ ସେଇ ଏକଲବ୍ୟକୁ ଦେଖିବାକୁ ଚାହେଁ ଏବଂ ଏ ଦିଗରେ ତା'ର ଉତ୍ତରୋତ୍ତର ପ୍ରଗତି କାମନା କରିବାକୁ ମଧ୍ୟ ଇଚ୍ଛା କରେ।"

ମଣ୍ଟୁ ଭାବିଥିଲା ଠିଆ ହେବ ବୋଲି। କ'ଣ ହେଲା କେଜାଣି ବସି ରହିଲା। ସେ ଚାହୁଁଥିଲା ଯେ କେହି ଜଣେ ତା' ନାଁ ଉଲ୍ଲେଖ କରୁ। ସଫଳତା ତା'ର ହେଲେ ମଧ୍ୟ କ୍ଲାସ୍‌ରୁମ୍‌ରେ ତାହା ନିଜେ ଘୋଷଣା କରିବା କଥାଟା ତାକୁ ଅଡୁଆ ଲାଗିଲା।

- "ସାର୍, ମଣ୍ଟୁ ଢେଲାର କରାମତି ଇଏ।" କହିଲା ଜଣେ।

- "କ'ଣ? ମଣ୍ଟୁ ଏମିତି କରିପାରିଲା?" ବିସ୍ମୟ ଥିଲା ସାର୍‌ଙ୍କ ସ୍ୱରରେ। ଶ୍ରେଣୀର ସବୁଠାରୁ ଦୁର୍ବଳ, ଧଡ଼ିଆ ପିଲା ମଧ୍ୟ ଏପରି କରିପାରେ, ତାହା ଅବିଶ୍ୱାସ ମଧ୍ୟ ସୃଷ୍ଟି କରିଥିଲା ତାଙ୍କଠାରେ। ମଣ୍ଟୁ ହତାଶ ହୋଇପଡ଼ିଲା ଏଇ କାରଣରୁ।

ସେହି ପିରିଅଡ୍ ସରିବା ପରେ ପରେ ସ୍କୁଲର ବାତାବରଣ ଦୋହଲିଯିବ ଏବଂ ଶିକ୍ଷାଦାନ ବିପନ୍ନ ହେବ ବୋଲି ଭାବି ନ ଥିଲେ କେହି। ସ୍କୁଲଠାରୁ ଅଳ୍ପ ଦୂରରେ ଘଟିଥିବା ଦୁର୍ଘଟଣାର ତରଙ୍ଗ ଛୁଇଁ ସାରିଥିଲା ସ୍କୁଲକୁ। ଜମା ହୋଇ ସାରିଥିଲେ ବେଶ୍ କିଛି ଲୋକ ଛଟପଟ ହେଉଥିବା ମାଙ୍କଡ଼ ଚାରିପାଖରେ।

ଦୃଶ୍ୟଟି ଥିଲା ଏକାଧାରରେ କରୁଣ ଏବଂ କିଞ୍ଚିତ୍ ମନୋରଞ୍ଜନକାରୀ। ପାଖରେ ବିଛାଯାଇଥିଲା ଗୋଟେ ଗାମୁଛା। ତା' ଉପରେ ବିଞ୍ଚି ପଡ଼ିଥିଲା ପ୍ରାୟ କୋଡ଼ିଏ ଟଙ୍କାର ମୁଦ୍ରା। ଗୋଟେ ସ୍ତ୍ରୀ ଲୋକ ଭୂମିଷ୍ଠ ପ୍ରଣାମ କଲା ବଞ୍ଚି ରହିବାକୁ ଉଦ୍ୟମ ଜାରି ରଖିଥିବା ମାଙ୍କଡ଼କୁ ଏବଂ ଅସ୍ପଷ୍ଟ ସ୍ୱରରେ ଆପାତତଃ ବିଳାପ କଲା- "ଆହା, ଏମିତି ଦଶା ଭୋଗିବାକୁ ଥିଲା ଲଙ୍କା ଛାରଖାର କରିଥିବା ବୀରଙ୍କୁ? କେଉଁ ପାପୀ ଏଭଳି କରି ନରକକୁ ଯିବାପାଇଁ ନିଜ ବାଟ ସଫାକରିଦେଲା? ପୁଣି ମଙ୍ଗଳବାରଟାରେ?"

କୋଳାହଳ ଓ ଯୁକ୍ତିତର୍କ ଚାଲିଥିଲା। ଡାକ୍ତରଖାନା ନେଇଯିବା।

ବଞ୍ଚିଯାଇପାରେ। କି କଥା କହୁଚ ତୁମେ? ପଶୁ ଡାକ୍ତର ବଦଳି ହୋଇଯାଇଚି ଯେ ନୂଆ ଡାକ୍ତର ଜଏନ୍ କରିନାଇଁ। ନା, ଆଜି ଭଳି ଦିନରେ ଏଭଳି କାଣ୍ଡ। ବନ୍ୟା କିମ୍ବା ବାତ୍ୟା ହେବ। ଏସବୁ ଆସିବ ଗନ୍ଧମାର୍ଦ୍ଦନରୁ। ସମ୍ଭାଳି ପାରିବେ ନାଇଁ କେହି। ୟା'କୁ ନେଇ ଚାଲ ଯେଉଁଠିକି ହେଲେ। କାହିଁକି? ମଣିଷ ଡାକ୍ତର କ'ଣ କିଛି କରିପାରିବ ନାଇଁ?

ଏଇଭଳି ଚାଲିଥିଲା ପରାମର୍ଶର ସୁଅ। କେହି କିନ୍ତୁ ପାଖ ମାଡୁ ନ ଥିଲେ ମୃତ୍ୟୁ ଆଡ଼କୁ ଆଗେଇ ଯାଉଥିବା ମାଙ୍କଡ଼ର। ସମ୍ଭବତଃ ତାହାରି ଆଜ୍ଞାରେ ପହଞ୍ଚିଗଲା ଗୋଟେ ଟ୍ରଲି ଏବଂ ତାହା ହିଁ ସଞ୍ଜୀବନୀ ପାଖରେ ପହଞ୍ଚାଇ ଦେବ ବୋଲି ବିଶ୍ୱାସ ଆସିଗଲା ସମସ୍ତଙ୍କର। ଦେଖିଲ ତ? ଏଠାରେ ଟ୍ରଲିଟେ କ'ଣ ମନକୁ ମନ ପହଞ୍ଚିଗଲା ବୋଲି ତୁମେ ସବୁ ଭାବୁଚ? ଯାହାର ଆଜ୍ଞା ନ ଥିଲେ ଘାସ ହଲେ ନାଇଁ, ଯମଦୂତମାନେ ଇଞ୍ଚେ ବି ଘୁଞ୍ଚନ୍ତି ନାଇଁ, ସେଇ ପଠେଇଲେ ଏ ଗାଡ଼ି। ତାଙ୍କ ସେବକର କଷ୍ଟ ସହି ନ ପାରି। ବୋଲ୍ ଆନନ୍ଦେ ଏକବାର ହରିବୋଲ। ଜୟ ବୀର ହନୁମାନ କି ଜୟ। ଶ୍ରୀରାମଚନ୍ଦ୍ର କି ଜୟ। ଗୋଟେ ହୁଳହୁଳି ମଧ୍ୟ ନିନାଦିତ ହେଲା ସେଠାରେ।

ଆଧ୍ୟାତ୍ମିକ ଓ ଧାର୍ମିକ ସ୍ପନ୍ଦନ ସୃଷ୍ଟି ହୋଇଗଲା ଧକେଇ ହେଉଥିବା ମାଙ୍କଡ଼କୁ କେନ୍ଦ୍ରକରି।

କିନ୍ତୁ ସବୁ ସ୍ତବ୍ଧ ହୋଇଗଲା, ଟ୍ରଲିବାଲା ଯେତେବେଳେ କୁନ୍ଥୁ କୁନ୍ଥୁ ହେଲା ଏମିତି ଗୋଟେ ପାସେଞ୍ଜରକୁ ବୋଝେଇ କରିବାପାଇଁ ଟ୍ରଲିରେ।

– "ମୁଁ ୟାକୁ ନେବି ପଶୁ ଡାକ୍ତରଖାନାକୁ?" ଟ୍ରଲିବାଲା ଏହା ଜରିଆରେ ସୂଚେଇଦେଲା ଯେ ଗୋଟେ ଫାଲ୍ତୁ ଏବଂ ଖେଚଡ଼ ପଶୁପାଇଁ ଏସବୁ ବ୍ୟବସ୍ଥାର କୌଣସି ମାନେ ନାଇଁ। ସେ ଆହୁରି ଡାଉ ଦେଖେଇଲା– "ଭଡ଼ା ବାବଦ ପଇସା ଯଦି ଦେବ, ମୋ ସାଙ୍ଗରେ ଯଦି ଆଉ ପାଞ୍ଚ ଛ ଜଣ ଆସିବ, ତେବେ ମୁଁ ଯାଇପାରେ। ନ ହେଲେ ୟାକୁ କିଏ କେଉଁଠି ମାଇଲା ବୋଲି ଡେର ନବରଙ୍ଗ ବାହାରିବ। ସିଏ ସୁକୁ ସୁକୁ ହେଲାଣି। ମରିବ। କାହିଁକି ତାକୁ ନେଇ ଏମିତି ସୁଆଙ୍ଗ କରୁଚ? ଯାଅ, ଘରକୁ ଯାଅ। ତାକୁ ଛାଡ଼ିଦିଅ ତା' ବାଟରେ।"

– "କ'ଣ କହିଲୁ? ସୁଆଙ୍ଗ ଆମେ କରୁଚୁ?" ଉତ୍ତେଜିତ ଲୋକ ଜଣେ ପ୍ରତିବାଦ କରୁ କରୁ ବାହାରି ପଡ଼ିଲା ଆଗକୁ। ଟ୍ରଲିବାଲାର ମୁରବି ସୁଲଭ ଉପଦେଶ ପସନ୍ଦ ହେଲାନାଇଁ କାହାର।

ଏହାର ଜବାବ ଦେବା ଦରକାର କଲା ନାଇଁ ଟ୍ରଲିବାଲା। ଅଳ୍ପ ହସିଲା ଏବଂ ସିଟ୍ ଉପରେ ବସି ପେଡ଼ଲ ମୋଡ଼ିବାକୁ ଉଦ୍ୟତ ହେଲା। ତଥାପି କହିଲା –

"ବାବୁମାନେ, ମୁଁ ଟ୍ରଲି ଟାଣି କୁଟୁମ୍ବ ପୋଷିବା ଲୋକ। ବହୁତ ମେହନତ କରିବାକୁ ପଡ଼େ ତେଲଲୁଣ କିଣିବା ପାଇଁ। ଗାଧୋଇ ସାରି କେଉଁଠି ନାଇଁ କେଉଁଠି ଥିବା ଠାକୁରଙ୍କୁ ମୁଣ୍ଡିଆ ମାରେ। ତାହା ବି ସବୁଦିନ ନୁହଁ। ରଖିଲେ ରଖ। ମାରିବୁ ଯଦି ମାର୍ଃ ସତ କହୁଚି, ଏମିତି ମାଙ୍କଡ଼ ଶହେହଜାରେ ମରିଗଲେ ମୋର ଟିକିଏ ଦୁଃଖ ହେବ ନାଇଁ। ଲୋକ ତ ମରୁଚନ୍ତି ପୋକ ମାଛି ଭଳି। କେତେଜଣ ପିଠିରେ ପଡୁଚନ୍ତି ତାଙ୍କର ? ତେବେ ମୋ କଥା ମାନନ୍ତୁ। ଯାକୁ ନେଇଯାନ୍ତୁ ଗୋଟେ ଆମ୍ବୁଲାନ୍‌ସରେ। ଇଏ ହେଉଛି ଭି.ଆଇ.ପି. ପେସେଣ୍ଟ। ଆଇ.ସି.ୟୁ.ରେ ଭର୍ତ୍ତି କରି ଦିଅନ୍ତୁ। ଭଜନ କୀର୍ତ୍ତନ ଯଦି କରିବେ ମୁଁ ଅବଶ୍ୟ ସାମିଲ ହୋଇପାରିବି ନାଇଁ।"

ସେ କାହିଁକି ଉତ୍ତେଜିତ ଓ ପ୍ରଗଳ୍‌ଭ ହୋଇପଡୁଥିଲା, ତାହାର କାରଣ ଜଣା ନ ଥିଲା କାହାରିକୁ। ଲୋକଙ୍କର ଧାର୍ମିକ ବିଶ୍ୱାସକୁ ଉପହାସ କରି ସେ ହୁଏତ ପାଉଥିଲା ଏକ ଆନନ୍ଦ। ଲୋକମାନେ ଶୁଣୁଥିଲେ ଚମତ୍କୃତ ହୋଇ। ଗୋଟେ ଟ୍ରଲିବାଲା ଏମିତି କଥା କହିପାରୁଚି କେମିତି, ବିସ୍ମିତ ହୋଇ। ଗଲାବେଳେ ସେ ଆହୁରି କ୍ଷତବିକ୍ଷତ କଲା। ଲୋକମାନଙ୍କର ବିଶ୍ୱାସକୁ- "ମୋ କଥା ଶୁଣି ଆପଣମାନେ ମୋ ଉପରେ ରାଗୁଥିବେ। ପ୍ରକୃତରେ ଆପଣମାନେ ମୋତେ ଏ ପର୍ଯ୍ୟନ୍ତ ବାଡ଼େଇ ନାହାନ୍ତି। ତାହା ପ୍ରମାଣ କରେ ଆପଣମାନଙ୍କର ସହିବା ଓ କ୍ଷମା ଦେବା ଶକ୍ତି। ମୁଁ ଗୋଟିଏ କଥା ମଧ୍ୟ ଭାବୁଚି। ଆଜିକାଲି ଠାକୁରମାନେ ନିଜକୁ ରକ୍ଷା କରିପାରୁ ନାହାନ୍ତି କେତେ କିସମର ଚଢ଼ାଉରୁ। ସୁକୁସୁକୁ ହେଉଥିବା ଏଇ ଡକାୟତ ଯଦି ବା ପବନସୁତର ବଂଶଧର ହୋଇଥାଏ, ତେବେ ଗୋଟେ ଢେଲାରୁ ସେ ବର୍ତ୍ତି ପାରିଲା ନାହିଁ କାହିଁକି ? ମୁଁ ଏ କଥା କହିବା ପରେ ଘରକୁ ଯାଇ ହନୁମାନ ଚାଳିଶା ଅବଶ୍ୟ ପଢ଼ିବି। ବହୁତ କାମରେ ଆସେ ସେ ବହି।"

ଏଇ କଥା କହିବା ଜରିଆରେ ସମସ୍ତଙ୍କୁ ମୂଢ଼ ଓ ନିମ୍ନମାନର ପ୍ରମାଣ କରିଥିବା ଟ୍ରଲିବାଲା ଯିବାକୁ ବାହାରିବାବେଳେ ଅତ୍ୟନ୍ତ ଧର୍ମବତ୍ସଳ ଜଣେ ଅନୁନୟ ହେଲା - "ଆରେ, ଏମିତି ପଳେଇ ଯାଉଚୁ କ'ଣ ? ଯାକୁ ନେବା ପଶୁ ଡାକ୍ତରଖାନା। ତେଣିକି ଯାହା ଥିବ ତା' କପାଳରେ। ଆମେ ଦୁଇ-ତିନି ଜଣ ଯିବୁ ତୋ' ସାଙ୍ଗରେ।"

ଟ୍ରଲିବାଲାର ପାଦ ଏବେ ପେଡ଼ଲ ଉପରେ ନୁହେଁ; ମାଟି ଉପରେ। ପଚାରିଲା - "ଭଡ଼ା କିଏ ଦେବ ?"

- "ମୋ ଠୁ ପାଇବୁ।" ଲୋକ ଜଣକ କହିଲା ଏବଂ ତଳେ ବିଛାଯାଇଥିବା ଗାମୁଛାରେ ଯେଉଁ ମୁଦ୍ରା ପଡ଼ିଥିଲା, ତାହା ସଂଗ୍ରହ କଲା।

ମାଙ୍କଡ଼ ପାଖକୁ ଆସି, ପାଦ ପର୍ଯ୍ୟନ୍ତ ଲମ୍ବିଯାଇଥିବା ଲୁଙ୍ଗିକୁ ସଜାଡ଼ିବା ପାଇଁ

ଉଦ୍ୟତ ହେଉଥିବା ବେଳେ ଟ୍ରଲିବାଲା ଏକରକମ ନିର୍ଦ୍ଦେଶ ଦେଲା - "ଆସ। ତୁମେ ଧର ଆଗ ଗୋଡ଼। ମୁଁ ପଛ ଗୋଡ଼ ଧରୁଚି। ପେସେଣ୍ଟକୁ ଥୋଇବା ଟ୍ରଲିରେ।" ପରେ ପରେ ମନକୁ ମନ ଆଶଙ୍କା ପ୍ରକାଶ କଲା - "ଏ ବଜାତ୍‌ମାନଙ୍କୁ ବିଶ୍ୱାସ ନାଇଁ। ଉପକାର କରୁଥିବା ହାତକୁ ବି କାମୁଡ଼ି ଦେବେ। ବିଲ୍‌କୁଲ୍ ମଣିଷ ଯେମିତି।"

ସେ ଉପରକୁ ଲୁଙ୍ଗି ଉଠାଇବା ବେଳେ ସ୍ତମ୍ଭୀଭୂତ ହୋଇଗଲା। ଭାଷଣ ପାଇଁ ଖଲଖଲ ହେଉଥିବା ତା ପାଟି ସ୍ତବ୍ଧ ହୋଇଗଲା। ସେ ଦେଖିଲା, ତା' ଲୁଙ୍ଗିର ତଳ ଭାଗକୁ ମୁଠେଇ ଧରିଚି ମାଙ୍କଡ଼। ତା' ମୁହଁରେ ନ ଥିଲା କାହା ହାତ କ୍ଷତବିକ୍ଷତ କରିବାର ମନସ୍କତା। କାହା ବାରି ବଗିଚାକୁ ହାନି ପହଞ୍ଚାଇବା ଉଦ୍ଦେଶ୍ୟ ବି ନ ଥିଲା ସେଠାରେ। ତୀବ୍ର ଏବଂ ଗଭୀର ଆତୁରତା ଆଛନ୍ନ କରିଥିଲା ତା' ମୁହଁକୁ। ସେ ନିଜକୁ ମୁକ୍ତ କରିପାରୁ ନ ଥିବା ସଙ୍କଟରୁ ତାକୁ ଉଦ୍ଧାର କରିବାପାଇଁ ସେଥିରେ ଥିଲା ଆକୁଳ ନିବେଦନ। ସମ୍ଭବତଃ ସେ ଘୋଷଣା କରୁଥିଲା ନୀରବରେ ଯେ ଜଖମ ହୋଇଥିବା ଯୋଗୁ ସେ ଟେକି ଆଣିପାରିବ ନାଇଁ ଶହ ଶହ ଆକାଶ। ଯାଇପାରିବ ନାଇଁ ଅଶୋକ ବନକୁ। ଭୂମିକା ବଦଳିଯାଇଚି, ବଦଳି ଯାଇଥିବା ସମୟର ନାଟକରେ। ତାକୁ ଏଥର ନିଆଯାଉ ମହୌଷଧୀ ପାଖକୁ, ତା'ର ଅତୀତର ଉପକାର କଥା ମନେପକାଇ। ଏବେ ସେ ଶରଣାପନ୍ନ ହେଉଚି।

କେବଳ ଟ୍ରଲିବାଲା ନୁହେଁ; ଉପସ୍ଥିତ ଥିବା କୌଣସି ଲୋକ ଦେଖି ନ ଥିଲେ ଏପରି ଦୃଶ୍ୟ। ଶୁଣି ନ ଥିଲେ; ଆଶା କରି ନ ଥିଲେ ଏମିତି କିଛି ଦେଖିବେ ବୋଲି। ଅନିବାର୍ଯ୍ୟ ମୃତ୍ୟୁ ଆଡ଼କୁ ଆଗେଇଯାଉଥିବା ମୁମୂର୍ଷୁ ଜୀବନ ଏଭଳି ପଛଘୁଞ୍ଚା ଦିଏ ଏବଂ ପଛକୁ ଫେରି ଚାହେଁ ଅସମ୍ଭବ ଆଶାରେ। କାଳେ ଏ ଜୀବନ ପୁଣି ସଳଖ ହେବ! ଘୁଞ୍ଚିଯିବ ମୃତ୍ୟୁ!

ଗମ୍ଭୀର ଓ ସମ୍ବେଦନଶୀଳ ହୋଇଯାଇଥିବା ଟ୍ରଲିବାଲା ନିଜ ଲୁଙ୍ଗିକୁ ଛଡ଼ାଇବା ପାଇଁ ଇଚ୍ଛା ମଧ୍ୟ କଲାନାଇଁ। ଭୂତଳଶାୟୀ ହୋଇଥିବା ଧପ ଧପ ଜୀବନ ଆଡ଼େ ଅନେଇଲା ଏବଂ କେତୋଟି କ୍ଷଣ ପାଇଁ ସେ ଜାଣିପାରିଲା ନାଇଁ କାହାକୁ ସେ ଦେଖୁଚି - ନିଜକୁ, ମୋତେ ନା ତୁମକୁ।

କିନ୍ତୁ ପରେ ପରେ ତା'ର ବ୍ୟସ୍ତତା ଓ ଅସ୍ଥିରତା ବଢ଼ିଲା। ଲୁଙ୍ଗି ଉପରୁ ହାତର ଜାବ କୋଳହ ହୋଇଗଲା। କେତୋଟି ମୁହୂର୍ତ୍ତ ପରେ ଏ ହାତ ଫେରିଆସିଲା ପୃଥିବୀ ଉପରକୁ, ଅବଶିଷ୍ଟ ଦେହ ପାଖକୁ। ସମସ୍ତ ହଲ୍‌ଚଲ ଏବଂ ଛଟପଟ ଇତିହାସ ହୋଇଗଲା।

ଏ ଘଟଣାର ଢେର୍ ସମୟ ଆଗରୁ ମଣ୍ଟୁ ସେ ସ୍ଥାନ ଛାଡ଼ିସାରିଥିଲା। ସେ

ଦୃଶ୍ୟରେ କ'ଣ ଥିଲା କେଜାଣି ସେ ତାହା ସହିବାକୁ ସକ୍ଷମ ହେଲାନାଇଁ। ତା' ମାଡ଼ରେ ମାଙ୍କଡ଼ ଛଟପଟ ହେଉଚି ବୋଲି ହିରୋପଣିଆକୁ ସେ ସାବ୍ୟସ୍ତ କରିବା ଅବସ୍ଥାରେ ନ ଥିଲା। ଅପରାଧବୋଧ ତାକୁ କଲବଲ କରି ଚାଲିଥିଲା ଏବଂ ସେଥିପାଇଁ ସେ କାନ୍ଦ କାନ୍ଦ ହୋଇ କହିଲା ଅନ୍ୟକୁ ଶୁଣେଇବା ଭଳି - ମୁଁ ଫିଙ୍ଗି ନାଇଁ ଢେଲା, ଇଟା କିମ୍ବା ପଥର। ଏପରି କାମ କରିବାକୁ ମୁଁ ସମର୍ଥ ନୁହେଁ ଆଦୌ।

ଘରେ ପହଞ୍ଚିବା ବେଳକୁ ସେ ଦେଖିଲା, ବାପା ଠିଆ ହୋଇଚନ୍ତି ବାରନ୍ଦା ତଳେ। ମା' ଗୋଟେ ପିଲର ଉପରେ ଡେରି ହୋଇ ବାରନ୍ଦା ଉପରେ ଠିଆ ହୋଇଚି। ମଣ୍ଟୁ ଗୋଟିଏ ମୁହୂର୍ତ୍ତର ଫୁରୁସତ୍ ପାଇଲା ଏ ଦୁଇଜଣଙ୍କର ଚିନ୍ତିତ, ବିଚଳିତ ମୁହଁ ଦେଖିବାକୁ। ସେ ଆଉ ଗୋଟିଏ ପଦକ୍ଷେପ ନେବା ପୂର୍ବରୁ ଚାପୁଡ଼ା ନୁହେଁ; ବଜ୍ରପାତ ହେଲା ତା' ଗାଲ ଉପରେ।

ସେ ନିଜକୁ ଆୟତ୍ତ କରିପାରିଲା, ଭୂଇଁ ଉପରେ ଢଳି ପଡ଼ିବାରୁ ଏବଂ ଢେଲା ମାଡ଼ ଖାଇଥିବା ମାଙ୍କଡ଼ଠାରୁ ତା' ଅବସ୍ଥା ଅଲଗା ବୋଲି ପ୍ରମାଣ କଲା; କିନ୍ତୁ ପ୍ରଚଣ୍ଡ ଥିଲା ଏ ଚାପୁଡ଼ା। ତା' ନ ହୋଇଥିଲେ ସମୁଦାୟ ବ୍ରହ୍ମାଣ୍ଡ ଅନ୍ଧାର ହୋଇଯାଇ ନ ଥାନ୍ତା। ପ୍ରଭାବିତ ଗାଲ ଉପରେ ହାତ ରଖି ସେ ଦୟା ପ୍ରାର୍ଥନା କରିବା ଭଙ୍ଗୀରେ ଅନେଇଲା ରଘୁନାଥକୁ। ସେ କହିଲା ନାଇଁ ମଣ୍ଟୁକୁ ସେ ଶାସ୍ତି ଦେଲା କାହିଁକି। ଦରକାର ନ ଥିଲା କହିବା।

- "ଖବରଦାର୍, ଯାକୁ ଖାଇବା ପାଇଁ ଦେବ ନାଇଁ।" ରାୟ ଶୁଣେଇଲେ ରଘୁନାଥ କାନନ ଆଡ଼େ ନ ଚାହିଁ ଏବଂ ବାହାରିଗଲା ପଦାକୁ।

କାନନ ଓହ୍ଲେଇଲା ବାରନ୍ଦା ତଳକୁ। ତାକୁ ଆସୁଥିବାର ଦେଖି ଭୁଶୁଡ଼ି ପଡ଼ିଲା ମଣ୍ଟୁର ମୁହଁ। କାନନ ତା' ମୁହଁକୁ ନିଜ ଉପରେ ଜାକି ଧରିବା ମାତ୍ରେ କାନ୍ଦି ପକାଇଲା ମଣ୍ଟୁ ଉଚ୍ଚସ୍ୱରରେ। ଏ ପ୍ରକାର କାନ୍ଦ କାନ୍ଦି ନ ଥିଲା ସେ ହେତୁ ପାଇବା ଦିନୁ। ଏଥର କାନନର ହାତ ପରିକ୍ରମା କଲା ମଣ୍ଟୁର ମୁଣ୍ଡ, ଗାଲ ଓ ପିଠି ଉପରେ।

- ଚୁପ୍ ହ, ଏଥର।" କାନନ କହିଲା, ଗଭୀର ସମବେଦନାର ସହିତ। ପ୍ରସ୍ତାବ ବାଢ଼ିଲା, "ଆ, ଧୋଇଧାଇ ହେବୁ।"

ବନ୍ଦ ହୋଇଯାଇଥିଲା କାନ୍ଦ; କିନ୍ତୁ ପ୍ରଶମିତ ହୋଇ ନ ଥିବା କୋହ ରହି ରହି ଦୋହଲାଇ ଦେଉଥିଲା ତା' ଦେହକୁ ବହୁତ ଦିନ ପରେ କାନନ ଧୋଇଲା ମଣ୍ଟୁର ହାତ, ଗୋଡ଼, ମୁହଁ। ତା' ହାତକୁ ବଢ଼େଇଦେଲା ଗାମୁଛା ସେ ପୋଛି ହେବ ବୋଲି। ଗଲା ହାଣ୍ଡିଶାଳକୁ ବାଢ଼ିବା ପାଇଁ।

ମଣ୍ଟୁ ଖାଉଥାଏ। ବେଳେବେଳେ ପାପୁଲିରେ ପୋଛୁଥାଏ ଓଦା ଆଖି। ଗୋଟେ ପିଢ଼ା ଉପରେ ବସିଥିଲା କାନନ।

- "ମା, ମୁଁ ମାରିନାଇଁ ମାଙ୍କଡ଼କୁ।" ଏ ପ୍ରସଙ୍ଗ ଉଠାଇଲା ମଣ୍ଟୁ ଏବଂ ସ୍ଥଗିତ ରହିଲା ତା' ଖାଇବା। ସେ କାନ୍ଦିଲା ପୁଣି ଥରେ।

"ତୁ ଆଗ ଚୁପ୍ ହୋଇ ଖା'।" ଆଶ୍ୱାସନା ଦେଲା କାନନ ଏବଂ ମଣ୍ଟୁକୁ ସାହସ ଦେବା ପାଇଁ ଯୋଗକଲା- "ମୁଁ ଜାଣିଚି, ଏ କାମ କରିନୁ। ଯଦି ଦୈବାତ୍ ତୋ ଢେଲା ବାଜିଥାଏ ତା' ଦେହରେ, କ'ଣ ଭାସିଗଲା ସେଇଠୁ?"

କାନନ ନିଜକୁ ମୁକ୍ତ କରୁଥିଲା ଧାର୍ମିକ ବିଶ୍ୱାସରୁ, ମଣ୍ଟୁକୁ ପ୍ରତିରକ୍ଷା ଦେବାପାଇଁ। ଏ ପରିସ୍ଥିତିରେ ମାଙ୍କଡ଼କୁ ଉତ୍ପାତ କରୁଥିବା ଏକ ବଦ୍‌ମାସ ପଶୁ ଭାବରେ ସେ ଗ୍ରହଣ କରୁଥିଲା ଏବଂ ଏହାର ଐଶ୍ୱରିକ ସମ୍ପର୍କର ପ୍ରତୀକକୁ ଅସ୍ୱୀକାର କରୁଥିଲା। ସେ ଜଣେ ନିର୍ମଳ ମା' ହିଁ ଥିଲା ସେତେବେଳେ ଏବଂ ମଣ୍ଟୁକୁ ସମ୍ଭାବ୍ୟ ଉପଦ୍ରବରୁ ରକ୍ଷା କରିବା ପାଇଁ ପ୍ରସ୍ତୁତ ଥିଲା।

ଟିକିଏ ହାଲୁକା ଲାଗିଲା ଖାଇ ସାରିବାପରେ ଏବଂ ମା'ର ଉଷ୍ମମ ସାନ୍ତ୍ୱନା ପାଇବା ପରେ। ସେ ଉଠିଗଲା ହାତ ଧୋଇବାକୁ ଏବଂ ଦେଖିଲା ତିନି ଚାରି ଜଣ ଗେଟ୍ ଟପି ଘରକୁ ଆସିବାର। ସେ ତର ତର ହୋଇ ପଶିଗଲା ଭିତରକୁ।

- "ରଘୁନାଥବାବୁ ଅଛନ୍ତି ଘରେ?" ଟିକିଏ ବଡ଼ ପାଟିରେ ବେଶି ସ୍ମାର୍ଟ ଦେଖାଯାଉଥିବା ଯୁବକ ଜଣେ ପଚାରିଲା।

- "ନାହାନ୍ତି।" କାନନ କହିଲା ନମ୍ରତାର ସହିତ ଦରଜା ପାଖରେ ନିଜକୁ ଅଧା ଲୁଚେଇ।

- "ଏଇ ଯେଉଁ ପିଲା ଧୋଉଥିଲା ହାତ ଅବିକା, ସେଇ କ'ଣ ମଣ୍ଟୁ?" ଏ ପ୍ରଶ୍ନ ମଧ୍ୟ ପଚାରିଲା ସେଇ ସ୍ମାର୍ଟ ଲୋକ।

ଏ ପ୍ରଶ୍ନର ଜବାବ ଆସିଲା ନାଇଁ। ଏଇ ଅପରିଚିତ ଯୁବକମାନେ ଜାଣିପାରିଲେ ନାଇଁ ଯେ ଉଦ୍‌ବେଗ ଏବଂ ଆଶଙ୍କା କାବୁ କରିସାରିଥିଲା କାନନକୁ ଏବଂ କୋଠରି କୋଣରେ ଠିଆ ହୋଇଥିବା ମଣ୍ଟୁକୁ।

- "ଆମ କାମ ରଘୁନାଥବାବୁଙ୍କ ପାଖରେ।" ଏ ପ୍ରଶ୍ନ ଶୁଭିଲା ରଘୁନାଥକୁ ସାବାଡ଼ କରିବାପାଇଁ ନିଷ୍କରୁଣ ସତର୍କବାଣୀ ଭଳି। ଆହୁରି ଶୁଭିଲା ତା' ନିର୍ଦ୍ଦେଶ ଅନୁଗାମୀଙ୍କ ପ୍ରତି - "ଆସ, ଆମେ ଏଇଠି କେଉଁଠି ଅପେକ୍ଷା କରିବା। ବାବୁ ଫେରନ୍ତୁ।"

ସେମାନେ ବୁଲି ପଡ଼ିଲେ ଯିବା ପାଇଁ। କାନନ ଉପାୟ ପାଇଲା ନାଇଁ ରଘୁନାଥ

ପାଖକୁ ଖବର ପଠାଇବା ସକାଶେ ଯେ ମନ୍ଦ ଉଦ୍ଦେଶ୍ୟ ନେଇ କେତେ ଜଣ ଅଚିହ୍ନା ଲୋକ ଖୋଜୁଚନ୍ତି ତାକୁ। ଠିକ୍ ସେଇ ମୁହୂର୍ତ୍ତରେ ରଘୁନାଥ ଫେରିଲା। ଏମାନଙ୍କୁ ଦେଖି କିଞ୍ଚିତ୍ ବିଚଳିତ ଓ ଜିଜ୍ଞାସୁ ଦେଖାଗଲା। ସେ ଲୋନ୍ ଶୁଝିସାରିଛି। ନିୟମିତ ପଇଠ କରୁଚି ଇଲେକ୍‌ଟ୍ରିସିଟି ବାବଦ ପଇସା। ଗାଁ ତେଜରାତି ଦୋକାନକୁ ଛାଡ଼ିଦେଲେ ଅନ୍ୟ କେଉଁଠି ତା'ର ବାକି ଖାତା ନାହିଁ। ଏମାନେ କିଏ?

- "ଆପଣ ରଘୁନାଥବାବୁ?" ସେଇ ପ୍ରଶ୍ନକର୍ତ୍ତା। ଏଭଳି ସ୍ୱର ସରକାରୀ ଅଫିସରେ ବେଶି ଶୁଣିବାକୁ ମିଳେ। ଓକିଲ ବି ପଚାରେ ଏଇ ଢଙ୍ଗରେ ଜେରା କଲାବେଳେ।

- "ହଁ।" ରଘୁନାଥ ଅନୁଭବ କଲା ଯେ ସେ ଦବି ଯାଉଚି।

- "ଆପଣ ଜାଣିଥିବେ ଏଠାରେ ଆନିମଲ୍ ଲଭର୍ସ ସୋସାଇଟି ବୋଲି ଗୋଟେ ସ୍ୱେଚ୍ଛାସେବୀ ଅନୁଷ୍ଠାନ ଅଛି?" ସେ ପଚାରିଲା।

- "କି ସୋସାଇଟି ବୋଲି କହିଲେ?" ଅଜ୍ଞତା ପ୍ରକାଶ କଲା ରଘୁନାଥ ନମ୍ରତାର ସହିତ।

- "ଏ ସୋସାଇଟିର କାମ ହେଉଚି, ଆମ ଚାରିପାଖରେ ଅନାଥ, ସର୍ବହରା ପଶୁମାନଙ୍କ ପ୍ରତି ଅଯଥା ନିଷ୍ଠୁରତାର ପ୍ରତିବାଦ କରିବା ଏବଂ ଏମାନଙ୍କୁ ଶ୍ରଦ୍ଧା କରିବା।" ସେ ବୁଝାଇଲା ଏବଂ ଏଥର କିଞ୍ଚିତ ମାର୍ଜିତ ସ୍ୱରରେ ନିଜର ପରିଚୟ ଦେଲା - "ମୁଁ ଏଇ ସୋସାଇଟିର ପ୍ରେସିଡେଣ୍ଟ। ଏ ବାବୁ ହେଉଛନ୍ତି ଆସିଷ୍ଟାଣ୍ଟ ସେକ୍ରେଟାରୀ। ସିଏ ହେଲେ କୋଷାଧ୍ୟକ୍ଷ।"

ରଘୁନାଥ ଛେପ ଢୋକିବା କଥା ଲକ୍ଷ୍ୟକଲା ପ୍ରେସିଡେଣ୍ଟ। କୁରୁଳି ଉଠିଲା। ଠିକ୍ କାମକରୁଚି ମେଡ଼ିସିନ୍। ରଘୁନାଥ ଯେ ଅବରୁଦ୍ଧ ହୋଇଯାଉଚି, ତାହାର ପ୍ରମାଣ ତା' କାକୁସ୍ଥ ମୁହଁ।

- "ଆପଣଙ୍କ ପୁଅ...।" ଅଟକି ଗଲା ସେ ଏଇଠି। ତା' ଦଳର ଲୋକଙ୍କ ଆଡ଼େ ଚାହିଁ ପଚାରିଲା - "କ'ଣ ସେ ଟୋକାର ନାଁ?"

- "ମଣ୍ଟୁ।" ଚଟାପଟ୍ ଉତ୍ତର।

- "ୟେସ୍, ମଣ୍ଟୁ।" ପ୍ରେସିଡେଣ୍ଟ କହିଲା ଏବଂ ଅବସୋସ ମିଶା ସ୍ୱରରେ ଯୋଗକଲା - "ମାରି ଦେଲା ଗୋଟେ ମାଙ୍କଡ଼କୁ। ବିନା କାରଣରେ। ଆମେ ଏଇ ମଲା ହତଭାଗ୍ୟର ଫଟୋ ଉଠେଇ ସାରିଚୁ। ଏ ମାମଲା ଯିବ କେନ୍ଦ୍ର ସରକାର ପର୍ଯ୍ୟନ୍ତ। ଏଠାରେ ବି ରୁଜୁ ହେବ ଏ ପ୍ରସଙ୍ଗ। ଆମେ ତଦନ୍ତ କରିସାରିଚୁ।" ସେ ଦମ୍ ନେଲା।

"ଆମ ପୁଅ ଏ କାମ କରିନାଇଁ। ନିର୍ଦ୍ଦୋଷ ସିଏ।" ଏଥର ଦରଜା ବାହାରେ ନିଜକୁ ଉପସ୍ଥାପନା କଲା କାନନ। ପୁଅ ଚାରିପାଖରେ ସୁରକ୍ଷା ବଳୟ ସୃଷ୍ଟି କରିବା ଅବସରରେ ତା' ସ୍ୱରରେ ଥିଲା ଉତ୍ତେଜନା।

- "ପ୍ଲିଜ୍, ରଘୁନାଥବାବୁ।" ଏହା ନିବେଦନ ନୁହେଁ; ନିର୍ଦ୍ଦେଶ ଥିଲା ପ୍ରେସିଡେଣ୍ଟର; ଯେ' କି ସେତେବେଳଯାଏ ଗମ୍ଭୀର ଥିଲା ଏତେ ବଡ଼ ସାଂଘାତିକ ମର୍ଡର ହୋଇଥିବାରୁ। କହିଲା ପୁଣି ଦୃଢ଼ ସ୍ୱରରେ - "ଆପଣଙ୍କ ମିସେସ୍‌ଙ୍କୁ କହନ୍ତୁ, ଏଇଟା ଗାଁ ଗହଳିର କଳିକଜିଆ ଭଳି ମନୋରଞ୍ଜନକାରୀ ବ୍ୟାପାର ନୁହେଁ। ଅଣ୍ଡରଷ୍ଟାଣ୍ଡ ? ଏମିତି ଜାଣିଶୁଣି ପଶୁ ହତ୍ୟା କଲେ କ'ଣ ସବୁ ଘଟିବ, ଆପଣ ଜାଣିପାରିବେ ଅଳ୍ପ ଦିନ ମଧ୍ୟରେ। ଚାଲ। ଆଉ ଏଠି କାମ କ'ଣ ?"

ସେମାନେ ଗେଟ୍ ପାର ହେବା ବେଳକୁ ନିଷ୍ପ୍ରାଣ ହୋଇଯାଇଥିଲା ସେ ଘର। ରଘୁନାଥ ଚାରିପାଖରେ ପୃଥିବୀ ଚକାଭଉଁରୀରେ ବ୍ୟସ୍ତ ଥିଲା। ଥରୁଥିଲା ଭୂଇଁ କି କମ୍ପୁଥିଲା ତା' ଗୋଡ଼, ତାହା ସେ ଜାଣିପାରୁ ନ ଥିଲା। ସେ ବିସ୍ମୃତ ହୋଇଯାଇଥିଲା ନିଜ ସଂପର୍କରେ, ପରିବେଶ ସଂପର୍କରେ। ଗୋଟେ କିଳିକିଳା ଭାଁ ଭାଁ ଶବ୍ଦ ପ୍ରଗାଢ଼ ହେଉଥିଲା ତା' ଭିତରେ, ବାହାରେ।

ସେ କାନ୍ଦ କାନ୍ଦ ହୋଇଯାଇଥିଲା ଏବଂ ଏଥିପାଇଁ ପତ୍ନୀର ଅନାବଶ୍ୟକ ହସ୍ତକ୍ଷେପ ଦାୟୀ ବୋଲି ଭାବିଲା। ସେ ନିଜକୁ ଖଲାସ କରିବାକୁ ଚାହୁଁଥିଲା ନିଷ୍କ୍ରିୟ ଅସହାୟତାରୁ। ପତ୍ନୀକୁ ଗୁଡ଼ାଏ ଗାଳିଗୁଲଜ କଲେ ଶାନ୍ତି ମିଳିପାରେ ବୋଲି ଭାବି ସେ ନିଜକୁ ସଜବାଜ କଲାବେଳେ ଦେଖିଲା, ଚାରିଜଣ ଯୁବକଙ୍କ ମଧ୍ୟରୁ ଜଣେ ଆସୁଚି ହସ ହସ ମୁହଁ ନେଇ। ଏ ହସରେ ଥିଲା, ଅସୁବିଧାରେ ପଡ଼ିଥିବା ଲୋକଙ୍କୁ ରକ୍ଷା ପାଇବାର ଉପାୟ ବତେଇବାର ଉଦାରତା ଏବଂ ଆପଣାପଣ। ଏ ଯୁବକର ପଦବୀ ନଥିଲା ସେଇ ବିଚିତ୍ର ଏବଂ ଅଖ୍ୟାତ ସୋସାଇଟିରେ। ରଘୁନାଥର ଶୋଷ ଏବଂ ହୃଦ୍‌ସ୍ପନ୍ଦନ ଫେରିଆସିଲା ଏଥର ଆହୁରି ଭୟଙ୍କର ଭାବରେ। ସେ ବିକଳ ହୋଇ ଏ ଯୁବକର ଉପସ୍ଥିତିଠାରୁ ଖସିଯିବା ପାଇଁ ଅନେଇଲା ଏଣେତେଣେ। ଭାରି ଦୟନୀୟ ଦେଖାଗଲା।

- "ଦେଖନ୍ତୁ, ରଘୁନାଥବାବୁ।" ଯୁବକ ଆରମ୍ଭ କଲା, ଯଦିଓ ରଘୁନାଥ କ'ଣ ଦେଖିବା ବିଧେୟ, ତାହା କହିଲା ନାଇଁ। ତା'ର ବକ୍ତବ୍ୟ ଥିଲା - "ଆପଣ ମୋତେ ଚିହ୍ନି ନଥିଲେ ବି ଆପଣ ଭୀଷଣ ଅଡୁଆ ଭିତରେ ଛନ୍ଦି ହୋଇସାରିଚନ୍ତି ବୋଲି ମୋତେ ବହୁତ ଖରାପ ଲାଗୁଚି। ଅସଲ କଥା ହେଉଚି ଏ ପ୍ରେସିଡେଣ୍ଟ ଅତ୍ୟନ୍ତ ରାଗୁଆ ଲୋକ। ଏତେ ଷ୍ଟ୍ରିକ୍ଟ୍ ଯେ ତାଙ୍କ ବାପାଙ୍କ ସହିତ ବି ତାଙ୍କର ଭଲ ସମ୍ପର୍କ ନାଇଁ। ସେ ଆଜି ରାତି ଭିତରେ କାଗଜପତ୍ର ଠିକ୍ କରିବେ ଏ ସଂକ୍ରାନ୍ତରେ। ମୋତେ

ଭଲ ଲାଗୁନାଇଁ ଏସବୁ ଭାବିବା ବେଳେ । ଯାହା ହେଲେ ବି ଆପଣ ଜଣେ ସଚ୍ଚୋଟ, ସରଳ, ପରିଷ୍କାର ଲୋକ ବୋଲି ଢେର୍ ଲୋକ ଜାଣନ୍ତି ।”

ରଘୁନାଥ ବହୁ କଷ୍ଟରେ ଅଟକାଇ ରଖିଲା ଦୀର୍ଘଶ୍ୱାସ; କିନ୍ତୁ କେଉଁଠି ବା ଲୁଚେଇ ଥାଆନ୍ତା ତା’ ଅସହାୟ ଏବଂ ଅକ୍ଷମ ମୁହଁ? ଯୁବକ ଏଇ ଅନୁକୂଳ ଅବସ୍ଥା ଅନୁଧ୍ୟାନ କରି କହିଲା ସହାନୁଭୂତିପୂର୍ଣ୍ଣ ସ୍ୱରରେ - “ଆପଣ ଯଦି ମୋତେ ଅନୁମତି ଦେବେ, ତା’ହେଲେ ପ୍ରେସିଡେଣ୍ଟଙ୍କ ସହିତ ମୁଁ ଆଲୋଚନା କରିବି । ସେ ମୋ ଉପରେ ବିଗିଡ଼ିବେ । ନିକାଲି ଦେଇପାରନ୍ତି ତାଙ୍କ ସୋସାଇଟିରୁ । କିନ୍ତୁ ଆପଣଙ୍କ ପାଇଁ, ବିଚରା ମଣ୍ଟୁ ପାଇଁ ମୁଁ ରିସ୍କ ନେବାକୁ ପ୍ରସ୍ତୁତ । ଥରେ ଭାବି ଦେଖନ୍ତୁ, ଏ ସଂକ୍ରାନ୍ତରେ କାଗଜପତ୍ର ଯଦି ଫଟୋ ସହିତ ଦାଖଲ ହୋଇଗଲା, ତେବେ ଧାଇଁବେ କୋର୍ଟ କଚେରି । ପୋଷିବେ ଓକିଲକୁ । ଖର୍ଚ୍ଚାନ୍ତ ତ ହେବେ, ମଣ୍ଟୁର ଭବିଷ୍ୟତ ବେଲାଇନ୍ ହୋଇଯିବ ।”

ଏତକ କହିସାରି ଉପକାରୀ ଯୁବକ ଆଶାୟୀ ହୋଇ ଚାହିଁଲା ରଘୁନାଥ ଆଡ଼େ । ସେ ବିଫଳ ହୋଇପାରେ । ଏଭଳି ଆଶଙ୍କା ବି ଥିଲା ତା’ ଠାରେ । ସେ କାହିଁକି କେଜାଣି ତରତର ହେଉଥିଲା ।

- “କି ପ୍ରକାର କଥାବାର୍ତ୍ତା କରିବେ ?” ରଘୁନାଥ ନିଶ୍ଚିତ ହୋଇପାରିଲା ନାହିଁ ଏହା ସେ ଜୀବିତ ଥିବାବେଳେ ପଚାରିଲା ନା ମରିଯିବା ପରେ ।

- “ତାଙ୍କୁ କିଛି ଟଙ୍କା ଦେଇଦେବା !” ଯୁବକ କହିଲା ନିମ୍ନ ସ୍ୱରରେ; ଯେମିତି ରଘୁନାଥର କାନ ହିଁ ଶୁଣିବ ।

ରଘୁନାଥର ସେ ପର୍ଯ୍ୟନ୍ତ ଧାରଣା ଥିଲା ଯେ ଝାଳ ବାହାରେ କେବଳ ଦେହ ଉପରେ । ପ୍ରଥମ ଥର ପାଇଁ ସେ ଅନୁଭବ କଲା ଝାଳ ବାହାରୁଚି ତା’ ହାଡ଼ ଏବଂ ରକ୍ତ କଣିକାରୁ । ଟଙ୍କା ସଂପର୍କରେ ଅତ୍ୟନ୍ତ ସ୍ପର୍ଶକାତର ସବୁଲୋକଙ୍କର ଏଇ ଅବସ୍ଥା ହୁଏ କି ନାଇଁ, ତାହା ମାଲୁମ୍ ନ ଥିଲା ତାକୁ ।

- “ସେ ଲୋକ ନିହାତି ରାଢୁଆର ବୋଲି କହୁଚନ୍ତି ପରା !” ଶୋଚନୀୟ ଅବସ୍ଥା ସତ୍ତ୍ୱେ ରଘୁନାଥ ଯୁକ୍ତିପ୍ରବଣ ମଧ୍ୟ ହୋଇପାରିଲା । ପରବର୍ତ୍ତୀ ପ୍ରଶ୍ନ ଥିଲା - “ଟଙ୍କା ନେଲେ ସେ କ’ଣ ଛାଡ଼ିଦେବେ ?”

- “ସେ ଦାୟିତ୍ୱ ମୁଁ ନେଉଚି ।” ଉତ୍ସାହିତ ହୋଇପଡ଼ିଲା ଯୁବକ । ପ୍ରକାଶ କଲା ପ୍ରଭାବଶାଳୀ କୌଶଳ– “ମୁଁ ଧରିବି ତାଙ୍କ ଗୋଡ଼ । ରଘୁନାଥବାବୁ ମୋ ନିଜ ଲୋକ ବୋଲି ନିବେଦନ କରିବି । ଯଦି ସେଥିରେ କାମ ନ ହେଲା, ତେବେ ଇସ୍ତଫା ଦେବ ସୋସାଇଟିରୁ । ଫେରାଇଦେବି ଆପଣଙ୍କର ଟଙ୍କା । ଏ ଗ୍ୟାରେଣ୍ଟି ମୁଁ ଦେଉଚି । ତେଣିକି ଆପଣ ମୋତେ ବିଶ୍ୱାସ କରିବେ କି ନାଇଁ, ତାହା ଆପଣଙ୍କ କଥା ।”

ଦୀର୍ଘ ସମୟ ଧରି ଟଣାଓଟରା। ମୂଲଚାଲ। ରଘୁନାଥର ଅସାମର୍ଥ୍ୟ। କାନ୍ଦୁଣୁ ମାନ୍ଦୁଣୁ। ବଳଦ କିଣାଯିବ। ବଳଦ କିଣାଯିବ। ପଲସ୍ତରା ହେବ ଗୋଟେ କାନ୍ଥ। ମରୁଡ଼ି ଅବସ୍ଥା ଯୋଗୁ ଫସଲ ହାନି। ଆଲୋଚନାରୁ ଓହରିଯିବାପାଇଁ ଦୁଇ ଥର ଯୁବକର ଧମକ। ଦୁଇ ହଜାର ନୁହେଁ, ପାଞ୍ଚ ଶହ ଟଙ୍କା ନେଇ, 'ଚେଷ୍ଟା କରିବି ଏତିକିରେ କାମ ଚଳେଇବା ପାଇଁ' ବୋଲି ଯୁବକର ଅଧା ପ୍ରତିଶ୍ରୁତି। ଘର ଚିପୁଡ଼ି ହୋଇଗଲା। ବାହାରିଗଲା ଏହାର ରସ ବୋଲି ରଘୁନାଥର ନୀରବ ଆର୍ତ୍ତନାଦ।

ସେ ଏଇ ମୁଡ୍‌ରେ ଥିବାବେଳେ ତା' ପାଖକୁ କାନନ ଆସିବା ଆଦୌ ଉଚିତ ନ ଥିଲା। କୌଣସି ଅଭିଜ୍ଞ ଏବଂ ସ୍ୱାମୀକୁ ପଟେଇବାରେ ଧୁରନ୍ଧର ଘରଣୀ ବାମ୍ଫ ବାହାରୁଥିବା ସ୍ୱାମୀର ପାଖ ମାଡ଼େନାହିଁ। ବିସ୍ଫୋରଣ ଘଟିଥାନ୍ତା। ଘଟିଲା ନାହିଁ। ଖାକି ପୋଷାକ ପରିହିତ ଜଣେ ବ୍ୟକ୍ତି ପ୍ରବେଶ କଲା। ହାତରେ ତା'ର ଥିଲା ବେତ ଭଳି ଦେଖାଯାଉଥିବା ବାଡ଼ିଟିଏ। ସେ ଆସୁଥିଲା ଦମ୍ଭର ସହିତ। ସତେଯେପରି ପରିଚିତ ଥିଲା ସେ ଏ ପରିବାରର।

କାନନ ଘର ଭିତରେ। ଆହୁରି ପରସ୍ତେ ହୃତ୍‌କମ୍ପନ, ଶୋଷ ଏବଂ ଆତୁରତାର ଓଜନରେ ନୟାନ୍ତ ହୋଇ। ବାରନ୍ଦାରେ ବସିଥିବା ରଘୁନାଥର ଶିରାପ୍ରଶିରାରେ ପ୍ରବାହିତ ହେଲା ତରଳ ବରଫ। ପବନ ଅନିଚ୍ଛୁକ ଥିଲା ତା' ଶ୍ୱାସକ୍ରିୟା ସହିତ ସହଯୋଗ କରିବାପାଇଁ। ସେ ଭୟରେ ଚିତ୍କାର କରିବ। ମିଶିଯିବ ପବନ ଭିତରେ। ସେମିତି କିଛି କିନ୍ତୁ ହେଲାନାଇଁ। ଇଞ୍ଚେ ବି ଘୁଞ୍ଚି ପାରିଲା ନାଇଁ ବସିବା ଜାଗାରୁ। ସେ ଅନୁତାପ କଲା ଜନ୍ମଗ୍ରହଣ କରିଥିବାରୁ, ବାହା ହୋଇଥିବାରୁ ଏବଂ ମଣ୍ଟୁର ଜନ୍ମ ବାବଦରେ ଭୂମିକା ନେଇଥିବାରୁ। ସେ ବାରମ୍ବାର ଏମିତି ଅନୁତାପ କରେ ପ୍ରତିକୂଳ ମୁହୂର୍ତ୍ତରେ।

ତା' ଅବସ୍ଥା ଏପରି ଥିଲା ଯେ ଖାକି ପୋଷାକ ପରିହିତ ଲୋକ ଜଣକ ଫରେଷ୍ଟ ଡିପାର୍ଟମେଣ୍ଟର ଗାର୍ଡ ନବ ବୋଲି ସେ ଚିହ୍ନିଲା ଡେରିରେ। ନବ ହସୁଥିଲା ଅଳ୍ପ। ପାଖରେ ଠିଆ ହୋଇ ଅଭିବାଦନ ଜଣାଇଲା। – "ନମସ୍କାର, ରଘୁଭାଇ। ଏମିତି ରାଜ୍ୟ ହରେଇଲା ଭଳି ବସିଚ ଯେ?"

ସେଦିନ ପ୍ରଥମ ଥର ପାଇଁ ଆଶ୍ୱସ୍ତି ଅନୁଭବ କଲା ରଘୁନାଥ। ସ୍ୱାଭାବିକ ହେବାପାଇଁ ତଥାପି ତା'ର ଜାରି ରହିଥିଲା ଉଦ୍ୟମ। କ'ଣ କହିଲା ନବ? ରାଜ୍ୟ ହରେଇଲା ଭଳି? କାହାକୁ ରାଜ୍ୟ ହରେଇବା କୁହାଯାଏ ତେବେ?

ବିପର୍ଯ୍ୟସ୍ତ ଓ ଲହୁଲୁହାଣ ହୋଇଯାଉଥିବା ରଘୁନାଥ ଏଇଭଳି ଅଭ୍ୟର୍ଥନା ଜଣେଇଲା ନବକୁ – "ଆରେ, ନବ, ତୁ? ଅନ୍ୟମନସ୍କ ଥିଲି। ସହସା ଚିହ୍ନିପାରିଲି ନାଇଁ। ଆଉ? ତୋ ଖବର କ'ଣ? ଇଆଡ଼େ କୁଆଡ଼େ ହଠାତ୍?" ଯାପରେ ଘର

ଭିତରକୁ ଚାହିଁ - "ଆରେ, ସପ କି କ'ଣ ଗୋଟେ ଆଣ। ନବ ବସିବ। ଚା' କପେ ଦିଅ ତାକୁ।"

- "ସପ କ'ଣ ହେବ?" କହୁ କହୁ ନବ ବସିଲା ବାରନ୍ଦାରେ ଏବଂ ଆଉ ଟିକିଏ ଉଚ୍ଚ ସ୍ୱରରେ କହିଲା - "ଭାଉଜ, ନମସ୍କାର। ଚା' ବନାଅ ନାଇଁ। ତରତରରେ ଅଛି। ମୋର ତେଣେ ଲେଟ୍ ହୋଇଯିବ।"

ସେ ଏତକ କହି ପକେଟରୁ ବାହାର କଲା ଭଙ୍ଗାଭଙ୍ଗି ହୋଇଥିବା କାଗଜ। ରଘୁନାଥ ଆଡ଼େ ବଢ଼ାଇ କହିଲା କିମ୍ବା ନିର୍ଦ୍ଦେଶ ଦେଲା - "ପଢ଼, କ'ଣ ଲେଖାଯାଇଚି।"

"କି କାଗଜ ଇଏ?" ରଘୁନାଥ ଆଶଙ୍କା କଲା ଯେ ଆଉ କେବେ ମଧ୍ୟ ସେ ହସିପାରିବ ନାଇଁ, ସ୍ୱାଭାବିକ ହୋଇପାରିବ ନାଇଁ। ତାକୁ ପିଞ୍ଜରାବଦ୍ଧ କରିଥିବା ଭୟ ଓ ଉଦ୍‌ବେଗରୁ ସେ ମୁକ୍ତି ପାଇବ ନାଇଁ। ତା' ଅଜାଣତରେ ପାଟିରୁ ବାହାରିଗଲା - "ଏ କାଗଜ କ'ଣ ସୋସାଇଟିର ପ୍ରେସିଡେଣ୍ଟ ଲେଖିଚି?" କହିସାରିବା ପରେ ଦେଖିଲା, କେମିତି ପାଞ୍ଚ ଶହ ଟଙ୍କା ପଡ଼ିଗଲା ପାଣିରେ। ଖାଲି ସେତିକି ନୁହେଁ; ଦୁର୍ବିପାକ ହୁଏତ ହାତ ପାହାନ୍ତରେ। ପୁଣି ରକ୍ତଶୂନ୍ୟ ହେଇଗଲା ତା' ମୁହଁ।

ବିଚଳିତ ଓ ବିସ୍ମିତ ହୋଇପଡିଲା ନବ। ତା' ପ୍ରସାରିତ ହାତ ଫେରିଆସିଲା ତା' ପାଖକୁ। କିଞ୍ଚିତ ଭୟ ପାଇଲା ଭଳି ପଚାରିଲା- "ପ୍ରେସିଡେଣ୍ଟ? କେଉଁ ସୋସାଇଟିର ପ୍ରେସିଡେଣ୍ଟ? କୌଣସି ପ୍ରେସିଡେଣ୍ଟ ଆମ ଦପ୍ତରରେ କାଗଜ ଦେଇନି।"

- "ନାଇଁ, ନାଇଁ, ସେସବୁ କିଛି ନୁହେଁ।" ପ୍ରସଙ୍ଗ ଏଡ଼ାଇବା ପାଇଁ ଚେଷ୍ଟା କଲା ରଘୁନାଥ ଦୟନୀୟ ହସ ହସି।

ଗମ୍ଭୀର ହୋଇପଡ଼ିଲା ନବ। ମୁହଁ ତଳକୁ କଲା। ପୁଣି ରଘୁନାଥ ଆଡ଼େ ଅନେଇ କହିଲା - "ତୁମେ କଥା ଲୁଚଉଚ। ଏ ସୋସାଇଟି ସଂପର୍କରେ ମୁଁ ନ ଜାଣିଲେ ଏ କାଗଜ ବିଷୟରେ କିଛି ବି କହିବି ନାଇଁ। ମୋତେ ତୁମେ ଭଲ ଭାବ, ଖରାପ ଭାବ।"

ବାଧ୍ୟ ହେଲା ରଘୁନାଥ ବିବରଣୀ ଦେବାପାଇଁ; ଯେଉଁଥିରେ ଟଙ୍କା ଦେବା ତଥ୍ୟ ସ୍ଥାନ ପାଇଲା ନାଇଁ।

ଗଦ୍‌ଗଦ୍ ହୋଇପଡ଼ିଲା ନବ। କହିଲା - "ସୋସାଇଟି? ପୁଣି ପଶୁମାନଙ୍କୁ ପ୍ରେମ କରୁଥିବା ଏବଂ ସେମାନଙ୍କ ଉପରେ ହେଉଥିବା ଅତ୍ୟାଚାରକୁ ପ୍ରତିରୋଧ କରୁଥିବା ସୋସାଇଟି? ଫ୍ରଡ୍ ଏସବୁ। କିଛି ବି ନାଇଁ ସେମିତି ସଂସ୍ଥା ଏଠାରେ। ତୁମେ ବୁଦ୍ଧିମାନ। ଆଉ କିଏ ହୋଇଥିଲେ ହାରାମଜାଦାଙ୍କୁ ବଢ଼େଇ ଦେଇଥାନ୍ତା ଟଙ୍କା।

ମୋ ହାବୁଡ଼ରେ ପଡ଼ିଥିଲେ ବାଞ୍ଛୋତ୍‌ମାନେ ଘଣା ପେଲିଥାନ୍ତେ। ଗଛପତ୍ର, ବଣ୍ୟ ପଶୁ ପକ୍ଷୀ। ଏମାନଙ୍କ ଦେଖାଚାହାଁ କରିବାକୁ ଆମେ ଅଛୁ। ଏ ଶଳେ କିଏ ତା' ଭିତରେ ?"

ଟିକିଏ ବିରତି ପରେ କହିଲା - "ମୁଁ ପଢ଼ିବା ପାଇଁ।" ମନେ ପକାଇଦେଲା ରଘୁନାଥ।

- "ତୁ କ'ଣ କାଗଜଟେ ଦେଉଥିଲୁ ପଢ଼ିବା ପାଇଁ।" ମନେ ପକାଇଦେଲା ରଘୁନାଥ।

- "ଆଣିଥିଲୁତ ଜରୁରୀ କାଗଜ।" ଯିବାକୁ ବାହାରିଥିବା ନବ ପୁଣି ବସିଲା ଏବଂ ଦରଦୀ ହେଲା - "ଦେଖୁଚି, ତୁମ ମନ ଅବସ୍ଥା ଭଲ ନୁହେଁ। ପରେ କେବେ କଥାବାର୍ତ୍ତା ହେବା।"

- "ହଁ, ପରା" ଏକମତ ହେଲା ରଘୁନାଥ। କହିଲା - "ଏ ବାଲୁଙ୍ଗା ଟୋକା ମାଡ଼ରେ ମାଙ୍କଡ଼ ମଲା କି ନାଇଁ, ତାହା ଜଣାନାଇଁ, ମୁଁ କିନ୍ତୁ ନାକେଦମ୍ ହୋଇସାରିଲିଣି। ତାହା ବୋଲି ତୁ ଜରୁରୀ କାଗଜ ଆଣିଚୁ। ଫେରାଇନେବୁ ?"

- "ଏଇ ନିଅ। ପଢ଼।" ନବ ପୁଣି ଥରେ କାଗଜ ବଢ଼େଇଲା।

ଅକ୍ଷମତା ପ୍ରକାଶ କଲା ରଘୁନାଥ। ପଢ଼ିବା ଅବସ୍ଥାରେ ସେ ନାହିଁ। ଚାଳିଶା ଚଷମାଟେ କିଣିପାରି ନାଇଁ ବୋଲି ପଢ଼ିବା ସମ୍ଭବ ହେଉନାଇଁ।

ନବ ଯାହା ପଢ଼ିଲା ଏବଂ ଯେଉଁ ପରିଣତି ରଘୁନାଥକୁ ଅପେକ୍ଷା କରିଚି ବୋଲି କହିଲା, ତାହାର ମାଡ଼ରେ ପୁଣି ଛଟପଟ ହେଲା ରଘୁନାଥ। ଭୂତଳଶାୟୀ ହେଲା ଏବଂ ଜାବୁଡ଼ି ଧରିଲା ନବକୁ, ମରିବାକୁ ଯାଉଥିବା ମାଙ୍କଡ଼ ଯେମିତି ଧରେ ଟ୍ରଲିବାଲାର ଲୁଙ୍ଗିକୁ।

ପନ୍ଦର ଜଣଙ୍କ ଦସ୍ତଖତ ଥିବା ଏ ଦରଖାସ୍ତ ଫରେଷ୍ଟଙ୍କ ପ୍ରତି। ମାଙ୍କଡ଼ ମାରିଥିବା ଅପରାଧ ଯୋଗୁଁ ତୁରନ୍ତ ଆରେଷ୍ଟ କରାଯାଉ ମଣ୍ଟକୁ। ଦରଖାସ୍ତକାରୀଙ୍କ ମଧ୍ୟରୁ କାହାକୁ ମଧ୍ୟ ଚିହ୍ନି ନଥିଲା ରଘୁନାଥ। ଆଶ୍ଚର୍ଯ୍ୟ କଥା।

ଶେଷ ନିଃଶ୍ୱାସ ପାଖରେ ପହଞ୍ଚିଥିବା ଜଣେ ଲୋକ ଏତେ ଆତୁରତା ଓ ବ୍ୟାକୁଳତା ଧରିପାରିବ ନାଇଁ ମୁହଁରେ; ଯାହା ଧରିବାକୁ ସକ୍ଷମ ହୋଇଥିଲା ରଘୁନାଥର ମୁହଁ।

- "ମୁଁ ଏବେ କ'ଣ କରିବି ?" ରଘୁନାଥର କାନ୍ଦ ସମର୍ଥ ହୋଇ ନ ଥାନ୍ତା ଏତେ କରୁଣ ଅସହାୟତା ପ୍ରକାଶ କରିବାକୁ।

- "କିଛି ନାଇଁ! ଆରାମରେ ରହିବ।" ପୁନର୍ଜନ୍ମ ପାଇଁ ନିର୍ଭର ପ୍ରତିଶ୍ରୁତି

ନବର। ସେ ଆହୁରି ଦମ୍ଭ ଦେଲା – "ଦେଖୁଚ ତ, ଆମ ଅଫିସ୍ ଷ୍ଟାମ୍ପ ଏ କାଗଜ ଉପରେ ? ଦରଖାସ୍ତ ଦେଇଥିବା ଲୋକଙ୍କୁ ଭୂଆଁ ବୁଲେଇଲି ଯେ ପିଟିସନ୍ ରେଜିଷ୍ଟ୍ରିଭୁକ୍ତ ହେଲା। ଫରେଷ୍ଟର ନ ଥିଲା। ଦୁର୍ଭାଗ୍ୟକୁ କିରାଣିଟି ଅତ୍ୟନ୍ତ ଲାଞ୍ଚଖୋର୍। ମୁଁ ତୁମ ବନ୍ଧୁବାନ୍ଧବ ବୋଲି ଜାଣି, ସେ ଫାଇଲ୍‌ରେ ଅନ୍ୟପ୍ରକାର କାଗଜ ଖଞ୍ଜିଦେବ।"

ରଘୁନାଥ ଜାଣିପାରୁ ନଥିଲା ଏପରି ହୋଇପାରେ କି ନାଇଁ। ନବ କଥାକୁ କେତେ ବିଶ୍ୱାସ କରାଯାଇପାରେ। ତା'ର ମନେହେଲା ଯେ ପାଗଳ କିମ୍ବା ବେହୋସ ହୋଇଯିବ। ସମ୍ଭାଳି ପାରିବ ନାଇଁ ଏତେ ଆଶଙ୍କା ଏବଂ ଆତଙ୍କ। ଏହାର ପ୍ରାୟ ଦଶ ମିନିଟ୍ ପରେ ସେ ବସିଥିଲା ଏକୁଟିଆ ସର୍ବହରା ହୋଇ। ପୁଣି ହଜାରେ ଟଙ୍କା ହରାଇ। ଏହାସତ୍ତ୍ୱେ ସବୁ ଜଣାପଡୁଥିଲା ଅନିଶ୍ଚିତ ଓ ଅସ୍ଥିର।

ପରଦିନ କାନନର ସାନ ଭାଇ ଗୋବିନ୍ଦ। ଗେରୁଆ ଧୋତି, କମିଜ ଓ ଗାମୁଛା ଦ୍ୱାରା ଆଚ୍ଛାଦିତ ପ୍ରାୟ ଷାଠିଏ ବର୍ଷ ବୟସ୍କ ବ୍ୟକ୍ତିଙ୍କ ସହିତ। କେଶହୀନ, ଦାନ୍ତହୀନ ଏ ବ୍ୟକ୍ତି ଚନ୍ଦନ ଓ ସିନ୍ଦୂର ଲଗେଇଥାନ୍ତି କପାଳରେ। ଶ୍ୟାମଳ ବର୍ଣ୍ଣ। ଅନାବଶ୍ୟକ ଭାବେ ଉଚ୍ଚସ୍ୱରରେ କଥାବାର୍ତ୍ତା କରିବା ଏବଂ ସେଥିରେ ଶ୍ଳୋକ ଏବଂ ପଦ୍ୟାଂଶ ଖଞ୍ଜିବା ଥିଲା ତାଙ୍କର ଅଭ୍ୟାସ। ଗୋବିନ୍ଦ ପରିଚିତ କରାଇଦେଲା – ଏ ଥିଲେ ପାଲା ଗାୟକ। ଏବେ ପଣ୍ଡିତ ଭାବରେ ଖ୍ୟାତ। ଜ୍ୟୋତିଷଶାସ୍ତ୍ର ମଧ୍ୟ ଜଣା। ଠାକୁରପୂଜା ଏବଂ ଗ୍ରହଶାନ୍ତି ଇତ୍ୟାଦି କ୍ରିୟାକର୍ମରେ ସିଦ୍ଧହସ୍ତ। ଉଦ୍ୟମ କରୁଚନ୍ତି ମହାବୀର ମନ୍ଦିର ପ୍ରତିଷ୍ଠା ପାଇଁ।

ସକାଳ ଦଶଟା ସେତେବେଳେ। ସାମାନ୍ୟ ଜଳଯୋଗ ପରେ ଗୋବିନ୍ଦ ଆରମ୍ଭ କଲା – "ମୁଁ ଗଲା ସଞ୍ଜବେଳେ ଶୁଣିଲି ମଷ୍ଟୁର କୁକର୍ମ ବିଷୟରେ। ମୂଷା କିମ୍ବା କୁକୁଡ଼ା ମାରିବା ବ୍ୟାପାର ନୁହେଁ ଏଇଟା। ଖୋଦ ମହାବୀରଙ୍କ ଦାୟାଦଙ୍କୁ ହତ୍ୟା କରାଯାଇଚି। ତୁମେ ଯେଉଁଆଡ଼େ ଗଲେ ବି ମହାବୀରଙ୍କ ପ୍ରତିମୂର୍ତ୍ତି ଦେଖିବ। ତାଙ୍କ ନାମ ସ୍ମରଣ ହିଁ ଯଥେଷ୍ଟ ସଙ୍କଟରୁ ପାର୍ ହେବାପାଇଁ। ଅସୀମ ଶକ୍ତି, ସୀମାହୀନ କରୁଣାର ନାମ ହେଉଚି ହନୁମାନ। ଭକ୍ତି ଆଉ ସମର୍ପଣ ଭାବର ଉତ୍ସ ସିଏ।"

ଏତକ କହୁ କହୁ ଗୋବିନ୍ଦ ଦୁଇ ହାତ ଯୋଡ଼ି କପାଳରେ ଲଗାଇଲା ଏବଂ ପଣ୍ଡିତେ ଶ୍ଳୋକ ଉଚ୍ଚାରଣ କଲେ।

– "ଏ ବଦ୍‌ମାସ ମାରିଦେଲା। ଗୋଟେ ମାଙ୍କଡ଼ଟା।" କ୍ଷୋଭ ପ୍ରକାଶ କଲା ଗୋବିନ୍ଦ।

– "ସିଏ ମାରି ନାଇଁ।" କାନନ ପ୍ରତିବାଦ କଲା। ପୁଣି କାନ୍ଦ କାନ୍ଦ ହୋଇ

"ଖାଲିଟାରେ ମୋ ଛୁଆକୁ ବଦନାମ କରାଯାଉଚି। ଶେଷରେ ମାମୁଁ ହୋଇ ତୁ ବି ସେଇ କଥା କହୁଚୁ।"

- "ଶୁଣୁ, କନ୍ଦାକଟା କରନା।" ନିର୍ଦ୍ଦେଶର ମାତ୍ରା ଥିଲା ବେଶି; ଆଶ୍ୱାସନା କମ୍। ଗୋବିନ୍ଦ ପୁଣି କହିଲା - "ସେ ମାରିଥାଉ କି ନ ଥାଉ। ଏ କଥା ଶୁଣି ବ୍ୟସ୍ତ ଲାଗିଲା। ଛଟପଟ ହେଲି ମୁଁ। ଧାଇଁଲି ପଣ୍ଡିତଙ୍କ ପାଖକୁ। ଏଥର ପଣ୍ଡିତେ କହନ୍ତୁ।"

ପଣ୍ଡିତେ ପରିବେଷଣ କଲେ ଛୋଟକାଟର ପାଲା। କେତେବେଳେ ସଂସ୍କୃତ, ପୁଣି କେତେବେଳେ ହିନ୍ଦୀ ଏବଂ ବଙ୍ଗଳା ଓ ଅଳ୍ପ ଓଡ଼ିଆରେ ସେ କହିଲେ, ଧଇଁସଇଁ ହୋଇ। ବାରମ୍ବାର ସର୍ବତ ପିଇ ତର୍ଜମା କଲେ ଓଡ଼ିଆରେ। ଓଠରୁ ଝରୁଥିବା ଲାଳ ବାରମ୍ବାର ପାପୁଲିରେ ଓ ଗାମୁଛାରେ ପୋଛୁଥିବା ଅବସ୍ଥାରେ।

କିଛି ମଧ୍ୟ ବୁଝାପଡ଼ିଲା ନାହିଁ କ'ଣ ସେ ତର୍ଜମା କଲେ। ଦିଗଭ୍ରଷ୍ଟ ତାଙ୍କ କଥା ଜଣାପଡ଼ିଲା ସିଲଟରେ ସାନ ଛୁଆଟେ ଗାରେଇଥିବାର ଦୃଶ୍ୟ ଭଳି। ରଘୁନାଥର ଦୀର୍ଘଶ୍ୱାସ ଓ ବିରକ୍ତି। କାନନର ନୈରାଶ୍ୟ ଓ କ୍ଲାନ୍ତି। ହାଲିଆ ହୋଇ ପଡ଼ିଥିବାରୁ ମଧ୍ୟାହ୍ନଭୋଜନ ପରେ ପରେ ପଣ୍ଡିତେ ବିଛଣା ଧରିଲେ। ଏତେ କଥା ସହି ସାରିଥିବା ସେ ଘର ପଣ୍ଡିତଙ୍କର ବିକଟ ଘୁଙ୍ଗୁଡି ମଧ୍ୟ ସହିନେଲା।

- "ଏ ବି ଗୋଟେ ଫ୍ରଡ୍।" ଘୋର ବିତୃଷ୍ଣାର ସହିତ ଘୋଷଣା କଲା ରଘୁନାଥ। ସେ ଜଡ଼ସଡ଼ ଓ ଅଧୈର୍ଯ୍ୟ ହୋଇସାରିଥିଲା। କହିଲା - "ମୁଁ ବୁଝିପାରୁ ନାହିଁ ଗୋବିନ୍ଦ ଏମିତି ଗୋଟେ ପ୍ରାଣୀ ପାଲରେ ପଡ଼ିଲା କିପରି। ଇଏ ପୁଣି ସରପଞ୍ଚ ପ୍ରାର୍ଥୀ ହେବ!" ବିକୃତ ହୋଇଗଲା ତା' ମୁହଁ।

ବହୁତ ଯୁକ୍ତିତର୍କ; ଏପରିକି ବଚସା ପରେ ଠିକ୍ ହେଲା ଯେ ପଣ୍ଡିତେ ଧାର୍ଯ୍ୟ କରିଥିବା ଦିନରେ ବିଶୁଦ୍ଧ କରାଯିବ ମଣ୍ଡୁକୁ। ହୋମ ଓ ବ୍ରାହ୍ମଣ ଭୋଜନ ହେବ। ଲଣ୍ଡା ହେବ ମଣ୍ଡୁ। ତଳେ ପଡ଼ିଥିବା ଇଟା ପଥରକୁ ଆଉ ଖଇଚା କରିବ ନାହିଁ।

■

ଉଇ

ସହରର ସ୍ୱରାଜ ଛକଠାରୁ ଯେଉଁ ବ୍ୟସ୍ତବହୁଳ ରାସ୍ତା ଯାଇଚି ରାଣୀ ମାର୍କେଟ୍ ପର୍ଯ୍ୟନ୍ତ, ତା' ମଝିରେ ଅଛି ଗୋଟେ ପୋଲ। ପୋଲ ତଳେ ସହରର ପ୍ରମୁଖ ନର୍ଦ୍ଦମା। ରାସ୍ତାର ଡାହାଣକୁ, ପୋଲ କଡ଼ରେ ଅଛି ଟେଲିଫୋନ୍ ଖୁଣ୍ଟ। ଏଇ ଖୁଣ୍ଟରେ ସାନ ହୋର୍ଡ଼ିଙ୍ଗ୍ ବନ୍ଧାଯାଇଚି। ଗୋଟିଏ ଲାଲ ରଙ୍ଗର ବଡ଼ ତୀର ଚିହ୍ନ ଯେକୌଣସି ଲୋକକୁ ନିର୍ଦ୍ଦେଶ ଦେଇପାରେ ଯେ, ପୋଲ କଡ଼ରେ ଯେଉଁ ସରୁ ରାସ୍ତା ଅଛି, ସେଥିରେ ଆଗେଇଗଲେ, ଡାହାଣକୁ ଅଛି ବିଶିଷ୍ଟ ସର୍ଜରୀ ସ୍ପେଶାଲିଷ୍ଟ ରାଧାକାନ୍ତଙ୍କ ଘର।

ହୋର୍ଡ଼ିଙ୍ଗ୍‌ରେ, ଲାଲ ତୀର ତଳକୁ ବଡ଼ ଅକ୍ଷରରେ ଡାକ୍ତରଙ୍କ ନାମ ଏବଂ ସେ କେଉଁ ବିଭାଗର ବିଶେଷଜ୍ଞ, ତାହା ଲେଖାଯାଇଚି। ଏହା ପଢ଼ିବା ସହଜ, ଟିକିଏ ଦୂରରୁ ମଧ୍ୟ। ତେବେ, ରାଧାକାନ୍ତଙ୍କ ନାମ ତଳକୁ, ଦୁଇଟି ଧାଡ଼ିରେ ତାଙ୍କର ଶିକ୍ଷାଗତ ଯୋଗ୍ୟତା ବି ଲେଖାଅଛି। ଲଣ୍ଡନ, ୟୁ.ଏସ୍.ଏ. ଇତ୍ୟାଦି ସହର ଓ ଦେଶର ନାମ ଅଛି ଏଇ ଦୁଇ ଧାଡ଼ିରେ, ବ୍ରାକେଟ୍ ମଧ୍ୟରେ। ରାଧାକାନ୍ତଙ୍କର ଥିଲା ମାଳେ ଉପାଧି। ଏ ସବୁ ହୋର୍ଡ଼ିଙ୍ଗ୍‌ରେ ଓ ତାଙ୍କ ଲେଟରହେଡ୍‌ରେ ଉଲ୍ଲେଖ କରିବା ଥିଲା ଯଥାର୍ଥ। ଡିଗ୍ରୀର ଗୁରୁତ୍ୱ ବୁଝିପାରୁଥିବା ଏବଂ ବୁଝିପାରୁ ନଥିବା ଜଣେ ପୀଡ଼ିତ ମନରେ ଭରସା ଓ ଆସ୍ଥା ସୃଷ୍ଟି କରିବା ପାଇଁ ଏହା ଯଥେଷ୍ଟ ଥିଲା। ପରାମର୍ଶ ସକାଶେ ଆସୁଥିବା ଜଣେ ବ୍ୟକ୍ତି ନିଶ୍ଚିନ୍ତ ହୋଇଯାଉଥିଲା ଯେ ସେ ଠିକ୍ ସ୍ଥାନରେ ପହଞ୍ଚିଚି ସ୍ୱାସ୍ଥ୍ୟଗତ ସଙ୍କଟ ଅତିକ୍ରମ କରିବାପାଇଁ।

ଏତେ ଖ୍ୟାତି ଥିଲା ରାଧାକାନ୍ତଙ୍କର ଯେ, ଫୋନ୍ ଖୁଣ୍ଟର ହୋର୍ଡ଼ିଙ୍ଗ୍ ବହୁ ବର୍ଷରୁ ପ୍ରାସଙ୍ଗିକତା ଏବଂ ଆବଶ୍ୟକତା ହରାଇ ସାରିଥିଲା। ରାଧାକାନ୍ତ ନାମ ଉଚ୍ଚାରଣ କରିବା

ମାତ୍ରେ ସହରର ପ୍ରାୟ ସମସ୍ତ ବ୍ୟକ୍ତି ଏଇ ପ୍ରଖ୍ୟାତ ଡାକ୍ତରଙ୍କ ବାସସ୍ଥାନର ଅବସ୍ଥିତି କହି ପାରୁଥିଲେ।

ହଁ, ନର୍ଦ୍ଦମା କୂଳରେ ତାଙ୍କର ଦୋମହଲା ଫିକା ଗୋଲାପୀ ରଙ୍ଗର ଘର। ଫାଟକ ପିଲରରେ ମଧ୍ୟ ଅଛି ନେମ୍ ପ୍ଲେଟ୍। ସବୁବେଳେ ଧଳା ପ୍ୟାଣ୍ଟ ଓ ହାଫ୍ ବୁଶ୍ ସାର୍ଟ ପିନ୍ଧନ୍ତି। ଆଦୌ ଉଗ୍ରତା ନ ଥିବା ଗମ୍ଭୀର ମୁହଁ ତାଙ୍କର। କମ୍ କଥା କହନ୍ତି ଧୀର ସ୍ୱରରେ। ଜୋକ୍ କରନ୍ତି ବେଳେବେଳେ ନିଜେ ବେଶି ନ ହସି। ପୀଡ଼ିତର କଥା ଶୁଣିବା ପାଇଁ ତାଙ୍କ ଠାରେ ଥାଏ ଅସୀମ ଧୈର୍ଯ୍ୟ। ତାଙ୍କୁ କ୍ରୋଧାନ୍ୱିତ କିମ୍ବା ବିଚଳିତ ହେବାର ବୋଧହୁଏ କେହି ଦେଖି ନାହାନ୍ତି। ଚୁଳ ପତଳା ହୋଇ ଆସୁଥିବା, ଗୋରା, ପାଞ୍ଚ ଫୁଟ୍ ଦଶ ଇଞ୍ଚ ଉଚ୍ଚତା ବିଶିଷ୍ଟ ରାଧାକାନ୍ତ ଦେଖାଯାଆନ୍ତି ସମ୍ମାନାସ୍ପଦ ଓ ଶ୍ରଦ୍ଧାଶୀଳ।

ବିଶିଷ୍ଟ ଓକିଲ ଶେଖର ଓ ପତ୍ନୀ କଥାଶିଳ୍ପୀ ସୁନନ୍ଦା ବସିଥିଲେ ଚୁପ୍‌ଚାପ, ଗମ୍ଭୀର ଓ ଶୋକାଚ୍ଛନ୍ନ ହୋଇ। କାର୍ କେଉଁ ବାଟେ କିପରି ଯାଉଚି ଗହଳି ଭିତରେ କିମ୍ବା ଅଟକି ରହୁଚି ଟ୍ରାଫିକ୍ ସିଗ୍‌ନାଲର ନିର୍ଦ୍ଦେଶମତେ ତାହା ସ୍ପର୍ଶ କରି ପାରୁନଥିଲା ସେମାନଙ୍କ ଚେତନାକୁ। ସେମାନେ ଜାଣିଥିଲେ ଯେ ଏତେ ବଡ଼ ସହର-ସେମାନଙ୍କର ପରିଚିତ, ଅନ୍ତରଙ୍ଗ ସହର-ଯା' ପରଠାରୁ ପୂର୍ବର ସହର ହୋଇ ରହିପାରିବ ନାହିଁ। ସେମାନଙ୍କ ପାଇଁ ଯେଉଁ ଶୂନ୍ୟତା ସୃଷ୍ଟି ହୋଇଗଲା ଅପ୍ରତ୍ୟାଶିତ ଭାବରେ, ତାହା ପୂରଣ ହେବ ନାହିଁ କେବେହେଲେ। ଗୋଟିଏ ପ୍ରିୟ ଜିନିଷ ଲୁପ୍ତ ହୋଇଗଲେ, ତାହାର ବିକଳ୍ପ ସବୁବେଳେ ମିଳେ ନାହିଁ। ସୁନନ୍ଦା ଅଧିକ ଆବେଗପ୍ରବଣ ହୋଇଥିବାରୁ, ପଣତରେ ସେ ଓଠ ଘୋଡ଼େଇ ରଖିଥିଲେ। ଯେକୌଣସି ମୁହୂର୍ତ୍ତରେ ତାଙ୍କ ଓଠ ଧସକି ଯାଇପାରେ, କୋହର ହାବୁକାରେ। ସେ କେତେଥର ଓଦା ଆଖି ପୋଛି ସାରିଥିଲେ। ଶେଖର ପତ୍ନୀଙ୍କ ଆଡୁ ଦୃଷ୍ଟି ଫେରାଇ ଦୀର୍ଘଶ୍ୱାସ ତ୍ୟାଗକଲେ। ସେ ଲୁହ ଝରାଇବାକୁ ଚାହୁଁ ନଥିଲେ।

ସେମାନଙ୍କ କାର ରାଧାକାନ୍ତଙ୍କ ଘର ଆଗରେ ଅଟକିବା ବେଳକୁ, କୋଡ଼ିଏ-ପଚିଶ୍‌ଟି କାର୍ ଏବଂ ପ୍ରାୟ ପଚାଶ ସରିକି ବାଇକ୍ ପହଞ୍ଚି ସାରିଥିଲା ସେଠାରେ। ସମସ୍ତ ଗାଡ଼ି ସତେ ଅବା ମୁଣ୍ଡ ନୁଆଇ ନିର୍ବାକ୍ ହୋଇଯାଇଥିଲେ ଦୁଃଖର ଓଜନରେ। ଲୋକମାନେ ଯାଉଥିଲେ ରାଧାକାନ୍ତଙ୍କ ଘରକୁ। ସେଠାରୁ ବାହାରକୁ ଆସୁଥିଲେ। କଥାବାର୍ତ୍ତା ସମାପ୍ତ ହୋଇଯାଇଥିଲା। ସମୁଦାୟ ପରିବେଶ ଦେଖାଯାଉଥିଲା ଗୁମ୍‌ସୁମ୍ ଓ କାନ୍ଦୁରା।

ଶେଖର ଓ ସୁନନ୍ଦା ପର୍ଟିକୋରୁ ପ୍ରଶସ୍ତ ବାରନ୍ଦାକୁ ଆସିଲେ। ରାଧାକାନ୍ତଙ୍କ ଶବ ରହିଥିଲା ସଫେଦ ଚଦର ଓ ଗୁଡ଼ାଏ ଫୁଲମାଳ ତଳେ। ମୁହଁ ଦେଖାଯାଉଥିଲା ପ୍ରଶାନ୍ତ ଓ ନିର୍ଜଞ୍ଜାଳ, ଯାହା ଜୀବନକାଳ ମଧ୍ୟରେ ମଣିଷ ଭାଗ୍ୟରେ ମିଳେ ନାହିଁ।

ଶେଖର ଦେଖିଲେ ପିଲାଦିନର ଘନିଷ୍ଠ ସାଙ୍ଗକୁ ବେଧଡ଼କ ଓ ଚିନ୍ତାଶୂନ୍ୟ ହୋଇ ଶୋଇପଡ଼ିଥିବାର । ଆପାତତଃ ଅସମ୍ଭାଳ ହୋଇଗଲେ ଏବଂ ନିଜକୁ ନିୟନ୍ତ୍ରଣ କରିବାକୁ ଯତ୍ନବାନ ହେଲେ ନାହିଁ । ସେ ଆଖି ପୋଛିବା ବେଳେ, ତାଙ୍କ ଦୁଇ ଗୋଡ଼କୁ ଜାବୁଡ଼ି ଧରି କାନ୍ଦଣାର ଭାଷା ପ୍ରକାଶିତ ହେଲା - ଅଙ୍କଲ୍, ଆମେ ଛେଉଣ୍ଡ ହୋଇଗଲୁ ।

ରାଧାକାନ୍ତଙ୍କ ପୁଅକୁ ଛାତି ଉପରେ ଜାକିଧରି ଶେଖର ତା' ପିଠି ଥାପୁଡ଼ିଲେ ଆଶ୍ୱାସନା ଦେବାପାଇଁ । ସୁନନ୍ଦା ଯାଇ ସାରିଥିଲେ ଘର ଭିତରକୁ । ବିଧବା ହୋଇଯାଇଥିବା ନିକଟ ସଂପର୍କୀୟ ଭଉଣୀ ପାଖରେ କିଛି ସମୟ କଟାଇବା ଦରକାର ଥିଲା ।

ରାତି ଦଶଟା ବେଳକୁ ସୁନନ୍ଦା ଫେରି ଆସିଲେ ରାଧାକାନ୍ତଙ୍କ ଘରୁ । ରାଧାକାନ୍ତଙ୍କ ଘରେ ନୁହେଁ, ନିଜ ଘରକୁ ଫେରିବା ପରେ ସୁନନ୍ଦା ଅନୁଭବ କଲେ ଶୋକ ଓ ଅଭାବବୋଧ କେତେ ବିଶାଳ ଓ ଯନ୍ତ୍ରଣାଦାୟକ ହୋଇପାରେ । ଝାଁ ଝାଁ କବଳିତ ନିରବ ଘର ପ୍ରଥମେ କିଞ୍ଚିତ ଅଚିହ୍ନା ଜଣାପଡ଼ିଲା । ନିମିଷକ ମଧ୍ୟରେ ଘରର ଚିହ୍ନବର୍ଣ୍ଣ ମିଳିଲା ନାହିଁ ମହାଶୂନ୍ୟତା ମଧ୍ୟରେ । ଛିଣ୍ଡିଗଲା ସମସ୍ତ ଗ୍ରନ୍ଥି, ବିଶୃଙ୍ଖଳ ହୋଇଗଲା ସମସ୍ତ ସ୍ନାୟୁ ।

ସେ କୌଣସିମତେ ଶୋଇବା ଘର ଭିତରକୁ ଆସି କବାଟ ଆଉଜାଇଲେ । ଖଟରେ ବସିବା ପରେ ଆଉ ସୁନନ୍ଦା ହୋଇରହିଲେ ନାହିଁ । ପରିଣତ ହୋଇଗଲେ ଅନିୟନ୍ତ୍ରିତ କାନ୍ଦ ଓ କୋହରେ । ସବୁଠାରୁ ବେଶି ଅନ୍ତରଙ୍ଗ ମଣଷଟି ଚାଲିଗଲା, ସବୁଠାରୁ ବେଶି ଆତ୍ମୀୟଜଣକୁ ବିଧବା କରି ।

ପ୍ରାୟ ଘଣ୍ଟାଏ ପରେ ସେ ଗଲେ ଟଏଲେଟ୍‌କୁ । ପାଣିର ବା କୋଉ କ୍ଷମତା ଅଛି ଶୋକକୁ ଲିଭାଇବା ପାଇଁ ଏବଂ ଅଭାବବୋଧ ମେଣ୍ଟାଇବା ପାଇଁ ? ସେ ଧୋଇଧାଇ ହେଲେ । ଲୁଗା ବଦଳାଇଲେ । ବାରମ୍ବାର ସୃଷ୍ଟି ହେଉଥିବା କୋହର ହାବୁକାକୁ ଲଗାମ ଦେବାପାଇଁ ଚେଷ୍ଟାକଲେ । ମ୍ରିୟମାଣ ଦେଖାଯାଉଥିବା ପୂଝାରୀ, ଚାକର, ଡ୍ରାଇଭର, ମାଳିଙ୍କୁ ନିର୍ଦ୍ଦେଶ ଦେଲେ ଯେ ସେମାନେ ଖିଆପିଆ କରି ନିଅନ୍ତୁ । ତାଙ୍କର ଖାଇବାର ନାହିଁ । ଥଣ୍ଡାପାଣି ବୋତଲେ ଦରକାର ତାଙ୍କର ।

ସେ ବସିଲେ ନିର୍ବାକ୍ ହୋଇ ନିର୍ବାକ ଓ ଅଚଞ୍ଚଳ ଘରେ ଏବଂ ପୃଥିବୀରେ । ଏକ ସୀମାହୀନ, ଜଟିଳ, ରହସ୍ୟମୟ ଧାରା ସତେ ଅବା ଅଟକିଗଲା ଆକସ୍ମିକ ଭାବରେ, ପ୍ରଚଣ୍ଡ ଆଘାତ ଯୋଗୁ । କେମିତି, କେତେବେଳେ ଏ ପ୍ରବାହ ପୁଣି ସକ୍ରିୟ ଓ ସୃଜନଶୀଳ ହେବ ତାହା ଜାଣିବାକୁ ଆଗ୍ରହୀ କିମ୍ବା ସକ୍ଷମ ନ ଥିଲେ ସୁନନ୍ଦା । ତଥାପି ଉଚ୍ଛୁଳି ପଡୁଥିଲା ଆଖି । ଉଚ୍ଛୁଳି ପଡୁଥିଲା ଦେହ ଶୋକ ଯୋଗୁ । କେଉଁଆଡ଼େ କିଛି ଘଟୁଥିବାର ସୂଚନା ମିଳୁ ନ ଥିଲା ।

ଶବଦାହ ପରେ କେତେବେଳେ ଶେଖର ଫେରିବେ କେଜାଣି ? ତାଙ୍କ ଅନୁପସ୍ଥିତି ଯୋଗୁ କାହିଁକି କେଜାଣି ଅସୁରକ୍ଷିତ ଜଣାପଡୁଥିଲା ମାତ୍ର ପାଞ୍ଚ ବର୍ଷ ତଳେ ତିଆରି ହୋଇଥିବା ଏ ଅଞ୍ଚଳର ଏହି ସର୍ବଶ୍ରେଷ୍ଠ ସୌଖିନ ଘର। ମୃତ୍ୟୁ ଥାଏ ସବୁଠାରେ, ସବୁବେଳେ। ଗୋଡ଼ଉଥାଏ ଜୀବନକୁ। ସତର୍କ ହେବା ଆଗରୁ ମଧ୍ୟ ଉଠାଇନିଏ ଜୀବନକୁ ନିଜର ଅନନ୍ତ ଗର୍ଭକୁ। ରାଧାକାନ୍ତ ! ଆହା, ବିଚରା ରାଧାକାନ୍ତ। ମହାନଗରର ପ୍ରଖ୍ୟାତ ଡାକ୍ତର ରାଧାକାନ୍ତ। ଅଜାଣତରେ, ଅକାଳରେ ଝଡ଼ିଗଲେ !

ଶୋଇବା ଘର ସହିତ ସଂଯୋଜିତ ଲାଇବ୍ରେରିକୁ ଆସିଲେ ସୁନନ୍ଦା। ଏହାର ଚଟାଣ ମଧ୍ୟ ଲାଲ ମସୃଣ କାର୍ପେଟ୍ ଆଚ୍ଛାଦିତ। ଯଥେଷ୍ଟ ବଡ଼ ରୁମ୍। ଚାରିପାଖରେ ବହି ଶେଲ୍ଫ। ଏହା ସତ୍ତ୍ୱେ ବହି ପାଇଁ ସ୍ଥାନ ଅଭାବ ହେବାରୁ, ତାଜା ଉପରେ ମଧ୍ୟ ଅଛି ବହି ଓ ପୁରୁଣା ପତ୍ରିକା। ଧୂଳି ଓ ବୁଢ଼ିଆଣୀ ଜାଲରୁ ସୁରକ୍ଷା ଦେବାପାଇଁ ତାଜାରୁ ଛାତ ପର୍ଯ୍ୟନ୍ତ ଅଛି କାଚ ବାଡ଼।

ରୁମ୍ ମଝିରେ ଟେବୁଲ। ଲେଖିବା ପାଇଁ କାଗଜ, ପେନ୍‌ଷ୍ଟାଣ୍ଡ। ଆହୁରି ମଧ୍ୟ ଲେଟରହେଡ୍, ଖାମ୍, ପିନ୍, ବ୍ୟାଗ୍, ଷ୍ଟାପ୍ଲର, ଟେପ୍ ଇତ୍ୟାଦି। ପଢ଼ିବା, ଲେଖିବା ପାଇଁ ସେ ଚୌକି ନୁହଁ, ଖଟ ବ୍ୟବହାର କରନ୍ତି। ଦୀର୍ଘ ସମୟ ପର୍ଯ୍ୟନ୍ତ ତଳକୁ ଗୋଡ଼ ଝୁଲାଇ ବସିବା ସମ୍ଭବ ହୁଏ ନାଇଁ ତାଙ୍କ ପକ୍ଷେ। ଚକାମାରି ବସନ୍ତି ଖଟରେ ଲେଖାପଢ଼ା ପ୍ରକ୍ରିୟା ବେଳେ। ଆରାମରେ ବସି ପଢ଼ିବା ପାଇଁ ଅଛି ଭିନ୍ନ କିସମର ଦୁଇଟି ଚେୟାର, ଯାହା ସେ କିଣିଥିଲେ ଗୋଟେ ହସ୍ତଶିଳ୍ପ ମେଳାରୁ। ସ୍ଥାନୀୟ କଲେଜରେ ଅଧ୍ୟାପନା କରୁଥିବା ସୁନନ୍ଦା ଜଣେ ବିଶିଷ୍ଟ କଥାକାର। ପାଣ୍ଡିତ୍ୟ ସକାଶେ ତାଙ୍କର ପ୍ରଚୁର ଖ୍ୟାତି ଅଛି।

ଏ ସୌଖିନ, ସଦୃଶ୍ୟ ଘର ତିଆରି ହୋଇଥିଲା ସୁନନ୍ଦାଙ୍କ ତତ୍ତ୍ୱାବଧାନରେ, ନିଜର ଓ ଶେଖରଙ୍କର ଆବଶ୍ୟକତାକୁ ଦୃଷ୍ଟିରେ ରଖି। ଜଟିଳ ସମସ୍ୟା ଥିବା ବଡ଼ ବଡ଼ କ୍ଲାଏଣ୍ଟଙ୍କର ଭିଡ଼ ରହେ ଶେଖରଙ୍କ ପାଖରେ। ତାଙ୍କର ଅଫିସ୍, ଲାଇବ୍ରେରି ଆପାତତଃ ବିଚ୍ଛିନ୍ନ ସୁନନ୍ଦାଙ୍କ ଲାଇବ୍ରେରିଠାରୁ। ଦୁହେଁ ସନ୍ତୋଷ ପ୍ରକାଶ କରନ୍ତି ନିଜ ଲାଇବ୍ରେରିକୁ ନେଇ। ନିରୁପଦ୍ରବ ରହିବାରେ ଅସୁବିଧା ହୁଏ ନାଇଁ। ଏମାନଙ୍କର ବହି, କାଗଜ, କଲମ ଇତ୍ୟାଦି ସ୍ଥାନଚ୍ୟୁତ ହେବାର ସମ୍ଭାବନା ନ ଥାଏ। ଘରେ କାମ କରୁଥିବା ସମସ୍ତେ ଏ ସଂପର୍କରେ ସତର୍କ ଥାଆନ୍ତି।

ଅବସାଦ ଓ କ୍ଲାନ୍ତି ନେଇ ସୁନନ୍ଦା ବସିଲେ ଗୋଟେ ଚେୟାରରେ। କୁଣ୍ଠିତ ହୋଇ ପୃଥିବୀ ଫେରୁଥିଲା ତାଙ୍କ ଦୃଷ୍ଟି ଦିଗ୍‌ବଳୟକୁ। ଚଟାଣ, କାନ୍ଥ, ବହି। ସବୁ ଯେପରି ଝାଉଁଳି ପଡ଼ିଥିଲା। ଅନ୍ତତଃ ସେଇ ସମୟରେ ଦେଖାଯାଉଥିଲା ଉଦାସ ଓ ତାଙ୍କ ତନ୍ତ୍ରୀ ଏବଂ ଭାବନାକୁ ସତେଜ-ଜାଗ୍ରତ କରିବାପାଇଁ ଅକ୍ଷମ। ଗୋଟେ ଦୀର୍ଘଶ୍ୱାସ।

ସେ ଅନ୍ୟମନସ୍କ ଦୃଷ୍ଟି ବୁଲାଇ ଆଣିଲେ ସବୁଆଡୁ । ଟି ପୟ ଉପରେ ଅଧା ପଢ଼ା ବହି ଓ କଲମ ପ୍ରତି ଆଗ୍ରହ ସୃଷ୍ଟି ହେଲା ନାହିଁ । ଶେଖର କେତେବେଳେ ଫେରିବେ କେଜାଣି ? ଗୋଟେ ଶବକୁ କିପରି ନିଆଯାଏ ମଶାଣିକୁ ? କ'ଣ ସବୁ ବ୍ୟବସ୍ଥା ହୁଏ ସେଠାରେ ? କେତେ ସମୟ ନିଏ ଗୋଟେ ଶବ ପାଉଁଶ ହେବାକୁ ? ପ୍ରତ୍ୟକ୍ଷ ଅଭିଜ୍ଞତା ନ ଥିଲା ସୁନନ୍ଦାଙ୍କର ଏ ବିଷୟରେ ।

ଶେଖର ଘରକୁ ଫେରିଲେ ରାତି ପ୍ରାୟ ଗୋଟାଏ ବେଳେ । ସୁନନ୍ଦା ଘୁମେଇ ପଡ଼ିଥିଲେ । ଦୀର୍ଘ ଅସୁସ୍ଥତା ପରେ ଏଇ ଯେମିତି ବିଛଣା ଛାଡ଼ିଛନ୍ତି ଶେଖର । ବିପର୍ଯ୍ୟୟରୁ କୌଣସିମତେ ଖସିଗଲେ ଜଣେ ଲୋକ ଏମିତି ଦେଖାଯାଆନ୍ତା । ମୁହଁ ଏମିତି ଦେଖାଯାଉଥିଲା, ସତେ ଯେପରି ବିଷାଦ ଓ ଅବସାଦ ଆଉ ଘୁଞ୍ଚିବ ନାହିଁ ସେଠାରୁ ।

ରାଧାକାନ୍ତଙ୍କ ପରିବାର କିମ୍ବା ଶବ ସଂସ୍କାର ସଂପର୍କିତ କୌଣସି ପ୍ରଶ୍ନ ପଚାରିବା ତ ଦୂରର କଥା, ଶେଖର ଖାଇବେ କି ନାହିଁ ବୋଲି ମାମୁଲି ଜିଜ୍ଞାସା ନ ଥିଲା ସୁନନ୍ଦାଙ୍କଠାରେ । ଅକଥନୀୟ କ୍ଳାନ୍ତି ଓ ଦୁର୍ବଳତା ସତ୍ତ୍ୱେ ସେ ନିରବରେ ଦେଖୁଥିଲେ ଶେଖରଙ୍କୁ ପୋଷାକ ବଦଳାଉଥିବାର, ଟଏଲେଟ ଯିବାର ଓ ବିମର୍ଷ ଦୃଷ୍ଟି ଚାରିଆଡୁ ବୁଲାଇ ଆଣିବାର । ପାଣି ପିଇଲେ । ବସିଲେ ବିଛଣାରେ କେତୋଟି ମୁହୂର୍ତ୍ତ ପାଇଁ । ଗଡ଼ି ପଡ଼ିଲେ ବିଛଣାରେ, ଲାଇଟ ଅଫ୍ କରିବା ଦାୟିତ୍ୱ ସୁନନ୍ଦାଙ୍କ ଉପରେ ଛାଡ଼ି ଦେଇ ।

ସକାଳେ ଦୁହେଁ ବସିଥିଲେ ସକାଳଭୋଜନ ପାଇଁ ନିତ୍ୟକର୍ମ ଶେଷକରି । ଅନ୍ୟମନସ୍କ ଶେଖର କ'ଣ, କେତେ ଖାଉଥିଲେ ତାହା ଜାଣିପାରୁ ନ ଥିଲେ କି ନା, ତାହା ଅଲଗା କଥା । ଫୁଲିବା ଭଳି ଦେଖା ଯାଉଥିଲା ତାଙ୍କ ମୁହଁ । ଆଖି ଥିଲା ଲାଲ । ସେ ଚାମଚ ପାଟି ପାଖକୁ ନେଉଥିଲେ । ତାହା ସ୍ଥଗିତ ରଖିଲେ । ସୁନନ୍ଦାଙ୍କ ଆଡ଼େ ଅନେଇ କ୍ଷୋଭ ଓ କଠୋରତା ପ୍ରକାଶ କଲେ - ବେକୁଫ୍ ! ଶାଲା ୱାର୍ଥଲେସ୍ ରାସ୍କେଲ୍ ! ଏ ଶଳା ପୁଣି ଫେମସ୍ ଡାକ୍ତର ! ଆଁ, ଡାକ୍ତର ଏଇ ହାରାମି ! ୟୁସ୍‌ଲେସ୍ ଫେଲୋ ଏ ଶଳା !

ଶେଖରଙ୍କୁ ଏମିତି ଫଁ ଫଁ ହେବାର ଖୁବ୍ କମ୍ ଦେଖିଚନ୍ତି ସୁନନ୍ଦା । ତେବେ ତାଙ୍କ ସ୍ୱର ପ୍ରକାଶ କରୁଥିଲା ଗୋଟିଏ କଥା । କ୍ରୋଧ ନା ଆବେଗ, ବିରକ୍ତି ନା ବିଚ୍ଛେଦ ଯନ୍ତ୍ରଣା - କେଉଁଟା ପ୍ରାଧାନ୍ୟ ପାଇବ ତାଙ୍କ ସ୍ୱରରେ ? ସେ କହିଥିବା କଥା ମଧ୍ୟ ପ୍ରମାଣ କରୁଥିଲା, ରାଧାକାନ୍ତଙ୍କ ଦେହାନ୍ତ କେତେ ଗଭୀର କ୍ଷତ ସୃଷ୍ଟି କରିଥିଲା ଶେଖରଙ୍କ ଭିତରେ । ସତେ ଅବା ସେ ରାଧାକାନ୍ତଙ୍କୁ କ୍ଷମା କରିବା ଅବସ୍ଥାରେ ନ ଥିଲେ ଏଇ ମୃତ୍ୟୁ ପାଇଁ ।

ଶେଖର ଭୋଜନ ଶେଷ କରିବା ମାନସିକତା ହରାଇ ସାରିଥିଲେ। ପ୍ଲେଟ୍ ଉପରେ ଚାମଚ ରଖିଲେ। ସେ ଏତେ ଉତ୍ତେଜିତ ଓ ବିଗଳିତ ହୋଇ ପଡ଼ିଥିଲେ ଯେ, ରାଧାକାନ୍ତ ଉଭା ହୋଇଯାଇଥିଲେ, କାହିଁକି ଏମିତି ମଲୁ ବୋଲି ଶେଖର ଆକ୍ରମଣ କରନ୍ତେ ତାଙ୍କୁ!

ଭାଗ୍ୟ। ଯାହା ଯେମିତି ବିହି ଲେଖିଚି କପାଳରେ! ତାହା କ'ଣ ଅନ୍ୟଥା ହୁଅନ୍ତା? ଏ କଥା ସୁନନ୍ଦାଙ୍କର ଦୀର୍ଘଶ୍ୱାସ ଓ କଂପିତ ସ୍ୱର ଜରିଆରେ। ତାଙ୍କ ଆଖି ପୁଣି ଓଦା ହେଲା।

କ'ଣ କହିଲ? ବ୍ଲଡି ଭାଗ୍ୟ? ଏ ଷ୍ଟୁପିଡ ଏଡ଼େ ବଡ଼ ଡାକ୍ତର ହୋଇଥିଲା କାହିଁକି? ଶହ ଶହ ଲୋକଙ୍କ ଦେହ ମରାମତି କରିଚି ଏ ଶଳା। ଟିଭି, ରେଡିଓ, ପତ୍ରିକା, ଖବରକାଗଜ। ସବୁବେଳେ ୟା କରାମତିର ବିବରଣୀ। ସମ୍ବର୍ଦ୍ଧନା ଯେ କାହିଁରେ କ'ଣ।

ଟିକିଏ ରହିଗଲେ ଶେଖର। ଓଠ ଓଦା କଲା ପରେ ପୁଣି ଉଚ୍ଚ ସ୍ୱରରେ ଅଭିଯୋଗ - ଏଣେ ବିଗିଡ଼ିଗଲାଣି ତା' ଦେହର ଯନ୍ତ୍ରପାତି। କିଡ୍‌ନୀ ପଚିଗଲାଣି। ମାଲୁମ୍ ନାଇଁ ଶଳା ଫୁଲ୍‌କୁ। ଏତେ ଦୂର ଡାକ୍ତରଖାନାରୁ ପୁଅ ଆଣୁଚି ତା' ଡେଡ୍ ବଡ଼ି। ୟାକୁ ତୁମେ ବଡ଼ ଡାକ୍ତର ବୋଲି କହିବ? ମୋ ଗୋଡ଼ ଧରି ପୁଅ କହୁଚି- ଅଙ୍କଲ୍, ଆମେ ଛେଉଣ୍ଡ ହୋଇଗଲୁ।

ଶେଖରଙ୍କ ବକ୍ତବ୍ୟ ଶୁଣୁଥିଲେ ସୁନନ୍ଦା ମୁଣ୍ଡ ତଳକୁ କରି। ସେ କହିପାରି ନ ଥାନ୍ତେ କିଛି ସେପରି କ୍ଷଣରେ।

ଶେଖର ଚେୟାର ଛାଡ଼ିବା ବେଳେ, ତାଙ୍କ ସ୍ୱରରେ ଆଉ ଉତ୍ତେଜନା କିମ୍ବା କ୍ରୋଧ ନ ଥିଲା। ସେ ଏଥର କହିଲେ ଆବେଗ ଭରପୂର କଂପିତ ସ୍ୱରରେ - ମରିଗଲା। ସବୁଠାରୁ ବେଶି ଭଲ ପାଉଥିବା ପିଲା ଦିନର ସାଙ୍ଗ ମରିଗଲା, ତା' ପିଲାଙ୍କୁ ଛେଉଣ୍ଡକରି। ଆମ ଦୁଇଜଣଙ୍କୁ ଏକୁଟିଆ କରି। ଜୀବନ କ'ଣ ଆଉ ଆଗ ଭଳି ହେବ? କହୁନ, ସୁଁ ସୁଁ ହେଉଚ କ'ଣ ପାଇଁ? ଏ ସହରର ମିନିଙ୍ଗ୍ ବଦଳିଗଲା। କିଛି ବି ଭଲ ଲାଗୁ ନାଇଁ। ମରିଗଲା ମୋ ସାଙ୍ଗ।

ଶେଖର ଆଉ ଅଧିକ କହିପାରି ନ ଥାନ୍ତେ। ସୁନନ୍ଦା ଜାଣିପାରିଥିଲେ ଯେ ସେଠାରେ ବସି ରହିଲେ ଭୁଶୁଡ଼ି ପଡ଼ିବେ ସେ। ପଳେଇଗଲେ ମୁହଁ ଆଗରେ ପଣତର ବାଡ଼ ଦେଇ।

ବେସିନ୍‌ରେ ହାତ ଧୋଇଲେ ଶେଖର। ତାଙ୍କର ଦରକାର ଥିଲା ଗିଲାସେ ଥଣ୍ଡା ପାଣି। ସେ ଫ୍ରିଜ୍ ଖୋଲିବା ବେଳେ ବାମ ହାତରେ ଧରିଥିବା ମୋବାଇଲ୍ ଖସି

ପଡ଼ିଲା ତଳେ, କାନ୍ଥ ଓ ଫ୍ରିଜ ମଧ୍ୟରେ ଥିବା ଅଣଓସାରିଆ ବ୍ୟବଧାନରେ। ତାହାକୁ ଉଠାଇ ଆଣିବା ବେଳେ ଫ୍ରିଜ୍ ପଛ କାନ୍ଥ ଉପରେ ଅଟକିଗଲା ତାଙ୍କ ଦୃଷ୍ଟି।

ପ୍ରଥମେ ଭ୍ରୂକୁଞ୍ଚନ। ଅବିଶ୍ୱାସ। ପରେ ପରେ ସ୍ତମ୍ଭୀଭୂତ ହେଲେ ସେ। ନିଶ୍ଚିତ ହେଲେ ଯେ ଯାହା ସେ ଦେଖୁଚନ୍ତି କାନ୍ଥ ଉପରେ ତାହା ଏକବାର ସତ୍ୟ। ଉଇ। ଉଇମାଟିର ସରୁ ଧାର ଅଙ୍କାବଙ୍କା ହୋଇ ଲମ୍ବିଯାଇଚି ତିନି ଦିଗକୁ। ଗୋଟିଏ ଧାଡ଼ିର ଲମ୍ବ ପ୍ରାୟ ନ'ଇଞ୍ଚ। ସାନ ଦୁଇଟି ପାଞ୍ଚଇଞ୍ଚ ବିଶିଷ୍ଟ।

ଏଇଟା କ'ଣ ଗୋଟେ ସଙ୍କଟ ଥିଲା? କେଜାଣି? ଅଥଚ ବନ୍ଧୁ ବିଚ୍ଛେଦ କାରଣରୁ ପାଣ୍ଡୁର ଥିବା ଶେଖରଙ୍କ ମୁହଁର ଅବଶିଷ୍ଟ ଆଲୁଅ ଲିଭିଗଲା। ପାଣି ଦରକାର କରୁଥିବା ତାଙ୍କ ପାଟି ଖୋଲାରହିଲା। ସେ ଟେବୁଲ ସଫା କରୁଥିବା ହରି ଆଡ଼େ ଅନେଇଲେ। ପୁଣି ଦୃଷ୍ଟି ଫେରାଇଲେ ମାଟିଆ ରଙ୍ଗର ମାରାତ୍ମକ ପ୍ୟାଟର୍ଣ୍ଣ ଆଡ଼େ। ଏ ପ୍ୟାଟର୍ଣ୍ଣ ସତେ ଅବା ସଞ୍ଚରିଯିବାରେ, ବ୍ୟାପ୍ତ ହେବାରେ ଏବଂ କବଳିତ କରିବାରେ ବିଶ୍ୱାସ କରେ। ଏ ପ୍ୟାଟର୍ଣ୍ଣର ମୂଳ ପିଣ୍ଡ ହେଉଚି ମାର୍ବଲ ଚଟାଣ ଓ ଲୁହା-ଚିପ୍‌ସ୍-ସିମେଣ୍ଟ ତଳେ ଥିବା ମାଟି। ଏ ମାଟି କେଉଁଠି କେଜାଣି ରହିଯାଇଥିବା ଫାଙ୍କ ବାଟେ ଆତ୍ମପ୍ରକାଶ କରୁଚି କାନ୍ଥ ଉପରେ, ଉଇ ଜରିଆରେ। ଏ ପ୍ୟାଟର୍ଣ୍ଣ ଦେଖାଯାଉଚି ପ୍ରତିଜ୍ଞାବଦ୍ଧ। ନିରବ ସଙ୍କଳ୍ପ ନେଇ ତାହା ଚାରିଆଡ଼କୁ ମାଟିରେ ଘୋଡେଇଦେବା ସକାଶେ ଜାରି ରଖିଚି ପ୍ରକ୍ରିୟା।

ଗୋଟିଏ କ୍ଷଣ ପାଇଁ ଶେଖର ଅନୁଭବ କଲେ, ଏ ଅଞ୍ଚଳର ସବୁଠାରୁ ବେଶି ସଂଭ୍ରାନ୍ତ ଓ ବ୍ୟୟବହୁଳ ତାଙ୍କର ଏ ସୁଦୃଶ୍ୟ ଘରଟି ହଜିଯାଇଚି ମାଟିର ଆସ୍ତରଣ ତଳେ। ଏଇ ଆସ୍ତରଣ ଦେଖାଯାଉଚି ମଣିଷ ତିଆରି କଂକ୍ରିଟ୍ ଘର ଉପରେ ମାଟିର ଚୂଡ଼ାନ୍ତ ବିଜୟର ଦସ୍ତାବିଜ ଭଳି।

ଡାଇନିଙ୍ଗ୍ ସ୍ପେସ୍ ଫାଙ୍କା। ଶେଖର ବସିଲେ ଚେୟାରରେ ପାଣି ବୋତଲ ଓ ଗ୍ଲାସ୍ ଧରି। ସେ ବୁଝାଇବାକୁ ଚେଷ୍ଟା କଲେ ନିଜକୁ - ତାଙ୍କ ଭାବନା ଓ ଆଶଙ୍କା ପହଞ୍ଚିଯାଉଚି ଉଦ୍ଭଟ ସ୍ତରକୁ। ସେମିତି ଘଟିବାର ସମ୍ଭାବନା ନାହିଁ, ଯେମିତି ସେ ଭାବୁଚନ୍ତି। ଉଇର ଅଗ୍ରଗତିକୁ ପ୍ରତିହତ କରିବା କଥା। ତାହା ସହଜରେ ହୋଇପାରିବ। ସେ ହରିକୁ ନିର୍ଦ୍ଦେଶ ଦେଲେ, ମାଡମଙ୍କୁ ଡାକି ଆଣିବା ପାଇଁ।

ସୁନନ୍ଦାଙ୍କୁ ଆସୁଥିବାର ଦେଖିଲେ ଶେଖର। ଟେବୁଲ ଉପରେ ରଖିଲେ ପାଣି ବୋତଲ ଓ ଗ୍ଲାସ୍। ନାପ୍‌କିନ୍‌ରେ ପାଟି ପୋଛି ଠିଆ ହେଲେ ଏବଂ ସଂକ୍ଷିପ୍ତ ପ୍ରସ୍ତାବ ବାଢ଼ିଲେ ଗମ୍ଭୀର ମୁହଁରେ - ଆସ ମୋ ସାଙ୍ଗରେ।

ଠିଆହେଲେ ଫ୍ରିଜ୍ ପାଖରେ। ନିର୍ଦ୍ଦିଷ୍ଟ ସ୍ଥାନ ଆଡ଼କୁ ଆଙ୍ଗୁଳି ବଢ଼ାଇ କହିଲେ - ଦେଖ।

ୟା' ପରେ ସୁନନ୍ଦାଙ୍କ ପ୍ରତିକ୍ରିୟା ଲକ୍ଷ୍ୟ କରିବା ପାଇଁ ଆଗ୍ରହୀ ହେଲେ ଶେଖର। ଇଏ ଜଣେ ପ୍ରତିଷ୍ଠିତ କଥାକାର। ତାଙ୍କ ବକ୍ତବ୍ୟରେ ଥାଏ ନୈତିକତା ଓ ଆଧ୍ୟାତ୍ମିକତାର ସ୍ପର୍ଶ। ଖୁବ୍ ସମ୍ବେଦନଶୀଳ ଓ ଚିନ୍ତାଶୀଳ। ମାନବିକ ପ୍ରସଙ୍ଗ ପ୍ରତି ଉନ୍ମୁଖତା ନ ରହିଲେ ଜଣେ ଆସିପାରିବ ନାଇଁ ସୁନନ୍ଦାଙ୍କ ବୌଦ୍ଧିକ ସ୍ତରକୁ। ସୂକ୍ଷ୍ମ ଉପାଦାନ ପ୍ରତି ତାଙ୍କ ସୃଜନଶୀଳତାର ନିଘା ଥାଏ।

ଶେଖର ଲକ୍ଷ୍ୟ କଲେ ବିସ୍ମୟ ସୁନନ୍ଦାଙ୍କ ମୁହଁରେ। ଅବିଶ୍ୱାସ ବି ଥଲା; ମାତ୍ର ଭୟ କିମ୍ବା ଆଶଙ୍କାର ଆଭାସ ନ ଥିଲା ସେଠାରେ।

ଶେଖର ବସି ସାରିଲେଣି ଚୌକିରେ। କହିଲେ - ଆସ, ଏଠାକୁ। କୁହ, କ'ଣ ଭାବୁଚ ଏ ସଂକ୍ରାନ୍ତରେ।

ଚେୟାରରେ ନ ବସି ସୁନନ୍ଦା କହିଲେ - ଭାବିବାର କ'ଣ ଅଛି ଏଥିରେ ? ହରି କିମ୍ବା କାଳିଆକୁ କହିଲେ ସଫା କରିଦେବ କାନ୍ଥ। ସେ ଏମାନଙ୍କ ନାଁ ଧରି ଡାକିଲେ।

- 'ନୋ, ନୋ।' ପ୍ରତିବାଦ କଲେ ଶେଖର। କାରଣ ଉପସ୍ଥାପନ କଲେ - 'ଉଇମାଟି ସେମିତି ଥାଉ। ମୁଁ ଫୋନ୍ କରି ଡକାଇବି ଏ ଘର ତିଆରିର ହେଡ୍‌ମିସ୍ତ୍ରି ରାଘବକୁ। ସେ ଆସି ଦେଖିବ। ସ୍ଥାୟୀ ବ୍ୟବସ୍ଥା କରିବ ଏ ସଂକ୍ରାନ୍ତରେ।'

ଶେଖରଙ୍କ ପ୍ରସ୍ତାବର ଗୁରୁତ୍ୱ କମାଇବାକୁ ସୁନନ୍ଦା ଅଳ୍ପ ହସି ଏଇ କଥା କହିଲେ - କ'ଣ କହିବି ତୁମକୁ ? ଉଇମାଟି ଲାଗିଚି ଟିକିଏ। ଏମିତି କ'ଣ ହୁଏ ନାଇଁ ? ଏଇ ସାମାନ୍ୟ କଥା ପାଇଁ କିଏ ମିସ୍ତ୍ରି ଡାକିବା କଥା ମୁଁ ଶୁଣି ନ ଥିଲି।

ସେ ପୁଣି କାହାକୁ ଡାକିବାକୁ ଯାଉଥିଲେ, ମାତ୍ର ପାଟିକଲେ ଶେଖର। ତାଙ୍କ କଥାକୁ ବାଏଁ ବାଏଁ ଉଡ଼େଇ ଦିଆଯାଉଥିବାରୁ ବିଗିଡ଼ିଗଲେ। କହିଲେ - ଘଟଣାଟା ମାମୁଲି ନୁହଁ, ତୁମେ ଯେମିତି ଭାବୁଚ। ତୁମେ ଜଣେ ସିରିଅସ୍ ଲୋକ। ଘଟଣାକୁ ସିରିଅସ୍‌ଲି ତର୍ଜମାକର। ମଣିଷ ସତର୍କ ନ ହେଲେ କିପରି ଭୟାବହ ପରିସ୍ଥିତି ସୃଷ୍ଟି ହୁଏ, ତାହା ତୁମକୁ କହିବା ଦରକାର ନାଇଁ।

ଚିନ୍ତାଶୀଳ, ସିରିଅସ୍ ହେବେ କ'ଣ ? ସୁନନ୍ଦା ବରଂ କିଞ୍ଚିତ ଆମୋଦିତ ହେଲେ ଏଇ କାରଣରୁ ଯେ ଶେଖର ଅତିରଞ୍ଜିତ ତାତ୍ପର୍ଯ୍ୟ ଆରୋପ କରୁଚନ୍ତି ଗୋଟେ ବେକାର ଘଟଣା ଉପରେ। ଅବଶ୍ୟ ସେ ଧୀର ସ୍ୱରରେ କହିଲେ, ଶେଖର ଯେମିତି ଆହତ ନ ହୁଅନ୍ତି- ଗତକାଲି ଦିନସାରା ବ୍ୟସ୍ତ ରହିଲ। ତୁମେ ରାତି ଗୋଟାଏ ବେଳେ ଫେରି ଆଦୌ ଶୋଇ ନ ଥିବା କଥା ମୁଁ ଜାଣେ, ମୋତେ ବି ନିଦ ହୋଇ ନ ଥିବାରୁ। ଏଇଥିପାଇଁ ତୁମେ ସ୍ୱାଭାବିକ ଦୃଷ୍ଟିରେ ଦେଖି ପାରୁନ ଏଇ ଘଟଣାକୁ। ହେଲା ଏବେ, ରାଘବ ଆସିବେ। ଅଧିକ କ'ଣ ସେ କହିବେ ଏ ସଂପର୍କରେ ?

ନୈରାଶ୍ୟ ସୃଷ୍ଟି ହେଲା ଶେଖରଙ୍କ ଠାରେ। ପତ୍ନୀ ଗୁରୁତ୍ୱ ଦେଉ ନାହାନ୍ତି ଏତେ ବଡ଼ ସମସ୍ୟା ଉପରେ। ହଁ; ସମସ୍ୟା ଏଇଟା। ବୋଧହୁଏ ଏହାକୁ ସଙ୍କଟ କୁହାଯାଇପାରେ। ସେ ବୁଝେଇଲେ - ମାଇଁ ଡିଅର୍, ମୁଁ କହୁଚି ଯେ ଉଇମାଟିର ଏଇ ସଂକ୍ରମଣ ଗୋଟେ ପରିପ୍ରକାଶ; ମୁଁ ଏହାର ଉତ୍ସ ପାଖକୁ ଯିବାକୁ ଚାହୁଁଚି। ଏଇ ସାଂଘାତିକ ସ୍ଥଳର ଉପଚାର ଦରକାର। ତାହା ନକଲେ ମାଟି ଘୋଡ଼େଇ ପକାଇବ ସବୁ।

ଟିକିଏ କଷ୍ଟ ହେଲା ହସ ଚାପି ରଖିବା ପାଇଁ, କିନ୍ତୁ ସୁନନ୍ଦା ଅବଲମ୍ବନ କଲେ ଗାମ୍ଭୀର୍ଯ୍ୟ। ଯୁକ୍ତିତର୍କ ବନ୍ଦ ରହିଲା। ଫୋନ୍ ଜରିଆରେ ଏଇ ବାର୍ତ୍ତା ଆସିଲା ରାଘବଠାରୁ - ଗୋଟେ କାମରେ ବ୍ୟସ୍ତ ଥିବା ଯୋଗୁ ସେ ଆସିବ ଅପରାହ୍ନ ପାଞ୍ଚଟା ଆଡ଼କୁ।

ଗ୍ରାସ କରିବା ପ୍ରକ୍ରିୟା ଆରମ୍ଭ ହୋଇଯାଇଚି, ନିଜକୁ କହିଲେ ଶେଖର। ତାଙ୍କର ମନେହେଲା ଯେ, ବିଳାସପୂର୍ଣ୍ଣ ଏ ଘର ତଳେ ରହିଚି ଅସଂଖ୍ୟ, କିନ୍ତୁ ଅଦୃଶ୍ୟ ସୁଡଙ୍ଗ। ମିସ୍ତିରି କୌଶଳ ଏବଂ ମାର୍ବଲ-କଂକ୍ରିଟ ସତ୍ତ୍ୱେ ଲୁଚି ରହେ ଏ ସୁଡ଼ଙ୍ଗ। ସଞ୍ଚରିଯାଏ ମାଟି ସୌଧର ଭିତରେ, ବାହାରେ। ନିଜ ଘର ସକାଶେ ଏପରି ସମ୍ଭାବନାକୁ ସମାପ୍ତ କରିବାକୁ ଚାହାନ୍ତି ଶେଖର।

ଝାଳ ଓ ସ୍ପିରିଟ୍ ଗନ୍ଧ ଆସୁଥିଲା କଳା ମଚମଚ ରାଘବ ଦେହରୁ। ସେ ହସିଲା। ଚକଚକ ଧଳା ଦାନ୍ତ ଯୋଗୁ ତାହା ଦେଖାଗଲା ଗୋଟେ ସଂକ୍ଷିପ୍ତ, ନିରବ ବିଜୁଳି ଭଳି।

- "ଆପଣ ଏଇଥି ପାଇଁ ଏତେ ଟେନ୍‌ସନ୍‌ରେ ଅଛନ୍ତି ?" ସେ ମୁଣ୍ଡ ହଲାଇ ଶେଖରଙ୍କ ବ୍ୟସ୍ତତା ଓ ଚିନ୍ତାକୁ ଆଗ୍ରାହ୍ୟ କଲା। ବାମ ହାତ ବଢ଼ାଇଲା ମାଟିଆ ରଙ୍ଗର ବ୍ୟାଧିକୁ ଲୋପ କରିବା ପାଇଁ ଯାହା ମଣିଷର ଚାଲେଞ୍ଜକୁ ଅପେକ୍ଷା କରୁଥିଲା।

- 'ହେ, ହେ।' ଗୋଟେ ବିପର୍ଯ୍ୟୟ ଘଟାଇବାକୁ ଯାଉଥିଲା ରାଘବ। ତାକୁ ସେଥିରୁ କ୍ଷାନ୍ତ କରିବା ସକାଶେ ଅସ୍ତବ୍ୟସ୍ତ ହୋଇ ପାଟି କଲେ ଶେଖର। ସତର୍କବାଣୀ ଶୁଣେଇଲେ - 'ଖବରଦାର୍, ରାଘବ। ତୁମେ ତୁମ ଜିନିଷପତ୍ର ଧରି ଏଠାରେ ପହଞ୍ଚିବା ପରେ ଯାଇ ଏହା ଭଙ୍ଗାଯିବ। ଅବିକା ନୁହେଁ।'

ସୁନନ୍ଦା ବସିଥିଲେ ଏବଂ ଜାଣିପାରୁ ନ ଥିଲେ ଯେ ସେ ଚା' ପିଉଚନ୍ତି। ଜାଣିପାରୁ ନ ଥିଲେ କେଉଁ କିସମର ଭୂତ ସବାର ହୋଇଚି ଶେଖରଙ୍କ ଉପରେ। କିଞ୍ଚିତ ବିରକ୍ତି ସୃଷ୍ଟି ହୋଇଯାଇଥିଲା ତାଙ୍କଠାରେ। ସେ ଆଦୌ କହିପାରି ନ ଥାନ୍ତେ ଯେ ଅନ୍ୟ ପ୍ରକାରର ଉଇ ସଂକ୍ରମଣ କରିସାରିଚି ଶେଖରଙ୍କ ମଗଜକୁ। ସେମିତି ଆକ୍ରାନ୍ତ ନ ହେଲେ କେହି ଜଣେ ନର୍ମାଲ ଲୋକ ଅଯଥାରେ ଏମିତି ହୁଅନ୍ତା ନାହିଁ।

ସ୍ତମ୍ଭୀଭୂତ ହୋଇଯାଇଥିଲେ ବି ରାଘବ ଓଠରେ ନିର୍ବୋଧ ହସ ଅଟକି ରହିଥିଲା।

କିଛି ବୁଝି ନ ପାରିବା ଭଳି ସେ ଚାହିଁଲା ଚାରିଆଡ଼କୁ ଏବଂ ପଚାରିଲା - 'ଜିନିଷପତ୍ର ଧରି ? ମୁଁ ବୁଝିପାରିଲି ନାଇଁ, ସାର୍।'

ଟାୱେଲରେ ମୁହଁ ପୋଛି ବିବ୍ରତ ଶେଖର କହିଲେ, ପତ୍ନୀଙ୍କ ଆଡ଼କୁ ନ ଚାହିଁ - 'କାନ୍ଥର କେଉଁ ଛିଦ୍ର ଦେଇ ଉଇ ଏମିତି ବିକୃତ କଲା କାନ୍ଥକୁ। ତାହା ଆଗେ ଚିହ୍ନଟ କରିବାକୁ ହେବ।'

- 'ଏଥିପାଇଁ କେଉଁ ଜିନିଷପତ୍ର ଦରକାର, ମୁଁ ଜାଣିପାରୁ ନାଇଁ, ସାର୍।' ଖୁବ୍ ନିରୀହ ଏବଂ ଅଜ୍ଞ ଦେଖାଯାଉଥିଲା ରାଜମିସ୍ତ୍ରି ଜଣକ।

- 'ଛିଦ୍ର ଚିହ୍ନଟ କରାଯିବ। ଓକେ ?' ଶେଖର ପ୍ରକାଶ କରୁଥିଲେ ଉଇ ବିରୋଧରେ ଲଢ଼େଇ କରିବାର କୌଶଳ। ଯୋଗକଲେ - 'ସେଇ ଛିଦ୍ରକୁ କେନ୍ଦ୍ରକରି ଅନ୍ତତଃ ଫୁଟେ କିମ୍ବା ଦେଢ଼ଫୁଟ ଗୋଲେଇର ପଲସ୍ତରାକୁ ହଟେଇବା ନିହାତି ଦରକାର। ତା'ପରେ ନୂଆ ପଲସ୍ତରା ଓ ରଙ୍ଗ। ତୁମେ ଆଜି ଯାଅ। କାଲି ଦିନ ଏଗାରଟା ସୁଦ୍ଧା କଂପ୍ଲିଟ୍ କରିବ ଏତକ କାମ।' ସେ ଏଥର ଚାହିଁଲେ ପତ୍ନୀଙ୍କ ଆଡ଼େ ଏବଂ କହିଲେ - ' ଏ ଘର ଏମିତି ଅସୁରକ୍ଷିତ ମନେ ହେବ ବୋଲି ମୋର ଅନୁମାନ ନଥିଲା। ଉଇର ସମସ୍ତ ବାଟ ବନ୍ଦ ନ କଲେ ନିସ୍ତାର ମିଳିବ ନାଇଁ।'

ଗୋଟେ ଅସ୍ୱାଭାବିକ କମେଡି ଭଳି ଲାଗିଲା ଶେଖରଙ୍କ ଆଚରଣ ଓ ଆଶଙ୍କା। ରାଘବ ଏହାକୁ ଉପଭୋଗ କରିବ, ନା ଏତେ ବଡ଼ ଓକିଲଙ୍କ ଉପରେ ବିରକ୍ତ ହେବ ? ନିର୍ଣ୍ଣୟ କରିପାରିଲା ନାଇଁ। ଫାଲତୁ ପ୍ରସଙ୍ଗ ତାକୁ ଅଟକାଇ ରଖିଚି - ଏଇମିତି ମନେ ହେଲା ତା'ର।

ହଠାତ୍ କ'ଣ ହେଲା ତା'ର କେଜାଣି, ହରି ଉଦ୍ଦେଶ୍ୟରେ କହିଲା - 'ଆଜି କ'ଣ ଚା' ଗିଲାସେ ମିଳିବ ନାଇଁ ? ତୁମକୁ ଏ କଥା କହିବାକୁ ପଡ଼ିବ ?' ରାଘବ ଚା' ପିଏ ଗିଲାସରେ; କପ୍ କିମ୍ବା ମଗ୍‌ରେ ନୁହେଁ।

ସୁନନ୍ଦାଙ୍କଠାରୁ ନିଃଶବ୍ଦ ଅନୁମୋଦନ ପାଇ ହରି ସେଠାରୁ ଯିବା ମାତ୍ରେ, ରାଘବ ପ୍ରଦର୍ଶନ କଲା ଦୁଃସାହସିକ ଅବଜ୍ଞା। ଶେଖର ପ୍ରତିରୋଧ କରିବା ଆଗରୁ ରାଘବ ନଗଣ୍ୟ ଚାପ ପ୍ରୟୋଗ କଲା ମାଟିର ନକ୍ସା ଉପରେ। ମାର୍ବଲ ଉପରକୁ ଖସି ପଡିଲା ଉଇର ଇମାରତ। ଏତେ ସହଜରେ ବୁଢ଼ିଆଣୀ ଜାଲ କିମ୍ବା ଶୁଖିଲା ପତ୍ର ବି ସ୍ଥାନଚ୍ୟୁତ ହୁଏ ନାଇଁ।

- 'କାଲି ପର୍ଯ୍ୟନ୍ତ ଏମିତି ମଇଳା ରହିଥାନ୍ତା ଆପଣଙ୍କ କାନ୍ଥରେ ?' ଚା' ଗିଲାସ ଧରି ପ୍ରତିବାଦ କଲା ରାଘବ। ତା'ଠାରେ ଥିଲା ଅଧିକ ତଥ୍ୟ - 'ଚାରି-ପାଞ୍ଚ ଦିନ ତଳର ଘଟଣା ଏଇଟା। ଶୁଖିଲା ମାଟି କହୁଚି ଯେ, ଉଇର ଏଇ ଘର ଅଧିକ ବଡ଼ ହେଇ ନ ଥାନ୍ତା। ଆପଣ ବେକାରଟାରେ ବ୍ୟସ୍ତ ହେଉଚନ୍ତି।'

– 'ତୁମେ କେମିତି ଜାଣିଲ, ଉଇ ପୁଣି ଘର ବନେଇବେ ନାଇଁ?' ଶେଖର ଆଶ୍ୱସ୍ତି ଅନୁଭବ କରିବା କଥା ଜାଣି ପାରିଥିଲେ ସୁନନ୍ଦା।

– 'ସାର୍।' ରାଘବ ଅଳ୍ପ ହସିଲା। ଚା' ଗିଲାସ ଟେବୁଲ ଉପରେ ରଖି କହିଲା – 'ଏ ବିଷୟରେ ମୋ ଭଳି ଲୋକଙ୍କର ଢେର ନଲେଜ୍ ଅଛି, ସାର୍। ଆମେ ଏମାନଙ୍କର ଢଙ୍ଗରଙ୍ଗ ଜାଣୁ। କାନ୍ଥର ଉଇମାଟି ଓଦା ନୁହେଁ। ଯାର ମତଲବ ହେଉଚି ଘର ତିଆରି ବନ୍ଦ ଅଛି। ମାନେ, ଏ ସ୍ଥାନ ଉଇର ପସନ୍ଦଯୋଗ୍ୟ ନୁହେଁ।'

– 'ଅବିକା ସିନା ଘର ତିଆରି ବନ୍ଦ ଅଛି; ପୁଣି କେତେବେଳେ ଆରମ୍ଭ ହୋଇଯିବ।' ଶେଖର ଚିନ୍ତା ପ୍ରକଟକଲେ। କହିଲେ – 'ତୁମେ କାଲି ଚକଡ଼ାଏ ପଲସ୍ତରା ହଟେଇ ପୁଣି ପଲସ୍ତରା କରିବ।' ଗୋଟିଏ ମୁହୂର୍ତ୍ତ ପରେ ତାଙ୍କର ଉଦାସ ସ୍ୱର ଶୁଭିଲା – 'ଏତେ ମନ ଖୁସିରେ ଆମେ ବନେଇଥିଲୁ ଏ ଘର। ମୋର ସାଙ୍ଗ ଆର୍କିଟେକ୍ଟ ଦେଇଥଲା ନକ୍ସା। ଗ୍ୟାରେଣ୍ଟି ଦେଇଥିଲା ଯେ ଏ ପ୍ରକାର ଘର ନାଇଁ କେଉଁଠି ହେଲେ। ଯିଏ ଦେଖିବ, ତାଜୁବ ଚମତ୍କୃତ ହେବ।'

ଗୋଟେ ଦୀର୍ଘଶ୍ୱାସ ପରେ – 'ତୁମେ ହେଡ୍ ମିସ୍ତ୍ରି ଥିଲ। ଦେଖ, କେଉଁଠି କେମିତି ଫାଟ ରହିଗଲା। ଏଇ କଥାଟି ବହୁତ କଷ୍ଟ ଦେଉଚି ଆମକୁ। ଏ ଘର ତ୍ରୁଟିହୀନ ନୁହେଁ। ଗଲ୍ତି ରହିଚି। ମୋତେ ବିଲ୍କୁଲ୍ ଭଲ ଲାଗୁ ନାଇଁ ଏଥିପାଇଁ।'

ଅଭିଯୁକ୍ତ ହୋଇଗଲା ରାଘବ। ସେ ଜଣିପାରିଲା ନାଇଁ କେମିତି ନିଜକୁ ପ୍ରତିରକ୍ଷା ଦେବ। କହିଲା ତଥାପି – 'ଏଇଟା ଏତେ ବଡ଼ ଘଟଣା ନୁହେଁ, ସାର୍। ଜଣେ ହୃଷ୍ଟପୁଷ୍ଟ ଲୋକ, କିମ୍ୱା ପଇସାବାଲା ଲୋକ। ତାକୁ ଶର୍ଦ୍ଦି-କାଶ କ'ଣ ହୁଏ ନାଇଁ? ତାହା ବି ଗୋଟେ ପ୍ରକାରର ଉଇ, ସାର୍। କେଉଁଠି କ'ଣ ଟିକିଏ ବିଗିଡ଼ିଗଲେ, ଫାଟ ଦେଖାଦେଲେ ଖାଲି ଶର୍ଦ୍ଦି-କାଶ କାହିଁକି, ଆହୁରି ସାଂଘାତିକ ବେମାରି ହୋଇଯାଏ। ମୁଁ ସାର୍ ମୂର୍ଖ ହୋଇ ଆପଣଙ୍କୁ କ'ଣ ବା ବୁଝେଇବି।'

ସେ ଟିକେ ଦମ୍ ନେଇ ଅବଶିଷ୍ଟ ଚା' ଢପଢକ କରି ପିଇଲା ଓ କହିଲା – 'ଆପଣମାନଙ୍କ ଆଶୀର୍ବାଦରୁ ଚାରିମାସ ତଳେ କିଣିଲି ଗୋଟେ ବାଇକ୍। ତା' ଦେହରୁ ବାରବାର ଧୂଳି ଝାଡ଼ିବା, ତାକୁ ଆଉଁଶିବା କାମ କରୁଥିଲି ଆନନ୍ଦରେ। କେମିତି କେଜାଣି ଖରାପ ହୋଇଗଲା। ଉଁ ଚୁଁ କଲା ନାଇଁ।'

ଶେଖର ଓ ସୁନନ୍ଦା ଦୃଷ୍ଟି ବିନିମୟ କଲେ – କେଉଁ ଗଲ୍ତି ଥିଲା, ତା' ଦେହରେ?

– 'ମୁଁ, ମାଡାମ୍, ଜାଣିବି କେମିତି କ'ଣ ଅଖଞ୍ଜ ହେଲା?' ରାଘବଠାରେ କ୍ଷୋଭ ନ ଥିଲା ନିଜ ଅଜ୍ଞତା ପ୍ରତି। କହିଲା – 'ମେକାନିକ୍ ଠିକ୍କଲା ତାହାକୁ। ମୋ କହିବା କଥା ହେଉଚି, କେଉଁଠି, କେତେବେଳେ, କ'ଣ ଘଟିବ ଆମେ ଜାଣିବା

କିମିତି ? ମୋର ଦୂର ସଂପର୍କୀୟ ଭାଇ ଜଣେ। ଆମେ କେହି ଜାଣିପାରୁନୁ, କାହିଁକି ସେ ବେକରେ ରସି ଲଗେଇ ଫ୍ୟାନ୍‌ରୁ ଝୁଲି ରହିଲା।'

ରାଘବ ଯିବା ପରେ ପରେ ସୁନନ୍ଦା ଫେରି ଆସିଲେ ତାଙ୍କ ଲାଇବ୍ରେରିକୁ। ଲେଖିବା ପାଇଁ କିମ୍ବା ପଢ଼ିବା ପାଇଁ ନୁହେଁ। ଉଇର ନୂଆ ସଂଜ୍ଞା ସଂପର୍କରେ ଭାବିବା ପାଇଁ। ଯେଉଁଠି ସୁଡ଼ଙ୍ଗ, ଯେଉଁଠି ଫାଟ, ସେଇଠି ଉଇ, ବିବିଧ ରୂପରେ। ଲକ୍ଷ୍ୟ କିନ୍ତୁ ଗୋଟିଏ। କବଳିତ କରିବା, ମାଟିରେ ପରିଣତ କରିବା। ଉଇର ସଂକ୍ରମଣ ଅଣାୟତ୍ତ ହୋଇଗଲେ ସରିଲା କଥା। ତା'ପରେ କେବଳ ଆବର୍ଜନା। ତପସ୍ୟାରତକୁ ବି ହୁଙ୍କା କରିପାରେ ଉଇ। ସୁନନ୍ଦା ଖଣ୍ଡିଏ କାଗଜରେ ଲେଖିଲେ କାଳେ ଭୁଲିଯିବେ ବୋଲି - ଜୀବନସାରା ମଣିଷ କେବଳ ବିବିଧ ଉଇ ବିରୋଧରେ ହିଁ ଯୁଝୁଥାଏ। ବଞ୍ଚି ରହିଥାଏ, ଉଇ ତାହାକୁ ନିପାତ କରି ନ ଥାଏ ବୋଲି। ରାଘବ ଜାଣି ନାଇଁ ଉଇ ସଂପର୍କିତ ସୁନନ୍ଦାଙ୍କ ଦୃଷ୍ଟିଭଙ୍ଗୀକୁ ସେ କିପରି ସଂପ୍ରସାରିତ କରିପାରିଲା। ରାତି ପାହିଲେ ଏ ବିଷୟରେ କିଛି ଲେଖାଯାଇପାରିବ।

ଶେଖର ରାତ୍ରିଭୋଜନ ପୂର୍ବରୁ ଫ୍ରିଜ୍ ପଛ କାନ୍ଥ ଦେଖିଲେ। ଅସ୍ପଷ୍ଟ ମାଟିଆ ରଙ୍ଗର ତିନୋଟି ରେଖା ଦେଖାଯାଉଚି ଅବଶ୍ୟ। ମାଟି ନାହିଁ। ନିର୍ବାକ ନିଷ୍କ୍ରିୟତା ନେଇ ଅଦୃଶ୍ୟ ରନ୍ଧ୍ରଟି ଅଛି ନିଶ୍ଚୟ। କେଜାଣି କେଉଁଦିନ ସେଇବାଟେ ପୁଣି ଉଛୁଳିବ ମାଟି। ବ୍ୟାପିଯିବ ଚାରିଆଡ଼କୁ। ହୁଏତ, ରାଘବ କଥା ଯଦି ସତ ହୁଏ, ବନ୍ଦ ହୋଇସାରିଚି ସେହି ମାରାତ୍ମକ ରନ୍ଧ୍ର। ନା, କୌଣସି ରିସ୍କ ନେବା ପାଇଁ ସେ ପ୍ରସ୍ତୁତ ନୁହଁନ୍ତି। ରାଘବ ଆସିବ। ନୂଆ ପଲସ୍ତରା ବନ୍ଦ କରିବ ଉଇର ସମ୍ଭାବ୍ୟ ଅଗ୍ରଗତି।

ବିସ୍ମିତ ହେବାର କିଛି ନାଇଁ ଯେ ଭଲ ନିଦ ହେଲା ନାଇଁ ଶେଖରକୁ ଏବଂ ସୁନନ୍ଦାଙ୍କୁ। ଶେଖର ଅନ୍ତତଃ ତିନି ଥର ଯାଇଥିଲେ ଫ୍ରିଜ୍ ପଛ କାନ୍ଥ ପର୍ଯ୍ୟବେକ୍ଷଣ କରିବାକୁ। ଉଇ ସଂପର୍କରେ କିଛି ଲେଖିବାକୁ ରୂପରେଖ ପ୍ରସ୍ତୁତ କରୁଥିଲେ ସୁନନ୍ଦା।

ପରଦିନ ସକାଳ ଦଶଟା ବେଳେ ସେଇ ଘରେ ଆବିଷ୍କୃତ ହେଲା ଅନ୍ୟ ଏକ ଶବ। ସୁନନ୍ଦାଙ୍କ ଲାଇବ୍ରେରି ତାଜା ଉପରେ କେଉଁ ଦିନୁ ତାହା ପଡି ରହିଥିଲା ତାହା କଳନା କରିବା ସମ୍ଭବ ନ ଥିଲା। ଏଇ କଥାଟି ଏତେ ଗୁରୁତ୍ୱପୂର୍ଣ୍ଣ ନୁହେଁ। ଅସଲ କଥା ହେଉଚି ସୁନନ୍ଦାଙ୍କର ସୂକ୍ଷ୍ମ, ସୁକୁମାର, ସମ୍ବେଦନଶୀଳ ସଂସାରର ଏକ ବଡ଼ ଅଂଶ ମରି ହଜିଗଲା।

କୌଣସି ମତେ ସକାଳ ଭୋଜନ ଶେଷ କରି ସୁନନ୍ଦା ନିର୍ଦ୍ଦେଶ ଦେଲେ ହରିକୁ, ତାଙ୍କ ସହିତ ଲାଇବ୍ରେରିକୁ ଆସିବା ପାଇଁ। ଗୋଟେ ଟେବୁଲ ଆଣ। ରଖ ଏଇ ତାଜା ତଳେ। ଦ୍ୱିତୀୟ ଓ ପଞ୍ଚମ ଥାକରେ ଥିବା ବହିଗୁଡିକୁ ତଳକୁ ଆଣ।

ଏଇ ଥିଲା ହରି ପ୍ରତି ନିର୍ଦ୍ଦେଶ ସୁନନ୍ଦାଙ୍କର। ସେ ତଳେ ଠିଆ ହୋଇ ରହିଲେ ଉତ୍କଣ୍ଠିତ ହୋଇ। ସତେ ଅବା କେଉଁ ଦିବ୍ୟ ସ୍ଥାନରୁ ଆସିବ ଅନନ୍ୟ ଉପାଦାନ। ଜୀବନସାରା ମଣିଷ କେବଳ ବିବିଧ ଭଇ ବିରୋଧରେ ହିଁ ଯୁଝୁଥାଏ। ଏଇ ତଥ୍ୟର ଏକ ସଂପ୍ରସାରିତ ଆଖ୍ୟାନ ପ୍ରସ୍ତୁତ କରିବାରେ ସେହି ଉପାଦାନ ସାହାଯ୍ୟ କରିବ। ତାକାରେ ଯତ୍ନର ସହିତ ଅଛି ଶହ ଶହ ବହି। ସେସବୁ ଏବେ ଦୁଷ୍ପ୍ରାପ୍ୟ। ବହୁତ ଦିନ ହେଲା ଏସବୁ ବହିକୁ ସେ ଆଉଁଶି ନାହାନ୍ତି। ପ୍ରଗଲ୍‌ଭ ଆତ୍ମୀୟତାରେ ସେସବୁର ବାସ୍ନା ପାଇ ନାହାନ୍ତି। ତାକାରୁ ଛାତ ପର୍ଯ୍ୟନ୍ତ ଯେଉଁ କାଚ ପରଦା ଅଛି, ତାହା ବିଭକ୍ତ ହୋଇଚି ଛ'ଟି ଅଂଶରେ। କାଚକୁ ବାମ କିମ୍ବା ଡାହାଣକୁ ଘୁଞ୍ଚେଇବା କଥା। ଆଙ୍ଗୁଳି ଛୁଇଁପାରିବ ବହିକୁ। ସୁନନ୍ଦା ଦେଖିଲେ, ଦ୍ୱିତୀୟ ଥାକ ସାମ୍‌ନାରେ ଥିବା କାଚ ପରଦା ଘୁଞ୍ଚିଯାଇଚି ଏବଂ ହରିର ହାତ ପହଞ୍ଚି ଯାଇଚି ଥାକ ଉପରକୁ।

ମାତ୍ର ଗୋଟିଏ ମୁହୂର୍ତ୍ତ। ଏକ ନାହିଁ ନ ଥିବା ଶିତ୍କାର ଯୋଗୁ ଅସ୍ଥିର-ଅଥୟ ହେଲା ହରିର ହାତ। ସଠିକ୍ ଆବିଷ୍କାର କରିବା ପରେ ଲୋପପାଇଗଲା ତା' ଭାଷା। ଆତଙ୍କ ଓ ଆଶ୍ଚର୍ଯ୍ୟ ମିଶା ରକ୍ତହୀନ ମୁହଁରେ ସେ ତଳକୁ ଚାହିଁଲା।

– 'କ'ଣ ହେଲା ? ସେ ଥାକର ସମସ୍ତ ବହି ଆଣ। ଠିଆ ହେଲୁ କ'ଣ ପାଇଁ ?' ସୁନନ୍ଦା ପଚାରିବା ସହିତ ନିର୍ଦ୍ଦେଶ ଦେଲେ।

– 'ମାଡମ୍।' ହରି ମ୍ରିୟମାଣ ସ୍ୱରରେ ସମ୍ବୋଧନ କଲା। ଓଠ ଓଦାକରି ତୁଳନାହୀନ ସମବେଦନା ଓ ଦୁଃଖରେ ଦାରୁଣ ଘୋଷଣା କଲା – 'ବହି ନାଇଁ, ମାଡ଼ମ୍। ସବୁ ମାଟି ହୋଇଯାଇଚି। ଉଇମାଟି।' ଡାକ୍ତର ବୋଧହୁଏ ଏଇଭଳି କହିଥିବ ରାଧାକାନ୍ତଙ୍କ ଦେହାନ୍ତ ଘୋଷଣା କଲାବେଳେ।

– 'ଆଁ ? କ'ଣ କହିଲୁ ? ଏଇ ଘୋଷଣା ଥିଲା ଗୋଟେ ବଜ୍ରପାତ ପ୍ରତି ପ୍ରତିକ୍ରିୟା। ଏହା ମଧ୍ୟ ଥିଲା ଏକ ପ୍ରତିବାଦ ଓ ଆର୍ତ୍ତନାଦ। ଏତେ ଯତ୍ନରେ, ବିଳାସପୂର୍ଣ୍ଣ ଘରେ ରଖାଯାଇଥିବା ଅମୂଲ୍ୟ ବହିର ଏପରି ବିବର୍ତ୍ତନ ଥିଲା ହୃଦୟହୀନ।

ପର ମୁହୂର୍ତ୍ତରେ ଏଇ ବିବର୍ତ୍ତନର ବୀଭତ୍ସ ସ୍ୱରୂପ। ଦ୍ୱିତୀୟ ଥାକର ବହି ନୁହେଁ; ଥାକେ ମାଟି ଉଠାଇ ଆଣିବାକୁ ଚେଷ୍ଟା କଲା ହରି। ତା' ଆଙ୍ଗୁଳି ଟିପରେ ରହିଲା କେବଳ ସବା ଉପରେ ଥିବା ବହିର ମଲାଟ। ମୃତ ରୋଗୀର ମାମୁଲି ପୋଷାକର ଅନାବଶ୍ୟକ ଟୁକୁରା ଖଣ୍ଡିଏ ଥିଲା ସେହି ମଲାଟ।

ଏଥର ଅତର୍କ୍ଷି ସ୍ୱର ସୁନନ୍ଦାଙ୍କର – 'ଦେଖ୍, ଦେଖ୍, ପାଖ ଥାକଗୁଡ଼ାକର ଅବସ୍ଥା।' କାଳେ ବଞ୍ଚିଥିବ ତାକା ଉପରେ ଥିବା ବହିର ଶରୀର ! ଚରମ ଉତ୍କଣ୍ଠା ଓ ଆଶଙ୍କା

ଯୋଗୁ ସୁନନ୍ଦାଙ୍କର ହୃତ୍‌ସ୍ପନ୍ଦନ ପାଗଳ କ୍ଷିପ୍ରତାରେ ପହଞ୍ଚି ସାରିଥିଲା। କାତର ପ୍ରାର୍ଥନା ଓ ଆଶା ବି ଥିଲା ତାଙ୍କ ଠାରେ – ଅଧିକ ହାନି ନ ହୋଇଥାଉ।

ପ୍ରାର୍ଥନା ଓ ଆଶା କ'ଣ ସବୁବେଳେ ମଣିଷର ଆଞ୍ଜୁଳା ପୂର୍ଣ୍ଣକରେ? ହରିର ପରବର୍ତ୍ତୀ ଘୋଷଣା ସୁନନ୍ଦାଙ୍କର ହୃତ୍‌ପିଣ୍ଡ ଓ କଳିଜାକୁ ସତେ ଅବା ମୁଠେଇ ଧରିଲା ହୃଦୟହୀନ ହୋଇ।

ମାଡମ୍, କାନ୍ଥ ଆଉ ବହି ମଧ୍ୟରେ ଥିବା ଗ୍ୟାପ୍, ପୁଣି ଦୁଇ ଥାକ ମଧ୍ୟରେ ଥିବା ଫାଙ୍କ। ସବୁଆଡ଼େ କେବଳ ମାଟି ଆଉ ମାଟି। ଓଦା ଉଇମାଟି ରହିଚି ତାଜା ଉପରେ।

ଫାଟି ପଡ଼ିଲେ ସୁନନ୍ଦା ଶେଷହୀନ ଯନ୍ତ୍ରଣା ଓ କୋହରେ। ଥାକ ପରେ ଥାକ। ବାହାରୁ ଦେଖିଲେ ସବୁ ସୁରକ୍ଷିତ ଓ ସ୍ୱାସ୍ଥ୍ୟବାନ ଜଣାପଡୁଚି, ଅସୁବିଧା ଆରମ୍ଭ ହେବା ପୂର୍ବରୁ ରାଧାକାନ୍ତଙ୍କ ଦେହ ଭଳି। ଆବିଷ୍କୃତ ହୁଏ ମାଟିରେ ପରିଣତ ହୋଇଯାଇଥିବା କିଡ୍‌ନୀ। ତା'ପରେ କେଉଁ କୁହୁକ ମରାମତିରେ, ମୂଢ଼ ମଣିଷ?

ଡ୍ରଇଁ ରୁମ୍‌ରେ ଏମିତି ଛେଉଣ୍ଡ, ନିରାଶ୍ରୟ ଅବସ୍ଥାରେ ପତ୍ନୀଙ୍କୁ ଭେଟିବେ ବୋଲି ଆଶା କରି ନଥିଲେ ଶେଖର। ଗୋଟିଏ କ୍ଷଣରେ କାବୁକଲା ତାଙ୍କୁ ଆଶଙ୍କା। କ'ଣ ହେଲା ତୁମର? ଏତକ ସେ ପଚାରିଲେ ଏବଂ ନିଜକୁ ପ୍ରସ୍ତୁତ କଲେ ନିର୍ଦ୍ଧାରିତ ହୋଇ ନ ଥିବା ବିପଦ ବିରୋଧରେ ଲଢ଼େଇ କରିବାକୁ।

ଶେଖରଙ୍କ ପ୍ରଶ୍ନ ଅଧିକ ଲୁହ ଝରାଇଲା କେବଳ ସୁନନ୍ଦାଙ୍କ ଆଖିରୁ। ରାଘବ ପହଞ୍ଚି ସାରିଥିଲା ଯନ୍ତ୍ରପାତି ଧରି ଉଇ ସହିତ ଲଢ଼ିବା ପାଇଁ।

କ୍ଷଣକ ମଧ୍ୟରେ ଏ ଦୁହେଁ ଜାଣିପାରିଲେ ଘଟଣା ସଂପର୍କରେ। ସୁନନ୍ଦାଙ୍କ ଲାଇବ୍ରେରି ପ୍ରଦର୍ଶନ କଲା ଏକ ବୀଭତ୍ସ, ଅଥଚ ମର୍ମନ୍ତୁଦ ଦୃଶ୍ୟ। ମାଟି କେମିତି ଉଠି ଆସିଚି ଉପରକୁ ଏବଂ ଗ୍ରାସ କରିବା ପ୍ରକ୍ରିୟା ଅବ୍ୟାହତ ରଖିଚି।

ହତବାକ୍ ହୋଇଗଲା ରାଘବ, ହାସ୍ୟାସ୍ପଦ ଯନ୍ତ୍ରପାତି ଧରି। ଏବେ କିନ୍ତୁ, ଶେଖର ବର୍ଣ୍ଣନା କରନ୍ତେ ନାହିଁ ପିଲାଦିନର ଅନ୍ତରଙ୍ଗ ସାଙ୍ଗ ରାଧାକାନ୍ତଙ୍କୁ ଜଣେ ବେକୁଫ୍, ଅସତର୍କ ମଣିଷ ଭାବରେ। କାହିଁକି ନା, ତାଙ୍କର ଏଇ ସୁଦୃଢ଼ ଘରକୁ ମଧ୍ୟ ଭେଦ କରିପାରେ ଅପରାଜେୟ ଉଇ। ସତ କଥା। ଅନ୍ୟ ଏକ ଉଇର ଶିକାର ହେଲା ବିଚରା ରାଧାକାନ୍ତ। ତାଙ୍କଠାରେ ଆଶ୍ୱାସନା ନ ଥିଲା ସୁନନ୍ଦାଙ୍କ ପାଇଁ।

■

ଅସ୍ଥାୟୀ ଠିକଣା

ପିଣ୍ଡା ଉପରେ ଠିଆହେଲେ ଦିଶିଯାଏ ହାଇୱେ। ଦୁଇ ବର୍ଷ ତଳେ ଏଠାରେ ଏଇ ଘର ତିଆରିହେବା ବେଳେ ରାସ୍ତାଟା ଦେଖାଯାଉଥିଲା ଗୋଟେ ହିଡ଼ ଭଳି। ତାହାର କଳା ରଙ୍ଗର ପିଠି ଦେଖାଯାଉ ନ ଥିଲା। ସେଇ ବର୍ଷ, ରାସ୍ତା ଦୁଇକଡ଼ରେ ଯେଉଁ ଗଛସବୁ ଲଗାଯାଇଥିଲା, ବାଡ଼ର ଘେର ମଧ୍ୟରେ, ସେସବୁ ଛାତିଏ ଉଚ୍ଚ ଡେଙ୍ଗା ହୋଇଗଲେଣି। ଚବିଶ୍ ଘଣ୍ଟା ଗାଡ଼ି-ମୋଟର ଚାଲେ ରାସ୍ତା ଉପରେ। କେତେବେଳେ କେମିତି ତା' ଉପରେ ଓଲଟି ପଡ଼େ କେଉଁ ହତଭାଗା ଗାଡ଼ି। ପବନରେ ରହିଥାଏ ପୋଡ଼ା ପେଟ୍ରୋଲ ଓ ଡିଜେଲ ଗନ୍ଧ। ଗୋରୁ-ଗାଈ ଚରନ୍ତି ରାସ୍ତା କଡ଼ରେ। ଯା ସତ୍ତ୍ୱେ ଗଛଗୁଡିକ ବଢୁଛନ୍ତି ଦ୍ରୁତଗତିରେ ସବୁଜ ଭବିଷ୍ୟତର ସ୍ୱପ୍ନରେ ବିଭୋର ହୋଇ। ଏବେ ରାସ୍ତାଟା ଦେଖାଯାଉଚି ଗୋଟେ ବାଡ଼ ଭଳି। ଲମ୍ବିଯାଇଚି ଦୁଇ ଦିଗରେ ଅପହଞ୍ଚ ଦୂରତା ପର୍ଯ୍ୟନ୍ତ।

ଘରପାଖରୁ ଲମ୍ବିଯାଇଚି ସରୁ ରାସ୍ତାଟେ ହାଇୱେ ପର୍ଯ୍ୟନ୍ତ। ଏଇ ଘରପାଖରେ ଆଉ ଘର ନାହିଁ। ଚାରିପାଖରେ ଇଲାକା ଅପନ୍ତରା ହୋଇପଡ଼ିଚି। କିନ୍ତୁ ହାଇୱେ ଆର ପାଖରେ ଅଛି ଗାଁଟିଏ। ସେଇଥିପାଇଁ ରାସ୍ତାକଡ଼ରେ ରହିଚି କେତେଟା ଦୋକାନ। ଚା-ଜଳଖିଆ, ପାନ-ସିଗାରେଟ ଏବଂ ଗୋଟେ-ଦୁଇଟା ତେଜରାତି ଦୋକାନକୁ ନେଇ ଗଢ଼ିଉଠିଚି ଏଇ ତଥାକଥିତ ବଜାର। ଗୋଟେ କୃଷ୍ଣଚୂଡ଼ା ଗଛ ଚାରିପାଖରେ ତିଆରି ହୋଇଚି ସିମେଣ୍ଟ ଚଉତରାଟେ। କେତେବେଳେ କେମିତି ତାସ୍‌ଖେଳ ହୁଏ। ବସ୍-ଟ୍ରକ୍ ଅପେକ୍ଷା କରୁଥିବା ଲୋକମାନେ ସେଇଠି ବସନ୍ତି।

ଶମ୍ଭୁନାଥ ଘରକୁ ଫେରିବା ବେଳେ ଭାବୁଥିଲା, ଏଇ ଜାଗାରେ ଆଉ କେତେବର୍ଷ କେଜାଣି ? ହେତୁ ହେବା ଦିନୁ ସେ ରହିଥିଲା ଗୋଟେ ଖଣି ଅଞ୍ଚଳରେ। ସେ ପାହାଡ଼ ସବୁ ପଥରରେ ନୁହେଁ; ଲୁହାରେ ତିଆରି। ମାଳ ମାଳ ଟ୍ରକ୍ ପହଞ୍ଚିଯାଏ ସେଠାରେ ଲୁହାପଥର ବୋହିବା ପାଇଁ। ମାମୁଲି, ମୂଲ୍ୟହୀନ ଜଣାପଡୁଥିବା ଏଇ ଜିନିଷ ଭିତରେ ଏମିତି କେଉଁ ବିଭବ ରହିଥାଏ କେଜାଣି, ଦିନରାତି ଟ୍ରକ୍‌ଗୁଡିକ ପହଞ୍ଚିଯାଆନ୍ତି ସେଠାରେ ସେମାନଙ୍କର ଆଞ୍ଜୁଳା ଦେଖାଇ। ଶମ୍ଭୁନାଥ ଭଳି ଲୋକମାନେ ଭର୍ତ୍ତି କରି ଦେଉଥିଲେ ସେଇ ଆଞ୍ଜୁଳା।

ହେଲେ, ସେ ସ୍ଥାନ ଭଲ ଲାଗିଲା ନାଇଁ ଜମା। ଯେଉଁଦିନ ତା' ବଡ଼ଭାଇକୁ ମଦ ପିଇଥିବା ଦଳେ ଲୋକ ଟିକିଏ ବଚସା ହେବାରୁ ଛୁରି ଭୁସି ଦେଲେ, ସେଇଦିନ ସେ ଜାଗାରୁ ତା' ଆତ୍ମା ଛାଡ଼ିଗଲା। ଏମିତି ସବୁବେଳେ ଗଣ୍ଡଗୋଳ ଚାଲିଥାଏ ସେ ଅଞ୍ଚଳରେ। ତା' ଭଳି ଲୋକମାନେ ପୁଣି କେତେଟା ଦଳରେ ବିଭକ୍ତ ହୋଇଥାଆନ୍ତି ୟୁନିୟନ ନାମରେ। ସେମାନଙ୍କୁ ଅକ୍ତିଆର କରିରଖିବା ସକାଶେ ୟୁନିୟନମାନଙ୍କର ଚାଲିଥାଏ ସଂଘର୍ଷ। ଅଧିକାଂଶ ସମୟରେ ଏହା ରକ୍ତାକ୍ତ ହୋଇପଡ଼େ। ଲୁହାପଥର ଭଳି ସେଠାକାର ଶ୍ରମିକମାନେ ପରିଣତ ହୋଇଯାଇଥାନ୍ତି ଗୋଟେ ଗୋଟେ ବସ୍ତୁରେ।

ଶମ୍ଭୁ ଦେଖିଥିଲା ଭାଇର ଲାସ୍। ତା' ଭଳି ବଳିଷ୍ଠ ମଣିଷର ଅନ୍ତବୁଜୁଳା ମଧ୍ୟ ବାହାରିଯାଇପାରେ ଲୁହା ଛୁରି ମାଡ଼ରେ। ପ୍ରଥମେ ସେ ନିଜ ଆଖିକୁ ବିଶ୍ୱାସ କରିପାରି ନ ଥିଲା। ଏଇ ଟିକିଏ ଆଗରୁ ଏତେ କର୍ମଚଞ୍ଚଳ ଥିବା ମଣିଷଟା ପଡ଼ିରହିଥିଲା ଲୁହାପଥର ଗଦା ଉପରେ। କିଛି ଜାଣି ନ ଥିବା ଭଳି ମୁହଁଟା ଦେଖାଯାଉଥିଲା ଶାନ୍ତ ଓ ନିରୀହ। ତା' ଦେହରୁ ବାହାରିଥିବା ରକ୍ତର ଝରଣା ଶୁଖିଯାଇଥିଲା ଲୁହା ପଥର ଉପରେ। କେଜାଣି, ସେ ନିଜେ ଯେଉଁ ଲୁହା-ପଥର ଟ୍ରକ୍‌ରେ ବୋଝେଇ କରିଥିଲା, ସେଇଥିରୁ ହୁଏତ ସେଇ ଛୁରି ତିଆରି ହୋଇଥାଇପାରେ। ଅଥଚ ଛୁରିଟା ସେଇମିତି ଭୁସି ହୋଇ ରହିଥିଲା। ଭାଇର ନିସାଡ଼ ପେଟ ଭିତରେ ତା'ର ଅନ୍ୱେଷଣ ସତେ ଯେପରି ସରୁ ନ ଥିଲା। ରକ୍ତ ଓ ଅନ୍ତବୁଜୁଳା ଅନ୍ତରାଳରେ ହୁଏତ ଆହୁରି ଗୋଟେ ଜିନିଷ ରହିଯାଇଥିଲା, ଯାହାକୁ ସେ ଖୋଜୁଥିଲା ଏତେ ଏକାଗ୍ରତାର ସହିତ, ହଲଚଲ ନ ହୋଇ।

ଶମ୍ଭୁ କେବଳ ନିର୍ବୋଧ ନୁହେଁ, ଆତଙ୍କିତ ହୋଇଯାଇଥିଲା ଏଇ ଭୟଙ୍କର ଦୃଶ୍ୟ ଦେଖି। ତା' ମଗଜ ଓ ରକ୍ତ ବରଫ ପାଲଟିଯାଇଥିଲା ଏବଂ ସେ ଠିଆହୋଇ ରହିଥିଲା କିଛି ବୁଝି ନ ପାରିବା ଭଳି।

ପୁଲିସ୍ ଅଫିସର ଦେଖିନେଲେ ଦୃଶ୍ୟଟିକୁ ଏବଂ ପଚାରିଲେ- "ତୁ ୟାର ଭାଇ ?"

- "ହଁ।"

- "କିଏ ଯା'କୁ ମାରିଚି ବୋଲି ତୁ ଭାବୁଚୁ ?" ସେ ପଚାରିଥିଲେ ଏବଂ ଶମ୍ଭୁର ଉତ୍ତର ଶୁଣିବା ପାଇଁ ଜମା ଆଗ୍ରହୀ ନ ଥିଲେ।

- "କେଜାଣି ? ମୁଁ ଜାଣି ନାଇଁ।" ଶମ୍ଭୁ ଉତ୍ତର ଦେଇଥିଲା।

- "ଶୁଣ୍‌। ଲାସ୍‌ଟା ପୋଷ୍ଟମର୍ଟମ ହେବ। ଡାକ୍ତରଖାନାରେ। ତା'ପରେ ତୁ ସେଇଟା ପାଇବୁ। ବୁଝିଲୁ ?" ସେ ଏମିତି ବିରକ୍ତି ପ୍ରକାଶ କଲେ, ସତେ ଯେପରି ସମଗ୍ର ସୃଷ୍ଟିରେ ଏଇ ଯେଉଁ ଅରାଜକତା ଓ ହିଂସାତ୍ମକ କାଣ୍ଡ ଘଟୁଚି, ସେସବୁର ସମାଧାନ ଦାୟିତ୍ୱ କେବଳ ତାଙ୍କ ଉପରେ ନ୍ୟସ୍ତ ରହିଚି।

ମୁର୍ଦ୍ଦାରଟା ଗଲା ଡାକ୍ତରଖାନାକୁ ଏବଂ ତା'ପର ମୁହୂର୍ତ୍ତରେ ଶମ୍ଭୁ ସେ ସ୍ଥାନ ଛାଡ଼ିଲା ସ୍ତ୍ରୀ ଆଉ ଝିଅପୁଅଙ୍କ ସହିତ।

ପରେ ପରେ ରାସ୍ତା ମରାମତି ସକାଶେ କୁଲି କାମ । ସେ ଖାଲି ବୁଲିଲା ଏ ସ୍ଥାନରୁ ସେ ସ୍ଥାନ କାମ ଖୋଜିବା ସକାଶେ। ଏ ସଂକ୍ରାନ୍ତରେ ତା'ର ସବୁଠାରୁ ବଡ଼ ବିଭବଟି ଥିଲା ତା'ର ଶାରୀରିକ ଶକ୍ତି। ସେ କାମ କରୁଥିଲା କ୍ଷିପ୍ରତାର ସହିତ, ମନୋଯୋଗୀ ହୋଇ।

ସେ ସହର ଉପକଣ୍ଠରେ ଘରଟେ ତିଆରି ଥିଲା କୌଣସି ମତେ, ବର୍ଷା ଓ ଶୀତଦିନ ବିତେଇ ଦେବାପାଇଁ। ଆହୁରି ଅନେକ ଲୋକ ବି ରହିଥିଲେ ସେ ବସ୍ତିରେ। ହଠାତ୍ କିନ୍ତୁ ଘୋଷଣା କରାଗଲା ଯେ ସେଠାରେ ରହିଥିବା ସମସ୍ତଙ୍କୁ ସେଠାରୁ ଉଠିବାକୁ ହେବ। ଏହାର କାରଣ କ'ଣ ତାହା ଜାଣିବାକୁ ଆଗ୍ରହୀ ନ ଥିଲା ସେ। ସେ କେବଳ ଦେଖିଥିଲା ପାଇଜାମା-ପଞ୍ଜାବି ଓ ଧୋତି-ପଞ୍ଜାବି ପରିହିତ କେତେଜଣ ଲୋକ ସେଠାକୁ ଆସିଥିବାର। ସେମାନେ କ'ଣ କେଜାଣି ଉତ୍ତେଜିତ ହୋଇ କହୁଥିଲେ ଲୋକମାନଙ୍କର ବଳୟ ଭିତରେ ରହି। ଲୋକମାନେ ଯେତେବେଳେ ସେସବୁ ଶୁଣୁଥିଲେ ଏବଂ ମରିବୁ, ରକ୍ତପାତ ହେବ, ଜମା ଯିବୁ ନାଇଁ, ଧରିଆଣ ସେ ସରକାରଙ୍କୁ ଇତ୍ୟାଦି କହି ଚିତ୍କାର କରୁଥିଲେ, ଶମ୍ଭୁ ଜିନିଷପତ୍ର ବନ୍ଧାବନ୍ଧି କରୁଥିଲା ଅନ୍ୟ କେଉଁଠି ସଂସାର ଗଢ଼ିବାକୁ।

ଦୁଇ ବର୍ଷ ହେଲା ଏଇ ସ୍ଥାନ। ନିଃସଙ୍ଗ, ନିଛାଟିଆ। ତେବେ, କାଇଁ ? ଝମେଲା ଏ ଯାଏଁ ସୃଷ୍ଟି ହୋଇନାଇଁ। କାମ ମିଳିଯାଉଚି ସବୁବେଳେ ତା'ର ଦକ୍ଷତା ଯୋଗୁ। ଆଠ ନ'ବର୍ଷର ଝିଅ, ତିନି-ଚାରି ବର୍ଷର ପୁଅକୁ ବେଳେବେଳେ ଜଗାରଖା କରେ। ତା' ସ୍ତ୍ରୀ ମଧ୍ୟ କାମ ପାଇଁ ବାହାରିଯାଏ ସେଇ ଅବସରରେ।

ଚାରିପାଖର ସ୍ଥାନ ଅନୁର୍ବର ଓ ଅସମତଳ। ତଥାପି ବ୍ୟାପକ ସ୍ଥାନଟିଏ। ତା' ଭିତରେ ଛୋଟ, ନଡ଼ା ଢଙ୍କା, ଝାଟି-ମାଟିର କାନ୍ଥ ନେଇ ଏ ଘରଟି ଦେଖାଯାଏ

ଭାରି ହାସ୍ୟାସ୍ପଦ ଓ ଦୟନୀୟ। ଚାରିପାଖର ଶୂନ୍ୟତାର ପ୍ରବାହକୁ ଏ ଘର ସତେ ଯେପରି ଅଟକାଇ ରଖିବା ପାଇଁ ସମ୍ପୂର୍ଣ୍ଣ ଅକ୍ଷମ। ଏଇ ଯେପରି ଏହା ତରଳିଯିବ ଏବଂ ଏ ଦିଗର ଦିଗ୍‌ବଳୟରୁ ସେ ଦିଗର ଦିଗ୍‌ବଳୟ ପର୍ଯ୍ୟନ୍ତ, ମାଟିରୁ ଆକାଶ ପର୍ଯ୍ୟନ୍ତ - ଆଉ କୌଣସି ପ୍ରତିବନ୍ଧକ ରହିବ ନାହିଁ। ଏଭଳି ଘରଟେ ତରଳିଯିବା ପାଇଁ ବାସ୍ତବିକ କେତେ ବା ସମୟ ଦରକାର କରେ ?

ଶମ୍ଭୁ ଘରକୁ ଫେରୁଥିଲା ଦିନସାରା କାମ କରିବା ପରେ। ତା' ଘର ହଜିଯାଉଥିଲା ଘନୀଭୂତ ଅନ୍ଧାର ଭିତରେ। ବେଳେବେଳେ ମନେହୁଏ ଘରଟା ଆଉ ଟିକିଏ ବାଗେଇ ଦିଅନ୍ତା। କିଛି ନ ହେଲେ ବି ଚାରିପାଖରେ ବାଡ଼ଟେ ତିଆରି କରନ୍ତା। ଆଉ ଟିକିଏ ସୁରକ୍ଷିତ ଜଣାପଡ଼ନ୍ତା ଏ ସଂସାର। ମାତ୍ର ସେ ଜାଣେ, ଏ ସ୍ଥାନ ତା'ର ନୁହେଁ। ଏମିତି ସମୟ ଆସିଯିବ, ଯେତେବେଳେ ତାକୁ କୁହାଯିବ, ସେ ସ୍ଥାନ ଛାଡ଼ିବା ପାଇଁ। ତେବେ ଏଥିପାଇଁ ଏତେ ବ୍ୟସ୍ତ ହେବାର କୌଣସି ମାନେ ନାହିଁ। ଚଳିଯାଉଚି କୌଣସିମତେ। ବର୍ତ୍ତମାନ-ସର୍ବସ୍ୱ ମଣିଷ ଜଣେ ସେ। ପରମୁହୂର୍ତ୍ତ ପାଇଁ କୌଣସି ଯୋଜନା ନ ଥାଏ ତା' ହାତରେ। ଅଥଚ ତା'ର ସମସ୍ତ କାମ ଏଇ ପୃଥିବୀ ପୃଷ୍ଠକୁ ନେଇ। ସେ ତିଆରିଥିବା ପିଚୁ ରାସ୍ତା ଉପରେ ଧାଇଁଯାଏ ମୋଟରଗାଡ଼ି। ସେ ବଢ଼େଇ ଦେଇଥିବା ଇଟାକୁ ନେଇ ତିଆରି ହୋଇଯାଏ ପଞ୍ଜୁରା। ସେ ଫେଣ୍ଟିଥିବା ବାଲି-ସିମେଣ୍ଟର ଚମଡ଼ା ଘୋଡ଼ିଦିଏ ତାହାକୁ। ସେ ତିଆରିଥିବା କିଆରିରେ ସୃଷ୍ଟି ହୋଇଯାଏ ସବୁଜିମାର ଚଦର। ସେ ଏସବୁ ତିଆରି ପକାଏ ଜଣେ ଦକ୍ଷ ବିନ୍ଧାଣି ଭଳି ପାଉଣା ଆଶାରେ। କେବେ ବି ଚିନ୍ତାକରେ ନାହିଁ, ସେ ତିଆରି ଥିବା ଘର ଭିତରେ ଗଢ଼ି ଉଠିଥିବା ସଂସାରର ପରିପାଟୀ କ'ଣ। କିଆରିର ଫସଲ ଯାଏ କେଉଁଆଡ଼େ। ସେ ବୁଜିଥିବା ବାଡ଼ ରକ୍ଷା କରିପାରୁଚି କି ନାହିଁ ତା' ଆଲିଙ୍ଗନ ମଧ୍ୟରେ ଥିବା ଦରବମାନଙ୍କୁ।

ଛାଇ-ଅନ୍ଧାର ଭିତରେ ଦେଖିଲା, ପତ୍ନୀ ବସିଚି ଦରଜା ଉପରେ ଡେରି ହୋଇ। ତା' କୋଳରେ ମୁହଁ ରଖି ପୁଅ ହାମୁଡ଼େଇ ହୋଇ ଶୋଇଚି। କେଉଁଠି ଟିକିଏ ହସି ଥକ୍‌କା ମେଣ୍ଟେଇବା ପାଇଁ ଫୁରୁସତ ପାଇ ନ ଥିଲା ଶମ୍ଭୁ।

ଟିକିଏ ବ୍ୟସ୍ତ ହୋଇ, ପ୍ରାୟ କାନ୍ଦ କାନ୍ଦ ସ୍ୱରରେ ପତ୍ନୀ କହିଲା- "ଝିଅ ଏ ଯାଏ ସଉଦା ନେଇ ଫେରି ନାହିଁ।"

ବସି ପଡୁଥିଲା ଶମ୍ଭୁ ପିଣ୍ଡା ଉପରେ। ସଉଦା ପାଇଁ ଯାଇଚି ତ ? ଫେରିଆସିବ। ଏଥିରେ ବ୍ୟସ୍ତ ହେବାର, କାନ୍ଦିବାର କୌଣସି ତାତ୍ପର୍ଯ୍ୟ ନାହିଁ। ମାତ୍ର ସେ ପଚାରିଲା - "ଫେରି ନାହିଁ ! କେତେବେଳୁ ଯାଇଚି ?'

- "ଘଡ଼ିଏ ହେବ।" ଉତ୍ତର ଦେଲା ସ୍ତ୍ରୀଲୋକ ଜଣକ। ଏକଥା ସତ ଯେ,

କାହିଁକି କେଜାଣି ସେ ଆତଙ୍କିତ ହୋଇପଡୁଥିଲା। କହିଲା – "ସଉଦା ଆଣିବାପାଇଁ ତାକୁ କମ୍ ସମୟ ଲାଗେ। ଜମା ଡାକେ ବାଟ। ତା' ବାଟ ଚାହିଁ ମୁଁ ବସିଚି। ଚାଉଳ ଆଣିବ, ତେଲ ଟିକିଏ, କିରାସିନ ଟିକିଏ ବି ଆସିବ। ଏ ପର୍ଯ୍ୟନ୍ତ ତା'ର ଦେଖା ନାଇଁ।"

– "ତୁ କାମରୁ କେତେବେଳେ ଫେରିଲୁ?" ଶମ୍ଭୁ ପଚାରିଲା। ସେଦିନ ଗାଁର କାହାଘର ଲିପାପୋଛା ପାଇଁ ସେ ଯାଇଥିଲା। ଶମ୍ଭୁ ଯାଇଥିଲା ଆଉ ଗୋଟେ ଜାଗାକୁ ବାଡ଼ବୁଜି କିଆରି ଛନ୍ଦିବା ପାଇଁ।

– "ମୁଁ ଫେରିଲିଣି କେତେବେଳୁ।" ଜବାବ ଆସିଲା।

ପୁଅ ସେତେବେଳେ ବସି ସାରିଥିଲା ଓ ଅନ୍ଧାର ଭିତରେ ଝାପ୍‌ସା ହୋଇଯାଉଥିବା ବାପାକୁ ଚାହିଁ ରହିଥିଲା।

– "ମୁଁ ଦେଖି ଆସେ, କାଳେ ଦୋକାନ ପାଖରେ ଥିବ। ନ ହେଲେ ଫେରୁଥିବ। ତୁ ବ୍ୟସ୍ତ ହେଉଚୁ କାହିଁକି?" ଶମ୍ଭୁ ଏତକ କହିଲା ନିଜ ଆଶଙ୍କା ଓ ବ୍ୟସ୍ତତା ଲୁଚେଇବା ପାଇଁ। ଅନୁଭବ କଲା ଯେ, ତା' ଛାତି ଦକ୍‌ଦକ୍ କରୁଚି, ତଣ୍ଟି ଶୁଖିଯାଉଚି ଏବଂ ତମାମ୍ ଦେହ ଉପରକୁ ଉତୁରି ଆସୁଚି ଗୋଟେ ଝାଳ।

ଏତେ ଶୃଙ୍ଖଳିତ ଓ ଆଜ୍ଞାବହ, ଦାୟିତ୍ୱସମ୍ପନ୍ନ ଓ ଚଳଚଞ୍ଚଳ ଝିଅଟେ ଗଲା କୁଆଡ଼େ? ଅସ୍ୱାଭାବିକ ଜଣାପଡୁଚି ଏ ଡେରି। ଅନ୍ୟ କେଉଁ ଝିଅ ସହିତ ଖେଳିବାରେ ବ୍ୟସ୍ତ ରହି ସଉଦା କଥା ଭୁଲିଯିବା ଭଳି ଝିଅ ସେ ନୁହେଁ।

ଦଶମିନିଟ୍ ଭିତରେ ଗୌରାଙ୍ଗର ତେଜରାତି ଦୋକାନ। ସାମ୍‌ନାରେ ପଡ଼ିଥିବା ବେଞ୍ଚରେ କେତେଜଣ ବସି ରହିଥିଲେ ଚୁପ୍ ହୋଇ। ଗୌରାଙ୍ଗ ଗୋଟେ ଖାତା ଖୋଲି ହୁଏତ କ'ଣ ହିସାବ କରୁଥିଲା ନିତାନ୍ତ ଚିନ୍ତିତ ହୋଇ। ଲଣ୍ଠନଟେ ଜଳୁଥିଲା ତା' ସାମ୍‌ନାରେ। ଶମ୍ଭୁର ଉପସ୍ଥିତ ଟହଲାଇ ପାରିଲା ନାଇଁ ଗୌରାଙ୍ଗର ଏକାଗ୍ରତା। ଶଙ୍କିତ ହୋଇ ସେ ଡାକିଲା – "ବାବୁ।"

ଏଥର ଗୌରାଙ୍ଗ ଅବଶ୍ୟ ମୁହଁ ଟେକିଲା, ମାତ୍ର ତା'ର ଅନ୍ୟମନସ୍କତା ଅପସରି ଯାଇ ନ ଥିଲା। ଶମ୍ଭୁ କହିଲା – "ବାବୁ, ଆମ ଜଲି ସଉଦା ନେଇ ଗଲାଣି?"

ଦୋକାନୀ ଜଣକ ଠିକ୍ ଭାବରେ ପ୍ରଶ୍ନଟା ଶୁଣିପାରି ନଥିବାରୁ ଶମ୍ଭୁ ପୁନରାବୃତ୍ତି କଲା ଏବଂ ଏଇଭଳି ଉତ୍ତରଟେ ପାଇଲା– "ତୋ ଝିଅ କଥା କହୁଚୁ?" ତା'ପରେ କିଛି ମନେ ପକାଇବାକୁ ଚେଷ୍ଟା କରି କହିଲା – "ହଁ, ସିଏ ତ ସଉଦା ନେଇ ଯାଇଚି। ଚାଉଳ, ତେଲ, ଆଉସବୁ କ'ଣ।"

ଗୋଟେ କମ୍ପନ ଉଠିଆସିଲା ଶମ୍ଭୁର ପାଦ ପାଖରୁ ମୁଣ୍ଡ ପର୍ଯ୍ୟନ୍ତ। ଏଥର ତା'

ତଣ୍ଟି ପରିଣତ ହୋଇଗଲା ଗୋଟେ ଧୁ ଧୁ ମରୁଭୂମିରେ। ପଚାରିଲା - "କେତେବେଳୁ ନେଲାଣି ?"

- "ସେ କଥା ଠିକ୍ ମନେ ନାହିଁ।" ଦୋକାନୀର ଉତ୍ତର- "ତେବେ ଘଣ୍ଟେ ଖଣ୍ଡେ ହେବ।" ଟିକିଏ ରହି ପଚାରିଲା - "କାହିଁକି, କ'ଣ ହେଲା ?"

- "ସେ ଏଯାଏଁ ଘରକୁ ଫେରି ନାହିଁ, ବାବୁ।" ଶମ୍ଭୁ ଏମିତି ସ୍ୱରରେ କହିଲା, ସତେ ଯେପରି ଜଲିର ଡେରି ହେବାର ରହସ୍ୟ ଗୌରାଙ୍ଗଙ୍କୁ ଜଣା ଅଛି।

ସେ ଚାହିଁଲା ଶମ୍ଭୁ ମୁହଁକୁ କିଛି ସମୟ ପାଇଁ ଏବଂ ଆଶ୍ୱାସନା ଦେଲା - "ଆରେ, ସେ ଯା ଭିତରେ ଘରକୁ ଫେରିସାରିଥିବ। ପିଲାଲୋକ, କେଉଁଠି କାହା ସାଙ୍ଗରେ ଖେଳୁ ଖେଳୁ ଡେରି ହୋଇଯାଇଚି। ଏଥିରେ ଚିନ୍ତା କରିବାର କ'ଣ ଅଛି ?"

ଜମା ସନ୍ତୋଷଜନକ ନ ଥିଲା ଏକଥା। ଚିନ୍ତାଗ୍ରସ୍ତ ଶମ୍ଭୁ କହିଲା - "ସେ ଘରକୁ ଫେରିବ କେଉଁବାଟେ ? ଦେଖା ହୋଇଥାଆନ୍ତା। ତା'ଛଡ଼ା ଏମିତି ଖେଳାଖେଳି କରିବା ପିଲା ସେ ନୁହେଁ। ଏତେ ଡେରି କେବେ ବି ତା'ର ହୋଇ ନାହିଁ।"

ଏକଥା ସରିବାବେଳକୁ ଶମ୍ଭୁ ଦେଖିଲା, ଗୌରାଙ୍ଗ ପୁଣି ମନୋନିବେଶ କରିଚି ତା' ଖାତାରେ। ସେ ଆଉ ମୁଣ୍ଡ ଟେକି କୌଣସି ଜବାବ ଦେଲା ନାହିଁ, କାରଣ ଶମ୍ଭୁ କଥା ଶୁଣିପାରି ନ ଥିଲା ସେ।

ସେ ଏଥର ଫେରିଲା ଦୋକାନ ପାଖରୁ। ଜଲି ଯା' ଭିତରେ ଫେରିସାରିଥିବ କି ଘରକୁ ସୁରକ୍ଷିତ ସଉଦା ନେଇ? ଫେରିବ ସେ? ଦେଖିବ, ଏତେବେଳଯାଏ ଥଣ୍ଡା ହୋଇ ପଡ଼ିଥିବା ଚୁଲି ସୂର୍ଯ୍ୟୋଦୟ ଭଳି ଦିଶୁଚି ଆଶା ଉଦ୍ଦୀପକ ଏବଂ ତା' ଉପରେ ଥୁଆ ହୋଇଥିବା ଡେକ୍‌ଚି ଧରି ରଖିଚି ତୋଫା ଭାତ? ଏମିତି ଦୃଶ୍ୟଟେ ତାକୁ ଅପେକ୍ଷା କରିଚି କି ଘରେ ?

କିନ୍ତୁ ତା' ଭିତରେ ସେତବେଳକୁ ସୃଷ୍ଟି ହୋଇସାରିଥିଲା ଗୋଟେ କରୁଣ ସ୍ୱର। ଏ ସ୍ୱର ଏତେ ବ୍ୟାପକ ଥିଲା ଯେ, ତା' ଭିତରେ ବୁଡ଼ିଯାଉଥିଲା ସମସ୍ତ ମୋଟରଗାଡ଼ିର ସ୍ୱର। ଶମ୍ଭୁ ଶଙ୍କିତ ମନ ନେଇ ଆଖି ପକାଇଲା ଧାଡ଼ି ହୋଇ ଠିଆ ହୋଇଥିବା ଦୋକାନମାନଙ୍କୁ। ଚାଲିଆସିଲା ଦୋକାନ ପଛଆଡ଼େ। ସେ ନିଶ୍ଚିତ ଥିଲା ଯେ ସମସ୍ତ ଅନ୍ଧକାର ସତ୍ତ୍ୱେ ସେ ଠାବ କରିପାରିବ ତା' ଝିଅକୁ। ସେ ତାକୁ ଦେଖିବା ମାତ୍ରେ ଉଠିଆସିବ। ଅନ୍ଧକାରର ପଲସ୍ତରାକୁ ଛିନ୍ନ ଭିନ୍ନ କରି, କିମ୍ବା ତା' ଅଜାଣତରେ ତା' ପଛଆଡ଼େ ଆସି ବନ୍ଦ କରିବ ତା' ଦୁଇ ଆଖିକୁ ଦୁଇ ପାପୁଲି ସାହାଯ୍ୟରେ ଏବଂ ସବୁଠୁ ଜଟିଳ ପ୍ରଶ୍ନଟେ ପଚାରିବ - କହିଲୁ ଦେଖି, ମୁଁ କିଏ ?

ନା, କେଉଁଠି ନ ଥିଲା ସେ। ନ'-ଦଶ ବର୍ଷର ଝିଅଟେ ସଉଦା ସମେତ

କେଉଁଠି ଗାଏବ ହୋଇଗଲା ଏଇ ଅନ୍ଧକାରଛନ୍ନ ଦିଗହଜା ପୃଥିବୀ ଭିତରେ। ଅଥଚ ତଥାପି ଆଶାଟେ ଅଛି। ଜଲି ହୁଏତ ଫେରିଯାଇଥିବ ଘରକୁ ଏବଂ ଡେରି ହେବାର କାରଣ ବୁଝଉଥିବ ତା'ର ଆଶ୍ୱସ୍ତ ମା'କୁ।

– "ଘରକୁ ଫେରି ନାଇଁ?" ଘରେ ପହଞ୍ଚିବାମାତ୍ରେ ଏହା ଥିଲା ଶମ୍ଭୁର ଆତୁର ପ୍ରଶ୍ନ।

– "କାଇଁ, କେତେବେଳେ ଫେରିଲା? ମୁଁ ତ ସେତେବେଳୁ ତାକୁ ଅପେକ୍ଷା କରିଚି।" ପତ୍ନୀ କହିବାବେଳେ ଶୋକାତୁରା ହୋଇପଡ଼ିଥିଲା ଏବଂ ତା'ର ସ୍ୱର ବାଷ୍ପାକୁଳ ହୋଇଯାଇଥିଲା। ମାତ୍ର, ଦେଖ, ଶମ୍ଭୁର ଆଶା କିଭଳି ଅସମ୍ଭବ। ସେ ବଖୁରିକିଆ ଘର ଭିତରେ ପଶି ଦରାଣ୍ଡିପକାଇଲା ସମସ୍ତ କୋଣ ଏବଂ ବାହାରକୁ ଆସି ପରିକ୍ରମା କଲା ଘର। ରୀତିମତ ଭୟଭୀତ ହୋଇଯାଇଥିଲା ସେ ଏଥର। ରାତିର ବୟସ ବଢ଼ୁଥିଲା ଆସ୍ତେ ଆସ୍ତେ।

– "କୁଆଡ଼େ ଗଲା, ମୋ' ଝିଅ?" ସ୍ତ୍ରୀଲୋକଟି ଉଠିଆସି ଠିଆ ହେଲା ଘର ସାମ୍ନାରେ ଏବଂ ଚାରିଆଡ଼କୁ ଚାହିଁଲା। ଯା' ପରେ ପରେ ଗୋଟେ ସ୍ୱର; ବାସ୍ତବିକ ତାହାକୁ ଆର୍ତ୍ତନାଦ ବୋଲି କୁହାଯାଇପାରେ – "ଜଲି, ଏ ଜଲି! କୁଆଡ଼େ ଗଲୁଲୋ ମା', ଏତେବେଳଯାଏ?"

ଏ ସ୍ୱର ବାହାରୁଥିଲା ତା' ସତ୍ତାର ମଞ୍ଜୀସ୍ଥାନରୁ। ଏ ସ୍ୱର ବାହାରିବାବେଳେ ତା'ର ତମାମ୍ ଦେହ ଦୋହଲିଯାଉଥିଲା। ଗୋଟେ ବିସ୍ଫୋରଣର ଆଲୋକ ଚଉଦିଗକୁ ବ୍ୟାପିଯିବା ଭଳି ଏ ସ୍ୱର ଖେଳିଯାଉଥିଲା ଚାରିଆଡ଼େ। ଅପ୍ରତିହତ ଏ ଡାକ ସୃଷ୍ଟି କରୁଥିଲା ପ୍ରତିଧ୍ୱନିର ତରଙ୍ଗ ନୀରବ ଓ ତନ୍ଦ୍ରାଚ୍ଛନ୍ନ ହୋଇଯାଉଥିବା ଧରିତ୍ରୀ ଉପରେ। ଅଥଚ ପ୍ରତିଧ୍ୱନି ଫେରିଆସୁଥିଲା ତା' ପାଖକୁ ଖାଲି ହାତରେ। କୌଣସି ଉତ୍ତର ଆସୁ ନ ଥିଲା କେଉଁ ଦିଗରୁ। କେବଳ ଜଣାପଡୁଥିଲା, ଏ ଡାକର ଆଘାତରେ ଖଣ୍ଡ ଖଣ୍ଡ ହୋଇଯିବ ଦିଗ୍‌ବଳୟ ଓ ଧସକିପଡ଼ିବ ଆକାଶ, ଗୋଟେ ଚଢ଼େଇର ପରିତ୍ୟକ୍ତ ବସାଘର ଭଳି।

ଶମ୍ଭୁ ପୁଣି ଥରେ ବଜାରରେ ପହଞ୍ଚିବାଯାଏ ଶୁଭିଯାଉଥିଲା ପତ୍ନୀର ଏଇ ଡାକ; ଯାହା ଗୋଟେ ବ୍ୟାକୁଳ କାନ୍ଦଣାରେ ପରିଣତ ହୋଇସାରିଥିଲା ସେତେବେଳକୁ। ସମସ୍ତେ ଶୁଣୁଥିଲେ ସେଇ ସ୍ୱର ଏବଂ ଶମ୍ଭୁ ସେଠାରେ ପହଞ୍ଚିବାମାତ୍ରେ ବେଶ୍ କେତେକ ଲୋକ ଘେରିଗଲେ ତାକୁ ବ୍ୟାପାରଟା କ'ଣ ଜାଣିବା ପାଇଁ। ସେ କିନ୍ତୁ କାହା ପ୍ରଶ୍ନର ଉତ୍ତର ଦେବା ଅବସ୍ଥାରେ ନ ଥିଲା। ପିଚୁ ରାସ୍ତା ଉପରେ ଠିଆହୋଇ ସେ ଡାକିଲା – "ଜଲି, କେଉଁଠି ଅଛୁରେ, ତୁ?"

ଏଭଳି ପ୍ରଚଣ୍ଡ ସ୍ୱର କେହି ଶୁଣି ନ ଥିଲେ ତା' ପୂର୍ବରୁ। ଧସକିଯିବ ଏ ମାଟି। ଗାଡ଼ି-ମୋଟର ଧ୍ୱନିହୀନ ହୋଇଯିବେ। ସ୍ୱାମୀ ଓ ସ୍ତ୍ରୀର ମିଳିତ ସ୍ୱର ସତେ ଯେପରି ଟାଣିଆଣୁଥିଲା ଏକ ପ୍ରଳୟକୁ। ଝିଅ ନ ଫେରିବାଯାଏ ପ୍ରଳୟର ଏ ସତର୍କବାଣୀ ଝୁଲି ରହିବ ପୃଥିବୀ ଉପରେ।

ମୋଟରସାଇକେଲଟେ ଅଟକିଗଲା, ସମ୍ପୂର୍ଣ୍ଣ ମ୍ରିୟମାଣ ଓ ଜଡ଼ସଡ଼ ହୋଇଯାଇଥିବା ଶମ୍ଭୁ ପାଖରେ। ପଚାରିଲା ଆରୋହୀ ଜଣକ - କ'ଣ ହେଲା? ଏଡ଼େ ବଡ଼ ମଣିଷଟେ କାନ୍ଦୁଚ କାହିଁକି ଛୋଟ ପିଲାଟେ ଭଳି?"

କେବଳ ସେଇ ଗାଁର ନୁହଁ, ପାଖ ଅଞ୍ଚଳର ଯୁବନେତା ଶାନ୍ତନୁର ତାହା ଥିଲା ପ୍ରଶ୍ନ। ସେ ସବୁବେଳେ ଦାବି କରେ ଯେ ଫାଲତୁ, ମାମୁଲି ଲୋକ ସେ ନୁହେଁ। ତା'ର କାମ ପଡ଼ିଲେ ସେ ଖୋଦ୍ ମନ୍ତ୍ରୀଙ୍କ ସହିତ କଥାବାର୍ତ୍ତା କରେ। ହେଇଥିବ, କାରଣ ଦିନ କେଇଟା ଭିତରେ ସେ ଏତେ ସମ୍ପତ୍ତିର ମାଲିକ ହେଲା କିପରି? ତା' ପେଟର ଆୟତନ ମଧ୍ୟ ବଢୁଥିଲା ସେଇ ଅନୁପାତରେ। ଏତେ ବ୍ୟସ୍ତ ରହୁଥିଲା ସେ ଯେ, ଦାଢ଼ି କାଟିବା ପାଇଁ କିମ୍ବା ମୁହଁର ଝାଳ ପୋଛିବା ପାଇଁ ମଧ୍ୟ ସମୟ ପାଏ ନାଇଁ।

ସବୁ ଶୁଣିସାରିବା ପରେ ସେ ୱାଚ ଦେଖିଲା ଏବଂ ନିର୍ଦ୍ଦେଶ ଦେଲା ଶମ୍ଭୁ ଉଦ୍ଦେଶ୍ୟରେ - "ବସ୍। ଥାନାକୁ ଯାଇ ଏତଲାଟିଏ ଦେବାକୁ ହେବ। ମୋଟେ ବ୍ୟସ୍ତ ହେବୁ ନାଇଁ। ଝିଅ ଆସିଯିବ ତୋ ପାଖକୁ। ନ ହେଲେ ଥାନା-ଫାନା ସବୁ ଉଡ଼େଇଦେବି।"

ଶମ୍ଭୁ ଇତସ୍ତତଃ ହେବାର ଦେଖି, ଉପସ୍ଥିତ ଥିବା କେତେକ ଲୋକ ତାକୁ ଉତ୍ସାହିତ କଲେ ଥାନାକୁ ଯିବା ପାଇଁ। ଦୁଇ କିଲୋମିଟର ରାସ୍ତା ଅତିକ୍ରମ କରିବା ପାଇଁ ସେମାନଙ୍କୁ ପାଞ୍ଚମିନିଟ୍ ମଧ୍ୟ ସମୟ ଲାଗିଲା ନାଇଁ। ସେଠାରେ ଶାନ୍ତନୁର କିଛି ପ୍ରଭାବ ଥିବା କଥା ସ୍ପଷ୍ଟ ହୋଇଗଲା, ଯେତେବେଳେ ଇନ୍-ଚାର୍ଜ ଅଫିସର ଜଣକ ଟିକିଏ ସମ୍ମାନ ଓ ଭଦ୍ରତାର ସହିତ ଶୁଣିଲେ ସବୁକଥା। ଦେଖିନେଲେ ଶମ୍ଭୁକୁ ଏବଂ ଏଫ୍.ଆଇ.ଆର୍.ଟେ ପ୍ରସ୍ତୁତ କରିବା ପାଇଁ କହିଲେ। ଫାଇଲ ଖୋଲା ହେଲା। ନମ୍ବର ଦିଆଗଲା ଏତଲାକୁ ଏବଂ ଥୋର କିଛି ସମୟ ପରେ ଅଫିସର ଜଣକ ତାଙ୍କ ମୋଟରସାଇକେଲରେ ଆସିଲେ ସ୍ପଟ୍ ଉପରେ ସରଜମିନ ପାଇଁ। ଅଧିକ ନୂଆ କଥା କିଛି ଶୁଣିବାର ନ ଥିଲା। କେବଳ ପନ୍ଦର-ଷୋଳ ବର୍ଷର ପିଲାଟେ ଦୃଢ଼ତାର ସହିତ ଘୋଷଣା କରିଥିଲା ଯେ, ଜଲି ସଉଦା ନେଇ ତା' ଘରଆଡ଼େ ଯିବାର ସେ ଦେଖିଚି।

- "ସାଙ୍ଗରେ ଆଉ କେହି ଥିଲେ?" ଅଫିସର ପଚାରିଲେ।

– "ନା। ସେ ଏକୁଟିଆ ଯାଉଥିଲା।" ପିଲାଟା ଉତ୍ତର ଦେଲା।

– "ଘର ପର୍ଯ୍ୟନ୍ତ ସେ ପହଞ୍ଚିଥିବାର ତୁ ଦେଖିନୁ ?" ଅଫିସରଙ୍କର ଏଇଟା ପ୍ରଶ୍ନ ନ ଥିଲେ ବି ଏହା ଉତ୍ତରଟେ ଦାବି କରୁଥିଲା।

– "ମୁଁ କହିପାରିବି ନାଇଁ ସେ ଘରେ ପହଞ୍ଚିଲା କି ନାଇଁ। ଦୋକାନରୁ ସଉଦା କିଣି ସେ ଘରମୁହାଁ ହୋଇଥିଲା। ଏତିକି ମୁଁ ଦେଖିଚି। ଧରିଥିଲା ଗୋଟେ ବ୍ୟାଗ, ଦୁଇଟା ବୋତଲ।" ଏକଥା ସତ ଯେ ପିଲାଟା ଏସବୁ କହୁଥିଲା ଅନେକ ସହାନୁଭୂତି ନେଇ। ସେ ଆଶା କରୁଥିଲା, ହୁଏତ ତା'ର ଏଭଳି କଥା ଅପହୃତା ଝିଅଟିକୁ ଠାବ କରିବାରେ ସାହାଯ୍ୟ କରିବ। ଜମା ହୋଇଥିବା ଲୋକଙ୍କ ମୁହଁରେ ଆଉ ନ ଥିଲା କୌଣସି କୌତୂହଳ। ସେମାନେ ଦରଦୀ ହୋଇଯାଇଥିଲେ ଶମ୍ଭୁର ଏଇ ଚରମ ସମୟରେ।

ଅଫିସର ପଳେଇଯିବା ପରେ ଶାନ୍ତନୁ ତା'ର ଭବିଷ୍ୟତର ପନ୍ଥା ଘୋଷଣା କରିଥିଲା ଏଇ ଭାବରେ – "ଆଜି ଶମ୍ଭୁର ଝିଅ ହଜିଯାଇଛି। କାଲି ଆଉ କାହାର ପିଲା ଏମିତି ହଜିଯିବ। ଆମେ ସମସ୍ତେ ତେବେ କ'ଣ କରିବା ? ଖାଲି ବସି ରହିବା ଆଉ କପାଳ ଉପରେ ସବୁ ଦୋଷ ଲଦି ଦେବା ?"

– " ନା ନା, ସେମିତି କେବେ ହୋଇପାରିବ ନାଇଁ।" ଗୋଟେ ସମ୍ମିଳିତ, ଉତ୍ତେଜିତ ସ୍ୱର ସ୍ଥାନଟିର ଉତ୍ତାପ ବଢ଼େଇଦେଲା।

ଶାନ୍ତ ରହିବାକୁ ନିର୍ଦ୍ଦେଶ ଦେଲା ଶାନ୍ତନୁ ବାମହାତ ଟେକି। ସମସ୍ତେ ତା' ମୁହଁକୁ ଚାହିଁରହିଲେ, ସତେ ଯେପରି ଅପହରଣ ସମସ୍ୟାର ସମାଧାନ ମାଲୁମ ଅଛି ତାକୁ। ତାହାର ନିର୍ଦ୍ଦେଶନାରେ କୁଆଡ଼େ କେଜାଣି ପଳେଇ ଯାଇଥିବା ଝିଅଟେ ଫେରିଆସିବ ବାପା ଓ ମା'ର ପ୍ରତୀକ୍ଷିତ ଛାତି ଭିତରକୁ। କହିଲା – "ଥାନା ଘେରାଉ ହେବ। ଦିନେ-ଦୁଇଦିନ ଭିତରେ ଯଦି କିଛି ନ ହେଲା, ତେବେ ମୁଁ କହୁଚି, ଥାନା ଘେରାଉ ହେବ। ତୁମେ ସବୁ ବାହାରିବ ମୋ ସାଙ୍ଗେ ?"

– "ହଁ। ସମସ୍ତେ। ସମସ୍ତେ।" ଉତ୍ସାହ ଭରପୂର ସ୍ୱର ଏଇଟା।

ଶାନ୍ତନୁ ଚାରିଆଡୁ ଆଖି ଫେରାଇଲା ଅନେକ ସନ୍ତୋଷର ସହିତ। ପୁଣି ତା'ର ଦମ୍ଭୋକ୍ତି – "ସବୁକାମ ବନ୍ଦ ଏଇ ମୁହୂର୍ତ୍ତରୁ। ଝିଅକୁ ନ ପାଇବାଯାଏ, ମୋର ସବୁକାମ ଷ୍ଟପ୍। ଏ ମାମଲା ଯିବ ଚିଫ୍ ମିନିଷ୍ଟର ପାଖକୁ, ଡି.ଜି. ପାଖକୁ। ଆମର ଦରକାର ସୁରକ୍ଷା। ଆମ ଜୀବନର ସୁରକ୍ଷା।"

ଶମ୍ଭୁ ଘରକୁ ଫେରିଲାବେଳକୁ ଅନେକ ରାତି ହୋଇଯାଇଥିଲା। ପୁଅ ଶୋଇଯାଇଚି। ସ୍ତ୍ରୀ ଅପେକ୍ଷା କରିଚି ଲୁହଧୁଆ ମୁହଁ ନେଇ। ସେ ପାଖରେ ବସିଲା।

ଦୁଇ ପାପୁଲିରେ ଘୋଡ଼େଇଲା ମୁହଁ। ନିଜକୁ ସଂଯତ କରିବା ପାଇଁ ଚେଷ୍ଟା କରୁଥିଲା ସିନା, କିନ୍ତୁ ତାକୁ ଦେଖି ସ୍ତ୍ରୀ ଅସମ୍ଭାଳ ହୋଇ କାନ୍ଦିଲା। ତା' ଲୁହର ବାମ୍ଫ ସମସ୍ତ ବିଶ୍ୱକୁ ସତେ ଯେପରି ବ୍ୟତିବ୍ୟସ୍ତ କରିପକାଇଲା। ଶମ୍ଭୁର କୌଣସି ଆଶ୍ୱାସନା ନଥିଲା ଏଥିପାଇଁ। ତା' ରିକ୍ତତା ଏତେ ବିଶାଳ ଥିଲା ଯେ, କୌଣସି ସହାନୁଭୂତି କିମ୍ବା ଦରଦ ତାହାକୁ ସ୍ପର୍ଶ କରିପାରି ନ ଥାନ୍ତା ଜମା।

ପରଦିନ ପ୍ରାୟ ନ'ଟା ବେଳେ ବଜାର। ଅନିଦ୍ରା ଓ ଉପବାସ ଯୋଗୁ ସେ ରକ୍ତହୀନ ଓ ଅସହାୟ ଦେଖାଯାଉଥିଲା। ସେ ଗୌରାଙ୍ଗ ଦୋକାନରେ ପହଞ୍ଚିବା ମାତ୍ରେ ଅନୁସନ୍ଧିତ୍ସୁ ଲୋକମାନଙ୍କର ପ୍ରଶ୍ନ - ଜଲି ଘରୁ ଫେରିଚି କି ନାଇଁ। ଏଥିପାଇଁ ଧୈର୍ଯ୍ୟ ଦରକାର। ତୁ ଯେଉଁ ଇଲାକା ଚାରିପାଖରେ ବାଡ଼ ବୁଜୁଚୁ, ପୃଥିବୀ କ'ଣ ସେତିକି ବକଟେ ସ୍ଥାନ ହୋଇଚି ଯେ, ପିଲାଟା ମିଳିଯିବ ଏତେ ଜଲ୍‌ଦି? ପୁଲିସ୍ ଚେଷ୍ଟା ସିନା କରିବ; କିନ୍ତୁ ତାଙ୍କ ପାଖରେ କେଉଁ କୁହୁକ ଅଛି ଯେ, ସେମାନେ ପାଇଯିବେ ତାକୁ?

ଶମ୍ଭୁ ଶୁଣୁ ନ ଥିଲା କିଛି। ଘରେ ବସିବାକୁ ଭଲ ଲାଗିଲା ନାଇଁ ବୋଲି ସେ ପଳେଇ ଆସିଚି ଏଣେ। ତା' ଛଡ଼ା ଏକମାତ୍ର ଭରସା ଶାନ୍ତନୁକୁ ସେ ଭେଟିବ। କାଳେ ତା' ଦ୍ୱାରା କିଛି ଗୋଟେ ହୋଇପାରିବ। ସେ ଚାରିଆଡ଼କୁ ଚାହିଁଲା ଏବଂ ଏଇଭଳି ଚାହିଁବା ଭିତରେ ସେ ଝାପ୍‌ସା ଦେଖି ପାରିଲା ଏ ପୃଥିବୀର ବିଶାଳ କଳେବରକୁ। ଜୀବନରେ ଅନେକ ବୁଲିଚି ସେ। ଯାଇଚି ଏ ସ୍ଥାନରୁ ସେ ସ୍ଥାନକୁ। କାଇଁ? ରାସ୍ତା କେବେ ସରିବା କଥା ସେ ଜାଣେ ନାଇଁ। କେହି ଜଣେ ତାକୁ କହିନାଇଁ ଯେ ଏଇ ଯେଉଁ ସ୍ଥାନଟି ସେ ଦେଖୁଚି ତାହା ହେଉଚି ପୃଥିବୀର ଶେଷ ସୀମା। ଏଇଠି ସରିଚି ପୃଥିବୀ। ତେବେ, ଏତେବଡ଼ ଅଞ୍ଚଳରୁ କେଉଁଠି, କିପରି ଉଦ୍ଧାର କରାଯାଇ ପାରିବ ଗୋଟେ ଝିଅକୁ? ତା' ଦେହରେ ତାକତ ଅଛି, ହଁ; କିନ୍ତୁ ଏତେ ତାକତ ନାଇଁ ଯେ, ପୃଥିବୀକୁ ଉପାଡ଼ି ନେଇ ସେ ଆଣିବ ନିଜ ପାଖକୁ ଏବଂ ନିର୍ଦ୍ଦିଷ୍ଟ ମୃତ୍ୟୁସଂଜୀବନୀ ଔଷଧ ଗଛ ଚିହ୍ନଟ କଲା ଭଳି ସେ ପାଇପାରିବ ଜଲିକୁ।

ଶମ୍ଭୁ ଠିଆହେଲା ଶାନ୍ତନୁ ଘର ବାରନ୍ଦା ତଳେ। ଜାଣିପାରୁ ନ ଥିଲା କିପରି ସେ ଡାକିବ ତାକୁ। ତେବେ କିଛି ସମୟ ପରେ ସ୍ୱୟଂ ଶାନ୍ତନୁ ବାହାରିଆସିଲା ପଞ୍ଜାବି ବୋତାମ ଲଗାଉଥିବା ଅବସ୍ଥାରେ। ପ୍ରଥମେ ତା'ର ଭ୍ରୂକୁଞ୍ଚନ ହେଲା ଶମ୍ଭୁକୁ ଦେଖି, ବୋଧହୁଏ ଚିହ୍ନିପାରିଲା ନାଇଁ ସହସା।

- "ଓ, କିରେ? କ'ଣ ହେଲା?" ପଚାରିଲା ଶାନ୍ତନୁ।

ବାସ୍ତବିକ ଏଇ ପ୍ରଶ୍ନର ଉତ୍ତର ହିଁ ଦରକାର କରୁଥିଲା ଶମ୍ଭୁ। ସେ କିଛି ନ କହି

ଠିଆ ହୋଇ ରହିଲା ଏବଂ ପାପୁଲିରେ ମୁହଁର ଝାଳ ପୋଛିଲା। ସେ ଜାଣିପାରୁ ନ ଥିଲା ଯା ପରର ପଦକ୍ଷେପ କ'ଣ। ଥାନାରେ ଏତଲାଟିଏ ଦେଇଦେଲେ ଦାୟିତ୍ୱ ସରିଯାଏ ନା ଆଉ କିଛି କରିବା ଦରକାର ପଡ଼େ। ଏ ସଂକ୍ରାନ୍ତରେ ଶାନ୍ତନୁ ତାକୁ ଟିକିଏ ବତେଇ ଦିଅନ୍ତା।

– "ତୁ କ'ଣ ଥାନାକୁ ଯାଉଚୁ?" ପଚାରିଲା ଶାନ୍ତନୁ।

– "ହଁ।" କହି ହୋଇଗଲା। ଶମ୍ଭୁର ଯୋଜନା ନ ଥିଲା ସେଠାକୁ ଯିବାପାଇଁ। ସେଠାକୁ ଯାଇ ସେ ସତରେ କରିବ କ'ଣ? ତାକୁ ତ ଭଲ କରି କଥା କହି ଆସେ ନାଇଁ।

– "ତୁ ଗୋଟେ କାମ କର।" କହିଲା ଶାନ୍ତନୁ – "ତୁ ଆଗ ଯାଉଥା ସେଠାକୁ। ମୋର ଏଠାରେ ଟିକିଏ କାମ ଅଛି। ଘଣ୍ଟେ-ଦୁଇ ଘଣ୍ଟା ପରେ ମୁଁ ସେଇବାଟ ଦେଇ ରାଜଧାନୀକୁ ଯିବି। ସେଇଠି କଥାବାର୍ତ୍ତା ହେବା ଅଫିସର ସହିତ। ପଚାରିବା କ'ଣ ସେମାନେ କରୁଚନ୍ତି ଏ ବ୍ୟାପାରରେ। ବୁଝିଲୁ?"

ଶମ୍ଭୁ କିଛି ବୁଝିପାରି ନ ଥିଲା। ତାକୁ ଥାନାକୁ ଯିବାପାଇଁ କୁହାଯାଉଚି, ଏତକ ଜାଣିଲା ସେ। ସେ ଏତେ ଅସହାୟ ଓ ନିଃସଙ୍ଗ ବୋଧ କରୁଥିଲା ଯେ, ଅନ୍ୟ କାହାର ସାହାଯ୍ୟ ନ ନେଇ ପାଦେ ବାଟ ଯିବାପାଇଁ ସାହସ ନ ଥିଲା ତା'ର।

ଶାନ୍ତନୁ ଘର ଭିତରକୁ ପଶି ଯାଉଥିଲା; କିନ୍ତୁ ପୁଣି ବୁଲିପଡି ଚାହିଁଲା ଶମ୍ଭୁର ପ୍ରାର୍ଥନାରତ, ଦୟନୀୟ ମୁହଁକୁ। ଆଶ୍ୱାସନା ଦେଲା – "ଶୁଣ, ଶମ୍ଭୁ। ଏ କାମ ଏତେ ଚଞ୍ଚଳ ସରେ ନାଇଁ। ପୁଲିସ୍ ଝିଅକୁ ଖୋଜିବ। କେତେବେଳେ ପାଇବ; ସେକଥା କହିହେବ ନାଇଁ। କେବେ କିପରି ଘଣ୍ଟେ-ଦି' ଘଣ୍ଟା ଭିତରେ ହଜିଥିବା ଜିନିଷ ବି ମିଳିଯାଇପାରେ। ତୁ ଅଧୈର୍ଯ୍ୟ ହେଲେ ଚଳିବ ନାଇଁ।"

ଶମ୍ଭୁ ମଧ୍ୟ ମୁହଁ ଫେରାଇବା ବେଳେ ଅନୁଭବ କଲା ଯେ ଗତକାଲି ରାତିରେ ବାବୁଙ୍କ ସ୍ୱରରୁ ଯେଉଁ ଆଗ୍ରହଦୀପ୍ତ ତେଜ ବାହାରୁଥିଲା, ତାହା ହଜିଯାଇଚି କେଉଁଆଡ଼େ। ବାସ୍ତବିକ ତାଙ୍କ ସ୍ୱର ଜଣାପଡୁଥିଲା ଗୋଟେ ଉଦାସ, ନିଛାଟିଆ ଘର ଭଳି, ଯେଉଁଠୁ ହଜିଯାଇଚି ଚଳଞ୍ଚଳ ଝିଅଟେ। ଶମ୍ଭୁ ଭାବୁଥିଲା, ଦୁଇ-ତିନି ଭିତରେ ଝିଅ ଯଦି ନ ମିଳେ, ତେବେ ବାବୁ କ'ଣ ଗୋଟେ ଅଭୂତପୂର୍ବ କାମ କରିବେ ବୋଲି ଗତ ରାତିରେ କହୁଥିଲେ। ସେଇ କଥା ତାକୁ ମନେପକାଇ ଦେବ କି?

ଅଥଚ ଏଇ କଥା ଭାବିବା ବେଳେ ସେ ଉଠିସାରିଥିଲା ହାଇୱେ ଉପରେ। ମୁଣ୍ଡ ଭିତରେ ଆଉ କିଛି ଭାବନା ନଥିଲା। ସେ ଅପେକ୍ଷା କରିବ ଶାନ୍ତନୁକୁ। ଅଫିସର ସହିତ ସେ କିଛି ପରାମର୍ଶ କରିବେ। ସେ ଯାଉଥିଲା ରାସ୍ତା ଉପରେ ଏବଂ ଭାବୁଥିଲା

ଯେ ତା'ର ପ୍ରତିଟି ପଦକ୍ଷେପରେ ରାସ୍ତାର ସ୍ପର୍ଦ୍ଧିତ ମାଟି ଦବିଯାଉଚି ତଳକୁ। ସେ ଆତୁର ଅଥୟ ହୋଇପଡ଼ିଲା ବଳିଷ୍ଠ ହାହାକାରରେ। ନିଜ ଭିତରେ ସେ ଭାଙ୍ଗିପଡୁଥିଲା। ଜାଣିପାରୁ ନଥିଲା କେମିତି ସେ ବଞ୍ଚିରହିବ ଯା'ପରେ ଏତେ ଦୁଃଖ ଓ ଆଶଙ୍କା ନେଇ। ସବୁ ଜିନିଷ ଜଣାପଡୁଥିଲା ଗୋଟେ ବିଶାଳ ଲାସ୍ ଭଳି। ସେ ଲାସ୍ ପଡ଼ି ରହିଚି ନିସାଡ଼ ହୋଇ, ହାମୁଡ଼େଇ ହୋଇ ଭୁସି ହୋଇଯାଇଥିବା ଗୋଟେ ଛୁରିକୁ ଧରି ରଖି। ସବୁ ନିସ୍ତେଜ, ଜୀବନହୀନ, ଥଣ୍ଡା ଓ ଭୟଙ୍କର।

ସେ ବାରନ୍ଦା ଉପରକୁ ଉଠିଲା ଗତକାଲି ଭଳି। ବସିଚନ୍ତି ଭିତରେ କେତେଜଣ। ଲେଖାଲେଖି, ହସଖୁସି ଚାଲିଚି। କେହି ଚାହିଁଲେ ନାଇଁ ତାକୁ। ତା'ର ଅସୁବିଧାଟା ହେଉଚି, ଏକାଭଳି ପୋଷାକ ପିନ୍ଧିଥିବା ସମସ୍ତେ ତା' ଆଖିରେ ଏକାଭଳି ଦେଖାଯାଉଥିଲେ। ଏମାନଙ୍କ ଭିତରୁ ଗତକାଲିର ଲୋକ ଜଣକ କିଏ, ତାହା ଚିହ୍ନଟ କରିପାରୁ ନଥିଲା ସେ। ତେବେ ସେ କେମିତି ଆଶା କରିବ ଯେ, ତା' ଝିଅକୁ ଦେଖି ନଥିବା ଏମାନେ ତାକୁ ଖୋଜି ଆଣି ପହଞ୍ଚେଇ ଦେବେ ତା' ପାଖରେ ?

– "କିରେ ? କୁଆଡ଼େ ଆସିଲୁ ?" ପଚାରିଲା ଜଣେ। ସମ୍ଭବତଃ ଗତକାଲିର ମଣିଷ ଜଣକ।

– "ବାବୁ ଆସୁଚନ୍ତି।" ଇତସ୍ତତଃ ହେବା ପରେ ଶମ୍ଭୁ କହିଲା।

– "ବାବୁ ?" ପଚାରିଲା ଖାକି ପୋଷାକ ପିନ୍ଧା ଲୋକଜଣକ। ପରେ ବୁଝିପାରିବା ଭଳି କହିଲା – "ଓ, ଶାନ୍ତନୁବାବୁ ? ଆସନ୍ତୁ। ତେବେ ଏତେ ଚଞ୍ଚଳ କ'ଣ କିଛି ହୋଇପାରିବ ? ଆମେ ଚେଷ୍ଟା କରୁଚୁ।"

ସେ ଭିତରକୁ ପଳେଇଲେ। ଗୋଟେ ପିଲର୍ ଉପରେ ଡେରି ହୋଇ ବସି ରହିଲା ଶମ୍ଭୁ। ଏଇମିତି ବସି ରହୁ ରହୁ ଛାଇ ବଦଳିଯାଏ। ଆସ୍ତେ ଲମ୍ବା ହୋଇଯାଏ। ଶାନ୍ତନୁ ଆସେ ନାଇଁ।

ଶମ୍ଭୁ ଫେରୁଥିଲା ଖାଲି ହାତ ଓ ମନରେ। କାହା ପ୍ରତି ତା'ର କ୍ରୋଧ କିମ୍ବା ଅସନ୍ତୋଷ ନଥିଲା। ଦିନ ତିନିଟାବେଳେ ବଜାରରେ ପହଞ୍ଚିବାବେଳକୁ ଗୋଟେ ଚାଞ୍ଚଲ୍ୟକର ତଥ୍ୟ ଅପେକ୍ଷା କରିଥିଲା ତାକୁ।

– "କିରେ ? କୁଆଡ଼େ ଯାଇଥିଲୁ ଏ ପର୍ଯ୍ୟନ୍ତ ? ତୋ ଘରକୁ ଚାରି-ପାଞ୍ଚ ଥର ଆମେ ପିଲା ପଠେଇ ସାରିଲୁଣି। ଆ, ଦେଖିବୁ, କ'ଣ ସବୁ ମିଳିଚି, ପୋଲ ପାଖରୁ।"

ଗୋଟେ ତଡ଼ିତ୍, ପ୍ରଚଣ୍ଡ ଉଦ୍‌ବେଗଟେ ବିଞ୍ଚି ହୋଇଗଲା ଶମ୍ଭୁ ଦେହରେ। କ'ଣ ମିଳିଥାଇ ପାରେ, ପୋଲ ପାଖରୁ ? ଏଇ ଦେଖ୍, ଏ ବ୍ୟାଗ୍। ତା' ଆଖି ଆଗରେ ଝଲସିଉଠିଲା ତା' ଘରର ବ୍ୟାଗ୍। ଯା'କୁ ଧରି ଜଳି ଆସିଥିଲା ଚାଉଳ

ପାଇଁ। ବ୍ୟାଗ୍‌ର ତଳ ଭାଗଟି ଏମିତି ଛିଣ୍ଡିଲା କିପରି? ବୁଝେଇ ଦିଆଗଲା ତାକୁ। ଏଇଟା ଛିଣ୍ଡି ନାହିଁ। ଉଇ ଖାଇ ଦେଇଚି। ଏଠାରୁ ପାଖାପାଖି ଗୋଟେ କିଲୋମିଟର ଦୂରରେ ସେ ଯେଉଁ ପୋଲ। ତା' କରେ ବହଳ ବୁଦା। ତା' ଭିତରେ ପଡ଼ିଥିଲା ଏଇଟା। ସେ ଗାଈଆଳ ଟୋକା ତାକୁ ତଳୁ ଉଠେଇଲା ବେଳକୁ ଚାଉଳ ମାଟି ହୋଇଯାଇଚି। ଏଣେ ଦେଖ, ଏ ବୋତଲ। ଠିପି ଲାଗିଚି ବୋଲି ତେଲ ଅଛି, ତା' ଭିତରେ। ତା'ପରେ ତାକୁ ଯେଉଁ ଜିନିଷଟି ଦେଖାଇ ଦିଆଗଲା, ସେଇଟା ଥିଲା ଅନ୍ୟ ଗୋଟେ ବୋତଲର ବେକ। ସରୁ ଦଉଡ଼ି ଲାଗିଚି। ଭାଙ୍ଗିଯାଇଚି ଅବଶ୍ୟ।

ଏତକ ଜିନିଷ ନ ଦେଖିଥିଲେ ଭଲ ହୋଇଥାଆନ୍ତା ବୋଧହୁଏ। ଶମ୍ଭୁ ଆଉ ଠିଆ ହୋଇପାରିଲା ନାହିଁ। ଅନିଦ୍ରା, ଭୋକ ଓ କ୍ଳାନ୍ତି ଏବଂ ତା' ସାଙ୍ଗକୁ ଏଇ ଯନ୍ତ୍ରଣା ଯୋଗୁଁ। ବସିପଡ଼ିଲା ରାସ୍ତା ଉପରେ। ଏଥର କେବଳ ଲୁହ ନୁହେଁ, ଉତୁରି ଆସିଲା ଗୋଟେ ପ୍ରଚଣ୍ଡ କୋହ। ଲୋକମାନଙ୍କର ଆଲୋଚନା ଝାପ୍‌ସା ଜଣାପଡୁଥିଲା ତାକୁ। ତେବେ ସମସ୍ତେ ଅନୁମାନ କଲେ, କେହି ଜଣେ, କୌଣସି ଅଜଣା ଉଦ୍ଦେଶ୍ୟ ନେଇ ହରଣଚାଳ କରିନେଇଚି ଝିଅକୁ। ରାସ୍ତାକଡ଼କୁ ଫୋପାଡ଼ି ଦେଇଚି ସେ ଧରିଥିବା ଜିନିଷ। ଏଥିରେ ସନ୍ଦେହ ନାହିଁ ଯେ, ମୋଟରଗାଡ଼ି; ସମ୍ଭବତଃ ଟ୍ରକ୍ ଯୋଗେ ଏ କାଣ୍ଡ କରାଇଚି।

ସେଦିନ ସଞ୍ଜବେଳେ ଶୁଭିଥିଲା ଗୋଟେ ପ୍ରଳାପ, ଜଣେ ସ୍ତ୍ରୀଲୋକର- "ଜଳି, ଆଲେ ମା', କୁଆଡ଼େ ରହିଲୁ ଲୋ, ମୋ' ବାୟାଣୀ?"

ଥରେ ନୁହେଁ; ବାରମ୍ବାର ଶୁଭୁଥିଲା ଏଇ ଡାକ। ସମ୍ଭବତଃ ଏକ କିଲୋମିଟର ଦୂରରେ ଥିବା ପୋଲ ପର୍ଯ୍ୟନ୍ତ ପଠାଯାଉଥିଲା ଏ ଡାକକୁ। ପୋଲ ଶୁଣେ, ତାହାର ପାଣି, ବାଲିପଠା, କୂଳର ବହଳ ବୁଦା – ସମସ୍ତେ ଶୁଣନ୍ତି ଏ ସ୍ୱର। ଏହାର ଜବାବ ନ ଥାଏ କାହା ପାଖରେ। ବଜାରର ଲୋକ ଶୁଣନ୍ତି। ନିଜ କାମରେ ବ୍ୟସ୍ତ ରହନ୍ତି, କିଛି ନ ଘଟିଲା ଭଳି। ଜୀବନର ସୁରକ୍ଷା ସକାଶେ ଥାନା ଘେରାଉ ଯୋଜନା ସ୍ଥଗିତ ରହୁ ରହୁ ବିସ୍ମୃତ ହୋଇଯାଏ। କେହି ଲୋକ ଆଉ ଶମ୍ଭୁକୁ ପଚାରନ୍ତି ନାହିଁ ଝିଅକୁ ଖୋଜିବା କାମ କେତେ ଆଗେଇଲା ବୋଲି। କେହି ଜଣେ ଉଦ୍‌ବିଗ୍ନ ମନ ଓ ଆଶା ନେଇ ଥାନାର ଦ୍ୱାରସ୍ଥ ହୁଏ ନାହିଁ ଅନୁସନ୍ଧାନର ଗତି କ'ଣ ଓ କେତେ ଜାଣିବା ପାଇଁ। ଶାନ୍ତନୁର ମୋଟରସାଇକେଲ ଯା' ଆସ କରେ ଆଗଭଳି। ଥାନା ସାମ୍ନାରେ ମଧ୍ୟ ସେ ଯିବାଆସିବା କଲାବେଳେ ଅଫିସରକୁ ଏ ସଂକ୍ରାନ୍ତରେ କିଛି ପଚାରିବାର ମାନସିକତା ହରାଇଥାଏ।

ସେଠାକାର ଜୀବନଧାରାରେ ସାମୟିକ ତରଙ୍ଗ, କ୍ଷଣିକ ଉତ୍ତେଜନା ସୃଷ୍ଟି କରିଥିବା

ଘଟଣାଟି ହଜିଯାଏ ଏଇଭଳି ଏମିତି ଅନେକ ଘଟଣା ହଜିଯବା ଭଳି। ଝିଅଟେ ଅଦୃଶ୍ୟ ହୋଇଯାଏ ରହସ୍ୟଜନକ ଭାବରେ। କୌଣସି ଟେର୍ ମିଳେ ନାଇଁ ତା'ର।

ଏବଂ କିଛିଦିନ ପରେ ଆଉ ଗୋଟେ ଜିନିଷ ବି ହଜିଯାଏ। ହାଇୱେଠାରୁ ଅଳ୍ପ ଦୂରରେ ଥିବା ମାମୁଲି ଘରଟା ପରିତ୍ୟକ୍ତ ହୋଇଯାଏ। ଏହାର ଲୋକମାନେ ସୁରକ୍ଷିତ ସ୍ଥାନଟେ ଖୋଜିବା ପାଇଁ ବାହାରକୁ ବାହାରି ପଡ଼ନ୍ତି। ଗୋଟେ ଝଡ଼କୁ ଅପେକ୍ଷା କରି ରହିଥାଏ ସେହି ଘରର ଲାସ୍। ଧରାଶାୟୀ ହେବାପାଇଁ।

■

ପିଞ୍ଜରା

ସହରର ଚିଡ଼ିଆଖାନାଟି ଥିଲା ଅନନ୍ୟ ଓ ଦେଶରେ ସର୍ବବୃହତ୍। ନିମ୍ନ ପ୍ରାଥମିକ ସ୍କୁଲରେ ପଢ଼ିବାବେଳେ ଏଇ ସହରକୁ ଆସିଥିଲି ବାପାଙ୍କ ସାଙ୍ଗରେ। ସେତେବେଳେ ଆମ ଆଖପାଖରେ ଭାଲୁ ଉପଦ୍ରବ ବଢ଼ିଯାଇଥିଲା। ଆଖୁକ୍ଷେତ ନଷ୍ଟ କଲ - କିଛି କଥା ନାହିଁ; କିନ୍ତୁ ଯେଉଁ ନିରୀହ ଲୋକମାନେ ଜଙ୍ଗଲକୁ କାଠପତ୍ର ସକାଶେ ଯାଉଥିଲେ, ସେମାନଙ୍କୁ ନିର୍ଦ୍ଦୟ ଭାବରେ ଆହତ କରି, ସବୁଦିନ ପାଇଁ ବିକଳାଙ୍ଗ କରିଦେବାଟା ଭାଲୁମାନଙ୍କର ଥିଲା ଅକ୍ଷମଣୀୟ ଅପରାଧ। ଆମ ଅଞ୍ଚଳରେ କେବଳ ଆମ ଘରଟା ହିଁ ଥିଲା (ସେ ଅଞ୍ଚଳର ସାମଗ୍ରିକ ଅର୍ଥନୈତିକ ଅବସ୍ଥା ଦୃଷ୍ଟିରୁ) ସମୃଦ୍ଧଶାଳୀ। ଏଥିପାଇଁ ଅନେକ ଲୋକ ବାପାଙ୍କୁ ଏକରକମ ବାଧ କରିଥିଲେ ଗୋଟାଏ ବନ୍ଧୁକ କିଣିବା ପାଇଁ।

ବହୁଦିନ ଧରି ବାପା ଏଡ଼ାଇ ଯାଉଥିଲେ ଏଭଳି ପ୍ରସ୍ତାବକୁ; ମାତ୍ର ଭାଲୁମାନଙ୍କର ଉତ୍ପାତ ବଢ଼ିବାକୁ ଲାଗିଲା। ଯେଉଁଦିନ ରାତିରେ ଅଧଡଜନେ ସରିକି ଭାଲୁ ଆମର ଲୋଭନୀୟ ଆଖୁକ୍ଷେତରେ ପ୍ରଥମଥର ପାଇଁ ନିଜର ବିଳାସ ଓ କ୍ଷୁଧା ଚରିତାର୍ଥ କରିବାକୁ ଅନୁପ୍ରବେଶ କଲେ, ବାପା ହୃଦୟଙ୍ଗମ କରିପାରିଲେ ବନ୍ଧୁକର ଆବଶ୍ୟକତା।

ବାପା ବାହାରିଲେ ସହର ଉଦ୍ଦେଶ୍ୟରେ। ଅନେକ କନ୍ଦାକଟା କରିବାରୁ ବାଧ ଓ ହାଇ ରାଜି ହେଲେ ମୋତେ ସାଙ୍ଗରେ ନେଇ ସହର ବୁଲାଇ ଆଣିବାକୁ। ସେଇ ବର୍ଷ ଦେଖିଥିଲି ଦେଶର ସର୍ବବୃହତ୍ ଚିଡ଼ିଆଖାନା।

ଦିନ ଦଶଟା ବାଜିବାକୁ ଯାଉଛି। ମୁଁ ହୋଟେଲର ଝରକା ପାଖରେ ପଡ଼ିଥିବା ସୋଫା ଉପରେ ବସି ଖବରକାଗଜ ପଢୁଥିଲି। ମହେନ୍ଦ୍ର ଯାଇଥିଲା ବାଥ୍‌ରୁମ୍‌କୁ। ସେ

ପ୍ରସ୍ତୁତ ହେବାକ୍ଷଣି ଆମେ ଚିଡ଼ିଆଖାନା ଯିବୁ ବୋଲି ଆଗରୁ ପ୍ରୋଗ୍ରାମ୍ ହୋଇଥାଏ।

ଚାରି ଦିନ ହେଲା ଆମେ ଦୁହେଁ ଏଇ ସହରକୁ ଆସି ହୋଟେଲରେ ଅଛୁ। ପ୍ରାଥମିକ ସ୍କୁଲରେ ପଢ଼ିବା ବେଳେ ଏ ସହର ବୁଲି ଦେଖିଥିଲି। ଏଇ ବର୍ଷ ମୁଁ ଓ ମହେନ୍ଦ୍ର କଲେଜରେ ଅଧ୍ୟାପକ ନିଯୁକ୍ତ ହେବାପରେ ପୁଣି ଏ ସହର ଦେଖିବାକୁ ମନ ହେଲା। ବସ୍ତୁତଃ ବିରକ୍ତି ଓ କ୍ଳାନ୍ତିକୁ କିଛି ଦିନ ପାଇଁ ଆଭ ଏଡ୍ କରିବା ଥିଲା ଆମର ଲକ୍ଷ୍ୟ। ସହରର ଆଉ ସବୁ ଦର୍ଶନୀୟ ସ୍ଥାନ ଦେଖି ସାରିଲୁଣି। ଚିଡ଼ିଆଖାନା ଦେଖିସାରି ସନ୍ଧ୍ୟାବେଳେ ପୁଣି ଫେରିଯିବୁ କଲେଜ ହତା ଭିତରକୁ।

ମୁଁ ବିରକ୍ତ ହୋଇ ଘଣ୍ଟା ଦେଖିଲି। କେତେ ଡେରିରେ ମହେନ୍ଦ୍ର ବାଥ୍‌ରୁମ୍‌ରୁ ବାହାରିବ ତାହା ସେ ଜାଣେ।

ଚଟାଣ ଉପରେ ପଡ଼ିଥିବା ଖବରକାଗଜକୁ ଉଠାଇ ଆଣି ପଢ଼ିବାବେଳେ ମୁଁ ହସି ପକାଇଲି। କ'ଣ ହେଲା କେଜାଣି ସେ ହସ ମୁଁ ଆଦୌ ସମ୍ବରଣ କରିପାରିଲି ନାହିଁ। ଦୁଇ ପାପୁଲିରେ ମୁହଁ ଘୋଡ଼ାଇ ମୁଁ ହସି ହସି ନୟାନ୍ତ ହୋଇପଡ଼ିଲି। ଦେହରୁ ଝାଳ ବାହାରିଲା, ପେଟ ବ୍ୟଥା ହେଲା। ଏକୁଟିଆ ଏମିତି ଆଗରୁ କେବେ ହସିଥିଲି ବୋଲି ମୋର ମନେ ହେଲା ନାହିଁ।

କେତେଗୁଡ଼ାଏ ବର୍ଷ ବିତିଗଲାଣି। ବାପାଙ୍କ ସହିତ ବନ୍ଧୁକ କିଣି ଘରକୁ ଫେରିବା ପରେ ଆମ ଗାଁ ପିଲାଙ୍କ ଆଗରେ ମୁଁ ହୋଇପଡ଼ିଥିଲି ଏକ ଅଭିଜ୍ଞ ତଥା ଐଶ୍ୱରିକ ଶକ୍ତିସମ୍ପନ୍ନ ହିରୋ। ସେମାନଙ୍କ ବିସ୍ମୟ ବିସ୍ଫାରିତ ଆଖି ଆଗରେ ମୁଁ ଯେଉଁସବୁ କଥା କହୁଥିଲି, ସେସବୁ କେଡ଼େ ମିଛ ଥିଲା ସତରେ। ଅଥଚ ବାଲ୍ୟ କାଳର ସେହି ସ୍ୱଚ୍ଛ ଓ ସନ୍ଦେହମୁକ୍ତ ମନ, ମୋର ତଥାକଥିତ ଅଭିଜ୍ଞତାକୁ ସତ ବୋଲି ଗ୍ରହଣ କରି ନେଇଥିଲା।

ଉଦାହରଣ ସ୍ୱରୂପ, ମୋର କହିବାର ମନେ ଅଛି ଯେ, ଚିଡ଼ିଆଖାନାରେ ଏମନ୍ତ ବାଘ, ସିଂହ ଅଛନ୍ତି, ଯାହା ପିଠି ଉପରେ ତୁମେ ଆରାମରେ ବସି ଚିଡ଼ିଆଖାନା ପ୍ରଦକ୍ଷିଣ କରିପାର। ଟିକଟର ମୂଲ୍ୟ ମାତ୍ର ପଚାଶ ପଇସା।

– 'ବାଘ ସିଂହ ତୁମକୁ କାମୁଡ଼ି ଦେବେ ନାହିଁ?' ମୋ ଉଦ୍ଦେଶ୍ୟରେ ପ୍ରଶ୍ନ।

ମୁଁ ତେଲ ମାଖି ହେଲାଭଳି, ଅଙ୍ଗପ୍ରତ୍ୟଙ୍ଗ ଉପରେ ହାତ ପାପୁଲି ବୁଲାଇଆଣେ ଏବଂ କହେ – 'ଦେଖୁନ ମୋ ଦେହକୁ? ମୁଁ ତ ପୁଣି ଗୋଟାଏ ସିଂହ ଉପରେ ବସି ଦୀର୍ଘ ଦଶ ମିନିଟ୍ ଯାଏ ଏଣେତେଣେ ବୁଲିଥିଲି। ପୁଣି ଡାହାଣ ହାତରେ ଧରିଥାଏ ଆଇସକ୍ରିମ୍।'

– 'ସେଇଟା ପୁଣି କ'ଣ? ସିଂହର ଛୁଆ?'

– 'ଗୋଟାଏ ବାଘ ଆଣିବା ପାଇଁ ଭାରି ମନ ହେଉଥିଲା। ବାପା ମନାକଲେ। ପାଠପଢ଼ି ସାରିଲେ ସେ ମୋ ପାଇଁ ଗୋଟାଏ ବାଘ କିଣି ଆଣିବେ ବୋଲି କହିଛନ୍ତି।'

– 'ହାୟ, ହାୟ ! ବାଘ ତ ଦୂରର କଥା, ଏଠାରେ ଭାଲୁଗୁଡ଼ାକୁ ଆମ ବାପାମାନେ ବି କେଡ଼େ ଭୟ କରୁଛନ୍ତି।'

ଗୋଟାଏ ବେଦନାଦାୟକ ଅସ୍ୱସ୍ତି ମୋର ସମଗ୍ର ଚେତନାକୁ ଢ଼ାଙ୍କି ଦେଲା କ୍ଷଣକ ମଧ୍ୟରେ। କୁଆଡ଼େ ଗଲା ମୋର ବାଲ୍ୟକାଳ; ଯେତେବେଳେ କହୁଥିବା ଓ ଶୁଣୁଥିବା କଥା ସବୁ ସତ ଥିଲା ? କେତେ ଭଲ ଥିଲା ସେତେବେଳର ଏ ପୃଥିବୀ- ସବୁଥିଲା ବିଶ୍ୱାସଯୋଗ୍ୟ ଓ ଏକାନ୍ତ ଭାବେ ସତ୍ୟ ଜେଜେ ମା'ର କାହାଣୀ ଭଳି। କୌଣସି ବସ୍ତୁ ବନ୍ଦୀ ହୋଇ ନ ଥିଲା ବାସ୍ତବତା ଓ ପାରସ୍ପରିକ ସ୍ଥିତିର ପରିସୀମା ମଧ୍ୟରେ। ସେତେବେଳ ଭଳି ଆଉ ଏବେ ନିରୀହ ମିଛକଥା କହି ହୁଏ ନାହିଁ। ଏବେ ଏଣିକି ମିଛ କହିଲେ ଅନ୍ତର ଭିତରେ କିଛି ଗୋଟାଏ ସତେ ଯେମିତି ଯନ୍ତ୍ରଣାରେ ଛଟପଟ ହୁଏ, ମନ ଉତ୍ତେଜିତ ହୁଏ। ବୟସ, ମଧ୍ୟରେ ବିଚିତ୍ର ଫରକ।

ମହେନ୍ଦ୍ର କହିଲା – 'ଉଠ୍। ବହୁତ ଡେରି ହେଲାଣି।'

ଆମେ ରୁମ୍ ବନ୍ଦକରି କବାଟରେ ତାଲା ଝୁଲେଇଲୁ। ମହେନ୍ଦ୍ର ଚାରି ପାଞ୍ଚ ଥର ତାଲାଟା ହଲାଇ ପରୀକ୍ଷା କଲା, ସତରେ ତାହା ପଡ଼ିଛି କି ନାହିଁ ନିଶ୍ଚିତ ହେବାକୁ। ମହେନ୍ଦ୍ରର ଉଲ୍ଲେଖଯୋଗ୍ୟ ଦର୍ଶନ ହେଉଛି ଅନ୍ୟକୁ ଅବିଶ୍ୱାସ କରି ଶିଖିବା।

ଶିଡ଼ିରେ ଓହ୍ଲାଇବା ବେଳେ ପ୍ରସ୍ତାବ ଦେଲି – 'ଆଜି ବସ୍ ଯୋଗେ ଯିବା ଚିଡ଼ିଆଖାନା। ସବୁବେଳେ ଟାକ୍ସିରେ ଯିବା ଫଳରେ ଏତେ ବଡ଼ ସହରରୁ ଆମେ ବିଚ୍ଛିନ୍ନ ହେଲା ଭଳି ଜଣାପଡୁଛୁ। ସହରର ଆତ୍ମାକୁ ଅନୁଭବ କରିବା ପାଇଁ ଭିଡ଼ ବସ୍ ଦରକାର।'

– 'କ'ଣ କହିଲୁ ? ବସ୍‌ରେ ଯିବା ?' ମହେନ୍ଦ୍ର ନାକଟେକି ଚାହିଁଲା ମୋ ଆଡ଼େ। ମୋ ପ୍ରସ୍ତାବକୁ ପ୍ରତ୍ୟାଖ୍ୟାନ କରିବାପାଇଁ ସତେ ଯେପରି ସେତକ ଯଥେଷ୍ଟ ନ ଥିଲା – ଏୟା ଭାବି ସେ ଯୋଗ କଲା – 'ଏ ଭୟାନକ, ଦଗାବାଜ୍ ସହରରେ କେଉଁ ଭଦ୍ରଲୋକ ବସ୍‌ରେ ଯାଏ ? ହରେକ ରକମର ରୋଗୀ, ଅସାମାଜିକ ଲୋକ ଯେଉଁଠି ଖୁନ୍ଦି ହୋଇଥାନ୍ତି, ସେଥିରେ ଯିବାକୁ କହିଲାବେଳେ ତୋତେ ଟିକିଏ ଲାଜ ବି ଲାଗିଲା ନାହିଁ।' କିଛି ସମୟ ପରେ ସେ କହିଲା – 'ଏଡ଼େ ସୁନ୍ଦର ସଫା ପୋଷାକ ମୁଁ ପିନ୍ଧିଛି। ବସ୍‌ରେ ଗଲେ ଏହାର ଇଜ୍ଜତ ରହିବ ?'

ମୁଁ ଭାବି ପାରୁ ନ ଥିଲି ଚିଡ଼ିଆଖାନା ଦେଖିବା ସହିତ ସୁନ୍ଦର ପୋଷାକର ସମ୍ପର୍କ କ'ଣ। ତେବେ ମୁଁ ଆଉ କୌଣସି ଅଭିଯୋଗ କଲି ନାହିଁ। ଚଢ଼ାଗଲାରେ ମହେନ୍ଦ୍ର ଟାକ୍ସିବାଲାକୁ ନିର୍ଦ୍ଦେଶ ଦେଲା ଚିଡ଼ିଆଖାନା ଯିବା ପାଇଁ।

ମାତ୍ର ପନ୍ଦର ମିନିଟ୍ ଭିତରେ ଆମେ ପହଞ୍ଚିଗଲୁ ଯଥା ସ୍ଥାନରେ।

ସମୁଦାୟ ସ୍ଥାନଟା ରହିଛି ପୂର୍ବଭଳି। ଅତୀତରେ ଦେଖିଥିବା ଓ ମନେ ରଖିଥିବା

ସମସ୍ତ ଦୃଶ୍ୟ ଅଦ୍ଭୁତ ଭାବେ ମିଶିଯାଉଛି ବର୍ତ୍ତମାନ ଦେଖୁଥିବା ଦୃଶ୍ୟ ସହିତ। କିଛି ତ ପରିବର୍ତ୍ତନ ମୁଁ ଦେଖୁନାହିଁ। ପୃଥିବୀ ଭଳି ଗୋଟାଏ ସୀମିତ ପରିବେଶ। ଚାରିପଟେ ପାଚେରି ଘେରି ରହିଛି। ତା' ଭିତରେ ଅଛି ଗଛ। ଫୁଲ ବଗିଚା ରାସ୍ତା ଓ ହ୍ରଦ। ଏପରିକି ଛୋଟ ନଈ। ମୁକ୍ତ ଚଢ଼େଇ। ୟା' ବ୍ୟତୀତ ଅନ୍ୟ ଯାହା ରହିଛି ଏବଂ ଯେଉଁଥିପାଇଁ ଏ ଚିଡ଼ିଆଖାନା ଆକର୍ଷଣୀୟ ତଥା ଦର୍ଶନୀୟ - ତାହା କିନ୍ତୁ ଅତିମାତ୍ରାରେ କରୁଣ ଓ ଯନ୍ତ୍ରଣାଦଗ୍ଧ ବୋଧ ହେଲା ମୋତେ।

ଚାରିଆଡ଼େ ପିଞ୍ଜରା। ଚାରିଆଡ଼େ ଯନ୍ତା। ଜେଲଖାନା। କୌତୁକିଆ ଛୋଟ ଚଢ଼େଇଠୁ ଆରମ୍ଭ କରି ବାଘ, ସିଂହ, ସାପ - ସମସ୍ତଙ୍କୁ ରଖାଯାଇଛି ଆବଦ୍ଧ କରି ନିରାପଦ ଭାବରେ। ଆସ, ଚିଡିଆଖାନା ଗେଟ୍ ପାଖରେ ପଇସା ଦେଇ ଟିକଟ କିଣ। ଦେଖିନିଅ ଦେଖି ନ ଥିବା ଜୀବ-ଜନ୍ତୁ, ଚଢ଼େଇ, କୁମ୍ଭୀର ଇତ୍ୟାଦିଙ୍କୁ।

କିନ୍ତୁ ମୁଁ ଆଜି କ'ଣ ଦେଖୁଛି ଏଠାରେ ?

ମୋ ମନରେ ଆଉ କୌତୂହଳ ନାହିଁ, ଅନୁସନ୍ଧିତ୍ସା ନାହିଁ। ପୂର୍ବେ ଦେଖିଥିବା ଜୀବଜନ୍ତୁ ହୁଏତ ମରିଯିବେଣି ଏଇ ଆବଦ୍ଧ, ପରାଧୀନ ଗୁମ୍ଫାରେ। ବର୍ତ୍ତମାନ ହୁଏତ ମୁଁ ଦେଖୁଛି ସେମାନଙ୍କର ଦାୟାଦମାନଙ୍କୁ; ଜନ୍ମ ହୋଇ ପୁଣି ସେହି ଯନ୍ତା ଭିତରେ ମରିବାକୁ ଯାଉଥିବା ଦାୟାଦମାନଙ୍କୁ। ତଥାପି, ମୁଁ ଦେଖୁଛି ଜୀବନକୁ- ଦୃଢ଼ ସୀମା ମଧ୍ୟରେ ନିକ୍ଷେପିତ ହୋଇ ଯାଉଥିବା ଜୀବନ। ଜୀବନ ସବୁ ଯୁଗରେ, ସବୁ ସ୍ଥାନରେ ସମାନ।

ଖୁବ୍ ଅବସନ୍ନ ଲାଗିଲା। ସେତେବେଳକୁ ଦିନ ପ୍ରାୟ ଦୁଇଟା। ମହେନ୍ଦ୍ର କ'ଣ ସବୁ ଗପୁଥାଏ। ଆବଶ୍ୟକ ସ୍ଥଳେ ମୁଁ ହିଁ କିମ୍ବା ନାହିଁ ବୋଲି ଉତ୍ତର ଦେଉଥିଲି। ତା' କଥା ଶୁଣିବାକୁ ଆଦୌ ଆଗ୍ରହ ନ ଥିଲା।

ପ୍ରସ୍ତାବ କଲି - 'ଚାଲ ଚା' ପିଇବା। ହାଲିଆ ଲାଗିଲାଣି।'

ମହେନ୍ଦ୍ର ଆପତ୍ତି କଲା ନାହିଁ। ଆମେ ରେଷ୍ଟୋରାଁ ଆଡ଼କୁ ଚାଲିଲୁ।

ଆହୁରି ଅନେକ ଚା-ପ୍ରେମୀଙ୍କ ଗହଣରେ ଚା' ପିଇବା ସମୟରେ ନାହିଁ ନ ଥିବା ଘଟଣାଟିଏ ଘଟିଲା -

ସାଇରନ୍ ଭଳି ସତର୍କ ଘଣ୍ଟି ବାଜି ଉଠିଲା ଚିଡ଼ିଆଖାନା ଭିତରେ। ଏ ଶବ୍ଦର ତାତ୍ପର୍ଯ୍ୟ ଆମେ ବୁଝିପାରିଲୁ ନାହିଁ ସିନା, କିନ୍ତୁ ହଠାତ୍ ଦେଖିଲୁ ରେଷ୍ଟୋରାଁର ବୟମାନେ ନିଜ କର୍ତ୍ତବ୍ୟ ଭୁଲିଯାଇ ନିଜକୁ ନିରାପଦ ରଖିବାକୁ ବ୍ୟାକୁଳ ହୋଇପଡୁଛନ୍ତି। ଆମ ସାମ୍ନାରେ ଦଳ ଦଳ ହୋଇ ଶହ ଶହ ଲୋକ ଚିତ୍କାର କରି ପ୍ରାଣ ବିକଳରେ ଦୌଡୁଛନ୍ତି ଏଣେତେଣେ। ରେଷ୍ଟୋରାଁର ଟେଲିଫୋନ୍ ରିଙ୍ଗ କଲା ସମସ୍ତ ଅସ୍ଥିରତାର

ସହିତ। ରିସିଭର ଧରିଥିବା ଲୋକ ପାଟିକରି ଉଠିଲା – 'ଭିତରକୁ ଚାଲିଆସ ସମସ୍ତେ। ଗୋଟାଏ ସିଂହ କେମିତି କେଜାଣି ପିଞ୍ଜରାରୁ ବାହାରି ଆସିଛି ପଦାକୁ।'

କପ୍ ପ୍ଲେଟ୍ ଫୋପାଡ଼ି ଦେଇ ଆମେ ଘର ଭିତରକୁ ପଶିବାବେଳେ ଡାକବାଜି ଯନ୍ତ୍ରର ଆବାଜ ଶୁଣିଲୁ – 'ଚିଡ଼ିଆଖାନା ଭିତରେ ଥିବା ପ୍ରତ୍ୟେକ ଲୋକ ନିଜକୁ ନିରାପଦ ରଖିବାକୁ ଚେଷ୍ଟାକର– ଗଛ ଉପରକୁ ଚଢ଼ିଯାଅ; କିମ୍ବା ହ୍ରଦ ଭିତରକୁ ଚାଲିଆସ; କିମ୍ବା କୌଣସି ଘର ଭିତରକୁ ପଶିଯାଅ। ଗୋଟାଏ ସିଂହ ପିଞ୍ଜରାରୁ ଖସିଯାଇ ବାହାରେ ବୁଲୁଛି।

ଏ ସତର୍କବାଣୀର ଶେଷାଂଶ ଆମେ ଶୁଣିଲୁ ରେଷ୍ଟୋରାଁର ଆବଦ୍ଧ କୋଠରି ଭିତରେ। ସହସ୍ରାଧିକ ଲୋକ ଭର୍ତ୍ତି ହୋଇଥାଉଁ ତା'ର ଭିତରେ। ନିଃଶ୍ୱାସ ମାରିବାକୁ କଷ୍ଟ ହେଉଥାଏ। ତା' ସତ୍ତ୍ୱେ ଆହୁରି କେତେକ ଭୟଭୀତ ଲୋକ କବାଟ ବାଡ଼ଉଥାନ୍ତି ଭିତରକୁ ପଶିବା ପାଇଁ। ଆମ୍ଭମାନଙ୍କ ମଧ୍ୟରୁ ଅନେକ ଖିଙ୍କାରି ଉଠୁଥାନ୍ତି – 'ଏଠି ଆଦୌ ସ୍ଥାନ ନାହିଁ। ଚଞ୍ଚଳ ଚଢ଼ିଯାଅ ଗଛ ଉପରକୁ।' କବାଟ ଉପରେ କରାଘାତ। ଭିତରୁ ସେଇ ପୁରୁଣା ଉତ୍ତର – 'ସ୍ଥାନ ନାହିଁ।'

ଅଳ୍ପ କେତୋଟି ମୁହୂର୍ତ୍ତ ମଧ୍ୟରେ ସୃଷ୍ଟି ହେଲା ଏକ ଭୟାନକ ପରିବେଶ ଚିଡ଼ିଆଖାନା ଭିତରେ। ଦୃଢ଼ ରେଲିଂ ଲାଗିଥିବା ଝରକା ବାଟେ ଦେଖିଲୁ, ବାହାରଟା ସ୍ତବ୍ଧ ଓ ଆଶଙ୍କାଗ୍ରସ୍ତ। ଗୋଟାଏ ଧ୍ୱଂସାତ୍ମକ ଶକ୍ତିର ବିପଦ ସତେ ଯେମିତି ଥରହର କରି ପକାଇଛି ଏ କ୍ଷୁଦ୍ର ପୃଥିବୀକୁ।

ମଣିଷ ଗହଳି ମଧ୍ୟରେ ମହେନ୍ଦ୍ରର ଶେଥା ମୁହଁ ଓ ଲୋଚାକୋଚା, ଝାଳରେ ଜୁଡୁବୁଡୁ ପୋଷାକ ଦେଖି ହସିପକାଇଲି। ସେ ବିରକ୍ତିର ସହିତ କହିଲା – 'ହସୁଛୁ କ'ଣ? ଏ ଶଳାଙ୍କର ଟିକିଏ ହେଲେ ଅକଲ ଅଛି? ଶଳା ଜାନୁଆର ଗୋଟାଏ ବୁଲୁଛି ନିର୍ଦ୍ୱନ୍ଦ୍ୱରେ। ବନ୍ଧୁକରେ ଏଟାକୁ ମାରି ନ ଦେଇ ଶଳେ କହୁଛନ୍ତି କ'ଣ ନା, ଗଛ ଉପରକୁ ଚଢ଼, ପାଣିକୁ ଡେଇଁ ପଡ଼। ମଣିଷ ଜୀବନ ସାଙ୍ଗରେ ଖେଳୁଛନ୍ତି ବାଷ୍ଟାର୍ଡ ଗୁଡ଼ାକ।

ଗହଳି ଭିତରେ ଏକ ସଙ୍ଗରେ ଚାଲିଥିବା ହାସ୍ୟରୋଳ, ମର୍ମନ୍ତୁଦ କାନ୍ଦଣା, ହିନ୍ଦୀଫିଲ୍ମ ଗୀତ। ବିରକ୍ତି ଭିତରେ ଥାଇ ମୁଁ ନିଜକୁ ପଚାରିଲି – 'କିଏ ଏଠି କାହା ଜୀବନ ସାଙ୍ଗେ ଖେଳୁଛି? – ସିଂହ ଜୀବନକୁ ନେଇ ମଣିଷ, ନା ମଣିଷ ଜୀବନକୁ ନେଇ ସିଂହ? କାହାର ଜୀବନ କେଉଁ ସକାଶେ ଅନ୍ୟ ଜୀବନଠାରୁ ବେଶି ମୂଲ୍ୟବାନ?' ମୁଁ କିନ୍ତୁ ନୀରବ ରହିଲି। ସତକଥା କହୁଛି; ମୋତେ ଭାରି ଆମୋଦଦାୟକ ଜଣାପଡୁଥିଲା । ମୋ ଚାରିପଟେ ଚିପି ହୋଇ ରହିଥିବା ମଣିଷମାନଙ୍କର ଅବସ୍ଥା ଦେଖି।

ହଠାତ୍ ଡାକବାଜି ଯନ୍ତ୍ର ଘୋଷଣା କରୁଥିବାର ଶୁଣିଲୁ – 'ସିଂହଟା ଆଗେଇ ଯାଉଛି ରେସ୍ତୋରାଁ ଆଡ଼କୁ। ହୁସିଆର। ଚିଡ଼ିଆଖାନା କର୍ତ୍ତୃପକ୍ଷ ପଶୁଟାକୁ ଗୁଳିକରି ଦେବାର ବ୍ୟବସ୍ଥା କରୁଛନ୍ତି। ବ୍ୟସ୍ତ ହୁଅନ୍ତୁ ନାହିଁ; କିନ୍ତୁ ଯେମିତି ହେଲେ ନିଜକୁ ରକ୍ଷା କରନ୍ତୁ।'

କ୍ଷଣକ ଭିତରେ ମୃତ୍ୟୁଭୟ ଆଚ୍ଛନ୍ନ କରି ପକାଇଲା ଭିତରେ ନିରାପଦ ଥିବା ବୁଦ୍ଧିମାନ ମଣିଷମାନଙ୍କୁ। ଶ୍ମଶାନର ନୀରବତା ଗ୍ରାସ କଲା ସମସ୍ତ କୋଳାହଳ, ପାଟିତୁଣ୍ଡକୁ। ସମସ୍ତଙ୍କ ହୃତ୍‌ପିଣ୍ଡ ଏକୀଭୂତ ହେଲା। ସମସ୍ତଙ୍କର ଭୟ ବିଜଡିତ ନିଃଶ୍ୱାସ, ଗୋଟିଏ ନିଃଶ୍ୱାସ ହେଲା।

– 'ହେଇ, ଦେଖ, ଆସୁଛି ଏଇବାଟେ।' କେହି ଜଣେ କହିଲା।

କାଚ ଝରକା ଦେଇ ଦେଖିଲୁ ନିରୁଦ୍‌ବିଗ୍ନ ଓ ଆଶଙ୍କା ହୀନ ଭାବରେ କଙ୍କାଳସାର ଦୁର୍ବଳ ଜନ୍ତୁଟାଏ ଧୀର ପଦକ୍ଷେପ ନେଇ ଆଗେଇ ଆସୁଛି ରେସ୍ତୋରାଁ ଆଡ଼େ। ଇଏ ପୁଣି ଜଙ୍ଗଲର ସମ୍ରାଟ। ଆମେ ଝରକା ପାଖରୁ ଘୁଞ୍ଚିଯିବା ପାଇଁ ପ୍ରାଣପଣେ ଉଦ୍ୟମ କଲୁ।'

ରେସ୍ତୋରାଁରୁ ପ୍ରାୟ ପନ୍ଦର ମିଟର ବ୍ୟବଧାନରେ ଠିଆ ହେଲା ସେହି ଜାନୁଆର। ଚାରିଆଡ଼କୁ ଚାହିଁ ବସିଲା ଆମ ଆଡ଼କୁ ମୁହଁ କରି।

ଆମ ଆଡ଼କୁ ଚାହିଁ ସେ ହୁଏତ ଭାବୁଥିବ, ଏ ସ୍ଥାନରେ ସେ ଅଧୀଶ୍ୱର ନୁହେଁ। ତା' ପୂର୍ବପୁରୁଷମାନେ ସ୍ୱାଧୀନ ଥିଲେ ଅନ୍ୟ କେଉଁଠାରେ। ଏ ସ୍ଥାନର କୌଣସି ସାମଞ୍ଜସ୍ୟ ନାହିଁ ତା' ସହିତ।

ମାତ୍ର ମୁଁ ଅନ୍ୟ ପ୍ରକାର ଭାବୁଥିଲି। କିଏ ବର୍ତ୍ତମାନ ବନ୍ଦୀ କାହା ସାମ୍ନାରେ? ଏଇ ସିଂହକୁ ଦେଖୁଥିଲୁ ଆମେ ପିଞ୍ଜରା ଭିତରେ ଅସହାୟ ଅବସ୍ଥାରେ। ସେ ବର୍ତ୍ତମାନ ସହସ୍ର ମଣିଷଙ୍କୁ ଦେଖୁଛି ଭୟ ବିଜଡ଼ିତ ଅବସ୍ଥାରେ ଗୋଟିଏ ସଂକୀର୍ଣ୍ଣ କୋଠରିରେ। ସେ ବାହାରେ; ଆମେ ଭିତରେ। ଏ ଦୃଶ୍ୟ ଅପୂର୍ବ। ସେ ଅଭିଜ୍ଞତାର ତୁଳନା ନାହିଁ। ସେ ସମୟର ଯେଉଁ ମାନସିକ ଅବସ୍ଥା ତାହା ଅବର୍ଣ୍ଣନୀୟ ପ୍ରକୃତରେ।

ତେବେ ହଠାତ୍ ଗୋଟିଏ କଥା ମୋତ ବିଚଳିତ କଲା – ଚିଡ଼ିଆଖାନା କର୍ତ୍ତୃପକ୍ଷ ପଶୁଟାକୁ ଗୁଳି କରିଦେବାର ବ୍ୟବସ୍ଥା କରୁଛନ୍ତି। ଆହା, ବିଚରା! ସେ ଲଂଘନ କଲା ନିଜର ସୀମା, ଭୁଲିଗଲା ନିଜର ପରାଧୀନତା। ଯେଉଁ ଜିନିଷ ତା' ପାଇଁ ନିଷିଦ୍ଧ, ତାହା ପାଇବା ପାଇଁ ସେ ଆଗେଇ ଆସିଲା। ପିଞ୍ଜରାଟା ହୁଏତ ଏଇ ସିଂହ ପାଇଁ ଏକ ପାରିଜାତ। କାହିଁକି କ୍ଷଣିକ ଉତ୍ତେଜନାରେ ସ୍ୱାଧୀନତାର ଫଳ ଭକ୍ଷଣ ପାଇଁ ସେ ମୂର୍ଖତା କଲା। କେଡ଼େ ବଡ଼ ମୂଲ୍ୟ ଏଥିପାଇଁ ତାକୁ ଦେବାକୁ ହେବ ସେ କଥା ସେ ବୁଝିବ କାହୁଁ?

ଦେଖିଲୁ ସିଂହଟା ବସିବା ଜାଗାରୁ ଉଠି ଠିଆହେଲା । ପାଟି ମେଲି ସେ ହେଣ୍ଟାଳିବାକୁ ଚେଷ୍ଟା କଲା ବୋଧହୁଏ, ତା'ର ପେଟର ଗହ୍ୱର ବି ସୂଚେଇ ଦେଲା ସେଇକଥା; ମାତ୍ର ସେ ଶବ୍ଦ ଆମକୁ ଶୁଭିଲା ନାହିଁ । ସେ ଶବ୍ଦ ନୀରବତାର ଶବ୍ଦ ।

ଫେରିଲା ସେ । ସେଇ ନିର୍ଲିପ୍ତ, ପ୍ରଲୋଭନହୀନ ଗତି । ସେ ଜଣେଇ ଦେଉଥିଲା ଯେ, ତା'ର ସମ୍ପର୍କ ନାହିଁ କାହାରି ସାଙ୍ଗରେ । ସେ ଆଉ କିଛି ଲୋଡ଼େ ନାହିଁ ନିଜ ପାଇଁ । ତୁଟିଯାଇଛି ତା'ର ସମସ୍ତ ବନ୍ଧନ ଏ ସୃଷ୍ଟିଠାରୁ

ଅଳ୍ପ ସମୟ ପରେ ସେ ଅଦୃଶ୍ୟ ହୋଇଗଲା । ତା'ପରେ ପରେ ପୁଣି କୋଳାହଳ ସୃଷ୍ଟି ହେଲା । ପାଖରେ ଠିଆ ହୋଇଥିବା ହୋଟେଲ ବୟଟି କହିଲା – 'ରୋଜି ଯାର ନାଁ । ଏଇଟା ଜନ୍ମ ହୋଇଥିଲା ଚିଡ଼ିଆଖାନାରେ । ତା' ମା' ବି ଜନ୍ମ ହୋଇଥିଲା ଏଇଠି । ଗଲାବର୍ଷ ରୋଜିର ମା' ମଲା । କେଇ ମାସ ତଳେ ରୋଜି ଯେଉଁ ଛୁଆ ପ୍ରସବ କରିଥିଲା, ସେଗୁଡାକ ବି ମଲେଣି ।'

ହୋଟେଲ ବୟର ମୁହଁ ଉପରୁ ଆଖି ଫେରାଇ ଚାହିଁଲି ଆଗକୁ । ରୋଜି ଆଉ ଦେଖାଯାଉ ନାହିଁ ।

ଆମେ ଅଣନିଃଶ୍ୱାସୀ ହେବାକୁ ବସିଲୁଣି । ବାହାରି ଯିବା ପାଇଁ ମନ ହେଉଥାଏ । ସେତିକି ବେଳେ ଶୁଣିଲୁ ବନ୍ଧୁକର ଆବାଜ । ଥରେ ନୁହେଁ; ଚାରିଥର । ପରେ ପରେ ଡାକବାଜି ଯନ୍ତ୍ର ଆମକୁ ଆଶ୍ୱସ୍ତ କଲା – 'ସିଂହଟାକୁ ମାରି ଦିଆହୋଇଛି । ବିପଦର ଆଉ କାରଣ ନାହିଁ ।'

ବାହାରି ଆସିଲୁ ସେଠାରୁ । ଦେହର ଝାଳ ପୋଛିବା ପାଇଁ ରୁମାଲ ଯଥେଷ୍ଟ ନ ଥିଲା । ଘୃଣା ଓ ବିରକ୍ତିରେ ମହେନ୍ଦ୍ରର ମୁହଁ ଅସ୍ୱାଭାବିକ ଭାବେ କଦର୍ଯ୍ୟ ଦେଖାଯାଉଥିଲା । ମୁଁ ହସିବା ପାଇଁ ଯାଉଥିଲି; ମାତ୍ର କିଛି ଗୋଟାଏ କରୁଣତା ଭିଜା, ସହାନୁଭୂତିସିକ୍ତ ଶକ୍ତି ମୋତେ ବିଷର୍ଣ୍ଣ କରିପକାଇଲା ।

ଆମ ଚାରିପାଖରେ ହର୍ଷୋତ୍‌ଫୁଲ୍ଲ ମଣିଷମାନଙ୍କର ବ୍ୟଗ୍ର ଗତିଶୀଳତା । ଆଃ, କ୍ଷଣକର ପରାଧୀନତା ଓ ଆଶଙ୍କା କେଡ଼େ କଷ୍ଟଦାୟକ ସତେ !

ମୋ ହାତ ଟାଣି ମହେନ୍ଦ୍ର କହିଲା – 'ଚାଲ ।'

– 'କୁଆଡ଼େ ?' ମୁଁ ଆଶ୍ଚର୍ଯ୍ୟ ହୋଇ ପଚାରିଲି ।

– 'ବାହାରକୁ ।' ମୋତେ ଟାଣି ନେଉ ନେଉ ଉତ୍ତର ଦେଲା ସେ । 'ଧୂଆ ଧୋଇ ନ ହେଲେ ମୋତେ ରିଫ୍ରେସ୍‌ଡ ଲାଗିବ ନାହିଁ । ଛି, କି ଅପରିଷ୍କାର ପରିବେଶରେ ରହିଗଲେ ଏତେ ସମୟ ପର୍ଯ୍ୟନ୍ତ !'

ନିଜ ହାତକୁ ମୁକ୍ତ କରି ଗମ୍ଭୀର ଭାବରେ କହିଲି – 'ମୁଁ ବର୍ତ୍ତମାନ ଯିବି ନାହିଁ ।'

– 'ତେବେ ?'

– 'ମୁଁ ଟିକିଏ ଦେଖିବି ମଲା ଜନ୍ତୁଟାକୁ।' ଏତିକି କହି ମୁଁ ଆଗେଇଲି। ବାଧହୋଇ ବିରକ୍ତିର ସହିତ ମୋତେ ଅନୁସରଣ କଲା ମହେନ୍ଦ୍ର।

ନିର୍ଦ୍ଦିଷ୍ଟ ସ୍ଥାନରେ ସୃଷ୍ଟି ହୋଇଥିଲା ମଣିଷର ଏକ ଜଙ୍ଗଲ। କୌଣସିମତେ ଭିଡ଼ ଭିତରେ ପଶି ଯାହା ଦେଖିଲି, ସେଥିରେ ସ୍ତମ୍ଭୀଭୂତ ନ ହୋଇ ରହିପାରିଲି ନାହିଁ। ଯେଉଁ ପିଞ୍ଜରାରେ ରୋଜି ରହୁଥିଲା, ଠିକ୍ ସେଇ ଦ୍ୱାର ପାଖରେ ସେ ମରି ପଡ଼ିଛି। ଦ୍ୱାର ବନ୍ଦ ଅଛି। ମୋର ଆଦୌ ସନ୍ଦେହ ରହିଲା ନାହିଁ ଯେ ରୋଜି ପୁଣି ସେଇ କ୍ଷୁଦ୍ର ପିଞ୍ଜରା ଭିତରକୁ ଯିବା ପାଇଁ ବ୍ୟାକୁଳ ଥିଲା। ତା' ଦେହରେ ଗୁଳିର ଚାରୋଟି କ୍ଷତଚିହ୍ନ। ଟୋପାଏ ବି ରକତ ଝରି ନାହିଁ। ରୋଜି ଭଳି ଦରମଲା ଜାନୁଆରକୁ ମାରିବା ପାଇଁ ଚାରୋଟି ଗୁଳି ଦରକାର ଥିଲା।

ଟ୍ରେନ୍ ଚାଲିଥାଏ। ସବା ଉପର ବର୍ଥରେ ଶୋଇ ମୁଁ ଚିନ୍ତା କରୁଥିଲି ଅନେକ କଥା। ଯଥେଷ୍ଟ ଉତ୍ତେଜିତ ହୋଇପଡୁଥିଲି। ଭାରି ଅସହାୟ ଲାଗୁଥିଲା।

ରୋଜି ଆତ୍ମଜୀବନୀର ଶେଷ ପୃଷ୍ଠା ଲେଖିଗଲା। କେଡ଼େ ରହସ୍ୟାଚ୍ଛନ୍ନ, କରୁଣ ସେ ପୃଷ୍ଠା ! ରୋଜି କାହାରିକୁ ଆହତ କରିନାହିଁ; ଶିକାର କରିବା ତ ଦୂରର କଥା। ସେ ବୋଧହୁଏ ଚାହୁଁଥିଲା ଶୃଙ୍ଖଳାହୀନ, ଆବଦ୍ଧହୀନ କେତୋଟି ମୁହୂର୍ତ୍ତ। ତଥାପି ପୁଣି କେଉଁ ମୋହରେ ନିଜର ନିଃସଙ୍ଗ ଜୀବନକୁ ସେ ଫେରାଇ ନେଉଥିଲା ପିଞ୍ଜରା ଭିତରକୁ ? ମୁଁ କୌଣସି ଉତ୍ତର ପାଇଲି ନାହିଁ। ସୀମା ଲଂଘନ କରିଛି ବୋଲି ରୋଜି ମୁହଁରେ ଅନୁତାପର ଚିହ୍ନ ଥିଲା କି, ଜୀବନର ନିଗଡ଼ରୁ ମୁକ୍ତି ପାଇଛି ବୋଲି ପରିପୂର୍ଣ୍ଣତାର ଆଭାସ ଥିଲା, ତାହା ବି ଜାଣିବା ସମ୍ଭବ ନ ଥିଲା ମୋ ପକ୍ଷେ। ତେବେ, ଚିଡ଼ିଆଖାନା କର୍ତ୍ତୃପକ୍ଷ ବିଜ୍ଞତାର ପରିଚୟ ଦେଇଛନ୍ତି ନିଶ୍ଚୟ। ପୁନରାୟ ପିଞ୍ଜରା ଭିତରକୁ ଯିବା ପାଇଁ ବ୍ୟାକୁଳ ଥିବା ପଶୁଟାକୁ କ୍ଷମା କରିଦେବା ବୋଧହୁଏ ଉଚିତ ହୋଇ ନ ଥାନ୍ତା।

ଏ ପୃଥିବୀରେ ରୋଜି କିଏ, ମଣିଷ କିଏ ?

ଘରେ ପହଞ୍ଚି କ'ଣ ମନହେଲା କେଜାଣି, ବନ୍ଧୁକ ରଖା ହୋଇଥିବା କୋଠରିକୁ ଗଲି। ମୁଁ ଖୁବ୍ ସାନ ଥିଲାବେଳେ ଏ ବନ୍ଧୁକ କିଣା ଯାଇଥିଲା। ସେତେବେଳେ ଏହାକୁ ମୁଁ ଟେକି ପାରୁ ନ ଥିଲି। ବର୍ତ୍ତମାନ ମୁଁ ଯଥେଷ୍ଟ ଶକ୍ତିଶାଳୀ ହୋଇପଡ଼ିଲିଣି। ମୁଁ ବନ୍ଧୁକଟା ଗୁଳି କରିବା ଭଙ୍ଗୀରେ ଧରିଲି। ମୋତେ ବେଶ୍ ଖୁସି ଲାଗିଲା ଯେ, ଏବେ ଗୁଳି କରିବା ବେଳେ ମୁଁ ଆଦୌ ଭୟଭୀତ ହେବିନାହିଁ କିମ୍ବା ମୋର ହାତ ଥରି ଉଠିବ ନାହିଁ।

■

ଆଗନ୍ତୁକ

ଆମ୍ବ ଗଛର ଗୋଟିଏ ପାଖରେ ଭଗୁ। ଅସ୍ଥିରତା, ଆଶଙ୍କା ଓ କିଂକର୍ତ୍ତବ୍ୟବିମୂଢ଼ତାର ନିରୁପାୟ ମଣିଷଟିଏ। ଗଛର ଅନ୍ୟ ପାଖରୁ ଶୁଭୁଛି କଷ୍ଟ ପାଇବାର ଜଡ଼ସଡ଼ ଆତୁରତା। କେଜାଣି କେତେ ସମୟ ହେବ କାଞ୍ଚନ ପ୍ରସବ ଯନ୍ତ୍ରଣାରେ ଛଟପଟ ହେଉଛି। ଏ ଯାଏଁ ଖଲାସ ହୋଇନାହିଁ।

ସାମନା ପିଚୁରାସ୍ତା ଉପରେ କାଁ ଭାଁ ମୋଟର ଗାଡ଼ିର ଆବାଜ। ସାଇକେଲବାଲାର ଘଣ୍ଟି ଶବ୍ଦ। ସମ୍ଭବତଃ ହାଟବାହୁଡ଼ା ମଣିଷମାନଙ୍କର ବାଣିଜ୍ୟ ସଂକ୍ରାନ୍ତୀୟ ଆଲୋଚନା। ଭଗୁ ଦେଖୁଥିଲା, ଶୁଣୁଥିଲା ଏସବୁ। ମାତ୍ର ତା'ର ସମସ୍ତ ଚେତନା ଓ ଭାବନା ଅଟକି ରହିଥିଲା ରାସ୍ତାକଡ଼ରେ ଅବ୍ୟାହତ ରହିଥିବା ଏଇ ଯନ୍ତ୍ରଣାକାତର ସ୍ୱର ପାଖରେ। ସେ ଯେମିତି ଉପସ୍ଥିତ ଅଛି ଏକ ମହାନ୍ କେନ୍ଦ୍ରବିନ୍ଦୁ ପାଖରେ। ଶୁଣୁଥିବା ପାଟିତୁଣ୍ଡ, ଦେଖୁଥିବା ଧାଁ ଦଉଡ଼ ଗୋଟିଏ ଗୋଟିଏ ପରିଧି। ଏଇ କେନ୍ଦ୍ରଟିର ଅନିବାର୍ଯ୍ୟ ପରିଣାମ, ପ୍ରୟୋଜନୀୟ କ୍ରମବିକାଶ।

କେଉଁଠି ଅଛି ଏହାର ଚୂଡ଼ାନ୍ତ ମୁହୂର୍ତ୍ତଟି ? କାହିଁ କେତେବେଳୁ କାଞ୍ଚନର କଷ୍ଟ ପାଇବା ବ୍ୟାକୁଳ ହୋଇ ହାତ ବଢ଼ାଇ ଚାଲିଛି; କିନ୍ତୁ ସେଇ ମୁହୂର୍ତ୍ତଟି ଜମା ଧରାଛୁଆଁ ଦେଉନି। ପ୍ରସୂତି ବେଦନାଟି କେତେବେଳେ ଶେଷ ହୁଏ ? ଭଗୁର ଧୈର୍ଯ୍ୟହୀନ ବିଚଳିତ ଭାବନା କୌଣସି ହିସାବ କରିପାରୁ ନ ଥିଲା। ଗୋଟିଏ ପ୍ରଲମ୍ବିତ ସ୍ୱର ନିରବଚ୍ଛିନ୍ନ ଭାବରେ ଶୁଣିବା ଦ୍ୱାରା ସେ ଭାବୁଥିଲା, ହେତୁ ହେଲା ଦିନୁ ସେ କେବଳ

ଏଇ ସ୍ୱରଟି ଶୁଣି ଆସିଛି ଏବଂ ଶୁଣୁଥିବ। ଏ ସ୍ୱର ଗୋଟାଏ ଶେଷହୀନ ଆକାଶ - ସବୁ ଜାଗାରେ, ସବୁ ମୁହୂର୍ତ୍ତରେ ଏହାର ଅସ୍ତିତ୍ୱ।

ହଠାତ୍ କାଞ୍ଚନର ନାହିଁ ନ ଥିବା ଚିତ୍କାର ଭଗୁର ରକ୍ତ ପ୍ରବାହକୁ ବାତିଲ କରିଦେଲା। ସ୍ତବ୍ଧ ହୋଇଗଲା ଏବଂ ଭାବିଲା, ଜଗତର ସମସ୍ତ ସ୍ଥାବର, ଜଙ୍ଗମ, ରାସ୍ତା-ଘାଟ, ପାହାଡ଼-ଜଙ୍ଗଲ ସ୍ଥିରି ହୋଇଗଲେ। ସେମାନେ ଅପେକ୍ଷା କରୁଛନ୍ତି କେତେବେଳେ ଅତିକ୍ରାନ୍ତ ହେବ ଏଇ ଯନ୍ତ୍ରଣାର ଅଧ୍ୟାୟ। ଏହା ନ ସରିଲା ଯାଏ ଗତିହୀନ, ଚିନ୍ତାହୀନ, ଯୋଜନାହୀନ ହୋଇ ପଡ଼ିରହିବ ସଂସାରଟି। କାଞ୍ଚନର କଳବଳ ଆର୍ତ୍ତନାଦ ଟ୍ରାଫିକ ଲ୍ୟାମ୍ପର ରକ୍ତାକ୍ତ ଆଲୁଅ ଭଳି ସମସ୍ତ କାର୍ଯ୍ୟକ୍ରମର ସୁଅକୁ ଜବତ୍ କରିନେଇଛି ଯେପରି।

ମାତ୍ର ଅଳ୍ପ କେତୋଟି ମୁହୂର୍ତ୍ତ ପରେ କାଞ୍ଚନର ଚିତ୍କାର ଉଭେଇଗଲା। ଏଥର ଶୁଭୁଛି ବାରମ୍ବାର ଦୀର୍ଘଶ୍ୱାସ ଛାଡ଼ିବାର ଶବ୍ଦ। ତା'ପରେ ବିଗଳିତ, ଚାପା ସ୍ୱରର କାନ୍ଦଣା। କୁନ୍ଥେଇବା ଶବ୍ଦ।

ଭଗୁ ଭଳି ଜଣେ ଅନଭିଜ୍ଞ ମଣିଷ କ'ଣ କରିପାରେ, ଏ ପରିସ୍ଥିତିର ମୁକାବିଲା ପାଇଁ? କ'ଣ କରିବା ଉଚିତ? ଯିବ, କାଞ୍ଚନ ପାଖକୁ ଆଉ ଥରେ? ପଚାରିବ, କ'ଣ କଲେ ତା' କଷ୍ଟ କମିଯିବ? କିନ୍ତୁ କାଞ୍ଚନ ତାକୁ ଦୁଇଥର ତଡ଼ି ଦେଇଛି ଯା ପୂର୍ବରୁ। ତା' ପାଖକୁ ଯିବାପାଇଁ ବାରଣ କରିଛି।

କି ଅନ୍ୟାୟ କଥା! କାଞ୍ଚନକୁ କେମିତି କୁହାଯାଇ ପାରନ୍ତା ଯେ ତା'ର ଯନ୍ତ୍ରଣା ଭଗୁକୁ ଅସହାୟ ଓ ବିକଳ କରି ଦେଉଛି? କ୍ରମାଗତ ଭାବରେ ଘଣ୍ଟା ଘଣ୍ଟା ଧରି କେଉଁ ମଣିଷଟି ତା' ଘରଣୀର ବେଦନାପ୍ଲୁତ ସ୍ୱର ଧୈର୍ଯ୍ୟ ଧରି ଶୁଣିପାରିବ? ଏ ବାବଦରେ ସେ ଯଦି କିଛି କରୁଥାନ୍ତା, ତେବେ ଏତେ ଅସ୍ଥିର ହେବା ଦରକାର ନ ଥାନ୍ତା। କିନ୍ତୁ ସେ ବସିଛି। କିଛି ନ କରି ବସିଛି ଏକୁଟିଆ ଆମ୍ବଗଛର ଗୋଟିଏ ପାଖରେ ଏବଂ କାଞ୍ଚନର ପ୍ରସୂତି-ବେଦନା ଶୁଣି ଶୁଣି ଭୁଲିଯାଉଛି ପୃଥିବୀର ଅନ୍ୟାନ୍ୟ ସମସ୍ତ ସ୍ୱରକୁ। ଶେଷହୀନ ଅପେକ୍ଷା। ଇଏ ବି କିଛି କମ୍ ଯନ୍ତ୍ରଣାଦାୟକ ନୁହେଁ।

ଭଗୁ ଠିଆ ହେଲା। କାଞ୍ଚନ ପାଖକୁ ଯିବା ନିହାତି ଜରୁରୀ। ଦଶମାସ ହେଲା ପେଟ ଭିତରେ ଯାହା ସେ ସଞ୍ଚୟ କରିଛି ତା'ର ଚେହେରା ଦେଖିବା ପାଇଁ ମନର ଉଦ୍‌ବିଗ୍ନତାକୁ ସେ ଆୟତ୍ତ କରିବା ଅବସ୍ଥାରେ ନାହିଁ। ମା' ହେବା ପାଇଁ ଏତେ ବଡ଼ ଇଚ୍ଛାକୃତ ମୂଲ୍ୟ ଦେବାକୁ ପଡ଼େ ବୋଲି ସେ କଳନା କରି ନ ଥିଲା ଆଗରୁ।

ଅଥଚ ଥରେ ଭାବି ଦେଖ, କାଞ୍ଚନର ବଳିଷ୍ଠ ଦେହ କଥା। କଳା ଚକ୍ ଚକ୍ ମାଂସପେଶୀପୂର୍ଣ୍ଣ ବିପୁଳ ଶକ୍ତି ଭରପୂର କାଞ୍ଚନର ଦେହ! କୋଡ଼ିଶାବଳ ଧରି ବସୁଧାର

ଦେହ ଉପରେ ସେ ଲମ୍ବା ଚଉଡ଼ା ଖାଲ ତିଆରି କରିପାରେ। ଘଣ୍ଟା ଘଣ୍ଟା ଧରି ରାସ୍ତା ଉପରେ ମାଟି କିମ୍ବା ଚିପ୍‌ସ ପକାଇ ପାରେ। ଗରମ ଆଲକାତରା ଢାଳିପାରେ ରାସ୍ତାଟିକୁ କଠିନ, ସହନଶୀଳ କରିବା ପାଇଁ। ହାତୁଡ଼ି ଧରି ବଡ଼ ବଡ଼ ପଥର ଖଣ୍ଡର ସ୍ପର୍ଦ୍ଧାକୁ ସେ ଗୁଣ୍ଡ କରିପାରେ। ଶୁଣ, କେମିତି ସେ ସଢ଼ୁଛି ! ନରମ ହାଡ଼-ମାଂସର ବକଟେ ବୋଲି ଛୁଆ ଜନ୍ମ କରିବାକୁ କେତେବେଳୁ ଆମ୍ବଗଛ ଆର ପାଖରେ ଅସ୍ଥିର ହୋଇ ଛଟପଟ ହେଉଛି। ଏ ପର୍ଯ୍ୟନ୍ତ ତା'ର ଶେଷ ନାହିଁ।

ଚାରିଆଡ଼କୁ ଥରେ ଚାହିଁ ଭଗୁ ବସିପଡ଼ିଲା। ନା, କାଞ୍ଚନ ପାଖକୁ ଯିବ ନାହିଁ। ସେ ଅପ୍ରତିଭ ହେବ। ବିଚିତ୍ର ପ୍ରକୃତରେ। ପାଖରେ ଅନ୍ୟ କେହି ନାହାନ୍ତି। ସେ ଯାଆନ୍ତା ତା' ପାଖକୁ। କିଛି ନ ହେଲେ ବି ତା' ପିଠି ତ ଆଉଁଶି ଦିଅନ୍ତା ! ସଳଖ ଠିଆ ନ ହୋଇ ପାରୁଥିଲେ ତା' ପାଇଁ ଅବଲମ୍ବନଟିଏ ହୁଅନ୍ତା ! ଏ ସଙ୍କଟ ମୁହୂର୍ତ୍ତରେ ତା'ର କୌଣସି ପ୍ରସ୍ତାବ ସେ ଶୁଣୁ ନାହିଁ। ଅବାନ୍ତର ବିରୋଧ କରୁଛି। କଷ୍ଟ ପାଇବାଟାକୁ ଏତେ ଗୋପନୀୟ ରଖିବାର କିଛି ମାନେ ଅଛି ? କାଞ୍ଚନର ଉଦ୍ଦେଶ୍ୟ ବୁଝା ପଡୁ ନାହିଁ। ହୁଏତ ଭାବୁଛି, ପ୍ରସବ ପରେ ତା'ର ସିଦ୍ଧିକୁ ସେ ଆଣିବ ଭଗୁ ସାମନାକୁ। ଏଇଥିପାଇଁ ସେ ଯେଉଁ ସାଧନା କରୁଛି ଏବଂ ଯାହାର ଅନ୍ତିମ ସମୟଟି ପ୍ରାୟ ଆସନ୍ନ, ତାକୁ ସେ ଦେଖାଇବ ନାହିଁ ଭଗୁକୁ। ସେ ବସିଥାଉ ସମ୍ଭାବନା ଓ ଆଶଙ୍କା ନେଇ ଗୌରବମୟ ଆଶ୍ଚର୍ଯ୍ୟଟିଏ ଦେଖିବାପାଇଁ। ସେ ଜାଣିବ, କେମିତି ଅଦୃଶ୍ୟରେ, ସମସ୍ତଙ୍କ ଅଜାଣତରେ ତା'ର ଶୃଙ୍ଗାର ଓ ସ୍ୱପ୍ନ ରୂପାନ୍ତରିତ ହୋଇଛି ଅଭିନବ ଆକାର ନେଇ - ଯଦିଓ ଏଇ ଆକାରର କୌଣସି ସାମଞ୍ଜସ୍ୟ ନାଇଁ ଏହାକୁ ନିର୍ମାଣ କରିବା ସକାଶେ ପ୍ରୟୋଜନ ହୋଇଥିବା ଉପାଦାନମାନଙ୍କ ସହିତ।

କିନ୍ତୁ କେତେବେଳେ ? କେତେବେଳେ ଏ ଉତ୍କଣ୍ଠାର ସମାପ୍ତି ? ଭଗୁ ଅଥୟ ହୋଇ ମୁଣ୍ଡର କେଶ ଝିଙ୍କିଲା, ଗୋଡ଼ ବାଡ଼େଇଲା ପୃଥିବୀ ଉପରେ, ପିଠି ଘଷିଲା ଗଛ ଦେହରେ। ଗଛ ଓ ପୃଥିବୀକୁ ଭାଙ୍ଗିଦେବା ପାଇଁ ହାତ ମୁଠା କଲା। ସ୍ଥିର ହୋଇ ଶୁଣିଲା, ଆଗ ଭଳି କାଞ୍ଚନର ଧଇଁ ସଇଁ ହେବାର ଶବ୍ଦ। ଯନ୍ତ୍ରଣା ଜର୍ଜରିତ ଚିତ୍କାର।

ଅନ୍ଧାରିଆ ଅଣଓସାରିଆ ପେଟ ଭିତରେ ଇଏ କି ପ୍ରକାର ଦୀର୍ଘ ନାଟକ ଚାଲିଛି ? ଛୁଅଟି ନିରାପତ୍ତା ଓ ସୌଖୀନ ଆଶ୍ରୟ ଛାଡ଼ି ବାହାରକୁ ଆସିବା ପାଇଁ ଡରୁଛି ନା କ'ଣ ? ବାହାରକୁ ଆସିବା ପୂର୍ବରୁ ଛୁଆଟି ଏତେ ବିଜ୍ଞ ଏବଂ ପଳାୟନପନ୍ଥୀ ହୋଇ ପାରିଲା କିପରି ? ସମ୍ଭବତଃ ଛୁଆଟି ଭାବୁଛି ଯେ, ଥରେ ଏଇ ନିର୍ଭୁଲ ଆଶ୍ରୟଟି ହାତଛଡ଼ା ହୋଇଗଲେ ଯୁଗ ଯୁଗ ଧରି ବଦନାମ ଅର୍ଜନ କରିଥିବା ସଂସାର ଭିତରେ ପଶିବାକୁ ହେବ। ତା'ପରେ ଆଉ ନିସ୍ତାର ନାହିଁ। ପୃଥିବୀ, ଦିଗ୍‌ବଳୟ ଓ ଆକାଶ ଘେରା ପେଟଟିକୁ ଭଲ ପାଇଥିବା କୌଣସି ଲୋକର ନାଁ ଅଛି କି ?

କିମ୍ୱା ଘଟଣାଟି ଏମିତି ବି ହୋଇ ପାରିଥାଏ -

ଦଶମାସ ଧରି ବଢ଼ାଇ ଆଣିଥିବା ଆଶ୍ରୟଟି ସହସା ଅନିଚ୍ଛୁକ ଓ ବିଦ୍ରୋହୀ ହୋଇଯାଇଥିବ। ଅଲଂଘନୀୟ ନିୟମକୁ ଅସ୍ୱୀକାର କରି ବାହାରକୁ ଆସିବା ପାଇଁ ଉତ୍କଣ୍ଠିତ ଛୋଟ ମଣିଷଟିକୁ ମମତା-ବିଗଳିତ କଣ୍ଠରେ କହୁଥିବ - 'କେମିତି ତୋତେ ବୁଝେଇବି ? ତୁ ତ ଜମା ଯଥେଷ୍ଟ ନୋହୁ; ଭବିଷ୍ୟତରେ କେବେ ବି ସନ୍ତୋଷଜନକ ହୋଇପାରିବୁନି। କାହିଁକି ଯିବୁ ତେବେ ଏତେ ବଡ଼ ବାହାରକୁ ? ଆଉ ଅଝଟ ହ'ନା। ତୁ କିଛି ନ ଦେଖ୍, କେହି ତୋତେ ନ ଦେଖନ୍ତୁ। କିଛି ଯାଏ ଆସେ ନା। ସବୁଦିନ ପାଇଁ ରହି ଯା ଯେଉଁଠି ଅଛୁ।'

କିଏ କାହାକୁ ଛାଡ଼ିବା ପାଇଁ ଅମଙ୍ଗ ହେଉଛି କେଜାଣି ?

ଭଗୁ କ୍ରମଶଃ ପରାଜିତ ବୋଧ କରୁଥିଲା, ତା'ର ମନୋବଳ କତରା ହୋଇଯାଉଥିଲା। ପାହାଡ଼ିଆ, ବସତିହୀନ ଅଞ୍ଚଳଟିକୁ ଚାହିଁ ସେ ଶଙ୍କାଗ୍ରସ୍ତ ହେଲା। ତା'ର ସମସ୍ତ ସ୍ନାୟୁ ଓ ରକ୍ତ କଣିକାକୁ ପୀଡ଼ିତ କରିବାରେ ଲାଗିଲା, ଅଭୂତପୂର୍ବ ନିଃସଙ୍ଗତାବୋଧ। ଗତ ପାଞ୍ଚଦିନ ଧରି ଏଇ ସ୍ଥାନଟିରେ ରହିବା ଭିତରେ ଏମିତି ଅନୁଭବ କରି ନ ଥିଲା ସେ।

ପିଚୁ ରାସ୍ତାରେ ଗୋଟିଏ ପାଖରେ ଶୁଖିଲା ପଥରର ପାହାଡ଼ଟିଏ। ପାହାଡ଼ ତଳକୁ ଗୋଡ଼ି ମାଟିର ଆବଡ଼ା ଖାବଡ଼ା ଲଙ୍ଗଳା ସ୍ଥାନଟି କାହିଁ କେତେଦୂର ଲମ୍ୱିଯାଇଛି। କେଉଁଠି କେମିତି ଜଙ୍ଗଲି ଗଛଗୁଡିକ ପରସ୍ପର ମଧ୍ୟରେ ମନୋମାଳିନ୍ୟ ସୃଷ୍ଟି କରି ଏକୁଟିଆ ଠିଆ ହୋଇଛନ୍ତି। ରାସ୍ତାର ଅନ୍ୟ ପାଖରେ ଛୋଟ-ବଡ଼ ପଥର ଥିବା ଅସମତଳ ଅପନ୍ତରା। ବର୍ଷା ଦିନରେ ପାଣିର ସୁଅ କେଉଁଠି କେମିତି ଗଭୀର କ୍ଷତ ସୃଷ୍ଟି କରି ଦେଇଛି। ଯେଉଁଆଡ଼େ ଆଖି ପକେଇଲେ ଦିଶିଯାଉଛି ଅଦରକାରୀ, ଟାଙ୍ଗରା ଭୂଇଁର ବିଶାଳତା। ମଣିଷର ସ୍ଥିତି ପାଇଁ ଏ ଭୂଇଁ କେବେ ବି ତା' ସହିତ ସହଯୋଗ କରିନାହିଁ। ଏଇ କାରଣରୁ ପାଖଆଖରେ ମଣିଷର ଜୀବନଯାତ୍ରା ଦେଖାଯାଏ ନାହିଁ। ଏମିତି ଇଲାକା ଭିତରେ କଳାରଙ୍ଗର ପିଚୁ ରାସ୍ତାଟି ଲମ୍ୱିଯାଇଛି, ଦୁଇ କଡ଼ରେ ଅସଂଖ୍ୟ ଆମ୍ବଗଛଙ୍କୁ ଜଗୁଆଳ କରି।

ଭଗୁର ଅନ୍ତରାତ୍ମା କରୁଣ ଅସହାୟତାରେ ଶିହରିତ ହୋଇଗଲା। ଘର କିଭଳି ତିଆରିବାକୁ ହୁଏ ? ତା' ଭିତରେ ମଣିଷ ବଞ୍ଚେ କିପରି ? ଏସବୁର କଳା ତାକୁ ଜଣା ନାହିଁ। ଅତୀତକୁ ମନେ ପକେଇଲେ ସେ ଦେଖେ, ଜୀବନ ବରାବର ଦାବି କରି ଆସିଛି ତା' ମାଂସପେଶୀ ଓ ତାକତ୍‌ର ମୂଲ୍ୟକୁ। ରାସ୍ତା ତିଆରି କିମ୍ୱା ମରାମତି, ବ୍ୟାପକ କୋଠାଘର ସୃଷ୍ଟି - ସେ ଅଛି ସବୁଠି। ଆଜି ରାସ୍ତା କଡ଼ରେ, କାଲି କୌଣସି

ପୋଲ ପାଖରେ । ଘର ତିଆରିବାକୁ ଫୁରୁସତ୍ କାହିଁ ? କ'ଣ ବା ଆବଶ୍ୟକ ଘର ତିଆରିବାରେ ? ଅଥଚ ବର୍ତ୍ତମାନ କାଞ୍ଚନର କ୍ରମାଗତ ଛଟପଟ ହେବାର ସ୍ୱର, ତାକୁ ବିଚ୍ଛିନ୍ନ କରି ଦେଉଛି ସବୁଆଡୁ । ଆତ୍ମବିଶ୍ୱାସ ହରାଇ ସେ ଅନୁଭବ କରୁଥିଲା ଏକୁଟିଆ ହୋଇଯିବାର କଷ୍ଟ ଓ ନିର୍ମମତାକୁ ।

ଯା ପୂର୍ବରୁ କିଭଳି ସେ ଜାଣିଥାନ୍ତା ଯେ, ଶୂନ୍ୟତାଟା ଏତେ ଦୀର୍ଘ, ଏଭଳି ସମାପ୍ତିହୀନ ? ସମଗ୍ର ଧରଣୀ ତା' ଉପରେ ଏତେ ବଡ଼ ଦାୟିତ୍ୱଟେ ଲଦି ଦେଇ ନିଜ କାମରେ ବ୍ୟସ୍ତ ରହିବ ବୋଲି ତା'ର ଆଶଙ୍କା ନ ଥିଲା । କେହି ଜଣେ ତାକୁ ଏ ପରିସ୍ଥିତିରୁ ଉଦ୍ଧାର କରିବା ପାଇଁ ଆଗେଇ ଆସନ୍ତା କି ? କିନ୍ତୁ, କାହିଁ ? ସଂସାର ପ୍ରତି କୃତଜ୍ଞ ହେବା ଭଳି କିଛି ବୋଧହୁଏ ଘଟେ ନାହିଁ ।

କୁଆଡ଼େ ଗଲେ ଏ ବେଳେ ତା'ର ସାଙ୍ଗ-ସାଥୀ, କାଞ୍ଚନର ସଙ୍ଗାତ ଓ ବଉଳମାନେ ? କେଜାଣି କେତେ ଲୋକଙ୍କ ଅଣ୍ଟାରେ, କାନ୍ଧରେ ହାତ ପକାଇ ସଂଖ୍ୟାହୀନ ସନ୍ଧ୍ୟାକୁ ଉତ୍ସବମୁଖର କରିଛି । ଦେଶୀ ରନ୍ଧାମଦ ପିଇ ମାତାଲ ହୋଇଛି । ଆପାତତଃ ଏ ପର୍ଯ୍ୟନ୍ତ ସେ ଭାବି ଆସିଥିଲା ଯେ, ଜୀବନ ଏକ ଦଳବଦ୍ଧ ସମଷ୍ଟିର ଏକକ । ବଞ୍ଚିବାର ସଂଜ୍ଞା ହେଲା, ବିପୁଳ ମହୋତ୍ସବରେ ଅଂଶ ଗ୍ରହଣ କରି ମାତାଲ ହେବା ଏବଂ ସ୍ୱପ୍ନହୀନ ନିଦରେ ଶୋଇବା ।

କେହି ନାହାନ୍ତି । ଖାଁ ଖାଁ ନୀରବତା ସତେ ଯେମିତି ଜଖମ ହୋଇ ଯାଇଥିବା ଡେଣାପିଟି କାତର କାନ୍ଦଣା କାନ୍ଦୁଛି, ଆମ୍ବଗଛ ମୂଳେ । ସୂର୍ଯ୍ୟ ଆଗେଇ ଯାଉଛି ପଶ୍ଚିମ ଆକାଶ ଆଡ଼କୁ । ତୀର୍ଯ୍ୟକ୍ ଆଲୁଅ, ଗଛ ମୂଳର ଛାଇକୁ ରାସ୍ତା ଉପରକୁ ଠେଲି ଦେଇ ନିଜେ ଆସ୍ଥାନ ଜମାଇ ଦେଇଛି, ତା'ର ସ୍ଥାନରେ । ସମସ୍ତ ଆଲୋକ ଓ ସମ୍ଭାବନାକୁ ଗ୍ରାସ କରିବା ପାଇଁ ପଶ୍ଚିମ ଆକାଶରୁ ଉଙ୍ଗି ଆସୁଛି ଖଣ୍ଡେ ମେଘ ।

ଭଗୁ ନିଶ୍ଚିତ ହୋଇଗଲା, ଖୁବ୍ ଚଞ୍ଚଳ ପ୍ରଳୟ ଲଗ୍ନଟି ଆସିଯାଉଛି । ଗଛ ଡାଳ ଆଡକୁ ଚାହିଁ ଦେଖିଲା, ତା'ର ଭୋକିଲା ଗଣ୍ଠିଲିଟି ଅସ୍ଥିର ହେବା ଆରମ୍ଭ କରିଦେଇଛି । ଦୁଇ-ତିନୋଟି ପୁରୁଣା, ମଇଳା ଲୁଗା ଗଣ୍ଠିଲିର ପେଟ ଭିତରେ ରହି ଝୁଲି ରହିଛନ୍ତି ହାତ-ପାଆନ୍ତା ଆମ୍ବଗଛର ଡାଳରୁ । ତା'ର ଓ କାଞ୍ଚନର ସେଇତକ ପାର୍ଥିବ ସମ୍ପତ୍ତି । ବର୍ତ୍ତମାନ ଗଣ୍ଠିଲିଟି ଅନ୍ତଃସତ୍ତ୍ୱା ହୋଇ ଲୁଗାଗୁଡିକୁ ଖଲାସ କରିଦେବା ପାଇଁ ବ୍ୟାକୁଳ ହୋଇପଡିଛି । ଏଥର ଗଛର ପତ୍ର ଓ ଡାଳଗୁଡିକ କମ୍ପିବାକୁ ଆରମ୍ଭ କରିଦେଲେ ପ୍ରସବ ଯନ୍ତ୍ରଣାରେ ।

ଭୟଭୀତ ଭଗୁ ଦୃଷ୍ଟି ବୁଲାଇଲା ଆମ୍ବଗଛର ଆରପାଖକୁ । ଚାରି-ପାଞ୍ଚ ଖଣ୍ଡ ଖୁଆଁଖିଲା ତାଳବରଡ଼ା, ଦୁଇ-ତିନୋଟି ଛିଣ୍ଡା ବସ୍ତା । ଏଇ ଉପକରଣ ନେଇ ତିଆରି

ହୋଇଛି ହାସ୍ୟାସ୍ପଦ ଆଶ୍ରୟ ଖଣ୍ଡିଏ। ଏଇ ଘେର ଭିତରେ ରହି ଏ ପର୍ଯ୍ୟନ୍ତ କାଞ୍ଚନ ବ୍ୟସ୍ତ ରହିଛି ନୂଆ ମଣିଷଟିଏ ମାଟି ଉପରକୁ ଆଣିବା ପାଇଁ।

ତାଳବରଡ଼ା ଓ ବସ୍ତାଗୁଡ଼ିକ ଥରିବାକୁ ଲାଗିଲେଣି। ମଣିଷ ତ କୋଠାଘର ଭିତରେ ରହି ନିରାପତ୍ତା ଓ ସୁଖର ଗ୍ୟାରେଣ୍ଟି ପାଉନି; ଆଉ ଏ ତାଳବରଡ଼ା - ବସ୍ତାର କାନ୍ଥ କାହାକୁ ଅଟକାଇ ରଖି ପାରିବ? ନା, ପବନର ନିଃଶ୍ୱାସକୁ, ନା, ଆକାଶର ଲୁହକୁ। ଭଗୁର ସମଗ୍ର ଦେହ ଉପରେ ଗରମ ଢେ଼ଉଟିଏ ବହିଗଲା।

ବର୍ଷ ବର୍ଷ ଧରି ଗଛମୂଳ କିମ୍ବା ଏଇଭଳି ଆଶ୍ରୟକୁ ସେ ବିଶ୍ୱାସ କରୁଥିଲା, ନିର୍ଭରଯୋଗ୍ୟ ବୋଲି ଭାବି ଆସିଥିଲା; କିନ୍ତୁ ବର୍ତ୍ତମାନ ସେ ଉପଲବ୍ଧି କରିପାରୁଛି ଏହାର ନିଃସହାୟତା କଥା। ନିଜର ଦେହର ଓ କାଞ୍ଚନର ଶକ୍ତି ଅଣାୟତ୍ତ ଅଦୃଶ୍ୟ ଶକ୍ତିର ଇଙ୍ଗିତରେ ପଙ୍ଗୁ ହୋଇଯାଉଛି। ସବୁ ଜଣାପଡୁଛି ଅସ୍ଥାୟୀ ଓ ଦୁର୍ବଳ। ସକଳ ବସ୍ତୁର ସ୍ଥିତି ଯେ କୌଣସି କ୍ଷଣରେ ଓଲଟ ପାଲଟ ହୋଇଯାଇପାରେ। ବିପଦସଙ୍କୁଳ, କଠୋର ପୃଥିବୀ। ଅତୀତର ସମସ୍ତ ସ୍ମୃତି, ସମସ୍ତ ଜହ୍ନରାତି, ବାଜାର ଧ୍ୱନି, ନାଚ, ମାତାଲ୍ ହେବାର କୌତୁକ-ବୋଧ ହେଉଛି ପ୍ରତାରଣାମୂଳକ, ଗୋଟାଏ ଧୋକାବାଜ। ପବନ ଶକ୍ତି ସଂଗ୍ରହ କରୁଛି। ଆକାଶରେ ସମ୍ଭାବିତ ବର୍ଷା ଓ ନିଶ୍ଚିତ ଅନ୍ଧାର। ନିର୍ଜନ ରାସ୍ତାକଡ଼ରେ ଛିନ୍ନଛତ୍ର ହେବାକୁ ଯାଉଥିବା ତାଳବରଡ଼ା ଓ ବସ୍ତା। ସ୍ୱାମୀ-ସ୍ତ୍ରୀ ସୃଷ୍ଟିର ସ୍ୱପ୍ନ ଦେଖୁ ଦେଖୁ ଧୈର୍ଯ୍ୟହରା ହୋଇପଡ଼ିଲେଣି। ପ୍ରତୀକ୍ଷା ଓ ଯନ୍ତ୍ରଣା ସରିନାହିଁ। ଜୀବନ ଓ ସୃଷ୍ଟି କ'ଣ ଏହାଠାରୁ ଅଧିକ କିଛି ନୁହେଁ?

ପବନ ବନ୍ଦ ହୋଇଯାଇଛି; କିନ୍ତୁ ଆୟତନ ବୃଦ୍ଧି ପାଇବାରେ ଲାଗିଛି ମେଘ ଖଣ୍ଡଟିର। ଆଉ ଅଳ୍ପ ସମୟ ପରେ ସୂର୍ଯ୍ୟ ଉପରେ ପଲସ୍ତରା କରିଦେବ। ତାଳରୁ ଝୁଲୁଥିବା ଗଣ୍ଠିଲିଟି ସ୍ତବ୍ଧ, ଅସ୍ଥିର ହେଉଥିବା ବରଡ଼ା ଓ ଛିଣ୍ଡା ବସ୍ତାଗୁଡିକ ନିର୍ବାକ୍ ହୋଇଯାଇଛନ୍ତି। ଗୋଟିଏ ପାଖରେ ଥୁଆ ହୋଇଥିବା ଜୀବନ-ସଂଗ୍ରାମର ଅସ୍ତ୍ରଗୁଡିକ- ଶାବଳ, କୋଦାଳ, ପାଛିଆ-ବିଶ୍ରାମ ନେଉଛନ୍ତି। ଶକ୍ତି ସଂଗ୍ରହ କରୁଛନ୍ତି ଭବିଷ୍ୟତ ପାଇଁ।

କେତୋଟି ଆମ୍ବଗଛ ମୂଳେ ଅସ୍ଥାୟୀ ଭାବରେ ଗଢ଼ି ଉଠିଥିବା ମଣିଷ ସମାଜର ଅବିଶିଷ୍ଟାଂଶ ରହିଯାଇଛି। ଇତସ୍ତତଃ ଭାବରେ ଅକ୍ଷତ କିମ୍ବା ଛାରଖାର ହୋଇଯାଇଛନ୍ତି କେତୋଟି ଚୁଲି। ତିନୋଟି ପଥର। ସେମାନଙ୍କ ଉପରେ ରନ୍ଧାବଢ଼ା ହୋଇଥିବାର କିମ୍ବଦନ୍ତୀ। ମଝିରେ ମଳା ପାଉଁଶ।

ଅନେକ ଦିନ ଧରି ରାସ୍ତା ମରାମତି ଚାଲିଥିଲା। ପଚାଶ ସରିକି କୁଲି ଲାଗି ପଡ଼ିଥିଲେ କାମରେ। ରାସ୍ତାର କ୍ଷତ ଉପରେ ଢଳା ଯାଉଥିଲା ଚିପ୍‌ସ। ଗରମ

ଆଲ୍‌କାତରା ବୋଲି ଦିଆଯାଉଥିଲା ତା' ଉପରେ। ରୋଡ୍ ରୋଲରଟି ରାସ୍ତା ଉପରର ଏଇ ବ୍ୟାଣ୍ଡେଜ୍‌ଟିକୁ ସମତଳ କରି ଦେଉଥିଲା।

କାମ ସରିବା ପରେ, ଗଛମୂଳେ ନିଆଁ ଜଳୁଥିଲା। ସିଲ୍‌ଭର ଡେକ୍‌ଚିର ବାମ୍ଫକୁ ଅପେକ୍ଷା କରି ଶୋଇ ପଡୁଥିଲେ କେତେଜଣ। ଅନ୍ୟମାନେ ପୁନରାବୃତ୍ତି କରୁଥିଲେ ପୁରୁଣା ଗୀତର। ଏଇ ହେଉଛି ଭଗୁ ଭଳି ମଣିଷର ଜୀବନର ଗତି। ଗୋଟିଏ ନିର୍ଦ୍ଦିଷ୍ଟ ରାସ୍ତାରେ ଯିବା। ଏଇ ରାସ୍ତାକୁ କେଉଁଠି କେମିତି ବାହାରିଥିବା ସମସ୍ତ ଶାଖା ରାସ୍ତାଗୁଡ଼ିକୁ ଆଖିବୁଜା ବାଦ୍ ଦେବାକୁ ପଡ଼େ। ବାଟବଣା ହେବାର ଭୟ ନାହିଁ। ଜଟିଳତା ଭିତରେ ଛନ୍ଦି ହେବାର ଆଶଙ୍କା ନାହିଁ। ସର୍ବନିମ୍ନ ଆବଶ୍ୟକତାର, ଅଭିଳାଷହୀନତାର ଏଇ ରାସ୍ତାକଡ଼ରେ ଜୀବନ।

ପାଞ୍ଚଦିନ ହେଲା ସମସ୍ତେ ଏ ସ୍ଥାନ ଛାଡ଼ି ଚାଲିଯାଇଛନ୍ତି। କେତେ ଦୂରରେ, ରାସ୍ତା କଡ଼ରେ; ଘରଦ୍ୱାରହୀନ ବସତିଟିଏ ତିଆରି ହୋଇଥିବ, କେଜାଣି ?

ଅସହ୍ୟ। ପାଖରେ ବସି ରହିବା ଆଦୌ ସମ୍ଭବ ନୁହେଁ। ଭଗୁ ଗଛମୂଳ ଛାଡ଼ି ଖଣ୍ଡେ ବାଟ ଆଗେଇ ଗଲା, ମନ୍ତ୍ରମୁଗ୍ଧ ହେଲା ଭଳି। ଠିଆହେଲା ସେଇଠି। ନା। କେଉଁଆଡ଼େ ଯିବ ସେ ? କିଛି ଗୋଟାଏ ତାକୁ ବାନ୍ଧି ରଖିଛି। ବିରକ୍ତି ଓ ଆଶଙ୍କା ସୃଷ୍ଟି କରୁଥିବା କାଞ୍ଚନର କଷ୍ଟ ବୁଣି ହୋଇପଡ଼ିଛି ଏଠାରେ ମଧ୍ୟ। ଭୟରେ ଜଡ଼ସଡ଼ ହୋଇ ଆଖି-କାନ ବନ୍ଦ କରିଦେଲା ଭଗୁ। ଏଥର ଗୋଟିଏ କାଞ୍ଚନ ନୁହେଁ, ହଜାର ହଜାର କାଞ୍ଚନମାନଙ୍କର ଚିତ୍କାର। ଏଇକ୍ଷଣି ସେମାନଙ୍କର ହୁଏତ ହାଡ଼ଭାଙ୍ଗିଯିବ, ମାଂସ ଫାଟିଯିବ। ପ୍ରସବହୀନ ଯନ୍ତ୍ରଣା। ସୃଷ୍ଟିର ସମାପ୍ତି ଘଟିଲା କି ଆଉ ?

ତଳେ ବସିପଡ଼ିଲା। ତା'ର ଅବସନ୍ନ, ସଂଶୟପୂର୍ଣ୍ଣ ଦେହ ହଠାତ୍ ସଙ୍କୁଚିତ ହୋଇପଡ଼ିଲା। ତା'ର ମେରୁଦଣ୍ଡ ଏଇ ଯେମିତି ଭୁଶୁଡ଼ି ପଡ଼ିବ। ଝାଲୁଆ, କଠିନ ମୁହଁର ଆକୃତି ବଦଳିଗଲା ଏବଂ ପର ମୁହୂର୍ତ୍ତରେ ସଂପୂର୍ଣ୍ଣ ଭାବେ ବିସ୍ମୃତ ହୋଇଯାଇଥିବା ଲୁହର ସ୍ପର୍ଶ ଅନୁଭବ କଲା ଦୁଇ ଗାଲରେ। ତା' ପରର ଘଟଣା ଆହୁରି ଆଶ୍ଚର୍ଯ୍ୟପ୍ରଦ। ଦୁଇ ପାପୁଲିରେ ମୁହଁ ଢାଙ୍କି ସେ କାନ୍ଦି ଉଠିଲା। କୋହର ଗୋଟାଏ ବିଶାଳ ବନ୍ୟା। ଗୋଟାଏ ପ୍ରତିବାଦ। ଗୋଟାଏ ପ୍ରାର୍ଥନା।

କାଞ୍ଚନ ମରିଯିବ କି ? ଭଗୁ ଚାରିଆଡ଼କୁ ଚାହିଁଲା ଏଇ କଥାଟି କହିଥିବା ଲୋକଟିକୁ ଦେଖିବା ପାଇଁ। କେହି ନାହିଁ; କିନ୍ତୁ ଭାବନାଟି କ୍ଷଣକ ଭିତରେ ତା' ଚେତନାକୁ ସଂକ୍ରମିତ କଲା। ସେ ପରିଷ୍କାର ଭାବରେ ଦେଖିପାରିଲା କାଞ୍ଚନର ମୁର୍ଦ୍ଦାର। ବିକୃତ ମୁହଁ, ଶେଷ ପର୍ଯ୍ୟନ୍ତ ଯନ୍ତ୍ରଣାଟି ମୁହଁ ଉପରୁ ପ୍ରତ୍ୟାହୃତ ହୋଇନାହିଁ। ଅଧା ବାହାରକୁ ଆସିଯାଇଥିବା, ବାକି ଅଧକ ତଥାପି ପେଟ ଭିତରେ ଥିବା ଗୋଟାଏ

ଛୁଆ। ଲଟକି ରହିଛି। ମାଟିର ନୁହେଁ, କି ମା' ପେଟର ନୁହେଁ। ମରିଯାଇଛି। ଅନ୍ଧାରରୁ ଆଲୁଅକୁ ଆସିବା ପୂର୍ବରୁ, ସଂକୀର୍ଣ୍ଣତାରୁ ବିଶାଳତା ଭିତରକୁ ଆସିବା ପୂର୍ବରୁ।

କାଞ୍ଚନ ଏଇଭଳି ଅବସ୍ଥାରେ ମରିଯିବ? ଭଗୁ ମୁଣ୍ଡ ହଲାଇଲା ଏବଂ ପାଟିକରି କହି ପକାଇଲା - 'ଚୁପ୍ ହେବୁ; ନା ଦେବି ଥଣ୍ଡା କରି?'

ଏମିତି କ'ଣ ଘଟେ ନାହିଁ? ସୃଷ୍ଟି କରୁ କରୁ ବିଧାତା ବେଳେ ବେଳେ ଅନ୍ୟମନସ୍କ ହୋଇଯାଏ ଏବଂ ଉପସ୍ଥିତ କର୍ତ୍ତବ୍ୟଟିକୁ ଭୁଲିଯାଏ। ଅଧାପନ୍ତରିଆ ହୋଇ ରହିଯାଏ କାମଟି। ଅଥଚ ସୃଷ୍ଟି ପୂର୍ଣ୍ଣାଙ୍ଗତା ଦାବି କରେ। ଅସମାପ୍ତ ସୃଷ୍ଟି ବୋଲି କିଛି ଅଛି କି?

ଜମା ଛ' ମାସ ପୂର୍ବେ ଶମ୍ଭୁର ସ୍ତ୍ରୀ ମରିଗଲା ଏଇମିତି କଷ୍ଟ ପାଉ ପାଉ। ପୋଲ ତିଆରି ଚାଲିଥାଏ। ଚାରି-ପାଞ୍ଚ ଜଣ ଅଭିଜ୍ଞ ସ୍ତ୍ରୀଲୋକ ଘେରି ରହିଥାନ୍ତି ତାକୁ। ପାହାନ୍ତା ପହରୁ କଷ୍ଟ ପାଇବା ଆରମ୍ଭ କଲା। ପରଦିନ ଦଶଟା ବେଳକୁ ଆଉ କଷ୍ଟ ପାଇବାକୁ ପଡ଼ିଲା ନାହିଁ ତାକୁ। ଅଧା ପ୍ରସବ କରିଥିବା ଛୁଆଟି ସମେତ ମରିଗଲା ସେ। ଭୟାବହ କରୁଣ ଦୃଶ୍ୟର ଛବିଟିଏ ଆଙ୍କି ଦେଇଗଲା ସମସ୍ତଙ୍କ ସ୍ମୃତିରେ।

କାଞ୍ଚନ ଯଦି ମରିଯାଏ ସତକୁ ସତ ସେ କରିବ କ'ଣ? ରାସ୍ତା କଡ଼ରେ ହାତ ଧରିଥିବା, ରାସ୍ତା କଡ଼ରେ ସଂସାର କରିଥିବା, ରାସ୍ତା କଡ଼ରେ ଉତ୍ତର-ପୁରୁଷ ଗଢୁଥିବା ପୃଥିବୀର ସର୍ବଶ୍ରେଷ୍ଠ ମଣିଷଟି ଉଦ୍ଧାର ପାଇବ ନାହିଁ ଏ ପରୀକ୍ଷାରୁ? ଭଗୁ ଆଖି ପୋଛି ଚାହିଁଲା ଆମ୍ବଗଛ ମୂଳକୁ। ବିଚାରୀ କାଞ୍ଚନ। କେତେ କଷ୍ଟ ନ ହେଉଛି ତାକୁ। ତା'ର ମରଦ ହୋଇ କ'ଣ ବା ସେ କରୁଛି? କଷ୍ଟ ପାଇବାଟା ମଣିଷର ସଂପୂର୍ଣ୍ଣ ଏକ ବ୍ୟକ୍ତିଗତ ବ୍ୟାପାର ବୋଲି ସେ ଜାଣି ନ ଥିଲା। ତା'ଭଳି ଇଚ୍ଛୁକ ଲୋକଟି କାଞ୍ଚନର ଯନ୍ତ୍ରଣାରୁ ଭାଗ ପାଉନାହିଁ। କ'ଣ ଆଉ ସେ କରିବ?

କିମ୍ବା ଏମିତି ବି ଘଟିପାରେ -

ସପନିର ଘରଣୀ ଜନ୍ମ କରିଥିଲା ଅଦ୍ଭୁତ ଛୁଆଟିଏ। କପାଳ ମଝିରେ ଗୋଟିଏ ବୋଲି ଆଖି। କାନ ଦୁଇଟି ଓଲଟା। ତିନୋଟି ହାତ। ମୁଣ୍ଡରେ ବିରାଟ ମାଂସ ପିଣ୍ଡୁଳାଟିଏ। ଜନ୍ମ କରିବା ପରେ ସପନିର ସ୍ତ୍ରୀ ଦେଖିଲା ଛୁଆଟିକୁ ଏବଂ ପରକ୍ଷଣରେ ମୂର୍ଚ୍ଛା ହୋଇଗଲା। ଛୁଆଟି ଥରେ ମାତ୍ର ପାଟି ଖୋଲିଥିଲା। କ'ଣ ତା'ର ଉଦ୍ଦେଶ୍ୟ ଥିଲା, ସେଇ ଅନ୍ତର୍ଯ୍ୟାମୀଙ୍କୁ ଜଣା। ମା'ର ସ୍ତନଟିକୁ ଖୋଜୁଥିଲା କି ଅପଦସ୍ଥ ହୋଇ କାନ୍ଦିବାକୁ ଚାହୁଁଥିଲା, କେଜାଣି? ଥରେ ହେଲେ ଝମିଲା କରିନାହିଁ। ଆଖି ବୁଜି ଦେଲା। ଛୁଆଟିକୁ ତିଆରିବା ବେଳେ ବିଧାତାର ହାତ ଥରିଥିଲା ନିଶ୍ଚୟ। ବିକୃତ, ଅବାସ୍ତବ ହୋଇଗଲା ସୃଷ୍ଟିଟି।

ଭଗୁ ଜାଗ୍ରତ ଥାଇ ଦେଖୁଥିଲା ଏଇଭଳି ଦୁଃସ୍ୱପ୍ନ ଗୁଡ଼ିଏ। ଏଥର ଅନୁନୟ କଲାଭଳି କହିଲା - 'ଜନ୍ମ ନ ହେଉଣୁ କେତେ ନବରଙ୍ଗ ଦେଖଉଛୁ? ତୋ ମା' ଆଉ ବାପକୁ କେତେ ଦୁଃଖ ଦେଲେ ମନ ତୋର ଶାନ୍ତ ହେବ? ବାହାରି ଆ' ପଦାକୁ। କାହାକୁ ଡର? ତୋ ପାଖରେ ଶାବଳ, କୋଦାଳ ଅଛି। ତୋତେ ଶିଖେଇ ଦେବି ନାଚ ଆଉ ଗୀତ। ଅସନ୍ତୁଷ୍ଟ ହ'ନା। ଗୋଟିଏ ଅନ୍ଧାରିଆ ପେଟ ଭିତରେ କେତେବେଳଯାଏଁ ହାତ-ଗୋଡ଼ ବାନ୍ଧି ଜାକିଜୁକି ହୋଇ ରହିଥିବୁ? କିରେ, ଆ! ଡାକୁଛି ପରା ତୋତେ।'

ଅନେକ ସମୟ ଧରି ବିଶ୍ରାମ ନେଇଥିବା ପବନ ପୁଣି ଚେଇଁ ଉଠିଲା। ଏଥର ଶକ୍ତି ବଢ଼ିଛି ତା'ର। ସୂର୍ଯ୍ୟ ହଜିଗଲା ବିଶାଳ ମେଘ ଖଣ୍ଡର ଅନ୍ତରାଳରେ। ଧୂଳିର କୁହୁଡ଼ିଟିଏ ଧାଇଁ ଆସୁଛି ପଶ୍ଚିମ ଦିଗରୁ। ପବନ ଓ ବର୍ଷାର ଭୟାବହତା ଆରମ୍ଭ ହୋଇଯିବ ଏଇକ୍ଷଣି।

ଭଗୁ ନିରୁପାୟ ହୋଇ ଚାହିଁଲା ଆମ୍ବଗଛ ତଳକୁ। ତାଳବରଡ଼ା ଓ ଛିଣ୍ଡା ବସ୍ତାଗୁଡ଼ିକ ପବନ ସୁଅରେ ଭାସିଯିବାକୁ ତତ୍ପର ହୋଇ ପଡ଼ିଛନ୍ତି। ଡାଳରେ ବନ୍ଧା ହୋଇଥିବା ଗଣ୍ଠିଲିଟି ଜୋର୍‌ରେ ହଲୁଛି। ଫାଶୀ ପାଇଥିବା ଲୋକଟିକୁ ଦେଖଣାହାରି ଏ ଦୋଳି ଖେଳାଇଲା ଭଳି। ଦେହରେ ପାଣି ଟୋପାର ସ୍ପର୍ଶ ପାଇ ଭଗୁ ଚାହିଁଲା ଉପରକୁ। ଆଉ ରକ୍ଷାନାହିଁ। ପବନ ଓ ବର୍ଷା ମାଡ଼ରେ ସମ୍ଭାବିତ ସୃଷ୍ଟିଟି ଧୂଳିସାତ୍ ହୋଇଯିବ।

ସମୁଦାୟ ସ୍ଥାନଟି ଏତେ ଭୟାନକ ଓ ବିରୋଧୀ ଜଣାପଡ଼ି ନ ଥିଲା ତାକୁ। ଏ ସ୍ଥାନ ସତେ ଯେପରି ମଣିଷକୁ ଚିହ୍ନେ ନାହିଁ। ସମ୍ବେଦନଶୀଳ ହେବା ତ ଦୂରର କଥା; ଏହା ହିଂସ୍ର ହୋଇପଡ଼ିଛି।

ଭଗୁ ବ୍ୟସ୍ତ ହୋଇ ଗଛମୂଳକୁ ଗଲା। ପବନକୁ ମୁହଁ କରି ଦୁଇହାତ ଟେକି ଠିଆ ହେଲା। ଚେଷ୍ଟା କଲା ସମସ୍ତ ପ୍ରତିବନ୍ଧକ ଓ ଷଡ଼୍‌ଯନ୍ତ୍ରରୁ ସୃଷ୍ଟିର ଗତିକୁ ପ୍ରତିରକ୍ଷା କରିବାପାଇଁ। ଗୋଟିଏ ଦମକା ପବନ ଓ ପରେ ପରେ ଉପାଡ଼ି ଦେଉଛି ତାଳବରଡ଼ାଗୁଡିକୁ ଏବଂ ବିନା ପ୍ରତିବାଦରେ ସେମାନେ ପବନର ନିର୍ଦ୍ଦେଶନା ମାନି ନେଉଛନ୍ତି। ଏଥର ପବନ ନିର୍ବିଘ୍ନରେ ଆବିଷ୍କାର କରିପାରିଲା ଯନ୍ତ୍ରଣା ପାଉଥିବା ନିରୁପାୟ ମଣିଷଟିକୁ। ତିନିଟା ବରଡ଼ା ଧରି ଭଗୁ ତିଆରି କଲା ବାଡ଼ଟିଏ। ଧୂଳିଝଡ଼ ବିରୁଦ୍ଧରେ ଗୋଟାଏ ବନ୍ଧ।

- 'ପଳାଅ ଏଠୁ। ସିଆଡ଼କୁ ଯାଅ।' ପ୍ରାୟ ଚାରିଘଣ୍ଟା ପରେ ଭଗୁ ମଣିଷର ସ୍ୱର ଶୁଣିବାକୁ ପାଇଲା; କିନ୍ତୁ ଏହା ତ କାଞ୍ଚନର ସ୍ୱର ନୁହେଁ। ଏ ଅର୍ଦ୍ଧମୃତ, କୋହ-

ଯନ୍ତ୍ରଣା-କ୍ଳାନ୍ତିର ସ୍ୱର କାହାର ? ପଛକୁ ଚାହିଁବା ପାଇଁ ସାହସ ହେଲାନି ଭଗୁର।

- 'କହୁଛି ପରା ଏଠୁ ଯାଅ ବୋଲି !' କାଞ୍ଚନ ଏଥର ବିରକ୍ତ ହେଲା। ସ୍ୱର କିନ୍ତୁ ଆଗଭଳି କାନ୍ଦ କାନ୍ଦ।

- 'ରହ। ମିଛଟାରେ ପାଟି କରନା। ଦେଖୁନୁ, ଧୂଳି ଝଡ଼ ଉଠିଛି କେମିତି ?' ଭଗୁ କହିଲା ଦୃଢ଼ତାର ସହିତ କାଞ୍ଚନର ବିରୋଧକୁ ଅମାନ୍ୟ କରି।

ଧୂଳିର ପରସ୍ତରେ ବ୍ରହ୍ମାଣ୍ଡ ହଜିଯାଉଛି ଭଗୁ ଦୃଷ୍ଟିରୁ। ପବନ ଆକ୍ରମଣ କରୁଥିଲା, ତା' ସାମନାରେ ପାଉଥିବା ଯେ କୌଣସି ବସ୍ତୁକୁ ଭୟାନକ ଗର୍ଜନ କରି। ସୃଷ୍ଟିର ଅନ୍ତିମ ସମୟ ଆସିଗଲା।

କିନ୍ତୁ ବେଶି ସମୟ ପାଇଁ ଭଗୁକୁ ତାଳବରଡ଼ା ଧରି ଠିଆ ହେବାକୁ ପଡ଼ିଲା ନାହିଁ। ମହାଶୂନ୍ୟକୁ ଧୂଳିରେ ମଖେଇ ଦେଇ ପବନ ଥକ୍‌କା ମେଣ୍ଟାଇଲା। ଏଥର ଗଛର ପତ୍ର ଏବଂ ମାଟି ଉପରେ ବର୍ଷା ଟୋପା। ଘଡ଼ଘଡ଼ି, ବିଜୁଳି ଏବଂ ବର୍ଷା। ପବନ ଅପରିଷ୍କାର କରି ଦେଇଥିବା ବ୍ରହ୍ମାଣ୍ଡକୁ ଧୋଇଦେବା ପାଇଁ ବର୍ଷାର ପ୍ରତିଜ୍ଞା। ଆଜ୍ଞାଧୀନ, ଶାନ୍ତଶିଷ୍ଟ ଭଳି ସମସ୍ତେ ଠିଆହୋଇ ବର୍ଷାର ସ୍ନେହଶୀଳ ହାତର ସ୍ପର୍ଶ ଅନୁଭବ କଲେ।

ଭଗୁ ଅଳ୍ପ ସମୟ ପାଇଁ ଛତାଟିଏ ଭଳି ଦୁଇଟି ବରଡ଼ା ଟେକି ଧରିଥିଲା କାଞ୍ଚନ ଉପରେ। ଏବେ ସ୍ତମ୍ଭୀଭୂତ ହୋଇ ଠିଆ ହୋଇଛି। କିଛି ଫାଇଦା ହେଲା ନାହିଁ। ବର୍ଷା ଅଧିକ ଶକ୍ତିଶାଳୀ ବୋଲି ଗଛତଳେ ମାୟା ସୃଷ୍ଟି କରେ। ଭାବନାହୀନ ଭଗୁ ଦେଖିଲା, ଦୁଇଟି ସାପ ଭଳି କାଞ୍ଚନର ଦୁଇ ପାଖରେ ମାଟିଆ ପାଣିର ଦୁଇଟି ସ୍ରୋତ ଧାଉଁଛନ୍ତି ଆଗକୁ। ଡାଳରୁ ଝୁଲୁଥିବା ଗଣ୍ଠିଲିଟି ଗୋଡ଼ହାତ ବନ୍ଧା ଯାଇଥିବା ମଣିଷଟିଏ ହୋଇ ଟୋପା ଟୋପା ଲୁହ ଝରାଉଛି। ସଞ୍ଜ ହେବାକୁ ଆଉ କେତେ ଡେରି କେଜାଣି ? ଦିନର ଆଲୁଅ ମଳିନ ହୋଇଗଲାଣି। ସେ କିନ୍ତୁ ଶଙ୍କିତ ହେଲା ନାହିଁ ଆଉ। ବ୍ୟସ୍ତ ହେବା ଦରକାର କ'ଣ ? ଯାହା ହେବାର କଥା ହୋଇଯିବ।

- 'ସେଇଠି କ'ଣ ହେଉଛି ?'

ଭଗୁ ବୁଲି ଦେଖିଲା। ବୁଢ଼ୀ ଜଣେ। ମୁଣ୍ଡରେ ଗୋଛାଏ ଶୁଖିଲା, ଲମ୍ବ କାଠ। ବର୍ଷା ମାଡ଼ରେ ଓଦା ହୋଇଯାଇଛି। ବିଡ଼ାଏ ଶାଳ ପତ୍ର। ବିଡ଼ାଏ ଶାଳ ଦାନ୍ତକାଠି। ପିନ୍ଧିଛି ଆଣ୍ଠୁ ପର୍ଯ୍ୟନ୍ତ ଛିଣ୍ଡା ଲୁଗାଟିଏ। ସଂପୂର୍ଣ୍ଣ ଭାବେ ତିନ୍ତି ଯାଇଛି। ଭଙ୍ଗା ଧଡ଼ିରୁ ଟୋପା ଟୋପା ପାଣି ପଡୁଛି। ଗୋଟିଏ ହାତ ମୁଣ୍ଡ ଉପର ବୋଝରେ ପକାଇ, ଆର ହାତ ପାପୁଲିରେ ସେ ପୋଛିଲା ପାଣିଚିଆ, ନିଷ୍ପ୍ରଭ ମୁହଁକୁ। ପଚାରିଲା - 'ସେଇଠି କ'ଣ ହେଉଛି ?'

ଭଗୁର ତମାମ ଦେହ ଅଭୂତପୂର୍ବ ଅନୁଭୂତିରେ ରୋମାଞ୍ଚିତ ହୋଇଗଲା। ପଚିଶବର୍ଷର ଦେହଟି ହଠାତ୍ ଅନ୍ତର୍ଦ୍ଧାନ ହୋଇଗଲା କେଉଁ ଆଡ଼େ। ସେ ପାଲଟିଗଲା ପୁଲକମୟ, ଉଲ୍ଲାସମୟ, ହାଲୁକା ସତ୍ତାଟିଏ। କେଉଁଆଡ଼େ ଯିବ ସେ? ନିମିଷକ ମଧ୍ୟରେ ବୁଲିଆସିବ ପୃଥିବୀର ସମସ୍ତ ଉନ୍ମୁକ୍ତ, ଲୁକ୍‌କାୟିତ ସ୍ଥାନ? କ'ଣ କରିବ ସେ? ସଂସାରର ବର୍ତ୍ତମାନ ଓ ଭବିଷ୍ୟତର ସମସ୍ତ କାମ ଏଇକ୍ଷଣି ଶେଷ କରିଦେବ? କିଛି କହିବା ପୂର୍ବରୁ ସେ ଚିତ୍କାର କରି ପଳାଇଲା; ଯାହାର ଅର୍ଥ ନିଜେ ସେଇ ଚିତ୍କାର। ବିଚିତ୍ର ଭାବରେ ତା' ମୁହଁର ପ୍ରତ୍ୟେକ ସ୍ଥାନ କମ୍ପି ଉଠିଲା; ଯାହାର ତାତ୍ପର୍ଯ୍ୟ ନିଜେ ସେଇ ମୁହଁ।

– 'ମୋ ସ୍ତ୍ରୀ...।' ଭଗୁ କଥା ଶେଷ କରିପାରିଲା ନାହିଁ। ଅନ୍ୟ ଏକ ଭାଷାର କୋହ ଶୁଭିଲା।

ତଳେ କାଠ-ପତ୍ରର ବିଡ଼ାଟି ରଖିଦେଇ ପୁରୁଣା ସ୍ତ୍ରୀଲୋକଟି ସେତେବେଳକୁ କାଞ୍ଚନ ପାଖରେ ପହଞ୍ଚିଗଲାଣି। ଗୋଟାଏ ଆଦେଶ ଶୁଭିଲା – 'ଭଲ ପାଣି ବାଲ୍‌ଟିଏ ଆଣ। ଶୁଖିଲା କନା ମେଞ୍ଚେ ବଢ଼େଇଦେ। ନିଆଁ ଜାଳ। ସେଇଠି ଠିଆହୋଇ ରହିଲୁ କ'ଣ?'

ଆଦେଶ ବି ଏତେ ଆପଣାର, ଏତେ ମଧୁର ଶୁଭେ! ମାତ୍ର କେଉଁ କାମଟି ଆଗ କରିବ, ତାହା ଠିକ୍ କରିପାରିଲା ନାହିଁ ସେ। ପରାମର୍ଶ ପାଇ, ଲୋଚାକୋଚା ସିଲ୍‌ଭର ଡେକ୍‌ଚି ଧରି ସେ ବାହାରିଲା ପାଣି ପାଇଁ।

ପାଣି ଆଣି ଗଛ ପାଖରେ ପହଞ୍ଚିବା ବେଳକୁ ବର୍ଷା ଛାଡ଼ି ଯାଇଥାଏ। ଆକାଶ ସ୍ୱଚ୍ଛ। ଶେଷ ସୂର୍ଯ୍ୟର କିରଣ ଡେଙ୍ଗା ଗଛ ଉପରେ ଲଦି ହୋଇଥାଏ। ମାଟିରୁ ବାହାରୁଥିଲା ବହଳିଆ ଗନ୍ଧଟିଏ। ଡେକ୍‌ଚିଟା ତଳେ ଥୋଇ ଗଣ୍ଠିଲି ଖୋଲିଲା। ଅଳ୍ପ କେତୋଟି ଅଂଶ ବାଦ୍‌ଦେଲେ, ଆଉ ସବୁ ଭିଜିଯାଇଛି। ଓଦା କାଠ ସଜାଡ଼ି ଅଣ୍ଟାରେ ଧରିଥିବା ଦିଆସିଲିରୁ କାଠି ବାହାର କରିବାକୁ ଯାଉଛି, ସେ ଶୁଣିଲା ତ୍ରୁଟିହୀନ କାନ୍ଦଣାଟିଏ – ନୂଆହୋଇ ପୃଥିବୀକୁ ଆସିଥିବା ଛୋଟ ମଣିଷର।

ହାତ ଅଟକିଗଲା ଭଗୁର। କାନ୍ଦଣା ନୂଆ ଜଣାପଡୁଛି କାହିଁକି? ମାଟିକୁ ଛୁଇଁବାକ୍ଷଣି ଏତେ ଦୁଃଖ କାହିଁକି? କାହିଁକି ଏ ଆପତ୍ତିର ସ୍ୱର? କାନ୍ଦଣାଟି ଅସ୍ୱୀକାର ଓ ଅମାନ୍ୟ କରୁଥିଲା ଏଠାକାର ସମଗ୍ର ପରିସ୍ଥିତିକୁ। ସମସ୍ତ ଦରବକୁ ନାକଚ କରି କାନ୍ଦଣାଟି ଘୋଷଣା କରୁଥିଲା ନିଜ ମର୍ଜି ଓ ବିପ୍ଳବର ଇସ୍ତାହାର।

ଅଳ୍ପ ସମୟ ପରେ କିନ୍ତୁ କାନ୍ଦଣାର ରୂପ ବଦଳିଗଲା। ଏଥରର କାନ୍ଦଣା ଆତ୍ମସମର୍ପଣର, ପ୍ରତିବାଦ ନ କରି ସବୁ କଥାକୁ ଗ୍ରହଣ କରିନେବାର। ଗୋଟାଏ

ବଳିଷ୍ଠ ଶକ୍ତି ଛୁଆଟିକୁ ଜୋର୍ କରି ଶିଖେଇ ଦେଉଥିଲା ଏଠାରେ ଚଳିବାପାଇଁ ଦରକାର ହେଉଥିବା ସତର୍କତା ଓ ନୀରବତା। ପ୍ରଚୁର ଦଣ୍ଡ ପାଇ ସାରିବା ପରେ ଛୁଆଟି ଖୋଜୁଛି ଆଶ୍ରୟ ଓ ପିଠି ଆଉଁଶା। ତା'ପରେ ସେ ଚୁପ୍ ହୋଇଗଲା। କ୍ଳାନ୍ତ ହୋଇଗଲା ନା କ'ଣ ?। ଏଇମାତ୍ର ଦେଖୁଥିବା ପରିବେଶର ବିଶାଳତା ତାକୁ ବୋକା କରିଦେଲା ବୋଧହୁଏ।

କୁଣ୍ଠିତ ଭାବରେ ଜଳୁଛି ନିଆଁ। ସୂର୍ଯ୍ୟ ବୁଡ଼ିଗଲାଣି। ଜମାଟ ବାନ୍ଧୁଥିବା ଅନ୍ଧାର ଭିତରେ ଭଗୁ ଦେଖିଲା, ସ୍ତ୍ରୀଲୋକଟି ମୁଣ୍ଡରେ ବୋଝ ଧରି ପିଚୁ ରାସ୍ତା ଉପରେ ହେଲାଣି। ଭଗୁର ପାଟି ଉନ୍ମୁକ୍ତ ହୋଇ ରହିଲା କିଛି ସମୟ ପାଇଁ। ଡାକିବ ? କ'ଣ ପାଇଁ ? ସେ ଦିନର ପ୍ରଥମ ସ୍ମିତ ହସଟି ଦେଖାହେଲା ତା' ମୁହଁରେ। ଅନ୍ଧାର ଭିତରେ ମିଶି ଯାଉଥିବା ଛାଇଆଡୁ ଦୃଷ୍ଟି ଫେରାଇ ସେ ପୁଣି ଆଖି ପୋଛିଲା।

କାଞ୍ଚନ ଶୋଇ ନାହିଁ। ଛୁଆଟିକୁ ଛାତିରେ ଜାକି ସ୍ତନ ଗୁଞ୍ଜିଛି ତା' ଦୁଇ ଓଠର ସନ୍ଧିରେ। ଆଖି ବୁଜି ଅଜାଣତରେ ଛୁଆଟି ସନ୍ତୁଷ୍ଟ କରୁଥିଲା ସର୍ବଶ୍ରେଷ୍ଠ ଦରକାରଟିକୁ। ଛୁଆଟିର ରଙ୍ଗ ତା' ଭଳି, କାଞ୍ଚନ ଭଳି। ଚକ୍ ଚକ୍ କଳା। ପୂର୍ଣ୍ଣାଙ୍ଗ। ଭଗୁ କାଞ୍ଚନ ଆଡ଼େ ଚାହିଁଲା। କହିଲା - 'ଶୋଇପଡ଼। ଚୁପ୍ ଚାପ୍ ଶୋଇପଡ଼।'

ଅନ୍ୟ ଏକ ସ୍ଥାନରେ ଚାଲିଥିଲା ରାସ୍ତା ମରାମତି। ପଚାଶ ପର୍ଯ୍ୟନ୍ତ ଶ୍ରମିକ ଲାଗି ପଡ଼ିଥିଲେ କାମରେ। ଧୂଳିମଖା ଗୋଡ଼ ଲମ୍ବାଇ, ଆମ୍ବ ଗଛରେ ଡେରିହୋଇ ବସିଥିଲା କାଞ୍ଚନ। ଧୂଳିମଖା ହାତରେ ଧରିଥିଲା ଛୁଆଟିକୁ। ଛୁଆଟିର ଦୁଇ ଓଠରେ ସ୍ତନ ଜାକିଧରି ଚାଲିଥିବା କାମ ଆଡ଼କୁ ଚାହିଁଥିଲା।

ଭଗୁ ଠିଆ ହେଲା ପାଖରେ। ହାତରେ ଧରିଛି ବଡ଼ ପ୍ଲାଷ୍ଟିକ୍ କଣ୍ଢେଇର ପଟେ ଛିନ୍ନ ଗୋଡ଼। ଈଷତ୍ ନାଲି ରଙ୍ଗର। ମଇଳା ହୋଇଯାଇଛି। ସେଇଟିକୁ ବଢ଼େଇ ଦେଇ କହିଲା - 'ରଖିଥା ପାଖରେ। ଖେଳିବ। ରାସ୍ତା କଡ଼ରେ ପଡ଼ିଥିଲା।'

■

ଗେଣ୍ଡା

ବିଜୟର ଆଶଙ୍କା ଆଦୌ ଭୁଲ୍ ପ୍ରମାଣିତ ହେଲାନି। ଟୁ-ଆର୍ ଫ୍ଲାଟ ବାରଣ୍ଡା ଉପରେ ସଂଗୀତା ଠିଆ ହୋଇଚି। ଠିଆ ହୋଇଚି ଆକର୍ଷଣୀୟ ଶାଢ଼ି ପିନ୍ଧି; ମୁହଁରେ ସ୍ନୋ ପାଉଡର, ଆଖିରେ କଜଳ ଲଗାଇ।

ହସିବାକୁ ଚେଷ୍ଟା କରୁ କରୁ ବିଜୟ ଅପ୍ରତିଭ ହୋଇପଡ଼ିଲା ଏବଂ ସବୁଦିନ ଭଳି ଏକ ମାରାତ୍ମକ ପ୍ରତିବାଦରେ ତା' ଦେହ ଗରମ ହୋଇଗଲା। ସାଇକେଲରୁ ଓହ୍ଲାଇ ସେ ଚାହିଁଲା ସଂଗୀତା ମୁହଁକୁ; ଯେଉଁଠାରେ ଶେଷ ସୂର୍ଯ୍ୟର କୋମଳ; ଗୌରବମୟ ଆଲୁଅର ହାତ ପୃଥିବୀ ଓ ଆକାଶର ଗାଲକୁ ସ୍ପର୍ଶ କଲାଭଳି ବିଚ୍ଛୁରିତ ହେଉଥିଲା ଏକ ଗୋଲାପୀ ସ୍ମିତ ହସ।

ଅଫିସ୍ ଫେରନ୍ତା ବିଜୟକୁ ସଂଗୀତା ସ୍ୱାଗତ ଜଣାଇଲା ଏଇ ଭଳି - 'ତୁମ ବୁଶ୍ ଶାର୍ଟର ଗୋଟିଏ ବୋତାମ ଛିଣ୍ଡି ଯାଇଚି।'

ଗୋଟିଏ ହାତରେ ବ୍ୟାଗ୍ ଧରି ଅନ୍ୟ ହାତରେ ସେ ନିର୍ଦ୍ଦିଷ୍ଟ ବଟନ୍ ହୋଲ୍ ଉପରେ ହାତ ପକାଇଲା ଏବଂ ଅନିଚ୍ଛା ସତ୍ତ୍ୱେ ଆତ୍ମରକ୍ଷା କଲାଭଳି ଉତ୍ତର ଦେଲା- 'ବୋତାମଟା ଅଛି। ଲାଗି ନାଇଁ।'

ଏତକ କହିସାରି ସେ ନିଜକୁ ଗାଳି ଦେଲା ମନେ ମନେ। କାହିଁକି ସେ କହିପାରିଲାନି - ସେଥିରେ ତୁମର ଯାଏ ଆସେ କ'ଣ? ମାଇଣ୍ଡ୍ ୟୋର୍ ଓନ୍ ବିଜ୍‌ନେସ୍। ପୁଣି ଏକ ନୀରବ ଉତ୍ତେଜନାରେ ସେ କମ୍ପି ଉଠିଲା। ମାତ୍ର ସେ ଆଉ କିଛି କହିବା ପୂର୍ବରୁ ସଂଗୀତା ଭିତରକୁ ଚାଲିଗଲା ଏବଂ ସେ ହାତରେ ବ୍ୟାଗ୍ ଧରି

କିଛିକ୍ଷଣ ପାଇଁ ଠିଆ ହୋଇ ରହିଲା ବାରଣ୍ଡା ଉପରେ।

ସେ ଠିଆ ହେଲା, ଠିକ୍ ଯେଉଁ ସ୍ଥାନରେ ସଂଗୀତ ଠିଆ ହୋଇଥିଲା କିଛି କ୍ଷଣ ପୂର୍ବରୁ। ଚାହିଁଲା ଚାରିଆଡ଼କୁ ଏବଂ ଜାଣିବାକୁ ଚେଷ୍ଟା କଲା, ଏଇ ଅଞ୍ଚଳରେ ଥିବା ସେଇ ଆକର୍ଷଣୀୟ ଜିନିଷଟିକୁ; ଯାହା ଗୋଟାଏ ସମ୍ମୋହନ ମନ୍ତ୍ର ଭଳି ସବୁଦିନ ଅପରାହ୍ନରେ ଠିଆ କରେଇଦିଏ ସଂଗୀତାକୁ ଏଇ ବାରଣ୍ଡା ଉପରେ।

ଚିଠି ସର୍ଟିଙ୍ଗ୍ କରାଯାଉଥିବା ପୋଷ୍ଟ ଅଫିସ୍‌ର କାଠ ଖୋପଭଳି ଚାରିଆଡ଼େ କେବଳ ତିନି ମହଲା ଫ୍ଲାଟ୍ ଗୁଡ଼ିଏ। ସୁଖ-ଦୁଃଖର କାହାଣୀ ପରିପୂର୍ଣ୍ଣ ଚିଠିଭଳି ପୃଥକ୍ ସଂସାର ଗଢ଼ିଥିବା ମଣିଷମାନଙ୍କର ସୀମିତ ବାସସ୍ଥାନ। ସେ ରହୁଥିବା ଫ୍ଲାଟ୍‌ର ଦୁଇପାର୍ଶ୍ୱ ଓ ସାମନାରେ। ସେ ରହୁଥିବା ଫ୍ଲାଟ୍‌ର ଦୁଇପାର୍ଶ୍ୱ ଓ ସାମନାରେ ଏଇଭଳି ଖୋପମୟ ଘର। ମଝିରେ ଧୂଳି ଜର୍ଜରିତ କଚ୍ଚା ରାସ୍ତା।

ଉପରକୁ ଚାହିଁଲେ ଦିଶେ ଖଣ୍ଡିତ ଆକାଶ। ତିନି ମହଲା ଫ୍ଲାଟ୍ ଛାତ ସତେ ଯେମିତି କଂକ୍ରିଟ ଧାରରେ କାଟି ପକେଇଚି ଆକାଶକୁ। ପାଖରେ କେଉଁଠି ହେଲେ ସବୁଜ, ରଙ୍ଗିନ୍ ଗଛଟିଏ ବି ଦେଖିବାକୁ ମିଳେନା। ସମୁଦାୟ ପରିବେଶ ଇଟା, ସିମେଣ୍ଟର କଠିନତାରେ ପ୍ରାଣହୀନ ଓ ରୁକ୍ଷ। ଏଠାରେ ଏମିତି କ'ଣ ଅଛି ଯେ, ସବୁଦିନ ଆକର୍ଷଣୀୟ ବେଶ-ପୋଷାକ ସହିତ ସଂଗୀତା ବାରଣ୍ଡାରେ ଠିଆ ହୁଏ ଏବଂ ଏକ ଅନନ୍ୟ ପ୍ରସନ୍ନତାରେ ପୁଲକିତ ହେବାଭଳି ଜଣାପଡ଼େ? ବିଜୟ ଏ ପ୍ରଶ୍ନର ଉତ୍ତର ଏଯାଏଁ ପାଇପାରିନି।

ଏକଥା ଆଜି ପଚାରିଲେ କ୍ଷତି କ'ଣ? - ବିଜୟ ମନକୁ ମନ କହିଲା। ସେ ପଚାରିବା ଉଚିତ- ସବୁଦିନ ଅପରାହ୍ନରେ ନିଜକୁ ସଜେଇ ସଂଗୀତା କାହିଁକି ବାରଣ୍ଡା ଉପରେ ଠିଆହୁଏ? କ'ଣ ତା'ର ଉଦ୍ଦେଶ୍ୟ? ତା' ସହିତ ଆହୁରି ସେ ପଚାରିବ - ଅଫିସ୍ ଯିବା ପରେ ଫ୍ଲାଟ୍ ଭିତରେ ସେ କ'ଣ କରେ? ତା' ଅନୁପସ୍ଥିତିରେ କେହି ଏଠାକୁ ଆସନ୍ତି କି? କିମ୍ବା ସଂଗୀତା ଅନ୍ୟ କେଉଁଆଡ଼େ, ଅନ୍ୟ କାହା ଘରକୁ ଯାଏ କି?

ଏସବୁ ପଚାରିବ ବୋଲି ଭାବିବାକ୍ଷଣି ବିଜୟର ତଣ୍ଟି ସହସା ଶୁଖିଗଲା ଏବଂ ତା'ର ହୃତ୍‌ସ୍ପନ୍ଦନ ଆହୁରି ବଢ଼ିଗଲା। ଯାହାହେଉ ପଛେ, ପରିସ୍ଥିତିଟା ବାସ୍ତବିକ କ'ଣ, ତାହା ସେ ଜାଣିବା ଉଚିତ। ସନ୍ଦେହ ଭିତରେ ଏମିତି ଜଡ଼ସଡ଼ ହେବା ଆଉ ସମ୍ଭବ ନୁହେଁ।

ଚାରି, ପାଞ୍ଚ ଦିନ ଆଗେ, ଦିନ ଦୁଇଟାବେଳେ ସେ ଅଫିସ୍‌ରୁ ଫେରି ଆସିଥିଲା ଘରକୁ। ଘରେ ଅବଶ୍ୟ କୌଣସି କାମ ନ ଥିଲା ତା'ର। ସେ ଫେରି ଆସିଥିଲା ସଂଗୀତା

ଫ୍ଲାଟରେ ଅଛି, ନା ଆଉ କେଉଁଆଡ଼େ ଯାଇଚି, ଜାଣିବା ପାଇଁ। ସେ ଦେଖି ଆଶ୍ୱସ୍ତ ହୋଇଥିଲା ଯେ, ସଂଗୀତା ଶୋଇଚି। ତା' ଘରେ ଅନ୍ୟ ମଣିଷର ଆଡ୍‌ଡା ଜମି ନାହିଁ କିମ୍ବା ସଂଗୀତା ଅନ୍ୟ କେଉଁଆଡ଼େ ଯାଇନି।

ଅଥଚ, ଏ ଘଟଣା ପରେ ବି ସେ ସବୁବେଳେ ଅସ୍ଥିର ହୁଏ ଯେ, ତା' ଅନ୍ତରାଳରେ ବିଶ୍ୱାସ ଓ ଭରସାକୁ ବିପନ୍ନ କଲାଭଳି ତା'ର ପତ୍ନୀ ନିଜ ମନ ମୁତାବକ ଜଘନ୍ୟ ପାପ କାମ କରି ଚାଲିଚି। ଏଇଥିପାଇଁ ଅଫିସ୍ ଗଲାବେଳେ ଘର ଦୁଆରେ ତାଲାଟିଏ ପକଉେ ଯିବାକଥା ସେ ଚିନ୍ତା କରିଥିଲା; ମାତ୍ର କାର୍ଯ୍ୟରେ ତାହାକୁ ପରିଣତ କରିପାରିଲାନି... ସାହସ ଅଭାବରୁ। କ'ଣ ତେବେ କରିବ ସେ ?

ତା'ର ଭାବନା ବିପର୍ଯ୍ୟସ୍ତ ହେଲା ସଂଗୀତା କଥାରେ - 'ସେତେବେଳୁ ହାତରେ ବ୍ୟାଗ୍ ଧରି ଏମିତି ଠିଆ ହୋଇଚ କାହିଁକି ? ଜଳଖିଆ ଖାଇବନି ?'

ବିଜୟ ଚା ପିଉଥିଲାବେଳେ, ତା'ର ପେଣ୍ଟ୍-କମିଜ୍ ସଜାଡ଼ି ରଖୁଥିବା ସଂଗୀତାକୁ ଚାହିଁଲା। ଭାବିଲା, ପଚାରିବ ଏଇକ୍ଷଣି ସେଇ କଥା। ହଠାତ୍ ପୁଣି ତା'ର କାନମୁଣ୍ଡା ଗରମ ହୋଇଗଲା ଏବଂ ଧଡ୍‌ଧଡ୍ ହେଲା ଛାତି। ଏମିତି ତା'ର କାହିଁକି ହୁଏ କେଜାଣି ? କିଛି ଗୋଟାଏ ଗୁରୁତ୍ୱପୂର୍ଣ୍ଣ କଥା କହିବାବେଳେ ସେ ଏଇଭଳି ଅନୁଭବ କରିଆସିଚି ସବୁବେଳେ। ଅତିରଂଜିତ ଉତ୍ତେଜନାରେ ତା'ର କଣ୍ଠ ବାଷ୍ପାକୁଳ ହୋଇଯାଏ।

ବୈବାହିକ ଜୀବନରେ ପ୍ରଥମ ଥର ପାଇଁ ବିଜୟ ନିଜ ସାହସିକତାର ପରିଚୟ ଦେଲା - 'ଆମ ଅଫିସ୍‌ରେ କାମ କରୁଥିବା କେତେଜଣ ସାଙ୍ଗ ଏଠାକୁ ଆସିଥିଲେ କି ?'

- 'କେଉଁଦିନ ? ସଂଗୀତା ପଚାରିଲା ସମସ୍ତ ଜିଜ୍ଞାସାର ସହିତ।'

-'ଏଇ ଅଳ୍ପଦିନ ତଳେ।' ବିଜୟ ମିଛ କଥାଟିକୁ ଆଗରୁ ପ୍ରସ୍ତୁତ କରି ରଖିଥିଲା।

ନା ତ ! ସଂଗୀତାର କୁଞ୍ଚିତ ଭ୍ରୂ ଓ ଗମ୍ଭୀର ମୁହଁ ତାକୁ ଆହୁରି ସୁନ୍ଦର କରି ଦେଇଥିଲା।

ବିଜୟ ଆଉ କିଛି କହିଲା ନାହିଁ। ହାଙ୍ଗର୍‌ରେ କମିଜ୍‌ଟି ଝୁଲେଇ ଦେଇ ସଂଗୀତା ପଚାରିଲା - 'କାହିଁ ? କେହି ତ ଆସି ନାହାନ୍ତି।'

ସାମାନ୍ୟ ଇତସ୍ତତଃ ପରେ ସ୍ୱାଭାବିକ ହେବାକୁ ଚେଷ୍ଟାକରି ବିଜୟ କହିଲା - 'ସେମାନେ ଆସିଥିଲେ ବୋଲି କହୁଥିଲେ। ସେତେବେଳେ କୁଆଡ଼େ ଏ ଘରେ ତାଲା ପଡ଼ିଥିଲା।'

କହିସାରି ସେ ଭାବିଥିଲା, ତା'ର ଏଇ କଥା ଶୁଣି ସଂଗୀତା ଖୁବ୍ ରାଗି ଯିବ ଏବଂ ବ୍ୟଥିତ ହୋଇ ଚିତ୍କାର କରି କହିବ ଯେ, କଥାଟା ସତ ନୁହେଁ। ତା' ହସହସ ମୁହଁରେ

ଯନ୍ତ୍ରଣାର ଗାରଗୁଡ଼ିକୁ ଉପଭୋଗ କରିବ ବିଜୟ। ମାତ୍ର ତାକୁ ହତାଶ କରି ସଂଗୀତା ଖିଲିଖିଲି ହୋଇ ହସି ଉଠିଲା ଏବଂ କହିଲା – 'ତାଲା ପଡ଼ିଥିଲା ? ଏଇ ଘରେ ? ତୁମ୍ଭ ସାଙ୍ଗମାନେ ଅନ୍ୟ କେଉଁ ଘର ଦେଖିଥିବେ।' କହିସାରି ସେ ବାହାରିଗଲା ସେ କୋଠରିରୁ।

ବ୍ଲଡ଼ି ବିଚ୍। ବିଜୟ ହାତ ମୁଠା କରି କ୍ରୋଧ ଓ ବିରକ୍ତିରେ ଆର୍ତ୍ତନାଦ କରି ଉଠିଲା – ମିଛ କହୁଚି, ଦିନ ଦଶଟାରୁ ସନ୍ଧ୍ୟା ପର୍ଯ୍ୟନ୍ତ ଏ ଘରେ ମୋର ଅନୁପସ୍ଥିତି ଭିତରେ କେହି କ'ଣ ଏଠାକୁ ଆସନ୍ତି ନାଇଁ ? ସଂଗୀତା କ'ଣ କେଉଁଆଡ଼େ ହେଲେ ଯାଏ ନାଇଁ ?

ଯା ସତ୍ତ୍ୱେ ଗାମୁଛାରେ ମୁହଁ ପୋଛି ହୋଇ ସେ କିଛିଟା ଆଶ୍ୱସ୍ତ ହେଲା। ହୁଏତ ସଂଗୀତା ଠିକ୍ କହିଥିବ। ତା' ପ୍ରତି ତା'ର ସନ୍ଦେହ ଅବାନ୍ତର ହୋଇପାରେ।

ଅଥଚ ଏମିତି ଭାବରେ ପୀଡ଼ିତ ହେବା ଏବଂ ନିଜ ସ୍ତ୍ରୀ ସମ୍ପର୍କରେ ସବୁବେଳେ ଅନିଶ୍ଚିତ ହେବା ଦ୍ୱାରା ସେ କ୍ରମେ ନିଃସଙ୍ଗ ଓ ଅସହାୟ ହୋଇ ପଡୁଚି। ତା' ସହିତ ସଂଗୀତାର ମୁହଁଟି ଏମିତି ଯେ, ସେଠାରେ ଗମ୍ଭୀରତା କିମ୍ବା ଚିନ୍ତାଶୀଳତାର ଚିହ୍ନ ବର୍ଣ୍ଣ ମଧ୍ୟ ଲାଗେ ନାହିଁ। ଶୋଇଥିବା ଅବସ୍ଥାରେ ହେଉ ବା ସ୍ୱେଟର ବୁଣୁଥିବା ଅବସ୍ଥାରେ ହେଉ – ତା' ମୁହଁରେ ସବୁବେଳେ ଏକ ପରିପୂର୍ଣ୍ଣତା ଓ ସୁଖର ଆଭା ବିଚ୍ଛୁରିତ ହେଉଥାଏ। ତାକୁ ଦେଖି ଯେ କେହି ଜାଣିପାରିବ ଯେ, ସାଂସାରିକ ଜୀବନ କିମ୍ବା ପୃଥିବୀ ବିରୁଦ୍ଧରେ ତା'ର କୌଣସି ଅଭିଯୋଗ ନାଇଁ। ଏଠାରେ ମନ କଷ୍ଟ କରିବ କିମ୍ବା ଲୁହ ଝରେଇବା ଭଳି କାରଣ ନାଇଁ। ଏମିତିକି ଟୁ-ଆର୍ ଫ୍ଲାଟ୍‌କୁ ଉଆସ ବୋଲି ମନେ କରାଯାଇପାରେ। ବାସନ ମାଜିବା ଓ ମସଲା ବାଟିବା କାମ ଭିତରେ ଏମିତି ବା କ'ଣ ଅଛି ଯେ ସେ ଗରଗର ହୁଅନ୍ତା ଏବଂ ସ୍ୱାମୀର ନିପାରିଲା ଅବସ୍ଥା ଆଡ଼େ ଆଙ୍ଗୁଳି ଦେଖାଇ ତାକୁ ପରିହାସ କରନ୍ତା ? ଅଳ୍ପ ବେତନ ଭୋଗ କରୁଥିବା, ଅବାଗିଆ ଦିଶୁଥିବା ସ୍ୱାମୀକୁ ନେଇ କାହିଁକି ଗର୍ବ କରାଯାଇ ନ ପାରେ ?

ବିଜୟ ପାଇଁ ଏଇଠି ରହିଛି ସବୁଠୁ ବଡ଼ ଅସୁବିଧାଟି। ସଂଗୀତା ଭଳି ଗୋଟାଏ ଖୁବ୍ ସୁନ୍ଦରୀ ସ୍ତ୍ରୀ, ତା' ଭଳି ଆପାତତଃ ଅକ୍ଷମ ମଣିଷର ହାତ ଧରି ଏମିତି ସହନଶୀଳତା ଓ ସବୁ କଥାକୁ ଉଦାରତାର ସହିତ ଗ୍ରହଣ କରି ନେବାର ମନୋଭାବ ନେଇ ଚଳି ଯାଉଚି କିପରି ? ସମସ୍ତ କଥାଟା ରହସ୍ୟମୟ ଜଣାପଡ଼େ ଏବଂ ସେ ଏକ ଅହେତୁକ ଅବିଶ୍ୱାସରେ ଛଟପଟ ହୁଏ। ଭାବେ, ତା'ର ବ୍ୟକ୍ତିତ୍ୱ ବାହାରେ ହୁଏତ ଆଉ ଏକ ଅଜ୍ଞାତ ବ୍ୟକ୍ତିତ୍ୱ ରହିଚି, ତା'ର ଏଇ ଛୋଟ କ୍ୱାର୍ଟର୍ସ ବାହାରେ ଅନ୍ୟ ଘର ରହିଚି, ଯାହା କି ସଂଗୀତାକୁ ଦେଉଚି ପ୍ରଲମ୍ବିତ ସୁଖ ଓ ସ୍ମିତ ହସର ପ୍ରତିଶ୍ରୁତି। ସେଇ ବ୍ୟକ୍ତିତ୍ୱ ଓ ଘରର ଠିକଣା କ'ଣ ହୋଇପାରେ ?

ସଂଗୀତା ପାଖରୁ କଥା ଆଦାୟ କରିବା ଜମା ସହଜ ହେଉନି। ପରନ୍ତୁ ଏ ବାବଦରେ କିଛି ପଚାରିବା ବେଳେ ଏକ ସାଂଘାତିକ ନ୍ୟୂନବୋଧରେ ସେ ଅସହାୟ ହୋଇ ପଡ଼ୁଚି। କ'ଣ ତେବେ କରାଯାଇପାରେ।?

ଈର୍ଷା, ନା ମିନ୍‌ନେସ୍? କେହି ଜଣେ ତା' ଭିତରେ ତାକୁ ପଚାରିଲା ଏବଂ ସେ ଚାରିଆଡ଼କୁ ଚାହିଁଲା ପ୍ରଶ୍ନକର୍ତ୍ତାକୁ ଦେଖିବା ପାଇଁ। କେହି ନାହାନ୍ତି ଶୋଇବା ଘରେ। ସେ ନିର୍ବାକ୍ ହୋଇ ବସିଚି ଅଳସ ଭାବରେ ଘୂରୁଥିବା ଶିଲିଂ ଫ୍ୟାନ୍ ତଳେ। ଅନ୍ୟ କୋଠରିରେ ସଂଗୀତା ଘର ଓଳଉ ଥିବାର ଶବ୍ଦ ସେ ଶୁଣି ପାରୁଚି।

ଭାବିଲା, ବାହାରୁ ଟିକିଏ ବୁଲାବୁଲି କରି ଫେରିବ। ଘରେ ସେ ଅଣନିଃଶ୍ୱାସୀ ହୋଇପଡୁଚି ଏବଂ ତା'ର ସମଗ୍ର ଶରୀର କାହିଁକି କେଜାଣି କଣ୍ଟକିତ ହେଲା ଭଳି ଜଣା ପଡୁଚି। ସେ ଗଲା ର୍ୟାକ୍ ପାଖକୁ। ପେଣ୍ଟ-କମିଜ୍ ଧରିଲା; କିନ୍ତୁ ପରେ ସେ ବସି ପଡ଼ିଲା ଖଟ ଉପରେ ନିରୁପାୟ ମଣିଷଟିଏ ହୋଇ। ଦୁଇ ପାପୁଲିରେ ମୁହଁ ଘଷି ଠିକ୍ କଲା, ବୁଲିବା ପାଇଁ ଯିବ ନାହିଁ।

ସେ କେବେ ବି ବୁଲିବା ପାଇଁ ଯାଏନା। ସବୁବେଳେ ବସିଥାଏ ଘରେ, ଅଫିସ୍ ସମୟ ବ୍ୟତୀତ। ସତେ ଯେପିରି ସେ ଜଗିରହିଥାଏ ସଂଗୀତାକୁ, କାଳେ ତା' ଅନୁପସ୍ଥିତିର ସୁଯୋଗ ନେଇ ସେ କେଉଁଆଡ଼େ ଚାଲିଯିବ କିମ୍ବା ଅନ୍ୟ କେହି ଏଠାକୁ ଆସିଯିବେ। ଅଥଚ ଏସବୁ ସତ୍ତ୍ୱେ, ସଂଗୀତା କେବେ ବି ତାକୁ ପଚାରିନି, କାହିଁକି ସେ ଚୁପ୍‌ଚାପ୍ ଘରଟା ଭିତରେ ବସିରହେ। ଏମିତିକି କେଉଁଦିନ ସିନେମା, ଥିଏଟର ଦେଖିଯିବା ପାଇଁ ସେ ପ୍ରସ୍ତାବ ବାଢ଼ିନି।

ଖୁବ୍ ଚାଲାକ୍! ବିଜୟ କହିଲା ମନକୁ ମନ ଏବଂ ସଂକଳ୍ପବଦ୍ଧ ହେଲା ଯେ, ସେ ସଂଗୀତାର ସୁବିଧା ପାଇଁ ଆଦୌ କେଉଁଆଡ଼େ ଯିବିନି। ନେଭର୍!

ଏଇ ହେଉଚି ମାତ୍ର ଦୁଇମାସର ବୈବାହିକ ଜୀବନ। ବିଜୟ ନିମ୍ନ ସ୍ୱରରେ କହି ଉଠିଲା - ହେ ଭଗବାନ! ମୁଁ ବାହା ହେଲି କାହିଁକି?

ଗୋଟାଏ ନିର୍ଜଞ୍ଜାଳ ଜୀବନ କଟେଇବା ଭିତରେ ଅସୁବିଧା ବା କ'ଣ ଥିଲା? ଟୁ-ଆର୍ ଫ୍ଲାଟ୍‌ରେ ରହୁଥିଲା ଏବଂ କବାଟରେ ତାଲା ପକେଇ ଯାଉଥିଲା ଅଫିସ୍‌କୁ ଏବଂ ଅତୁଳନୀୟ ଏକ ଅପିରଚ୍ଛନ୍ନ ହୋଟେଲକୁ। କାହା ସାଙ୍ଗରେ ତା'ର ସେମିତି କିଛି ଅନ୍ତରଙ୍ଗତା ନ ଥିଲା ଏବଂ ସେଇଥିପାଇଁ ତାକୁ କେହି ଡିଷ୍ଟର୍ବ କରୁ ନ ଥିଲେ। କାହା ସହିତ ଦେଖା ହେଲେ ସେ କୌଣସି ମତେ ସେଠାରୁ ଖସିଯିବା ପାଇଁ ତତ୍ପର ହୋଇପଡ଼େ; ଅନ୍ୟମାନଙ୍କ ଉପସ୍ଥିତିରେ ସେ କାହିଁକି କେଜାଣି ନିଜକୁ ଅପଦସ୍ଥ ହେବାଭଳି ମନେ କରେ। ମାତ୍ର କୌଣସି ଲୋକ କେବେ ବି ତା'ର ତ୍ରସ୍ତ ଆଚରଣ

କିମ୍ବା ବ୍ୟାକୁଳ ପଳାୟନ କିମ୍ବା ଅସୁନ୍ଦର ମୁହଁ ଉପରେ କିଛିହେଲେ ମନ୍ତବ୍ୟ ବାଢ଼ିଥିବା ତା'ର ମନେ ହୁଏ ନାହିଁ। ଏ ସବୁକୁ ଆବୋରି ନେଇ ସେ ବେଶ୍ ସଙ୍କୁଚିତ ଜୀବନଯାପନ କରି ଚାଲିଥିଲା ଏବଂ ତା' ଭିତରୁ ନିଜ ରୁଚି ମୁତାବକ ସୁଖ ପାଉଥିଲା। ଜୀବନର ଏଭଳି ଏକ ସ୍ୱଚ୍ଛନ୍ଦ ପରିପାଟୀ ବିପର୍ଯ୍ୟୟ ହେଲା ଏଇ ଦୁଇମାସ ତଳେ।

ପ୍ରକୃତରେ ଦେଖିବାକୁ ଗଲେ, ବିଜୟର ସଂଗୀତା ପ୍ରତି ଅବିଶ୍ୱାସ ଆରମ୍ଭ ହୋଇଥିଲା ଏ ଫ୍ଲାଟ୍‌ରେ ଏକତ୍ର ରହିବାର ଦିନକ ପରେ। କପ୍‌ରୁ ପ୍ଲେଟ୍‌କୁ ଢାଳି ବିଜୟ ଚା' ପିଉଥିଲା ଏବଂ ପିଇବାବେଳେ ବିରକ୍ତିକର ଶବ୍ଦ ସୃଷ୍ଟି କରୁଥିଲା ଗୋଟାଏ ଘୁଙ୍ଗୁଡି ଭଳି। ସଂଗୀତା ଏତେ ଜୋର୍‌ରେ ହସି ଉଠିଥିଲା ଯେ, ବିଚରା ବିଜୟ ନିର୍ଘାତ ନିର୍ବୋଧ ଭଳି ଦେଖାଗଲା ଏବଂ ହସିବାର କାରଣଟିକୁ ଆବିଷ୍କାର କରିବାପାଇଁ ଚାରିଆଡ଼କୁ ଏବଂ ପରେ ନିଜକୁ ଦେଖି ନେଲା। ତା'ର ଏ ଅବସ୍ଥା ଆହୁରି ହସାଇଲା ସଂଗୀତକୁ। କୌଣସିମତେ ହସ ସମ୍ବରଣ କରି କହିଲା - 'ସେମିତି କ'ଣ କେହି ଚା' ପିଏ ? ଚା' ପିଇବାବେଳେ କୌଣସି ଶବ୍ଦ ନ ହେବା ଉଚିତ।'

ତା' ପରଦିନ ତା'ର ମୁଣ୍ଡ କୁଣ୍ଡେଇବା ଭଙ୍ଗୀ ଉପରେ ସଂଗୀତା ଯେତେବେଳେ ମନ୍ତବ୍ୟ ବାଢ଼ିଲା, ବିଜୟ କେବଳ ଯେ ଆହତ ହେଲା ତା' ନୁହେଁ; ତା' ମନରେ ସୃଷ୍ଟି ହେଲା ବିପ୍ଳବ ଓ ପ୍ରତିବାଦ। ତା' ସ୍ତ୍ରୀ ଯେ ତା'ଠୁ ଯଥେଷ୍ଟ ବେଶି ଆଧୁନିକା ଏବଂ ତା'ର ଅନେକ ଢଙ୍ଗ ଯେ ତା' ଆଖିରେ ପରିହାସଯୋଗ୍ୟ, ଏଇ ସତ୍ୟଟି ସଂଗୀତା ପ୍ରତି ତା'ର ମନୋଭାବ ଉପରେ ଯନ୍ତ୍ରଣାଦଗ୍ଧ କ୍ଷତ ସୃଷ୍ଟି କଲା। ଏଇ କ୍ଷତଟି ବ୍ୟାପିଗଲା ସବୁଆଡ଼େ ଏବଂ ସେ ଅନୁଭବ କଲା ତା'ର ହୃଦୟ ଓ ମନରୁ ଅହରହ ଯନ୍ତ୍ରଣାର ରକ୍ତ ଥପଥପ ହୋଇ ପଡୁଚି।

ସଂଗୀତାକୁ ସେ କିଛି କହିପାରିଲାନି; କାରଣ ସଂଗୀତାର ପ୍ରସ୍ତାବଗୁଡ଼ିକ ଯୁକ୍ତିସଂଗତ ଓ ପରିମାର୍ଜିତ ଥିଲା। ଏମିତିକି, ପାଞ୍ଚ-ଛ' ଥର ମରାମତ ହୋଇଥିବା ତା'ର ଅପରିଷ୍କାର ପଲିଥିନ୍ ଜୋତାହଳକ ସେ ତୁରନ୍ତ ପରିହାର କରି ଭଲ ଜୋତା ହଳେ କିଣିବା ସଂକ୍ରାନ୍ତରେ ସଂଗୀତାର ପରାମର୍ଶକୁ ମାନି ନେଇଥିଲା ଅପ୍ରକାଶ୍ୟ କ୍ରୋଧରେ।

ତା'ର ଅଭ୍ୟସ୍ତ ଜୀବନ ଭିତରକୁ ଏଇଭଳି ଭାବରେ ସଂଗୀତା ଅନୁପ୍ରବେଶ କରିବା ଆରମ୍ଭ କରିଦେଲା। ସେ ଏସବୁକୁ ବରଦାସ୍ତ କରିବା ଭିତରେ କ୍ରମେ ଅସହାୟ ଓ ଛୋଟ ହୋଇଯାଇଥିଲା। ତା'ର କମିଜ ପିନ୍ଧା, ପାଟି ଧୋଇ ହେବା ଇତ୍ୟାଦି ସମସ୍ତ କାମ ତ୍ରୁଟିଯୁକ୍ତ ବୋଲି ସଂଗୀତାଠୁ ଶୁଣିବା ପରେ, ସେ ଜଣେ ଅମାର୍ଜିତ ଅପଦାର୍ଥ ବୋଲି ଭାବି ନିଜେ ନିଜ ଭିତରେ ଛଟପଟ ହେବାକୁ ଲାଗିଲା। ଭାବିଲା,

ତା' ଭଳି ଗୋଟାଏ ମଣିଷ ସଂଗୀତାର ସ୍ୱାମୀ ହେବାଟା ବୋଧହୁଏ ସବୁଠାରୁ ଅବାସ୍ତବ ଘଟଣା। ତା' ସ୍ତ୍ରୀ ତା'ଠାରୁ ବିଶାଳ ହୋଇ ପଡୁଥିଲା ସବୁଦିଗରୁ। ସେ ନିଜକୁ ଅପରାଧୀ ବୋଲି ମନେ କରିବା ସଙ୍ଗେ ସଙ୍ଗେ ନିଶ୍ଚିତ ହୋଇଗଲା ଯେ, ସଂଗୀତା ତାକୁ କେବେଠାରୁ ପ୍ରତ୍ୟାଖ୍ୟାନ କରିସାରିଚି ଏବଂ ସେ ତାକୁ ଜମା ଅଟକେଇ ରଖିପାରୁନି।

ଏହାର ସର୍ବଶ୍ରେଷ୍ଠ ପ୍ରମାଣ ହେଉଚି – ପ୍ରତିଦିନ ସଂଗୀତାର ବାରଣ୍ଡାରେ ଠିଆହେବା ଘଟଣା। କ'ଣ ମତଲବ ହୋଇପାରେ ? ନିଜକୁ ସଜେଇ ଏମିତି ଦେଖେଇ ହେବାର ଉଦ୍ଦେଶ୍ୟ କ'ଣ ? ଦିନ ପରେ ଦିନ ସେ ଦେଖି ଆସୁଚି ଏଇ ଦୃଶ୍ୟଟିକୁ; ଅଥଚ ମନର ପ୍ରତିବାଦ ଆଦୌ ପ୍ରକାଶ କରି ନ ପାରି ଖାଲି ଭିତରେ ସଢୁଚି। ତା' ସହିତ ତା' ତ୍ରୁଟିକୁ ସେ ଚିହ୍ନେଇ ଦେଇପାରୁଚି ବିନା ସଙ୍କୋଚରେ। ଆଜି ଯେମିତି ସେ କହି ଦେଇପାରିଲା ଯେ କମିଜ୍‌ରେ ବୋତାମ ଲାଗିନାହିଁ। ଏ ସବୁର ପରିସମାପ୍ତି ଦରକାର। ଗୋଟାଏ ମୁକାବିଲା। ସେ ସଂଗୀତାର ଏମିତି ଏକ ଅପରାଧ ଜାଣିବାକୁ ଚାହେଁ, ଯାହାଦ୍ୱାରା ତା'ର ସମସ୍ତ ଅହଂକାରକୁ ସେ ବିଧ୍ୱସ୍ତ କରିଦେଇ ପାରିବ ଏବଂ ନିଜର ସ୍ୱାମୀତ୍ୱ ଜାହିର କରି ଦେଇପାରିବ। ସବୁବେଳେ ଗୋଟାଏ କ୍ଳାନ୍ତିକର ଓଜନ ବୋହିବା ଆଉ ଜମା ସମ୍ଭବ ହେଉନି। ସେ ମୁକ୍ତି ଓ ଆତ୍ମପ୍ରତିଷ୍ଠା ଚାହେଁ।

ପରଦିନ ଅଫିସ୍ ଯିବାବେଳେ ସେ ଅଟକିଗଲା ତା' ଫ୍ଲାଟ୍‌ଠାରୁ ପ୍ରାୟ ପଚାଶ ମିଟର ଦୂରରେ ଥିବା ପାନ ଦୋକାନ ପାଖରେ। ବାବୁଲା ଦୋକାନରେ ଥିଲା ଏବଂ ଗରାଖମାନଙ୍କର ଚାହିଦା ମୁତାବକ ପାନ-ସିଗାରେଟ୍ ବିକ୍ରି କରୁଥିଲା। ତାକୁ ଆଶ୍ଚର୍ଯ୍ୟ କରି ବିଜୟ କିଣିଲା ଖଣ୍ଡିଏ ସିଗାରେଟ୍। ଅପେକ୍ଷା କଲା କେତେବେଳେ ଦୋକାନଟା ଫାଙ୍କା ହେବ।

ପ୍ରାୟ ଦଶମିନିଟ୍ ପରେ ଚାରିଆଡ଼କୁ ଚାହିଁ ବିଜୟ କହିଲା – 'ବାବୁଲା, ତୁମ ପାଖରେ ଟିକିଏ କାମ ଅଛି।'

– 'ମୋ ପାଖରେ ?' ବାବୁଲା ହୁଏତ ସେମିତି ଆଶ୍ଚର୍ଯ୍ୟ ଆଉ କେବେ ହୋଇ ନ ଥିଲା। ସାମ୍ଫୁକରା, ଲମ୍ବା ବାବୁରୀ ବାଳ ଉପରେ ଆସ୍ତେ ହାତ ବୁଲାଇ ଆଣି ସେ ଚାହିଁଲା ବିଜୟ ଆଡ଼େ ଏବଂ ଅପେକ୍ଷା କଲା ତା' ପାଖରେ ଥିବା କାମଟି କ'ଣ ଜାଣିବା ପାଇଁ।

– 'ତଳକୁ ଆସ। ଏଇଠ କହିବି।' ବିଜୟର ତଣ୍ଟି ଶୁଖି ଯାଉଥିଲା ଆସ୍ତେ ଆସ୍ତେ ଏବଂ ସେ ଘନଘନ ନିଃଶ୍ୱାସ ନେଉଥିଲା।

ଚିତ୍ରିତ ଲୁଙ୍ଗି ଓ ପଞ୍ଜାବି ପିନ୍ଧା ବାବୁଲା ଓହ୍ଲାଇ ଆସିଲା ତଳକୁ। ଠିଆ ହେଲା ବିଜୟ ସାମନାରେ ଗୋଟାଏ ପ୍ରଶ୍ନବାଚକ ଚିହ୍ନ ଭଳି।

– 'ତୁମେ ମୋ ଫ୍ଲାଟ୍ ଦେଖିଚ ?' ପଚାରିଲା ବିଜୟ ଖୁବ୍ ନିମ୍ନ ସ୍ୱରରେ, ସତେ ଯେମିତି ସେ ସ୍ୱର ତଣ୍ଟି ଏପଟକୁ ଆସିବା ପାଇଁ ଅନିଚ୍ଛୁକ ଥିଲା ।

– 'ଆପଣଙ୍କ ଫ୍ଲାଟ୍ ? ଦେଖିଚି ।' ଡାହାଣ ହାତରେ ଲଗାଇଥିବା ଷ୍ଟେନ୍‌ଲେସ୍ ଷ୍ଟିଲ୍ ବଳାଟିକୁ ଏପଟ ସେପଟ କରି ବାବୁଲା ଉତ୍ତର ଦେଲା ।

– 'ଦୋକାନରେ ତୁମେ ପ୍ରତିଦିନ କେତେବେଳ ଯାଏଁ ବସ ?' ବିଜୟର ପ୍ରଶ୍ନ ।

ବିଜୟର ତ୍ରସ୍ତ, ଉତ୍ତେଜିତ ମୁହଁ କିଛି ସମୟ ପାଇଁ ବିରକ୍ତ କଲା ବାବୁଲାକୁ । ରେଡ଼ିଓ ଶୁଣି, ହିନ୍ଦୀ ଫିଲ୍ମ ଗୀତ ଗାଇ ଦୋକାନରେ ସେ ବେଶ୍ ଆରାମରେ ଥିଲା । ତାକୁ ଜଣା ପଡୁଥଲା, ତା' ଅନିଚ୍ଛା ସତ୍ତ୍ୱେ ଗୋଟାଏ ଷଡ଼ଯନ୍ତ୍ରରେ ତାକୁ ସାମିଲ୍ କରାଯାଉଚି । ବିଜୟ ମୁହଁରେ ଥିବା ପ୍ରରୋଚନାର ଚିହ୍ନଗୁଡ଼ାକ ଆଦୌ ଭଲ ଲାଗିଲା ନାଇଁ ବାବୁଲାକୁ । କିଛି ସମୟ ପାଇଁ ସେ ବିଜୟର ଆପାଦମସ୍ତକ ଲକ୍ଷ୍ୟ କଲା ପରେ ତା' ଭିତରକୁ ଆତ୍ମବିଶ୍ୱାସ ଓ ବେପରୁଆ ଢଙ୍ଗ ଫେରି ଆସିଲା । କହିଲା – 'ସନ୍ଧ୍ୟା ଛ'ଟା ପର୍ଯ୍ୟନ୍ତ । ତା' ପରେ ଭାଇ ଆସେ ।'

ବିଜୟ ଦ୍ୱିଧାଗ୍ରସ୍ତ ଥିବାବେଳେ ହିଁ ପଚାରିଲା – 'ମୁଁ ଅଫିସ୍ ଯିବା ପରେ କେହି ମୋ ଫ୍ଲାଟ୍‌କୁ କେବେ ଆସିବାର ତୁମେ ଦେଖିଚ ?'

ବାବୁଲା କିଛି ବୁଝି ନ ପାରିବା ସୂଚନା ଦେଇ ମୁଣ୍ଡ ହଲେଇବା ମାତ୍ରେ ବିଜୟ ପୁଣି ପଚାରିଲା – 'ମୋ ସ୍ତ୍ରୀ ଘରୁ କେଉଁଆଡ଼େ ଯିବା ତୁମେ ଲକ୍ଷ୍ୟ କରିଚ କି ?'

ଏତକ ପଚାରିବା କ୍ଷଣି ବିଜୟ ଅନୁଭବ କଲା ଗୋଟାଏ ଭୟାବହ ଭୂମିକମ୍ପ ଘଟିଯାଇଚି ତା' ଦେହ ଭିତରେ । ସେ ଭୂମିକମ୍ପର ଲହଡ଼ି ମାଡ଼ି ଯାଉଚି ସବୁ ଦିଗକୁ । ଆକାଶ, ପୃଥିବୀ, ପାନ ଦୋକାନ, ବାବୁଲା – ସମସ୍ତେ ଖଣ୍ଡ ଖଣ୍ଡ ହୋଇ ଭାଙ୍ଗି ଯାଉଛନ୍ତି । ଅନେକ ମୁହୂର୍ତ୍ତ ପର୍ଯ୍ୟନ୍ତ ସେ ପ୍ରକୃତିସ୍ଥ ହୋଇପାରିଲାନି । ପରେ ସେ ଲକ୍ଷ୍ୟ କଲା ଯେ, ଭ୍ରୂକୁଞ୍ଚନ, ପାଟି ଆଁ କରି ବାବୁଲା ଠିଆ ହୋଇଚି ।

ରୁମାଲରେ ମୁହଁ ପୋଛି ବିଜୟ ହସିବାକୁ ଚେଷ୍ଟା କଲା । ମାତ୍ର ତା'ର ଅଧର ଓଠ ଓ ମୁହଁର ମାଂସପେଶୀ ଉପରେ କୌଣସି ହସ ସ୍ଥିର ହୋଇ ଅଟକି ରହିଲା ନାଇଁ । ବହୁ କଷ୍ଟରେ ସେ ଅନୁନୟ ହେଲା – 'ଦେଖ, ବାବୁଲା ! ଏ କଥା ଆଉ କାହାରିକୁ କହିବ ନାଇଁ ।'

ତା'ଠାରୁ ପ୍ରତିଶ୍ରୁତିଟିଏ ପାଇବା ପାଇଁ ସେ ଆଶାୟୀ ହେଲା । ମାତ୍ର ସବୁକଥା ରହସ୍ୟମୟ ଜଣା ପଡୁଥିବା ଭଳି ବାବୁଲା ପଚାରିଲା– 'କେଉଁ କଥା ?'

ସେ ପୁଣି ଥରେ ମୁହଁ ପୋଛିବାବେଳେ ଏକ ଅଭୂତପୂର୍ବ ପୈଶାଚିକ ଭାବ ତା'ର

ସମସ୍ତ ଇନ୍ଦ୍ରିୟ ଓ ଭାବନାକୁ ଗ୍ରାସ କରିଦେଲା। ଏଥର ଦୃଢ଼ତାର ସହିତ କହିଲା ଯେ - 'ତୁମକୁ ବକ୍‌ସିସ୍ ଦେବି। ତୁମେ ଟିକିଏ ମୋ ଫ୍ଲାଟ୍ ଉପରେ ନଜର ପକାଉଥିବ। କେହି ଯଦି ସେଠାକୁ ଯା'ନ୍ତି କିମ୍ବା ମୋ ସ୍ତ୍ରୀ ଯଦି କେଉଁଆଡ଼େ ଯାଏ, ମୋତେ କହିବ।'

ବାବୁଲା ନର୍ଭସ୍ ହୋଇଗଲା ଟିକିଏ। ଅନେକ ଦିନ ଧରି ଦେଖି ଆସୁଥିବା ବିଜୟର ସରଳ-ନିର୍ବୋଧ ମୁହଁ ଉପରେ ଏଭଳି ସଂକଳ୍ପବୋଧ ଓ କ୍ରୋଧ ସେ କଳ୍ପନା କରି ନ ଥିଲା ଆଗରୁ। ସେ ସ୍ତବ୍ଧ ହୋଇ ଠିଆହୋଇ ରହିଥିଲା ଏବଂ ଲକ୍ଷ୍ୟ କରୁଥିଲା, ବିଜୟ ମୁହଁରୁ ବିଚ୍ଛୁରିତ ହେଉଥିବା ଏକ ନାହିଁ ନ ଥିବା ଶକ୍ତିକୁ।

ସେ ଅନେକ ସମୟ ପର୍ଯ୍ୟନ୍ତ ଠିଆ ହୋଇଥିଲା ସେମିତି। ବିଜୟ କଥାର ତାତ୍ପର୍ଯ୍ୟ ବୁଝିବାକୁ ସେ ପ୍ରକୃତରେ ଢେର ସମୟ ନେଇଥିଲା। ଦୋକାନକୁ ଫେରିବାବେଳେ ଦେଖିଲା, ବିଜୟର ସାଇକେଲ୍ ଭାସିଯାଉଚି ରାସ୍ତାର ଗହଳି ଭିତରକୁ। ତା' ହାତରେ ଖଣ୍ଡିଏ ପାଞ୍ଚଟଙ୍କିଆ ନୋଟ୍, ବିଜୟର କାମ କରିଦେବ ବୋଲି ଆଡ୍‌ଭାନ୍‌ସ।

ସେ ଦିନ ଖାଲି ଅଫିସ୍ କିମ୍ବା ସହକର୍ମୀ ନୁହେଁ, ସମଗ୍ର ବିଶ୍ୱରୁ ସେ ଛିଟିକି ପଡ଼ିଥିଲା ବାହାରକୁ। ଗୋଟାଏ ବିଶାଳ ବିପର୍ଯ୍ୟସ୍ତ ଓ ଭୟାନକ ବିଶୃଙ୍ଖଳା ସେ ଦେଖୁଥିଲା। ସବୁ ଯେମିତି ସଂହତି ଓ ସାବଲୀଳତାହୀନ। ସେ ଆଦୌ ନିଜକୁ ସମ୍ପର୍କିତ କରିପାରୁ ନ ଥିଲା କାହା ସହିତ। ସେ ରୂପାନ୍ତରିତ ହୋଇଯାଇଥିଲା ଗୋଟାଏ ଅସହାୟ ଆର୍ତ୍ତନାଦରେ ଏବଂ ତା'ର ବ୍ୟାକୁଳ ସ୍ଥିତି ନିଜର ସ୍ଥାନ ଖୋଜି ଚାଲିଥିଲା ଅସ୍ୱାଭାବିକ, କୋଳାହଳମୟ ଏ ସଂସାରରେ।

ବିଜୟ ଦେଖିପାରୁ ନ ଥିଲା କିଛି। କୌଣସି ଜିନିଷର ସତ୍ତା ସେ ଅନୁଭବ କରିପାରୁ ନ ଥିଲା। ନିଜର ଅଣାୟତ୍ତ ଦେହ ଓ ମନକୁ ବୋହି ସେ ଇତସ୍ତତଃ ହେଉଥିଲା ଅଫିସ୍ କୋଠରିରେ କିମ୍ବା ବାରଣ୍ଡାରେ। ଅଭ୍ୟସ୍ତ ପୃଥିବୀଟା ସତେ ଯେମିତି ଶେଷ ହୋଇଗଲା ତା' ପାଇଁ।

ତା' ଚେତନରେ ଗୋଟାଏ ପାନଦୋକାନୀ ଅଟ୍ଟହାସ୍ୟମୟ ଓ ଦୁର୍ଦ୍ଦାନ୍ତ ହୋଇ ପଡୁଥିଲା। ସେ ଆହୁରି ଅନୁଭବ କରୁଥିଲା, ତା' ଘରଣୀ ତା' ଷଡ଼ଯନ୍ତ୍ରକୁ ଉପହାସ କରୁଛି ଏବଂ ପ୍ରମାଣ କରି ଦେଉଚି ସଭିଙ୍କ ସାମନାରେ ଯେ - ସେ ମୂଲ୍ୟହୀନ। ଅପଦାର୍ଥ।

ଅଫିସ୍ ବାରଣ୍ଡାରେ ଠିଆ ହୋଇ ବିଜୟ ଭାବିଲା, ସେ ପଳାଇଯିବ ଅଫିସ୍‌ରୁ, ଘରୁ। ସେ ଆଦୌ ରହିବ ନାହିଁ, ତା'ର ଜଣାଶୁଣା ପୃଥିବୀ ଭିତରେ। ଏତକ ଭାବିଲା ଏବଂ ଓହ୍ଲାଇ ଆସିଲା ବାରଣ୍ଡାରୁ। ଷ୍ଟାଣ୍ଡରୁ ସାଇକେଲ ବାହାର କଲା।

କିଛି ସମୟ ପରେ ଆବିଷ୍କାର କଲା, ସେ ଠିଆହୋଇଚି ବାବୁଲାର ପାନ ଦୋକାନ ପାଖରେ। ଘଡ଼ି ଦେଖିଲା, ଦିନ ଗୋଟାଏ। ପାନ ଦୋକାନର ରେଡ଼ିଓ ପ୍ରକମ୍ପିତ କରୁଚି ପ୍ରାୟ ଜନଶୂନ୍ୟ ସେ ଅଞ୍ଚଳକୁ। ଚାରିଆଡ଼କୁ ଚାହିଁଲା ବିଜୟ ଏବଂ ସ୍ୱୀକାର କଲା ଯେ, ଏଠାକୁ ଆସିବା ତା'ର ଉଦ୍ଦେଶ୍ୟ ନ ଥିଲା। ଭିତରେ ବାବୁଲା ଅଛି କି ନା, କେଜାଣି ?

ସେ ଆଗକୁ ସାଇକେଲ୍ ଗଡ଼ାଇଲା ଏବଂ ଦେଖିଲା ଆଗରେ ଦର୍ପଣ ରଖି ବାବୁଲା ମୁଣ୍ଡ କୁଣ୍ଡଉଚି। ତାକୁ ଦେଖିବା ମାତ୍ରେ ବାବୁଲା ହସିଦେଲା। ସେ ହସ ଦେଖି ବିଜୟ ଏମିତି ଡରିଗଲା ଯେ, ଗଳା ଫଟାଇ ଚିତ୍କାର କରିବା ପାଇଁ ଉଦ୍ୟତ ହେଲା ସେ। ବାବୁଲା କିଛି କହିବାକୁ ଚାହୁଁଥିଲା; ମାତ୍ର ଚାରିଆଡ଼କୁ ଚାହିଁ ଦୁଇ ଓଠ ଉପରେ ଆଙ୍ଗୁଳି ରଖି ନୀରବ ରହିବାକୁ ନିର୍ଦ୍ଦେଶ ଦେଲା ବିଜୟକୁ।

– 'ତଳକୁ ଆସ।'

ବିଜୟର କାନ୍ଦ କାନ୍ଦ ସ୍ୱର ବାସ୍ତବିକ ଆମୋଦିତ କଲା ବାବୁଲାକୁ। ସମସ୍ତ ଆତ୍ମସମ୍ମାନ ଓ ଗାମ୍ଭୀର୍ଯ୍ୟର ସହିତ ସେ ପ୍ରସ୍ତାବ ଦେଲା – 'କେହି ନାହାନ୍ତି। ଏଇଠି କହନ୍ତୁ।'

ବିଜୟ ପରାଜିତ ଓ ନିରସ୍ତ୍ର ସ୍ୱରରେ କହିଲା – 'ବାବୁଲା, ଆଜି ସକାଳେ ତୁମକୁ ଯାହା ସବୁ କହିଥିଲି, ସେ କଥା କାହାକୁ ଜମା କହିବନି।'

ବାବୁଲା ପ୍ରତିଶ୍ରୁତି ଦେଲା – 'ଆପଣ ବିଶ୍ୱାସ କରନ୍ତୁ, କାହାକୁ କହିବିନି।'

ତା' ମୁହଁକୁ କିଛି କ୍ଷଣ ପାଇଁ ଚାହିଁ ରହିଲା ବିଜୟ। ହୁଏତ ସେ କଳ୍ପନା କରୁଥିଲା ବାବୁଲାର ପ୍ରତିଶ୍ରୁତି କେତେ ବିଶ୍ୱାସଯୋଗ୍ୟ ହୋଇପାରେ। ହଠାତ୍ ଏକ ବିଷର୍ଣ୍ଣତା ଓ ଦୟନୀୟତାରେ ତା'ର ମୁହଁ ସଙ୍କୁଚିତ ହୋଇପଡ଼ିଲା। ସାଇକେଲ ଉପରକୁ ଦୃଷ୍ଟି ଫେରାଇ ସେ ସାମନା ରାସ୍ତା ଆଡ଼େ ଚାହିଁଲା। ସାଇକେଲ୍ ଗଡ଼ାଇବାକୁ ଉଦ୍ୟତ ହେଉ ହେଉ ସେ ଅଟକିଗଲା ଆଉ ଥରେ। ଅନୁନୟ ହେବା ଭଳି କହିଲା – 'ଆଉ ଗୋଟିଏ କଥା। ଯେଉଁ କଥା ତୁମେ ମୋତେ କହିବ ବୋଲି ଅନୁରୋଧ କରିଥିଲି, ସେ ସବୁ ମୋତେ କହିବ ନାଇଁ। ପ୍ଲିଜ୍!'

ବାବୁଲା ଭ୍ରୂକୁଞ୍ଚନ କରି ପଚାରିଲା – 'ମାନେ, ଆପଣଙ୍କ ସ୍ତ୍ରୀ.....।'

ତାକୁ କଥା ଶେଷ କରିବାକୁ ଦେଲାନି ବିଜୟ। ତା' ହାତ ଧରି ଅନୁରୋଧ କଲା – 'କିଛି କହିବନି। କେହି ଆମ ଘରକୁ ଆସିଲେ କିମ୍ବା ମୋ ସ୍ତ୍ରୀ ଅନ୍ୟ କେଉଁ ଆଡ଼େ ଗଲେ ମଧ୍ୟ ତୁମେ ମୋତେ କିଛି କହିବନି।' ଅଳ୍ପ ସମୟ ପରେ ସେ ଶାନ୍ତ ସ୍ୱରରେ ପଚାରିଲା – 'କ'ଣ କହୁଚ ?'

ବାବୁଲା ବେପରୁଆ ଭାବରେ କହିଲା – 'ଆପଣଙ୍କ ଇଚ୍ଛା ଯାହା ଆପଣ କହିବେ।'

ଫ୍ଲାଟ୍‌ରେ ପହଞ୍ଚି ବିଜୟ ଦେଖିଲା, ବାରଣ୍ଡାଟା ଶୂନ୍ୟ। ଭିତରୁ କବାଟ ବନ୍ଦ ଅଛି। ବିଜୟର ହୃତ୍‌ସ୍ପନ୍ଦନ ବଢ଼ିଗଲା ପୁଣି ଥରେ। ମୁହଁ ଗରମ ହୋଇଗଲା। କମ୍ପିତ ହାତରେ ସେ କରାଘାତ କଲା ଖୁବ୍‌ ଜୋର୍‌ରେ। ସତେ ଯେପରି କବାଟକୁ ଭାଙ୍ଗି ଗୁଣ୍ଡ କରିଦେବା ତା'ର ଉଦ୍ଦେଶ୍ୟ ଥିଲା।

କବାଟ ଫିଟାଇ ନିଦୁଆ ଆଖିରେ ଆଶ୍ଚର୍ଯ୍ୟ ହେଲା ସଂଗୀତା। ପଚାରିଲା – 'ଏତେ ଚଞ୍ଚଳ ?'

ବିଜୟ କିଛି କହିଲାନି। ଫ୍ଲାଟ୍‌ର ସମସ୍ତ କୋଠରି, ସମସ୍ତ କୋଣ ଉପରେ ଆଖି ବୁଲାଇ ସେ ନିର୍ବାକ୍‌ ହୋଇ ଠିଆ ହେଲା। ସଂଗୀତା ପଚାରୁଥିଲା – 'ଦେହ ଭଲ ନାହିଁ ନା କ'ଣ ?'

ସେ ପ୍ରଶ୍ନ ଆସୁଥିଲା ଅନ୍ୟ ଏକ ପରିଚିତ ପୃଥିବୀରୁ, ଖୁବ୍‌ ଦୂରରୁ। ଗାମୁଛାଟିଏ ପିନ୍ଧି ସେ ଗଲା ବାଥ୍‌ ରୁମ୍‌କୁ। ଭିତରୁ କବାଟ ବନ୍ଦ କରିବା କ୍ଷଣି ସେ ଆଉ ସମ୍ଭାଳି ପାରିଲାନି। ତା'ର ସମଗ୍ର ଦେହ ଉପରେ ସଂଖ୍ୟାହୀନ କୋହ ବ୍ୟାପି ଯାଉଥିଲା ଏବଂ ଆଖିରୁ ଝରି ଯାଉଥିଲା ରାଶି ରାଶି ଲୁହ।

ଆଜି ପର୍ଯ୍ୟନ୍ତ ବିଜୟ ଆଦୌ ବୁଝି ପାରିନି ସେ କୋହ ଓ ଲୁହର ଭାଷା ଓ ତାତ୍ପର୍ଯ୍ୟ କ'ଣ ଥିଲା।

■

ଚେର

ସହରତଳି ମଫସଲପ୍ରାୟ ଅଞ୍ଚଳରେ ଅବସ୍ଥିତ ସେ ଘରଟିର ନକ୍‌ସା ନିମ୍ନମତେ ବର୍ଣ୍ଣନା କରାଯାଇପାରେ -

ଧୂଳିମଖା ଅଣଓସାରିଆ ରାସ୍ତା କଡ଼େ କଡ଼େ ଏଣୁତେଣୁ ଗୁଡ଼ାଏ ଖର୍ବକାୟ ଗଛର ବାଡ଼। ତା' ମଧ୍ୟରେ ଅମୃତଭଣ୍ଡା, ପିଚୁଳି ଓ ସଜନା ଗଛ ମଧ୍ୟ ବିଦ୍ୟମାନ। ବାଡ଼ଠାରୁ ବାର, ଚଉଦ ଫୁଟ୍ ଦୂରରେ ମାଟି ଟାଇଲ ଢଙ୍କା ତିନି ବଖରା ବିଶିଷ୍ଟ ସେ ଘର। ଦୁଇ ପାଖ ପାରପେଟ ପଲସ୍ତରା ହୋଇ ନ ଥିବାରୁ ଇଟାଗୁଡିକ ଦାନ୍ତ ଦେଖାଇ ପଡ଼ି ରହିଥାନ୍ତି ଗୋଟାଏ ଖପୁରିର କ୍ଳାନ୍ତିହୀନ ହସ ଭଳି। ଅନାବନା ଗଛର ବାଡ଼ଟି ଟାଣି ହୋଇ ଯାଇଥାଏ ଦୁଇ ପାରାପେଟକୁ କୌଣସି ମତେ ସ୍ପର୍ଶ କରିବାପାଇଁ। ଏ ଘର ସର୍ବଦା କୋଳାହଳ ମୁଖରିତ ହେଉଥାଏ ପାଞ୍ଚଟା ପିଲାଙ୍କ ଦ୍ୱାରା। ସେମାନେ ପିଜୁଳି କିମ୍ବା ସଜନା ଗଛରେ ଚଢ଼ନ୍ତି, ପରସ୍ପର ମଧ୍ୟରେ ବିବାଦ ସୃଷ୍ଟି କରନ୍ତି ଏବଂ ପରେ ପରେ ଜଣେ ରାଗ ତମ ତମ ମହିଳାଙ୍କଠାରୁ ନିସ୍ତୁକ ମାଡ଼ ଖାଇ ଗଳା ଫଟାଇ ଆର୍ତ୍ତନାଦ କରନ୍ତି। ସେମାନଙ୍କ ଉପରେ ବିଧା, ଚଟକଣା ବସିବାବେଳେ ସାଧାରଣତଃ ଯେଉଁ ସଂଳାପଗୁଡ଼ିକର ପୁନରାବୃତ୍ତି ଘଟିଥାଏ; ସେମାନଙ୍କ ମଧ୍ୟରୁ ମୁଖ୍ୟ ହେଉଚି -

'ଚୁଲିପଶା, ଅଳପାଇଷାମାନେ ସବୁବେଳେ ବିରକ୍ତ କରୁଚନ୍ତି। ଗୋଟା ଗୋଟା କରି ସମସ୍ତଙ୍କୁ ଆଜି ଯଦି ମାରି ନ ଦେଇଚି, ତା'ହେଲେ ମୋ ନାଁ ଧରିବ ନାଇଁ। ହଜାରେ ଥର କହି ସାରିଲିଣି ଟିକିଏ ପଢ଼ା' ଲେଖା କର ବୋଲି। ଖେଳ ଚାଲିଚି ଏଠି।' ଇତ୍ୟାଦି।

ଯା ପରେ ସେମାନଙ୍କ ମଧ୍ୟରୁ ଦୁଇ ତିନୋଟିଙ୍କୁ ଇତସ୍ତତଃ କାନ୍ଦିବାର ଦେଖାଯାଏ। ସେମାନେ ପୃଥକ୍ ସ୍ଥାନମାନଙ୍କରେ କାନ୍ଦି ସୂଚେଇ ଦିଅନ୍ତି ଯେ, ମଣିଷର ଏଇଭଳି ବିପଦ ବେଳେ ସେ କରୁଣ ଭାବେ ଏକୁଟିଆ ! ତାକୁ ଏକୁଟିଆ ହିଁ ଲୁହ ଝରେଇବାକୁ ପଡ଼େ, ଦୁଃଖକୁ ସମ୍ପୂର୍ଣ୍ଣ ବ୍ୟକ୍ତିଗତ ବୋଲି ଗ୍ରହଣ କରିନେବା ପରେ। ବଡ଼ ପିଲା ଦୁଇଟି ପ୍ରାୟ ଖସି ଯାଆନ୍ତି ଏ ପ୍ରକାର ଶାସ୍ତି ବିଧାନରୁ। ଗଣ୍ଡଗୋଳଟା ଚରମ ସ୍ତରରେ ପହଞ୍ଚିବାବେଳକୁ ସେମାନେ ଯଥାର୍ଥ ଆଶଙ୍କା କରି ଥାଆନ୍ତି ଯେ ଘର ଭିତରୁ ମା' ବାହାରି ଆସିବ। ସେମାନେ ସତର୍କ ଥାଆନ୍ତି ଏବଂ ମା'କୁ ଦେଖିବା କ୍ଷଣି ଗଛରୁ ଓହ୍ଲାଇ ଠିଆ ହୋଇ ସାରିଥାନ୍ତି ନିରାପଦ ଦୂରତାରେ। କୋଳାହଳର ମୁଖ୍ୟ ଭୂମିକାରେ ଅବତୀର୍ଣ୍ଣ ସେ ଦୁହେଁ ଶାନ୍ତି ବିଧାନରୁ ଖାଲି ତ ଖସି ଯାଆନ୍ତି ନାହିଁ; ପରନ୍ତୁ ସେମାନଙ୍କର କନିଷ୍ଠମାନଙ୍କ ଉପରେ ହେଉଥିବା ଚଢ଼ଉକୁ ଉପଭୋଗ କରନ୍ତି ପ୍ରଚୁର ଆନନ୍ଦର ସହିତ ଏବଂ ମା' ଯଦି ସେମାନଙ୍କ ଆଡ଼େ ମାଡ଼ି ଆସେ ସମ୍ପ୍ରସାରିତ କ୍ରୋଧରେ, ସେମାନେ ହୁରୁଡ଼ି ଯାଆନ୍ତି, ମୁହଁ ବିକୃତ କରି ବିଦ୍ରୂପ କରନ୍ତି ମା'ର ସେମାନଙ୍କୁ କାବୁ କରିବାର ଅପାରଗତାକୁ। କହିବା ବାହୁଲ୍ୟ, ମା'ର ରାଗ ବିପଜ୍ଜନକ ଭାବେ ବୃଦ୍ଧି ପାଇଯାଏ ଏବଂ ତା'ର ସଂକଳ୍ପ ଶୁଣାଯାଏ ଯେ, ଘରକୁ ଫେରିଲେ ସେମାନଙ୍କର ଉଚିତ ବିଚାର ହେବ।

ଗୁଡ଼ାଏ କମ୍ ବୟସ୍କ ପିଲାଙ୍କଠାରୁ ଦାୟିତ୍ୱସମ୍ପନ୍ନ ଆଚରଣ ଆଶା କରିବା ଏକ ଅପ୍ରାସଙ୍ଗିକ ବ୍ୟାପାର। ଉପରୋକ୍ତ ପିଲାମାନେ ଯଦି ଚୁପ୍‌ଚାପ ବସି ରହନ୍ତେ ଶାନ୍ତ, ଭଦ୍ରଲୋକଙ୍କ ଭଳି ଏବଂ ବହି, ସିଲଟ ଧରି ପାଠ ପଢ଼ାରେ ବ୍ୟସ୍ତ ରହନ୍ତେ, ତେବେ ସେମାନେ ଅସ୍ୱାଭାବିକ ମନେ ହୁଅନ୍ତେ। ମାତ୍ର ଉପସ୍ଥିତ ଗପରେ ଉକ୍ତ ପିଲାମାନଙ୍କର ଦୁଷ୍ଟାମି ଏବଂ କୋଳାହଳ ମୁଖ୍ୟ କଥା ନୁହେଁ। ବାରଣ୍ଡା ଉପରେ ଶୋଇଥିବା ଜଣେ ଚୁପ୍‌ଚାପ ଅକ୍ଷମ ମଣିଷ ଉପରେ ଏ ସବୁର ପ୍ରତିକ୍ରିୟା ଲକ୍ଷ୍ୟ କରିବାର କଥା।

ବାରଣ୍ଡା ଧାରରେ, ପାରାପେଟ୍ କାନ୍ଥକୁ ଲାଗି ତାଳ ବରଡ଼ାର ଗୋଟାଏ କାନ୍ଥ। ପବନ ବହିଲେ ସେ କାନ୍ଥ ଅସ୍ତବ୍ୟସ୍ତ ହୋଇ, ଅଣନିଃଶ୍ୱାସୀ ହେଇ ସୁ ସୁ ଶବ୍ଦ ସୃଷ୍ଟି କରେ, ସତେ ଯେମିତି ପବନର ସୁଅକୁ ଅକ୍ତିଆର କରିବାପାଇଁ ତା' ପାଖରେ ନଥାଏ ପ୍ରତିରୋଧ କରିବାର ଶକ୍ତି। ଏଇ ବରଡ଼ା କାନ୍ଥ ଅନ୍ତରାଳରେ ପଡ଼ିଥାଏ ଗୋଟାଏ ଦଉଡ଼ିଆ ଖଟ। ଘୋଡ଼ିହୋଇ ଶୋଇଥିବା ମଣିଷଙ୍କର ନିଃଶ୍ୱାସ ଚଳପ୍ରଚଳ କରେ ବେଳେବେଳେ ନୀରବରେ, କେତେବେଳେ କେମିତି ଘଡ଼ଘଡ଼ି ସ୍ୱରରେ। ଖଟ ତଳେ ପାଣି ଢାଳେ, କିମ୍ବା ସିଲ୍‌ଭର ଡେକ୍‌ଚିଟିଏ ଦେଖିବାକୁ ମିଳେ। ବାରଣ୍ଡା ପାଖଟା ମୁକୁଳା।

ଛୁଆମାନଙ୍କର କୋଳାହଳ କିମ୍ବା କାନ୍ଦଣା ଯେତେବେଳେ ଅସହ୍ୟ ପର୍ଯ୍ୟାୟରେ ପହଞ୍ଚିଯାଏ, ସେ ଆଖି ଖୋଲନ୍ତି, ଦୀର୍ଘଶ୍ୱାସ ତ୍ୟାଗ କରନ୍ତି। ଚାହାନ୍ତି ମାଟି ଟାଇଲ୍‌ର ପେଟମାନଙ୍କୁ କିମ୍ବା କଡ଼ ଲେଉଟାଇ ମୁଣ୍ଡ ପାଖ ବାଟେ ଚାହାନ୍ତି ବାହାରକୁ। ରାସ୍ତା କଡ଼ର ବାଡ଼ ଉପର ଦେଇ ତାଙ୍କ ଦୃଷ୍ଟି ଉଛୁଳିପଡ଼େ ଏବଂ ବ୍ୟାପିଯାଏ ଭଗ୍ନାଂଶ ଆକାଶ ଆଡ଼େ। ଅଥଚ ସବୁଦିନ ଭଳି ତାଙ୍କୁ ଜଣାପଡ଼େ ଯେ, ଆକାଶ ପରିବର୍ତ୍ତନ ହୀନ ଏବଂ ସ୍ଥିର। ଟିକିଏ ଦୂରରେ ଥିବା ଡେଙ୍ଗା ନଡ଼ିଆ ଗଛର ଦେହ କେତୋଟି ଖୁଣ୍ଟ ହୋଇ ଆକାଶର ପର୍ଦ୍ଦାକୁ ଟେକି ଧରିଥିବା ଭଳି ଜଣାପଡ଼େ।

ଜାଗ୍ରତ ଅବସ୍ଥାରେ ଆହୁରି ମଧ୍ୟ ଶୁଭେ କର୍ମମୟ ଜୀବନର ଧ୍ୱନି-ବଚସା, ହସଖୁସି। ବାଛୁରୀର ହମ୍ବାରଡ଼ି, କୁକୁର ଭୁକା, କାଉର ସ୍ୱର। ଏତକ ପରିଚିତ ଶବ୍ଦ ବ୍ୟତୀତ ସଂସାରର ଆଉ ଯେମିତି କୌଣସି ଅସାଧାରଣ ସଙ୍କେତ ନ ଥାଏ। ଗୋଟାଏ ଅଭୂତପୂର୍ବ ପରିବର୍ତ୍ତନର ସୂଚନା ନଦେଇ ଗତାନୁଗତିକ ଧାରା ଅବ୍ୟାହତ ରହିଥାଏ ଏବଂ ଗୋଟାଏ ନିଷ୍ପ୍ରୟୋଜନ ଦ୍ରବ୍ୟ ଭଳି ବିଚ୍ଛିନ୍ନ ହୋଇ ସେ କେବଳ ଚାହିଁ ରହିଥାନ୍ତି ସେ ପ୍ରବାହ ଆଡ଼େ।

ଆଉ କ'ଣ ମନେ ପଡ଼େ ବାଲ୍ୟକାଳ? ମାଟି ଟାଇଲ୍‌ର ପେଟକୁ ଚାହିଁ ସେ ମନେ ପକାନ୍ତି ଗଛ ଚଢ଼ା, ମାଛ ଧରା, ଅବଧାନଠାରୁ ମାଡ଼ ଖାଇବା ଇତ୍ୟାଦି। ସେ ଝାପ୍‌ସା ଅତୀତଟା ଏତେ ଦୂରରେ ଯେ, ସ୍ମୃତି ଭଳି ଶକ୍ତିର ହାତ ସେଠାକୁ ଭଲ କରି ପାଏ ନାହିଁ। ସବୁଦିନ ପାଇଁ ତାହା ପୋତି ହୋଇ ପଡ଼ିଥିବା ଭଳି ଜଣାପଡ଼େ। ତା' ପରେ ପରିଣତ ବୟସ। ସେ ସମୟର ମଧ୍ୟ କୌଣସି ଆଶ୍ୱାସନା ନଥାଏ ବର୍ତ୍ତମାନ ପାଇଁ।

କେବେ କାହାକୁ ସେ ପ୍ରେମ କରିଥିଲେ? କାହା ପାଇଁ ତାଙ୍କ ଅଭ୍ୟନ୍ତରରେ କମ୍ପନ ଓ ବ୍ୟାକୁଳତା ଜନ୍ମିଥିଲା? କେବେ ସେ ସ୍ୱପ୍ନ ଦେଖିଥିଲେ କି କାହା ପାଇଁ ଏବଂ ଅପରିମିତ ସମୟ କଟାଇ ଦେଇଥିଲେ ରାତି ରାତି କାହା ଭାବନାରେ ? ବୃଦ୍ଧଙ୍କର ମୁହଁ ସାମାନ୍ୟ ବିକୃତ ହୋଇଯାଏ ଏବଂ ସେ ଦୃଷ୍ଟି ଫେରାଇ ଉଦାସ ହୋଇଯାନ୍ତି।

ବର୍ତ୍ତମାନ ଜମା କଳ୍ପନା କରିହେବନି ତାଙ୍କ ଜୀବନର ପରିପାଟୀ କ'ଣ ହୋଇଥାନ୍ତା, ସେ ଯେଉଁ ଝିଅଟି ସହିତ ଘରୁ ଲୁଚି ପଳେଇ ଯାଇଥିଲେ - ତାକୁ ନେଇ ଯଦି ସଂସାର ଗଢ଼ିଥାନ୍ତେ। ଏଠାରୁ ଦଶମାଇଲ୍ ଦୂର ଅନ୍ୟ ଏକ ଗାଁରେ ସେ ଧରା ପଡ଼ିଗଲେ ବୋଲି ସିନା! ଏବେ ପ୍ରେମ ସଂକ୍ରାନ୍ତୀୟ ସେ ବ୍ୟାପାରଟା ଗୋଟାଏ ପିଲାଳିଅ ଘଟଣା ଭଳି ଅବଶ୍ୟ ଜଣା ପଡୁଚି; କିନ୍ତୁ ଗୋଟିଏ କଥା ଭାବିଲେ ବିସ୍ମିତ

ହେବାକୁ ପଡ଼େ - ଏ ଦେହରେ ଏତେ ଆବେଗ ଥିଲା କେଉଁଠି? ଜୀବନର ସବୁ ସୁଖ, ସବୁ ତାତ୍ପର୍ଯ୍ୟ, ସବୁ ପରିପୂର୍ଣ୍ଣତା ନିଜ ପ୍ରେମିକା ଦେଇପାରିଥାନ୍ତା ବୋଲି ଅତୀତର ସେ ବିଶ୍ୱାସ ବି କାଳକ୍ରମେ ଧୋଇ ହୋଇଯାଆନ୍ତା ଭଲା! ହୁଏ ନାଇଁ ଜମା; ଏପରିକି ଏ ବୟସରେ। କେଉଁଠୁ କିଛି ଯନ୍ତ୍ରଣା ବା ଦୁଃଖ ଆସିଗଲେ ଛାତି ଭିତରଟା ଚିପୁଡ଼ି, ମକ୍ଥି ହୋଇଯାଏ ଏବଂ ମନ କହେ - ଆହା, ପାଖରେ ଥାଆନ୍ତା କି ସାନୁ! ତା' ମୁହଁ ଉପରେ ଦୃଷ୍ଟି ପଡ଼ିବା ମାତ୍ରେ ହିଁ ତରଳି ଯାଆନ୍ତା ଯାବତୀୟ ଦୁଃଖ। ତା' ହାତ ଥରେ ମୋ ପିଠି ପରିକ୍ରମା କଲେ ହିଁ ଯନ୍ତ୍ରଣାର କଣ୍ଟା ଅଜସ୍ର ପାଖୁଡ଼ାରେ ପରିଣତ ହୋଇଯାଆନ୍ତା।

ପ୍ରେୟସୀ କ'ଣ ମିଳିଯାଏ ଇଚ୍ଛା ମୁତାବକ? ମନ ଭିତରେ ଥିବା ଆବେଗର ସ୍ରୋତଟା କେବଳ ସମୟକ୍ରମେ ଶୁଖିଲା ବାଲି ଭିତରେ ଲୁଚିଯାଏ। ମାତ୍ର ହାଇଁ ପାଇଁ ମନ ଖୋଜି ବୁଲୁଥାଏ ସାନୁକୁ ଜୀବନର ଅକୃତକାର୍ଯ୍ୟ ମୁହୂର୍ତ୍ତରେ। ବୃଦ୍ଧ ଜଣକ ଆଖି ଖୋଲି ଚାହିଁଲେ ଚାରିଆଡ଼େ କାହାକୁ ଦେଖିବା ଆଶାରେ। ସଚେତନ ହେଲେ ଯେ ଜୀବନରେ ପ୍ରେମର ପତନ ପରେ ସମୁଦାୟ ସମୟଟା ଆପାତତଃ ଘଟଣାବିହୀନ। ତା' ପରର ସମୟକୁ ଅଳ୍ପ କେତୋଟି ମୁହୂର୍ତ୍ତ କୌଣସି ମତେ ବଞ୍ଚେଇ ରଖିଚି। ଏକମାତ୍ର ପୁଅ ବର୍ତ୍ତମାନର ପ୍ରାଇମେରୀ ସ୍କୁଲ ଶିକ୍ଷକର ଜନ୍ମ, ପତ୍ନୀଙ୍କର ପରଲୋକ ଏବଂ ଅଦ୍ୟାବଧି ଅଧା ହୋଇ ପଡି ରହିଥିବା ଏ ତିନି ବଖୁରିଆ ଘର ସକାଶେ ନିଅଁ ଖୋଳାର ଶୁଭାରମ୍ଭ।

ଜୀବନଟାଏ ବିତିଯିବାକୁ ବସିଲାଣି; ଅଥଚ କେତୋଟି ମାତ୍ର କଥାରେ ଏହାର ସମୁଦାୟ ଆୟତନ ନିର୍ଦ୍ଧାରଣ କରି ହେଉଚି। ଏତକ ହିଁ ଜୀବନ। ଏତିକି ପାଇଁ ଦୀର୍ଘ ଷାଠିଏ ବର୍ଷ ବଞ୍ଚି ରହିବାକୁ ପଡ଼େ ଏବଂ ବଞ୍ଚିଥିବା ଅବସ୍ଥାରେ ଆଗାମୀ କାଲିଟିକୁ ଅପେକ୍ଷା କରିବାକୁ ପଡ଼େ ଅପରିସୀମ ଉତ୍କଣ୍ଠା ଓ ଆଶା ନେଇ।

ଅପରାହ୍ନ ଚାରିଟା ବେଳକୁ ଦୁଇଜଣ ଶ୍ରମିକଙ୍କ ସହିତ ପୁଅ ଫେରି ଆସିଲା ସ୍କୁଲରୁ। ତା' ସାଇକେଲ କେରିଅରରେ ଚାରି-ପାଞ୍ଚଟା କଦଳୀ ଚାରା ବନ୍ଧାଯାଇଥିଲା। ଶ୍ରମିକ ଦୁଇଜଣ ଗୋଛାଏ ଚିରାଯାଇଥିବା ବାଉଁଶ ଓ ରସି ଧରିଥିଲେ।

କାନ୍ଥକୁ ଡେରି ହୋଇ ବସିଥିବା ବାପାଙ୍କୁ ଚାହିଁ ରାଜେନ୍ଦ୍ର ଘର ଭିତରକୁ ପଶିଯାଉଥିଲା, ମାତ୍ର କ'ଣ ଭାବିଲା କେଜାଣି, ଠିଆ ହେଲା ଏବଂ ପଚାରିଲା - 'କିପରି ଲାଗୁଚି, ବାପା?'

ବୃଦ୍ଧ ଜଣକ ନିରୁତ୍ତର ରହିବେ ବୋଲି ଭାବୁଥିଲେ; କିନ୍ତୁ ଶାନ୍ତ, ସଂଯତ ସ୍ୱରରେ କହିଲେ - 'ଭଲ ଲାଗୁଚି। ଭାରି ଭଲ ଲାଗୁଚି।'

ରାଜେନ୍ଦ୍ର ଯଥେଷ୍ଟ ଉତ୍ସାହିତ ହେବା ଭଳି ଜଣାଗଲା। କହିଲା, ପ୍ରସନ୍ନତାର ସହିତ - 'ଡାକ୍ତର ଏଇ କଥା କହୁଥିଲେ। ଅପରେସନ୍ ପରେ ଦୁର୍ବଳ ହୋଇ ପଡ଼ିବା ବିଚିତ୍ର ନୁହେଁ। ମାତ୍ର ଅବସ୍ଥାର ଉନ୍ନତି ଘଟିବ। ପେଟ ଅପରେସନ୍ ଆଜିକାଲି ମାମୁଲି ବ୍ୟାପାର ବୋଲି ସେ କହୁଥିଲେ। ଚିନ୍ତା କରିବାର କୌଣସି କାରଣ ନାହିଁ।'

କହିଲା ଏବଂ ଭିତରକୁ ଯାଇ ବାହାରି ଆସିଲା ପଦାକୁ ଗୋଟାଏ କୋଦାଳ ଧରି। ଶ୍ରମିକ ଦୁଇଜଣ ବାଡ଼ଟିକୁ ସଜାଡ଼ି ବତା ଭିଡ଼ିବା ଆରମ୍ଭ କରିଥିଲେ। ସନ୍ଧ୍ୟା ସୁଦ୍ଧା ଚମକପ୍ରଦ ପରିବର୍ତ୍ତନ ଦେଖାଗଲା। ଘର ସାମ୍ନାରେ ସୁରକ୍ଷିତ ବାଡ଼, ବାଉଁଶ ଗେଟ୍। ଭିତରେ ପାଞ୍ଚୋଟି କଦଳୀ ଗଛ। ଅପନ୍ତରା ହୋଇ ପଡ଼ିଥିବା ସ୍ଥାନଟି ପ୍ରତି ସହସା ମନରେ ସୃଷ୍ଟି ହେଲା ଅନନ୍ୟ ସ୍ନେହ। ତା'ଠାରୁ କିଛି ଗୋଟାଏ ଆଶା କରିବା ଯଥାର୍ଥ ମନେହେଲା। ତା'ଛଡା ବାଡ଼ଟି ନିର୍ଦ୍ଧାରିତ ଓ ସୁରକ୍ଷିତ ହେବା ସଙ୍ଗେ ସଙ୍ଗେ ବୃଦ୍ଧଙ୍କ ମନରେ ସଞ୍ଚରିଗଲା ଗୋଟିଏ ଆତ୍ମବିଶ୍ୱାସ ଓ ଆସ୍ଥା। ଗୋଟାଏ ପ୍ରତିରକ୍ଷା ଭିତରେ ଥିବା ଭଳି ମନେ ହେଲା ତାଙ୍କର। ଅଗଣାଟିକୁ ଏଇ ବାଗରେ ସଜାଡ଼ିବା କଥା କେହି କାହିଁକି ଆଗରୁ ଭାବି ନ ଥିଲେ ତାହା ହିଁ ଆଶ୍ଚର୍ଯ୍ୟର କଥା ପ୍ରକୃତରେ।

ଏଇ କଥା ସେ ଭାବୁଥିବାବେଳେ ଗଛ ପାଞ୍ଚୋଟିର ଚେରକୁ ମାଟି ସହିତ ଘନିଷ୍ଠ ଭାବରେ ସମ୍ପର୍କିତ କରିବା ସକାଶେ ରାଜେନ୍ଦ୍ର ବାଲ୍‌ଟିଏ ପାଣି ଆଣିଲା ଏବଂ ଉପସ୍ଥିତ ଥିବା ପତ୍ନୀ ଓ ଛୁଆଙ୍କ ଚମତ୍କୃତ, କୃତଜ୍ଞ ଦୃଷ୍ଟି ସାମ୍ନାରେ ପାଣି ଢାଳୁ ଢାଳୁ ସତର୍କ କରିଦେଲା - 'ଗେଟ୍‌ଟି ବନ୍ଦ ରହିବ ସବୁବେଳେ। ବୁଝିଲ? ସବୁବେଳେ ବନ୍ଦ ରହିବ।' ଶୂନ୍ୟ ବାଲ୍‌ଟି ହାତରେ ଧରି ଘୋଷଣା କଲା - 'ସେ ପାଖରେ କାଲି ବାଇଗଣ, ଭେଣ୍ଡି ଗଛ ଲାଗଯିବ।'

ସବା ସାନ ଛୁଆଟା ରାହା ଧରି କାନ୍ଦୁଚି। ତା' ଉପର ଦୁଇଟା ଖାଇବାକୁ ମାଗୁଚନ୍ତି ଏବଂ ଚିରାଚରିତ କର୍କଶ ସ୍ୱର ଶୁଣାଯାଉଚି ଯେ ସେମାନଙ୍କୁ ଆଉ ଟିକିଏ ଅପେକ୍ଷା କରିବାକୁ ପଡ଼ିବ। ଲଣ୍ଠନ ଲଗେଇ ପଢ଼ାପଢ଼ି ଆରମ୍ଭ କରିବା ପାଇଁ ଆଦେଶ ଦିଆଯାଉଚି ମଣ୍ଟକୁ।

- 'ମଣ୍ଟୁ, ଟିକିଏ ଶୁଣିବୁ କିରେ?' ବୃଦ୍ଧ ଜଣକ ଡାକିଲେ ଅନେକ ନମ୍ରତା ଓ ସମ୍ଭ୍ରମର ସହିତ, ଯେତେବେଳେ ସେ ଉପଲବ୍ଧି କଲେ ଯେ ନ ଡାକି ଆଉ କୌଣସି ଗତ୍ୟନ୍ତର ନାହିଁ।

ଭିତରୁ ଶୁଭିଲା - 'ଅବିକା ଯାଇ ପାରିବିନି। ଲଣ୍ଠନ ଲଗଉଚି ପଢ଼ିବା ପାଇଁ।'

- 'ଆରେ ଟିକିଏ ଶୁଣ୍। କ୍ଷଣକ ପାଇଁ ଆ' ତାଙ୍କର କାକୁସ୍ଥ ସ୍ୱର ଶୁଭିଲା ଆଉ ଥରେ; ଯଦିଓ ସେ ଜାଣିଥିଲେ ଯେ ଏ ସ୍ୱର ଫେରି ଆସିବ ନିରାଶ ହୋଇ, ଖାଲି

ହାତରେ। ହାତରେ ଆଉ କ'ଣ ବା ଅଛି ? ନା ଚକୋଲେଟ, ନା ଆକାଶରୁ ଜହ୍ନ ଆଣି ପାରିବାର କ୍ଷମତା। କେବଳ ପ୍ରଲୋଭନ ନୁହେଁ, ସମ୍ଭାବନାହୀନ ହୋଇଯିବା ପରେ କାହାର ବା ଆଉ ଆକର୍ଷଣ ରହନ୍ତା ତାଙ୍କଠାରେ ? ତଥାପି ସେ ଅପେକ୍ଷା କଲେ ଏବଂ ଘର ଭିତରର ନୀରବତା ତାଙ୍କୁ ଟିକିଏ ଆଶାୟୀ କଲା ସାମୟିକ ଭାବରେ। ଯା ପରେ ଶୁଭିଲା ପଣକିଆ ଘୋଷିବାର ସ୍ୱର।

– 'ଆସିଲୁ କିରେ ମଣ୍ଟୁ ?'

– 'ସିଏ ପରା ପଢୁଚି ? କ'ଣ ଦରକାର କହୁନ ?' ବୋହୂଙ୍କର ଏ ବିରକ୍ତିମିଶା ଉତ୍ତର ପରେ ବୃଦ୍ଧଙ୍କର ଆଉ କିଛି ନ ଥିଲା କହିବାକୁ। ସେ ସେଇମିତି ବସି ରହିଲେ କାନ୍ଥରେ ଡେରି ହୋଇ ଗୋଟାଏ ଅସ୍ୱସ୍ତିକୁ ଧରି ରଖିବାର ସଂକଳ୍ପ ନେଇ।

ବ୍ୟାଗ୍ ଧରି ରାଜେନ୍ଦ୍ର ବାହାରିଯାଉଥିଲା ଘରୁ। ଗେଟ୍ ପାଖରେ ପହଞ୍ଚି କ'ଣ ଗୋଟାଏ ମନେପଡ଼ିଲା ଭଳି ଯେ ଫେରି ଆସିଲା ଏବଂ ପଚାରିଲା, 'କ'ଣ ଦରକାର ଥିଲା କି ? ମୋତେ କହୁନ ?'

ବସିଥିବା ଲୋକ ମୁହଁ ବୁଲେଇ ନେଲେ ଏବଂ ସ୍ତୂପୀକୃତ ଅଭିମାନ ଆଖି ବାଟେ ଉଛୁଳି ପଡ଼ିବାର ଉପକ୍ରମ କରୁଥିବାର ଅନୁଭବ କଲେ। ତାଙ୍କୁ ନିରୁତ୍ତର ହେବା ଦେଖି ରାଜେନ୍ଦ୍ର ନୀରବରେ ଚାଲିଗଲା।

ଶୀର୍ଣ୍ଣ ଗାଲ ଉପରେ ହାତ ପାପୁଲି ବୁଲାଇ ଆଣୁ ଆଣୁ ସେ ଭାବୁଥିଲେ, ଆଉ କେତେଦିନ ? କେତେଦିନ ପରେ ମୃତ୍ୟୁ ଆସେ ଏବଂ ଦୁଃଖ ସରେ ? ପେଟ ଅପରେସନ ପରେ ଘରକୁ ଫେରିବା ଦିନଠାରୁ ଆଜି ପର୍ଯ୍ୟନ୍ତ ଏମିତି ଆନ୍ତରିକତାର ସହିତ ସେ ଶେଷ ମୁହୂର୍ତ୍ତଟିକୁ ଖୋଜି ନଥିଲେ। ଏ ସିଲେଇକରା ଦେହ ଭିତରେ କେଉଁଠି ଅଛି ସେ ଆୟୁଷ; ଯାହା ସହି ନେଇପାରୁଚି ଏତେ ଲୁହର ବାମ୍ପ, ଏତେ ରକ୍ତାକ୍ତ କ୍ଷତର ଯନ୍ତ୍ରଣା, ପୁଣି ମରଣ ପ୍ରତି ଏତେ ଭୟ ?

ଗୋଟାଏ ବ୍ୟାକୁଳ, ନିଃସଙ୍ଗ ଭାବ ଘୋଟିଯାଉଥିଲା ତାଙ୍କ ଚେତନା ଉପରେ। ବହୁ ଦୂରରୁ ମଳିନ ହୋଇ ଶୁଭୁଥିବା ଖଞ୍ଜଣି ଭଜନର ଭଙ୍ଗା ବାକ୍ୟଗୁଡିକ ତୁହାକୁ ତୁହା ଜଣାଶୁଣା ସତର୍କବାଣୀ ଶୁଣାଉଥିଲେ ଯେ, ଘଟ ଛୁଟିଲେ ସରିଲା କଥା। ଏତେ ଲୋଭ ଆଉ ସ୍ନେହରେ ହେପାଜତ କରି ରଖିଥିବା ଦେହ ଅସାଡ଼ ହୋଇଗଲେ ଶ୍ୱାନ ଶୃଗାଳମାନେ ପରଖି ନେବେ ସେମାନଙ୍କର ଦାନ୍ତର ତୀକ୍ଷଣତା। ସବୁ ମିଛ, ସବୁ ଗୋଟାଏ ଭେଲିକି, ମାୟା। କିଏ କାହାର ଏଠାରେ ? ଜଣକର ଉତ୍ତର ପୁରୁଷ ତାକୁ କେଉଁ ପ୍ରତିରକ୍ଷା ଦିଏ ? କେଉଁ ରାଜେନ୍ଦ୍ର ତା'ର ନିଜସ୍ୱ ସଂସାର ଭୁଲି ବସିଥିବ ବୃଦ୍ଧ ଜଣକ ପାଖରେ ଏବଂ ତାଙ୍କ ମୁହଁ ଉପରେ ଯନ୍ତ୍ରଣାର ଛାଇ ପଡୁ ପଡୁ ଅଣ୍ଟା ଭିଡ଼ି

ବାହାରି ଆସିବ ସେ ଯନ୍ତ୍ରଣାର ହେତୁଟିକୁ ଉପାଡ଼ିଦେବା ପାଇଁ? ଗୋଟାଏ ସମ୍ପୂର୍ଣ୍ଣ ଆସ୍ଥାହୀନ ଜୀବନ ଧରି ସେ ଅଯଥାରେ କାହିଁକି ଏଠାରେ ବୋଝଟିଏ ହୋଇ ପଡି ରହିଛନ୍ତି ଏବଂ ନିଅଣ୍ଟିଆ ସଂସାରର ଦାୟିତ୍ୱରୁ ଭାଗ ପାଇବାକୁ ଆଶାୟୀ ହେଉଚନ୍ତି? କ'ଣ ଯୁକ୍ତି ଅଛି ତାଙ୍କ ପାଖରେ ନିଜ ସ୍ଥିତିର ଯଥାର୍ଥତା ପାଇଁ?

ସୀମାତୀତ ଅଭିମାନରେ, ରୁଦ୍ଧ କଣ୍ଠରେ ସେ ଶୁଣେଇଲେ ନିଜକୁ - 'ମରି ଯାଆନ୍ତି ଭଲା! ମୁଁ ମରିବାକୁ ଚାହୁଁଚି।'

ଏତକ ଉଚ୍ଚାରଣ କରିବା ପରେ ତାଙ୍କୁ ଜଣାଗଲା, ଅନ୍ଧାର-ନୀରବ ରାତି ଆହୁରି ସ୍ତବ୍ଧ, ଆହୁରି ପ୍ରତିକ୍ରିୟାହୀନ।

ଦେହ ଦ୍ରୁତ ଗତିରେ ଧୂସର ହୋଇପଡୁଥିଲା। ଦିନଗୁଡ଼ିକ ଅତିକ୍ରାନ୍ତ ହେବାର କୌଣସି ଉଲ୍ଲେଖଯୋଗ୍ୟ ବୈଚିତ୍ର୍ୟ ନଥିଲା। ସେ କେବଳ ଲକ୍ଷ୍ୟ କରୁଥିଲେ ସାମନାରେ ଥିବା ସୀମିତ ସ୍ଥାନ ଖଣ୍ଡିକ ଉପରେ ଗୋଟାଏ ଉତ୍ସବମୟ ସବୁଜିମାର ବିସ୍ଫୋରଣ ଘଟୁଚି। କେତେଟା କଦଳୀ, ବାଇଗଣ, ଭେଣ୍ଡିଗଛର ଅଭିବୃଦ୍ଧି ଦେଖିବାରେ କେହି ଜଣେ ସମସ୍ତ ସମୟ କଟେଇ ଦେଇପାରେ? ଅଥଚ ଏକଦା ନିଶ୍ଚେଷ୍ଟ ଓ ପରିବର୍ତ୍ତନହୀନ ଜଣା ପଡୁଥିବା ଖଣ୍ଡିତ ଦୃଶ୍ୟମାନ ପୃଥିବୀ ଭିତରେ ତାହା ହିଁ ଥିଲା ଏକମାତ୍ର ଜୀବନର ସଂପ୍ରସାରଣ। ଗଛଗୁଡିକର ମୁଣ୍ଡ ଉପରେ ସତେ ଯେମିତି ଉଛୁଳି ପଡୁଥିଲା ମାଟି ଭିତରେ କେଉଁଠି କେଜାଣି ଲୁଚି ରହିଥିବା ଶକ୍ତି ସବୁଜିମାରେ ରୂପାନ୍ତରିତ ହୋଇ। ଲମ୍ବ ପତ୍ରଗୁଡିକ ଚାରିଆଡ଼କୁ ହାତ ବଢ଼େଇ ଗୋଟାକ ପରେ ଗୋଟାଏ ଖଞ୍ଜି ହୋଇଯାଉଥିଲେ ଗଛମାନଙ୍କର ତିଖରେ। ଦିନ କେଇଟା ଭିତରେ ଚକଡ଼ାଏ ସ୍ଥାନ ଖଣ୍ଡିକ ଦେଖାଗଲା ପରିପୂର୍ଣ୍ଣ ଓ ଯଥାର୍ଥ। ଏହା ସତେ ଯେମିତି ଏତେ ଦିନ ପର୍ଯ୍ୟନ୍ତ ଅପେକ୍ଷା କରି ପଡ଼ି ରହିଥିଲା ନିଜର ଲୁକ୍‌କାୟିତ ଶକ୍ତିକୁ ଏଇ ବାଗରେ ପ୍ରକାଶ କରିବା ସକାଶେ।

ମାତ୍ର ଦିନେ ଘଟିଲା ଗୋଟିଏ ଅଘଟଣ ଏବଂ ତାହା ବୃଦ୍ଧଙ୍କର ଦୋଳାୟମାନ ଆସ୍ଥା ଓ ବିଶ୍ୱାସର ଖୁଣ୍ଟଗୁଡ଼ିକୁ ବିପର୍ଯ୍ୟସ୍ତ କରିଦେଲା। ସକାଳେ ଉଠି ଦେଖିଲା ବେଳକୁ ଗଛମାନଙ୍କର ସ୍ପର୍ଦ୍ଧିତ ସବୁଜିମା ଆଉ ନାଇଁ; ସେମାନଙ୍କର ମୁଣ୍ଡ ଦେଖାଯାଉଚି ବିଧ୍ୱସ୍ତ। ସ୍ଥାନଟା ଅଦ୍ଭୁତ ଭାବରେ ବୀଭତ୍ସ ଓ ହତଶ୍ରୀ ଦେଖାଗଲା। ସାଂଘାତିକ କ୍ଷତଗୁଡ଼ିକୁ ମୁଣ୍ଡରେ ଧରି ଗଛମାନେ ଠିଆ ହୋଇଥିଲେ କେଇଖଣ୍ଡ ହାଡ଼ ଭଳି ଏବଂ ଉନ୍ମୁକ୍ତ ବାଉଁଶ ଗେଟ୍‌ବାଟେ ଗୋଟାଏ ସନ୍ତୁଷ୍ଟ କାଳି ଗାଈ ନିଷ୍କ୍ରାନ୍ତ ହୋଇଯାଉଥିଲା ତୃପ୍ତି ଓ କୃତଜ୍ଞତାର ସହିତ।

ଧ୍ୱଂସଟିକୁ ଆବିଷ୍କାର କଲା ମଣ୍ଟୁ। ଗୋଟାଏ ବଡ଼ ବାଡ଼ି ଧରି ସେ ଧାଇଁଲା ଗାଈ

ପଛରେ ପ୍ରତିଶୋଧ ନେବାର ପ୍ରତିଜ୍ଞା ନେଇ। କିଛି ସମୟ ପରେ ଫେରିଆସିଲା ଧଇଁ ସଇଁ ଭରପୂର ହୋଇ ଏବଂ ଘୋଷଣା କଲା ଯେ ବଦମାସ୍ ଗାଈଟିକୁ ସେ ଦେଇଚି ପାନେ।

ଘରର ସମସ୍ତେ ଠିଆ ହୋଇଥିଲେ ନିତାନ୍ତ ମ୍ରିୟମାଣ ହୋଇ। ଦେଖୁଥିଲେ, ମାଟି ଉପରେ ଉତୁରି ପଡୁଥିବା ସବୁଜିମା ପୋଛି ହୋଇଯାଇଛି ଏବଂ ଗୋଟାଏ ଦୁଃଖ ଘନୀଭୂତ ହୋଇଯାଇଛି ଗଛମାନଙ୍କ ଉପରେ।

ମଣ୍ଟୁ ସବୁଆଡୁ ପୁଣି ଥରେ ଦୃଷ୍ଟି ବୁଲାଇ ଆଣି ଜେଜେଙ୍କ ଆଡ଼କୁ ଚାହିଁଲା ତା'ର ବିରକ୍ତିମିଶା ଅଭିଯୋଗ ଶୁଣାଗଲା – 'ତୁମେ ଏଇଠି ଶୋଇଚ; ହେଲେ ଗାଈଟା କେତେବେଳେ ଆସି ଗଛଗୁଡ଼ାକ ଖାଇଦେଲା, ତୁମେ ଜାଣିପାରିଲ ନାଇଁ? ବାହାରକୁ ତଡ଼ି ଦେଇ ପାରିଥାନ୍ତ। ଯଦି ସେତକ କରି ପାରିଲ ନାଇଁ, ଆମକୁ ଉଠେଇ ଦେଇଥାନ୍ତ! ଆମେ ତଡ଼ି ଦେଇଥାନ୍ତୁ।'

ବୃଦ୍ଧ ଚୁପ୍। ଅନ୍ୟମାନେ ବି ଚୁପ୍। ମାତ୍ର ନାତିର ଏଇ କଥାରେ ଏମିତି କ'ଣ ଥିଲା ଯେ, ତାଙ୍କର ତଣ୍ଟି ପାଖରେ ସେ ସହସା ଯନ୍ତ୍ରଣା ଅନୁଭବ କଲେ। ତାଙ୍କ ଅଭ୍ୟନ୍ତର ଛଟପଟ ହେଲା ଏବଂ ଆଖି ବାଷ୍ପାକୁଳ ହୋଇଗଲା। ସେ ମୁହଁ ବୁଲାଇ ନେଲେ ଜଣେ ଅଭିଯୁକ୍ତ ଅପରାଧୀ ଭଳି। ଅପେକ୍ଷା କଲେ କେତେବେଳେ ସମସ୍ତେ ଘର ଭିତରକୁ ଯିବେ ଏବଂ ତାଙ୍କୁ କାନ୍ଦିବାର ସୁଯୋଗଟିଏ ଦେବେ।

ସେଦିନ ସେ କାନ୍ଦିଲେ ଦୀର୍ଘ ସମୟ ଧରି ଏବଂ ଆଶ୍ଚର୍ଯ୍ୟ, କାନ୍ଦିବା ପରେ ବି କିଛି ଗୋଟାଏ ଓଜନିଆ, ଥମ ଥମ ଭାବ ଅପରିବର୍ତ୍ତିତ ହୋଇ ରହିଗଲା ତାଙ୍କ ଭିତରେ।

ସେ ଟୋକାକୁ ସେ କେମିତି ବୁଝେଇ ଦେଇ ପାରନ୍ତେ ଯେ ଅକାରଣଟାରେ ବସି ତାଙ୍କୁ ଭଲ ଲାଗୁନାଇଁ। ଗୋଟାଏ ବ୍ୟସ୍ତତା ଓ କ୍ଲାନ୍ତିରେ ସେ ଜଡ଼ସଡ଼ ହୋଇ ଯାଉଚନ୍ତି। ସେ ମଧ୍ୟ କିଛି କରିବା ପାଇଁ ଚାହୁଁଛନ୍ତି, କିନ୍ତୁ ପାରୁନାହାନ୍ତି ଶାରୀରି ଅକ୍ଷମତାର କାନ୍ଥ ଡେଇଁ। ବଡ଼ କଥା ହେଉଚି ଘରେ ସମସ୍ତେ ହୁଏତ ତାଙ୍କଠାରୁ କିଛି ଆଶା କରୁଚନ୍ତି। ବେଶି ନହେଲେ ବି ଅନ୍ତତଃ ବାଡ଼ ଭିତରେ ରହିଥିବା କେତୋଟି ଗଛ ଉପରେ ପ୍ରତ୍ୟକ୍ଷ ନଜର ସେ ଦେବା ଉଚିତ ବୋଲି ଚାହାନ୍ତି ସମସ୍ତେ। ଅଥଚ ସମସ୍ତ ଇଚ୍ଛା ସତ୍ତ୍ୱେ ସେ ଅନାବଶ୍ୟକ ହୋଇ ପଡ଼ିରହିଚନ୍ତି ଏବଂ ବେଳେବେଳେ ଏତେ ଗଭୀର ନିଦରେ ଶୋଇ ଯାଉଚନ୍ତି ଯେ ଗାଈର ଅନୁପ୍ରବେଶ ଓ ବଗିଚାକୁ ଉଜାଡ଼ିଦେବାର ଶବ୍ଦ ପ୍ରବେଶ କରିପାରୁନାହିଁ ସେ ନିଦ ଭିତରକୁ।

ବୃଦ୍ଧ ମାନସିକ ସ୍ତରରେ ଆହୁରି ଦୁର୍ବଳ ହୋଇ ପଡ଼ିଲେ ଏବଂ ଭାବିଲେ ଯେ,

ସତର୍କତା ବି ବେଳେବେଳେ ଅନ୍ୟମନସ୍କ ହୋଇପଡ଼େ। ଉନ୍ମୁକ୍ତ ରହିଯାଏ ଫାଟକ ଏବଂ ଅଦମ୍ୟ ଭୋକ ନେଇ ପଶି ଆସେ କଳା ରଙ୍ଗର ଗୋଟିଏ ଗାଈ, ପାଟି ଆଁ କରି ବଗିଚାର ଐଶ୍ୱର୍ଯ୍ୟକୁ ସାଫ୍ କରି ଦେବାପାଇଁ।

ଘଟଣାଟି ଘଟିଯାଏ ବିନା ନୋଟିସ୍‌ରେ, ସମସ୍ତଙ୍କ ଅଲକ୍ଷ୍ୟରେ। ସକାଳେ ଉଠି ଦେଖିଲେ ସବୁ ଜଣାପଡ଼େ ଆକସ୍ମିକ। ନିର୍ଜୀବ ଖୁଣ୍ଟ ଭଳି କେତୋଟି ଗଛ ଠିଆ ହୋଇଥାନ୍ତି ଅନ୍ୟମାନଙ୍କର ସହାନୁଭୂତିର ଦୃଷ୍ଟି ଆକର୍ଷଣ କରି।

ଏହିଭଳି ଏକ ଅତର୍କିତ ମୁହୂର୍ତ୍ତରେ ସେ ମରିଯିବେ କି ? ସେଇ ଚରମ କ୍ଷଣରେ ସେ ଏକୁଟିଆ ଛଟପଟ ହେବେ କିଛି ସମୟ ପାଇଁ। ତା'ପରେ ଆବିଷ୍କୃତ ହେବ ତାଙ୍କର ଉଜୁଡ଼ିଯାଇଥିବା ଦେହ। ଏହି ସ୍ୱାଭାବିକ କଥାଟି ଭାବିବା ମାତ୍ରେ ବୃଦ୍ଧଙ୍କର ଦୁଇ ଆଖି ଖୋଲିଗଲା ଭୟରେ। ସେ ଚାରିଆଡ଼କୁ ଚାହିଁଲେ କଳାରଙ୍ଗର ଗାଈଟିକୁ ଠାବ କରି ନିରାପଦ ପରିଧି ଗୋଟାଏ ସୃଷ୍ଟି କରିବା ପାଇଁ ନିଜ ଚାରିପାଖରେ।

ତାଙ୍କର ହୃଦ୍‌ବୋଧ ହେବାରେ ଆଦୌ ଡେରି ହେଲା ନାହିଁ ଯେ ଜୀବନ ସକାଶେ ନିରାପଦ ସ୍ଥାନଟିଏ ବିଧାତା ସୃଷ୍ଟି କରି ନାହିଁ ଏତେ ବିଶାଳ ଜଣାପଡୁଥିବା ଏ ମହିମଣ୍ଡଳରେ। ତାଙ୍କ କଥା ତ ଆହୁରି ଦୟନୀୟ। ଏବେ ସେ ପରିତ୍ୟକ୍ତ ହେବା ଭଳି ଶୋଉଚନ୍ତି ଘର ବାରଣ୍ଡାରେ, ତାଳପତ୍ରରେ ତିଆରି କାନ୍ଥ ଅନ୍ତରାଳରେ।

ଡାକ୍ତରଖାନାରୁ ପେଟ ଅପରେସନ ପରେ ଫେରିଆସିଲା ବେଳକୁ ଶୀତ ଋତୁ ଦରମଲା ହୋଇସାରିଥାଏ । ଗୋଟିଏ ରୁମ୍‌ରେ ତାଙ୍କର ଶୋଇବା ସ୍ଥାନ ନିରୂପଣ କରାଗଲା ବେଳେ ସେ ପ୍ରତିବାଦ କରିଥିଲେ ଯେ, ବାରଣ୍ଡାରେ ଶୋଇଲେ ତାଙ୍କୁ ଭଲଲାଗିବ। ଅନ୍ତତଃ ସେ ମୁକ୍ତ ଅନୁଭବ କରିବେ। ରୁମ୍‌ର ରୁଦ୍ଧ ପରିବେଶରେ ଅଣନିଃଶ୍ୱାସୀ ବୋଧ କରିବେ ନାହିଁ! ଅନେକ ଆବେଗର ସହିତ ରାଜେନ୍ଦ୍ର ଅମାନ୍ୟ କରିବାକୁ ଚେଷ୍ଟା କରିଥିଲା ଏ ପ୍ରସ୍ତାବକୁ। ତା'ର ଯୁକ୍ତି ଥିଲା ଯେ ବାରଣ୍ଡାରେ ପଡ଼ିରହିଲେ ତାକୁ ନିଶ୍ଚୟ ଭଲ ଲାଗିବ ନାହିଁ। ତା' ଛଡ଼ା ସହସା ତାଙ୍କର କିଛି ଦରକାର ହେଲେ ତାହା କରିଦେବା ପାଇଁ ପାଖରେ ନ ଥିବେ କେହି।

ମାତ୍ର ବୃଦ୍ଧ ଅଟଳ ରହିଲେ ନିଜ ନିଷ୍ପତ୍ତିରେ। ସେ ଘୋଷଣା କଲେ ଯେ ତାଙ୍କର ହୁଏତ କାହାରି ସାହାଯ୍ୟ ଦରକାର ପଡ଼ିବ ନାହିଁ। ଯଦି ପଡ଼େ, ତେବେ ସେ ବିନା ଦ୍ୱିଧାରେ କାହାକୁ ଡାକିବେ। ଅସୁବିଧା କିଛି ହେବ ନାହିଁ।

ଯା ପରେ ଘର ଭିତରକୁ ଯିବାପାଇଁ ତାଙ୍କୁ ଆଉ ବାଧ୍ୟ କରାଯାଇନି। ବର୍ଷା ଋତୁ ଆରମ୍ଭ ହୋଇଗଲାଣି। ଚୂନା ଚୂନା ବର୍ଷାପାଣି ବିନା ବାଧାରେ ପଶିଆସେ ତାଙ୍କ ଶୋଇବା ସ୍ଥାନ ଉପରକୁ। ଘଡ଼ଘଡ଼ି ମାରେ, ବିଜୁଳିର ରେଖା ବିଛେଇ ହୋଇପଡ଼େ

ସାରା ଆକାଶରେ। ଡର ଲାଗେ, ବ୍ୟସ୍ତ ଲାଗେ। ଭାବନ୍ତି, ଘର ଭିତରକୁ ଡକା ହେଲେ ସେ ବରଂ ଚାଲିଯିବେ। କିନ୍ତୁ କାହିଁ? ସେ କ୍ରମଶଃ ଭୁଲିଯିବାକୁ ବସିଲେଣି ନିଜ ହାତରେ ତିଆରି ଥିବା ଏ କୋଠରିଗୁଡିକର କ୍ଷେତ୍ରଫଳ କେତେ। କେଉଁ କୋଠରିରେ କ'ଣ ଥିଲା ଏବଂ ବର୍ତ୍ତମାନ ସେଗୁଡ଼ିକ କିଭଳି ଦିଶୁଚନ୍ତି।

ଘର ଅବଶ୍ୟ ତା' ନିର୍ମାତାକୁ କୌଣସି ପ୍ରତିଶ୍ରୁତି, ସାନ୍ତ୍ୱନା ଦିଏ ନାଇଁ। ନିର୍ମାତାର ହସ-ଖୁସି, ଲୁହ-ହାହାକାର ଦେଖେ ଅବିଚଳିତ ଭାବରେ। ସେ ପୁଣି ଦେଖେ ତା'ର ମୃତ୍ୟୁ, ଶୁଣେ ତା'ର ଉତ୍ତରପୁରୁଷର ସର୍ବପ୍ରଥମ ସ୍ୱର। ଯା' ସତ୍ତ୍ୱେ ବୃଦ୍ଧ ଜଣକ ମନେ ପକାଉଥିଲେ ଗୋଟାକ ଉପରେ ଗୋଟାଏ ଇଟା ଯୋଡ଼ି ହେବାବେଳେ, ରୁଅ-ବତା ଉପରେ ଟାଇଲ୍ ଘୋଡ଼ାଇବାବେଳେ କେଉଁ ଆବେଗର କମ୍ପନରେ ତାଙ୍କର ଦେହ ଶିହରିତ ହେଉଥିଲା। କେଉଁ ଆତ୍ମୀୟତାର ବନ୍ଧନରେ ସେ ବାନ୍ଧିହୋଇ ଯାଉଥିଲେ ଏ ଘର ସହିତ।

ଦିନ କେଇଟା ଭିତରେ ଥୁଣ୍ଟା ଗଛମାନଙ୍କର ମୁଣ୍ଡଗୁଡିକ ମୁକୁଟ ବିମଣ୍ଡିତ ହୋଇଗଲେ। ସବୁଜିମାରେ ପ୍ରକାଶିତ ହେବାପାଇଁ ମାଟି ଭିତରେ ମଧ୍ୟ ଏକ ଅପରାଜେୟ, ଶେଷହୀନ ଶକ୍ତି ସତେ ଯେପରି ଆଗ୍ରହ ଓ ଉତ୍କଣ୍ଠାର ସହିତ ରହିଥାଏ। କଳା ରଙ୍ଗର ଗାଈମାନଙ୍କର କ୍ଷୁଧାକୁ ଭ୍ରୂକ୍ଷେପ ନ କରି ଏ ଶକ୍ତି ସଞ୍ଚରିଯାଏ ଶୁଖିଲା ଦିଶୁଥିବା ଗଛର ଗଣ୍ଡି ଭିତରେ ଏବଂ ଜୀବନ୍ୟାସ ଦିଏ ତା' ମୁଣ୍ଡରେ। ଚାହୁଁ ଚାହୁଁ ସ୍ଥାନଟି ପରିପୂର୍ଣ୍ଣ ଦେଖାଗଲା ବିଜୟଦୀପ୍ତ, ସ୍ପର୍ଦ୍ଧିତ ପତ୍ରମାନଙ୍କ ଦ୍ୱାରା।

ଏବଂ ତା' ପରେ ପରେ ପୁଣି ସେଇ ଅସତର୍କତା। ଉନ୍ମୁକ୍ତ ରହିଗଲା ଗେଟ୍‌ଟି ଏବଂ ଦୃଢ଼ ପଦକ୍ଷେପ ନେଇ ପଶିଆସିଲା ସେ ଗାଈ। ତା'ର କ୍ଷୁଧା ଓ ସଂକଳ୍ପ ବାରି ହୋଇଯାଉଥିଲା ତା'ର ଶବ୍ଦମୟ ନିଃଶ୍ୱାସ ଦ୍ୱାରା।

ବୃଦ୍ଧଙ୍କ ଛାଇନିଦ ଚହଲିଗଲା ଏବଂ ବ୍ୟାପାରଟା କ'ଣ ବୋଲି ବୁଝିବା ଆଗରୁ ଗୋଟାଏ ଭୟ ଓ ଆତଙ୍କରେ ତାଙ୍କର ଦେହ ସଙ୍କୁଚିତ ହୋଇଗଲା। କଡ଼ ଲେଉଟାଇ ସେ ଦେଖିଲେ କଳାରଙ୍ଗର ରାତି ସତେ ଅବା ଏକ ନିର୍ଦ୍ଦିଷ୍ଟ ଆକାରରେ ଆହୁରି ଘନୀଭୂତ ହୋଇଚି ଏବଂ ଆଗେଇଯାଉଚି ଗଛମାନଙ୍କ ଆଡ଼େ।

ଭୟରେ ସେ ପାଟି କରି ଉଠିଲେ - 'ହାସ୍, ହାସ୍।'

ଅଥଚ ସେ କଳା ଆକାରଟା ମୁହୂର୍ତ୍ତକ ପାଇଁ ମଧ୍ୟ ଅଟକିଲା ନାଇଁ। ବାହୁଙ୍ଗା ଭାଙ୍ଗିବା ଆଗରୁ ପୁଣି ଶୁଭିଲା ସେଇ ସ୍ୱର - 'ହାସ୍, ହାସ୍। ଯାଉଚୁ ନା ଦେଖିବୁ?'

ଧମକକୁ ଅମାନ୍ୟ କରାଗଲା କେତୋଟି ବାହୁଙ୍ଗା ଭାଙ୍ଗିଦେବାରେ। ବୃଦ୍ଧ ଉଠି ପଡୁଥିଲେ, ମାତ୍ର ତାଙ୍କର ମନେ ପଡ଼ିଲା ଯେ ଗତ ଦୁଇଦିନ ହେଲା ସେ ଶଯ୍ୟାଶାୟୀ।

ଅସହାୟ ହୋଇ ସେ ପାଟି କଲେ ସମସ୍ତ ଶକ୍ତି ବିନିଯୋଗ କରି - 'ଆରେ, ଗାଈ ପଶିଲାରେ। ମଣ୍ଟୁ, ଆରେ ଉଠ୍। ଅଡ଼େଇ ଦେ। ଖାଇଗଲା ସବୁ ଗଛ।'

ନିସ୍ତବ୍ଧ ପ୍ରହରରେ ଶୁଭୁଥିଲା କଦଳୀପତ୍ର ଚୋବାଇବାର ଶବ୍ଦ। ସେ ଶବ୍ଦର ଅନ୍ତରାଳରେ ବୃଦ୍ଧଙ୍କର ମୁମୂର୍ଷୁ ସ୍ୱର ମନେ ହେଉଥିଲା ଆତ୍ମରକ୍ଷା ସକାଶେ ଏକ ଅବାନ୍ତର, ବ୍ୟାକୁଳ ଆର୍ତ୍ତନାଦ ଭଳି। ଘର ଆଗ ଭଳି ଥିଲା ନୀରବ ଓ ପ୍ରତ୍ୟୁତ୍ତରହୀନ। ତୁହାକୁ ତୁହା ଅପରାଗ ସ୍ୱର ମିଛ ଧମକ ଫୋପାଡୁଥିଲା ଗାଈ ଉଦ୍ଦେଶ୍ୟରେ ଏବଂ ଘର ଭିତରର ନିଦ ଭାଙ୍ଗିବା ସକାଶେ।

ଭୋକ ସନ୍ତୁଷ୍ଟ ହେଉଥିବାର ଶବ୍ଦ ଅବ୍ୟାହତ ରହିଥିଲା। ବୃଦ୍ଧ ଜଣକ ଏକରକମ କାନ୍ଦିପକାଇ ଡାକିଲେ - 'ଖାଇଗଲାରେ, ଖାଇଗଲା। ଉଠ କେହି ଜଣେ। ସବୁ ସରିଗଲା।'

ନା, ଚଡ଼ଉ ଚାଲିଥିଲା ଆଗଭଳି। ତାଙ୍କର ଚେତନା ଭିତରେ ଘଟିଯାଉଥିଲା ଗୋଟାଏ ଧ୍ୱଂସ ଏବଂ ସେ ପଙ୍ଗୁ ହୋଇ ପଡି ରହିଥିଲେ। ଶବ୍ଦଟା ନିର୍ଦ୍ଦୟ ଓ ଦୁର୍ଦ୍ଦାନ୍ତ ମନେହେଲା ତାଙ୍କୁ। ଅଦ୍ଭୁତ ଭାବରେ ନିଷ୍କରୁଣ। ତାଙ୍କର ଭାବିବାରେ ଆଉ ଡେରି ହେଲା ନାଇଁ ଯେ, ଏଇମିତି ଗୋଟାଏ ବଳିଷ୍ଠ ଶକ୍ତି ପଶିଆସିବ ଏବଂ କ୍ରମେ ପାଣ୍ଡୁର ହୋଇଯାଉଥିବା ତାଙ୍କ ଭିତରର ସବୁଜ ଆୟତନଟିକୁ ଲିଭାଇଦେବ। ଏଇମିତି ସେ ପାଟି କରୁଥିବେ ନିଜକୁ ରକ୍ଷା କରିବା ପାଇଁ; ମାତ୍ର ଅନ୍ଧାର ରାତିରେ ସବୁ ଥିବ ନିଦ୍ରିତ ଓ ତତ୍ପରତାହୀନ।

ଏମିତି ଏକ ତୀବ୍ର ଆଶଙ୍କା ତାଙ୍କୁ କାବୁକରି ପକାଇଲା ଯେ, ସେ ଖୁବ୍ ଜୋର୍‌ରେ ଆଖି ବୁଜି ପକାଇଲେ ଏକ ଚରମ ଆତ୍ମସମର୍ପଣ ଭଙ୍ଗୀରେ। ତାଙ୍କ ଚାରିପଟେ ସମସ୍ତ ଗେଟ୍ ମୁକୁଳା ହୋଇପଡ଼ିଥିବାର ଜଣାଗଲା। ସେ ଯେମିତି ଘରୁ ବାହାରି ପଡ଼ିଚନ୍ତି ଶେଷ ଯାତ୍ରା ସକାଶେ। ପଡ଼ି ରହିଚନ୍ତି ବାରଣ୍ଡା ଉପରେ ତାଳପତ୍ର ତିଆରି କାନ୍ଥ ଆଢୁଆଳରେ। ନିଜକୁ ଗୋପନ ରଖିବାର ଚେଷ୍ଟା ପରିହାର କରି ସେ ପଦାକୁ ବାହାରି ଆସିଚନ୍ତି ଏବଂ ଗୋଟାଏ ଶେଷହୀନ ଭୋକ ତାଙ୍କୁ ପସନ୍ଦ କରିବାର ମୁହୂର୍ତ୍ତଟିକୁ ଅପେକ୍ଷା କରୁଚନ୍ତି।

ଯା' ପରେ କ'ଣ ହେଲା କେଜାଣି, ସମସ୍ତଙ୍କର ବଗିଚା ପ୍ରତି ଆବେଗ ଓ ଶ୍ରଦ୍ଧା କମିଗଲା। ଗେଟ୍ ପ୍ରତି ଦୃଷ୍ଟି, ସାବଧାନତା କୋହଳ ହୋଇଗଲା; ଅଥଚ ସ୍ତବ୍ଧ ଚକିତ ହୋଇ ଠିଆ ହୋଇଥିବା କଦଳୀ ଗଛଗୁଡ଼ିକ ଆଗ ଭଳି ମାଟି ଭିତରୁ ରସ ଶୋଷି ଚାଲିଥିଲେ ଏବଂ ନିଜର ସୃଜନଶୀଳତା ପ୍ରକାଶ କରିବାର ଉଦ୍ୟମ ଅବ୍ୟାହତ ରଖିଥିଲେ।

ଚତୁର୍ଥ ଥର ପାଇଁ ସେ ଗଛଗୁଡ଼ିକ କ୍ଷୁଧାର ଶିକାର ହେବା ପରେ, କରୁଣ ପରିବର୍ତ୍ତନ ଦେଖାଗଲା। ଗୋଟିଏକୁ ବାଦ୍ ଦେଲେ ଅନ୍ୟଗୁଡିକ କିଛିଦିନ ପାଇଁ ଠିଆ ହୋଇ ରହିଲେ ଶୁଖିଲା ହାଡ଼ ଭଳି। ତା'ପରେ ସେମାନଙ୍କ ପାଦ ପାଖରୁ ଉଇ ମାଟିର ପଲସ୍ତରା ଉପରକୁ ସଂକ୍ରମିତ ହେଲା। ଅବଲୀଳାକ୍ରମେ ସେମାନେ ମାଟିରେ ହିଁ ମିଶିଗଲେ।

ସମ୍ଭବତଃ ତୁହାକୁ ତୁହା ସଂଘଟିତ ହେଉଥିବା ଆକ୍ରମଣ ଅଭିଭୂତ କରିପକାଇଲା ସେମାନଙ୍କ ଜୀବନକୁ। ମାଟିର ଉତ୍ସର୍ଗୀକୃତ ବିଭବ ସତ୍ତ୍ୱେ ସେଗୁଡିକ ନିଜ ମୁଣ୍ଡ ଉପରେ ସୃଷ୍ଟି ହେଉଥିବା କ୍ଷତର ତୀବ୍ରତା ଅତିକ୍ରମ କରିପାରିଲେ ନାହିଁ।

ଚକଡ଼ାଏ ସ୍ଥାନର ଗୋଟିଏ କୋଣକୁ ଛେଉଣ୍ଡ ଓ ନିଃସଙ୍ଗ ହୋଇ ରହିଥିବା ଏକମାତ୍ର ଗଛ ଘରର କାହାରି ସସ୍ନେହ ଦୃଷ୍ଟି ଆକର୍ଷଣ କରିପାରିଲାନି। ଅନ୍ୟମାନଙ୍କର ମୃତ୍ୟୁ ସତ୍ତ୍ୱେ ସେ ଆହୁରି ଥରେ ପତ୍ର ମେଲିଲା ସମ୍ଭାବ୍ୟ ଆକ୍ରମଣକୁ ବେଖାତିର କରି।

ଏକମାତ୍ର ଏଇ ଗଛଟି ଲୁଣ୍ଠିତ ହେବାର ଦେଖାଗଲା ସକାଳେ। ସେତେବେଳକୁ ସୂର୍ଯ୍ୟ ଉଠି ନ ଥାଏ ଆକାଶକୁ। ମଣ୍ଟୁ ଦୁର୍ଘଟଣାଟି ଦେଖି ସାରି ଘୋଷଣା କଲା ଯେ, ସବାଖାଇ ଗାଈ ଉତ୍ପାତରେ ଏଠାରେ କିଛି କରିବା ଆଦୌ ବୁଦ୍ଧିମାନର କାର୍ଯ୍ୟ ହେବ ନାଇଁ।

ସେ ଗଛ ପାଖକୁ ଗଲା ଏବଂ ଗୋଟାଏ ବିପୁଳ ଆଶ୍ଚର୍ଯ୍ୟ ଉଦ୍‌ଘାଟନ କଲା ଭଳି ପାଟି କରି ଉଠିଲା - 'ଆରେ, ଏଗୁଡିକ ସବୁ କ'ଣ ?'

କ'ଣ ବୋଲି କହି ଘରର କେତେ ଜଣ ସେ ଆଡ଼କୁ ଗଲାବେଳେ ସେ ରହସ୍ୟଟିର ସମାଧାନ ନିଜେ କରିପାରିଲା- 'ଦେଖ, ଦେଖ। ଏ ଗଛ ମୂଳେ ଆହୁରି ତିନିଟା କୁନି ଗଛ।'

ତିନିଟା କୁନି ଗଛ ? ଖଟ ଉପରେ ନିର୍ବାକ୍ ହୋଇ ଶୋଇଥିବା ବୃଦ୍ଧଙ୍କ ଶୀତଳ ଦେହ ଉପରେ ବହିଗଲା ଗୋଟାଏ ଅନନ୍ୟ କମ୍ପନ ଓ ଚାଞ୍ଚଲ୍ୟର ସୁଅ। ସହସା ସେ ହାଲୁକା ଅନୁଭବ କଲେ। ତାଙ୍କୁ ବୋଧହେଲା ସତେ ଅବା ସେ ମୁକ୍ତ ହୋଇ ଯାଇଚନ୍ତି; ଏବଂ ତାଙ୍କର ତାତ୍ପର୍ଯ୍ୟ ଏ ଫାଙ୍କା ଇଲାକାରେ ଅବସ୍ଥିତ ଖଟଠାରୁ ଆହୁରି ବିଶାଳ ହୋଇପଡୁଚି।

ସମସ୍ତେ କୁନି କଳଦୀଗଛ ତିନୋଟିକୁ ଦେଖୁଥିଲେ ପ୍ରଚୁର କୌତୂହଳ ଓ ଗର୍ବର ସହିତ। ସେମାନେ ଯେଉଁ ଗଛ ମୂଳରୁ ଭୂମିଷ୍ଠ ହୋଇଥିଲେ, ତାହା ବିଷର୍ଣ୍ଣ ଦେଖାଯାଉଥିଲା ଏବଂ ଏଥର ସମସ୍ତ ସମ୍ଭାବନା ଅତିକ୍ରମ କରି ସାରିଥିଲା।

ତିନିଟା କୁନି ଗଛ ! ସମସ୍ତ ଅନାହୂତ କ୍ଷୁଧା ପ୍ରତି ଜୀବନ ପ୍ରବାହର ତାହା ହିଁ

ଥିଲା ଏକ ଆହ୍ୱାନ। ନୀରବ ମାଟି ଅପରାହତ ରହିବାର ନିଶ୍ଚିତ ଶକ୍ତି ନେଇ ଟେକି ଦେଉଥିଲା ଏଇ ସବୁଜିମା ପର୍ଯ୍ୟାୟକ୍ରମେ, ସୀମାହୀନ ଭାବରେ। ସମ୍ଭବତଃ କୁନି ଗଛ ତିନୋଟି ପୂର୍ବ ପୁରୁଷର ମୃତ୍ୟୁ ଭୁଲିଯାଇ ବଢ଼ିଉଠିବେ ଆପଣା ମୃତ୍ୟୁକୁ ଭ୍ରୂକ୍ଷେପ ନ କରି ଏବଂ ସୃଷ୍ଟି କରିଚାଲିବେ ଆହୁରି ଉତ୍ତରପୁରୁଷ।

– 'ମଣ୍ଟୁ, ଟିକିଏ ଶୁଣିବୁ କିରେ?' ବୃଦ୍ଧଙ୍କର ସ୍ୱର ଅସ୍ପଷ୍ଟ, କମ୍ପିତ ଅଥଚ ଉତ୍ସାହଦୀପ୍ତ।

– 'କ'ଣ?' ମଣ୍ଟୁ ବହୁଦିନ ପରେ କଥା ମାନି ଠିଆହେଲା ପାଖରେ।

– 'ମୋ କତିରେ ଠିଆ ହ।'

– 'କ'ଣ କହୁନ?' ମଣ୍ଟୁ ପଚାରିଲା ଅସ୍ଥିର ହୋଇ।

– 'ତୋତେ ଟିକିଏ ଭଲ କରି ଦେଖେ। ରହ, ଯାଆନା। ତୋତେ ଭଲ କରି ଦେଖିସାରେ।'

ବୃଦ୍ଧଙ୍କର ଶୁଖିଲା ହାତ ପରିକ୍ରମା କରୁଥିଲା ମଣ୍ଟୁ ଦେହ ଉପରେ ଏବଂ ମଣ୍ଟୁ ବିସ୍ମିତ ହୋଇ ଠିଆ ହୋଇଥିଲା। ସେ ସମ୍ମୋହିତ ହୋଇଯାଇଥିଲା ଏବଂ ଜେଜେଙ୍କର ମୁହଁ ଉପରେ ବାରମ୍ବାର ଦୃଷ୍ଟି ବୁଲାଇ ନିଶ୍ଚିତ ହୋଇଯାଉଥିଲା ଯେ, ତାଙ୍କର ଆଉ ବେଶି ଦିନ ନାହିଁ।

ଅନେକ ଯୁଗ ପରେ ସେ ଯେମିତି ଦେଖୁଚି ଜେଜେଙ୍କୁ। ଯା' ଭିତରେ ସେ ଏତେ ରକ୍ତହୀନ, ମାଂସହୀନ ହୋଇ ପଡ଼ିଲେଣି ବୋଲି ସେ ଲକ୍ଷ୍ୟ କରି ନ ଥିଲା। ସହସା ତା' ମୁହଁ ବିଗଳିତ ଦେଖାଗଲା। ଏକ କରୁଣତା ସ୍ପଷ୍ଟ ହୋଇ ଉଠୁଥିଲା ତା'ର ଓଦା ଆଖି ଏବଂ ଥରିଲା ଓଠ ଉପରେ। ସେ ଆଦୌ ବୁଝିପାରୁ ନ ଥିଲା ଜେଜେଙ୍କର ସେଇ ହାଡୁଆ ମୁହଁ ଉପରେ କାହିଁକି ପରିବ୍ୟାପ୍ତ ହେଉଥିଲା ଏକ ଅତୁଳନୀୟ ପ୍ରସନ୍ନତା ଓ ତୃପ୍ତି। ଏଇ ମୁହୂର୍ତ୍ତରେ ଜେଜେ ସତେ ଯେପରି ଜୀବନର ସମସ୍ତ ପ୍ରାପ୍ତିର ଅଧୀଶ୍ୱର ହୋଇଯାଇଚନ୍ତି। ସଂସାର ପ୍ରତି ତାଙ୍କର କୌଣସି ଅଭିଯୋଗ ଥିବା ଭଳି ଜଣା ପଡୁ ନ ଥିଲା।

■

ଅନ୍ତିମ ଦୃଶ୍ୟ

ସାପୁଆକେଳାର ନାମ ହେଉଚି ଅର୍ଜ୍ଜୁନ ଏବଂ ତାହାର ଚେହେରା ଏଇପରି -

ଦେହର ରଙ୍ଗ କଳା। ଆଣ୍ଠୁ ଲୁଚିବା ପର୍ଯ୍ୟନ୍ତ ଛୋଟ, ମଇଳା ଧୋତି ପିନ୍ଧେ। ଗଞ୍ଜି କିମ୍ବା କମିଜ ସହିତ ତା' ଦେହ ପରିଚିତ ଥିବା ଭଳି ଜଣାପଡ଼େ ନାହିଁ। ଗୋଟାଏ ଗାମୁଛା ପଡ଼ିଥାଏ ତା' କାନ୍ଧ ଉପରେ। ବିଶାଳ ନିଶ, ତା' ନାକ ତଳେ। ଅଧାଅଧି ପାଚିଲା। ମୁଣ୍ଡର କେଶ କର୍କଶ। ସେ ହସିଲେ ଯେ କେହି ଲୋକ ଦେଖିପାରିବ ଯେ, ଆଗ ଚାରୋଟି ଦାନ୍ତ ପଡିଯାଇଚି। ଅବଶିଷ୍ଟ ଦାନ୍ତଗୁଡିକ ହଳଦିଆ। ଗାଢ଼ କଳାରଙ୍ଗର ଓଠ। ଶୁଖିଲା ଶାଳପତ୍ର ଭିତରେ ଦୋକ୍ତା ଗୁଡ଼ାଇ ସେ ଲମ୍ବା ପିକା ତିଆରି କରେ। ଆମ ଗାଁ ବଉଳଗଛ ମୂଳେ ପଡ଼ିଥିବା ଚିକ୍‌କଣ ପଥର ଉପରେ ବସି ସାରି ସେ ଆଗ ପିକା ଲଗାଏ ଏବଂ ମନ ଧ୍ୟାନ ଦେଇ ତାହାକୁ ଟାଣେ। କ୍ଷଣକ ମଧ୍ୟରେ କଥାଟା ପ୍ରଚାରିତ ହୋଇଯାଏ - ଅର୍ଜ୍ଜୁନ ସାପୁଆକେଳା ଆସିଚି।

ଛୋଟ ପିଲାମାନେ ରୁଣ୍ଡ ହୋଇ ସାରିଥାନ୍ତି, ତା' ଚାରି ପାଖରେ। ପ୍ରଲୁବ୍‌ଧ ହୋଇ ସେମାନେ ଚାହାନ୍ତି ଥୁଆ ହୋଇଥିବା ସାନବଡ଼ ପେଡ଼ି ଆଡ଼େ ଏବଂ ତା'ପରେ ଅର୍ଜ୍ଜୁନ ମୁହଁ ଆଡ଼େ। ବିସ୍ମୟ ଓ ସମ୍ମାନ ରହିଥାଏ ସେମାନଙ୍କ ଦୃଷ୍ଟିରେ। ସାଧାରଣ ଭାବେ ଯେଉଁ ଜୀବକୁ ସମସ୍ତେ ଭୟ କରିଥାନ୍ତି, ଗୋପନରେ ଅସତର୍କ ମୁହୂର୍ତ୍ତରେ ଯେ ବିଷ ଛାଡ଼ିଦେଇ ପାରେ ଦେହ ଭିତରେ, ସେଭଳି ଜୀବକୁ ସେ ବନ୍ଦୀ କରି ରଖିପାରିଚି ସୀମିତ ସ୍ଥାନ ଭିତରେ। ଖେଳନା ଭଳି। ତାହାର ନିର୍ଦ୍ଦେଶରେ ଏବଂ ଡମ୍ବରୁ ବାଦନର ତାଳେ ତାଳେ ସେ ଫଣା ଟେକି ସ୍ୱପ୍ନାଛନ୍ନ ହେବ ଏବଂ ନାଚିବ।

ଆମ ଗାଁ ପାଇଁ ଅର୍ଜୁନର ଆଗମନ ଏକ ମନୋରଞ୍ଜନର ଦିନ, ଆଶ୍ଚର୍ଯ୍ୟ ଓ ମୁଗ୍ଧ ହେବାର ଦିନ।

ଭୟ ଓ ମୃତ୍ୟୁର ସାମ୍ରାଜ୍ୟରେ ଅର୍ଜୁନ ଜଣେ ସ୍ୱୀକୃତ ଓ ପରାକ୍ରମଶାଳୀ ସମ୍ରାଟ ବୋଲି କାହାରି ସନ୍ଦେହ ନ ଥିଲା। ସେ ଘୋଷଣା କରେ ଅସମ୍ଭବ ଆତ୍ମବିଶ୍ୱାସ ଓ ଗର୍ବର ସହିତ – 'ସାପର ବିଷ ? ସେଇଟା ପୁଣି ଗୋଟେ କି ଜିନିଷ ? ଥରେ ଫୁଙ୍କି ଦେଲେ ବିଷ ଓହ୍ଲେଇ ଆସିବ ମରିବାକୁ ଯାଉଥିବା ଲୋକ ଦେହରୁ। ଥରେ ପଦ୍ମତୋଳା ବୋଲିଦେଲେ ଅବାଧ, ଖେଚଡ ସାପ କଥାମାନି ଚାଲି ଆସିବ ଡମ୍ବରୁ ବାଦନ ପାଖକୁ – ଯାକୁ ପୁଣି ଗୋଟେ ଡର କ'ଣ ?'

କହୁ କହୁ ସେ ପେଡ଼ି ଭିତରେ ନିଶ୍ଚଳ ହୋଇ ପଡିଥିବା ହଳଦିଆ ରଙ୍ଗର ଗୋଖର ସାପକୁ କାଢ଼ିଆଣେ ଏବଂ ଗାମୁଛା ଭଳି ଦୁଇ କାନ୍ଧ ଉପରେ ପକାଇଦିଏ। ଆମେ କେବଳ ଅନୁମାନ କରୁ, ସୃଷ୍ଟି ସମୟରେ ସମୁଦାୟ ଗରଳ ପିଇଥିବା ମହେଶ୍ୱର ନିଜ କଣ୍ଠର ଜ୍ୱଳନକୁ ପ୍ରଶମିତ କରିବା ପାଇଁ ଗୁଡ଼ାଏ ସାପ ବେକରେ ଝୁଲେଇଥିବା ବେଳେ ହୁଏତ ଏଇଭଳି ଦେଖାଯାଉଥିବେ।

ତା' ସ୍ୱରରେ ଥିବା ପ୍ରରୋଚନା ଓ ଶାସନ କରିବାରେ ଭଙ୍ଗୀ ଲକ୍ଷ୍ୟ କରିବାର କଥା। ସେ ଯେପରି କହେ – ଆରେ, ଆ। ଏମିତି ମିଛଟାରେ ଭିଡ଼ିମୋଡ଼ି ହେଉଚୁ କାହିଁକି ? ହଁ, ଫଣା ଟେକ। ତୋ ପୂର୍ବପୁରୁଷର ବିଶାଳ ଫଣା ତଳେ ବସି ରହନ୍ତି ଶ୍ରୀକୃଷ୍ଣ। ଏ ସୃଷ୍ଟିକୁ ସମ୍ଭାଳି ନିଅନ୍ତି ସେଇଭଳି ବସି ରହି। ଗୋପପୁରକୁ ଗଲାବେଳେ ସେ ଯେଉଁ ବର୍ଷା। ଗୋଟେ ଛତା ଭଳି ତୁ ତାଙ୍କ ଉପରେ ଟେକି ହୋଇ ରହିଥିଲୁ। ଏଇ ହେଉଚି ତୋ ବୁନିୟାଦି। ସେମିତି ଢଙ୍ଗ ଦେଖା। ଚୋରଙ୍କ ଭଳି ହେଉଚୁ କାହିଁକି ? ଗୋଟେ ଛୋଟକାଟର ପକେଟମାରୁ କି କଂସେଇ ଭଳି ଚୁପ୍‌ଚାପ୍ ଆସି ଦଂଶନ କରୁ କାହିଁକି ନିର୍ଦ୍ଦୋଷ ମଣିଷକୁ ? ଏଥିରେ କିଛି ବାହାଦୁରି ନାଇଁରେ, ବାପଧନ ! ତୋ ଖାନ୍‌ଦାନୀ ଦେଖା।

ଏଇଭଳି ପ୍ରରୋଚନା ଦେବା ବେଳେ ଶୁଭୁଥାଏ ଡମ୍ବରୁ। ବେଳେବେଳେ ଅସ୍ଥିର, ଅଧୈର୍ଯ୍ୟ ହୋଇ ତାହା ବାଜେ ଏବଂ ଫଣା ଟେକିଥିବା ସାପ ଅବାଧ ହୁଏ ପ୍ରଚଣ୍ଡ କ୍ରୋଧରେ। ତା' ପାଟିରୁ ଚକ୍ ଚକ୍ କଳାରଙ୍ଗର ଜିଭ ବାହାରି ଆସେ ଜୀବନ ଓ ଅର୍ଜୁନ ପ୍ରତି ଗୋଟାଏ ଚେତାବନୀ ଭଳି। ଆଖି ବିସ୍ଫାରିତ ହୁଏ ପ୍ରତିବାଦ ଓ ଅପମାନରେ। ସେ ଚୋଟ ପକାଏ। କହିବା ବାହୁଲ୍ୟ, ସତର୍କ ଅର୍ଜୁନ ଘୁଞ୍ଚିଯାଏ ପଛକୁ।

– 'ତୁମେ ଭାବୁଚ ମୋତେ ମାରିବା ପାଇଁ ସେ ଏମିତି ହେଉଚି ?' ଅର୍ଜୁନ ସାପର ଏଇ ଆଚରଣକୁ ବୁଝେଇବା ପାଇଁ ଚେଷ୍ଟା କରେ। 'ସେଇଟା ତା' ମତଲବ

ନୁହେଁ। ତାକୁ ଅଳସ ଲାଗୁଚି। ଖେଳିବା ପାଇଁ ତା'ର ଇଚ୍ଛା ନାଇଁ ଅବିକା। ଖାଲି ବାଧ୍ୟରେ ଖେଳୁଚି ଯାହା।' ପେଡ଼ି ଭିତରେ ସେତେବେଳେ ବନ୍ଦୀ ହୋଇ ସାରିଥାଏ ପରାକ୍ରମଶାଳୀ ସାପ। ପେଡ଼ି ଉପରେ ଦଉଡ଼ି ବାନ୍ଧୁଥିବାବେଳେ ଅର୍ଜ୍ଜୁନ କଥା ଶେଷକରେ - 'ସେ ନାଚିବ। ନାଚିବା ଦରକାର। ତା' ନିଜ ପାଇଁ ନୁହେଁ; ମୋ ସଂସାର ପାଇଁ। ସେ ନାଚିବ ଆଉ ମୁଁ ରୋଜଗାର କରିବି ମୋ ପେଟ ପାଇଁ, ଘରର ଲୋକଙ୍କ ପାଇଁ।'

- 'ଏ ସାପ ଏବେ ଧରା ହେଇଚି ଭଳି ଜଣାପଡୁଚି। ଭଲକରି ବୋଲ ମାନି ନାଇଁ। ଯାକୁ ଧରିଲ କେମିତି?' କେହି ଜଣେ ଉତ୍ସାହୀ ଦର୍ଶକ ପଚାରେ।

- 'ଯା'କୁ ଧରିଲି କିପରି?' ପ୍ରଶ୍ନଟିର ନିର୍ବୋଧତା ଅର୍ଜ୍ଜୁନକୁ ବିସ୍ମିତ କରେ। 'ତୁମେ ସବୁ ବାଛୁରୀ ବେକରେ ପଘା ବାନ୍ଧ କିପରି? ଡାକି ଦେବା କ୍ଷଣି ତୁମ ଘରର ବିଲେଇ ଚାଲି ଆସେ କିପରି ତୁମ କୋଳ ଭିତରକୁ?' ଅର୍ଜ୍ଜୁନ ଦମ୍ ଟିକିଏ ନିଏ। ଅନ୍ୟମାନଙ୍କୁ ମନେପକେଇ ଦିଏ - 'ଗତ ବର୍ଷ ତୁମେ ଦେଖିନ, ଠାକୁରଙ୍କ ଗୁହାଳ ଭିତରୁ କେମିତି ମୁଁ ସାପ ଧରିଥିଲି?'

ବାସ୍ତବିକ। ପାହାଡ଼ ଭିତରୁ କି ଆଉ କେଉଁଠୁ କେଜାଣି, ବିଶାଳ ଗୋଖର ସାପ ପହଞ୍ଚିଯାଇଥିଲା ଆମ ଗାଁ ଠାକୁର ମହାଦେବଙ୍କ ଗୁହାଳ ଭିତରେ। ଅର୍ଜ୍ଜୁନ ପହଞ୍ଚି ଯାଇଥିଲା ଗାଁରେ। ତା'ପେଡ଼ି ଭିତରୁ ଫଣା ଟେକି ଖେଳୁଥିବା ସାପ ସିନା ଦେଖିଥିଲେ ସମସ୍ତେ, କିନ୍ତୁ ଗୋଟାଏ ସନ୍ଧି ଭିତରୁ ତା' ନିର୍ଦ୍ଦେଶ ମାନି ସାପଟିଏ କିପରି ଆସିବ, ତା' ପେଡ଼ି ଭିତରକୁ? ଦର୍ଶକମାନେ ଉତ୍ସୁକତାର ସହିତ ତାହା ହିଁ ଦେଖିବା ପାଇଁ ଅପେକ୍ଷା କରିଥାନ୍ତି।

ବାଜିଲା ଡମ୍ବରୁ। ବୋଲା ହେଲା ପଦ୍ମତୋଳା। ଅର୍ଜ୍ଜୁନର ସେଭଳି ମୁହଁ ଆଗରୁ ଦେଖି ନ ଥିଲେ କେହି। ସେ ସତେ ଯେପରି ଅଧୈର୍ଯ୍ୟ ଓ ବିରକ୍ତ ହୋଇ ପଡୁଚି ତା' ପାଖକୁ ଆସିବା ପାଇଁ ଅନିଚ୍ଛା ପ୍ରକାଶ କରୁଥିବା ସାପ ପ୍ରତି। ତେବେ ବେଶି ସମୟ ଅପେକ୍ଷା କରିବା ପାଇଁ ପଡ଼ିଲା ନାହିଁ। ଗୁହାଳର ମୋଟା କାନ୍ଥ ଦେଇ ସେ ଓହ୍ଲାଇଲା। ଅପେକ୍ଷା କଲା। ତା' ସ୍ୱାଧୀନତାରେ ଅବାଞ୍ଛିତ ହସ୍ତକ୍ଷେପ କରୁଥିବା ଯୋଗୁ ସାପ ମୁହଁ ଉପରେ ସତେ ଅବା କ୍ରୋଧ ଓ ତିରସ୍କାର ସ୍ପଷ୍ଟ ହୋଇ ପଡୁଥିଲା। ଏଣେ ଅର୍ଜ୍ଜୁନ ଆହୁରି ଦୁର୍ବୋଧ୍ୟ କଥା କହି ଆହ୍ୱାନ କରୁଥିଲା ତାକୁ। ସମ୍ଭବତଃ ସେ ଆହ୍ୱାନ ଥିଲା ଅଲଘଂନୀୟ। ତା' କହିବା ମୁତାବକ, ସାପଟି ବନ୍ଦୀ ହୋଇସାରିଥିଲା ସେତେବେଳେ। ଆଉ କେଉଁଆଡ଼େ ଖସି ପଳାଇବା ପାଇଁ ତା'ର ସ୍ୱାଧୀନତାକୁ ସଙ୍କୁଚିତ କରି ଦିଆଯାଇଥିଲା। ପରେ ପରେ ଆତ୍ମସମର୍ପଣ କରିବା ଭଙ୍ଗୀ ନେଇ ସେ ପଶିଯାଇଥିଲା

ତା'ପାଇଁ ଉଦ୍ଦିଷ୍ଟ ପେଡ଼ି ଭିତରେ। ଏ ପ୍ରକ୍ରିୟା ଶେଷ ହେବା ମାତ୍ରେ ଅର୍ଜ୍ଜୁନ ଗାମୁଛାରେ ଦେହ ଓ ମୁହଁ ପୋଛି ହୋଇଥିଲା। ଗୋଟାଏ ଅଭ୍ୟାସଗତ, ମାମୁଲି କାମ ଶେଷ କଲା ଭଳି ତା' ମୁହଁ ଦେଖାଯାଉଥିଲା।

ସାପ ଓ ତା'ର ବିଷକୁ ନିଜ ଅକ୍ତିଆରରେ ରଖିବା ପାଇଁ ସେ ଯେପରି ଜନ୍ମ ନେଇଥିଲା। ସଂସାରକୁ ଏମାନଙ୍କ ବିପଦରୁ ରକ୍ଷା କରିବା ପାଇଁ ସେ ଥିଲା ଗୋଟାଏ ଦେବଦୂତ।

ଆମ ଗାଁରେ ଜେଜେଙ୍କ ସହିତ ସେ ଅନେକ ଅନ୍ତରଙ୍ଗ ମୁହୂର୍ତ୍ତ କଟାଇଥିବା କଥା ମୁଁ ଜାଣେ। ଜେଜେଙ୍କୁ ସେ ବାବୁ ବୋଲି ଡାକେ। ତାଙ୍କ ସହିତ ଏଇଭଳି ମୁହୂର୍ତ୍ତ କଟାଇବା ବେଳେ ଅର୍ଜ୍ଜୁନ ଦେଖାଯାଏ ସାଧାରଣ ମଣିଷଟିଏ ଭଳି - ରିକ୍ତ ଓ ଦୁଃଖୀ। ସାପ ଖେଳାଉଥିବା ସମୟରେ ତା' ମୁହଁରେ ଫୁଟି ଉଠିଥିବା ଆତ୍ମବିଶ୍ୱାସ ଓ ସମ୍ରାଟର ଠାଣି ନ ଥାଏ ସେତେବେଳେ।

- 'ଆଉ ଏ ସବୁ କାମ ଭଲ ଲାଗୁନାଇଁ, ବାବୁ।' ଦୀର୍ଘଶ୍ୱାସ ତ୍ୟାଗ କରି ସେ କହେ। 'ଖାଲି ବଂଶର ବେଉସା ବୋଲି ଛାଡ଼ିପାରୁ ନାଇଁ।'

- 'କାହିଁକି ? କ'ଣ ହେଲା ? ତୁ ତ ଏ ଆଖପାଖ ଅଞ୍ଚଳର ସବୁଠୁ ନାମଜାଦା ସାପୁଆ କେଳା।' ତାକୁ ଉତ୍ସାହିତ କରିବାପାଇଁ ଜେଜେ କହନ୍ତି।

ଅର୍ଜ୍ଜୁନ ଏଥିରେ ଆଦୌ ବିମୋହିତ ହୁଏ ନାଇଁ ସେତେବେଳେ। କହେ- 'ଦେଖୁଚ ତ, ଜୀବନଟା ବିତିଯିବାକୁ ବସିଲାଣି। କ'ଣ ମୁଁ କରିଚି ନିଜ ପାଇଁ ? ଦିନରେ ଗୋଟାଏ, ଦୁଇଟା ଗାଁ ବୁଲିବି। ସେଥିରେ ଏମିତି କ'ଣ ରୋଜଗାର ହେବ ଯେ, ନିଜକୁ ପୋଷିବି ? ଆଠ-ଦଶ ବର୍ଷ ତଳେ ମାଇପ ମରିଥିଲା। ଏଇ ମାସେ-ଦୁଇ ମାସ ହେବ, ଝିଅଟା ପଳେଇଲା କାହା ସାଙ୍ଗରେ।'

- 'କୁଆଡ଼େ, କାହା ସାଙ୍ଗରେ ପଳେଇଥିଲା ?'

ବିମର୍ଷ ଡମ୍ବରୁ ମୁହଁ ଉପରକୁ ଓହ୍ଲାଇ ଆସୁଥାଏ ଗୋଟାଏ ଯନ୍ତ୍ରଣାଦାୟକ ଅପମାନ ଓ ଆତ୍ମିକ ଶୂନ୍ୟତା।

କୁଆଡ଼େ ସତରେ ଗଲା ଏଡ଼େ ବଡ଼ ବଢ଼ିଲା ଝିଅଟା ? ଘର ପ୍ରତି, ବାପ ପ୍ରତି ତା' ମନରେ ଯଦି ଏତେ ପ୍ରତିବାଦ ଥିଲା, ତାହା ଥରେ ହେଲେ ତ ପ୍ରକାଶିତ ହୋଇଥାନ୍ତା ? କ'ଣ ତା' ମନରେ ଅଛି, ତାହା ତ ସେ କହି ପାରିଥାନ୍ତା ତାକୁ। ସେମିତି କିଛି ହେଲା ନାଇଁ। ସ୍ତ୍ରୀ ମରିବା ପରଠୁ ଘରର ସବୁ କାମ ସେ କରୁଥିଲା। ଦିନେ ସଞ୍ଜବେଳେ ଘରକୁ ଫେରି ଦେଖିଲା ବେଳକୁ ଝିଅ ନାଇଁ। ସବୁ ଥର ଭଳି ପିଣ୍ଡା ଉପରେ ବସି ସେ ଡାକିଲା ଝିଅକୁ । ପାଣି ଢାଳେ ଦେଲେ ସେ ଧୋଇଧାଇ

ହେବ। କୌଣସି ଉତ୍ତର ନାହିଁ। ଘରଟା ବନ୍ଦ ହୋଇ ପଡ଼ିଥିଲା ଗୋଟିଏ ସାପ ପେଡ଼ି ଭଳି। ସେ ଅପେକ୍ଷା କଲା କିଛି ସମୟ। ତାଟି ଖୋଲି ନିଜେ ପାଣି ଆଣି ଧୋଇ ହେଲା ଏବଂ ଅପେକ୍ଷା କଲା। ଝିଅର ଆଉ ଦେଖା ନାହିଁ।

– 'ତାକୁ ଖୋଜିଥିଲୁ କେଉଁଠି।' ଜେଜେ ପଚାରିଥିଲେ।

– 'ଖୋଜିବି ?' ଆଶ୍ଚର୍ଯ୍ୟ ଓ ହତୋତ୍ସାହ ହୋଇ ଅର୍ଜୁନ ଓଲଟା ପଚାରିଥିଲା ! 'ଖୋଜିବି କେଉଁଠି ? ମୋ ଜାଣିବାରେ ସଂସାରଟା କେଡ଼େ ବଡ଼। ବଣ-ପାହାଡ଼, ଜଙ୍ଗଲ ନଈ ଚାରିଆଡ଼େ। ଗୋଟେ ଲୋକ ଯଦି କେଉଁଠି ରହିଯିବ କାହା ସାଙ୍ଗରେ, ତୁମେ ତା'ର ଟେର୍ ପାଇବ କେମିତି ? ମଣିଷଟା କ'ଣ ସାପ ହେଇଚି ଯେ ଡମ୍ବରୁ ବାଦନ ଶୁଣି, ପଦ୍ମତୋଳାର ଡାକ ଶୁଣି ସେ ଫେରି ଆସିବ ତୁମ ପାଖକୁ ? ମୁଁ ଖାଲି ଅନୁମାନ କଲି ଯେ କାହା ସାଙ୍ଗରେ ସେ ପଳେଇଲା ମୋତେ ଛାଡ଼ି, ମୋ ଘର ଛାଡ଼ି। ତାକୁ ଗୋଟେ ଖୋଜିବି କ'ଣ ? ତୁମ ପାଖକୁ ଆସିବା ପାଇଁ ମଙ୍ଗୁ ନ ଥିବା ଗୋଟେ ମଣିଷକୁ ତୁମେ ଖୋଜିବ କେଉଁଠି ? ପାଇବ କିପରି ?'

ଅର୍ଜୁନ ପିକାରେ ନିଆଁ ଲଗେଇଲା। ପୁଣି କହି ଚାଲିଲା – 'ସଞ୍ଜ ବେଳଟାରେ ମୁଁ ଝିଅର ନାଁ ଧରି ଡାକିଲି ଚାରି ପାଞ୍ଚ ଥର। ଜଙ୍ଗଲ, ପାହାଡ଼ ଜାଗା। ମୋ ଡାକ ସେ ଅଞ୍ଚଳ ଉପରେ ବିଛେଇ ହୋଇଗଲା ଆଉ ମୋ ପାଖକୁ ଫେରିଆସିଲା। ଏଇ ହେଉଚି ମୋର ଖୋଜିବା।'

ଅନେକ ସମୟର ନୀରବତା ପରେ ଗୋଟାଏ ଭଙ୍ଗା ସ୍ୱରରେ ସେ କହିଲା – ' ସେ ପଳେଇଯିବା ପରେ, ଆଉ କିଛି ଭଲ ଲାଗୁନାହିଁ। ମୋ କହିବା କଥା ହେଉଚି, ମୋତେ ତ କହି ଦେଇ ଯାଇଥା'ନ୍ତୁ। ମୁଁ କ'ଣ ମନା କରିଥା'ନ୍ତି ! ହଁ, ମୋ ପାଇଁ ତୁ ଖଟୁ ଥିଲୁ। ରାନ୍ଧିବାଢ଼ି ଦେଉଥିଲୁ। ସବୁକାମ କରୁଥିଲୁ। ତାହା ବୋଲି ମୁଁ କ'ଣ ଏମିତି ଅମଣିଷ ହୋଇଚି ଯେ ତୋ ସୁଖରେ ମୁଁ ବାଧା ଦେଇଥାନ୍ତି ? ସେ ଭାବିଥିବ ଯେ ମୁଁ ତା' କଥା ବୁଝିବି ନାହିଁ। ଚିରଦିନ ତାକୁ ଘର ଭିତରେ ରଖିଥିବି ମୋ ସ୍ୱାର୍ଥ ପାଇଁ।' ତା' ମୁହଁ ବିକୃତ ହୋଇଗଲା ଖୁବ୍ ତିକ୍ତତା ଓ ଅସନ୍ତୋଷ ଯୋଗୁଁ । ମୁଣ୍ଡ ଉପରେ ଦୁଇହାତ ପାପୁଲି ବୁଲାଇ ଆଣିଲା।

ମନକୁ ମନ କହିଲା – 'ଏ କାମ ଛାଡ଼ିଦେବି। ବୁଢ଼ା ହେଲିଣି। ଆଉ ପାରୁନାହିଁ।'

– 'ତା'ପରେ କରିବୁ କ'ଣ ? ଜମିବାଡ଼ି କିଛି କରିବୁ ?' ଜେଜେ ପଚାରିଲେ ସହାନୁଭୂତି ଓ କୌତୂହଳର ସହିତ।

– 'ସେଇ ପରା କଥା'। ବିନା ଦ୍ୱିଧା ଓ ସଂକୋଚରେ ଅର୍ଜୁନ ପ୍ରକାଶ କରେ। 'କଥାଟା ରହିଚି ସେଇଠି। ସଂସାର କହିଲେ ଅଛି ଖାଲି ଘର ଖଣ୍ଡିଏ। ଏମିତି ସେ

ଘର ଯେ ବର୍ଷରେ ଥରେ ଛପର ବି ହୋଇପାରେ ନାହିଁ। ପାଣି ଗଲେ ବର୍ଷା ହେଲେ। ଆଉ, ଜମିବାଡ଼ି କଥା ପଚାରୁଚ କ'ଣ?'

– 'ତେବେ ଚଳିବୁ କେମିତି?' ଅର୍ଜ୍ଜୁନ ଯେଉଁ ପ୍ରଶ୍ନର ସାମ୍‌ନାସାମ୍‌ନି ହେବା ପାଇଁ ଇଚ୍ଛା କରିନାଇଁ, ସେଇ ପ୍ରଶ୍ନ ହିଁ ପଚାରିଲେ ଜେଜେ।

ଅର୍ଜ୍ଜୁନ ପରାଜିତ ଆତ୍ମସମର୍ପଣରେ ଶଙ୍କିଗଲା। ଯେଉଁ ଭଙ୍ଗୀ ନେଇ ସାପମାନେ ତା' ପେଡ଼ି ଭିତରେ ପଶିଯା'ନ୍ତି, ସେଇଭଳି ଦେଖାଗଲା ତା' ମୁହଁ। ଉପାୟଶୂନ୍ୟ ଓ ଅପ୍ରତିଭ ଦେଖାଗଲା ସେ। କିଛି କହିଲା ନାହିଁ। ଏ ପ୍ରଶ୍ନ କ'ଣ ଆଉ କିଛି ହେଇଚି ଯେ ଏଣେ ତେଣେ ଅନେଇଦେଲେ ତା'ର ସମାଧାନର ସୂତ୍ର ମିଳିଯିବ? କିନ୍ତୁ ଅର୍ଜ୍ଜୁନ ଅନ୍ୟମନସ୍କ ଦୃଷ୍ଟିରେ ତା' ଚାରିଆଡ଼କୁ ଚାହିଁଲା ଓ ଆହୁରି ବିଷର୍ଣ୍ଣ ଦେଖାଗଲା।

– 'ଯାହାହେଲେ କିଛି ଗୋଟେ କରିବି। ଏ ଧନ୍ଦା ଛାଡ଼ିବି। ଏଇ କଥା ଚିନ୍ତା କରୁ କରୁ ଦିନ ଆଉ ବର୍ଷ ପଳେଇ ଯାଉଚନ୍ତି। ଏ ଧନ୍ଦା ଛାଡ଼ି ହେଉ ନାହିଁ କି ଆଉ କିଛି କରି ହେଉନାହିଁ। ଏ କାମ ଛାଡ଼ିଦେଲେ ପେଟ ପୋଷିବି କିପରି?' ସେ ଉତ୍ତର ଦେଲା ଅସହାୟ ହୋଇ।

ଅର୍ଜ୍ଜୁନ ତେଣୁ ଧରି ରଖିଥିଲା ତା'ର ପେଡିକୁ ଜୀବନର ଅପରିହାର୍ଯ୍ୟ ଅବଲମ୍ବନ ଭାବରେ। ପେଡ଼ି ଧରି ରଖିଥିଲା ଅର୍ଜ୍ଜୁନକୁ, କାରଣ ଆଉ କିଛି କରିବା ପାଇଁ ତା'ର କ୍ଷମତା ନ ଥିଲା। ତେଣୁ ସତରେ ଅର୍ଜ୍ଜୁନ ସାପମାନଙ୍କୁ ପେଡ଼ି ଭିତରେ ରଖି ସେମାନଙ୍କ ଉପରେ କର୍ତ୍ତୃତ୍ୱ ଜାହିର କରୁଚି କି ସେମାନେ ବନ୍ଦୀ ଥିବା ଅବସ୍ଥାରେ ମଧ୍ୟ ତାକୁ ବନ୍ଦୀ କରି ରଖିଚନ୍ତି, ତାହା ବୁଝିବା ବେଶ୍ କଷ୍ଟ ଥିଲା। ପେଡ଼ିଗୁଡ଼ିକ ବଞ୍ଚି ରହିବା ପାଇଁ ଅପରିହାର୍ଯ୍ୟ ଥିଲା। ଅନ୍ୟ ଗୋଟାଏ ଖସଡ଼ା ତିଆରିବା ପାଇଁ ପେଡ଼ିଗୁଡ଼ିକୁ ପରିହାର କରିବା ଅପରିହାର୍ଯ୍ୟ ଥିଲା। କିଛି ହୋଇପାରୁନଥିଲା ଅର୍ଜ୍ଜୁନ ଜୀବନରେ।

ଅନ୍ୟ କୌଣସି ଲୋକ ଅର୍ଜ୍ଜୁନ ସମ୍ପର୍କରେ ଏତେ କଥା ଜାଣିଥିଲେ କି ନା, କେଜାଣି? ସମସ୍ତେ ତାକୁ କେବଳ ଦେଖିଛନ୍ତି ଅଭିଜ୍ଞ କେଳା ହିସାବରେ। ସବୁବେଳେ ସାପମାନଙ୍କ ସହିତ ତା'ର କାରବାର ଯୋଗୁଁ ସେ ଜଣାପଡ଼େ ରହସ୍ୟମୟ ଭାବରେ ପରାକ୍ରମଶୀଳୀ। ବିଷ ଓ ମୃତ୍ୟୁ ଯେଉଁ ପୃଥିବୀରେ ଏକାନ୍ତ ଭାବେ ସତ୍ୟ ଓ ବାସ୍ତବ, ସେଇ ପୃଥିବୀରେ ସେ ଯେପରି ଏକମାତ୍ର ଭରସା।

ଆମ ଗାଁ ଲୋକଙ୍କ ପାଖରେ ପରିଚିତ ଅର୍ଜ୍ଜୁନ ଅନ୍ତିମ ଦୃଶ୍ୟ ପ୍ରଦର୍ଶନ କରିଥିଲା ପହିଲି ରଜ ଦିନ ବଉଳ ଗଛମୂଳ ଗାଁ ଦାଣ୍ଡରେ। ମୁଁ ସେତେବେଳେ ଗାଁ ପ୍ରାଇମେରୀ ସ୍କୁଲର ଛାତ୍ର। ରଜ ଯୋଗୁଁ ଗାଁ ଉତ୍ସବମୁଖର ଥାଏ। ଦେବ ଆଚାର୍ଯ୍ୟଙ୍କ ଦୋକାନ ବାରଣ୍ଡାରେ ଆରମ୍ଭ ହୋଇଯାଇଥାଏ ଘମାଘୋଟ ପଶାଖେଳ। ଗଞ୍ଜେଇ ଚିଲମ

ହସ୍ତାନ୍ତରିତ ହେଉଥାଏ ଖେଳାଳି ଓ ଦେଖଣାହାରୀଙ୍କ ମଧ୍ୟରେ। ବଉଳ ଗଛମୂଳ ଚିକ୍‌କଣ ପଥର ଉପରେ ଚାଲିଥାଏ ତାସ୍‌ଖେଳ। ଶଙ୍କର୍ଷଣ ମାଷ୍ଟ୍ରଙ୍କ ସାଇରେ ଥିବା ପ୍ରକାଣ୍ଡ ଜାମୁଗଛ ମୂଳେ ଯେଉଁ ଦୋଳି ତିଆରି ହୋଇଥିଲା, ସେଠାରୁ ରଜଦୋଳି ଗୀତ ଭାସି ଆସୁଥିଲା ପବନରେ, ଦୋଳିର କେଁ କଟର ସ୍ୱର ସହିତ। ଏପଟେ, ଯାତ୍ରାପଡ଼ିଆ ପାଖରେ ଥିବା ବରଗଛ ମୂଳେ ମଧ୍ୟ ଦୋଳିଖେଳ ଚାଲିଥିଲା, ଗୀତ ଓ ଶୃଙ୍ଖଳା ଦୋଳିର ଆର୍ତ୍ତନାଦ ସହିତ।

ଦିନ ଦୁଇଟାବେଳେ ପହଞ୍ଚିଗଲା ଅର୍ଜୁନ। ସବୁଥର ଆମେ ତାକୁ ଦେଖୁ ଗୋଟିଏ ଭାର ବୋହିବାର। ଭାରର ଗୋଟିଏ ପାଖରେ ସାପ ପେଡ଼ି। ଅନ୍ୟ ପାଖରେ ସେମାନଙ୍କୁ ଖେଳାଇବା ବାବଦ ଉପାର୍ଜନ। ସେ'ଦିନ କିନ୍ତୁ ତା'କାନ୍ଧରେ ଭାର ନ ଥିଲା। ସେ ଚାଲୁଥଲା ମଦ ନିଶାର ଭାରରେ। ତା' ଆଖି ଥିଲା ଲାଲ୍। ଦୁଇ ଗୋଡ଼ ଠିକ୍ ଭାବରେ ପଡୁ ନ ଥିଲା ମାଟି ଉପରେ। ତା' ପଛେ ପଛେ ନୟାନ୍ତ ହୋଇ ଦୁଇ ଜଣ ଲୋକ ବୋହି ଆଣୁଥିଲେ ଓଳିଆ ଭଳି ଦିଶୁଥିବା ଗୋଟାଏ ପ୍ରକାଣ୍ଡ ସାପ ପେଡ଼ି। ଏଇଟା ଝୁଲି ରହିଥିଲା ଗୋଟାଏ ଶକ୍ତ କାଠ ମଝିରୁ। ଏଇ କାଠକୁ କାନ୍ଧେଇଥିଲେ ଲୋକ ଦୁଇଜଣ।

ବଉଳ ଗଛ ମୂଳେ ପହଞ୍ଚିବା କ୍ଷଣି ଅର୍ଜୁନ ନିର୍ଦ୍ଦେଶ ଦେଲା - 'ରଖ ସେଇଠି।' ଲୋକ ଦୁଇ ଜଣଙ୍କ କାନ୍ଧରୁ ଓହ୍ଲେଇ ଆସିଲା ଶକ୍ତ କାଠର ଭାର। ପେଡ଼ି ରହିଲା ଗାଁ ଦାଣ୍ଡ ଉପରେ ଗୋଟାଏ ରହସ୍ୟର ଜଉମୁଦ ଥିବା ଗନ୍ତାଘର ଭଳି।

ପଥର ଉପରେ ଚାଲିଥିବା ତାସ୍ ଖେଳ ସ୍ଥଗିତ ହୋଇସାରିଥିଲା ସେତେବେଳେ। ସମସ୍ତେ ବିସ୍ମିତ ଦୃଷ୍ଟିରେ ଚାହିଁଲେ ଅର୍ଜୁନକୁ ଓ ତା'ପରେ ପେଡ଼ିକୁ। ପ୍ରାୟ ଅଢ଼େଇ କି ତିନି ଫୁଟ ଉଚ୍ଚ ଥିଲା ପେଡ଼ିଟା। ସାଢ଼େ ତିନିଫୁଟ ଯାଏ ଥିଲା ତା'ର ବ୍ୟାସ। ସିନ୍ଦୁକ ଭଳି ଦିଶୁଥିବା ସେଭଳି ପେଡ଼ି କେହି ଦେଖି ନ ଥିଲେ। ଏଇ କାରଣରୁ ଦୋଳିଖେଳ ବନ୍ଦ କରି ଗାଁର ଦଳେ ଲୋକ ଅର୍ଜୁନକୁ ଅନୁସରଣ କରି ପହଞ୍ଚିଗଲେ ବଉଳ ଗଛମୂଳ ଘରେ।

- 'କ'ଣ କିରେ ସେଇଟା ?' ଦେବ ଆଚାର୍ଯ୍ୟ ପଶାଖେଳ ବନ୍ଦ କରି ପଚାରିଲେ।

- 'ଆସ, ଦେଖିବ ଯଦି। ଅର୍ଜୁନ କ'ଣ ଆଣିଚି।' କେହି ଜଣେ ଉତ୍ତର ଦେଲା।

ଅର୍ଜୁନ ଗଛମୂଳ ପଥର ପାଖରେ ଠିଆ ହେଲା ଏବଂ ସମସ୍ତ ଗାମ୍ଭୀର୍ଯ୍ୟ ନେଇ ଏକରକମ ଆଦେଶ ଦେଲା - 'ତୁମେ ସବୁ ଏଠୁ ଟିକିଏ ଉଠ। ମୁଁ ଆଗ ବସିସାରେ। ବହୁତ ଗୁଡ଼ାଏ ବାଟରୁ ଆସିଚି।' ସମସ୍ତେ ଘୁଞ୍ଚିଗଲେ ସେଠାରୁ। ଅର୍ଜୁନ ବସିଲା।

ଗାମୁଛାରେ ବିଞ୍ଚିହେଲା । ପେଡ଼ିକୁ ବୋହି ଆଣିଥିବା ଲୋକ ଦୁଇ ଜଣଙ୍କୁ ମଧ୍ୟ ବସିବା ପାଇଁ କହିଲା ।

- 'ଓଲଗି, ବାବୁ ।' ଅର୍ଜ୍ଜୁନ ଠିଆ ହୋଇ ଜେଜେଙ୍କୁ ସମ୍ମାନ ଦେଖାଇଲା ଏବଂ ପୁଣି ବସି ପଡ଼ିଲା ।'

ମଦ ନିଶା ଯୋଗୁଁ ଭଲ କରି କଥା କହିପାରୁ ନଥାଏ ସେ । ତଟକା ମଦ ଗନ୍ଧ ବାହାରୁଥାଏ ତା' ପାଟିରୁ । କହିଲା - 'ଗୋଟେ ଧୋତି ଗୋଟେ ଗଞ୍ଜି ନେବି, ତୁମ ପାଖରୁ । ଆମେ ତିନି ଜଣ ପିଠା ଖାଇବୁ । ନେବି ଦଶ ଟଙ୍କା । ସାପ ଖେଳାଇବି ।' ଘୋଷଣା କଲା ସେ ଦୁଇ ହାତ ହଲାଇ ।

ମନୋରଞ୍ଜନ ପାଇଁ ଅର୍ଜ୍ଜୁନର ଦାମ୍ ଟିକିଏ ଚଢ଼ା ଥିଲା । ଜେଜେ କହିଲେ - 'ଆଜି ତୋ ରେଟ୍ ବହୁତ ବେଶି ଜଣା ପଡୁଚି । କେତେ ବଡ଼ସାପଟେ ଆଜି ଆଣିବୁ କି ?'

ପ୍ରଶ୍ନଟା ବୋଧହୁଏ ଟିକିଏ ଅପମାନଜନକ ଥିଲା ତା' ପାଇଁ । କହିଲା - 'କ'ଣ କହିଲ, ହଜୁର ?' କେତେ ବଡ଼ ସାପ ? ଏଇ, ଏଇ ଦେଖ, ଏ ଲୋକ ଦି' ଜଣଙ୍କୁ । ଏମାନେ ବି ଭଲ କରି ତାକୁ ବୋହି ପାରୁନାହାନ୍ତି । ଦେଖ, ସେଇ ପେଡ଼ିକୁ । ଦେଖିଥିଲ ଏମିତି ପେଡ଼ି, ତୁମ ଜିନ୍ଦେଗୀରେ ?'

- 'ନା ।' ଜେଜେ ଆମୋଦିତ ହୋଇ ସ୍ୱୀକାର କଲେ ।

- 'ସେଇ କଥା କୁହ ।' ଜେଜେଙ୍କ ଉତ୍ତର ଅନେକ ତୃପ୍ତି ଦେଲା ତାକୁ । କହିଲା - 'ନଗଦ ଧରାଯାଇଚି । ପାହାଡ଼ ଗୁମ୍ଫାରୁ । ପୋଷା ବି ମାନିନାଇଁ ଭଲ କରି । କେଜାଣି କେତେ ଛେଳି-ମେଣ୍ଢା-ବାଛୁରୀ ଗିଳି ସାରିଚି, ଏ ବଦମାସ୍ ।'

ବାଛୁରୀ ଇତ୍ୟାଦି ଗିଳି ପାରିବା ଭଳି ସାପ ଗୋଟେ । ସମସ୍ତେ ଟିକିଏ ଆତଙ୍କିତ ଏବଂ ଉତ୍ସୁକ ହୋଇପଡ଼ିଲେ । ପରସ୍ପରର ମୁହଁ ଚାହାଁଚାହିଁ ହେଲେ । ସେତେବେଳକୁ ଦୋଳିଗୀତ ସ୍ତବ୍ଧ ହୋଇ ସାରିଥାଏ । ଅର୍ଜ୍ଜୁନ ନାହିଁ ନ ଥିବା ସାପଟେ ଆଣିଚି ବୋଲି ପ୍ରଚାରିତ ହୋଇସାରିଥିଲା ଚାରିଆଡ଼େ । ଗାଁ ଯାକର ମଣିଷ ଠୁଳ ହୋଇସାରିଥାନ୍ତି ବଉଳ ଗଛ ମୂଳେ ।

ଟିକିଏ ଦମ୍ ନେବା ପରେ ଅର୍ଜ୍ଜୁନ ପୁଣି ବାହାସ୍ଫୋଟ୍ ମାରିବା ଆରମ୍ଭ କଲା - 'ଖାଲି ଛାଟିପିଟି ହେଉଚି, ଅବିକା । ପୁଣି ଖସିଯାଆନ୍ତା ପାହାଡ଼ ଖୋଲ ଭିତରକୁ । ତୋତେ ଛାଡ଼ିବ କିଏ ? କାହା ହାବୁଡ଼ରେ ପଡ଼ିଯାଇଚୁ, ବେଟା ?' ଅର୍ଜ୍ଜୁନର ସେମିତି ହସ ଦେଖି ନ ଥିଲେ କେହି । ଏତିକି କଥାରେ ଏମିତି କ'ଣ ବା ହସିବାର ଥିଲା ? ଅଥଚ ଅର୍ଜ୍ଜୁନ ଅସମ୍ଭାଳ ହୋଇ ହସିଲା ଏବଂ ନୀରବ, ନିଶ୍ଚଳ ହୋଇ ରହିଥିବା ପେଡ଼ିଆଡ଼େ ଚାହିଁ ଆପାତତଃ ଅଟ୍ଟହାସ୍ୟ କଲା ।

ସମସ୍ତେ କାହିଁକି କେଜାଣି ଅସ୍ୱସ୍ତି ଅନୁଭବ କଲେ ଅର୍ଜ୍ଜୁନର ଏଇ ଅଭାବିତ ଆଚରଣ ଦେଖି। ତେବେ ସେମାନେ ଜାଣିଥିଲେ ଯେ, ମାତ୍ରାଧିକ ମଦ ପିଇବା ଯୋଗୁଁ ଲୋକଟା ନିଜ ଆୟତ୍ତରେ ନାହିଁ। ଗମ୍ଭୀର ହୋଇଗଲା ସେ ସହସା। କହିଲା - 'ସିଏ ମୋର କ'ଣ କରିବ? କିଓ, କିଛି ଜବାବ ଦେଉନ? ମୁଁ ପଚାରୁଚି, ସିଏ ମୋର କରିବ କ'ଣ?'

ଉତ୍ତର ଆଶାରେ ସେ ଚାହିଁ ରହିଲା ସମସ୍ତଙ୍କ ଆଡ଼େ। ସମସ୍ତେ ନୀରବ ଥିଲେ। ବିଶେଷତଃ ଜେଜେ ତା'ର ଏଇ ଆଚରଣ ଦେଖି ଅପଦସ୍ଥ ହୋଇପଡ଼ିଥିଲେ। ଦୁଇ ଓଠ ସନ୍ଧିରୁ ଝରି ଆସୁଥିଲା ଲାଳ। ଦୁଇ ହାତ ପାପୁଲିରେ ପୋଛି କହିଲା - 'ତୁମେ ସବୁ କେହି କହିବ ନାହିଁ, ମୁଁ ଜାଣିଚି। ଶଳା, ଯଦି କୋଉ ଗୁହାଳରେ ସାପ ପଶିଲା, ତେବେ ଯାଇ ମନେପଡ଼ିବ ମୋ କଥା। କ'ଣ ନା, ଆ, ଆମକୁ ସବୁ ଉଦ୍ଧାର କର। ଚୋପ୍।' ସେ ବିରକ୍ତ ହୋଇପଡ଼ିଥିଲା ଅପରାଧୀ ଭଳି ଦେଖାଯାଉଥିବା ଗାଁ ଲୋକଙ୍କ ଉପରେ। କହିଲା - 'ଚୋପ୍! ସେତେବେଳେ ଡାକିବ ନାହିଁ ଆଉ ମୋତେ। ଡାକିବ କାହିଁକି? ଯଦି ମୋ'ଠି କରାମତି ନାହିଁ ବୋଲି ଭାବୁଚ, ତେବେ କାହିଁକି ଡାକିବ?'

ସେ ଜେଜେଙ୍କ ଆଡ଼େ ଚାହିଁ କହିଲା - 'ବାବୁ, ମୁଁ ଯାଉଚି। ଏଇ, ଦଣ୍ଡବତ।' ସେ ସତକୁ ସତ ଦଣ୍ଡବତ ହେଲା। ପୁଣି କହି ଚାଲିଲା - 'ମୁଁ ଯାଉଚି। ଆଉ ଏଠିକି ଆସିବି ନାହିଁ ଜମା। ଅର୍ଜ୍ଜୁନ ବୋଲି ସାପୁଆକେଳା ଆଜିଠୁ ମରିଗଲା ବୋଲି ଜାଣ। ମରିଗଲା।'

ଟଳ ଟଳ ପାଦ ପକାଇ ନିର୍ଦ୍ଦେଶ ଦେଲା ତା' ସାଙ୍ଗରେ ଆସିଥିବା ଲୋକ ଦୁଇ ଜଣଙ୍କୁ - 'ବସିଚ କ'ଣ? ଏଠି ଆଉ ଖେଳ ହେଇପାରିବ ନାହିଁ। ଉଠ। ଧର। ଚାଲ।' ସମସ୍ତଙ୍କ ଆଡ଼େ ଚାହିଁ କହିଲା - 'ମୁଁ....ମୁଁ.... ଯାଉଚି। ଏଇ ହେଉଚି, ଶେଷ ଦେଖା।'

ସମସ୍ତେ ଚାହିଁଲେ ଜେଜେଙ୍କ ଆଡ଼େ ହତୋତ୍ସାହ ଓ ନିରୁପାୟ ହୋଇ। ଜେଜେ କହିଲେ ଗାଁ ଲୋକଙ୍କ ତରଫରୁ - 'କିରେ, ଏମିତି ପଳେଇଯାଉଚୁ କ'ଣ? ଆମକୁ ଟିକିଏ ଦେଖା, ପେଡ଼ି ଭିତରେ କ'ଣ ରଖିଚୁ? ପହିଲି ରଜଟାରେ ଏମିତି ବିଗିଡ଼ି ଯାଉଚୁ ଗୋଟେ କ'ଣ? ଦେଖୁନ, ସବୁ ଲୋକ ଆସି ରୁଣ୍ଡ ହୋଇଚନ୍ତି, ତୋ' ପାଖରେ?'

ଦେବ ଆଚାର୍ଯ୍ୟ ତାଙ୍କର ସ୍ୱଭାବସୁଲଭ ନାଟକୀୟ ଢଙ୍ଗରେ କହିଲେ - 'ତୁ ଆମକୁ ପଚାରିଲୁ, ସିଏ ତୋର କରିବ କ'ଣ। ଆମେ ତୋତେ କ'ଣ ଜବାବ ଦେଇଥାନ୍ତୁ? ତୋ ପରାକ୍ରମ କ'ଣ ଆମେ ଜାଣିନୁ? ଉଠ୍ କହିଲେ ସେ ଉଠିବ।

ଭିତରକୁ ଯା' କହିଲେ ବାଧ ଜୀବଟିଏ ହୋଇଯିବ ଭିତରକୁ। ତୋ ପାଖରେ ଏସବୁ ମାମୁଲି କଥା। ଏକଥା କିଏ ନ ଜାଣିଚି ଯେ, ତୋତେ କହିବ ବାରମ୍ବାର?

ଅର୍ଜୁନ ଚମତ୍କୃତ ହୋଇଗଲା ଏତିକି କଥାରେ। ତାରିଫ କଲା - 'ନନା, ତୁମେ ଏକା ସମଝଦାର ଲୋକ।' ନିର୍ଦ୍ଦେଶ ଦେଲା ତା' ଲୋକଙ୍କୁ - 'ବସରେ ପିଲେ। ଆଜି ଖେଳ ହେବ ଏଠି।' ଜେଜେଙ୍କ ଆଡ଼େ ଚାହିଁ କହିଲା - 'ମୋ ଧୋତି ଆଉ ଗଞ୍ଜି? ଦଶଟଙ୍କା? କେତେବେଳେ ଦେବ?'

ଜେଜେ କହିଲେ - 'ମୁଁ ଜବାବ ଦେଉଚି, ସବୁ ମିଳିବ। ତୁ ମୋଠୁ ନେବୁ। ବିଶ୍ୱାସ ହେଉଚି ନା, ନାଇଁ?'

ଅର୍ଜୁନ ନିଜ କାନ ଧରି ଗାଲରେ ଚାପୁଡ଼ା ମାରିଲା। ଧୀର ସ୍ୱରରେ କହିଲା - 'ରାମ୍, ରାମ୍। କି କଥା ଶୁଣିଲା ଆଜି ମଣିଷ? ତୁମ ଉପରେ ପୁଣି ମୋର ବିଶ୍ୱାସ ନାଇଁ?'

ସେ ଠିଆ ହୋଇପଡ଼ିଲା। କିଛି ବାଟ ଆଗେଇଗଲା ପେଡ଼ି ଆଡ଼େ। ପୁଣି ଠିଆ ହୋଇ ଆଖିବୁଜି ଧ୍ୟାନସ୍ଥ ହୋଇଗଲା ସତେ ଯେପରି। ସେ ତା'ଠାରୁ ଆହୁରି ବଡ଼ ପରାକ୍ରମ ଓ ଶକ୍ତିକୁ ସ୍ମରଣ କଲା ତାକୁ ସାହାଯ୍ୟ କରିବାପାଇଁ। ଆହୁରି ମଧ୍ୟ ସୂଚେଇଦେଲା ଯେ ଆଜି ସେ ଯାହା କରିବାକୁ ଯାଉଚି, ସେଥିପାଇଁ ସେ ଯଥେଷ୍ଟ ନୁହେଁ। ଅନ୍ୟ ଏକ ଅଦୃଶ୍ୟ ଶକ୍ତି ତାକୁ ପ୍ରତିରକ୍ଷା ଦେବା ଦରକାର ସେ ବାବଦରେ।

ଆଖି ଖୋଲି ସେ ଚାହିଁଲା ଚାରିଆଡ଼େ। ସବୁଆଡ଼ ଏତେ ନୀରବ, ଉଦ୍‌ବିଗ୍ନ ଓ ଶଙ୍କିତ ଥିଲା ଯେ, ସେତେବେଳ ଯାଏଁ ଦେଖି ନ ଥିବା ଅଦୃଶ୍ୟ ସାପର ନିଃଶ୍ୱାସ ପ୍ରଶ୍ୱାସ ସତେ ଅବା ଶୁଣିବାକୁ ସକ୍ଷମ ହେଉଥିଲେ ସମସ୍ତେ। ମଝିରେ ଅଛି ଭୟାନକ ପେଡ଼ି। ତାକୁ ଘେରି ରହିଚନ୍ତି ଉତ୍ସୁକ ଦର୍ଶକମାନେ। ସମସ୍ତଙ୍କ ଆଡୁ ଆଖି ଫେରାଇ ଅର୍ଜୁନ କହିଲା - 'ବାବୁମାନେ, ଏଇଟା ଚାରି-ପାଞ୍ଚହାତର ଚୁଇଁ ସାପଟିଏ ନୁହଁ। ତୁମ ଘରମାନଙ୍କରେ ଯେଉଁ ଢ଼େଙ୍କି ପଡ଼ିଚି, ତା'ଠୁ ଆହୁରି ମୋଟ ଅଜଗର ଏଇଟା। ଏତେ ପାଖରେ ଠିଆହେଲେ ଚଳିବ ନାଇଁ ଜମା। ଘୁଞ୍ଚିଯାଅ ପଛକୁ। ଯା'କୁ ଦେଖିବା ମାତ୍ରେ ତୁମେ ତରକିଯିବ, ଇଏ ବି ତରକିଯିବ। ଯଦି ଅସମ୍ଭାଳ ହେଲା, ତେବେ ହରକତ ହେବାକୁ ପଡ଼ିବ।'

ସମସ୍ତେ ଘୁଞ୍ଚିଗଲେ ପଛକୁ। ଠିଆହେଲେ ପେଡ଼ି ପାଖରୁ ପ୍ରାୟ କୋଡ଼ିଏ ଫୁଟ ଦୂରରେ। ଆହୁରି ପଛକୁ ଯାଅ, ତୁମ ଭଲ ପାଇଁ କହୁଚି ବୋଲି ଅର୍ଜୁନ ସତେ ଯେପରି ପୃଥିବୀ ପ୍ରତି ସର୍ବଶେଷ ସତର୍କବାଣୀ ଶୁଣାଉଥାଏ। ମୁଁ ଚାହିଁଲି ଜେଜେଙ୍କ ମୁହଁକୁ; ସେ ଚାହିଁଲେ ମୋ ଆଡ଼େ। ତାଙ୍କ ହାତ ଧରିଥିଲେ ମଧ୍ୟ ମୋ ମୁହଁର ଆତୁରତା ଓ ସଂଶୟ

ଦେଖି ସେ ଟିକିଏ ହସିଲେ। ମୁଁ ତାଙ୍କୁ ଜଣେଇଦେବାକୁ ଚାହୁଁଥିଲି ଯେ, ଜେଜେଙ୍କର ସକ୍ଷମ ଚାଲାକି ଓ ସୀମିତ ଶକ୍ତି ବାହାରେ ମଧ୍ୟ ଏଭଳି ବିପଦ ଥାଇପାରେ, ଯାହାକୁ ସେ ଆୟତ୍ତ କରିବା ତ ଦୂରର କଥା, ନିଜକୁ ମଧ୍ୟ ନିରାପଦ ରଖିପାରିବେ ନାଇଁ। ନ ହେଲେ ଘଡ଼ଘଡ଼ି ମାରିଲେ ମୁଁ କାହିଁକି ଏତେ ତ୍ରସ୍ତ ଓ ଭୟାତୁର ହୋଇପଡ଼ନ୍ତି ? ଗତ ବର୍ଷ ଆର ସାଇରେ ଘର ପୋଡ଼ିଲାବେଳେ ମୁଁ ନିଜେ ଦେଖିଚି, ଜେଜେ କେତେ ନିରୁପାୟ ଓ ନଗଣ୍ୟ ଦେଖାଯାଉଥିଲେ।

ଆମ ଗାଁ ଅପେକ୍ଷା କରୁଥିଲା ଗୋଟେ ଭୟାବହ ଦୃଶ୍ୟ ଦେଖିବାକୁ। ଏଇ ଭୟାବହ ଦୃଶ୍ୟ ଜଣେ ବୟସ୍କ, ମାତାଲ, ଅଧା-ଲଙ୍ଗଳା, କୁଜାଲୋକ ଜଣକ ହାତରେ କିଭଳି ଖେଳନାଟିଏ ହୋଇ ପଡୁଚି, ତାହା ଦେଖିବା ପାଇଁ ଉତ୍କଣ୍ଠା ବଢୁଥିଲା କ୍ରମଶଃ। ଠିକ୍ ଏଇ ସମୟରେ ଗୋଟିଏ ଭୟବିଜଡ଼ିତ ସ୍ତ୍ରୀଲୋକର ସ୍ୱର ଶୁଭିଲା - 'ବକଟେ ବୋଲି ଜାଗା। ଛୁଆପିଲା ରୁଣ୍ଡ ହେଇଚନ୍ତି ଚାରିଆଡ଼େ। ଏତେ ବଡ଼ ସାପଟେ ଏଠି ଖେଳିବ କେମିତି ? ଭଲ ମନ୍ଦ ଅଛି। କୁଆଡ଼େ ଯଦି କ'ଣ ଗୋଟେ ହୋଇଗଲା ? ସମସ୍ତେ କହୁଚନ୍ତି ତାକୁ ଯାତ୍ରା ପଡ଼ିଆକୁ ନେଇଚାଲ। ସେଇଟା ଫରଚା ଜାଗା। ଏଠି ତାକୁ ଖେଳାଅ ନାଇଁ।'

ଅନୁରୋଧ ଭିତରେ ଏତେ ଯଥାର୍ଥତା ଥିଲା ଯେ, ଅନେକ ଲୋକ ଯାକୁ ସମର୍ଥନ କଲେ। ଗୋଟାଏ ଗୁଞ୍ଜରଣ ବ୍ୟାପିଗଲା ଏତେବେଳ ଯାଏ ଠୁଳହୋଇ ରହିଥିବା ନୀରବ ଲୋକଙ୍କ ମଧ୍ୟରେ। ଗୁଞ୍ଜରଣଟା ପରେ ପରେ ଯୁକ୍ତିତର୍କରେ ବି ପରିଣତ ହୋଇଗଲା। କେତେକ ଲୋକ ସେଇଠି ଖେଳ ହେବ ବୋଲି ଜିଦ୍ ଧରିଥିଲେ।

ଅର୍ଜ୍ଜୁନ ଠିଆ ହୋଇଥିଲା ଓ ଶୁଣୁଥିଲା ଏସବୁ କଥା। ଗମ୍ଭୀର ହୋଇଗଲା। କ୍ଷୁବ୍ଧ ସ୍ୱରରେ କହିଲା - 'ମୋ ଉପରେ ତୁମର ତା' ହେଲେ ଭରସା ନାଇଁ। ଏଇ କଥା ତ ?'

ପ୍ରତିବାଦ କଲା ସ୍ତ୍ରୀଲୋକ ଜଣକ - 'ନାଇଁ, ନାଇଁ ସେ କଥା କେହି କହୁନାହାନ୍ତି। ପିଲାଛୁଆ ଅଛନ୍ତି। ଡରିବେ।'

- 'ଡରିବେ ?' ପୁନରାବୃତ୍ତି କଲା ସାପମାନଙ୍କର ସମ୍ରାଟ ଜଣକ। 'ଆଁ ? ଡରିବେ ? ମୁଁ ଥାଉ ଥାଉ ଏ ମାମୁଲି ସାପକୁ ଡରିବେ ? ଏ ସାପର ଫଣା ଉପରେ ମୁଁ ଆଜି ଗୋଟେ ଛୁଆକୁ ବସେଇବି। ସାପକୁ କହିବି, ଚାଲ ! ସେ ଚାଲିବ। ଠିଆହ, ଠିଆ ହେବ। ଜୁହାର କର, ସମସ୍ତଙ୍କୁ। ସେ ଗୋଡ଼ତଳେ ପଡ଼ିବ। ଯାତ୍ରା ପଡ଼ିଆ କ'ଣ ? ଏଇଠି ହେବ ଖେଳ। ଅର୍ଜ୍ଜୁନ ବୋଲି ନାଁ ଶୁଣିବା କ୍ଷଣି ଏମାନେ ମୂଷା

ବନିଯାନ୍ତି। ହାତଯୋଡ଼ି ଠିଆହେବା ଭଳି ଏମାନେ ଲମ୍ବହୋଇ ଗୋଡ଼ ପାଖରେ ପଡ଼ିଯା'ନ୍ତି। ତୁ ରକ୍ଷାକର, ଆମେ ଆଉ ଦୁଷ୍ଟ ହେବୁନାଇଁ। ତୋ ବୋଲ ମାନୁଥିବୁ - ଏଇ ଢଙ୍ଗରେ ସେମାନେ ମୋ ଶରଣ ପଶନ୍ତି। କ'ଣ ନା, ବକଟେ ବୋଲି ଜାଗା। ବନ୍ଦୀ କରିଦେବି ତାକୁ। ସେ ସେଇ ପେଡ଼ି ବାହାରକୁ ଯାଇପାରିବ ନାଇଁ। ସାପ କାହାକୁ କହନ୍ତି, ସାପଖେଳ କାହାକୁ କହନ୍ତି, ସାପୁଆ କେଳା କହିଲେ କାହାକୁ ବୁଝାଯାଏ, ତାହା ଆଜି ଦେଖିବ। ଅର୍ଜ୍ଜୁନକୁ ଚିହ୍ନିବ ଆଜି ଭଲକରି। ଦେଖିବ, ତା'ର ଶକ୍ତି କେତେ।'

ଅର୍ଜ୍ଜୁନ ନିଜଠାରୁ ଆହୁରି ବିଶାଳ ଏବଂ ଅଲୌକିକ ଶକ୍ତସମ୍ପନ୍ନ ହୋଇପଡୁଥିଲା। ବାସ୍ତବିକ, ମୋ ଭଳି ଜଣେ ଅପରିଣତ ବୟସର ପିଲା ମଧ୍ୟ ନିଶ୍ଚିତ ହୋଇପଡୁଥିଲା ଯେ, ତା' ଚାରିପାଖରୁ ଗୋଟାଏ ରହସ୍ୟମୟ ଶକ୍ତି ବିଚ୍ଛୁରିତ ହେଉଚି। ଗାଁର କୌଣସି ଲୋକ ସେତେବେଳେ ପାହାଡ଼ ଉପରେ ଅବସ୍ଥିତ ନୀଳକଣ୍ଠେଶ୍ୱର ଠାକୁରଙ୍କ କଥା ଭାବୁ ନ ଥାଏ। ସଂସାରକୁ ଓ ଜୀବଜଗତକୁ ସୃଷ୍ଟି କରୁଥିବା, ପାଳନ କରୁଥିବା ଓ ସଂହାର କରୁଥିବା କୌଣସି ଶକ୍ତି ସେତେବେଳେ ଆମ ଚେତନାରେ ନ ଥିଲା। ସମସ୍ତଙ୍କର ହୃଦ୍‌ବୋଧ ହେଉଥିଲା ଯେ ଦୁଷ୍ଟ ଶକ୍ତିକୁ ଓ ତା'ର ପ୍ରାଣନାଶକାରୀ ହଳାହଳକୁ ନିୟନ୍ତ୍ରଣ ଏବଂ ବିନାଶ କରିବାର ଗୋଟାଏ ଦେବତା ହିଁ ଉପସ୍ଥିତ ଆମ ସାମ୍‌ନାରେ, ବଉଳଗଛ ମୂଳେ। ଅର୍ଜ୍ଜୁନ ନିଜର ଚିରାଚରିତ ସଂଜ୍ଞା ଓ ପରିଚୟ ହରାଇ ସାରିଥିଲା ସେତେବେଳେ। ସେ ଦିଶୁଥିଲା ସ୍ୱତନ୍ତ୍ର। କହୁଥିଲା ସ୍ୱତନ୍ତ୍ର କଥା।

ସମସ୍ତେ ଘୁଞ୍ଚିଯାଅ। ଆହୁରି ପଛକୁ ଘୁଞ୍ଚିଯାଅ। ଅନ୍ତିମ ଦୃଶ୍ୟ ଉଦ୍‌ଘାଟିତ ହେବା ପୂର୍ବରୁ ତାହା ଥିଲା ଅର୍ଜ୍ଜୁନର ଅନ୍ତିମ ଆଦେଶ ଓ ଚେତାବନୀ। ସେ ଢାଙ୍କୁଣୀ ଖୋଲିବାକୁ ଯାଉଚି ଏବଂ ସେଇ ଭଙ୍ଗୀରେ ସେ ଅଟକିଗଲା କେତୋଟି ମୁହୂର୍ତ୍ତ ପାଇଁ। ଆମେ ସମସ୍ତେ ଜଡ଼ସଡ଼ ହୋଇଗଲୁ। ଏତେ ଉତ୍କଣ୍ଠା ଓ ଆତଙ୍କ ଆମେ ଯେପରି ଧରି ପାରି ନଥିଲୁ ଆମ ଦେହରେ ଓ ମନରେ।

ଗୋଟାଏ ଚାଲେଞ୍ଜକୁ ସେ ଯେପରି ଆହ୍ୱାନ କରୁଚି ଓ ନିଜର ସମସ୍ତ ଦକ୍ଷତା ଏବଂ କୌଶଳକୁ ଏକତ୍ରିତ କରୁଚି ପ୍ରୟୋଗ ପାଇଁ। ଅର୍ଜ୍ଜୁନର ମୁହଁ ତା'ପରେ ବଦଳିଗଲା। ସେ ଯେପରି ଚାଲେଞ୍ଜକୁ ତୁଚ୍ଛ, ନଗଣ୍ୟ ଓ ଦୟନୀୟ ବୋଲି ବିଚାରୁଚି।

ଢାଙ୍କୁଣୀ ଖୋଲିଯାଉଚି ଆସ୍ତେ ଆସ୍ତେ। ଉଠ୍- ଶୁଭିଲା ଗୋଟାଏ ଆଦେଶ; କିନ୍ତୁ ନା। ଭିତରେ ଗୁଡ଼େଇ ତୁଡ଼େଇ ହୋଇ ରହିଥିବା ଚାଲେଞ୍ଜଟି ଆଦେଶକୁ ଅବମାନନା କରି ପଡ଼ି ରହିଥିଲା ଭିତରେ। ସମ୍ଭବତଃ ଅର୍ଜ୍ଜୁନକୁ ଅନୁନୟ କରୁଥିଲା, ତାକୁ ଏତେ ଲୋକଙ୍କ ଆଗରେ ହାସ୍ୟାସ୍ପଦ ନ କରିବାପାଇଁ। କେଜାଣି, ସେ ହୁଏତ

ଭାବୁଥିଲା, ଗୋଟାଏ ଆଜ୍ଞାବହ ଖେଳନା ପରି ଅର୍ଜ୍ଜୁନର ଆଦେଶ ମାନି ଉଠି ପଡ଼ିଲେ, ତା'ର ସମସ୍ତ ଅହଙ୍କାର ଧୂଳିସାତ୍ ହୋଇଯିବ। ତା' ପ୍ରତି ଲୋକମାନଙ୍କର ରହିଥିବା ଭୟ ଓ ସମ୍ମାନ ହଜିଯିବ। ଏମିତି ଏକ ବଦନାମରୁ ରକ୍ଷା ପାଇବା ପାଇଁ ସେ କିଛି ନ ଶୁଣିବା ଭଳି ଆତ୍ମଗୋପନ କରି ରହିଥିଲା ପେଡ଼ିର ପେଟ ଭିତରେ।

ଡ଼ାଙ୍କୁଣୀଟା ଉଠେଇ ଆଣିଲା ଅର୍ଜ୍ଜୁନ ଓ ପେଡିର ପିଠି ଉପରେ ବାଡ଼େଇଲା ଥରେ ଦୁଇ ଥର। ଭିତରର ଶକ୍ତି ହଲ୍‌ଚଲ ହେଉ ନ ଥିଲା ଜମା। ଅର୍ଜ୍ଜୁନ ଆଦୌ ଅପମାନିତ ଦେଖାଗଲା ନାଇଁ। ବରଂ ତା'ର ଆତ୍ମବିଶ୍ୱାସ ଓ ସ୍ପର୍ଦ୍ଧା ବୃଦ୍ଧି ପାଇଲା ଅନେକ ଗୁଣରେ। ଭିତରେ ମୁହଁ ଲୁଚେଇ ଗୁଞ୍ଜି ହୋଇ ରହିଥିବା ସାପ ଉପରେ ତା'ର ନିୟନ୍ତ୍ରଣ ଚୂଡ଼ାନ୍ତ ବୋଲି ସଙ୍କେତ ଦେଲା ତା'ର ମୁହଁ। ସେ ପ୍ରମାଣ କରିବାକୁ ଚାହୁଁଥିଲା ଯେ, ଚାଲେଞ୍ଜଟା ତା'ର ସମକକ୍ଷ ନୁହେଁ ଆଦୌ। ତା' କବଳରୁ ରକ୍ଷା ପାଇବା ସକାଶେ ସାପର ସେଇଟା ଥିଲା ଗୋଟାଏ ଅନୁନୟ, ଆତ୍ମସମର୍ପଣର ମଥା ନସ୍ତକ। ହାରିଯାଇଥିବା ଜଣକୁ ନେଇ ଖେଳ ଖେଳିବାର କି ଗୌରବ ବୋଲି ତାହା ଥିଲା ନୀରବ ପ୍ରଶ୍ନ।

ଅର୍ଜ୍ଜୁନ କିନ୍ତୁ କୌଣସି ଅନୁନୟ ଶୁଣିବା ଅବସ୍ଥାରେ ହିଁ ନଥିଲା। ତା'ର ସମ୍ପୂର୍ଣ୍ଣ ନିୟନ୍ତ୍ରଣାଧୀନ ଥିବା ଅଜଗରକୁ ଆମ ଆଗରେ ଗୋଟାଏ ଖେଳନାରେ ପରିଣତ କରିବା ପାଇଁ ନିଶା ଓ ପାଗଳାମୀ କାବୁ କରିଥିଲା ତାକୁ।

ଯେଉଁଭଳି ଡମ୍ବରୁ ବଜେଇଲା ସେ ସେଦିନ, ସେମିତି ସେ ବଜେଇ ନ ଥିଲା ଆଗରୁ କେବେ। ତା'ର ପଦ୍ମତୋଳା ପରିଣତ ହୋଇଯାଇଥିଲା ଏକ ଭୟାନକ ଚିତ୍କାରରେ। ସୁପ୍ତ ଶକ୍ତିକୁ ଜାଗ୍ରତ କରିବା ପାଇଁ ସେ ଅସ୍ଥିର ହୋଇପଡୁଥିଲା। ଆମେ ସମସ୍ତେ ଅଧୈର୍ଯ୍ୟ ହୋଇପଡ଼ିଥିଲୁ ତା'ର ଐଶ୍ୱର୍ଯ୍ୟମୟ ଗରିମା ଦେଖିବାପାଇଁ।

ପେଡ଼ିକୁ ହଲାଇଦେବା ମାତ୍ରେ ହିଁ ବିଜୁଳି ଭଳି ଯାହା ଚକ୍‌ଚକ୍ କରି ଉଠିଲା, ତାହା ସମସ୍ତ ଦର୍ଶକଙ୍କୁ ଅଭିଭୂତ କରି ପକାଇଲା। ଦଳେ ଛୁଆଙ୍କର ତ୍ରସ୍ତ ଓ ଆତଙ୍କିତ କାନ୍ଦଣା ଶୁଭିଲା। ଆଲୋ, ମା'ଲୋ ବୋଲି ଅସହାୟ କଥା ବାହାରି ଆସିଲା ଅନେକଙ୍କ ମୁହଁରୁ, ସେମାନଙ୍କର ଅଜାଣତରେ। ଭୀତତ୍ରସ୍ତ ଲୋକମାନେ ଘୁଞ୍ଚିଗଲେ ଆହୁରି ପଛକୁ। କେତେ ଜଣ ଛାଡ଼ି ପଳେଇଲେ ସେ ସ୍ଥାନ। ସମୁଦାୟ ପୃଥିବୀର କାହାଣୀ ସତେ ଯେପରି ଶେଷ ପୃଷ୍ଠାରେ ହିଁ ପହଞ୍ଚିଯାଇଥିଲା।

ଏତେବଡ଼ ପେଡ଼ିକୁ ଅଭିଭୂତ ଓ ଛୋଟ କରିଦେଇ ପ୍ରାୟ ଛ' ସାତ ଫୁଟ ଉଚ୍ଚତା ନେଇ ଠିଆ ହୋଇପଡ଼ିଲା, ସେତେବେଳ ଯାଏ ଚୁପ୍‌ଚାପ୍ ଥିବା, ପ୍ରତିବାଦ କରୁ ନ ଥିବା ଅସାଧାରଣ ସାପଟି। ମୁଁ ଆଖି ଫେରାଇ ଆଣିବା ପୂର୍ବରୁ କେବଳ ଦେଖିଲି,

ଅର୍ଜ୍ଜୁନର କୁଜା ଦେହକୁ ହାସ୍ୟାସ୍ପଦ କରି ସେ କ୍ଷଣକ ସକାଶେ ସବୁଆଡ଼େ ନିରୀକ୍ଷଣ କରିନେଲା ।

କହିବା ବାହୁଲ୍ୟ, ପେଡ଼ିର ଗୋଲାକାର ପୃଥିବୀ ନିଜ ପରିସର ଭିତରେ ଏମିତି ଗୋଟାଏ ଶକ୍ତିକୁ ଧରି ରଖିବା ପାଇଁ ଅକ୍ଷମ ହୋଇ ପଡ଼ିଥିଲା । ସେ ଶକ୍ତି ନିଜର ସ୍ୱରୂପ ଦେଖାଇ ଦେଲା ପେଡ଼ି ଭିତରେ ଠିଆ ହୋଇ ।

ଆଶ୍ଚର୍ଯ୍ୟ, ପରକ୍ଷଣରେ ତାହା ନଇଁ ପଡ଼ିଲା । ନିଜକୁ ସମ୍ପୂର୍ଣ୍ଣ ଭାବରେ ପେଡ଼ିର ପୃଥିବୀରୁ କାଢ଼ି ନ ଆଣି, ସେ ଭୂଇଁ ଉପରେ ଚାରିଆଡ଼ୁ ନିଜକୁ ପହଁରାଇ ଆଣିଲା । ଅର୍ଜ୍ଜୁନର ଡମ୍ବରୁ ବାଦନ ଓ ପଦ୍ମତୋଳାକୁ ବେଖାତିର କରି ସେ ପୁଣି ପେଡ଼ିର ସଂକୀର୍ଣ୍ଣତା ଭିତରକୁ ନିଜକୁ ପ୍ରତ୍ୟାହାର କରି ନେଉଥିଲା ।

ସେଇଟା ଏତେ ପଳାୟନବାଦୀ ଓ ଭୀରୁ ହୋଇପାରିଲା କିପରି ? ପାହାଡ଼ ଜଙ୍ଗଲ ଭିତରେ ମୁକ୍ତ ରହିଥିବା ଓ ନିଜ ଇଚ୍ଛାମତେ ଏଣେ ତେଣେ ଯାଇପାରୁଥିବା ଏଇ ପ୍ରକାଣ୍ଡ ସାପଟି ଏତେ ସନ୍ତୁଷ୍ଟ ହୋଇପାରିଲା କିପରି ପେଡ଼ିର ସୀମିତତା ଉପରେ ? ହେଇ ଦେଖ, କେତୋଟି ମୁହୂର୍ତ୍ତ ପାଇଁ ସେ ଚାରିପାଖର ଅଞ୍ଚଳ ପରିଦର୍ଶନ କରିବା ପରେ ନିଜକୁ ଅସ୍ତ କରିବା ଆରମ୍ଭ କରିଚି ପେଡ଼ିର ଅନ୍ଧକାର ଭିତରେ । ଏବେ ବି ବୁଝିହୁଏ ନାଇଁ ଏଇ ବିସ୍ମୟକର ଆଚରଣ । ପୃଥିବୀ ଭିତରେ ବିସ୍ଫୋରଣ ଘଟି ଆକାଶ ଭିତରକୁ ଉଠିଯାଇଥିବା ଦରବ ମଧ୍ୟ ଫେରିଆସେ ପୃଥିବୀକୁ । ପେଡ଼ି ଓ ସାପ ମଧ୍ୟରେ ଥିବା ଏହିଭଳି ସମ୍ପର୍କକୁ କିନ୍ତୁ ଏବେ ମୋର ପରିଣତ ବୟସ ମଧ୍ୟ ବିଶ୍ଳେଷଣ କରିପାରୁ ନ ଥିଲା ।

ଏତକ ବୋଧହୁଏ ଯଥେଷ୍ଟ ହୋଇଥାନ୍ତା ସେଦିନ ପାଇଁ । ଅର୍ଜ୍ଜୁନ କିନ୍ତୁ ଅସମ୍ଭବ ଅହଙ୍କାରରେ ଅନ୍ଧ ହୋଇଯାଇଥିଲା । ଗୋଲାକାର ପୃଥିବୀକୁ ସେ ପୁଣି ହଲ୍‌ଚଲ୍ କଲା । ତା' ଭିତରେ ଥିବା ଦରବକୁ ସମସ୍ତଙ୍କ ଆଗରେ ଢାଳି ଦେବାପାଇଁ ଥିଲା ପ୍ରତିଜ୍ଞାବଦ୍ଧ ।

ତା' ଭିତରୁ ପୁଣି ଯେତେବେଳେ ବିସ୍ଫୋରଣ ହେଲା, ସେତେବେଳେ ଅଧାଅଧି ଲୋକ ପଳେଇଯାଇଥିଲେ ସେ ସ୍ଥାନରୁ । ଗୋଟିଏ ବଳିଷ୍ଠ ଶକ୍ତି ପୁଣି ପ୍ରକାଶିତ କଲା ନିଜକୁ । ଠିଆହେଲା ପେଡ଼ି ଭିତରେ ଅନ୍ୟ କେଉଁଆଡ଼େ ନ ଚାହିଁ । ଡମ୍ବରୁ ବଜାଉଥିବା ଓ ମନ୍ତ୍ର ବୋଲୁଥିବା ଅର୍ଜ୍ଜୁନ ଉପରେ ତା'ର ଦୃଷ୍ଟି ନିବଦ୍ଧ ରହିଲା । ତା'ପରେ ନିଜକୁ ଛୋଟ କଲା ସେ । ବାଙ୍ଗର ହୋଇଗଲା । ସମସ୍ତେ ଭାବିଲେ ଯେ, ପୁଣି ଥରେ ସେ ନିଜକୁ ଫେରାଇ ନେଉଚି ତାକୁ ବନ୍ଦୀ କରି ରଖିଥିବା ଅନ୍ଧାରୁଆ ସଂକୀର୍ଣ୍ଣତା ଭିତରକୁ । ଏଥର କିନ୍ତୁ ତାହା ହେଲା ନାଇଁ ।

ଗୋଟାଏ ମୁହୂର୍ତ୍ତର ଘଟଣା। ସ୍ତମ୍ଭୀଭୂତ ଦର୍ଶକମାନେ ଦେଖିଲେ ଅଜଗରର ବିଶାଳ ପାଟି ଭିତରେ ଅର୍ଜ୍ଜୁନର ଡାହାଣ ପାପୁଲି। ଏତିକି କଥାରେ ସୃଷ୍ଟି ଓଲଟ ପାଲଟ ହୋଇଯାଇଥିଲା। ଗୋଖର ସାପ ଖେଳାଇଲାବେଳେ, ଆଗରୁ କହିଛି, ଅର୍ଜ୍ଜୁନ ସେମାନଙ୍କୁ ଗାମୁଛା ଭଳି ଦୁଇ କାନ୍ଧ ଉପରେ ପକାଏ। ଆହୁରି ଆଶ୍ଚର୍ଯ୍ୟର କଥା, ସାପର ମୁହଁକୁ ସେ ପାଟି ଭିତରେ ମଧ୍ୟ ପୂରାଇଦିଏ, ସେମାନଙ୍କର ବଶତା ଓ ନିରୀହତା ପ୍ରମାଣ କରି। ସତେ ଯେପରି ସାପ ଏକ ଛୋଟ ପିଲା, ସ୍ନେହ କାଙ୍ଗାଳ ଜୀବଟିଏ।

ଏଥର କିନ୍ତୁ ଦୃଶ୍ୟଟା ଥିଲା ସମ୍ପୂର୍ଣ୍ଣ ବିପରୀତ। ଅଜଗରର ପାଟି ଭିତରେ ଥିଲା ଅର୍ଜ୍ଜୁନର ହାତ। ତଥାପି ଉପସ୍ଥିତ ଥିବା ଅବଶିଷ୍ଟ ଦର୍ଶକମାନେ ଚମତ୍କୃତ ହେଲେ। ସେମାନଙ୍କର ସନ୍ଦେହ ନଥିଲା ଯେ, ସାପୁଆକେଳା ବିଚିତ୍ର ଦୃଶ୍ୟ ଦେଖାଉଛି ସେମାନଙ୍କୁ। ଏଇଟା ଥିଲା ଗୋଟାଏ ମାମୁଲି ଘଟଣା। ଏହା ସୂଚିତ ହେଉଥିଲା ଅର୍ଜ୍ଜୁନର ବ୍ୟବହାରରୁ। ବାଁ ହାତରେ ସେ ଧରିଥିଲା ଡମ୍ବରୁ ଏବଂ ପଦ୍ମତୋଳା ବୋଲି ଚାଲିଥିଲା ଆଗ ଭଳି।

– 'ଏଥର ଛାଡ଼ିଦେ। ସମସ୍ତେ ଦେଖିସାରିଲେଣି ତୋ ଖେଳ'। ସେ ନିର୍ଦ୍ଦେଶ ଦେଲା। 'ଛାଡ଼ିବୁ ନାଇଁ? ଆଉ ଟିକିଏ ଏଇଭଳି ରହିବୁ? ହଉ ରହ।' ଗୋଟାଏ ଉଦାର ସ୍ୱରରେ ଅର୍ଜ୍ଜୁନ ଅନୁମତି ଦେଲା ଅଜଗରକୁ।

କିନ୍ତୁ ଅର୍ଜ୍ଜୁନ ଯେତେବେଳେ ଆବିଷ୍କାର କଲା ଯେ, ତା' ହାତର କହୁଣୀ ଅସ୍ତ ହୋଇଯାଉଛି ଗୋଟାଏ ଭୋକିଲା ଗର୍ଭ ଭିତରକୁ, ସେ ଟିକିଏ ବିଚଳିତ ହେବା ଆରମ୍ଭ କଲା, ତା' ହାତରୁ ଖସି ପଡ଼ିଲା ଡମ୍ବରୁ ଏବଂ ସେ ବସିପଡ଼ିଲା ତଳେ। ଦର୍ଶକମାନଙ୍କ ମୁହଁ ଉପରେ ଥିବା ବିସ୍ମୟ ଓ ପ୍ରଶଂସାର ସ୍ମିତ ହସ ପାଣ୍ଡୁର ହୋଇଗଲା। ସେମାନେ ଆତଙ୍କିତ ହୋଇ ଦେଖିଲେ ଯେ, ଅଜଗର ନିଜ ଗର୍ଭକୁ ଗୋଟାଏ ପେଡ଼ିରେ ପରିଣତ କରିବାକୁ ଯାଉଚି। ଏଇ ପେଡ଼ି ଭିତରକୁ ସେ ଅନିବାର୍ଯ୍ୟ ଶକ୍ତି ଓ ଭୋକରେ ଟାଣି ନେଉଚି, ସାପୁଆ କେଳାର ଡାହାଣ ହାତକୁ ଗୋଟାଏ ସାପ ବୋଲି ମନେକରି।

ଅର୍ଜ୍ଜୁନ ଆଉ ଚାହୁଁ ନ ଥିଲା ଦର୍ଶକମାନଙ୍କ ଆଡ଼େ। ସେମାନେ ପ୍ରାୟ ପଳେଇଯାଇଥିଲେ ସେ ସ୍ଥାନ ଛାଡ଼ି। ଅର୍ଜ୍ଜୁନ ଚାହିଁ ରହିଥିଲା ଅଜଗରର ଆଖିକୁ ଏବଂ ଅଜଗର ସମସ୍ତ ପ୍ରତିଶୋଧ ଓ ହିଂସ୍ରତା ନେଇ କଳନା କରୁଥିଲା ଅର୍ଜ୍ଜୁନର ମୁହଁକୁ ଚାହିଁ ଏବଂ ତା'ର ହାତ ଆସ୍ତେ ଆସ୍ତେ ବୁଡ଼ିଯାଉଥିଲା ଗୋଟାଏ ପ୍ରଳୟ ଭିତରେ।

ସବୁ ସ୍ତବ୍ଧ ସେତେବେଳେ। ଡମ୍ବରୁ ଭୁଲିଯାଇଥିଲା ନିଜକୁ। ପଦ୍ମତୋଳା ଜମାଟ ବାନ୍ଧି ଯାଇଥିଲା ଅଭ୍ୟସ୍ତ ପାଟି ଭିତରେ। ଗୋଟାଏ ସଂଘର୍ଷ ଚାଲିଥିଲା ନିରବରେ। ଗ୍ରାସ କରିବାର ପ୍ରକ୍ରିୟା ଅବ୍ୟାହତ ଥିଲା।

– 'ଛାଡ଼ିଦେ।' ଗୋଟାଏ ମୁମୂର୍ଷୁ ନିବେଦନ। 'ମୋତେ ଛାଡ଼ିଦେ।' ଏ ସ୍ୱର ଉପରେ ଲିପି ହୋଇଯାଇଥିଲା ଗୋଟାଏ ଅସହାୟ କୋହ। ଅର୍ଜ୍ଜୁନ ନିଜର ପରାକ୍ରମ ଦେଖାଇବାକୁ ଯାଇ ନିଜ ହାତ ଟାଣିବା ପାଇଁ ଚେଷ୍ଟା କଲା ପ୍ରତିଜ୍ଞବଦ୍ଧ ପାଟି ଭିତରୁ। ସେ ନୟାନ୍ତ ହୋଇଯାଇଥିଲା ଏବଂ ତା' ମୁହଁ ଉପରେ ପ୍ରତିଫଳିତ ହେଲା ଚରମ ବ୍ୟାକୁଳତା ଓ ଅସହାୟତା, ଯାହା ଦେଖାଦିଏ ପୃଥିବୀକୁ ଧରି ରଖିବା ପାଇଁ ଚେଷ୍ଟା କରୁଥିବା ଲାଳସାଗ୍ରସ୍ତ ଜଣେ ମଣିଷର ଅନ୍ତିମ ମୁହୂର୍ତ୍ତରେ। ଅଜଗର ଅଭିଭୂତ କରୁଥିଲା ଅର୍ଜ୍ଜୁନକୁ ଏବଂ ନିଜ ନିୟନ୍ତ୍ରଣ ଭିତରେ ରଖିସାରିଥିଲା ସେତେବେଳକୁ।

ଅଜଗରର ପେଡ଼ି ଭିତରେ ଅର୍ଜ୍ଜୁନର ସମୁଦାୟ ହାତ ରହିଯିବାର ମୁହୂର୍ତ୍ତଟା ଥିଲା ବୋଧହୁଏ ଶେଷ ମୁହୂର୍ତ୍ତ। କିନ୍ତୁ ଯା'ପରେ କ'ଣ କରାଯାଇପାରେ, ତାହା ବୋଧହୁଏ ଚିନ୍ତା କରୁଥିଲା ସେଇ ହିଂସ୍ର ଓ ଅନିୟନ୍ତ୍ରିତ ଅଜଗର। ଅର୍ଜ୍ଜୁନକୁ ଗୋଟାଏ ମାମୁଲି, ତୁଚ୍ଛ ଓ ଅନାବଶ୍ୟକ ଜୀବଟିଏ ବୋଲି ପ୍ରମାଣ କରିବାପାଇଁ ସେ ନିଜକୁ ସମ୍ପୂର୍ଣ୍ଣ ଭାବେ ବାହାର କରି ଆଣିଲା ପେଡ଼ି ଭିତରୁ। ଅଳ୍ପ କେତୋଟି ମୁହୂର୍ତ୍ତ ମଧ୍ୟରେ ସେ ଗୁଡ଼େଇ ହୋଇଗଲା ଅର୍ଜ୍ଜୁନର କୁଜା, ଆପାତତଃ ଫାଙ୍କା ଦେହ ଉପରେ।

ସେତେବେଳକୁ ଆଉ ବିଶେଷ କିଛି କରିବାର ନ ଥିଲା। ଅର୍ଜ୍ଜୁନ ଚାରିପାଖର ଚାପ ଦୃଢ଼ ହେଉଥିଲା କ୍ରମଶଃ। ତା'ର ଡାହାଣ ହାତ ଉପରେ ଗୋଟାଏ ପାଟି ଆସ୍ତେ ସଙ୍କୁଚିତ ହେଉଥିଲା।

– 'ରକ୍ଷାକର, ବଞ୍ଚାଅ।' କୁଣ୍ଡଳୀ ମଧ୍ୟରେ ଆବଦ୍ଧ ଥିବା ଲୋକଟିର ସ୍ୱର ଶୁଭିଲା। ଶେଷଥର ପାଇଁ।

ଅର୍ଜ୍ଜୁନ ସହିତ ଆସିଥିବା ଲୋକ ଦୁଇଜଣ ସେତେବେଳ ପର୍ଯ୍ୟନ୍ତ ଏମିତି ଉପାୟହୀନ ଓ କିଂକର୍ତ୍ତବ୍ୟବିମୂଢ଼ ହୋଇ ଦର୍ଶକ ସାଜିବା ଉଚିତ ନ ଥିଲା। ସେମାନେ କିଛି ଗୋଟାଏ କରିପାରିଥାନ୍ତେ। ସେମାନେ ଅଣ୍ଟା ଭିଡ଼ି ବାହାରି ଆସିବାବେଳେ ଆଉ ବା ଥିଲା କ'ଣ? ହନ୍ତସନ୍ତ ହୋଇ ସେମାନେ ଯେଉଁ ପେଡ଼ିକୁ ବୋହି ଆଣିଥିଲେ ସେଇଟା ସତେ ଯେମିତି କିଛି ବୁଝି ନ ପାରି, ଆଁ କରି ଚାହିଁ ରହିଥିଲା ଆକାଶକୁ। ଡାଙ୍କୁଣୀଟା ପଡ଼ିଥିଲା ତା' ପାଖରେ। ପେଡ଼ି ଭିତରଟା ଥିଲା ଶୂନ୍ୟ, ଶୂନ୍‌ଶାନ୍ ବଉଳ ଗଛ ମୂଳ ଭଳି।

ସେଦିନ ମତେ ବାହାରକୁ ଯିବା ପାଇଁ ଅନୁମତି ମିଳି ନଥିଲା। ବିଚଳିତ ଅସ୍ଥିର ଜେଜେଙ୍କ ପାଖରେ ମୁଁ ଥିଲି ସବୁବେଳେ। ଦୋଳିର କେଁକଟର ଶବ୍ଦ ଓ ଦୋଳିଗୀତ ବାତିଲ ହୋଇଯାଇଥିଲା। ସବୁ ଥିଲା ସ୍ତବ୍ଧ ଓ ଭୟ ବିଜଡ଼ିତ।

ସେଦିନ ରାତିରେ ଅନେକ ସାହସ କରି ମୁଁ ଜେଜେଙ୍କୁ ପଚାରିଲି, – 'ଜେଜେ,

ଅର୍ଜ୍ଜୁନର କ'ଣ ହେଲା ? ହାତଟା ପାଟି ଭିତରୁ ବାହାର କରି ଅଜଗରକୁ ପୁଣି ପେଡ଼ି ଭିତରେ ରଖିଲା ନା ନାଇଁ ?'

- 'ଚୋପ୍ !' ଜେଜେ ଏମିତି ଧମକ ଦେଇ ନ ଥିଲେ ମୋତେ ଆଗରୁ । ତାଙ୍କ ମୁହଁ ଏତେ ବିଷର୍ଣ୍ଣ ଦେଖାଯାଉଥିଲା ଯେ, ମନେ ହେଉଥିଲା ସତେ ଯେମିତି କିଛି ଗୋଟାଏ ଅଭାବିତ ସମ୍ପତ୍ତି ହାତଛଡ଼ା ହୋଇଯାଇଚି ତାଙ୍କର ।

ପାପୁଲିରେ ମୁହଁ ପୋଛି ସେ ସତର୍କବାଣୀ ଶୁଣାଇଲେ ମୋତେ - 'ଏକଥା ଭାବିବୁ ନାଇଁ କେବେ । କାହାରିକୁ ଏକଥା ପଚାରିବୁ ନାଇଁ । କେହି ତୋତେ ଠିକ୍ ଭାବରେ କହିପାରିବେ ନାଇଁ ।'

ମୁଁ ଏକଥା କାହାରିକୁ ପଚାରି ନାଇଁ । ଏ ବୟସରେ ମୋର ହୃଦ୍‌ବୋଧ ହେଉଚି, କାହାକୁ ପଚାରିଲେ ମଧ୍ୟ ସେ ଠିକ୍ ଭାବରେ କଥାଟା ବୁଝେଇପାରନ୍ତେ ନାଇଁ ।

■

ଆୟୁଷ୍ମାନ

ବାପା ବଞ୍ଚିଥିବାବେଳେ ହିଁ ପାଦ ତଳର ମାଟି ଉଜୁଡ଼ିବା ଆରମ୍ଭ କରିଥିଲା। ଭାଙ୍ଗି ଯାଉଥିଲା ସର୍ବଶେଷ ଅବଲମ୍ବନ। ଶଶାଙ୍କ ଜାଣିଥିଲା, ଘର ଭିତରେ ନିଜକୁ ଏକତ୍ର କରୁଥିବା ଝଡ଼ ଖୁବ୍ ନିକଟରେ ଆତ୍ମପ୍ରକାଶ କରିବ। ଏହା ସଂହାର କରିବ ତା'ର ଯୋଜନା ଓ ଆଶା। ବଦଳାଇ ଦେବ ଗତିପଥ। ଏଇ ଝଡ଼ ଯେଉଁ ବିଶାଳ ଜୁଆର ଆଣିବ, ତାହା ଘୋଡ଼ାଇ ଦେବ ଜୀବନର ସମସ୍ତ ଉର୍ବର ଅଞ୍ଚଳକୁ, ବହଳ ବାଲିର ପରସ୍ତ ଦ୍ୱାରା। ତା'ପରେ ଆଉ କ'ଣ? ଉପାୟ ନ ଥିବ କିଛି କରିବାପାଇଁ। ସବୁ ହୋଇପଡ଼ିବ ଥୁଣ୍ଟା, ସବୁଜିମା ବିବର୍ଜିତ, ଶ୍ରୀହୀନ ଓ କଦାକାର।

ଶଶାଙ୍କର ମାନସିକତା ଏଇଭଳି। କିଛି ଗୋଟେ ଦେଖିଲେ, ଅନୁଭବ କଲେ, ସେ ମନ ଭିତରେ ଏଇଭଳି ଭୟଙ୍କର, ବୀଭତ୍ସ ମାନଚିତ୍ରଟେ ସୃଷ୍ଟି କରିପକାଏ। ବାସ୍ତବିକ ସୃଷ୍ଟି ହୋଇଯାଏ ଆପଣାଛାଏଁ। ଏଇ କଳ୍ପିତ ମାନଚିତ୍ର ବେଳେବେଳେ ଏମିତି ବାସ୍ତବତାର ରୂପ ନିଏ ଯେ, ଶଶାଙ୍କ ଭାବେ, ସତରେ ଏମିତି ଘଟିସାରିଲାଣି। ଅଚଳ ହୋଇଯାଉଚି ଗୋଡ଼। ବରଫରେ ପରିଣତ ହୋଇଯାଉଚି ହାତ। ଚିନ୍ତା କରିବାର ଶକ୍ତି ଜଖମ ଘଣ୍ଟାର କଣ୍ଟା ଭଳି ଅଟକି ରହିଚି। ଦେହ ଆଉ ମନର ଶକ୍ତି ପରିଣତ ହୋଇଯାଉଚି ଗୋଟେ ଶୃଙ୍ଖଳା ଟ୍ୟାପ୍‌ରେ। ସେ ନିଷ୍କ୍ରିୟ ଓ ବିବ୍ରତ ହୋଇପଡ଼େ।

ପି.ଜି. କରିବାପାଇଁ କେଉଁଠି ହେଲେ ସିଟ୍ ମିଳିବ କି ନାହିଁ ବୋଲି ସେ ସନ୍ଦିହାନ ଥିବାବେଳେ ବାପାଙ୍କର ଦେହାନ୍ତ। ଏ ଲୋକ ଜଣକର ଖୁଁ ଖୁଁ କାଶ ଭିତରେ ବି ତା' ପାଇଁ ଥିଲା ସାହସର ସ୍ୱରଟିଏ। ତାଙ୍କର ରକ୍ତ ମାଂସ ଚିପୁଡ଼ା ଦେହ ଥିଲା

ଭରସାର ଆକାଶ ହୋଇ। ପ୍ରାୟ ସବୁବେଳେ ସେ ଯେଉଁ ବିଛଣାରେ ଶୋଇ ରହୁଥିଲେ, ସେଥିରେ ତା' ପାଇଁ ସତେ ଯେପରି ଅନେକ ଉଷୁମ ଜାଗା ଥିଲା। ମୋଟ କଥା ହେଉଚି, ବାପା ବଞ୍ଚିଥିଲେ ଏବଂ ଶଶାଙ୍କର ଶ୍ୱାସ ପ୍ରକ୍ରିୟା ଚାଲିଥିଲା ଯଥାସମ୍ଭବ ସ୍ୱାଭାବିକ ଭାବରେ। ବାପା ବଞ୍ଚିଥିଲେ ଏବଂ ଶଶାଙ୍କର ଶ୍ୱାସ ପ୍ରକ୍ରିୟା ଚାଲିଥିଲା ଯଥାସମ୍ଭବ ସ୍ୱାଭାବିକ ଭାବରେ। ବାପା ବଞ୍ଚିଥିଲେ ଏବଂ ଶଶାଙ୍କର ରକ୍ତ ସଞ୍ଚାଳନ ଅଟକି ନ ଥିଲା କେବେ। ବାପା ବଞ୍ଚିଥିଲେ ଏବଂ ଶଶାଙ୍କର ତିଷ୍ଠି ରହିବା ପ୍ରତି ପ୍ରତିଶ୍ରୁତି ଦେଉଥିଲେ। ସେ ନିତାନ୍ତ ସାନ ଥିବାବେଳେ ମା'ଙ୍କୁ ହରାଇଥିବାରୁ, ବାପାଙ୍କୁ ଦୁଇଟି କାମ କରିବାକୁ ପଡୁଥିଲା। ଦେଉଥିଲେ ମା'ର ସ୍ନେହ ଓ ଆକଟ; ପୁଣି ବାପାଙ୍କର କର୍ତ୍ତବ୍ୟବୋଧ ଓ ଦାୟିତ୍ୱ।

ମରିଗଲେ ସେ। ଆପାତତଃ ଭସେଇ ଦେଇଗଲେ ଶଶାଙ୍କକୁ। ସେ ଜାଣିପାରି ନ ଥିଲେ ଯେ ଗ୍ରାଜୁଏଟ୍ ହୋଇଥିବା ଏ ପିଲାଟି ଖୁବ୍ ନରମ। ଭାଙ୍ଗିଯାଏ, ତରଳିଯାଏ ସାମାନ୍ୟ ଚାପରେ, ଉତ୍ତାପରେ। ବିବ୍ରତ, ଅସ୍ଥିର ହୁଏ। ଆଉ, ଆଜିକାଲି ଚାପ ଓ ଉତ୍ତାପ କେଉଁଠି ବା ନାହିଁ? କେଉଁଠି ନାହିଁ, ରୁନ୍ଧି ହୋଇଯାଉଥିବାର ଅନୁଭବ? ନିଜ ସମସ୍ୟାରେ ଜର୍ଜରିତ ଓ ଅଥୟ ନ ହେଉଚି କିଏ ଏଠାରେ? ଏମିତି ପରିସ୍ଥିତିରେ କିଏ ଆଗେଇ ଆସିବ, ଶଶାଙ୍କର ପିଠି ଥାପୁଡ଼ିବା ପାଇଁ? ତାକୁ ଛାତି ଭିତରେ ଜାକି ଧରିବା ପାଇଁ?

ଏମିତି ନରମ ପାପୁଲି, ଏମିତି ପ୍ରସାରିତ ଆଲିଙ୍ଗନ କେଉଁଠି ଥାଏ କେଜାଣି? ସତରେ ଥାଏ କି? ଘରେ କିନ୍ତୁ ସେ ପାଇପାରୁ ନ ଥିଲା ଏସବୁ। ବଡ଼ଭାଇ ଶେଖର ଓ ଭାଉଜ ସୁମିତ୍ରାଙ୍କର ଦିଗ୍‌ବଳୟ ଖୁବ୍ ସୀମିତ। ଏଥିରେ ଅଛନ୍ତି ନିଜର ଦୁଇଟି ପିଲା ଓ ସେ ଦୁହେଁ।

ବାପା ଥିଲେ। ଚାଲିଥିଲା ପାଠପଢ଼ା କୌଣସି ମତେ। ଜମିରୁ ଯେତିକି ଫସଲ ମିଳିବ, ସେଥିରୁ ଗୋଟେ ଅଂଶ ଶଶାଙ୍କର। ସେତିକିରେ ସେ ରହିପାରିବ ହଷ୍ଟେଲରେ। କିଣିପାରିବ ବହି ଓ ଲୁଗାପଟା। ଯାଇପାରିବ ପିକ୍‌ନିକ୍‌ରେ। ସାମିଲ ହୋଇପାରିବ ଅନ୍ୟମାନଙ୍କ ସହିତ ଫିଷ୍ଟ୍‌ରେ। ଗୁପ୍‌ଚୁପ୍ ଖାଇପାରିବ ଆମ୍ବଗଛ ମୂଳେ ଠିଆ ହେଉଥିବା ଠେଲାଗାଡ଼ି ପାଖରେ। ସିନେମା ଯାଇପାରିବ।

ସ୍ପଷ୍ଟ ଭାବେ ନୁହେଁ; ପରୋକ୍ଷ ଭାବରେ ବାପା ତା' ପାଇଁ କରିପାରିଥିଲେ ଏଇ ବ୍ୟବସ୍ଥା। ଜର୍କିଙ୍ଗ୍ ହେଉଥିଲା ପ୍ରବଳ। ଏଇ ଯେମିତି ବ୍ରେକ୍‌ଡାଉନ୍ ହୋଇଯିବ। ଅଟକିଯିବ ପଢ଼ାପଢ଼ିର ଗାଡ଼ି। ମାତ୍ର ଚାଲିଥିଲା, ଭାଉଜ ବେଳେବେଳେ ବାପାଙ୍କୁ ଜବାବ୍ ଦେବା ସତ୍ତ୍ୱେ। ଘରେ ଯଦି ସ୍ତ୍ରୀ ମାମଲତକାର ହୁଏ, ତେବେ ବେଳେବେଳେ

ଅବସ୍ଥା କିପରି ହୁଏ, ତାହା ଜାଣିବାକୁ ହେଲେ ଶେଖରକୁ ଦେଖିବା ଦରକାର। ସେଇ ଘରର ଚଳଣି ଲକ୍ଷ୍ୟ କରିବା ଏକାନ୍ତ ଜରୁରୀ।

ମରିଗଲେ ବାପା। ଲଣ୍ଡା ହେବାର ଜମା ପାଞ୍ଚ-ଛ' ଦିନ ପରେ ଭାଉଜଙ୍କ ଉକ୍ତି – 'ମୁଁ କାହାର ପୋଇଲୀ, ନା ଚାକରାଣୀ? ଭାତ ହାଣ୍ଡି ଧରି ବସିଥିବି ଦିନ ଦୁଇଟା ଯାଏଁ? ରାତି ଅଧ ପର୍ଯ୍ୟନ୍ତ? ନିଜ ବ୍ୟବସ୍ଥା କର ଏବେ ନିଜେ। ମୋ ଦୁଃଖ ତ ବଳେଇ ପଡ଼ିଲାଣି; ଆଉ ମୁଁ ଦେଖୁଥିବି, ତତ୍ତ୍ୱ ନେଉଥିବି ଅନ୍ୟ କାହାର?

ଚରମପତ୍ର ଇଏ। ଖୁବ୍ ସ୍ୱାଭାବିକ। ଏହାକୁ କେହି ଅପ୍ରତ୍ୟାଶିତ କିମ୍ବା ଅନୈତିକ ବୋଲି ବିବେଚନା କରିବେ କି? ହଁ, ମନରେ ଥିଲା ଆଶାଟେ। ପି.ଜି. ଶେଷ କରିବ। ଖୋଜିବ ତା'ପରେ ଚାକିରି। ଏବେ ମଧ୍ୟ ତାହା ସମ୍ଭବ ହୁଅନ୍ତା। ତା' ଭାଗରେ ପଡ଼ିଥିବା ଜମି ଦିଆଯାଇପାରନ୍ତା ଅନ୍ୟ କାହାକୁ। ଯାହା ମିଳନ୍ତା, ସେତିକିରେ ଶେଷ କରି ହୁଅନ୍ତା ପାଠପଢ଼ା।

ତା'ପରେ? କେଉଁଠି ଥାଏ ଚାକିରି ଆଜିକାଲି? ମନ୍ତ୍ରୀଙ୍କ ଅନୁଗ୍ରହରେ, ନା ଟଙ୍କା ବିନିମୟରେ? କେଉଁ ଚାକିରି ସେ ପାଇବ? ଏମିତିରେ ଢେର୍ ସ୍ୱପ୍ନ ନାହିଁ କି ସମସ୍ତଙ୍କ ଭିତରେ? ମସୃଣ କାର୍ପେଟ୍ ବିଛା, ଏୟାରକଣ୍ଡିସନର୍ ସଂଯୁକ୍ତ ଅଫିସ୍। ଡିକ୍‌ଟେସନ୍। ଚପରାସୀ। ଅଫିସ କାର୍ ଟୁର୍। ବଙ୍ଗଳା ଘରେ ଅପେକ୍ଷା କରିଥିବ ଚକଚକିଆ ପତ୍ନୀ। ସିନେମା ଢାଞ୍ଚାରେ ରୋମାନ୍‌ସ। ସିନେମା ଢାଞ୍ଚାରେ କୃତିତ୍ୱ। ସିନେମା ଢାଞ୍ଚାରେ ହିଁ ଜୀବନର ପରିପାଟୀ।

ଏମିତି ଦିବାସ୍ୱପ୍ନ ଦେଖିବା ଅବସରରେ ମରିଯାଆନ୍ତି ବାପା। ଚରମପତ୍ର ମିଳେ ଏବଂ କେତେଟା ଦିନ ମଧ୍ୟରେ ନିର୍ଦ୍ଦିଷ୍ଟ ହୋଇଯାଏ ତା' ପାଇଁ ଦୁଇଟି କୋଠରି। ଏଇ ଦୁଇ ରୁମ୍‌ର ମାଲିକ ସେ ନିଜେ। ଏ ପର୍ଯ୍ୟନ୍ତ ଭଲ କରି ଚିହ୍ନି ନ ଥିବା କିଛି ଜମି। ସମସ୍ତେ କହନ୍ତି, ସେଇ ଜମିରୁ ଉତୁରିଆସେ ଫସଲ। ଯେଉଁ ମଞ୍ଜି ବୁଣିଦେଲେ ବି ପରିଣତ ହୋଇଯାଏ ଅତୁଳନୀୟ ସବୁଜ ଗଛରେ।

ମାତ୍ର ଗୋଟିଏ ବର୍ଷ ପରେ ଶଶାଙ୍କ ସ୍ଥିର କଲା, ଏ ଜାଗା ତାକୁ ଛାଡ଼ିବାକୁ ହେବ। ଯୋଗାଡ଼ କରିବାକୁ ହେବ ଆଉ କେଉଁଠି ଘରଡିହଟିଏ। ଏତେ ଅଶାନ୍ତି, ପାଟିତୁଣ୍ଡ ଭିତରେ ଏଠାରେ ରହିବା ଆଉ ସମ୍ଭବ ନୁହେଁ।

ସେ ଜାଣିପାରୁ ନ ଥିଲା, ଅଲଗା ହୋଇଯିବା ପରେ ମଧ୍ୟ ତା' ପ୍ରତି ଏତେ ଅସନ୍ତୋଷ ଓ କ୍ରୋଧର ହେତୁ କ'ଣ ହୋଇପାରେ। ସେ ଥାଏ ତା' ରୁମ୍‌ରେ। ଦୂରସମ୍ପର୍କୀୟ ଝିଅାରୀଟେ ଅନିୟମିତ ଭାବରେ ଥାଏ ରୋଷେଇବାସରେ ସାହାଯ୍ୟ କରିବା ପାଇଁ। ଅଳ୍ପ କିଛି ଦିନ ହେଲା ଅନ୍ୟମାନଙ୍କ ସହିତ ମିଶି କଣ୍ଟ୍ରାକ୍ଟର ହେବାକୁ

ଚେଷ୍ଟା କରୁଚି। ନିଜ ଭିତରେ ନିଜେ, ସଙ୍କୁଚିତ ଜୀବନ କଟାଇବା ପାଇଁ ଚେଷ୍ଟା କଲେ ମଧ୍ୟ, କାହିଁକି କେଜାଣି ଟକମକ ହୋଇ ଫୁଟୁଥିବା ପାତ୍ରର ଢାଙ୍କୁଣୀ ଖୋଲିଯାଏ। ଏହାର ବାମ୍ପ ଅଣନିଃଶ୍ୱାସୀ କରେ ତାକୁ। ଦୁଇ ବଖରା ଘର। ପଛ ପାଖକୁ ବାରି। ନିର୍ଦ୍ଦିଷ୍ଟ ହୋଇଯାଇଚି, କାହାର କେଉଁ ଅଞ୍ଚଳ। କାହାର ନଡ଼ିଆଗଛ, ସଜନାଗଛ, ଲେମ୍ବୁଗଛ କେଉଁଠି। ଏଇ ଅଞ୍ଚଳଟିକୁ ଭାଉଜ ପାଇବା ପାଇଁ ଯଦି ଏତେ ବ୍ୟାକୁଳତା ଦେଖାଉଥାଆନ୍ତି, ତେବେ ସେ ଉଠିଯିବ ଅନ୍ୟ କେଉଁଠିକି। ମନ ପାଇଲା ଭଳି ବନେଇବ ଘର। ଲଗେଇବ ଗଛ। ଘାସ ବାଛିବ। ପାଣି ମଡ଼େଇବ। ଗୋଟିଏ କଢ଼ କିପରି ଫୁଲ ହୋଇଯାଏ। ବଉଳରୁ ସୃଷ୍ଟି ହୋଇଯାଏ ଆମ୍ବ। ଲକ୍ଷ୍ୟ କରିବ ଏସବୁ।

ଏକଥା ସେ ଭାବିଥିଲା। ଏବେ ନୁହେଁ। ଗୋଟେ ଜିଦ୍ ଘନୀଭୂତ ହୋଇସାରିଚି ତା' ଭିତରେ। ଅନ୍ୟକୁ ଖୁସି କରିବା ତା'ର ଦାୟିତ୍ୱ ନୁହେଁ। ସେ କାହିଁକି ପଳେଇବ ଏକଦା ଅନ୍ତୁଡ଼ିଶାଳ ହୋଇଥିବା ଏ ଘରୁ। ଏହାର ଧୂଳି ଆଡ଼େଇ ଦେଲେ ଦିଶିଯିବ, ତାହାର କୁନିକୁନି ପାଦଚିହ୍ନ। ଟିକିଏ ଏକାଗ୍ର ହୋଇ ଶୁଣିଲେ ଶୁଭିଯିବ ଅ, ଆ, କ, ଖର ଧ୍ୱନି। ପଣକିଆ ଘୋଷିବାର ଶବ୍ଦ। ନେଭର୍! ସେ ଯିବ ନାଇଁ। ଦରକାର ପଡ଼ିଲେ ଅନ୍ୟ ଘରର କ୍ରୋଧ ବଢ଼ାଇବା ପାଇଁ ସେ ଚିନ୍ତା କରିବ ଅଭିନବ ଉପାୟ। ଗାଳିଗୁଲଜ, ପାଟିତୁଣ୍ଡ କରୁ ସେ ମଣିଷଜଣକ। ସେ ଖାଲି ବେଳେବେଳେ ଆହୁତି ପକାଇଦେବ। ଭୟଙ୍କର ହୋଇଯିବ ଦାବାଗ୍ନି। ହିତାହିତ ଜ୍ଞାନ ଆଉ ରହିବ ନାହିଁ। ଭାଷା ଅଶ୍ରାବ୍ୟ, ଉତ୍କଟ ହୋଇଯିବ।

ଇଏ ଗୋଟେ ପ୍ରକାରର ମନୋରଞ୍ଜନ। ଉଦାହରଣ ସ୍ୱରୂପ- ଆର ପାଖରୁ ଶୁଭିଯିବ ଏଇ ସ୍ୱର ଓ ଭାଷା - 'ହଁ, ପରା! ବାବୁ ଫିଲ୍ମଗୀତ ଶୁଣୁଚନ୍ତି। କମ୍ପି ଯାଉଚି ଖଣ୍ଡମଣ୍ଡଳ। ଏଥିରେ ଏ ଛୁଆ ପାଠ ପଢ଼ିବେ କିମିତି ? ମୋ ଛୁଆମାନେ ପାଠ ପଢ଼ିଲେ ତାଙ୍କର ଦେହ ସହିବ କି ?'

ରବିବାର। ଦିନ ଏଗାରଟା-ବାରଟା। ଏତିକିବେଳେ ପାଠ ପଢୁଚନ୍ତି ପିଲାମାନେ ? ପୁଣି ଷାଣ୍ମାସିକ ପରୀକ୍ଷା ପରଦିନ ? ଶଶାଙ୍କ ଖାଲି ଚିଡ଼େଇବା ପାଇଁ ଭଲ୍ୟୁମ୍ ବଢ଼ାଇଦିଏ ଯନ୍ତ୍ରର। ପରେ ପରେ ଗାଳିଗୁଲଜର ତୋଫାନ। ମଝିରେ ଠିଆ ହୋଇଥିବା କାନ୍ଥ ଏଇ ଯେପରି ଧସକି ପଡ଼ିବ ଏହାର ତୋଡ଼ରେ।

କିମ୍ବା-ଆତଙ୍କିତ ସ୍ୱର - 'ସତ କହ, ଏ ଚକୋଲେଟ୍ ତୁମକୁ ଦେଲା କିଏ। ଲୁଚେଇ ଲୁଚେଇ ଖାଉଚ କାହିଁକି ? କହ, କିଏ ଦେଲା ଏସବୁ ?' ପରେ ପରେ ଦୁଇଟି ଛୁଆର ଆର୍ତ୍ତନାଦ ଓ ମର୍ମନ୍ତୁଦ କାନ୍ଦଣା। ପୁଣି ଧମକପୂର୍ଣ୍ଣ ସ୍ୱର- 'ଏଇସବୁ ଖାଇବାକୁ ମରିଯାଉଚ, ନାଇଁ ? କ'ଣ ନା, ଦାଦା ଦେଇଚନ୍ତି। ଆହାରେ, ମୋ

ସୁଆଗ ! ପୁତୁରା-ଝିଆରୀ ପାଇଁ ପ୍ରାଣ କାନ୍ଦୁଚି ପରା !' ପରେ ପରେ କାନ୍ଥ ଏପାରିରେ କେତୋଟି ଚକୋଲେଟ୍ ଓ ରାପର୍ !

ଆହୁରି ମଧ୍ୟ – ତୁମ ଶାଗ ପଟାଳି ମାଡ଼ି ଆସୁଚି କାହିଁକି ଆମ ଜମି ଉପରକୁ ? ତୁମ ଲୁଙ୍ଗି-ଗାମୁଛା ଉଡ଼େଇ ଆଣୁଚି ଆମ ଘର ଉପରକୁ। ରାତି ଅଧଟାରେ ଆଠ-ଦଶଟା ଲଫଙ୍ଗାଙ୍କ ସହିତ ହେଁହେଁ – ଫେଁଫେଁ ହେଉଚନ୍ତି। ଏଡ଼େ ଅଭଦ୍ର ଏ ଲୋକ !

ଥରେ ଥରେ ଶେଖର ପ୍ରତି ଆକ୍ଷେପ – 'କଣ ହେଲା ! ତୁମ ଭାଇ ପାଇଁ ପଥି କରିଦେବି ? ସତେ ? ଏତେ ସ୍ନେହ-ମମତା ବଳେଇ ପଡୁଚି, ତୁମର ? ମୋ କାମ ଏଣେ ପଡ଼ିରହିଚି। କିଏ ଜରରେ ମଲା କି ଗଲା, ସେଥିରେ ମୋର ଯାଏ ଆସେ କ'ଣ ? କାହିଁକି, ତୁମର ତ ହାତ-ଗୋଡ଼ ଅଛି। ତୁମେ ନିଜେ ବନେଇ ତା' ପାଖକୁ ନେଇ ଯାଉନ ! ଯାଅ ! ଗୋଡ଼-ହାତ ମୋଡ଼ି ଦେବ। ମୁଣ୍ଡ ଚିପି ଦେବ।'

ପ୍ରାୟ ଦୁଇମାସ ତଳେ ଶେଖର ସହିତ ତା'ର କଥୋପକଥନ ଥିଲା ଏଇଭଳି –

– 'ଭାଉଜଙ୍କର ମତଲବ କ'ଣ, ତାହା ମୁଁ ଜାଣିପାରୁ ନାହିଁ।' ସେ କହିଥିଲା ଯଥେଷ୍ଟ ଅପ୍ରତିଭ ଓ ଶଙ୍କିତ ହୋଇ – 'ଅଯଥାରେ ଏମିତି ଗାଳିଗୁଲଜ ଆଉ ଭଲ ଲାଗୁ ନାଇଁ। ମୁଁ ଏଠାରୁ ପଳେଇଲେ ସେ ଯଦି ଖୁସି ହେବେ, ତେବେ ସେଇ କଥା ଖୋଲାଖୋଲି ମୋତେ କହିପାରନ୍ତେ। ଏମିତି ଡରାଇ, ବିରକ୍ତ କରି ମୋତେ ନିକାଲି ଦେବା ପାଇଁ ଚେଷ୍ଟା କରୁଚନ୍ତି କାହିଁକି ? ମୋତେ ଏବେ ବାଧୁଚି।'

ସ୍ତ୍ରୀ ପ୍ରସଙ୍ଗ ଉଠିବା ମାତ୍ରେ ଶେଖର ଅପ୍ରତିଭ ଦିଶେ। ଦେଖାଯାଏ ଗୋଟେ ଅପରାଧୀ ଭଳି। କହିଲା – 'ତା' କଥା ମୋତେ କାହିଁକି କହୁଚୁ ? ତୁ ଜାଣୁ, ସେ ଲୋକ ମୋ କଣ୍ଟ୍ରୋଲରେ ନାହିଁ।'

ଶଶାଙ୍କ କହିଲା – 'ତୁମ ଅଗଣା ଆଡ଼କୁ ପାଣି ଟିକିଏ ଗଡ଼ିଗଲା। ମୋର ଏଥିରେ ଉପାୟ କ'ଣ ? ଘର ତ ସେଇଭଳି ତିଆରି ହୋଇଚି। ଧମକ ଦିଆଯାଉଚି ଯେ ମୋ ଘରେ ନିଆଁ ଲଗେଇ ଦିଆଯିବ। ସେଥିରେ ବାପା-ମା', ଚଉଦ ପୁରୁଷଙ୍କ ଶ୍ରାଦ୍ଧ କରାଯାଉଚି।'

ଏ ଦୁହିଁଙ୍କୁ ମାଲୁମ୍ ନ ଥିଲା, ବାଡ଼ ପାଖରେ ଠିଆ ହୋଇଚି ସୁମିତ୍ରା। ମୁହୂର୍ତ୍ତକ ମଧ୍ୟରେ ସୃଷ୍ଟି ହୋଇଗଲା ବିସ୍ଫୋରଣ। ଏଇ ଯେପରି ଖସିପଡିବ ହୃତ୍‌ପିଣ୍ଡ ଖଣ୍ଡ ଖଣ୍ଡ ହୋଇ। ଭାଙ୍ଗିଯିବ ମୁଣ୍ଡ। ତ୍ରାହି କର ବୋଲି କେଉଁଆଡ଼େ ପଳେଇଯିବେ ହାଡ଼ମାନେ। ଜବଦ୍ ହୋଇଯିବ ପବନ ଓ ରକ୍ତ।

ନିଜକୁ ଆୟତ୍ତରେ ରଖି ପାରିଲା ନାଇଁ ଶଶାଙ୍କ – 'ଏ ମଇଳା ପାଟି ବନ୍ଦ କର;

ନହେଲେ ଥଣ୍ଡା କରିଦେବି। କଥା କଥାକେ ମୋ ବାପା-ମା'ଙ୍କ ପ୍ରସଙ୍ଗ ଉଠେଇ ପାରିବ ନାହିଁ ତୁମେ। ସେମାନେ ତୁମ ଘରର ଧାରୁଆ ନୁହନ୍ତି।'

ଉଚ୍ଛନ୍ନ ହୋଇପଡ଼ିଲା ଗାଁ। ବିବ୍ରତ, ଦୟନୀୟ ଦେଖାଗଲା ଶେଖର। ତା' ଉପସ୍ଥିତିରେ ପତ୍ନୀକୁ ଧମକ ଦିଆଯାଉଚି ବୋଲି ସେ ପୁଣିଥରେ ବର୍ଣ୍ଣିତ ହେଲା ରକ୍ତହୀନ, ଅପାରଗ ମାଇଚା ଭାବରେ।

ସେଦିନ କେବଳ ଆକାଶ ମେଘୁଆ ନ ଥିଲା; ମେଘୁଆ ଥିଲା ସମୁଦାୟ ଘର ଓ ଭବିଷ୍ୟତ। ମେଘୁଆ ଥିଲା ଏମିତି ଏକ ପରିବେଶ ଭିତରେ ଜୀବନ ଯାପନ। ପବନ ବହୁଥିଲା ଏବଂ ହରଣଚାଳ କରିନେବା ପାଇଁ ଶପଥ କରିଥିଲା ନିଃଶ୍ୱାସକୁ। ଏଇ ବର୍ଷା ଆରମ୍ଭ ହୋଇଯିବ। ଧୋଇନେବ ସମସ୍ତ ଆନନ୍ଦ ଓ ସ୍ୱପ୍ନ।

ଗଛ-ପତ୍ର ଥରୁଥିଲେ। ଥରି ଯାଉଥିଲା ପ୍ରତ୍ୟେକ ରକ୍ତକଣିକା ଓ ସ୍ନାୟୁ। ଏସବୁକୁ ଜଡ଼ସଡ଼ କରି ଶୁଭିଯାଉଥିଲା - 'ବଜ୍ର ପଡ଼ିବ ତୋ' ଉପରେ। ଏଡ଼େ ସାହସ ତୋ'ର? ମୋତେ ତୁ ଥଣ୍ଡା କରିବୁ? ଝଡ଼ ହେବ ବୋଲି ଶୁଣାଯାଉଚି। ହୁଅନ୍ତା କି! ସେଇଥିରେ ଉଡ଼ିଯାଆନ୍ତୁ। ଭାସିଯାଆନ୍ତୁ। ତୋ' ଚିହ୍ନବର୍ଣ୍ଣ ବି ମିଳନ୍ତା ନାହିଁ।'

ସନ୍ଧ୍ୟାବେଳକୁ ଅବରୁଦ୍ଧ ହୋଇଗଲା ପୃଥିବୀ। ରାତି ବେଳକୁ କବଳିତ ହୋଇସାରିଥିଲା। ରେଡିଓ ଘୋଷଣା କରିବା ଆରମ୍ଭ କରିଥିଲା, ଆସିଯାଉଚି ଅଭୂତପୂର୍ବ ଝଡ଼। ଏହାର ନିଃଶ୍ୱାସରେ ଓଲଟପାଲଟ ହୋଇଯିବ ଜୀବଜଗତ, ଗଛପତ୍ର। ଘରଦ୍ୱାର କେବଳ ଉପୁଡ଼ି ପଡ଼ିବ ନାହିଁ। ଉପୁଡ଼ି ଯିବ, ମେଞ୍ଚାଏ ତୁଳା ଭଳି ଉଡ଼ିଯିବ ଏ ପୃଥିବୀ। ପାଗଳ ହୋଇଯିବ ସମୁଦ୍ର। ଏହାର ଢେଉ ଗୋଟେ ମାରାତ୍ମକ ଜିଭ ଭଳି ଚାଟି ପକାଇବ ସବୁ। ସତର୍କ ରୁହ। ଟି.ଭି. ଦେଖୁଥିବା ଲୋକେ ପୁନରାବୃତ୍ତି କରୁଥିଲେ ଏଇ କଥା। କେବଳ ସେତିକି ନୁହେଁ। ପବ୍ଲିକ୍ ଆଡ୍ରେସ୍ ସିଷ୍ଟମ୍ ଖଞ୍ଜା ଯାଇଥିବା ଗାଡ଼ି ବୁହାଇ ବୁହାଇ ଏ ସମ୍ପର୍କରେ ଚେତାବନୀ ଦେଇଯାଉଥିଲା।

ସତରେ ଏମିତି ଷଡ଼ଯନ୍ତ୍ର ସୃଷ୍ଟି ହୋଇଯାଇଚି କି ସମୁଦ୍ର ଭିତରେ? ବର୍ଷା-ତୋଫାନ ଓ ଭୟଙ୍କର ସାମୁଦ୍ରିକ ଜୁଆର ସହିତ ମୁକାବିଲା କରିବ ସୀମିତ ଆକାର, ମାମୁଲି ଶକ୍ତିସମ୍ପନ୍ନ ମଣିଷ? ରକ୍ଷା କରିବ ନିଜକୁ, ପରିବାରକୁ, ଦିନ ପରେ ଦିନ ପରିଶ୍ରମ କରି ଉପାର୍ଜନ କରିଥିବା ପଦାର୍ଥମାନଙ୍କୁ? ଗୋଟେ ଅବରୁଦ୍ଧ, କବଳିତ ହୋଇସାରିଥିବା ପୃଥିବୀରେ ଏଇ ଯେଉଁ ସଂହାର ସୃଷ୍ଟି ହେବାକୁ ଯାଉଚି, ସେଥିରେ ମଣିଷ କେଉଁ ଭୂମିକା ନେବ?

ଆରେ, ନା! କିଛି ବି ହେବ ନାହିଁ। ଗୋଟେ ଚାପା ବିକଳ ଭାବନା ଥିଲା ଏଇଟା। ଏଇଟା ଥିଲା ଗୋଟେ ଆଶା। କାକୁସ୍ଥ ପ୍ରାର୍ଥନା। କିଛି ନ ହେଉ। ଅତୁଟ ଥାଉ

ଘରଦ୍ୱାର। ସମ୍ପତ୍ତି ବାଡ଼ି। ରାସ୍ତାଘାଟ। ଥାଆନ୍ତୁ ସମସ୍ତେ। ଦାଣ୍ଡର ଭିକାରି। ଆଶା ହଜିଯାଇଥିବା ରୋଗୀ। ଆଉ ପାହୁଣ୍ଡେ ଆୟୁଷ ଥିବା ବୃଦ୍ଧ। ଜୀବନ ଚାଲିଗଲେ କେଡ଼େ ଭଲ ହୁଅନ୍ତା ବୋଲି ଅହରହ ଭାବୁଥିବା ଦୀର୍ଘଶ୍ୱାସସମ୍ପନ୍ନ ମଣିଷ। ସମସ୍ତେ ଥାଆନ୍ତୁ ବିପନ୍ନ ନ ହୋଇ। ହଁ, କାଲି ଭଳି ଲାଗୁଚି। ଝଡ଼ ବତାସ ହେବ ବୋଲି ଦୁଇ-ତିନି ବର୍ଷ ପୂର୍ବେ ଏମିତି ଚେତାବନୀ ଦିଆଯାଇ ନ ଥିଲା କି? କାଇଁ? କିଛି ହେଲା ନାଇଁ। କେଉଁଆଡ଼େ ଦିଗ ବଦଳେଇଲା। ସେମିତି କାହିଁକି ନ ହେବ ଏଥର ମଧ୍ୟ? ଏତେ ହୁଳହଳି, ଝାଞ୍ଜ-ମୃଦଙ୍ଗର ଧ୍ୱନି, ମେଳା ଅଷ୍ଟପ୍ରହରରେ ପ୍ରକମ୍ପିତ ଏ ଅଞ୍ଚଳ କାହିଁକି ଶରବ୍ୟ ହେବ ଝଡ଼-ତୋଫାନର? ମନ୍ଦିରର ବାନା ବିଦୀର୍ଣ୍ଣ ହେବ କିପରି?

ରାତି ଦଶଟା-ଏଗାରଟା ବେଳକୁ ଗୋଟେ ଅସ୍ୱସ୍ତି ଘୋଡ଼େଇ ପକାଇଥିଲା ସମସ୍ତଙ୍କୁ। ଧକ ଧକ ହେଉଚି ଛାତି। ସ୍ୱାଭାବିକ ହୋଇପାରୁ ନାଇଁ ଶ୍ୱାସ ପ୍ରକ୍ରିୟା। ଚରମ ମୁହୂର୍ତ୍ତ ଆସି ଯାଇଚି ବୋଲି ସୃଷ୍ଟି ହୋଇଯାଉଚି ଉଦ୍‌ବେଗ। ଗୋଟେ ଅନ୍ଧାର ସୁଡ଼ଙ୍ଗ ଭିତରକୁ ଓଟାରି ହୋଇଯାଉଥିବାର ଅନୁଭବ।

ଆରେ, ନା। ବର୍ଷା ହେଉଚି। ଏଥିରେ ଅସ୍ୱାଭାବିକତା ରହିଛି କେଉଁଠି? ଅବଶ୍ୟ ପବନର ଗତି ବଢୁଚି। ମାତ୍ର ଏ ଅଞ୍ଚଳରେ ଯଥାରୁ ଆହୁରି ଅଧିକ ବେଗରେ ପବନ ବହେ। ବନ୍ୟା, ପବନ ଓ ଜୁଆର ସହିତ ଅନ୍ତରଙ୍ଗ ହୋଇଥିବା ଆମେ ଏତେ ଉଦ୍‌ବିଗ୍ନ ହେବାର କାରଣ କ'ଣ? କିଛି ହେବ ନାଇଁ।

ସକାଳ ବେଳକୁ ପ୍ରାୟ ନାହିଁ ନ ଥିବା ଅବସ୍ଥା। ଏଇ ଉଡ଼ିଯିବ, ଧୋଇ ହୋଇଯିବ। ଚିହ୍ନି ହେଉ ନ ଥିଲା ଆକାଶକୁ। ଆହା, ମୋ ପୃଥିବୀ! ଧୂଳିଧୂସରିତ, ଓଦା, ପୀଡ଼ିତ, ଜର୍ଜରିତ ସର୍ବଂସହା ମାଟି। କିଛି ହୋଇଯିବ କି? ସତରେ ପରିଣତ ହୋଇଯିବ ଏଇ ଦାରୁଣ ଚେତାବନୀ? ଗର୍ଜନ ବଢୁଚି ପବନର। ଆକାଶରୁ ଓହ୍ଲେଇ ଆସୁଥିବା ବର୍ଷା ପାଣି ଶେଷହୀନ ଗୁଣ୍ଡ ଭଳି ଉଡ଼ିଯାଉଚି କେଉଁଆଡ଼େ। ଟଳମଳ ହେଉଚି ଆସ୍ଥାନ ପୃଥିବୀର। ଆଉ ବାପା ବନେଇଥିବା ଏ ଘରର ସିମେଣ୍ଟ ଟାଇଲ ଛପର। ଓସାରିଆ ପଟା ବିଛେଇ ତିଆରି ହୋଇଥିବା ସିଲିଙ୍ଗ୍! ହିକା ଉଠିବା ଭଳି ଉଠ୍‌ପଡ଼ ହେଲାଣି। ଏଇ ଭୟଙ୍କର ତାଣ୍ଡବ ନାଚ ଭିତରେ ଶୁଭିଯାଉଚି କି ମଣିଷର ଅସହାୟ ଆର୍ତ୍ତନାଦ?

ଶଶାଙ୍କ ସଜାଡ଼ି ସାରିଥିଲା ବ୍ୟାଗ୍। ପଲିଥିନ୍ କାଗଜରେ ଗୁଡ଼ାଯାଇଥିବା କିଛି ଟଙ୍କା ଅଛି ଅଣ୍ଟା ବନ୍ଧା ହୋଇ। ଘର ଛାଡ଼ିବାକୁ ହେବ। ସହଜେ ତ ନର୍ଭସ୍ ପ୍ରକୃତିର ଲୋକଜଣେ ସେ। ଏଥର ତାକୁ ଜଣା ପଡୁଥିଲା, ସେ ଦେଖୁଚି ନିଜର ମୁର୍ଦ୍ଦାର। ଆହୁରି ଦେଖୁଚି ମାଟିରେ ମିଶି ଯାଇଥିବା ଘରଦ୍ୱାର। ଉପୁଡ଼ି ପଡ଼ିଥିବା ଗଛ।

ଭାଇ କ'ଣ କରୁଚି ପିଲା ଦୁହିଁଙ୍କୁ ଓ ଭାଉଜକୁ ନେଇ? ଡାକିବ? ଟିକିଏ ଦୂରରେ କୋଠାଘର। କିଛି ବର୍ଷ ପୂର୍ବେ ଏମ୍.ଏଲ୍.ଏ. ଥିବା ଦେଶସେବକଙ୍କର। ସେଇଠୁ ଖଣ୍ଡେ ଦୂରରେ ଆହୁରି ତିନି-ଚାରିଟା କୋଠାଘର କରିତ୍‌କର୍ମା ବ୍ୟବସାୟୀ ଏବଂ ସରକାରୀ କର୍ମଚାରୀମାନଙ୍କର। ପଳେଇ ଯିବାକୁ ପଡ଼ିବ ଆପାତତଃ ନିରାପଦ ଜଣାପଡୁଥିବା ଏଇ ଘରମାନଙ୍କ ମଧ୍ୟରୁ କୌଣସି ଗୋଟିଏକୁ।

ମାଟିଯୋଡ଼େଇ ପତଳା କାନ୍ଥ। ଠିଆ ହୋଇଥିଲା ଅଗଣା ମଝିରେ ଶେଖର ଓ ଶଶାଙ୍କ ମଧ୍ୟରେ ବିଭାଜନକାରୀ ରେଖା ଭାବରେ। କ'ଣ କରିବ ବୋଲି କୌଣସିମତେ ଶଶାଙ୍କ ରୁମ୍‌ରୁ ବାହାରିବାବେଳେ ତାହା ଧରାଶାୟୀ ହୋଇଯାଉଥିଲା ବିନା ଆପତ୍ତି ଓ କୈଫିୟତରେ। ସିମେଣ୍ଟ ଟାଇଲ୍, ଛିଣ୍ଡା କାଗଜ ଭଳି ଉଡ଼ି ଯାଉଥିବାର ଦେଖି ଶଶାଙ୍କର ଆଉ ସନ୍ଦେହ ରହିଲା ନାଇଁ ଯେ ଶେଷ ମୁହୂର୍ତ୍ତ ପହଞ୍ଚିଯାଉଚି ତରବର ହୋଇ। ଭାବିଲା, ପଳେଇଯିବ ପ୍ରାଣ ବିକଳରେ। ପହଞ୍ଚିଯିବ ଏମିତି ଏକ ଠିକଣାରେ ଯେଉଁଠି ପବନ ଆଜ୍ଞାବହ ହୋଇ ରହିଥାଏ ସାଇକେଲ ଚକରେ। ପାଣି ଅପେକ୍ଷା କରି ରହିଥାଏ ମଗ୍ ଭିତରେ ଭାତହାଣ୍ଡି ଭିତରକୁ ଯିବା ପାଇଁ। ଘର ଓ ଗଛମାନେ ଠିଆ ହୋଇଥାନ୍ତି ନିଜ ମେରୁଦଣ୍ଡ ଉପରେ ସନ୍ତୁଷ୍ଟ ହୋଇ।

ମାତ୍ର ବାହାରିଯିବା ପୂର୍ବରୁ ସେ ଶେଖରର କୋଠରି ସାମନାରେ ଠିଆ ହୋଇ ଡାକିଲା - 'ଭାଇ, ବାହାରି ଆସ। ଯେଉଁ ଅବସ୍ଥାରେ ଥାଅ ପଛକେ।'

ସେମାନେ ପ୍ରସ୍ତୁତ ହୋଇ ରହିଥିଲେ। କୌଣସିମତେ ଦରଜା ଖୋଲିବା କ୍ଷଣି ସେମାନେ ଦେଖିଲେ ବିପର୍ଯ୍ୟୟ ସଂଘଟିତ ହୋଇଥିବା ପରିଚିତ ପୃଥିବୀକୁ। ବତାସ ପ୍ରତିଜ୍ଞାବଦ୍ଧ ଥିଲା କାଠ ସିଲିଙ୍ଗ୍ ଫୋପାଡ଼ି ଦେବା ପାଇଁ ଆକାଶ ଭିତରକୁ। କାନ୍ଥକୁ ମିଶେଇ ଦେବାପାଇଁ ମାଟି ସହିତ।

- 'ମୋ ଛୁଆମାନେ?' ଆତଙ୍କ ଓ ଆବେଗ ସମାନ ଭାବରେ ଥିଲା ସୁମିତ୍ରାର ଏଇ ସ୍ୱରରେ- 'ମୋ ଜିନିଷପତ୍ର? ଯିବା କୁଆଡ଼େ? କେମିତି ଯିବା?

ଶେଖର ଓ ଶଶାଙ୍କ ହାତରେ ଦୁଇଜଣ ପିଲା। ଘରୁ ବାହାରିବା ମାତ୍ରେ ସେମାନେ ସମସ୍ତେ ଅନୁଭବ କଲେ, କେଉଁଠି ହେଲେ ସେମାନେ ପହଞ୍ଚି ପାରିବେ ନାଇଁ। ଭୟାବହ ଦୃଶ୍ୟ। ଗଛ ଉପୁଡ଼ି ପଡୁଥିଲା। ନାହିଁ ନ ଥିବା ବର୍ଷା। ଏଇକ୍ଷଣି ଆକାଶ ଖସିପଡ଼ିବ। ମେଞ୍ଚାଏ କାଦୁଅରେ ପରିଣତ ହୋଇଯିବ ଏ ଧରିତ୍ରୀ ବୋଲି ଆଶଙ୍କା।

ଏଇ ପରିବେଶ ଭିତରେ କେବଳ ଏମାନେ ନ ଥିଲେ। କାଁ ଭାଁ ଦେଖାଯାଉଥିବା ଆହୁରି କେତେଜଣ ଥିଲେ। ସୁରକ୍ଷିତ ଅଞ୍ଚଳ ବୋଲି ବିଧାତା ଯଦି କିଛି ସୃଷ୍ଟି କରିଥାଏ, ତାହାର ଅନ୍ୱେଷଣରେ। ଶୁଭିଯାଉଥିଲା ହାଡ଼ ଫଟେଇ ଦେବା ଭଳି ଆର୍ତ୍ତନାଦ ଓ ଚିତ୍କାର।

ସେମାନେ ବେଳେବେଳେ ଭାସିଯାଉଥିଲେ ପବନ ସୁଅରେ। ପଡ଼ିଯାଉଥିଲେ। ବସି ରହୁଥିଲେ ସାହସ ଓ ଶକ୍ତି ଠୁଳ କରିବା ପାଇଁ। ଏଣେ ପବନର ଗତି ବଢୁଥାଏ। ଆହୁରି ହିଂସ୍ର ହୋଇପଡୁଥିଲା ଗର୍ଜନ।

ଗୋଟେ କୋଠାଘରେ ପହଞ୍ଚିବା ପାଇଁ କେତେ ସମୟ ଲାଗେ, କେତେ ଶକ୍ତି ଓ ସାହସ ଦରକାର ବୋଲି ପଚାରିଥିଲେ, ଶେଖର କେଉଁ ଜବାବ ଦିଅନ୍ତା? କ'ଣ କହନ୍ତା ଶଶାଙ୍କ? କିଛି କହିବା ପାଇଁ, ଉତ୍ତର ଦେବା ଲାଗି ଆଉ କୌଣସି ଅବକାଶ ହିଁ ନ ଥିଲା। ଗୋଟିଏ ଦିଗରୁ ମାଡ଼ି ଆସୁଥିଲା ନୀଳବର୍ଣ୍ଣର ପାହାଡ଼ଟେ। ସମୁଦ୍ର ଲହଡ଼ିର ପାହାଡ଼। ଆସିଯାଉଥିଲା ଲହ ଲହ ଫଣା ଭଳି। ସମୁଦ୍ର ସଙ୍କଳ୍ପବଦ୍ଧ ଥିଲା ସ୍ଥଳଭାଗ ବୋଲି ଗୋଟେ ଜିନିଷକୁ ଆଉ ଅଧିକ ସମୟ ନ ରଖିବା ପାଇଁ।

ହୋସ୍ ଆସିବା ବେଳକୁ ପ୍ରାୟ ଅନ୍ଧାର ସବୁଆଡ଼େ। ତଥାପି ଆସ୍ଥାନ ଜମେଇ ରହିଚି ପବନ ଓ ବର୍ଷା। ଶଶାଙ୍କ ଜାଣିପାରିଲା ନାହିଁ ସେ ଅଛି କେଉଁଠି। ସମୁଦ୍ରରେ ନା ସ୍ଥଳଭାଗରେ। କେବଳ ତା'ର ଝାପ୍‌ସା ମନେ ଅଛି, ଗୋଟେ ଅଲଂଘନୀୟ ତୋଡ଼ ତାକୁ ଠେଲି ନେଉଥିବାର। ଆହୁରି ମଧ୍ୟ ଅଳ୍ପ ମନେଅଛି, ହାତରୁ ବ୍ୟାଗ୍ ଖସିଯିବାର। ଅନ୍ୟ ହାତରୁ ବିଚ୍ଛିନ୍ନ ହୋଇଯିବାର ଝିଆରୀ।

ଏ ପ୍ରକାର ପରିସ୍ଥିତିରେ ମଧ୍ୟ ସୃଷ୍ଟି ହୋଇଗଲା ଗୋଟେ ତଡ଼ିତ୍। ଆତଙ୍କ। ସେ ପାଣି ଉପରେ ବୁଲାଇ ଆଣିଲା ହାତ-ଗୋଡ଼। ଦେଖିଚ କି ଡାହାଣ ହାତରେ ଜାକି ଧରିଥିବା ଝିଅକୁ? ସାଙ୍ଗରେ ଥିବା ଭାଇ, ଭାଉଜ ଓ ପୁଅକୁ? ପବନ ଲୁଚେଇ ରଖିଛି କେଉଁଠି ସେମାନଙ୍କୁ? କେଉଁ ଆଡ଼େ ଭସାଇ ନେଲା ସେମାନଙ୍କୁ ନୃଶଂସ ଜୁଆର? କେତେବେଳେ ସକାଳ ହୁଏ? ଆଉ କେବେହେଲେ ସକାଳ ହେବ କି? ନା ଏଇଠି ସ୍ଥିର, ଅଚଞ୍ଚଳ ହୋଇ ରହିବ, ଗ୍ରହ ନକ୍ଷତ୍ରମାନଙ୍କର ଗତି?

କୌଣସି ଶୋକ ସୃଷ୍ଟି ହୋଇ ନ ଥିଲା ଏଥିପାଇଁ। ଲୋପ ପାଇଯାଇଥିଲା ଭାଷା ଓ ମସ୍ତିଷ୍କ। କେବଳ ସେଇ ଅନ୍ଧାର, ପବନ ଓ ବର୍ଷାର ବଳିଷ୍ଠ ଦେହ ବିଦୀର୍ଣ୍ଣ ହୋଇଗଲା ଏକ ଆତୁର, ବାଷ୍ପାକୁଳ ସମ୍ବୋଧନରେ। - ଭାଇ, କେଉଁଠି ଅଛ, ଛୁଆମାନେ?

ବୋଧହୁଏ ପରିସ୍ଥିତି ଭିନ୍ନ ହୋଇଥିଲେ ଜବତ୍ ହୋଇଯାଇଥାନ୍ତା ପବନ। ଅଟକି ରହିଥାନ୍ତା ଗୋଟେ ଛିଣ୍ଡା ଡାଳ ଭଳି କେଉଁ ଗଛରେ। ବର୍ଷା ଟୋପା ଝୁଲି ରହିଥାନ୍ତା, ଆକାଶ ଓ ମାଟି ମଝିରେ। ହୃଦୟହୀନ ଗର୍ଜନ ପରିଣତ ହୋଇଯାଇ ଥାଆନ୍ତା ଆହା ବୋଲି ଧ୍ୱନିରେ।

ସେମିତି କିଛି ହେଲା ନାହିଁ। ଶଶାଙ୍କ ଜାଣିପାରିଲା ନାହିଁ ସେ ଯିବ କେଉଁଆଡ଼େ।

କାହିଁକି ଯିବ, କେଉଁ ବାଟରେ। ଅଥଚ ସେ ଚାଲିବା ଆରମ୍ଭ କରିଥିଲା। ପହଁରିବା ଆରମ୍ଭ କରିଥିଲା। ବେଳେବେଳେ ପାଦ ସ୍ପର୍ଶ କରୁଥିଲା ତଳେ ଥିବା ମାଟିକୁ। ଅତିକ୍ରମ କରୁଥିଲା ମୁର୍ଦ୍ଦାର ଭଳି ପଡିରହିଥିବା ଗଛମାନଙ୍କୁ।

ସେ ଜାଣିପାରୁଥିଲା ଯେ, ସେ ଏଇମିତି ଚାଲିଆସିଚି। କେଇ ଘଣ୍ଟା ଧରି ନୁହେଁ। ଆବହମାନ କାଳରୁ। ମଣିଷର ସୃଷ୍ଟି ଆରମ୍ଭରୁ। ସେ ନିଜେ ହିଁ ପ୍ରଥମ ମଣିଷ। ଏଇଭଳି ଚାଲୁଥିବ, ପହଁରୁଥିବ, ଅତିକ୍ରମ କରୁଥିବ। ଏଇ ଆଶାରେ ଯେ, କ୍ରମେ ପବନ ପ୍ରତ୍ୟାହାର କରିବ ନିଜକୁ। ଆକାଶ ଶୁଖିଯିବ। ପାଦ ତଳର ମାଟି ନିଜକୁ ପ୍ରକାଶ କରିବ। ସବୁଠୁ ଗୁରୁତ୍ୱପୂର୍ଣ୍ଣ କଥା ହେଉଚି, ସୂର୍ଯ୍ୟ ସ୍ଥିର ହୋଇ ରହିପାରିବ ନାହିଁ। ଅନ୍ଧାର ଅପସରି ଯିବ। ଆପଣାର ଲୋକମାନେ ଫେରି ଆସିବେ।

ମାତ୍ର ଅପସରିଯିବା ପରେ ଆଉ ଥାଏ କ'ଣ? ଶଶାଙ୍କ ବିଶ୍ୱାସ କରିପାରିଲା ନାହିଁ ନିଜ ଆଖିକୁ। ଏତେ ବୀଭତ୍ସ, ବିକଳାଙ୍ଗ ଓ ଭୟଙ୍କର ଥିଲା ସମୁଦାୟ ପରିବେଶ। ଯନ୍ତ୍ରଣା ଥିଲା ଚାରିଆଡ଼େ। ଚାରିଆଡ଼େ ସର୍ବହରାର ଆର୍ତ୍ତନାଦ। ସବୁଥିଲା ବିଚ୍ଛିନ୍ନ, ବିଭକ୍ତ। ଗଛରୁ ଡାଳ। ମାଟିରୁ ଗଛ। ମାଟିରୁ ଘର। ଘରୁ ମଣିଷ। ମଣିଷଠାରୁ ମଣିଷ। ବିଜୁଳି ତାର ଓ ଟେଲିଫୋନ୍ ତାର। ଦେହରୁ ଜୀବନ। ଦେହରୁ ପରିଧାନ। ଯୋଡ଼ି ହେବାର, ସଂଯୁକ୍ତ ହେବାର ଏଇ ଚରମ ବ୍ୟାକୁଳତା ନେଇ ଶଶାଙ୍କ ଚାଲୁଥିଲା ଏବଂ ଦିଗ୍‌ବଳୟ, ଆକାଶ, ବସୁଧା ପ୍ରକମ୍ପନ କରି ଚିତ୍କାର କରୁଥିଲା - ଭାଇ! ଏଇ ଶବ୍ଦ ମିଶିଯାଉଥିଲା ଆହୁରି ଅନେକ ସମ୍ବୋଧନରେ। ସମସ୍ତେ ଖୋଜୁଥିଲେ ଏବଂ ମିଳିତ ହେବାର ଚେଷ୍ଟା ଜାରି ରଖିଥିଲେ। ତଥାପି ଥରି ଯାଉଥିଲା ସବୁ। ସଦ୍ୟ ତଳେ ପଡ଼ିଥିବା ଗଛ ଓ ଡାଳ। ବତାସ ସହି ନେଉଥିବା ଗଛର ଅବଶିଷ୍ଟାଂଶ। ସତେ ଯେପରି ତଣ୍ଟି କଟା ସରିଚି। ସବୁ ସରିବା ପୂର୍ବରୁ ଛାଟିପିଟି ହେଉଚି ଗୋଟେ ଦେହ। ପବନ ବହୁଥିଲା ପ୍ରକୃତିସ୍ଥ ହୋଇ। ହୋସ୍ ଫେରି ପାଇଥିଲା। ବର୍ଷା ଟୋପା ଜଣା ପଡୁଥିଲା ସ୍ୱର୍ଗର ଲୁହ ଭଳି। ଅନୁତାପ ଓ ସମବେଦନାର ଭାଷା ଭଳି।

କୁଢ଼ କୁଢ଼ ଶବ। ବିଭିନ୍ନ ଅବସ୍ଥାରେ, ଅସମ୍ଭବ ସ୍ଥାନମାନଙ୍କରେ। ଶଶାଙ୍କ ଭଳି ଡରକୁଳା ଲୋକ ଜଣେ ଧସକି ପଡ଼ି ନ ଥିଲା ନିଜ ଭିତରେ। ତା'ଠାରେ ଅନ୍ୟ କୌଣସି ଅନୁଭବ ନ ଥିଲା ସେତେବେଳେ। ସେ ଶପଥ ନେଇଥିଲା ଯେ, ସେ ଖୋଜି ଚାଲିବ। ପାଇବା ପର୍ଯ୍ୟନ୍ତ।

ଦେହର ସର୍ବଶେଷ ଶକ୍ତିର ଟୋପା ଚିପୁଡ଼ି ହୋଇଯିବା ବେଳେ ହିଁ ପାଇବାକୁ ଥିଲା ଭାଉଜର ଦେହ! ସଂଜ୍ଞାହୀନ କି ମୃତ, ତାହା ଜାଣିବା ପାଇଁ ପାଖକୁ ଯିବାକୁ ପଡ଼ିଥିଲା। ବଞ୍ଚିଚି! ଶଶାଙ୍କ ପଳେଇ ଯାଉଥିଲା। କଲେଜ ବିଲ୍‌ଡିଙ୍ଗ୍, ଏଠାରୁ ହେବ

ଚାରି-ପାଞ୍ଚ କିଲୋମିଟର ଦୂର। ଏତକ ବାଟ ଅତିକ୍ରମ କରିବା ଅସମ୍ଭବ ମନେ ହେଉଥିଲାବେଳେ, ଏ ଅଦରକାରୀ ବୋଝକୁ ପଚାରେ କିଏ ?

ସେ ଆଠ-ଦଶ ପାହୁଣ୍ଡ ଆଗେଇ ଯିବା ପରେ, ସ୍ପଷ୍ଟ ଭାବରେ ଶୁଣିବାକୁ ପାଇଲା, ତାକୁ ସମ୍ବୋଧନ କରାଯାଉଥିବାର ସ୍ୱର। ଭାଉଜ ତାକୁ ଦେଖିସାରିଚନ୍ତି ତେବେ ? ବିପଦ ବେଳେ, ଆହା, କି ମଧୁର ସମ୍ବୋଧନ। ଅନିଚ୍ଛା ସତ୍ତ୍ୱେ ଶଶାଙ୍କ ମୁହଁ ଫେରାଇ ଦେଖିଲା, ଭାଉଜ ପଡ଼ିଚନ୍ତି ଆଗ ଭଳି। ଅଚେତ ହୋଇ।

ସେ କାହିଁକି ଫେରିଲା, ତା'ର କାରଣ ଜଣା ନ ଥିଲା ତାକୁ। କାହିଁକି ଫେରିଲା ବୋଲି ନିଜ ଉପରେ ବିରକ୍ତ ହେବା ବେଳେ ଲକ୍ଷ୍ୟ କଲା, ତାଙ୍କ ଦେହରେ କେବଳ ସାୟାଟି ହିଁ ରହିଚି, ଚିରା ଅବସ୍ଥାରେ। ଡାହାଣ ହାତକୁ ଘୋଡେଇ ରଖିଚି ତିନି-ଚାରି ଇଞ୍ଚ ଲମ୍ବ ବ୍ଲାଉଜ୍‌ର ସ୍ଲିଭ୍। ସେ ଜାଣି ପାରୁ ନ ଥିଲା ଏତେବେଳ ପର୍ଯ୍ୟନ୍ତ ତାଙ୍କ ହାତରେ କିପରି ରହିଯାଇଚି ଚାରିପଟ ସୁନା ଚୁଡ଼ି। ବାମ କାନରେ ପଟେ ସୁନାଫୁଲ।

ପଳେଇ ଯିବି ? ଅସହାୟ ଅବସ୍ଥାରେ ଶଶାଙ୍କ ଚାରିଆଡ଼େ ଚାହୁଁଥିବା ଅବସ୍ଥାରେ ନିଜ କମିଜ୍‌ର ବୋତାମ ଖୋଲୁଥିଲା। ଏହାର ପରକ୍ଷଣରେ, ଏ କମିଜ୍ ଘୋଡ଼େଇ ସାରିଥିଲା ସୁମିତ୍ରାର ଅନାବୃତ ଦେହକୁ।

ପଳେଇଯିବା ହିଁ ଚାଲାକ ଲୋକର କାମ। ଏତକ ଚିନ୍ତା କରୁଥିବା ବେଳେ ସେ ଦୁଇ ପାପୁଲି ଭିତରେ ଧରିସାରିଥିଲା, ବରଫରେ ପରିଣତ ହେବାକୁ ଯାଉଥିବା ଆଉ ଦୁଇଟି ପାପୁଲିକୁ। ତାହାକୁ ଉଷୁମ କରିବାପାଇଁ ଚେଷ୍ଟା କଲାବେଳେ ବନ୍ଦ ଆଖି ଖୋଲିଲା।

– 'ଯିବା'। ଶଶାଙ୍କ ଚିନ୍ତା କରିପାରିଲା ନାହିଁ ଯା'ପରେ କେଉଁ ଭାଷା ମଣିଷ କହେ, ସେମିତି ପରିସ୍ଥିତି ଓ ସମୟରେ।

ନିଜକୁ କିପରି ରକ୍ଷା କରାଯାଏ ? ଅଛି ତୋ'ଠି ଉପାୟ ? ଅବଲମ୍ବନ ? ଶୁଣ୍, ବେକୁଫ୍ କାହାଁକା ! ଗୋଟେ ନିପାରିଲା ଲୋକର ଦାୟିତ୍ୱ ନେବା ଦରକାର ନାହିଁ। କେହି ସାର୍ଟିଫିକେଟ୍ ଦେବେ ନାହିଁ ତୋତେ, ଏଥିପାଇଁ।

ଶଶାଙ୍କ ଜାଣିପାରୁ ନ ଥିଲା କିଏ ତିରସ୍କାର କରୁଥିଲା ତାକୁ। ତା' ଭିତରେ ଓ ବାହାରେ। ଚାରିଆଡ଼େ। ଏତେଦିନ ଧରି ଖାଲି ଶତ୍ରୁତା ସୃଷ୍ଟି କରୁଥିବା ଏ ଲୋକ କିଏ ? ତା' ଜୀବନକୁ ଦୁର୍ବିସହ କରିଥିବା ଏ ମଣିଷକୁ ସେ ସାହାଯ୍ୟ କରିବାପାଇଁ କାହିଁକି ଆଗେଇ ଆସୁଚି ?

ସେ ଏତକ ଭାବୁଥିବା ବେଳେ ହିଁ ଉଠାଇ ଆଣୁଥିଲା ସୁମିତ୍ରାର ଦେହ, ବାଉଁଶ ତିଆରି ଗୋଟେ ଛପରରୁ। ଏ ଛପର ଅଟକି ରହିଯାଇଥିଲା ଦମ୍ଭ ଧରି ପ୍ରଳୟର ସାମନାସାମନି ହୋଇ ବିଜୟୀ ହୋଇଥିବା ଏକ ପ୍ରକାଣ୍ଡ ଓସ୍ତଗଛରେ।

– 'ତୁମ ଭାଇ? ଛୁଆମାନେ? ଭଲ କରି ଠିଆ ହେବାକୁ ଅଯଥା ଚେଷ୍ଟା କରୁଥିବାବେଳେ ଏଇ ସ୍ୱାଭାବିକ ପ୍ରଶ୍ନ।

– 'ଅଛନ୍ତି।'

– 'କେଉଁଠି?'

ଶଶାଙ୍କ ଏ ପ୍ରଶ୍ନର କ'ଣ ଜବାବ ଦିଅନ୍ତା? କେଉଁ ଲୋକ ଏହାର ସଠିକ୍ ଉତ୍ତର ଦେଇପାରିବ? ସେ କହିଲା – 'ବହୁତ ବାଟ ଯିବାକୁ ପଡ଼ିବ। ଚାଲି ପାରିବ ତ?'

ସୁମିତ୍ରା ସଚେତନ ହେଉଥିଲା ନିଜ ପରିଧାନ ସମ୍ପର୍କରେ। ଚାହିଁଲା, ଶଶାଙ୍କର କମିଜ୍‌ହୀନ ଦେହକୁ। ବୁଝିପାରିଲା। ଠିଆ ହେବାକୁ ଚେଷ୍ଟା କରୁ କରୁ ପ୍ରାୟ ଢଳି ପଡ଼ିଲା ଶଶାଙ୍କ ଉପରେ। ଶଶାଙ୍କ ତାକୁ ସାହାଯ୍ୟ କଲା ଦୃଢ଼ ହେବା ପାଇଁ। ପୁଣି ପ୍ରଶ୍ନ- 'ଏମାନେ କେଉଁଠି?'

– 'ଆମେ ଯିବା।' ଶଶାଙ୍କ କହିଲା ଏବଂ ଯୋଗ କଲା – 'ଯିବା କଲେଜକୁ।'

ଭୋକ। କ୍ଳାନ୍ତି। ଅନିଶ୍ଚିତତା। ସବୁ ହରାଇ ଥିବାର ରିକ୍ତତା। ଏତେ ଓଜନ ନେଇ ପ୍ରଥମ ପଦକ୍ଷେପ ପଡ଼େ। ଶଶାଙ୍କକୁ ଭରସା କରି ସୁମିତ୍ରା ଆଗେଇବା ପାଇଁ ଚେଷ୍ଟା କରେ। ପାଣି। କେଉଁଠି ଆଣ୍ଠୁଏ। ଅଣ୍ଟାଏ। ପ୍ରତିବନ୍ଧକ ଚାରିଆଡ଼େ। ମାତ୍ର ପାଦ ବଢ଼େ ଆଗକୁ।

କେତୋଟି ପାହୁଣ୍ଡ ପରେ, ନିସାଡ଼ ହୋଇଯାଉଥିଲା ସୁମିତ୍ରାର ଦେହ। ଶଶାଙ୍କର ବେକ ଉପରେ ଥିବା ତା' ହାତ ଶିଥିଳ ହୋଇ ପଡୁଥିଲା। ତା' ଅଣ୍ଟା ଚାରିପାଖରେ ଥିବା ଶଶାଙ୍କର ହାତ ତାକୁ ଧରାଶାୟୀ ହେବାରୁ ରକ୍ଷା କରି ପାରି ନ ଥିଲା।

– 'ହେବ ନାଇଁ।' ବନ୍ଦ ହୋଇଯାଉଥିବା ଆଖି। ପ୍ରକାଶହୀନ ହୋଇଯାଉଥିବା ମୁହଁ। ଥଣ୍ଡା ହୋଇଯାଉଥିବା ଗୋଡ଼-ହାତ।

ଶଶାଙ୍କ ଚାହିଁଲା ଚାରିଆଡ଼େ। ନିରୁପାୟ ହୋଇପଡୁଥିଲା। ବଢୁଥିଲା ବ୍ୟାକୁଳତା। ପକେଇବ କାନ୍ଧ ଉପରେ? ସେ ଚାହିଁଲା ନିଜକୁ। କେଉଁଠି କେଜାଣି ରହିଥିବା ଆଶ୍ରୟସ୍ଥଳକୁ ଠାବ କରିବାକୁ ଚାରିଆଡ଼େ ଚାହିଁଲା।

– 'ଶୋଇ ପଡ଼ିଲ କି ଭାଉଜ?' ଶଶାଙ୍କ ପଚାରିଲା ଏବଂ ପୁଣି କହିଲା – 'ଡାକେ ବାଟ ଏଇଠୁ। ଦଶ ମିନିଟ୍ ବି ଲାଗିବ ନାଇଁ। ଉଠ।'

ପୁଣି ଦରମଲା ପଦକ୍ଷେପ। ମଝିରେ ମଝିରେ ବର୍ଷା। କଦାକାର ପରିବେଶରେ ସେ ଦୁହେଁ। ଆହୁରି କେତେଜଣ। ମୁର୍ଦ୍ଦାର ସ୍ତୂପ କଡ଼ରେ ମଣିଷ। ବଞ୍ଚି ରହିବାପାଇଁ ବ୍ୟାକୁଳତା।

– 'ହଁ, ଠିଆ ହୁଅ।' ଉତ୍ସାହିତ କରୁଥିଲା ଶଶାଙ୍କ – 'ଗୋଡ଼ ଟେକ। ଗଛର ଗଣ୍ଡି ଇଏ। ଧର ମୋତେ ଭଲ କରି। ପାଣିର ସୁଅ। ଡର ଲାଗିଲା କି, ମଣିଷ ଶବ ଉପରେ ଗୋଡ଼ ପଡ଼ିଗଲା ବୋଲି ?'

ଏବଂ ପୁଣି- 'ଆମେ ପହଞ୍ଚିବା। ମଲା ଦେହର ଏ ଅଞ୍ଚଳରୁ ବାହାରିଯିବା ଆମେ। କିଏ କହିଲା, ଚାଲି ହେବ ନାହିଁ ବୋଲି ? ଭୋକ ଗୋଟେ କ'ଣ ? କିଛି ହେବ ନାଇଁ ଆମର। କେହି କିଛି କ୍ଷତି କରିପାରିବେ ନାଇଁ। ଆମେ ବଞ୍ଚି ରହିବା। ବର୍ଷ ପରେ ବର୍ଷ। ଆମେ ଅକ୍ଷୟ, ଅମର। ଆମେ ମୃତ୍ୟୁହୀନ। ଆମେ ଅତିକ୍ରମ କରିବା। ଅନନ୍ତ ଶକ୍ତି ଅଛି ଆମର। ଅତିକ୍ରମ କରିବା ହେଉଚି ଜୀବନ। ତାହା ହେଉଚି ସଂଘର୍ଷ।'

ଏବଂ ପୁଣି- 'ଥଣ୍ଡା ଲାଗୁଥିବ। ସବୁ ଓଦା ହୋଇଯାଇଚି ତ ! ପୁଣି ଏ ଯେଉଁ ବର୍ଷା। ପବନ ବି ହେଉଚି। ଚିନ୍ତା ନାଇଁ। ଆମର ଦରକାର ଶୁଖିଲା ଜାଗା ଟିକେ। ମୁଁ ତା'ପରେ ତୁମ ପାଇଁ ନିଆଁ ଜାଳିଦେବି। ଉଷୁମ ହୋଇଯିବ ଦେହ। ଏଇ, ଅଣ୍ଟାରେ, ପଲିଥିନ୍ ବ୍ୟାଗ୍ ଗୁଡ଼େଇ ରଖିଚି କିଛି ଟଙ୍କା। ଚିନ୍ତା ନାଇଁ।'

– 'ତୁମ ଭାଇ ଆଉ ଛୁଆମାନେ ସେଇଠି ଅଛନ୍ତି ତା'ହେଲେ ? ସୁମିତ୍ରା ପଚାରିଲା – 'କାନ୍ଦୁଥିଲେ କି ମୋ ଛୁଆମାନେ ?'

– 'ନା। ସାହସ ଥିଲେ କାନ୍ଦ ଗୋଟାଏ କ'ଣ ?'

ଅଳ୍ପ ବାଟ ଚାଲିଲା ସୁମିତ୍ରା। ଶଶାଙ୍କ ଆପାତତଃ ବୋହି ଆଣିଲା ତାକୁ। କଲେଜ୍ ବିଲ୍‌ଡିଙ୍ଗ୍‌ରେ ପହଞ୍ଚିବା ବେଳକୁ ସନ୍ଧ୍ୟା। ପ୍ରାୟ ହଜାରେ ଲୋକଙ୍କ ଦ୍ୱାରା ଅଧିକୃତ ହୋଇସାରିଥିଲା ତଳ-ଉପର ମହଲା। ପାଞ୍ଚ-ଛ'ଟି ଜାଗାରେ ଜଳୁଥିଲା ନିଆଁ। କ୍ଲାସ୍-ରୁମ୍‌ର ବେଞ୍ଚ-ଡେସ୍କ ଯୋଗେଇ ଦେଉଥିଲେ ଉତ୍ତାପ।

ବର୍ଣ୍ଣନା ବହିର୍ଭୂତ ଦୁଃଖ ଭିତରୁ ଆସିଥିଲେ ଏମାନେ। ଏଇ ଶୋକର ଅଧ୍ୟାୟ ପଢ଼ା ଯାଉଥିଲା। ଏମିତି ପଢ଼ାଯାଉଥିବ ଶେଷହୀନ ଭାବରେ। ଅଥଚ ଏଇ ଅଧ୍ୟାୟ ପଢ଼ିବା ପାଇଁ, ଏହାକୁ ଶୁଣିବା ପାଇଁ ଥିବେ ଲୋକମାନେ। ଘର-ଦ୍ୱାର, ଆତ୍ମୀୟ-ସ୍ୱଜନ ହରାଇବା ପରେ ମଧ୍ୟ ଢେର୍ ଲୋକ ଅବଶିଷ୍ଟ ହୋଇ ରହିଯାଆନ୍ତି। ସବୁଜିମା ବିବର୍ଜିତ ଦେଖାଯାଉଥିଲେ ବି ଅଛନ୍ତି ଗଛମାନେ, ଡାଳପତ୍ର ହରାଇ। ତଳେ ଅଛି ଘାସ।

କିଛି ବିସ୍କୁଟ, ଚୁଡ଼ା। ବନ୍ଦ ହୋଇଯାଇଥିବା ପୃଥିବୀରେ ଆଉ କିଛି ମିଳିବାର ସମ୍ଭାବନା ହିଁ ନ ଥିଲା। କୌଣସିମତେ ବନ୍ଦ ମାର୍କେଟ୍‌ରୁ ଫେରିବା ବେଳକୁ ରାତି ହୋଇଯାଇଥିଲା।

ଏବଂ ସୁମିତ୍ରା କାନ୍ଦୁଥିଲା। କାହା ପାଖରେ ନଥିଲା କୌଣସି ଆଶ୍ୱାସନା। ଶଶାଙ୍କ ଅପେକ୍ଷା କଲା। ସେ କାନ୍ଦୁ। ତା' ଭିତରେ ବତାସ ବାହାରିଯିବା ନିତାନ୍ତ ଜରୁରୀ। ଏହା ସତ୍ତ୍ୱେ ସେ ଜାଣିଥିଲା, ମଣିଷର କାନ୍ଦ ଚିରସ୍ଥାୟୀ ନୁହେଁ। କାନ୍ଦିବା ପାଇଁ ଯଥାର୍ଥତା କମି ଯିବାକୁ ବାଧ୍ୟ।

ସକାଳ। ଶଶାଙ୍କ ବିଭୋର ଓ ମୁଗ୍ଧ ହେଲା ଏଇଥିପାଇଁ ଯେ, କେଉଁଠି ଗୋଟେ କୁକୁଡ଼ା ଘୋଷଣା କରୁଚି ସୂର୍ଯ୍ୟୋଦୟ ହେବ ବୋଲି। ଚଢ଼େଇମାନେ ଆରମ୍ଭ କରୁଚନ୍ତି ଦିନର କାର୍ଯ୍ୟନିର୍ଘଣ୍ଟ। ଶଶାଙ୍କ ବାହାରି ଆସିଲା କଲେଜ କୋଠାରୁ। କେଉଁଠି କିଛି ଯୋଗାଡ଼ କରିବାକୁ ହେବ ସୀମାହୀନ ପାଣିଘେର ଅତିକ୍ରମ କରି।

ସେ ଅନୁଭବ କଲା ଏକ ଶିହରଣ। ଏହା ସଞ୍ଚରି ଯାଉଥିଲା ତା'ର ରକ୍ତକଣିକାରେ। ହାଡ଼ର ମଜ୍ଜାରେ। ସମ୍ପୂର୍ଣ୍ଣ ଲଣ୍ଡା ଓ ବିପର୍ଯ୍ୟୟ ହୋଇଯାଇଥିବା ଆମ୍ବଗଛର ସେଇ ଡାଳରେ ଏଇଟା କ'ଣ? ସେ ଚାହିଁଲା ଭଲ କରି, ଝଲମଲ କରୁଥିବା ସେଇ ନାଲିଟୋପାକୁ। ଦୁଇଟି ପତ୍ର। ଶଶାଙ୍କ ଅନୁଭବ କଲା ସେ ସମ୍ପ୍ରସାରିତ ହୋଇଯାଉଚି। ରାସ୍ତା କଡ଼ରେ ଆଉ ଗୋଟେ ଦୃଶ୍ୟ। ବାଛୁରୀ କ୍ଷୀର ପିଉ ଏବଂ ମା'ର ସ୍ନେହପ୍ରବଣ ଜିଭ ପରିକ୍ରମା କରୁଚି, ତା'ର ଦେହକୁ। ଜୀବନର ପ୍ରବାହ। ତାଣ୍ଡବଲୀଳାର ମାନଚିତ୍ର ଉପରେ। ଅପରାଜେୟ ହୋଇ ଉଡୁଥିଲା ବଞ୍ଚିରହିବାର ପତାକା।

ଆୟୁଷ୍ମାନ ସମସ୍ତେ। ଏ ଗଛ, ଗାଈ, ଚଢ଼େଇ। ମଣିଷ ତ ଅକ୍ଷୟ। ଶଶାଙ୍କ ଅନୁଭବ କଲା, ଏଇ ମହାପ୍ରଳୟକୁ ମଧ୍ୟ ସେ ବନ୍ଦ କରି ରଖିପାରନ୍ତା ତା' ଦୁଇ ହାତର ବଳୟ ମଧ୍ୟରେ। ଝଡ଼-ବତାସ କହନ୍ତା – ମୁଁ ଅଯଥା ଚେଷ୍ଟା କରୁଥିଲି। ମୁଁ ଆଣିପାରିବି ନାଇଁ ଚୂଡ଼ାନ୍ତ ସଂହାର। ମୋତେ କ୍ଷମା କରିବ। ସମସ୍ତେ ବଞ୍ଚି ରହନ୍ତୁ।

ବର୍ଷା ଓ ବନ୍ୟା କହନ୍ତେ – ଆମେ ଡକାୟତ ହୋଇ ପଡ଼ିଥିଲୁ। ଲୁଟ୍ କଲୁ; କିନ୍ତୁ ସବୁ ନେଇ ପାରିବୁ ନାଇଁ। ଆମ ଅପରାଧ ପାଇଁ କ୍ଷମାଦେବ। ଏହା ଆୟୁଷ୍ମାନର ପୃଥିବୀ। ଅମର, ମୃତ୍ୟୁହୀନ ସାମ୍ରାଜ୍ୟ।

■

ମଣିଷ ପାଗଳ ହୁଏ କିପରି

ଦୋତାଲାରେ ତିନି କୋଠରି ବିଶିଷ୍ଟ ଏଇ ଭଡ଼ା ଘରକୁ ବାପାଙ୍କୁ ଆଣିଲେ ଅସୁବିଧା ହେବ। ଅଶାନ୍ତି ବି ସୃଷ୍ଟି ହେବ। ମୂଳରୁ ଏଇ ଆଶଙ୍କା ଥିଲା ବିନୟର। ଯା'ସତ୍ତ୍ୱେ, ସେ ଶ୍ରବଣକୁମାରର ଅନ୍ୟ ଏକ ସଂସ୍କରଣ ବୋଲି ନିଜକୁ ଜାହିର କରିବା ମତଲବରେ ନ ଥିଲା। ଆଜିକାଲି କେତେ ଜଣ ସକ୍ଷମ ପୁଅ କାନ୍ଧେଇଚନ୍ତି ସେମାନଙ୍କର ଅକର୍ମଣ୍ୟ ବାପା-ମା'ଙ୍କୁ? ସକ୍ଷମ ପୁଅମାନେ ସାଧାରଣତଃ ଏତେ କାର୍ଯ୍ୟବ୍ୟସ୍ତ ରହନ୍ତି, ଏତେ ଟେନ୍‌ସନ୍ ବୋହି ଆତଯାତ ହୁଅନ୍ତି ଯେ ବାପା-ମା'ଙ୍କ କଥା ଭାବିବାକୁ ମଧ୍ୟ ସମୟ ଓ ମାନସିକତା ପାଆନ୍ତି ନାହିଁ, ସେମାନଙ୍କ ପାଇଁ ବ୍ୟସ୍ତ-ଚିନ୍ତିତ ହେବା ତ ଦୂରର କଥା। ବିନୟର ବାପା ପୁଣି କାହିଁକି କେଜାଣି ଅର୍ଦ୍ଧପାଗଳ ହୋଇଯାଇଚନ୍ତି। ସେଇକଥା ଲେଖାଯାଇଥିଲା ଚିଠିରେ।

ବିନୟର ଗାଁ ସହିତ ଓ ବାପାଙ୍କ ସହିତ ସମ୍ପର୍କ ମାତ୍ର କେତୋଟି ଧାଡ଼ିରେ ଲେଖା ଯାଇପାରେ। ହାଇସ୍କୁଲରେ ପଢ଼ିବାବେଳେ ସେ ହରେଇଥିଲା ମା'କୁ। କହିବା ଦରକାର ନାହିଁ ଯେ, ଥିଲା ଭାରି ଆବେଗପ୍ରବଣ ମଣିଷ ଜଣେ। ନହକା, ଖର୍ବକାୟ ମଣିଷଟିଏ ଥିଲା ସେ। ଘରର ସବୁକାମ କରୁଥିଲା। ଗାଈକୁ କୁଣ୍ଡା-ତୋରାଣି ଦେବାଠୁ ଆରମ୍ଭ କରି ଚଉରାମୂଳେ ସଞ୍ଜବତି ଦେବାଯାଏ। ବାପାଙ୍କ ଭଳି କଥା କହୁଥିଲା ବହୁତ କମ୍। ବିନୟ ସାମାନ୍ୟ ସର୍ଦ୍ଦିରେ ପୀଡ଼ିତ ହେବା ମାତ୍ରେ ଉପବାସ ରହୁଥିଲା ଗୋଟିଏ ଦିନ। ଯାଚୁଥିଲା ମାନସିକ ଠାକୁରଙ୍କ ପାଖରେ। ସେ ଭାବୁଥିଲା ଯେ ବିଶ୍ୱାସ ଓ ଭକ୍ତି ଦ୍ୱାରା ହିଁ ଅସମ୍ଭବ ପରିଣତ ହୋଇପାରେ ସମ୍ଭବରେ। ଯାହା ସବୁ ଘଟେ,

ତାହା ଠାକୁରଙ୍କ ବରାଦ ଅନୁଯାୟୀ ହୁଏ। ଏକମାତ୍ର ସନ୍ତାନ ହୋଇଥିବାରୁ ବିନୟ ଦେହରେ ଧୂଳି ଟିକିଏ ଅସହ୍ୟ ହୋଇ ପଡୁଥିଲା ତା' ପାଇଁ।

ବାପାଙ୍କର ସମ୍ପର୍କୀୟ ବିଧବା ଭଉଣୀ ସାହାଯ୍ୟ କଲା ଘର ଚଳେଇବାରେ। ଏ ବାବଦରେ ତା' ସହିତ ପ୍ରତିଯୋଗିତା କେବଳ ସରକାରୀ କଣ୍ଟ୍ରାକ୍ଟରମାନେ ହିଁ କରିପାରିବେ। ଗାଁ ଲୋକେ ଜାଣୁଥିଲେ ସବୁ। କହୁଥିଲେ ବାପାଙ୍କୁ। କୌଣସି ପ୍ରତିକାର ନ ଥିଲା ଏ ଦିଗରେ। ବୋଧହୁଏ ବାପା ଭାବିଥିଲେ ଯେ, ଭଉଣୀ ଜଣକ ପଳେଇଗଲେ ଅସୁବିଧା ହେବ। ତେଣୁ ସେ ଯଦି ଗୋପନରେ ଅପଦାର୍ଥ ପୁଅ ଓ ଶାଶୁଘରେ ଅଭାବ ମଧ୍ୟରେ ଥିବା ଝିଅ ପାଖକୁ କିଛି ସାହାଯ୍ୟ ପଠେଇ ଦେଉଚି, ତେବେ ତାହା ଖୁବ୍ ବେଶି ଆପତ୍ତିଜନକ ନୁହେଁ। ତାଙ୍କ ନିଜ ଘର ଚଳିଯାଉଚି କୌଣସିମତେ, ହଷ୍ଟେଲରେ ରହି ଭଲ ପଢୁଥିବା ବିନୟର ଯାବତୀୟ ଖର୍ଚ୍ଚ ତୁଲାଇବା ସତ୍ତ୍ୱେ। ଘରୁ କେବେହେଲେ ପଦାକୁ ବାହାରିବା ପାଇଁ ନାରାଜ ବାପା ଏକ ସଙ୍କୁଚିତ ଜୀବନ ଯାପନ କରୁଥିଲେ ସୀମିତ ପରିବେଶ ମଧ୍ୟରେ। କେବେହେଲେ ଇଚ୍ଛା ପ୍ରକାଶ କରିନାହାନ୍ତି, ଭଲ ଚାକିରି ପାଇଥିବା ବିନୟ ପାଖରେ ରହିବା ପାଇଁ।

ବହୁତ ବଛାବଛି କରି ବାହା ହୋଇଥିବା ସୁନିକୁ ଦେଖିଲେ ବାପା ଚିହ୍ନି ପାରିବେ ବୋଲି ବିନୟ ବିଶ୍ୱାସ କରେ ନାଇଁ। ଆଠ ବର୍ଷର ପୁଅ ଜିମ୍ ଓ ପାଞ୍ଚ ବର୍ଷର ଝିଅ ରୋଜିଙ୍କ କଥା ଛାଡ଼। ଜେଜେ ବୋଲି କେହି ଜଣେ ଅଛନ୍ତି, ଅନ୍ୟମନସ୍କ ଦୃଷ୍ଟି ପଡୁଥିବା ରାସ୍ତାକଡ଼ର ଗୋଟେ ବିଜ୍ଞାପନ ଫଳକ ଭଳି। ଏମାନେ କେବେ କିପରି ଯାଆନ୍ତି ଗାଁକୁ। ବାପା ଏମାନଙ୍କୁ ଦେଖି ଦେଖି ନର୍ଭସ୍ ହୁଅନ୍ତି। ଖୁସି ହୁଅନ୍ତି, ବୋଧହୁଏ କମ୍। ଗୁପ୍ତକଥା ଶୁଣେଇବା ଭଳି କହନ୍ତି ବିନୟକୁ - ବୋହୂର ଦେହ ଖରାପ ଥିଲା କିରେ, ବାୟା ? ଝଡ଼ିଗଲା ଭଳି ଜଣାପଡୁଚି। କିମ୍ବା ପିଜୁଳି ଗଛ ଉପରେ ଚଢ଼ିବାକୁ ବାରଣ କର, ତୋ ପୁଅକୁ। କାଲେ ମୋ କଥା ମାନିବ ନାଇଁ ବୋଲି ମୁଁ କିଛି କହିପାରୁ ନାଇଁ ତାକୁ। କିମ୍ବା ତୋ ଝିଅ ଗାଲରେ କ'ଣ ହୋଇଥିଲା କିରେ ? କ୍ଷତ ଚିହ୍ନଟେ ଭଳି ଦେଖାଯାଉଚି। କିମ୍ବା ତୁ ପୁଣି କେବେ ଆସିବୁ କେଜାଣି ? ନେଇଯାଇଥାନ୍ତୁ ବାସନା ଅରୁଆ ଚାଉଳ ଗଣ୍ଡେ। ସେହି ଧାନ କଟାଯାଇ ନାଇଁ। ପରିବା ଆଉ ନଡ଼ିଆ ଚୋରି ହୋଇଯାଉଚି। ମହୁ ନାଇଁ ଏ ବର୍ଷ।

ବିନୟ ପାଖରୁ ପରାମର୍ଶ କିମ୍ବା ସହାନୁଭୂତି ପାଇବା ସକାଶେ ବାପା ଏସବୁ କହନ୍ତି ନାଇଁ। ପୁଅ ଆସିଚି ଘରକୁ ଯେତେବେଳେ, କିଛି କହିବାକୁ ପଡ଼ିବ। କହନ୍ତି ସେଥିପାଇଁ। ନ ହେଲେ, ନିଜ ନୀରବତା ଭିତରେ ରହିବାକୁ ଭଲ ପାଉଥିବା ଏ ଲୋକଜଣକ ଅପ୍ରତିଭ ହୋଇପଡ଼ନ୍ତି ଅନ୍ୟ କାହା ଉପସ୍ଥିତିରେ। ନିଜ ଭିତରେ

ଦବିଯାଆନ୍ତି। କଥାବାର୍ତ୍ତା କରିବାପାଇଁ ପାଆନ୍ତି ନାହିଁ ସୂତ୍ର। ପଳେଇଯିବା ପାଇଁ ବ୍ୟସ୍ତ ହୁଅନ୍ତି ଅନ୍ୟମାନଙ୍କଠାରୁ। ଏପରି କି ଦୋକାନୀକୁ କହିବା ସକାଶେ ଭରସା ପାଏ ନାହିଁ ଯେ ସେ କିଣିଥିବା ଲୁଗାରେ ସାନ ହେଉପଛେ ଫାଟ ଅଛି। କିଣିବା ବେଳେ ଜାଣି ହେଲା ନାହିଁ। ଡାଲିରେ ବହୁତ ବାଲି ବାହାରୁଚି।

ଅଫିସ୍ ଠିକଣାରେ ଆସିଥିଲା ଚିଠି। ବର୍ଷେ ହେବ ଶିକ୍ଷକ ଭାବେ ଅବସର ଗ୍ରହଣ କରିଥିବା ସମ୍ପର୍କରେ ଦାଦା ଜଣେ ଏକା ଲେଖିଥିଲେ। ବିନୟ ପଢ଼ିଲା ଚିଠିଟିକୁ ଦୁଇ-ତିନି ଥର। ବାପାଙ୍କର ସାମାନ୍ୟ ମସ୍ତିଷ୍କ ବିକୃତି ହୋଇଚି ବୋଲି ଢେର୍ ସୂଚନା ଥିଲା ସେଥିରେ। ଏହା ଅବଶ୍ୟ ଉଦ୍‌ବେଗର କାରଣ ନ ହୋଇପାରେ। ଏହା ପହଞ୍ଚି ନାହିଁ ବିପଜ୍ଜନକ ସ୍ତରକୁ। ମାତ୍ର ବିନୟ ଭଳି ପାରଙ୍ଗମ ପୁଅ ଥିବାବେଳେ ଗାଁରେ ଆପାତତଃ ନିଃସଙ୍ଗ ବାପା ଅବହେଳିତ ରହିବା ଠିକ୍ ହେବ କି? ଏ ସମ୍ପର୍କରେ ଚଞ୍ଚଳ କିଛି ଗୋଟେ ବ୍ୟବସ୍ଥା କରାଯିବା ଭଲ ହେବ ବୋଲି ଚିଠିରେ ଲେଖାଯାଇଥିଲା।

ବ୍ୟବସ୍ଥା ଆଉ କ'ଣ? ବାପାଙ୍କୁ ଆଣିବାକୁ ପଡ଼ିବ ଏଠାକୁ। ତାଙ୍କ ସମସ୍ୟାଟା କ'ଣ, ତାହା ଚିହ୍ନଟ କଲା ପରେ ଡାକ୍ତରର ଉପଦେଶ ମାନିବାକୁ ପଡ଼ିବ। ଇଚ୍ଛା ଥାଉ ବା ନ ଥାଉ। ଫ୍ଲାଟ୍‌ରେ ଅସୁବିଧା ହେଉ କି ନ ହେଉ। ବାପାଙ୍କ ପ୍ରତି କିଛି ହେଲେ କରାଯିବ। ଲୋକେ ନ ହେଲେ କେଉଁ ଧାରଣା ନେବେ ତା' ପ୍ରତି? ଏଭଳି କ୍ଷେତ୍ରରେ ସ୍ୱତଃସ୍ଫୂର୍ତ୍ତ ପ୍ରକ୍ରିୟା ନ ଥାଏ। ଏହା ଘଟେ ବାହ୍ୟ କାରଣ ଯୋଗୁଁ, ଚାପ ଯୋଗୁଁ। କାଳେ ଲୋକେ ଖରାପ ଭାବିବେ ତାଙ୍କୁ।

ଅଫିସ୍‌ରୁ ଫେରି ବିନୟ ପୋଷାକ ବଦଳାଇବା ପରେ ବସିଲା ଜଳଖିଆ ଓ ଚା' ପାଇଁ। ପିଲା ଦୁଇଜଣ ମଧ୍ୟ କେବେ କିପରି ଯୋଗ ଦିଅନ୍ତି ତା' ସହିତ। ସେମାନେ ପଢ଼ାପଢ଼ି ପାଇଁ ପଳେଇଯିବା ପରେ ବିନୟ ବଢ଼େଇଦେଲା ଚିଠି ସୁନିକୁ। ଚା' ପିଉଥିବା ବେଳେ କହିଲେ - 'ପଢ଼।'

ତାହା ପଢ଼ିସାରିବା ପରେ ଅସନ୍ତୋଷ ଓ ନୈରାଶ୍ୟ ସ୍ପଷ୍ଟ ହୋଇଗଲା ସୁନି ମୁହଁରେ। ପଚାରିଲା- 'କ'ଣ କରିବ ବୋଲି ଠିକ୍ କରିଚ? ଯିବ, ତାଙ୍କୁ ଦେଖିବା ପାଇଁ? ଆମେ ସମସ୍ତେ ଗଲେ ଭଲ ହୁଅନ୍ତା।'

ଇଏ ହେଲା ଲୋକାଚାର। ବିନୟର ବାପାଙ୍କ ପ୍ରତି ହୁଏତ ରହିଥିବା ଦରଦ ଓ କର୍ତ୍ତବ୍ୟବୋଧ ପ୍ରତି କିଞ୍ଚିତ୍ ସମର୍ଥନ। ଟେବୁଲ୍ ଉପରେ କପ୍ ରଖି ପଚାରିଲା - 'ଖାଲି ଦେଖିବା ପାଇଁ ଗଲେ ଯଥେଷ୍ଟ ହେବ?'

- 'ତେବେ?' ସୁନି ଆତଙ୍କିତ ହେଲା, ନା ଉପାୟ ପାଇବା ପାଇଁ ଜିଜ୍ଞାସୁ ହେଲା? କେଜାଣି?

– 'ମୁଁ ତାଙ୍କୁ ନେଇ ଆସିବି ଏଠାକୁ।' ବିନୟ କହିଲା ଅନାବଶ୍ୟକ ଦୃଢ଼ତାର ସହିତ। ସୂଚେଇ ଦେଲା ଯେ ସେ ଯାହା କରିବ, ତାହା ସ୍ଥିରି କରିସାରିଚି। କେହି ଏହାକୁ ଅଯଥାରେ ପ୍ରତିରୋଧ କରିବା ଠିକ୍ ହେବ ନାଇଁ। ସେ ସାଧାରଣତଃ ନିଜ ନିଷ୍ପତ୍ତି କେବେହେଲେ ବଦଳାଏ ନାଇଁ। ପୁଣି କହିଲା – 'ଡାକ୍ତର କ'ଣ କହୁଚି ଆଗ ଦେଖିବା। ସେଇଠୁ ଅନ୍ୟାନ୍ୟ କଥା ସ୍ଥିର କରାଯିବ।' ଟିକିଏ ରହି ପୁଣି – 'ତୁମ ଉପରେ ଏଇଟା ଗୋଟେ ବୋଝ ହୋଇଯିବ ବୋଲି ତୁମେ ଭାବୁଚ କି?'

ବିନୟର ପ୍ରତ୍ୟେକ କଥା ଲକ୍ଷ୍ୟସ୍ଥଳ ଭେଦ କରେ। କେଉଁଠି ତ୍ରୁଟି କିମ୍ବା ବେଖାପ କଥା ଦେଖିଲେ ସିଧାସଳଖ କହେ। ଜଣେ ନୀରବ, ତ୍ରସ୍ତ ଓ ସହନଶୀଳ ଲୋକର ଇଏ ପୁଅ ବୋଲି କେହି ବିଶ୍ୱାସ ନ କରିପାରନ୍ତି। ନିଜ ଭାବନା ଆବିଷ୍କୃତ ହୋଇଗଲା ବୋଲି ଦୟନୀୟ ଦେଖଗଲା ସୁନି। ନିଜକୁ ପ୍ରତିରକ୍ଷା ଦେବା ପାଇଁ କହିଲା – 'ନାଇଁ, ନାଇଁ। ମୋର ଏଥିରେ ଅସୁବିଧା କ'ଣ? ତାଙ୍କର ତେଣେ ଅସୁବିଧା ବେଳେ ଆମେ କ'ଣ ବସିପାରିବା ଚୁପ୍ ହୋଇ? ସେମିତି ଦେଖିବା ପାଇଁ ଗଲେ, କ'ଣ ବା ଆମେ କରିଚେ ତାଙ୍କ ପାଇଁ? ସେ ଅବଶ୍ୟ ନିଜ ଆଡୁ କେବେ କହିନାହାନ୍ତି; ଆମେ କିନ୍ତୁ ତାଙ୍କୁ ଏଠାକୁ ଆଣିବା ସକାଶେ ଚେଷ୍ଟା କରିଚନ୍ତି କି?'

ସୁନିର ଏଇ ଦମ୍ଭ ଦେଖି ମନେମନେ ଆମୋଦିତ ହେଲା ବିନୟ। କହିଲା – 'ଭେରି ଗୁଡ୍! ମୁଁ ବାହାରିଯିବି କାଲି ସକାଳେ। ଛୁଟି ନେଇଚି ସେଥିପାଇଁ। ସମସ୍ତେ କାହିଁକି ଯିବା? ଯଦି ଏଠାକୁ ଆସିବା ପାଇଁ ମୁଁ ତାଙ୍କୁ ପ୍ରବର୍ତ୍ତାଇପାରେ, ତେବେ ରାତି ଆଠଟା ସୁଦ୍ଧା ଆମେ ପହଞ୍ଚିଯିବୁ ଏଠାରେ।' ଚେୟାର ଛାଡ଼ିବା ପରେ ସେ ପ୍ରସ୍ତାବ ବାଢ଼ିଲା କିମ୍ବା ନିର୍ଦ୍ଦେଶ ଦେଲା। 'ଗେଷ୍ଟମାନଙ୍କ ପାଇଁ ଯେଉଁ ଖଟ ଅଛି ଡ୍ରଇଂରୁମ୍‌ରେ, ସେଇଠି ସେ ରହିବେ।'

କିଛି କରିବାର ବା କହିବାର ଉପାୟ ନ ଥିଲା ସୁନିର। ସେ କେବଳ ଆତଙ୍କିତ ହେଲା ଦୁଇଟି ସମ୍ଭାବନା କଥା ଚିନ୍ତା କରି। ପ୍ରଥମଟି ହେଉଚି ଜଣେ ଅର୍ଦ୍ଧପାଗଳ ବୁଢାଲୋକଙ୍କୁ ନେଇ ସେ ଚଳିବ କେମିତି ଏ ଘରେ, ଏକୁଟିଆ? ଦିନବେଳେ ପିଲାମାନେ ସ୍କୁଲ ପଳେଇବେ। ବିନୟ ଯିବ ତା' ଅଫିସ୍‌କୁ। ତା'ପରେ? ପାଗଳମାନେ ଯେମିତି ଉତ୍ପାତ କରନ୍ତି, ସେମିତି ଯଦି ହୁଏ, ତେବେ ସେ କରିବ କ'ଣ? ଏ ଲୋକଙ୍କୁ ନିଜ ଡ୍ରଇଂରୁମ୍‌ରେ ସ୍ଥାନ ନ ଦେଲେ ପାଗଳ ଗାରଦରେ ଭର୍ତ୍ତି କରିବା ବେଶି ବୁଦ୍ଧିମାନର କାମ ନୁହେଁକି?

ଦ୍ୱିତୀୟ କଥାଟି ହେଉଚି, ସେ ରହିବେ କେତେ ଦିନ? ମନେ କରାଯାଉ, ସେ ଏଠାରେ ରହିବା ଭିତରେ ଅସୁସ୍ଥ ହୋଇପଡ଼ିଲେ। ଏମିତିକି ଚାଲିବା ପାଇଁ ମଧ୍ୟ

ଅକ୍ଷମ ହୋଇ ପଡ଼ିଲେ। ତା'ପରେ? ଖରାପ ହେବ ବିଛଣାପତ୍ର। ତାଙ୍କ ଭଲମନ୍ଦ ବୁଝିବା ସକାଶେ ସୁନିଠାରେ ବାସ୍ତବିକ ତାକତ କିମ୍ବା ମାନସିକତା ନାହିଁ। ଗାଁରେ ରହୁଥିବା ଏଇ ବୁଢ଼ାଲୋକ ଜଣକ ଏମିତି ଯେ, ସୁନି ଭିତରେ କୌଣସି ଆବେଗ, କୌଣସି ଆତ୍ମୀୟତା ସୃଷ୍ଟି କରିପାରି ନାହାନ୍ତି। କି ପ୍ରକାର ସେବା ସେ କରିପାରବ ତାଙ୍କର?

ରୁନ୍ଧି ହୋଇଗଲା ଭଳି ଲାଗିଲା ସୁନିକୁ। ବିକଳ ହୋଇପଡ଼ିଲା ସେ ନିଜ ଭିତରେ। ଆସିଯାଉଚି ଗୋଟେ ବୋମା ଏ ଘରକୁ। ଫାଟିବ ସେଇଟା। ଖଣ୍ଡ ଖଣ୍ଡ କରିଦେବ ଏ ଘରର ଜୀବନ ଧାରା, ସୁଖ-ଶାନ୍ତିକୁ। ଛୁଆ ଦୁଇଟା ପଢ଼ାପଢ଼ି କରି ପାରିବେ ନାହିଁ। ଶୁଣିବେ ଓ ଦେଖିବେ ଗୋଟେ ପାଗଳର ପ୍ରଳାପ ଓ ବିଚିତ୍ର କାର୍ଯ୍ୟ; ଯାହା ଅନ୍ୟମାନଙ୍କର ମନୋରଞ୍ଜନର ସାମଗ୍ରୀ ହୋଇଚି ସବୁଠାରେ। ସେ ହୁଏତ ନିଜକୁ ବଞ୍ଚେଇବା ପାଇଁ ଓ ଘରର ଜିନିଷ ପତ୍ରକ ରକ୍ଷା କରିବା ପାଇଁ ଗୋଟେ ନିବୁଜ କୋଠରିରେ ରଖିବ ଏଇ ଲୋକକୁ। ହିଂସ୍ର ପ୍ରାଣୀରେ ପରିଣତ ହେବେ ଏତେ ବର୍ଷ ଧରି ନିରୀହ ଜୀବନ ବିତେଇଥିବା ଏଇ ଲୋକ। ସମସ୍ତେ କହିବେ ଯେ, ମଣିଷର ନିରୀହପଣ ବୋଲି କିଛି ଗୋଟେ ଉପାଦାନ ନ ଥାଏ। ଏଇଟା ଗୋଟେ ଖୋଳପା। ଗୋଟେ ଅଭିନୟ। ଏମିତି ସମୟ ଆସିଯିବ, ଯେତେବେଳେ ଖସିପଡ଼ିବ ଏଇ ଆବରଣ। ଜଣେ ଅଭିନେତା ମୁହଁର ମେକ୍‌ଅପ୍ ଭଳି। ପ୍ରକାଶିତ ହୋଇଯିବ, ତା' ଭିତରେ ଚାପି ହୋଇ ରହିଥିବା ଆବଦ୍ଧ ହିଂସ୍ରତା। ଏହା ହିଁ ହେଉଚି ମଣିଷ ଚରିତ୍ରର ସର୍ବଶ୍ରେଷ୍ଠ ବାସ୍ତବତା। ବେଶି ବେଶି ଭୟଙ୍କର ଜଣାପଡୁଥିଲା ସବୁ। ଏହା ଆଉ ଭାବିବ ନାହିଁ ବୋଲି ସୁନି ଯେତେ ଯତ୍ନ କରୁଥାଏ, ତାହା ସେତିକି ବେଶି ବୀଭତ୍ସ ଓ ନାରକୀୟ ହୋଇ ନିଜକୁ ଉପସ୍ଥାପନ କରୁଥାଏ।

ଟାକ୍‌ସି ଯୋଗେ ଗାଁ। ଖୁବ୍ ସକାଳୁ ବାହାରି ଥିବାରୁ ପାଖାପାଖି ଦେଢ଼ଶହ କିଲୋମିଟର ଶୋଚନୀୟ ରାସ୍ତା ସତ୍ତ୍ୱେ ସେ ପହଞ୍ଚି ପାରିଲା ସକାଳ ନ'ଟା ବେଳେ। ଟାଇଲ ଢଙ୍କା ପରିଷ୍କାର ଚାରି ବଖରାର ଘର। ପ୍ରଶସ୍ତ ବାରଣ୍ଡା ଏବଂ ଅଗଣା। ରୋଷେଇ ଘର ଗୋଟିଏ ପାଖକୁ। ବାପା ବସିଥିଲେ ଗୋଟେ ପୁରୁଣା ଟ୍ରଙ୍କ ସାମନାରେ। ଏତେବେଳକୁ ସେ ନିଶ୍ଚୟ ଗାଧୋଇ ସାରି ଚକୁଳି ଦୁଇପଟ ଖାଇସାରିଥିବେ। ମାତ୍ର ଏଇ ସମୟରେ ସେ ବାରଣ୍ଡାରେ ବସିବା ଲୋକ ନୁହନ୍ତି। ପାଗଳ ହୋଇଯିବାର ଏହା ଏକ ଲକ୍ଷଣ ନୁହେଁ ତ?

– 'ତୁ କ'ଣ ଏକୁଟିଆ?' ବାପା ପଚାରିଲେ ଭ୍ରୂ-କୁଞ୍ଚନ ସହିତ। ପ୍ରାୟ ଅଧଇଞ୍ଚ ଲମ୍ୱର ସମ୍ପୂର୍ଣ୍ଣ ଧଳା ଚୂଳ। ଧଳା ଭ୍ରୂ। ଲୋଚାକୋଚା ମୁହଁ। ଦାନ୍ତ ହୀନ ପାଟି।

ଗୋରା, ପତଳା, ପାଞ୍ଚଫୁଟ ଦୁଇ ଇଞ୍ଚର ମଣିଷ ଜଣେ । ଗୋଟିଏ ପରିବର୍ତ୍ତନ ଲକ୍ଷ୍ୟ କଲା ବିନୟ । ପ୍ରାୟ କୋଡ଼ିଏ-ପଚିଶ ଦିନ ହେବ ସେ ଧଳାନିଶ ଦାଢ଼ି କାଟିନାହାନ୍ତି ।

– 'ହଁ ।' ଉତ୍ତର ଦେଲା ବିନୟ । ବସିଲା ବାପାଙ୍କ ପାଖରେ ।

– 'ଏମିତି ଅସମୟରେ ଯେ ? ଛୁଆମାନେ ଭଲ ଅଛନ୍ତି ?' ସେ ପଚାରୁଥାନ୍ତି ଏବଂ କେଜାଣି କ'ଣ କାଗଜ ବାହାର କରୁଥାନ୍ତି ବାକ୍ସରୁ ।

'କିଛି ଅସୁବିଧା ନାହିଁ ।' ବିନୟ ଠିକ୍ କରିପାରୁ ନ ଥିଲା ବାପାଙ୍କୁ ଦେଖି ଓ ସ୍ୱାଭାବିକ କଥା ଶୁଣି ସେ ଆଶ୍ୱସ୍ତ ଓ ନିଶ୍ଚିନ୍ତ ହେବ କି ନାହିଁ । ପାଗଳ ହୋଇଯାଇଥିବାରୁ ବାପା କ'ଣ ନାହିଁ କ'ଣ ଆଚରଣ ଦେଖାଉଥିବେ ବୋଲି ସେ ଯାହା ଅନୁମାନ କରୁଥିଲା, ଅନ୍ତତଃ ସେମିତି କିଛି ହେଉନାହିଁ । ପୁଣି କହିଲା – 'ତୁମକୁ ଏ ସମୟରେ ଘରେ ଦେଖିବି ବୋଲି ଆଶା କରି ନ ଥିଲି । ତା' ସାଙ୍ଗକୁ ଏ ଟ୍ରଙ୍କରେ ଏମିତି କେଉଁ କାଗଜ ଅଛି କି ?'

ବାପା ତା' ଆଡ଼େ ନ ଚାହିଁ କହିଲେ – 'ଗତକାଲି ସରିଚି ରୁଆ, ବେଉଷଣ ଇତ୍ୟାଦି । ହାତରେ କାମ ନ ଥିଲା । ଏ ଟ୍ରଙ୍କରେ ତୋର ପୁରୁଣା ଖାତା, ଚିଠି ଥିଲା । କ'ଣ ମନେ ହେଲା କେଜାଣି ଦେଖୁଥିଲି ।'

କେତେ ସ୍ୱାଭାବିକ ଜଣାପଡୁଚି ସତରେ ! ପଚାରିଲା ଟିକିଏ ସଙ୍କୁଚିତ ହୋଇ – 'ତୁମେ ମୁହଁ ସଫା କରିନ ବୋଲି ଅସୁସ୍ଥ ଦେଖାଯାଉଚ ।'

ଏଥର ସେ ଚାହିଁଲେ ବିନିୟକୁ । ହସିବା ଭଳି ଜଣାପଡ଼ିଲେ । କହିଲେ – 'ଜଣେ ସାଧୁଙ୍କ ପ୍ରବଚନ ଶୁଣୁଥିଲି । ଭାରି ଭଲ କହୁଥିଲେ । କାନ୍ଦି ପକାଉଥିଲେ କରୁଣ କଥା କହିବାବେଳେ । ମୁଁ ବି ସମ୍ଭାଳି ପାରୁ ନ ଥିଲି ନିଜକୁ । କାନ୍ଦୁଥିଲି ତାଙ୍କ ସହିତ । ହସୁଥିଲି । ମୋ ପାଖରେ ଥିବା ଲୋକ ମୋତେ କହୁଥିଲେ ଯେ, ସାଧୁ ଯେମିତି ହାତ ହଲାଉଥିଲେ, ମୁହଁର ଭଙ୍ଗୀ ବଦଳାଉଥିଲେ ମୁଁ ବି କୁଆଡ଼େ ସେମିତି ହେଉଥିଲି । ମୋର ଅବଶ୍ୟ ସେସବୁ ଖିଆଲ ନାହିଁ । ସେ ମୁହଁ ଖିଅର ହେଉ ନ ଥିଲେ । ତା' ପରଠୁ ମୁଁ ବି ଆଉ ଧ୍ୟାନ ଦେଇନାହିଁ ସେଥିପ୍ରତି ।'

ବ୍ଲାଙ୍କ୍ ହୋଇଗଲା ବିନୟର ମୁହଁ । ଚିନ୍ତିତ ଦେଖାଗଲା । ନା, ଏଇଟା ତାଙ୍କର ସ୍ୱାଭାବିକ ଢଙ୍ଗ ନୁହେଁ । କୌଣସି ଜିନିଷ ପ୍ରତି ତାଙ୍କର ପ୍ରତିକ୍ରିୟା ନ ଥାଏ । ପ୍ରବଚନ ଶୁଣୁଶୁଣୁ ସେ ଏମିତି ଆଚରଣ ଦେଖାଇଲେ କାହିଁକି ?

– 'ବାପା, ମୁଁ ଭାବୁଚି, ମୋ ବସାଆଡ଼େ କିଛି ଦିନ ପାଇଁ ଯାଇଥାନ୍ତେ ?' ଢେର୍ ନମ୍ରତା ଓ ନିବେଦନ ଥିଲା ବିନୟ ସ୍ୱରରେ ।

– 'ହଁ, କିଏ ମନା କଲା ?' ସେ ସତେ ଯେପରି ଉତ୍ସାହିତ ଦେଖାଗଲେ ।

ଉଜ୍ଜ୍ୱଳ ହୋଇପଡ଼ିଲା ତାଙ୍କ ମୁହଁ। ଯୋଗକଲେ - 'ଅବିକା ଚାଷ କାମ ଆଉ ନାହିଁ। ମୋର ବି ମନ ହେଉଥିଲା ପିଲାମାନଙ୍କୁ ଟିକିଏ ଦେଖିଆସିବା ପାଇଁ। ତୋ ବସାରେ ଠାକୁରପୂଜା ହୁଏ ?'

ବିନୟ ହଁ କରିବା ପରେ ବିବ୍ରତ ହେଲା ମିଛ କହିଥିବା ଯୋଗୁଁ। ତା' ଭଡ଼ାଘରେ ଏସବୁର ବ୍ୟବସ୍ଥା ନାହିଁ। ତେବେ, ବାପାଙ୍କର ସେଠାକୁ ଯିବା ପାଇଁ ଆଗ୍ରହ, ପାଗଳାମିର ଆଉ ଏକ ଲକ୍ଷଣ ହୋଇପାରେ। ସେ କେବେ କୁଆଡ଼େ ଯିବା ପାଇଁ ମଙ୍ଗନ୍ତି ନାହିଁ।

ବିନୟ ପହଞ୍ଚିଲା ଦାଦାଙ୍କ ପାଖରେ, ବାପାଙ୍କ ସମ୍ପର୍କରେ ବିସ୍ତୃତ ବିବରଣୀ ଶୁଣିବା ସକାଶେ। ଦାଦା ଯେଉଁସବୁ କଥା କହିଲେ, ତାହା ସଂକ୍ଷେପରେ ନିମ୍ନମତେ ଲେଖାଯାଇପାରେ -

ଅଧାରୁ କଲେଜ ପଢ଼ା ଛାଡ଼ିଥିବା ଗାଁର ଗୋଟେ ଟୋକା ମଦ ପିଇ ଉତ୍ପାତ କରୁଥିଲା। ଧରିଥାଏ ଛୁରିଟେ। ସେ କହୁଥିଲା ଯେ ଗାଁ ଲୋକଙ୍କୁ ସେ ଆଗେ ଖତମ କରିବ। ତା'ପରେ ପୃଥିବୀର ଲୋକଙ୍କୁ।ସେତକ ସରିବା ପରେ ସେ ଖୋଜିବ ଭଗବାନଙ୍କୁ। ତାଙ୍କର ଅନ୍ତବୁଜୁଳା ନିକାଲିବା ପରେ ଯାଇ ତା' କାମ ସରିବ।

ବିନୟ ଦାଦାଙ୍କ ମୁହଁକୁ ଚାହିଁଲା। ସେ କହିଲେ - 'ଭାଇ କେଉଁଠି ଥିଲେ କେଜାଣି ? ସେ ଆସିଲେ ବାଚାଳ ଯୁବକ ପାଖକୁ। ଦୁଇ ଗାଲରେ ଦୁଇଟି ଚଟକଣା କଷିଦେଲେ। ଏଇ ଅଭାବିତ ଘଟଣା ପ୍ରତି ଯୁବକ ପ୍ରତିକ୍ରିୟା ଦେଖାଇବା ପୂର୍ବରୁ ଭାଇ ଚୁପ୍‌ଚାପ୍ ପଳେଇଗଲେ ସେଠାରୁ। ଯେମିତିକି କିଛି ହୋଇନାହିଁ।' ଦାଦା ଗାମୁଛାରେ ମୁହଁ ପୋଛି ଯୋଗକଲେ - 'ସେଦିନ ସନ୍ଧ୍ୟାରେ ମୁଁ ଭାଇଙ୍କୁ କହିଲି ଯେ, ଏତେ ବଡ଼ ଦୁଃସାହସ ଦେଖାଇବା ଉଚିତ ନୁହେଁ, ସଇତାନ ସବାର ହୋଇଥିବା ଆଜିକାଲିର ଉଚ୍ଛୃଙ୍ଖଳ ଓ ଅଶାଳୀନ ପିଲାଙ୍କ ପାଖରେ। ମୁଁ ତାଜୁବ୍ ହେଲି ଏଥିପାଇଁ ଯେ, ଭାଇ ଆଦୌ ସ୍ୱୀକାର ମଧ୍ୟ କଲେ ନାହିଁ ଏମିତି କାମଟେ ସେ କରିଚନ୍ତି ବୋଲି। ତୁ ଏଇଥିରୁ କ'ଣ ବୁଝିବୁ, କହୁନୁ ?'

ଆଉ ଯେଉଁ ଘଟଣା ଥିଲା ଉଲ୍ଲେଖଯୋଗ୍ୟ, ସେଥିମଧ୍ୟରୁ ଗୋଟିଏ ହେଉଚି, ଜଣକର ରୋଜଗାରିଆ ପୁଅ ମରିଗଲା। ମରିଗଲା ନାହିଁ ଯେ ଭସେଇଦେଲା ପରିବାରକୁ ଅଭାବ ଆଉ ଅନ୍ଧକାରରେ। ଭାଇ ଆସିଲେ ଶବ ପାଖକୁ। ବସିଲେ ତା' ପାଖରେ। ତାଙ୍କ ମୁହଁ ଆହୁରି ଲୋଚାକୋଚା ହୋଇଗଲା। ଝରି ଆସିଲା ଲୁହ। ଆମେ ଥାଉଁ ପାଖରେ। ଭାଇ କହିଲେ ଲୁହଭିଜା ସ୍ୱରରେ - 'କାହିଁକି ମଲୁ ତୁ ? ରୋଜଗାର କରି କୁଟୁମ୍ବ ପୋଷୁଚୁ ବୋଲି ଥକିଗଲୁ ନା କ'ଣ ? ଏମିତି କେହି ଖସି ପଳାଏ ଦାୟିତ୍ୱ ଫୋପାଡ଼ି ଦେଇ ? ମାଇଚା, କୁଳାଙ୍ଗାର କେଉଁଠିକାର।'

ଦାଦା ଚାହିଁଲେ ବିନୟ ମୁହଁକୁ। ପଚାରିଲେ – 'ତୁ ଏଥିରୁ କିଛି ବୁଝିପାରୁଚୁ କି ?'

– 'ବାପା ଏମିତି ଆଚରଣ ଦେଖାଇବା କଥା ମୁଁ ଜାଣି ନ ଥିଲି।' ସ୍ୱୀକାର କଲା ବିନୟ।

– ମୁଁ ଠିକ୍ ସେଇ କଥା କହୁଚି ପରା।' ଉତ୍ସାହିତ ହେଲେ ଦାଦା। ଯୋଗକଲେ – 'ମୁଁ ଜୋର୍ ଦେଇ କହୁଚି, ତାଙ୍କ ମସ୍ତିଷ୍କ ବେଲାଇନ୍ ହୋଇଯାଇଚି। ଗାଁର ସବୁଠାରୁ ନୀରବ, ନିରୀହ, ଧୀର-ସ୍ଥିର ଲୋକ ଜଣକ କେଉଁଠି ଆସି ପହଞ୍ଚିଲାଣି, ତୁ ନିଜେ ଦେଖ୍। ଆମେ କେହି ସହି ପାରୁନୁ, ତାଙ୍କର ଏଇ ଢଙ୍ଗ ଦେଖି।'

ବେଶ୍ ଟିକିଏ ନୀରବତା। ପଚାରିଲା ବିନୟ- 'ଦାଦା, ଅସଂଯତ ଉତ୍ପାତ ସେ କେଉଁଠି କରିଚନ୍ତି କି ?'

– 'ନା, ସେମିତି ଘଟଣା ଅବଶ୍ୟ ଘଟିନାଇଁ। ସେ ଉତ୍ତର ଦେଲେ ଏମିତି ଢଙ୍ଗରେ ସତେ ଯେପରି ବାପା ଉତ୍ପାତ ନ କରିବା ଯୋଗୁଁ ସେ ହତାଶ ହୋଇପଡ଼ିଚନ୍ତି। କହିଲେ – 'ଆଠ ଦଶ ଦିନ ତଳେ ଜଣକର ବାହାଘର ଭୋଜି ହେଉଥିଲା। ତୁମେ ବୁଢ଼ାଲୋକ, କ'ଣ ଦରକାର ଥିଲା ଭାତ-ଡାଲି ପରଷିବାକୁ ଜିଗର କରିବା ? ଆମେ ଯେତେ ଯାହା ବୁଝେଇଲୁ, ମାନିଲେ ନାଇଁ। କହିଲେ କ'ଣ ନା, ବିନା ଯୌତୁକରେ ଏଇ ଯେଉଁ ବାହାଘର ହେଲା, ସେଇ ଆନନ୍ଦରେ ଏତିକି ନ କଲେ ତାଙ୍କୁ ଶାନ୍ତି ମିଳିବ ନାଇଁ।'

ଦାଦା ପୁଣି ମୁହଁ ପୋଛିଲେ ଗାମୁଛାରେ। କହିଲେ – 'ଏଇ ଘଟଣାକୁ କ'ଣ ଉତ୍ପାତ ବୋଲି କୁହାଯିବ ?'

ବିନୟ କୌଣସି ଜବାବ ଦେଲା ନାଇଁ। ଟିକିଏ ପରେ ପ୍ରକାଶ କଲା ଯେ, ତା' ସହିତ ବାପା ଯିବା ପାଇଁ ବହୁତ ଆଗ୍ରହ ଦେଖାଇଛନ୍ତି। ମଧ୍ୟାହ୍ନ ଭୋଜନ ପରେ ସେମାନେ ବାହାରିଯିବେ।

ବିନୟ ଜାଣିପାରୁ ନ ଥିଲା, ଶୁଣିଥିବା ଏଇ ଘଟଣା ପରିପ୍ରେକ୍ଷୀରେ ସେ ବାପାଙ୍କୁ ପାଗଳ ବୋଲି ଭାବିବ କି ନାଇଁ। ବାପା ନୀରବ ଓ ଧୀରସ୍ଥିର ରହୁଥିଲେ, ସମ୍ଭବତଃ ଏଇଥିପାଇଁ ଯେ ତାଙ୍କ ଚାରିପାଖରେ ଘଟୁଥିବା ଘଟଣା ପ୍ରତି ସେ ପ୍ରକାଶ କରୁ ନ ଥିଲେ ନିଜର ପ୍ରତିକ୍ରିୟା। ମାତ୍ର ଏଇ ପ୍ରତିକ୍ରିୟା ଥିଲା ତାଙ୍କଠାରେ। ଯେଉଁ ଶୃଙ୍ଖଳଗୁଡ଼ିକ ଏଇ ପ୍ରତିକ୍ରିୟାକୁ ଚାପି ରଖିଥିଲା, ତାହା ତାଙ୍କ ଅଜାଣତରେ ନିଷ୍କ୍ରିୟ ହୋଇପଡୁଚି। ସେଇଥିପାଇଁ ପ୍ରକାଶିତ ହୋଇଯାଉଚି ଏହା। ସେମିତି ନ ହୋଇଥିଲେ, ପ୍ରତିକ୍ରିୟା ପ୍ରକାଶ କରିବା କଥା ତାଙ୍କର ମନେ ରହନ୍ତା ନାଇଁ କିପରି ? ବିନୟର ସାଧାରଣ ଜ୍ଞାନ

କହୁଥିଲା, ଏଇ ପରିପ୍ରକାଶ ଖରାପ ଜିନିଷ ନୁହେଁ; ଯଦି ତାହା ନୈତିକ ଓ ମାନବିକ ସ୍ତରରେ ଘଟେ। ବାପାଙ୍କ କ୍ଷେତ୍ରରେ ଠିକ୍ ତାହା ହିଁ ଘଟୁଚି। ଏଥିରେ ସାଂଘାତିକ, ଅପମାନଜନକ ଓ ଧ୍ୱଂସାତ୍ମକ ଉପାଦାନ ଆଦୌ ନାହିଁ। ସେ ଆଶ୍ୱସ୍ତ ହେଲା ମନେ ମନେ। ବାପାଙ୍କ ପ୍ରତି ତା' ମନରେ ଉଦ୍‌ବେଗ ସୃଷ୍ଟି ହେଲା ନାଇଁ। ବରଂ ସୃଷ୍ଟି ହେଲା ସମ୍ମାନ ଓ ପ୍ରଶଂସା।

- 'କିରେ, ଉପର ମହଲା କି ?' ଟାକ୍‌ସିରୁ ଓହ୍ଲାଇବା ପରେ ବାପା ପଚାରିଲେ

- 'ହଁ।' ବିନୟ ସଂକ୍ଷିପ୍ତ ଉତ୍ତର ଦେଲା।

- 'ତା' ହେଲେ ଅସୁବିଧା ହୋଇପାରେ।' ଘୋଷଣା କଲେ ବାପା। ମାତ୍ର ଗୋଟିଏ ଦୁଇଟି ପାଉଛ ପରେ ବିଜୟ-ଉଲ୍ଲାସ ସ୍ୱର - 'ଆରେ, ନା, କିଛି ଚିନ୍ତା ନାଇଁ। ଆରାମରେ ଯାଇହେବ। ତୁ ଡ୍ରାଇଭରକୁ କହ, ଜିନିଷପତ୍ର ନେଇ ଆସିବ ଘରକୁ' ସେ ଉପରକୁ ଉଠିଲେ।

ସନ୍ଧ୍ୟା ଛ'ଟା ସେତେବେଳେ। ଦୁଇ ପିଲାଙ୍କୁ ଧରି ସୁନି ସେତେବେଳେ ଜଡ଼ସଡ଼ ଅବସ୍ଥାରେ। ପିଲା ଦୁହେଁ ଅନ୍ୟ ଏକ ରୁମ୍‌ର ସୁରକ୍ଷା ମଧ୍ୟରେ ଥାଇ ଲକ୍ଷ୍ୟ କଲେ ପାଗଳ ଜେଜେଙ୍କୁ। ଆତଙ୍କ ଯୋଗୁଁ ସେମାନଙ୍କ ମୁହଁ ଦେଖାଯାଉଥିଲା ପାଣ୍ଡୁର। ଶୁଖିଯାଇଥିଲା ତଣ୍ଟି। ଅନେକ ଦୂରରୁ ସୁନି ଭୂମିଷ୍ଠ ପ୍ରଣାମ କଲା।

- 'ହଉ, ହେଲା, ହେଲା।' ଗଭୀର ସନ୍ତୋଷ ଓ ଆନନ୍ଦର ସହିତ କହିଲେ ବାପା। ପଚାରିଲେ - 'ମା'ରେ, ମୁହଁ - ହାତ ଟିକିଏ ଧୋଇ ହୁଅନ୍ତି। ଛୁଆମାନଙ୍କୁ କାଇଁ ଦେଖିବାକୁ ପାଉନି।'

ଏତକ ଶୁଣିବା କ୍ଷଣି ଛୁଆମାନେ ପ୍ରାୟ ଜୀବନ ବିକଳରେ ପଳେଇଗଲେ ଦୂରକୁ। ଖୋଜିଲେ ଗୋପନୀୟ ସ୍ଥାନ। ଧକଧକ ଛାତି, ମରୁଭୂମିପୂର୍ଣ୍ଣ ତଣ୍ଟି ଓ ବାତିଲ୍ ହୋଇଯାଇଥିବା ରକ୍ତ ସଞ୍ଚାଳନର ଦେହ ନେଇ ସୁନି ବାଟ ଦେଖାଇଲା ବାପାଙ୍କୁ ଟଏଲେଟ୍ ଯିବେ ବୋଲି।

ଜିନିଷ ପତ୍ର ରଖିବା ପରେ, ବିନୟ ଦେଖିଲା, ବାପା ଡ୍ରଇଂରୁମ୍‌ରେ। ଚାରିଆଡ଼କୁ ଚାହୁଁଚନ୍ତି। ସେ ଗଲା ସୁନି ପାଖକୁ ଏବଂ କହିଲା, ବାସ୍ତବିକ ବିଶ୍ୱାସ ଜନ୍ମେଇବା ପାଇଁ ଚେଷ୍ଟା କଲା- 'କେତେ ଖରାପ ଗାଁ ଲୋକମାନେ। ମିଛଟାରେ ବାପାଙ୍କୁ ପାଗଳ ବୋଲି କହୁଚନ୍ତି। ଦେଖିଲା ବେଳକୁ ସେ ଟୋଟାଲି ନର୍ମାଲ୍।' ରୋଷେଇଘରେ ପ୍ରାୟ ଲୁଚିଥିବା ପିଲାଦୁହିଁଙ୍କୁ ଦେଖି - 'ଓ, ଏମାନଙ୍କୁ ତେବେ କହିଦେଇଚ ଯେ, ଜେଜେ ବୋଲି ପାଗଳ ଜଣେ ଏ ଘରକୁ ଆସୁଚନ୍ତି। ନୁହେଁ କି ? ପିଲାଙ୍କୁ ସୁରକ୍ଷିତ ରଖିବା ପାଇଁ କି ବିଚିତ୍ର କୌଶଳ ତୁମର!'

ଏଥର ପିଲାଙ୍କୁ ପ୍ରବର୍ତ୍ତେଇବା ସ୍ୱରରେ – 'ଜେଜେଙ୍କର ଟିକିଏ ବି ଅସୁବିଧା ହୋଇନାହିଁ, ପିଲେ। ଯାଅ, ତାଙ୍କ ପାଖକୁ। ଶୁଣ, ଭୂମିଷ୍ଠ ପ୍ରଣାମ କରିବ। ସେ ତୁମକୁ ଦେଖିବା ପାଇଁ ବ୍ୟସ୍ତ ହେଉଚନ୍ତି।'

ପିଲାଦୁହେଁ ଚାହିଁଲେ ପରସ୍ପରକୁ। ବିନୟ କଥା ବିଶ୍ୱାସ କରିବେ କି ନାହିଁ ବୋଲି। ଅନେଇଲେ ମା' ଆଡ଼େ। ଜେଜେଙ୍କ ପାଖକୁ ଯିବା ଠିକ୍ ହେବ କି ନାହିଁ ବୋଲି ଇଙ୍ଗିତ ପାଇବା ପାଇଁ ବିନୟ ସେମାନଙ୍କୁ ଉତ୍ସାହିତ କଲା। ସେମାନେ ଆସିଲେ। ଭୟାତୁର ପ୍ରଣାମ କଲେ ଦୂରରୁ। ପଳେଇବା ପାଇଁ ତତ୍ପର ହେବାବେଳେ ସେମାନଙ୍କୁ ଅଟକାଇ ରଖିଲା ବିନୟ। ଆଣିଲା ପାଖକୁ। ଦୁଇଟି ଶିରାଳ ହାତ ସେମାନଙ୍କ ଦେହ ପରିକ୍ରମା କଲାବେଳେ, ଦୁହେଁ ଅନୁଭବ କରୁଥିଲେ ଏକ ଶୀତ୍କାର। ବରଫ ପାଲଟି ଯାଉଥିଲା ରକ୍ତ। ମାତ୍ର କାହିଁ? କିଛି ବି ଅଘଟଣ ଘଟିଲା ନାହିଁ। ଦୁଇଟି କମ୍ପିତ ହାତ ଏ ଦୁହିଁଙ୍କୁ ଆଉଜାଇ ନେଲା ଛାତି ଉପରକୁ।

– 'ତୋର କେଉଁ କ୍ଲାସ୍ ହେଲାରେ, ବାୟାଣୀ?' ସେ ପଚାରିଲେ।

ସମ୍ବୋଧନଟା ଅଖାଡୁଆ ଜଣାପଡିଲେ ବି ଥିଲା ମଧୁର ଆତ୍ମୀୟ। ରୋଜିର ସାହସ ଦେଖିବା କଥା। ତାହାର ଗୋଟେ ନରମ ହାତ ସେତେବେଳେ ଜେଜେଙ୍କ କାନ୍ଧ ଉପରେ। ତାଙ୍କର ଦାଢ଼ି ଘଷି ହେଉଥିଲା ତା' ଗାଲରେ। ମାତ୍ର ତା'ଠାରେ ନ ଥିଲା କୌଣସି ପ୍ରତିବାଦ କିମ୍ବା ବିକାର।

– 'ସେ ଏଯାଏ ଅଛି ନର୍ସରୀ ସ୍କୁଲରେ।' ରୋଜି ପାଇଁ ଜବାବ ଦେଲା ବିନୟ।

– 'ଆଉ ବାୟାର?'

– 'ଥାର୍ଡ ଷ୍ଟାଣ୍ଡାର୍ଡ।' ଜିମ୍ ଆମୋଦିତ ହୋଇ ଉତ୍ତର ଦେଲା।

ଜେଜେ ସେ ଦୁହିଁଙ୍କୁ ସାମନାରେ ଠିଆ କରାଇ ଦେଖିଲେ। ଲୋଚାକୋଚା, ଖାଲୁଆ ମୁହଁ ସତ୍ତ୍ୱେ ଜଣାପଡ଼ିଯାଉଥିଲା ତାଙ୍କର ସନ୍ତୋଷ ଓ ପରିପୂର୍ଣ୍ଣତା। ଘରର ବାତାବରଣ ହାଲୁକା ଓ ସ୍ୱଚ୍ଛନ୍ଦ ହୋଇ ପଡ଼ିଚି ବୋଲି ବାପା ଜାଣନ୍ତେ କିପରି?

ପରଦିନ ଦଶଟା ବେଳକୁ ଫାଙ୍କା ହୋଇଗଲା ଘର। ପିଲାମାନେ ସ୍କୁଲରେ। ଅଫିସ୍‌ରେ ବିନୟ। ରୋଷେଇ ଘରେ ସୁନି। ଗୋଟେ ଚେୟାରରେ ବାପା, ବାଲ୍‌କୋନି ଉପରେ। ପ୍ରାୟ ଦଶଫୁଟ ଲମ୍ବର ଏଇ ବାଲ୍‌କୋନି ସଂଯୋଜିତ ଡ୍ରଇଂରୁମ୍ ଓ ବେଡ୍‌ରୁମ୍‌ର ଦରଜା ଦ୍ୱାରା। ଚାରିଫୁଟ ଚଉଡ଼ାର ଏହା ଉପରେ ବସିଲେ ବହୁତ ବଡ଼ ଚିତ୍ରପଟ ବିସ୍ତାରିତ ହୋଇ ରହେ ଆଖି ଆଗରେ।

ସହର ତଳି ଇଲାକା ଏଇଟା। ଅନେକ ଘର ବିଭିନ୍ନ ସ୍ତରରେ ନିର୍ମାଣାଧୀନ ଅଛନ୍ତି। ବୋଧହୁଏ ସେଇଥିପାଇଁ ଅସ୍ଥାୟୀ ଚାଳଘର ଅଛି ନିର୍ମାଣକାର୍ଯ୍ୟ ତଦାରଖ

କରୁଥିବା ଲୋକ ଓ ଜଗୁଆଳଙ୍କ ପାଇଁ। ଗାଡ଼ି -ମୋଟର, ବିଶେଷକରି ବୋଝେଇ ଟ୍ରକ୍ ଯିବା ଆସିବା କରେ। କାଁ ଭାଁ ଦୋକାନ ଅଛି। ଗହଳି ନାହିଁ। କେତେଗୁଡ଼ିଏ ବିଶାଳ ଓସ୍ତ ଓ ଆମ୍ବଗଛ ଦେଖିଲେ, ଏ ଅଞ୍ଚଳର ପରିପାଟୀ କିଛି ବର୍ଷ ପୂର୍ବେ କ'ଣ ଥିଲା, ତାହା କେବଳ ଅନୁମାନ କରିହେବ। ଚାଷଜମି ବି ଦେଖାଯାଏ ବାଲ୍‌କୋନିରୁ।

ବାପା ସକାଳର ଜଳଖିଆ ଖାଇବାବେଳେ ଶୁଣିଥିଲେ ବିନୟ ପାଖରୁ ଯେ, ସେ ଯେଉଁ କମ୍ପାନୀର ଇଞ୍ଜିନିୟର ଅଛି, ତାହାର ମୁଖ୍ୟ କାର୍ଯ୍ୟାଳୟ ଏଇ ନିକଟରେ ଉଠି ଆସିଚି ପାଖକୁ। ପିଲାମାନଙ୍କ ପାଇଁ ଭଲ ସ୍କୁଲ ମଧ୍ୟ ପାଖରେ ଥିବାରୁ ସେ ସବୁଆଡ଼କୁ ସୁବିଧା ହେବ ବୋଲି ନେଇଚି ଏଇ ଫ୍ଲାଟ୍ ଭଡ଼ାରେ। ବଡ଼ ଅସୁବିଧା ହେଉଚି, ଏ ଅଞ୍ଚଳ ଏ ପର୍ଯ୍ୟନ୍ତ ପୂର୍ଣ୍ଣାଙ୍ଗ ବସତିରେ ପରିଣତ ହୋଇନାହିଁ। ହୋଇଯିବ ନିକଟରେ। ଚମତ୍କାର ଘରକୁ ଆସିବେ ପାରଙ୍ଗମ ଲୋକମାନେ। ମାତ୍ର ବର୍ତ୍ତମାନ ଏଠାରେ, ଯାହାକୁ କହନ୍ତି, ସୋସାଇଟି ନାହିଁ। ନିଃସଙ୍ଗ ଲାଗେ ଅନେକ ସମୟରେ।

ବାପା ଶୁଣିଥିଲେ ଆଗ୍ରହହୀନ ହୋଇ ଏସବୁ। ବିନୟ ଯାହା ଭଲ ବୋଲି ବିବେଚନା କରିବ, ତାହା ସେ ନ କରିବ କାହିଁକି ? ଏ ସମ୍ପର୍କରେ ତାଙ୍କର କୌଣସି ମନ୍ତବ୍ୟ ନ ଥିଲା। ସେ ବସିଚନ୍ତି ଅଣଓସାରିଆ ମୋଟା ଧୋତି ଓ ଗଞ୍ଜି ପିନ୍ଧି।

– 'ଆରେ ମା', ତୋତେ କେହି ଜଣେ ଡାକୁଚି କି ? ଦରଜାରେ କରାଘାତ ଭଳି କ'ଣ ଗୋଟେ ଶୁଭିଲା।'

ବାପାଙ୍କ ଏକଥା ସରିବା ଆଗରୁ ଚମକି ପଡ଼ିଥିଲେ ସୁନି। ସେ ସମ୍ପୂର୍ଣ୍ଣ ଭାବେ ମନୋଯୋଗୀ ଥିଲା କଡ଼େଇ ଉପରେ ନଇଁପଡ଼ି କିଛି ରାନ୍ଧିବାରେ। ଏ ସମୟରେ କେବେହେଲେ ଏତେ ପାଖରୁ କେହି ଡାକି ନ ଥିଲେ ତାକୁ। ସେ ପ୍ରାୟ ହଡ଼ବଡ଼େଇ ଯାଇଥିଲା। ଦରଜା ପାଖରେ ବାପାଙ୍କୁ ଦେଖି ସେ କ୍ଷଣକ ପାଇଁ ଜାଣିପାରିଲା ନାହିଁ ଏ ଲୋକ ଜଣକ କିଏ ବୋଲି। କଡ଼େଇ ପ୍ରାୟ ଖସିପଡୁଥିଲା ଚୁଲିରୁ। ସେ ବାହାରିଗଲା ତରତର ହୋଇ ସେ ଘରୁ। କେହି ନ ଥିଲେ ଦରଜା ପାଖରେ। କିଏ କାହିଁକି ଦରଜା ଖଡ଼ଖଡ଼ କରିବ, ଡୋର୍ ବେଲ୍ ଥାଉଁ ଥାଉଁ ? ଟିକିଏ ବିରକ୍ତ ହୋଇ ସୁନି ଫେରିଆସି ଦେଖିଲା, ବାପା ପିଠା ଖଡ଼ିକା ଧରି ବାନ୍ଧିବା ଜାରି ରଖିଚନ୍ତି। ତା' ଆଡ଼କୁ ନ ଚାହିଁ ପଚାରିଲେ – 'କିଏ ଆସିଥିଲା କି ? ନା, ମୋତେ ସେମିତି ଶୁଭିଲା ?'

ବିରକ୍ତ ନୁହେଁ, ଭୟ ପାଇଲା ସୁନି। କିଏ କହିଲା ଏ ଲୋକ ନର୍ମାଲ୍ ବୋଲି ? ସେ ବିକଳ ଦେଖାଗଲେ ବି ଉତ୍ତର ଦେଲା – 'ନା, କେହି ନାହାନ୍ତି। ଆପଣ କାହିଁକି ଏ ଧାସ ପାଖରେ ଠିଆହେବେ ? ଯାଆନ୍ତୁ ବାଲ୍‌କୋନିକୁ; ନ ହେଲେ ଆପଣଙ୍କ ଖଟକୁ।'

ବାପା ବୁଲି ପଡ଼ିଲେ। ହସିଲେ ଏବଂ ସୁନି ପ୍ରାୟ ଆଖି ବୁଜିଦେଲା ଆତଙ୍କ ଯୋଗୁଁ। ସେଇ ପରିସ୍ଥିତିରେ ତାଙ୍କ ହସ କଦାକାର ଦେଖାଗଲା। କହିଲେ ସେ- 'ମନର ଭ୍ରମ ଇଏ'। ବାହାରିଗଲେ - ମୁହଁ ଓ ବେକର ଝାଳ ପୋଛି ସୁନି ଚିନ୍ତା କଲା, ରୋଷେଇଘର କବାଟ ବନ୍ଦ କରିବା ବୁଦ୍ଧିମାନର କାମ ହେବ କି ନା। ସେ ସନ୍ତର୍ପଣରେ ଆସିଲା ରୋଷେଇ ଘରୁ। ଦେଖିଲା, ବାପା ବସିଚନ୍ତି ବାଲ୍‌କୋନିରେ। ଆଶ୍ୱସ୍ତ ହେଲା ଯେ ବିପର୍ଯ୍ୟୟ ସୃଷ୍ଟି ହୋଇନାଇଁ। ସେ ଆଉଥରେ ବାପାଙ୍କୁ ଦେଖିବା ମାତ୍ରେ ଜାଣିପାରିଲା ନାଇଁ, ସେ ଜଣେ ବାସ୍ତବ ମଣିଷ ନା ଗୋଟେ ଛାୟା। ଦେଖାଯାଉଥିଲେ ଅବାସ୍ତବ। ସୁନିନ ନର୍ଭସ୍ ହୋଇ ପଡ଼ିଲା ଗୋଟିଏ ଘରେ ସେ ଏଭଳି ବାସ୍ତବ-ଅବାସ୍ତବର ଧାରଣା ସୃଷ୍ଟି କରୁଥିବା ଜଣେ ଲୋକ ସହିତ ଅଛି ବୋଲି ଚିନ୍ତା କରି।

ସେ ଆସିଲା ରୋଷେଇ ଘର ଭିତରକୁ। ବନ୍ଦ କଲା କବାଟ ଭିତର ପଟୁ। ପାଣି ପିଇଲା ଟିକିଏ। କାନ୍ଦ କାନ୍ଦ ହେଲା ଏବଂ ରୋଷେଇ ଶେଷ କଲା କୌଣସିମତେ।

ବେଡ୍‌ରୁମ୍‌ରେ ସେ ଏଥର ପଙ୍ଖା ତଳେ। ଶୁଖି ନ ଥିଲା ଝାଳ ସହଜରେ ଉତ୍କଣ୍ଠା ଯୋଗୁଁ। ମାତ୍ର ଘରର କେଉଁଠାରୁ ଟିକିଏ ହେଲେ ସ୍ୱର ଶବ୍ଦ ଆସୁ ନ ଥିଲା। ସେ ଘରେ ଆଉ ଜଣେ ଅଛନ୍ତି ବୋଲି ବିଶ୍ୱାସ କରିବେ ନାଇଁ କେହି। ସେଇଥିପାଇଁ ସୁନି ଅନୁଭବ କଲା ଏକ ଶୀତଳ ଢେଉ ନିଜ ଭିତରେ। ସେ ସଂକୁଚିତ ହୋଇଯାଉଚି। ଏ ଲୋକ ଏତେ ନୀରବ? ଜୀବନ୍ତ ଓ ମୃତ ମଧ୍ୟରେ ଥିବା ତାରତମ୍ୟ ସତେ ଯେପରି ପତଳା ହୋଇଯାଇଚି ତାଙ୍କ ପାଇଁ। କିଛି ନ ହେଲେ ଚଲାବୁଲା ତ କରନ୍ତେ ବାଲ୍‌କୋନିରୁ ଡ୍ରଇଂରୁମ୍। କିଛି ହେଲେ ସୂଚନା ଦିଅନ୍ତେ ସେ ଜୀବନ୍ତ ଓ ସକ୍ରିୟ ବୋଲି।

ସେ ପୁଣି ସନ୍ତର୍ପଣରେ ଆସିଲା ବାଲ୍‌କୋନିକୁ ଯୋଗ କରୁଥିବା ଦରଜା ପାଖକୁ। ଖୋଲିଲା ଟିକିଏ। ଆର ପାଖରେ ବାପା ବସିଛନ୍ତି ରାସ୍ତା ଉପରକୁ ଚାହିଁ। ହସୁଚନ୍ତି। ସତେ ଯେପରି ବିଭୋର ଓ ମୁଗ୍ଧ ହୋଇପଡ଼ିଛନ୍ତି। ତାଙ୍କ ହାତରୁ ଖବରକାଗଜ ଚେୟାର ତଳକୁ ଖସିପଡ଼ିବା କଥା ସେ ସମ୍ଭବତଃ ଭୁଲିଗଲେ। ଏଥର ସେ ଦୁଇ ପାପୁଲି ଏମିତି ରଖିଲେ ମୁହଁ ପାଖରେ, ସତେ ଯେପରି ଅନନ୍ୟ, ପ୍ରିୟ ଜିନିଷଟେ ଧରିଚନ୍ତି। ଚୁମା ଦେବା ଭଳି ଭଙ୍ଗୀ କଲେ। ଦୁଇ ହାତ ପ୍ରସାରଣ କରି କାହାକୁ ନିଜ ଆଡ଼କୁ ଆଣିବା ଭଳି ଅଭିନୟ ବି କଲେ। ସତେ ଯେପରି ଶୂନ୍ୟତା ବୋଲି ଆଉ କିଛି ଜିନିଷ ନାଇଁ ତାଙ୍କ ପାଖରେ। ଶୂନ୍ୟତା ହିଁ କଳେବର। ଏହା ହିଁ ଆକାର। ତାକୁ ଧରି ରଖିହୁଏ ଦୁଇ ପାପୁଲି ମଧ୍ୟରେ। ତାକୁ ଚୁମା ଦିଆଯାଇପାରେ। ଅଣାଯାଇପାରେ ତାହାକୁ ନିଜ ଦେହ ପାଖକୁ।

ଏ ଲୋକ ପୁଣି ନିର୍ମାଲ ? ସୁନି କାନ୍ଦିବ ଚରମ ଅସହାୟତାରେ, ନା ଘରଛାଡ଼ି ପଳେଇବ ଡରରେ, ନା ସମସ୍ତ କ୍ରୋଧ ଅଜାଡ଼ିବ ବିନୟ ଉପରେ, ତାହା ଠିକ୍ କରିପାରିଲା ନାଇଁ। ଏ ସମସ୍ତ ଭାବନା ଆସିଲେ ଏକା ସଙ୍ଗେ, ତାକୁ ବିବ୍ରତ କରି। ସେ ଏଇ ଅଭ୍ୟସ୍ତ ଘରେ କେବେହେଲେ ଏତେ ଅସୁରକ୍ଷିତ ଅନୁଭବ କରି ନ ଥିଲା। ସେ ଗଲା ଫ୍ରିଜ୍ ପାଖକୁ। ମୁହଁ ଧୋଇଲା ଥଣ୍ଡା ପାଣିରେ। ପିଇଲା। ଖୋଲିଲା ଟିଭି। ପାଖରେ ସେ କେଉଁ ଅସ୍ତ୍ର ରଖିବ ଆତ୍ମରକ୍ଷା ପାଇଁ ? ଛୁରି ? ଜିମ୍‌ର କ୍ରିକେଟ୍ ବ୍ୟାଟ୍ ? ପନିକି ନା ଆଉ କିଛି ?

ସେ'ଦିନ ମଧ୍ୟାହ୍ନ ଭୋଜନ ବେଳେ ବିନୟକୁ କହିଲେ ବାପା- 'ସେଇ ଯେଉଁ ରାସ୍ତାକଡ଼ରେ ଜାମୁ ଗଛ ଅଛି, ସ୍ତ୍ରୀ ଲୋକଟେ କ୍ଷୀର ଖୁଆଉଥିଲା ବୋଧହୁଏ ବର୍ଷକର ଛୁଆକୁ। ତା' ଲୁଗାପଟାରୁ ଜଣାପଡୁଥିଲା କେଉଁଠି କୁଲି କାମ କରୁଚି ସେ। ଛୁଆ କ୍ଷୀର ପିଉଥାଏ। ତା' ମା' ଆଉଁଶି ଦେଉଥାଏ ତା' ମୁଣ୍ଡ ଆଉ ଦେହ। ମୁଁ ବାଲ୍‌କୋନିରେ ବସି ଅନୁମାନ କରୁଥାଏ, କେତେ ଉଲ୍ଲସିତ ପ୍ରଗଲ୍‌ଭ ହୋଇପଡୁଥିଲା ତା' ମା'। ସେ ଯେଉଁ ଘର ତିଆରି ପାଇଁ କୁଲି କାମ କରୁଚି, ସେଭଳି ହଜାର ଘର ତାକୁ କ'ଣ ସେମିତି ବିଭୋର ଆନନ୍ଦ ଦେଇ ପାରନ୍ତା ? କିଛି ସମୟ ପରେ ସେ ଦୁଇ ହାତରେ ଧରିଲା ପିଲାଟିକୁ ସାମନାରେ। ଚୁମା ଦେଲା। ଜାକି ଧରିଲା ଛାତିରେ।'

ବିନୟ ଓ ପରଷୁଥିବା ସୁନି ସେମିତି କିଛି ପ୍ରଭାବିତ ହେଲେ ନାଇଁ ଏକଥା ଶୁଣି। ନିଃଶ୍ୱାସ-ପ୍ରଶ୍ୱାସ ପ୍ରକ୍ରିୟା ଭଳି ଖୁବ୍ ସ୍ୱାଭାବିକ, ଚିରାଚରିତ ଦୃଶ୍ୟ ଏହା। ତେବେ ସୁନି ବୁଝିପାରିଲା ବାଲ୍‌କୋନି ଉପରେ ବାପା ସକାଳେ ସେମିତି କାହିଁକି ଅଙ୍ଗଭଙ୍ଗୀ ଦେଖାଉଥିଲେ। କେଉଁ ଅଜଣା କୁଲିର ପରିପୂର୍ଣ୍ଣ, ଆହ୍ଲାଦିତ ଭାବ ସଂକ୍ରମଣ କରିଥିଲା ତାଙ୍କୁ।

ଢେର୍ ଉଶ୍ୱାସ ଲାଗିବାରୁ କହିଲା - 'ବାପା, ଆପଣ ଏଣେ ଚେୟାରରେ ବସି କ'ଣ କରୁଥିଲେ ମନେ ଅଛି ?'

- 'କ'ଣ କରୁଥିଲି ?' ବାପା ଖାଇବା ବାତିଲ କରି ଅଜ୍ଞତା ପ୍ରକାଶ କଲେ ଓ ଚାହିଁଲେ ସୁନିକୁ। ବିନୟର ଜିଜ୍ଞାସା ମଧ୍ୟ ବାତିଲ କରିଥିଲା ଖାଇବା ପ୍ରକ୍ରିୟାକୁ।

- 'ଆପଣ ବି ଦୁଇ ପାପୁଲିରେ କିଛି ଗୋଟେ ଧରିବା ଭଙ୍ଗୀ ଦେଖାଇଲେ। ସେତେବେଳେ ଆପଣଙ୍କ ମୁହଁରେ ବି ଥିଲା ବିଭୋର ଆନନ୍ଦ। ଆପଣ ଚୁମା ଦେବା ଓ ଛାତି ଉପରକୁ ଆଉଜାଇ ଆଣିବା ବି ପ୍ରକାଶ କଲେ।' ସୁନି କହିଲା ପରମ ଆନନ୍ଦରେ।

- 'ସତେ ? ମୁଁ ଏମିତି କଲି ?' ଅବିଶ୍ୱାସ ନ ଥିଲା ତାଙ୍କର ଏ ସ୍ୱରରେ; ବରଂ

ସେମିତି କରିଥିବାରୁ ଅଜାଣତରେ, ସେ ମୁଗ୍ଧ ହେଲେ । ପୁଣି କହିଲେ - 'ହେଇଥିବ । ଆଜିକାଲି ମୁଁ ବେଳେବେଳେ କ'ଣ କରୁଚି, ଜାଣିପାରୁ ନାଇଁ । ମୋ ଅଜ୍ଞାତରେ ମୁଁ ଯେମିତି ନିଜ ଅଭ୍ୟନ୍ତରକୁ ଉପସ୍ଥାପନ କରୁଚି । ତେବେ, ହଁ, ଗୋଟିଏ କଥା ମନେ ପଡୁଚି । ସେ ସ୍ତ୍ରୀ ଲୋକର ଏ ଆଚରଣ ଦେଖି କ୍ଷଣକ ପାଇଁ ମନ ହେଲା, ବର୍ଷକର ଛୁଆ ମୋ ହାତରେ । ତା' ନାଁ ବିନୟ । ବର୍ଷକର ଛୁଆ ମୋ ହାତରେ । ତା' ନାଁ ସୁନି, ଜିମ୍ କିମ୍ବା ରୋଜି । ବିକଳ ଲାଗିଲା ମୋତେ । ଆହା, ଏମିତି ଛୁଆଟେ ମୁଁ ଧରନ୍ତି । ଭୁଲିଯାଆନ୍ତି ବ୍ରହ୍ମାଣ୍ଡକୁ । ବିଧାତାଠାରୁ ମୁଁ ବଡ଼ ବୋଲି ଭାବନ୍ତି ।'

ବିନୟ ଓ ସୁନି ବିସ୍ମିତ ହୋଇପଡ଼ିଲେ । ବାପା ଏମିତି କଥା ତ କେବେ ବି କହି ନାହାନ୍ତି । ତା'ଛଡା, ଏହା କହୁ କହୁ ବିଶାଳ ଆବେଗ ଯୋଗୁଁ ଓଦା ହୋଇଯାଉଚି ତାଙ୍କ ଆଖି ।

ପରଦିନ ରବିବାର । ସମସ୍ତେ ଘର ଭିତରେ । ବାପା ବାଲ୍‌କୋନି ଚେୟାରରେ । ଦିନ ପ୍ରାୟ ଏଗାରଟା ବେଳେ ଆଉ ଏକ ଦୃଶ୍ୟପଟ ବାପାଙ୍କ ମୁହଁ ଉପରେ । ପ୍ରଥମେ ନିଷ୍ପ୍ରଭ ଦେଖାଗଲା ଏହା । ସତେ ଯେମିତି ରକ୍ତ ସଞ୍ଚାଳନ ଘଟୁ ନାଇଁ ସେଠାରେ । ସେଇଠୁ କୁଞ୍ଚିତ ହେଲ ଭ୍ରୂ । ଧଳା ଦାଢ଼ି ଆଚ୍ଛାଦିତ ଦୁଇ ଓଠ ସଂକୁଚିତ ହେଲା ପରେ ପରେ ଝରିଲା ଲୁହ । ସେ ଧୋତି କୁଞ୍ଚରେ ବାରମ୍ବାର ତାହା ପୋଛୁଥାନ୍ତି । ନିଜକୁ ସଂଯତ କରିବାକୁ ଚେଷ୍ଟା କରୁ ନ ଥାନ୍ତି ।

ସେ ଜାଣି ପାରି ନ ଥିଲେ ଯେ, ବେଡରୁମ୍ ଦରଜା ଫାଙ୍କରୁ ଏସବୁ ଲକ୍ଷ୍ୟ କରୁଚନ୍ତି ସୁନି ଓ ବିନୟ । ବାସ୍ତବିକ ସୁନି ରୋଷେଇ କରୁଥିଲା; କିନ୍ତୁ ବାରମ୍ବାର ଆସୁଥିଲା କବାଟ ଫାଙ୍କକୁ । କାଳେ ବାପାଙ୍କ ମୁହଁରେ କିଛି ପ୍ରତିକ୍ରିୟା ପ୍ରକାଶ ପାଇବ ଏବଂ ସେ ବିନୟକୁ ଡାକି ଦେଖାଇବ ।

- 'ବାପା ।' ଏ ଦୁହେଁ ସେତେବେଳେ ପହଞ୍ଚି ସାରିଥିଲେ ବାପାଙ୍କ ଚେୟାର ପାଖରେ । ଜାଣିପାରି ନ ଥିଲେ ସେ । ପ୍ରାୟ ଚମକି ପଡ଼ିବା ଥିଲା ତାଙ୍କ ପକ୍ଷେ ସ୍ୱାଭାବିକ ।

- 'କ'ଣ ହେଲା ?' ସେ ପଚାରିଲେ ଏମାନଙ୍କ ଉପସ୍ଥିତି ସମ୍ପର୍କରେ ସଚେତନ ହୋଇ ।

- 'ତୁମେ କାନ୍ଦୁଚ ।' ବିନୟ କହିଲା ।

- 'କାନ୍ଦୁଚି ?' ବାପା ସତ୍ୟାସତ୍ୟ ଜାଣିବା ପାଇଁ କେଉଁ ଗହ୍ୱର ଭିତରକୁ ପଶି ଯାଇଥିବା ଦୁଇ ଆଖି ପୋଛିଲେ । ସ୍ୱୀକାର କଲେ - 'ହଁ, ଲୁହ ଇଏ ।' ଅବ୍ୟାହତ ଥିଲା ତାଙ୍କର ଭଙ୍ଗା, ଶୋକାତୁର ସ୍ୱର । ସେ ଶୁଖିଲା ଧୁଡୁଧୁଡୁ ହାତ ରାସ୍ତାର ଗୋଟିଏ ଦିଗ ଆଡ଼କୁ ଟେକି କହିଲେ, 'ଦେଖି ପାରୁଚ ? ଗୋଟିଏ ମୁର୍ଦ୍ଦାର ଯାଉଚି ମଶାଣିକୁ । ତା' ପଛେ ପଛେ ଦୁଃଖରେ ଭାଙ୍ଗି ପଡ଼ିଥିବା ଯୁବକ ଜଣେ । ମୋତେ ପ୍ରଥମେ ଲାଗିଲା,

ଇଏ ବିନୟର ମା'। ପୁଣି ଭାବିଲି, ନା, ବିନୟର ମା' କାହିଁକି ହେବ? ମୁଁ ନିଜେ କୋକେଇରେ। ପଛେ ପଛେ ବିନୟ। ମୁଁ ମରିଯାଉଚି ବୋଲି ମୋର କ'ଣ ଭୟ କି ଦୁଃଖ ଅଛି ବୋଲି ଭାବୁଚ? ତା' ନୁହେଁ କଦାପି। ମୁଁ କୋକେଇରେ ଥିଲେ ବି ଭାବୁଥିଲି, ଆହା, ମୋ ବିନୟ କେତେ ମନ କଷ୍ଟ କରୁଚି, ଲୁହ ଝରଉଚି। ଭାରି ବାଧିବ ତାକୁ ମୁଖାଗ୍ନି ଦେବା ବେଳେ।'

ସ୍ତବ୍ଧ ହୋଇଯାଇଥିଲେ ଏ ଦୁହେଁ। ଚୁପ୍ ହେଲେ ବାପା। ତାଙ୍କ ମୁହଁ ଉପରକୁ ଅବଶ୍ୟ ଫେରି ଆସୁଥିଲା ସ୍ୱାଭାବିକତା ଖୁବ୍ ଅନିଚ୍ଛୁକ ହୋଇ।

ସେ'ଦିନ ପାଞ୍ଚଟା ବେଳେ କିନ୍ତୁ ଶୋଚନୀୟ ପରିସ୍ଥିତିଟେ ଘଟିଲା। ଘରର କୌଣସି ଲୋକ ଜାଣିପାରିଲେ ନାଇଁ ବାପା କେତେବେଳେ ବାଲ୍‌କୋନି ଚେୟାର ଛାଡ଼ିଲେ, ଶିଡି ଅତିକ୍ରମ କରି ରାସ୍ତା ଉପରେ ହେଉଥିବା ବଚସା ପାଖରେ ପହଞ୍ଚିଗଲେ। ଜାଣି ପାରି ନ ଥାନ୍ତେ କେହି, ତାଙ୍କର ଉଚ୍ଚ ସ୍ୱରର ପାଟି ଯଦି ଶୁଭି ନ ଥାନ୍ତା।

ଅତର୍କ୍କି ହୋଇ ସୁନି ଓ ବିନୟ ଧାଇଁ ଆସିଲେ ବାଲ୍‌କୋନି ଉପରକୁ। ଜଣେ ଲୋକ ନିଷ୍ଠୁର ମାଡ଼ ଦେଉଥାଏ ସମ୍ଭବତଃ ତା' ସ୍ତ୍ରୀକୁ। ସ୍ତ୍ରୀଲୋକ ଜଣକ ବି ସୁବିଧା ଦେଖି ପ୍ରତିଆକ୍ରମଣ କରୁଥାଏ। ସେ ଦୁହେଁ ଆଉ ଦେଖାଯାଉ ନ ଥିଲେ ଦୁଇଟି ମଣିଷ ଭଳି। ପାଲଟି ଯାଇଥାନ୍ତି ହିଂସ୍ରତା ଓ କ୍ରୋଧର ଭୟଙ୍କର ଦୃଷ୍ଟାନ୍ତ। ଦଶ-ବାର ଜଣ ଲୋକ ଦେଖୁଥାନ୍ତି ଏଇ ତାମସା। ଏହା ଏକ ଦୈନନ୍ଦିନ ବ୍ୟାପାର ବୋଲି ଗୁରୁତ୍ୱ ଦେଉ ନ ଥାନ୍ତି କେହି।

- 'ତୁମେ ସବୁ ମଣିଷ ନା ଆଉକିଛି ?' ଧଳା ଧୋତି-ଗଞ୍ଜି ପିନ୍ଧିଥିବା ଖର୍ବକାୟ, ଧଳା କେଶ-ଦାଢ଼ି ସମ୍ପନ୍ନ ବାପା ଦେଖାଯାଉଥିଲେ ଗୋଟିଏ ଜଳନ୍ତା ମହମତି ଭଳି ପୈଶାଚିକତାର ଅନ୍ଧକାର ଭିତରେ। ପୁଣି ବ୍ୟଥିତ ଓ ଅସ୍ଥିରତାର ସହିତ ପାଟି କଲେ- 'ଆଉ, ତୁମେ ସବୁ କିଛି ନ କରି ଦେଖୁଚ ଏଇ ପାଶବିକତା? ଆରେ, ମଣିଷ ହୁଅ ଟିକିଏ। ହୋସ୍ ଭିତରକୁ ଆସ।'

ଟିକିଏ ବି ପ୍ରଭାବ ପକାଇଲା ନାଇଁ ଏଇ କଥା ଚିତ୍କାର, ଆର୍ତ୍ତନାଦ, ଲୁହ, କ୍ରୋଧ, ଶୋଧାର ପରିପାଟୀ ଉପରେ। ବାପା ଆକ୍ରମଣକାରୀ ଲୋକକୁ ଅଲଗା କଲାବେଳେ ଶୁଭିଲା - ଚୋପ୍ ଶଳା ବୁଢ଼ା। ପର ମୁହୂର୍ତ୍ତରେ ବାପା ଛିଟିକି ପଡ଼ିଲେ। ହାମୁଡେଇ ହୋଇ ରହିଲେ ରାସ୍ତା ଉପରେ।

ଓଠ ଓ କପାଳରେ କ୍ଷତ। ଦୁଇ କହୁଣି ଓ ଆଣ୍ଠୁ ଉପରେ ଆଞ୍ଚୁଡା ଦାଗ। ଡାକ୍ତରୀ ବ୍ୟବସ୍ଥା ପରେ ସେ ବସିଥିଲେ। ଖଟରେ। ତାଙ୍କ ମୁହଁରେ ଥିଲା ଅନୁଶୋଚନା ଓ କ୍ଷୋଭ। ଦାନ୍ତହୀନ ପାଟି ସତେ ଯେପରି କିଛି ଚୋବାଉଥିଲା।

– 'ବାପା, ଆପଣ ଯାଉଥିଲେ କାହିଁକି ସେଠାକୁ?' ସୁନିର ଏଇ ଆକଟ ଭିତରେ ଥିଲା ଗଭୀର ଦୁଃଖ ଓ ଚିନ୍ତା। ଯୋଗକଲା – 'ହୋସ୍‌ରେ ନ ଥିବା ଜଣେ ଦୁର୍ଦ୍ଦାନ୍ତ ଲୋକକୁ ଆପଣ କ'ଣ କଣ୍ଟ୍ରୋଲ କରିପାରିଥାନ୍ତେ?'

ବାପା ଚାହିଁଲେ ସମସ୍ତଙ୍କର ଉଦ୍‌ବେଗପୂର୍ଣ୍ଣ ଓ ଶୋକାତୁର ମୁହଁକୁ। ମୁହଁ ପୋତିଲେ। କହିଲେ – 'ମୁଁ କ'ଣ ନିଜେ ଜାଣିଚି, ମୁଁ ସେଠାକୁ କିପରି ଗଲି? ମୋତେ ଲାଗିଲା, ଏ ଲୋକ ଦୁଇଜଣ ଆମ ବିନୟ ଓ ସୁନି କି? ମୋ ପଞ୍ଜରା ହାଡ଼ ଭାଙ୍ଗିଗଲା ଏଇ ଚିନ୍ତାରେ। ଫେଣ୍ଟି ହୋଇଗଲା ମାଟି, ସମୁଦ୍ର ଆଉ ଆକାଶ। ତା'ପରେ କ'ଣ ହେଲା ମୁଁ ଜାଣେ ନାହିଁ।'

ସେ ଟିକିଏ ନିରବ ରହି କହିଲେ – 'ନା, ମୁଁ କେଡ଼େ ମୂର୍ଖ ଲୋକ। ବିନୟ ଆଉ ସୁନି ଏମିତି କ'ଣ କେବେ ହୋଇପାରିବେ? ଏବେ କ'ଣ ହେଉଚି କେଜାଣି, ଯାହା ଘଟୁଚି, ଯାହା ମୁଁ ଶୁଣୁଚି, ଦେଖୁଚି, ସେସବୁର କେନ୍ଦ୍ରବିନ୍ଦୁ ମୁଁ ନିଜେ ଓ ମୋର ପରିବାର ବୋଲି ଭାବୁଚି। ସବୁଲୋକ ମୁଁ ନିଜେ ଆଉ ମୋ ପରିବାର। ମୁଁ ଆଉ ମୋ ପରିବାରର ବିକିରଣ ଓ ପରିପ୍ରକାଶ ହେଉଚି ଏ ବ୍ରାହ୍ମଣ୍ଡ। ଏହା ଭିତରେ ଯେଉଁ ଜନ୍ମ ହୁଏ, ଯେଉଁ ସ୍ନେହ-ଆଦରର ଭାଷା ଶୁଭେ ଯେଉଁ ହିଂସ୍ର-ତିକ୍ତ ଆଚରଣ ଦେଖାଯାଏ, ଯେଉଁ କୋକେଇ ବୁହାଯାଏ, ସେଥିପାଇଁ ଯେଉଁ ନିଆଁ ଜଳେ, ସେସବୁ ମୋତେ ଓ ମୋ ପରିବାରକୁ ନେଇ। ଏମିତି କେବେ ବି ହେଉ ନ ଥିଲା। ମୁଁ ଜଣେ ନୀରବ, ଧୀର-ସ୍ଥିର ମଣିଷ ଥିଲି। କାଦୁଅ ଭିତରକୁ ଗୋଡ଼ ପୂରେଇବା ଲୋକ ମୁଁ ନ ଥିଲି କେବେହେଲେ।'

ଏତକ କହି ସେ ଆହୁରି ଅସହାୟ ଦେଖାଗଲେ। କେଉଁଠି କିଛି ଗୁରୁତର ବିଭ୍ରାଟ ଘଟିଚି। ତାହା ଆଉ ସଜାଡ଼ି ହେବ ନାହିଁ। ଅସଜଡ଼ା ରହିଲେ ବିପଜ୍ଜନକ କିଛି ଘଟିବ, ନେଇ ଆସିବ ସାଂଘାତିକ ପରିଣାମ। ଏଇ ସୂଚନା ଦେଲା ତାଙ୍କ ମୁହଁ।

– 'ବିନୟ!' ସେ ସମ୍ବୋଧନ କଲେ।

– 'ବାପା, କୁହ। ମୁଁ ଅଛି ପାଖରେ।' ବିନୟ ଆହୁରି ପାଖକୁ ଚାଲି ଆସିଲା।

– 'ଯାଆନ୍ତେ କି ଟିକିଏ ଡାକ୍ତର ପାଖକୁ?' ସେ ଖୁବ୍ କୁଣ୍ଠିତ ହୋଇ ପୁଅର ସାହାଯ୍ୟ ମାଗିଲେ।

– 'ଏଇ ପରା ଡାକ୍ତର ପାଖରୁ ଫେରିଲେ, ଇଞ୍ଜେକ୍‌ସନ୍ ଆଉ ଔଷଧ ନେଇ।' କହିଲା ବିନୟ ଆଶ୍ୱାସନା ଦେବା ସ୍ୱରରେ।

' ନାଇଁ , ମୁଁ ଅନ୍ୟ ଡାକ୍ତର କଥା କହୁଥିଲି।' ବାପା ଛୋଟ ଦୀର୍ଘଶ୍ୱାସ ତ୍ୟାଗ କରି କହିଲେ। ଏଥର ଦେଖାଗଲେ ଅପ୍ରତିଭ – 'ସେ ଦେଖନ୍ତେ, ମୁଁ ପାଗଳ ହୋଇଯାଉଚି କି ନାହିଁ।'

ବିନୟ ଓ ସୁନି ଚାହିଁଲେ ପରସ୍ପରକୁ। ଟିକିଏ ଚାଞ୍ଚଲ୍ୟ ସୃଷ୍ଟି ହେଲା ସେମାନଙ୍କ ମଧ୍ୟରେ। କହିଲା ସୁନି- 'ବାପା, ଡାକ୍ତର କ'ଣ କହିବେ? ମୁଁ କହୁଚି, ଶୁଣନ୍ତୁ। ଆପଣ ପାଗଳ ନୁହନ୍ତି, ମହାନ୍ ହୋଇଯାଉଚନ୍ତି, ବିଶ୍ୱାସ କରନ୍ତୁ, ଏମିତି ମଣିଷ ଜଣେ ହେବାକୁ ତପସ୍ୟା କରିବାକୁ ପଡ଼େ। ଠାକୁରଙ୍କ ଦୟା ନ ଥିଲେ ସମ୍ଭବ ନୁହେଁ ଏହା।'

ବାପା ଏକଥା ବିଶ୍ୱାସ କଲେ କି ନାଇଁ, କେଜାଣି? ସମସ୍ତଙ୍କୁ ଚାହିଁଲେ। ଦୁଃଖ ପ୍ରକାଶିତ ହେଲା ତାଙ୍କ ମୁହଁରେ। ଇଚ୍ଛା ବିରୁଦ୍ଧରେ ସେ ଯେମିତି କିଛି କରିବାକୁ ଯାଉଚନ୍ତି। କହିଲେ - 'ମୁଁ ଗାଁକୁ ପଳାନ୍ତି। ଆହୁରି କେତେ କାମ କରିବାକୁ ପଡ଼ିବ।'

ଏତକ କହିସାରି ସେ ଅନ୍ୟମନସ୍କ ହୋଇଗଲେ। ସେ ବିନୟ ଓ ସୁନିକୁ ଏବଂ ଦରଜା ପାଖରେ ଠିଆ ହୋଇଥିବା ଜିମ୍ ଓ ରୋଜିକୁ ଦେଖୁଥିଲେ ନା ସମସ୍ତ ମଣିଷଙ୍କୁ ନିରୀକ୍ଷଣ କରୁଥିଲେ, କେଜାଣି? ଡ୍ରଇଂରୁମ୍‌ର କାନ୍ଥ ବ୍ରହ୍ମାଣ୍ଡର ସୀମା ପାଖକୁ ଘୁଞ୍ଚିଯାଉଥିଲା ତାଙ୍କ ଦୃଷ୍ଟିରେ।

ସେ ନିଜେ ଶାରୀରିକ ନିର୍ଦ୍ଦିଷ୍ଟତା ହରାଉଥିଲେ। ସେ ଏଯାବତ୍ ଯେଉଁ ପରିଚୟ ନେଇ ଆତଯାତ ହେଉଥିଲେ, ତାହାକୁ ସେ ଅଭିଭୂତ କରୁଥିଲେ। ବ୍ୟାପ୍ତ ହୋଇଯାଉଥିଲେ ଏବଂ ନିଜ ପ୍ରତି ବିସ୍ମୃତ ହୋଇଯାଉଥିଲେ।

■

ଓଁକାର ଧ୍ୱନି

ଛ'ବର୍ଷର ବିବାହିତ ଜୀବନରେ କେବଳ ଥରେ ମାତ୍ର ଶଙ୍କର ଚେଇଁ ଉଠିଥିଲା। ସେଦିନ ଧାନ ତଳି ରୋଇବା ପାଇଁ ସେ ଶ୍ୟାମ ମଉସାଙ୍କ ବିଲକୁ ଯାଇଥିଲା। ମାତ୍ର କେଉଁ ଛଟକରେ ସେ ଖସି ଆସିଥିଲା ସେଠାରୁ। ସଞ୍ଜବେଳେ ସୁନ୍ଦରୀ ଘରକୁ ଫେରି ଦେଖେ ତ ମଶିଣା ଉପରେ ପଡ଼ିରହି ଶଙ୍କର ନିବିଷ୍ଟ ମନରେ ପିକା ଟାଣୁଚି ସମ୍ରାଟର ବେପରୁଆ ଢଙ୍ଗ ନେଇ।

ସୁନ୍ଦରୀ ହାଡ ଜଳିଯାଇଥିଲା ଏଇ ଦୃଶ୍ୟ ଦେଖି। ଶଙ୍କରକୁ ଗାଳି ଦେବାର ମାତ୍ରାଟା ବିପଦଜ୍ଜନକ ସ୍ତରରେ ପହଞ୍ଚି ଯାଇଥିଲା। କଡ଼ ଲେଉଟାଇ ଶଙ୍କର ପିକା ଲିଭାଇଲା। ଠିଆହେଲା ଓ ପିକାର ଅବଶିଷ୍ଟାଂଶ ଅଣ୍ଟାରେ ଖୋସିଲା। ପାଖରେ ପହଞ୍ଚି ସୁନ୍ଦରୀର ବେକ ଜାବୁଡ଼ି ଧରିଲା ବାଁ ହାତରେ। ନିର୍ଦ୍ଦେଶ ଦେଲା ସମସ୍ତ ଗମ୍ଭୀରତା ଓ ଦୃଢ଼ତାର ସହିତ – 'ଶାଳୀ, ବଜ୍ଜାତ ମାଇକିନା! ଚୁପ୍ ହେବୁ ନା ଦେଖିବୁ? ଦିନ ରାତି ଗୋଟେ କଟର କଟର ହେଉଚୁ କାହିଁକି?'

ଶଙ୍କରର ଏଇ ଅଭାବିତ ଆଚରଣ ଦେଖି ବେଶ୍ କିଛି ସମୟ ସକାଶେ ସୁନ୍ଦରୀ ସ୍ତମ୍ଭୀଭୂତ ହୋଇଯାଇଥିଲା। ସେ ବିଶ୍ୱାସ କରିବାକୁ ଆଦୌ ପ୍ରସ୍ତୁତ ନ ଥିଲା ଯେ ତା' ବେକକୁ ଏତେ ଜୋର୍‌ରେ ଧରିଥିବା ଲୋକଟି ତା'ର ଗେରସ୍ତ। ଶଙ୍କର ଭିତରେ ପ୍ରତିକ୍ରିୟାଶୀଳତା ଏବଂ ଶକ୍ତି ଥିବାର ପ୍ରମାଣ ସୁନ୍ଦରୀ ପାଇ ନ ଥିଲା ଆଗରୁ। ତେବେ ନିଜକୁ ପ୍ରସ୍ତୁତ କରିନେଲା ସେ ତତ୍‌କ୍ଷଣାତ୍। ଶଙ୍କରର ହାତ ଛିଞ୍ଚାଡ଼ି ଦେଇ କୋହମିଶା ସ୍ୱରରେ ଏକରକମ ଚିତ୍କାର କରି ଗାଁ କମ୍ପେଇଲା ସେ – 'ହକ କଥା କହିଲା ବେଳକୁ

ଦିହକୁ ତୋର ବାଧିଯାଉଚି, ନାଇଁ। ମାଇଚ୍ଚ କେଉଠିକାର ! କୋଉ ଅନ୍ଧ ହୋଇଚୁ ନା ଛୋଟା କେମ୍ପା ହୋଇଚୁ ଯେ ଘରଟା ଭିତରେ ସଦାବେଳେ ପଡି ରହିଥିବୁ? କୋଉଠୁ କ'ଣ ଆଣିବି ଯେ ତୋ ଗାଡ଼ ପୂରେଇବି? ଏଡ଼େ ବଡ଼ ଗଣ୍ଡିଧରି କୋଉ ମଣିଷଟା ତା' ମାଇପର ରୋଜଗାରକୁ ଚ୍ଚହିଁ ବସିଚି, ତୋ ଭଳିଆ? ଆଁ?'

ସୁନ୍ଦରୀ କିନ୍ତୁ ଆଉ ଅଧିକ କିଛି କହିପାରି ନ ଥିଲା ସେଦିନ। ଗୋଟାଏ ଶକ୍ତ ଚ୍ଚପୁଡାରେ ଭୂଇଁ ଉପରକୁ ଗଡ଼ିପଡ଼ିଥିଲା। ଆଠ ଦଶଟି ଗୋଇଠା ମାଡ଼ରେ ଗୋଟାଏ ବିଶାଳ ମଇଳାଗଦା ଭଳି ସେ ବାହାରି ଆସିଥିଲା ଘର ଭିତରୁ। ଗାଁର ବାତାବରଣ ଉଚ୍ଛନ୍ନ ହୋଇଥିଲା ସେଦିନ। ଗାଳିର ମହାକାବ୍ୟଟିଏ ଲେଖିଦେଲା ସୁନ୍ଦରୀ ପ୍ରତିବାଦପୂର୍ଣ୍ଣ ଅଶ୍ଳୀଳ ସ୍ୱରର କଲମରେ। ଅନର୍ଗଳ ଭାବରେ ଘଣ୍ଟାଏ, ଦୁଇଘଣ୍ଟା ଚିତ୍କାର କରିବା ପରେ କଣ୍ଠ ପଡିଯାଇଥିଲା ତା'ର। ସେ ଜଡ଼ସଡ଼ ହୋଇଯାଇଥିଲା। ଗାଁ କିନ୍ତୁ ସ୍ଥିର ଓ ନୀରବ ରହିଥିଲା ଆଗଭଳି। କୌଣସି ଲୋକ ତା' ଅସହାୟ ଆପତ୍ତିର ହେତୁ କ'ଣ ପଚ୍ଚରି ନ ଥିଲେ। କେବେ ବି ପଚ୍ଚରନ୍ତି ନାଇଁ, ପଚ୍ଚରିବା ଦରକାର ମନେକରନ୍ତି ନାଇଁ।

ସୁନ୍ଦରୀ ଅବଶ ହୋଇଯାଇଥିଲା। ଘର ଭିତରକୁ ଆସି ଦେଖେ ତ ଶଙ୍କର ଗଡ଼ପଡ଼ ହେଉଛି ନିର୍ଦ୍ଦିଷ୍ଟ ମଶିଣା ଉପରେ। କ'ଣ ଥିଲା ଯେ ଚିରାଚରିତ ଦୃଶ୍ୟ ଭିତରେ କେଜାଣି ସେ ଆହୁରି ଭାଙ୍ଗିପଡ଼ିଲା। ଶଙ୍କରର ଆଳସ୍ୟ ତାକୁ ବାରମ୍ୱାର କ୍ଷୁବ୍ଧ କରୁଥିଲା ସିନା; ଯନ୍ତ୍ରଣାଦଗ୍ଧ କରୁ ନ ଥିଲା। ତା' ଉପରେ ଏତେ ଅବିଚ୍ଚର କରିବା ପରେ ଲୋକଟା ନିର୍ବିକାର ଓ ଆବେଗଶୂନ୍ୟ ହୋଇ କିଛି ଘଟି ନ ଥିଲା ଭଳି ମଶିଣା ଉପରେ ପଡ଼ିରହିବା କଥାଟା ସୁନ୍ଦରୀର ଅନ୍ତରାତ୍ମାକୁ ମନ୍ଥି ପକାଇଥିଲା।

ଆଉ ଲୁଗାଟିକୁ ଭଙ୍ଗାଭଙ୍ଗି କଲାବେଳେ ଜଣେ ସର୍ବହରାର ନିଃସ୍ୱ ସ୍ୱରରେ ସେ କୈଫିୟତ ଦେଲା - "ଯାଉଚି। ଆଉ ଆସିବି ନାଇଁ ଏଠାକୁ। ଦେହରେ ଜୀବ ଥିଲା ଯାଏ ଯେଉଁଠି ହେଲେ ଖଟିବି, ଖାଇବି। ଶୋଇଥା। ଆଉ କେହି କଟର କଟର ହେବାକୁ ନ ଥିବେ ଏ ଘରେ।"

ପଦାକୁ ବାହାରି ଆସିଲା ସିନା; କିନ୍ତୁ ଅନୁଭବ କଲା ଯେ ଗୋଟାଏ ପରାଜିତ କରୁଣତାର ଉଚ୍ଛ୍ୱାସ ସଂପ୍ରସାରିତ ହେଉଚି ତା' ଭିତରେ। ନିଷ୍ଠୁରତା ଆଉ ବାଧୁ ନ ଥିଲା ତାକୁ; ଶଙ୍କରର ତା' ପ୍ରତି ଚରମ ଅବହେଳା ଓ ଆସକ୍ତିହୀନତା ଦେଖି ସେ ବୋଧକଲା ଯେ ଏଠାରେ ବାସ୍ତବିକ ତା'ର ସ୍ଥିର ଏବା ପରିଶ୍ରମ ସଂପୂର୍ଣ୍ଣଭାବେ ଅପ୍ରାସଙ୍ଗିକ ଓ ଯଥାର୍ଥତାହୀନ।

ଥରେ ନୁହେଁ, ବାରମ୍ୱାର ସେ ଚ୍ଚହୁଁଥିଲା ପଛକୁ କାଳେ ଶଙ୍କର ତାକୁ ଅନୁସରଣ

କରୁଥିବ ବୋଲି ଆଶା କରି। କିନ୍ତୁ ଶଙ୍କର କାହିଁ? ନିର୍ବାକ ଖୋଲା ଦରଜାଟା ଗୋଟାଏ ଚଉରିକୋଣିଆ ଘନୀଭୂତ ଅନ୍ଧାରରର ପର୍ଦ୍ଦା ଭଳି ଠିଆ ହୋଇଚି। ଖାଲି ପଦେ କଥା - ଘରକୁ ଆ, ଏତିକି କଥାରେ ରାଗ କରି ପଳାଉଚୁ କୁଆଡ଼େ? ସମସ୍ତ ଅଭିଯୋଗ ଓ କ୍ରୋଧକୁ ତରଳାଇ ଆବେଗର ସୁଅଟିଏ ସୃଷ୍ଟିକରି ପାରିଥାନ୍ତା। ସୁନ୍ଦରୀ ଜାଣିପାରୁ ନ ଥିଲା ଏଇ ପଦକୁ କଥାଠାରୁ ସଂସାରରେ ଆହୁରି ମଧୁର ପ୍ରବର୍ତ୍ତନା ଥାଇପାରେ ବୋଲି; ଅଥଚ ଦେଖ, କେଉଁଥିରେ ସେ ଛାତି ଗଢ଼ାଯାଇଚି କେଜାଣି, ଏତିକି କଥା କହିବା ପାଇଁ ମଧ୍ୟ ଶଙ୍କରର କୌଣସି ତତ୍ପରତା ନାଇଁ। ଅପମାନିତ କୋହ ଝରି ଆସୁଥିଲା ଆଖିରୁ ଲୁହ ହୋଇ। ସୁନ୍ଦରୀ ମନକୁ ମନ କହିଲା - "ମରିଯା'ନ୍ତି ଭଲା। ବିଧାତା କାହିଁକି ବଞ୍ଚେଇ ରଖିଚି ମୋତେ? କେତେ ଆଉ ହନ୍ତସନ୍ତ ହେବି? କୋଉ ନଈ ପୋଖରୀରେ ଏତେ ପାଣି ଅଛି ଯେ ଡେଇଁ ପଡିବି ତା' ଭିତରକୁ?"

ସକାଳେ ଘର ଭିତରୁ ବାହାରକୁ ଆସିବା ବେଳେ ଶଙ୍କର ଦେଖିଲା, ସୁନ୍ଦରୀ ବାହାର ଓଳଉଚି। ସେ ଇତସ୍ତତଃ ହେଲା କିଛି କଇଟି ସମୟ ପାଇଁ। ତାକୁ ଦେଖି ସୁନ୍ଦରୀର ମୁହଁ ଧସକି ପଡ଼ିଲା। ଏକ ଅନୁଚ୍ଚାରିତ କୋହରେ କଂପି ଉଠିଲା ସେ। ମୁହଁ ବୁଲାଇ ପଣତ କାନିରେ ପୋଛିଲା ଲୁହ। ଶଙ୍କର ଚିନ୍ତା କରିପାରିଲା ନାଇଁ କିଭଳି ସେ ମୁକାବିଲ କରିବ ଏଇ ପରିସ୍ଥିତିରେ। ସେ ଛେପ ଢୋକିଲା ଥରେ, ଦି'ଥର। ଘର ଭିତରେ ଅସ୍ଥିର ହୋଇ ବାହାରି ଆସିଲା ପଦାକୁ। କହିଲା - "ଟୋପାଏ ବି ପାଣି ନାଇଁ। ଗଲୁ, ମାଠିଏ ପାଣି ଆଣିବୁ।"

ସୁନ୍ଦରୀ ବାହାର ଓଳାଇବା କାମ ସ୍ଥଗିତ ରଖିଲା। ଘରୁ ବାହାରିଗଲା ମାଠିଆ ନେଇ।

ଏଇ ଗୋଟିଏ ବିସ୍ଫୋରଣ ପରେ ଶଙ୍କରର ସକ୍ରିୟ ପ୍ରତିକ୍ରିୟାଶୀଳତା ଶେଷ ହୋଇଯାଇଥିଲା। ଏକ ନିଃଶେଷିତ, ବାରୁଦବିହୀନ ବାଣର ଖୋଳପା ଭଳି ସେ ପଡ଼ି ରହିଲା ଘରେ ଏବଂ ଆଗ ଭଳି ଲକ୍ଷ୍ୟହୀନ ସମୟ କଟାଇଲା। ସୁନ୍ଦରୀର ଯଥାର୍ଥ ଅଭିଯୋଗ ସେ ହଜମ କରି ନେଉଥିଲା ସଂପୂର୍ଣ୍ଣ ନିରୁତ୍ତର ରହି।

ସେତେବେଳେ ବର୍ତ୍ତମାନର ତିନି ବର୍ଷର ବାବୁ ସୁନ୍ଦରୀ ପେଟରେ ଥାଏ। ସଞ୍ଜବେଳେ ଘରକୁ ଫେରି ଶଙ୍କର ଚୁପ୍‌ଚାପ୍ ବସିଲା ଚୁଲି ପାଖରେ ଏବଂ କଂପିତ ହାତ ବଢ଼ାଇ ପିକାରେ ନିଆଁ ଧରାଇଲା।

ପର୍ଯ୍ୟାପ୍ତ ପରିମାଣରେ ଶାଳପତ୍ର ଓ ଗୋଛାଏ ଖଡ଼ିକା ଧରି ସୁନ୍ଦରୀ ଖଲି ତିଆରିବାରେ ବ୍ୟସ୍ତ ଥିଲା ଶ୍ୟାମ ମଉସାଙ୍କ ଘର ପାଇଁ, ରାତି ପାହିଲେ ଶ୍ରାଦ୍ଧ ବୋଲି। ବିରକ୍ତିକର ଦୃଶ୍ୟଟିକୁ ସୁନ୍ଦରୀ ଦେଖିନେଲା ଏବଂ ମୁହଁ ଛିଞ୍ଚାଡ଼ି ହାଙ୍କିଲା - "ଶୀତ

ମାଡ଼ିବସିଚି ବାବୁଙ୍କୁ ଏଇ ଶ୍ରାବଣ ମାସରେ। ତୋ ଭଳି ବେହିଆ ଆଉ କେହି ଦେଖି ନ ଥିବ ତା' ଜୀବନରେ। ତୋତେ କେହି କାମ ବତଉ ନାହାନ୍ତି ମ! ଚୁଲିରୁ ଭାତ ଓହ୍ଲେଇଲେ ଗିଳିବୁ ଆଉ ଶୋଇବୁ। ଏତେ ଛଟକ ଦେଖଉଚୁ କାହିଁକି? ବରାବର ସେଇ ହାଣ୍ଡିଟା ଆଡ଼େ ନିଘା ରଖୁଚୁ ଯେ ଭାତ ହେଲେ ତ ଯାଇ ଗାଳିବି?"

ଗାଁର ଅପ୍ରତିଦ୍ୱନ୍ଦ୍ୱୀ ଅପଦାର୍ଥ ବୋଲି ଖ୍ୟାତି ଅର୍ଜନ କରିଥିବା ଶଙ୍କର ଅନେଇଲା ବି ନାହିଁ ଯଥାର୍ଥ ଭାବରେ ଗର ଗର ହେଉଥିବା ମାଇପ ଆଡ଼େ। ଏକାଗ୍ରତାର ସହିତ ପିକା ଟାଣୁ ଟାଣୁ ସେ ଭୟାନକ ଭାବରେ କାଶି ଉଠିଲା। କାଶି କାଶି ବେଦମ୍ ହୋଇଗଲା ସେ ଏବଂ ପ୍ରାୟ ସଂଜ୍ଞାହୀନ ହୋଇପଡୁଥିଲା। ଅସହ୍ୟ ହୋଇପଡ଼ିଲା ପେଟ ଭିତରର ଯନ୍ତ୍ରଣା। ବାନ୍ତି କରିବା ସକାଶେ ସେ ଥରିଲା ଦେହ ନେଇ ବାହାରି ଆସିଲା ପଦାକୁ।

ଶଙ୍କରର ଏଇଟା ଗୋଟାଏ ଫିକର ହୋଇପାରେ। ମୋଟେ କାମ ନ କରିବାକୁ ସେ ଯେମିତି ପ୍ରତିଜ୍ଞାବଦ୍ଧ ଥିଲା। କାମରୁ କୌଣସିମତେ ଖସିଯିବା ପାଇଁ ଅନେକ କାଇଦା ଜଣାଥିଲା ତାକୁ। ପେଟ କାମୁଡୁଚି, ମୁଣ୍ଡ ବୁଲଉଚି ବୋଲି କହି ବେଳେବେଳେ ଅଭିନୀତ ଯନ୍ତ୍ରଣାରେ ସେ ଚଟାଣ ଉପରେ, ଏପରିକି ବାହାରେ ଗଡ଼ିବୁଲେ। ଉଃ, ଆଃ ଶବ୍ଦ ଅବାରିତ ଭାବରେ ବାହାରିଆସେ ତା' ପାଟିରୁ। ଖାଇ ପିଇ ଚୁପ୍ ଚାପ୍ ଶୋଇପଡ଼ିବା ହିଁ ଥିଲା ତା' ପାଇଁ ବଞ୍ଚି ରହିବାର ଏକମାତ୍ର ସୁଖ। ବିକ୍ଷିପ୍ତ ଚାଳରୁ ଗଳୁଥିବା ପାଣି ତା'ର ଆଳସ୍ୟକୁ ଦ୍ରବୀଭୂତ କରିପାରେନା; ଘରର ଶୂନ୍ୟତା ତାକୁ କର୍ମମୁଖର କରିପାରେନା।

ଏକ ସ୍ଥାୟୀ ଭୋକର ପ୍ରତିମୂର୍ତ୍ତି ହୋଇ ଘର ଭିତରେ ସେ ରହିଥାଏ। ଭାତ ହାଣ୍ଡି ଆଡ଼େ ଚାହିଁରହେ, ଘରଣୀର ବଳିଷ୍ଠ ଦେହକୁ ଲକ୍ଷ୍ୟ କରେ ଏବଂ ନିଜ ବିରୁଦ୍ଧରେ ତା'ର ଆପତ୍ତି ଅଭିଯୋଗ ଶୁଣେ ନୀରବ ସହନଶୀଳତାରେ। ପ୍ରତିକ୍ରିୟାହୀନ, ଅଚଞ୍ଚଳ ଏଇ ଅଥର୍ବ ମଣିଷ ପାଇଁ ଉପଯୁକ୍ତ ଗାଳି ନ ଥାଏ ସୁନ୍ଦରୀର। ଏକତରଫା ବଚସା କରି ସେ କ୍ଳାନ୍ତ ବିବ୍ରତ ହୋଇପଡ଼େ। ସଂଶୋଧନ ବହିର୍ଭୂତ ଏ ମଣିଷଟିକୁ ଆଉ କିଛି କହିବ ନାହିଁ ବୋଲି ମନ ଭିତରେ ଶପଥ ନିଏ ସେ। ମାତ୍ର ଶଙ୍କରର ଢଙ୍ଗ ତାକୁ ଉତ୍ତ୍ୟକ୍ତ କରେ ବାରମ୍ବାର। ତାକୁ ଶୋଧି ଶୋଧି ସେ କାନ୍ଦି ପକାଏ, ଅସହାୟ ବୋଧ କରେ।

ଅଥଚ ଏମିତି ଏକ ନିଷ୍କର୍ମା ପାଖରେ ସୁନ୍ଦରୀ ପଡ଼ିରହିଥିଲା। ଦିନରାତି ଦହଗଞ୍ଜ ହେଉଥିଲା ଏ ପୃଥିବୀରେ। ଦୁଇ ଦୁଇଟି ଭୋକର ଦାବି ପୂରଣ କରିବା ସକାଶେ କେଉଁଠାରୁ ସହଯୋଗ ନ ପାଇ ସେ କେବେ କିପରି ହାରିଯାଉଥିଲା ନିଜ ଭିତରେ।

ନିଜ ସ୍ଥିତି ଉପରେ ଜଣେ ନିଷ୍କର୍ମାର ସ୍ୱାମୀତ୍ୱର ମୋହର ବହନ କରିବା ସକାଶେ ସେ ଏତେ ତ୍ୟାଗ, ଏତେ ମୂଲ୍ୟ କେଉଁଠୁ ଯୋଗାଡ଼ କରିବ, ତାହା ଭାବିବା ମାତ୍ରେ ଏକ ଅବଶ ନିର୍ଯାତନାରେ ବାହୁନି ଉଠୁଥିଲା। ସମୁଦାୟ ପୃଥିବୀ ତା' ଦୃଷ୍ଟିରେ ରୂପାନ୍ତରିତ ହୋଇଯାଇଥିଲା ଏକ ଚିରନ୍ତନ, ବିଶାଳ ଭୋକରେ। ତା' ଘରି ପାଖରେ ଏଇ ଭୋକ ଗୋଟାଏ ଦାବିପୂର୍ଣ୍ଣ, ଅସନ୍ତୁଷ୍ଟ ଆଁ ହୋଇ ରହିଥିଲା ଏବଂ ଏହାର ସାମନା ସାମନି ସେ ହେଉଥିଲା ପ୍ରତି ମୁହୂର୍ତ୍ତରେ, ପ୍ରତି ସ୍ଥାନରେ। ବାର ଲୋକଙ୍କର ବାର ପାଇଟି କଲେ ମଧ୍ୟ, କାଦୁଅ ବିଲରେ ଅଣ୍ଟା ଭାଙ୍ଗି ଦିନ ତମାମ କାମ କଲେ ମଧ୍ୟ ସେ ଅନୁଭବ କରୁଥିଲା ଯେ ଅପରାଜେୟ ଭୋକକୁ ସନ୍ତୁଷ୍ଟ କରିବାପାଇଁ ତା'ର କର୍ମତତ୍ପର ମାଂସପେଶୀ ଅପାରଗ ଓ କ୍ଲାନ୍ତ ହୋଇପଡୁଚି।

ଏକ ଭୟଙ୍କର ଗାଁ ଗାଁ ଶବ୍ଦ ସୃଷ୍ଟି କରୁଥିଲା ଶଙ୍କର ଏବଂ ବାନ୍ତି କରୁଥିଲା। ଖଲି ତିଆରୁଥିବା ସୁନ୍ଦରୀର ହାତ ଅଚଞ୍ଚଳ ହୋଇଗଲା କିଛି ସମୟ ପାଇଁ। ଶଙ୍କର ସତକୁ ସତ ବାନ୍ତି କରୁଚି। ପରେ ପରେ ନିଜ କାମରେ ମନଯୋଗୀ ହେବା ବେଳେ ଆଉ କାହାକୁ ଶୁଣେଇବା ଭଳି କହିଲା - "ଆରେ, ଯା ଯା। ଆଉ କାହା ପାଖରେ ସେ ପେଖନା ଦେଖେଇବୁ। ବାନ୍ତି କରୁଚି, ବାନ୍ତି। ହଁ, ଏଇକ୍ଷଣି ଧାଇଁଯିବ ତା' ପିଠି ଆଉଁଶି ଦେବା ପାଇଁ! ମୋର ଗରଜ ପଡିଚି। କାମ କରି କରି ବାବୁ ଥକି ଯାଇଚନ୍ତି ଯେ ବାନ୍ତି କରି ପକଉଚନ୍ତି!"

ଢେର ସମୟ ପରେ ଶଙ୍କର ଠିଆହେଲା ଦରଜା ସାମନାରେ। କହିଲା - "ପାଣି ଟିକିଏ ଦେଲୁ। ଧୋଇ ଦେବି।"

ଶଙ୍କରର ମଳିନ କଣ୍ଠସ୍ୱର ଶୁଣି ସୁନ୍ଦରୀ ଚହିଁଲା ଶଙ୍କରକୁ। ଗୋଟାଏ ପ୍ରଚଣ୍ଡ ତଡିତ୍ ତା'ର ହାଡ-ମାଂସକୁ ଫେଣ୍ଟି ଦେଲା ସତେ ଯେପରି। ଗୋଟାଏ ଅବିଶ୍ୱାସ୍ୟ ଭୟଙ୍କର ଦୃଶ୍ୟ ଦେଖି ସେ ଠିଆ ହୋଇ ପଡ଼ିଲା ପାଟି ଆଁ କରି। ତା'ର ପକ୍ଷାଘାତ, ଶୁଖିଲା ଜିଭ ଓ ଅଙ୍ଗପ୍ରତ୍ୟଙ୍ଗ ଭାଷାହୀନ, ଗତିହୀନ ହୋଇପଡ଼ିଲା। ଅସ୍ତମିତ ଚୁଲି ନିଆଁର ନାଲି ଆଲୁଅ ଶଙ୍କରକୁ ଆହୁରି ଭୟାବହ କରି ଦେଇଥିଲା। ତା'ର ଓଠ ରକ୍ତାକ୍ତ ହୋଇଯାଇଥିଲା। ଛାତି ଓ ପିନ୍ଧା ଲୁଗାର ସାମନା ପାଖ ଭିଜିଯାଇଥିଲା ରକ୍ତରେ।

କ'ଣ ହେଲା ଲୋ, ବୋଲି ହାଉଳି ଖାଇଲା ସୁନ୍ଦରୀ। ଶଙ୍କର ଆଡ଼େ ଧାଇଁଗଲା ବେଳେ ଶଙ୍କର ଖସି ପଡିଥିଲା ଭୂଇଁ ଉପରକୁ ରକ୍ତ ଭିଜା ଦେହର ଓଜନ ସମ୍ଭାଳି ନ ପାରି। ସୁନ୍ଦରୀରକୁ ସ୍ତବ୍ଧ ଓ ଉପାୟହୀନ କରି ଶଙ୍କରର ଛଟପଟ ଦେହରୁ ରକ୍ତମଖା ହିକା ବାହାରି ଆସୁଥିଲା। ଗୋଟାଏ ଅଦୃଶ୍ୟ ଶକ୍ତି ଶଙ୍କରକୁ ଚିପୁଡ଼ି ଦେଉଥିଲା ଏବଂ ତା' ଦେହର ସମସ୍ତ ରକ୍ତକୁ ପାଟିବାଟେ ନିଷ୍କାସନ କରିଦେବା ପାଇଁ ପ୍ରତିଜ୍ଞାବଦ୍ଧ

ଥିଲା। କାହାର ସାହାଯ୍ୟ ନେଇ କିଛି ଗୋଟାଏ ବ୍ୟବସ୍ଥା କରିବା ଆଗରୁ ବେକ ମୋଡ଼ି ଶଙ୍କର ପଡ଼ିରହିଲା ଦରଜା ସାମନାରେ।

ଶ୍ୟାମ ମଉସାଙ୍କର ପ୍ରକାଣ୍ଡ ଗୁହାଳ। ଗୋଟାଏ ପାଖ ପିଣ୍ଡା ଚଉଡ଼ା କରାଯାଇଛି। କାନ୍ଥ ଠିଆ ହୋଇଚି ତା' କଡ଼ରେ। ଉପରେ ନଡ଼ା ଢଙ୍କା ଛପର। ଏଇ ସଂକୀର୍ଣ୍ଣ ବାସସ୍ଥାନ ବି ବେଳେବେଳେ ବିଶାଳ ହୋଇପଡ଼େ। କାନ୍ଥ ରୂପାନ୍ତରିତ ହୋଇଯାଏ ଦିଗ୍ ବଳୟରେ, ନଡ଼ାଢ଼ଙ୍କା ଛପର ଅନ୍ତହୀନ ଆକାଶରେ। ମଝିରେ ଠିଆ ହୋଇ ସୁନ୍ଦରୀ ଲଙ୍ଗଳା ହାତ ବଢ଼ାଏ ଘରିଆଡ଼କୁ। କାନ୍ଥ ଓ ଛପର କାହିଁ କେତେ ଦୂରରେ ରହିଯାଏ। ଗୋଟାଏ ଖାଁ ଖାଁ ନିର୍ଜନତା ଓ ଶୂନ୍ୟତା ସବୁ ଯେମିତି ଠେଲି ନେଉଚି ସବୁ ଜିନିଷକୁ। କୌଣସି ଜିନିଷ ପାଖରେ ହାତ ପାଏ ନାହିଁ। ଘର ଲିପିବା ବେଳେ, ଚୁଲି ଜାଳିବା ବେଳେ, ତାଟି କିଳି ଏକୁଟିଆ ଶୋଇଥିବାବେଳେ ତା'ର ସମଗ୍ର ସତ୍ତା କଂପି ଉଠେ। ସଂଜ୍ଞାତୀତ ଶିହ୍ରଣ ପହଁରିଯାଏ ତା' ଦେହର ଏ ମୁଣ୍ଡରୁ ସେ ମୁଣ୍ଡକୁ।

ସୁଁ ସୁଁ ହୋଇ ଘଞ୍ଚା ସ୍ୱରରେ କାନ୍ଦିବା ବେଳେ କହେ – "ସବୁ ସହୁଥିଲି। ତୋ ମାଡ଼କୁ ଧୂଳି ଭଳି ଝାଡ଼ି ଦେଉଥିଲି ଦେହରୁ। ଗୋଟାଏ ନିପାରିଲା ଛୁଆ ଭଳି ଘରଟା ଭିତରେ ପଡି ରହୁଥିଲୁ। ଯାହା ଗୋଟେଇ ଆଣୁଥିଲି, ତୋତେ ସେଥିରୁ ଆଗ ଦେଉଥିଲି। ମୋ ପାଇଁ ହେଲା ନ ହେଲା କଥାଟା ଦେହକୁ ନେଉ ନ ଥିଲି। ସବୁବେଳେ ଗରଗର ହେଉଥିଲି କଳିହୁଡି ଜିଭକୁ ଅଟକେଇ ପାରୁ ନ ଥିଲି ବୋଲି। କହ, କେଉଁଦିନ ଅଭିଶାପ ଦେଇଚି ତୋର ଅମଙ୍ଗଳ ପାଞ୍ଚିଚି ? କ'ଣ ତୋର ଏମିତି ଦରକାର ପଡିଲା, ଏତେ କଷ୍ଟ ଲାଗିଲା ଯେ, ଏକୁଟିଆ କରି ପଳେଇଲୁ ? ପେଟରୁ ବାହାରିବା ଯାଏଁ ଅଟକି ରହିପାରିଲୁ ନାହିଁ ? ଥରେ ଦେଖି ଦେଇ ଯାଇଥିଲେ କ'ଣ ଅଶୁଦ୍ଧ ହୋଇଯାଇଥାନ୍ତା ?"

ଗୋଟିଏ ରିକ୍ତ, ସଂପର୍କହୀନ ଜୀବନକୁ କୌଣସିମତେ ଆଗକୁ ଠେଲି ନେବାରେ କୌଣସି ଉତ୍ସାହ କିମ୍ବା ପ୍ରଗଲ୍‌ଭତା ଖୋଜି ପାଏ ନାହିଁ ସୁନ୍ଦରୀ। ସେ ଜମା ଅନୁମାନ କରି ନ ଥିଲା ଯେ ସବୁବେଳେ ବିଛଣାରେ ପଡିରହିବାକୁ ଭଲ ପାଉଥିବା ଶଙ୍କର ସବୁଦିନ ସକାଶେ ଶୋଇପଡ଼ିବା ପରେ ସେ ଏତେ ଅଭାବଗ୍ରସ୍ତ ହୋଇଯିବ, ଏତେ ନିଃସଙ୍ଗ ଅନୁଭବ କରିବ।

ଶଙ୍କର ମରିବାର ଦୁଇ ତିନି ମାସ ପରେ ବର୍ତ୍ତମାନ ତିନି ବର୍ଷର ବାବୁ ଜନ୍ମ ହେଲା। ସୁନ୍ଦରୀ ନିଜେ ବିଶ୍ୱାସ କରି ନ ଥିଲା ଛୁଆଟା ବଞ୍ଚିବ ବୋଲି। ଅପେକ୍ଷାକୃତ ବଡ଼ ମୁଣ୍ଡଟିଏ। ସବୁ ସରୁ ହାତଗୋଡ଼। ଛାତି ତଳର ଧକ ଧକ ଏଇ ଯେମିତି ଭାଙ୍ଗି ପକେଇବ ପଞ୍ଜରା ହାଡ଼ର ବାଡ଼କୁ। ପାଟି କରି କାନ୍ଦିବା ପାଇଁ ବି ଶକ୍ତି ନିଅଣ୍ଟ ପଡ଼େ

ତା'ଠାରେ। ତା'ର ଉନ୍ମୁକ୍ତ ପାଟି ଦିଶେ ଗୋଟାଏ ଭାଷାହୀନ ପ୍ରତିବାଦ ଭଳି। ଏତେ ବଳିଷ୍ଠ ମା' କୋଳ ଭିତରେ ସେ ସତେ ଯେମିତି ଅପ୍ରତିଭ ହୋଇପଡ଼େ ଏବଂ ନିଜ ନିର୍ମାତା ପାଖରେ ଆପତ୍ତି କରେ ତାକୁ ଏତେ କୃପଣ ହୋଇ ଗଢ଼ିଥିବା ଯୋଗୁଁ।

ସୁନ୍ଦରୀ ଅନେକ ଆଶ୍ୱାସନା ପାଇଥିଲା ଯେ ଛୁଆଟିର ପ୍ରାଥମିକ ସ୍ୱାସ୍ଥ୍ୟ ତା'ର ଚୂଡ଼ାନ୍ତ ସ୍ୱାସ୍ଥ୍ୟ ନ ହୋଇପାରେ। ଅବସ୍ଥା ବଦଳିଯିବ ଏବଂ ଦିନେ ନା ଦିନେ ତା'ର ବାପା କିମ୍ବା ମା' ଭଳି ଉନ୍ନତ ଶରୀରର ଅଧିକାରୀ ହେବ। ଛାତି ଭିତରେ ବାବୁକୁ ଗୁଂଜି ଧରି ସୁନ୍ଦରୀ ତା'ର ମୁଣ୍ଡ, ଦେହ ଆଉଁଶୁଥାଏ ଏବଂ ଅଥୟ ହୋଇ ଭାବେ, ଦିନ ଗଡ଼ିଯାଉଚି; ଅଥଚ ଛାତିର ସମସ୍ତ ସମ୍ପଦ ଉଦାର ଭାବେ ସମର୍ପି ଦେଲେ ବି ଅବସ୍ଥାର ଦ୍ରୁତ ପରିବର୍ତ୍ତନ ଘଟୁ ନାଇଁ। ବାବୁ ବଢୁଚି ଅନିଚ୍ଛୁକ ହୋଇ। ଟଳ ଟଳ ଚାଲୁଚି ଏବଂ ଜଣାଯାଉଚି, ତା'ର ହାଡ଼ମୟ ସ୍ୱାସ୍ଥ୍ୟ ଓ ମୁଣ୍ଡର ଓଜନ ଏଇ ଯେପରି ଭୂଇଁ ଉପରେ ବସେଇଦେବ ତାକୁ।

– "ମୁଁ କିଏ କହିଲୁ ? କ ମା'।" ଏଇ ଏକ ଅକ୍ଷରବିଶିଷ୍ଟ ସହଜ ସମ୍ବୋଧନଟିକୁ ଶିଖେଇବା ପାଇଁ ସୁନ୍ଦରୀ ଅନେକ ଦିନୁ ଚେଷ୍ଟା କରିଆସୁଚି। ମାତ୍ର ତା'ର ଉତ୍କଣ୍ଠା ବଢୁଥିଲା କ୍ରମଶଃ। ଗୋଟାଏ ଭୟ ଓ ଆଶଙ୍କାରେ ସେ ଆତଙ୍କିତ ହେଉଥିଲା।

ଗୁହାଳ ପିଣ୍ଡା ଉପରେ ତିଆରି ହୋଇଥିବା ଘରଟି ପ୍ରକମ୍ପିତ ହୁଏ – "କହ, କହ। ମା' ବୋଲି ଡାକ। ହଁ କହ। ଡାକ, ମା'।"

ବାବୁ ମୁହଁ ଗୁଞ୍ଜିଦିଏ ସୁନ୍ଦରୀ ଛାତି ଭିତରେ। ତା' ମୁହଁକୁ ଦୁଇ ପାପୁଲିରେ ଧରି ସୁନ୍ଦରୀ ଭିକାରୁଣୀ ଭଳି ମା' ଡାକ ମାଗେ। ଅଝଟ ଅସ୍ଥିର ହୋଇ କହେ – "ବାପଟା ପରା ! କହ। କହ ମା ! ଧନଟା ପରା, ମୁଁ କିଏ କହିଲୁ ଦେଖି ?"

ସୁନ୍ଦରୀ ଅପେକ୍ଷା କରେ କେତେବେଳେ ବାବୁର ବନ୍ଦ ଓଠ ଦୁଇଟି ଖୋଲିଯିବ। ଯେଉଁ ଓଠ ଆଜିଯାଏ ତା' ସ୍ତନ ଚିପୁଡ଼ି କ୍ଷୀର ଶୋଷି ଚାଲିଚି, ସେ କୃତଜ୍ଞ ଓଠ ମା' ବୋଲି ଗୋଟିଏ ଡାକରେ ଯୁଗ ଯୁଗର ସମସ୍ତ ଋଣ ପରିଶୋଧ କରିଦେବ। ସୁନ୍ଦରୀ ଅପେକ୍ଷା କରେ। ବାବୁର ଓଠ ଉନ୍ମୁକ୍ତ ହୁଏ ଏବଂ ନଇଁଯାଏ ସୁନ୍ଦରୀର ଛାତି ଆଡ଼େ। ସୂଚେଇ ଦିଏ ଯେ ମା' ବୋଲି ଡାକିବା ସକାଶେ ସେ ଏ ପର୍ଯ୍ୟନ୍ତ ଆବଶ୍ୟକ ପରିମାଣର ଶକ୍ତି ଆହରଣ କରି ପାରି ନାଇଁ ସୁନ୍ଦରୀ ଛାତିରୁ। – "ଧନଟା ପରା। ଥରେ ଡାକି ଦେ ମା' ବୋଲି। ବେଶି କହିବା ପାଇଁ ତୋତେ କେହି କହୁ ନାଇଁ। କହ, ମା। ହଁ, ପାଟି ଖୋଲ। ସବୁଠୁ ସହଜ ଡାକଟାଏ। ଡାକି ଦେ ଥରେ ମା' ବୋଲି।"

ସୁନ୍ଦରୀର କାନ, ଆଖି, ତା'ର ସମଗ୍ର ଶରୀର ଭିକାରୁଣୀର ଶୂନ୍ୟ ଥାଳି ଭଳି

ବାବୁର ମୁହଁ ପାଖରେ ପ୍ରସାରିତ ହୋଇ ରହେ। ସୁନ୍ଦରୀର ନିରବଚ୍ଛିନ୍ନ ପ୍ରରୋଚନା ଶୁଭୁଥାଏ "କହ, କହ। ଡାକି ଦେ, ମା' ବୋଲି। ସ୍ୱର୍ଗରୁ ଜହ୍ନଟା ଆଣି ଆସିବି ତୋ ପାଖକୁ। ତୋ' କପାଳରେ ଟିକା ପିନ୍ଧେଇ ଦେବ। ଘୋଡ଼ାଟେ କିଣି ଆଣିବି ଯେ ତା' ଉପରେ ଚଢ଼ିବୁ। ଆର ହାଟ ପାଳିରୁ ତୋ ପାଇଁ କିଣି ଆଣିବି ପେଣ୍ଟ ଜାମା। ପିନ୍ଧିବୁ। ସବୁ ଦେବି। ଥରେ ମା' ବୋଲି ଡାକ।"

ଏତେ ପ୍ରଲୋଭନ ଓ ପ୍ରରୋଚନା ଶୁଣା ଯାଇ ନ ଥିଲା ଆଗରୁ, ଗୋଟାଏ ବାଳୁତ, ଅଝଟ ଛୁଆର ଉନ୍ମୁକ୍ତ ପାଟିରେ ଚଉଦ ବ୍ରହ୍ମାଣ୍ଡର ନକସା ଦେଖିବା ସକାଶେ। ସବୁ ଦାୟିତ୍ୱ, କାମ ଧନ୍ଦା ଛାଡ଼ି ସୁନ୍ଦରୀ ଲାଗି ପଡ଼ିଥାଏ ବାବୁକୁ ମା' ଡାକ ଶିଖେଇବା ପାଇଁ; ସତେ ଯେପରି ଭେଦ ବ୍ରହ୍ମାଣ୍ଡର ରୂପ ଦେଖାଯାଇଚି ସିନା, ଏହାର ଭାଷା ଶୁଣାଯାଇ ନାଇଁ ଏ ଯାବତ। ଏ ଭାଷା କେବଳ ମା' ବୋଲି ଡାକରେ ପ୍ରକାଶିତ ହୋଇଯିବ। ସୃଷ୍ଟିର ଗତ, ବର୍ତ୍ତମାନ ଓ ଭବିଷ୍ୟତର ସମସ୍ତ କଥା ଏଇ ଗୋଟିକ ସମ୍ବୋଧନରେ ଶେଷ ହୋଇଯିବ। ସେଇ ସମ୍ବୋଧନଟି ଏ ଯାଏଁ ଅନୁଚ୍ଚାରିତ ହୋଇ ରହିବ ଏବଂ ସୁନ୍ଦରୀ ଅନବରତ ଚେଷ୍ଟା କରୁଚି ବାବୁ ମୁହଁରୁ ସେଇଟିକୁ ଶୁଣିବା ପାଇଁ।

ମାତ୍ର ଦେଖ ଭାଗ୍ୟର ବିଡ଼ମ୍ବନା। ବାବୁ ଠିଆ ହୁଏ ସ୍ତମ୍ଭୀଭୂତ ହୋଇ। ବିବ୍ରତ ଦେଖାଯାଏ। ତେଲ ବିହୀନ ଅବିନ୍ୟସ୍ତ ମଇଳା କେଶ, କର୍କଶ ଦେହ। ଲଙ୍ଗଳା। ଘଡ଼ ଘଡ଼ ନାକ। ସେ ଚାହେଁ ସାମନାରେ ବସିଥିବା ମା' ଆଡ଼େ। ତା'ର ଉତ୍କଣ୍ଠା ଭରପୂର ମୁହଁକୁ ଦେଖେ। କଠିନ ଦେହ, ଛିଣ୍ଡା ମଇଳା ଲୁଗା ଆଡ଼େ ଚାହେଁ। ତା' ଆଖି ସହିତ ଆଖି ମିଶିଲେ ଅପ୍ରତିଭ ହୁଏ। ଘରର କାନ୍ଥ, ଚଟାଣ, ଛପର ଆଡୁ ଦୃଷ୍ଟି ଫେରାଇ ପୁଣି ଚାହେଁ ମା' ମୁହଁକୁ। ପୁଣି ଶୁଣେ ସେଇ ପୁରୁଣା ପ୍ରରୋଚନା- "କହ, ମା' ବୋଲି କୁହ।"

ବାବୁ କ'ଣ ବୁଝେ କେଜାଣି ? ଗୋଟାଏ ଅସନ୍ତୁଷ୍ଟ, ଯଥାର୍ଥ ଦାବିପୂର୍ଣ୍ଣ ଆହ୍ୱାନକୁ ଶାନ୍ତ କରିବା ପାଇଁ ସେ ସତେ ଯେପରି ନିଜ ଭିତରେ କିଛି ଗୋଟାଏ ଖୋଜି ପକାଏ। ଖୋଜି ଖୋଜି ନୟାନ୍ତ ହୋଇଯାଏ। ଦେଖେ, ଉଦ୍‌ଗ୍ରୀବ ଭିକ୍ଷା ଥାଳିଟି ଆଗଭଳି ମା' ତା' ସାମନାରେ ଧରି ରଖିଚି। ପ୍ରତୀକ୍ଷାପୂର୍ଣ୍ଣ ଆଖିରେ ଚାହିଁ ରହିଚି ତାକୁ ଉଦ୍‌ବେଗ ଓ ବ୍ୟାକୁଳତାର ସହିତ। ବାବୁ ମୁହଁର ମାଂସପେଶୀ ସଙ୍କୁଚିତ ହୋଇଯାଏ। ଓଠ ବିସ୍ଫାରିତ ହୁଏ। ମା' ବୋଲି ଡାକ ବାହାରି ଆସେ ନାଇଁ ଭିକ୍ଷାପାତ୍ରକୁ ପରିପୂର୍ଣ୍ଣ କରିବାପାଇଁ। ଦୁଇ ଆଖିରୁ ଝରିଆସେ ଲୁହ ଏବଂ ଗୋଟିଏ ଅପରାଗତାର ପ୍ରତୀକ ଭଳି ସେ ମା' ଛାତିରେ ମୁହଁ ଗୁଞ୍ଜି ଧକେଇ ହୋଇ କାନ୍ଦେ। ସୁନ୍ଦରୀ ଜାବୁଡ଼ି ଧରେ ବାବୁକୁ। ତା'ର

ପିଠି ଥାପୁଡେଇଲା ବେଳେ ପ୍ରତିଶ୍ରୁତି ଶୁଣାଏ – "କିଏ ମାଇଲା ମୋ ଧନକୁ ? ନାଇଁ, ନାଇଁ ! କିଛି କହିବା ପାଇଁ ତୋତେ ଆଉ କେହି କହିବେ ନାଇଁ। ତୁନି ହ ! ସୁନାଟା ପରା, ଆଉ କାନ୍ଦନା।"

ବାବୁର କାନ୍ଦଣା ଆହୁରି ବିଷାଦ ଜର୍ଜରିତ ହୋଇଯାଏ। ମା' ଛାତିରେ ମୁହଁ ଗୁଞ୍ଜିବା ସତ୍ତ୍ୱେ ସେ ସହଜରେ ଚୁପ୍ ହୁଏ ନାଇଁ। ତା'ର କ୍ରମାଗତ କୋହ ପରାଜୟର ଗୋଟିଏ କରୁଣ ଭାଷା ହୋଇପଡ଼େ। ଏଇ କୋହ ଜରିଆରେ ମଧ୍ୟ ସେ ପ୍ରକାଶ କରେ ନିଜର ଅଭିଯୋଗ ଅସହାୟ ଭାବରେ। ତା'ର ଏମିତି କେଉଁ ଅପରାଧ ଥିଲା ସେ ମା' ବୋଲି ଡାକି ଭିକାରୁଣୀ ସାଜିଥିବା ଏଇ ମଣିଷର ଥାଳ ସେ ପୂର୍ଣ୍ଣ କରିପାରୁ ନାଇଁ ? ତା'ର କାକୁସ୍ଥ, ଆତୁର ମୁହଁ ଦେଖି ସେ କେବଳ ଛଟପଟ ହେଉଚି। କିଛି ନ ଦେଇ ପାରୁଥିବାର ରିକ୍ତତା ଯୋଗୁ କାନ୍ଦୁଚି ଉପାୟହୀନ ହୋଇ।

ସୁନ୍ଦରୀ ତଳୁ ଉଠାଇ ନିଏ ବାବୁକୁ। ତା' କାନ୍ଧ ଉପରେ ମୁହଁ ଥୋଇଥିବା ବାବୁର ପିଠି ଉପରେ ସେ ହାତ ବୁଲଉଥାଏ ଆଉଗଳି। ଅନ୍ୟମନସ୍କ ହୋଇ ସେ ଇତସ୍ତତଃ ହୁଏ ଘର ଭିତରେ, ବାହାରେ। ପଣତକାନିରେ ଝରିଆସୁଥିବା ଲୁହ ପୋଛି ସେ ତଳ ଓଠ କାମୁଡ଼େ। ଦେହ ଭିତରୁ ବାହାରିଆସୁଥିବା ଗୋଟାଏ ପ୍ରଚଣ୍ଡ କୋହ ସାମନାରେ ଓଠ ଓ ଦାନ୍ତରେ ବନ୍ଧଟିଏ ତିଆରି କରେ।

ବାବୁ ତିନି ବର୍ଷର ହେଲା ବେଳକୁ ସୁନ୍ଦରୀ ଭାବି ନେଇଥିଲା ଯେ ଜନ୍ମ କରିଥିବା ଦୁର୍ବଳ ପିଲାଟି ମୂକ ମଣିଷଟିଏ ହେବ। ଦୁର୍ବଳ ଦେହ ଓ ଭାଷାହୀନ ପାଟି ନେଇ ସେ ଚଳପ୍ରଚଳ କରିବ ଏ ସଂସାରରେ। ସବୁ ଦେଖିବ, ସବୁ ଶୁଣିବ; ହେଲେ ଜୋର୍ କରି କିଛି କରିପାରିବ ନାଇଁ ନିଜ ସକାଶେ। କିଛି କହିପାରିବ ନାଇଁ ନିଜକୁ ଅନ୍ୟମାନଙ୍କ ଆଗରେ ବୁଝେଇ ଦେବା ପାଇଁ। ମୁକାବିଲା କରି ବଞ୍ଚିରହିବାକୁ ବାବୁ ଜନ୍ମ ହୋଇ ନାଇଁ।

ଏତେ ବଡ଼ ଅଭାବ ନେଇ ଜନ୍ମିଥିବା ଏ ଛୁଆର ଆଗାମୀ ଦିନ କଥା ଭାବିବା ମାତ୍ରେ ଗୋଟାଏ ବିଶାଳ ଯନ୍ତ୍ରଣାରେ ସୁନ୍ଦରୀ ହନ୍ତସନ୍ତ ହୋଇଯାଏ। ଏମିତି ଦିନ ଥିଲା ଯେତେବେଳେ ସେ ଲଢୁଥିଲା ଭୋକ ବିରୁଦ୍ଧରେ। ଶଙ୍କରର ନିଷ୍କର୍ମା ଦେହ ଆଡ଼େ ଚାହିଁ ତାକୁ ଏକରତଫା ଗାଳି ଦେଉଥିଲା ସତ; କିନ୍ତୁ ସେ ମଣିଷଟା ଯେ କେବେ କାର୍ଯ୍ୟକ୍ଷମ ହେବ ନାଇଁ, ଏଇ ସତ୍ୟଟିକୁ ସେ ଗ୍ରହଣ କରି ନେଇଥିଲା। ମାତ୍ର ବାବୁ ମୂକ ହୋଇ ରହିବା କଥାଟିକୁ ଗ୍ରହଣ କରନେବା ସକାଶେ ଚିନ୍ତା କଲାବେଳେ ସୁନ୍ଦରୀ ଏକ ନାହିଁ ନ ଥିବା ହାହାକାରରେ ଶିହରିଉଠେ। ଅତୀତରେ ସେ ଦୁଇଟି ପେଟର ଦାବି ପୂରଣ କରିପାରୁଥିଲା। ମାତ୍ର ବର୍ତ୍ତମାନ ସେ ଏକତରଫା ସେ ଦୁଇଟି

ପେଟର ଦାବି ପୂରଣ କରିପାରୁ ନ ଥିଲା। ମାତ୍ର ବର୍ତ୍ତମାନ ସେ ଏକତରଫା ନିର୍ଦ୍ଦେଶ ଦେଉଚି - ମା' ବୋଲି ଡାକ। ଏଇ ସହଜ ସମ୍ବୋଧନ ସକାଶେ ବାବୁର ଅକ୍ଷମତା ନିଃସ୍ୱ କରି ଦେଉଚି ସୁନ୍ଦରୀକୁ। ସେ ହାରିଯାଉଚି ନିଜ ଭିତରେ। ତଥାପି ସେ ଆଶାୟୀ ହୁଏ ଯେ, ଥରକ ପାଇଁ ହେଉ ପଛେ ଶଙ୍କର ଯେମିତି ଜାଗ୍ରତ ହୋଇପଡ଼ିଥିଲା, ଅନ୍ତତଃ ଥରକ ପାଇଁ ବାବୁ ପ୍ରଗଲ୍‌ଭ ହୋଇପଡ଼ନ୍ତା କି !

ସୁନ୍ଦରୀ କ'ଣ ଭାବେ କେଜାଣି ବାବୁ ପାଖରେ ବସେ। ତା' ଶୋଇଲା ମୁହଁ ଉପରେ ଦୁଇ ପାପୁଲି ବୁଲାଇଆଣେ। ତା'ର ଦୁଇ ଓଠ ଖୋଲେ। ଜିଭ ଦେଖେ। ସେ ଆଦୌ ଜାଣିପାରେ ନାଇଁ ସ୍ୱାଭାବିକ ଜଣାପଡୁଥିବା ଅଙ୍ଗପ୍ରତ୍ୟଙ୍ଗ ଭିତରେ କେଉଁଠି ଥାଏ ଅଦୃଶ୍ୟ ତ୍ରୁଟି, ଯାହା ମା' ଭଳି ଆବେଗପୂର୍ଣ୍ଣ ସମ୍ବୋଧନ ଆଗରେ ଦୁର୍ନିବାର ବାଡ଼ ହୋଇ ଠିଆ ହୋଇପଡ଼େ।

ରାସ୍ତା ଉପରେ ସାଇକେଲ ଚଳଉଥିବା ଲୋକ, ବଉଳଗଛ ମୂଳ ଚଉତରାରେ ବସିଥିବା ତାସ୍ ଖେଳାଳିମାନେ, କାନ୍ଧରେ ବ୍ୟାଗ୍ ଝୁଲାଇ ସ୍କୁଲକୁ ଯାଉଥିବା ପିଲାମାନେ, ଗାଈ ଚରେଇବା ପାଇଁ ଯାଉଥିବା ଗାଈଆଳ, ସଳିତା ତିଆରୁ ଥିବା ଗୃହିଣୀ- ସମସ୍ତେ ଶୁଣନ୍ତି। ଗୋଟାଏ ନାରୀର ସ୍ଲୋଗାନ ବାରମ୍ବାର ଗୁଞ୍ଜରିତ ହୁଏ ଗାଁର ବାୟୁମଣ୍ଡଳରେ। ତାହା ସୂଚେଇ ଦିଏ, ବଞ୍ଚିରହିବା ଓ ସକ୍ଷମ ମୁତାବକ କାମ କରିବା ପାଇଁ ଗୋଟାଏ ସର୍ବନିମ୍ନ, ନ୍ୟାୟସଙ୍ଗତ ମୂଲ୍ୟ ଆଶା କରିବା ଏକାନ୍ତ ସ୍ୱାଭାବିକ। ଏ ମୂଲ୍ୟ ଅସୁଲ କରିବା ପାଇଁ ଘଣ୍ଟା ଘଣ୍ଟା, ଦିନ ଦିନ, ଏପରିକି ବର୍ଷ ବର୍ଷ ଧରି ଦାବିଟିକ କ୍ଳାନ୍ତିହୀନ ଭାବରେ ଉପସ୍ଥାପିତ କରାଯାଏ। ଏ ମୂଲ୍ୟ ନ ମିଳିବା ଯାଏ ବଞ୍ଚିରହିବା ଓ କାର୍ଯ୍ୟକ୍ଷମ ହେବାରେ କୌଣସି ତାତ୍ପର୍ଯ୍ୟ ନ ଥାଏ।

ଏତେ ଦିନ ଯାଏ ଛାତିର କ୍ଷୀର ଦେଇ ବଢ଼େଇ ଆଣିଥିବା, ଖରା-ବର୍ଷାଶୀତରୁ ଉଦ୍ଧାର କରିବା ପାଇଁ ସବୁ ପ୍ରକାର ତ୍ୟାଗ ସ୍ୱୀକର କରୁଥିବା ସୁନ୍ଦରୀ ଏକମାତ୍ର ଦାବି ଜଣାଏ ବାବୁକୁ ସାମନାରେ ଠିଆ କରାଇ - "ଡାକ। ଥରେ ମା' ବୋଲି ଡାକ।" ବାବୁର ଶବ୍ଦହୀନ ପାଟି ଖୁଜୁ ବୁଜୁ ହୁଏ, ଅକ୍ଷମତାର କାନ୍ଥ ଟପିବା ପାଇଁ ତା'ର ସଂଘର୍ଷ ପ୍ରକାଶିତ ହୁଏ ତା' ମୁହଁ ଉପରେ। ସୁନ୍ଦରୀର କାନ ଉତ୍କଣ୍ଠିତ ହୁଏ। ଅକ୍ଷମତା ଓ ଉତ୍କଣ୍ଠା ନିଜ ନିଜ ପରିସୀମା ମଧ୍ୟରେ ଛଟପଟ ହେବାରେ ଲାଗିଥାନ୍ତି ମାସ ମାସ, ବର୍ଷ ବର୍ଷ।

- "ମୁଁ କିଏ ? ଅନ୍ୟଠାରୁ ନିଜର ପରିଚୟ ଶୁଣିବା ପାଇଁ ସୁନ୍ଦରୀ ପଚାରେ ଏଇ ପ୍ରଶ୍ନଟିକୁ। ତା'କୁ ଜଣାପଡ଼େ, ତା'ର ପରିଚିତ ପୃଥିବୀ ବିସ୍ମିତ ହୋଇ ଚାହେଁ ତା' ଆଡ଼େ ଏବଂ ଉତ୍ତର ଦିଏ - "ତୁ ? ତୁ ସୁନ୍ଦରୀ ପରା !"

ସୁନ୍ଦରୀ ବୋଲି ଏ ଯାବତ ପରିଚୟ ବହନ କରିଥିବା ମଣିଷର ଦୀର୍ଘଶ୍ୱାସପୂର୍ଣ୍ଣ ଦୃଷ୍ଟି ଫେରିଆସେ ସାମନାରେ ବାଲିଘର ତିଆରୁଥିବା ବାବୁ ଆଡ଼େ। ତୁ ସୁନ୍ଦରୀ ବୋଲି ପଚାରିଆଡୁ ଜବାବ ମିଳିବା ଆଗରୁ କେବେ ଏଇ ପିଲାଟି ବାଲିଘର ତିଆରିବା ସ୍ଥଗିତ ରଖି ତୁ ମା' ବୋଲି ତାକୁ ସମସ୍ତଙ୍କ ପାଖରେ ଚିହ୍ନେଇ ଦେଇପାରିବ ?

ଛ'ମାସ ତଳେ ଡିଡିଟି ସ୍ପ୍ରେ କରିବାପାଇଁ ଆସିଥିବା ଖାକି ହାଫ୍‌ପେଣ୍ଟ ପରିହିତ ଓ ଡି: ଡି: ଟି: ଗନ୍ଧ ସମ୍ବଳିତ ଲୋକଟିକୁ ସନ୍ତର୍ପଣର ସହିତ ସୁନ୍ଦରୀ ପଚାରିଥିଲା - "ବାବୁ, ତୁମେ କ'ଣ ଡାକ୍ତର ?"

ବାଲ୍‌ଟିରେ ଦ୍ରବଣ ପ୍ରସ୍ତୁତ କରୁଥିବା ଲୋକଟି ଭାବିଲା, ଗାଉଁଲୀ, ମ୍ଲେଚ୍ଛ ମାଇକିନାଟା ତାକୁ ପରିହାସ କରୁଚି। ଆହତ ଓ କ୍ରୁଦ୍ଧ ସ୍ୱରରେ ପଚାରିଲା - "କ'ଣ କହିଲୁ ?"

ସୁନ୍ଦରୀ ଡରି ଯାଇଥିଲା; ତଥାପି ପଚାରିଥିଲା - "ନାଇଁ, କହୁଥିଲି କ'ଣ କି, ମୋର ତିନି ବର୍ଷର ପୁଅ କଥା କହିପାରୁନି। ଔଷଧ ଅଛି ତମ ପାଖରେ ଏଥିପାଇଁ ?"

ଲୋକଟା ନିଶ୍ଚିତ ହୋଇଯାଇଥିଲା ଯେ ଗୋଟାଏ ପାଗଳୀ ତା' କାମରେ ଅଯଥା ବ୍ୟାଘାତ ସୃଷ୍ଟି କରୁଚି।

ହଇଜା ଇଂଜେକ୍‌ସନ୍ ଦେବାକୁ ଆସିଥିବା ଲୋକଟି ଉଦ୍ଦେଶ୍ୟରେ ସୁନ୍ଦରୀର ପ୍ରଶ୍ନ - "ବାବୁ, ତୁମେ କ'ଣ ଡାକ୍ତର ?"

ସିରିଞ୍ଜଟିକୁ ହାତରେ ଧରି ସେ ଆଦେଶ ଦେଲେ - "ଦେଖା ହାତ।"

- "ନାଇଁ ବାବୁ, ମୋତେ ଦେଇ ସାରିଲଣି।"

- "ଉଁ।" କହିଲେ ସିରିଞ୍ଜଧାରୀ ଲୋକ ଜଣକ। ପଚାରିଲେ- "କାହିଁକି ଠିଆ ହୋଇଚୁ ତା' ହେଲେ ?"

- "ମୋର ତିନିବର୍ଷର ପୁଅ କଥା କହିପାରୁନି। ଔଷଧ ଅଛି ତମ ପାଖରେ ଏଥିପାଇଁ ?! ସୁନ୍ଦରୀ ପୁରୁଣା ପ୍ରଶ୍ନର ପୁନରାବୃତ୍ତି କଲା।

ଲୋକ ଜଣକ ବ୍ୟସ୍ତ ହୋଇ ପାଟିକଲେ - "ଆଉ କିଏ ଇଞ୍ଜେକସନ୍ ନେଇନ ?"

ବହୁ ଦୂର ସହରରେ ସେଇ ବର୍ଷ ମେଡିକାଲ କଲେଜରେ ଆଡମିଶନ ନେଇଥିବା ଗାଁର ରାଜୁବାବୁ ଉଦ୍ଦେଶ୍ୟରେ ସୁନ୍ଦରୀର ପ୍ରଶ୍ନ- "ରାଜୁବାବୁ ଦେଖିଲ ଟିକିଏ ମୋ ପୁଅକୁ! କ'ଣ ତା'ର ହେଇଚି ? ଜମା କଥା କହିପାରୁନି।"

ଆଗରୁ ଅନେକ ବାର ଶୁଣିଥିବା ପରାମର୍ଶ ଦିଆଯାଇଥିଲା ତାକୁ। ସୁନ୍ଦରୀ ଦଶ କିଲୋମିଟର ଦୂର ଡାକ୍ତରଖାନା ଯାଇଥିଲା ବାବୁକୁ ସାଙ୍ଗରେ ନେଇ।

ସବୁଆଡୁ ନାଇଁ ନାଇଁ ବୋଲି ଶୁଣିବା ପରେ ସୁନ୍ଦରୀର ମନ ଆହୁରି ବିଚଳିତ ହୋଇଯାଇଥିଲା। ଆଶା ଓ ସମ୍ଭାବନାର ପତନ ପରେ ସେ ବ୍ୟାକୁଳ ହୋଇଯାଇଥିଲା। ମୋ ବାବୁକୁ ଭଲ କରି ଦେଇପାରିବ କି ବୋଲି ସମସ୍ତଙ୍କୁ ପଚାରିବା ଭିତରେ ସେ ଯେମିତି ପ୍ରତ୍ୟକ୍ଷ ଭାବରେ ଚାଲେଞ୍ଜ୍ କରିଥିଲା ମଣିଷର ଜ୍ଞାନ ଓ ବିଚକ୍ଷଣତାକୁ। ଆ, ଚାଲିଆ। ଏତେ ବୁଦ୍ଧି ଆଉ କୌଶଳରେ ତୁ ଯଦି ଗରୀୟାନ୍, ସଜାଡ଼ି ଦେ, କେଉଁଠି କେଜାଣି ଅଖଞ୍ଜ ହୋଇଯାଇଥିବା ବାବୁର ପାଟିକୁ ସଜାଡ଼ି ଦେ, ଯେମିତିକି ତା' ପାଟିର ଉତ୍ସରୁ ଝରିଆସିବ ଶେଷହୀନ କଥାର ସ୍ରୋତ ପ୍ରଗଲ୍‌ଭ ହୋଇ। ଏ ଭଳି ଦୁଃସାଧ୍ୟ ଚାଲେଞ୍ଜ୍ ଗ୍ରହଣ କରି ନ ଥିଲେ କେହି।

ଡାକ୍ତରଖାନାରୁ ଫେରିବାର ପାଞ୍ଚ-ଛ' ଦିନ ପର୍ଯ୍ୟନ୍ତ ଆଗରେ ବାବୁକୁ ଠିଆ କରାଇ ମା' ସମ୍ବୋଧନ ଶିଖାଇଲା ନାଇଁ ସୁନ୍ଦରୀ। ଶ୍ୟାମ ମଉସାଙ୍କ ଗୁହାଳ ପାଖ ଘରଟି ନୀରବ ହୋଇଗଲା। ନୀରବତା ଭିତରେ ଗୋଟାଏ ଅଭାବକୁ ଗ୍ରହଣ କରିନେବାର ସ୍ଥିତପ୍ରଜ୍ଞତା ଦେଖାଦେଲା। ତା'ପରେ ହଠାତ୍ ସୁନ୍ଦରୀ ସମ୍ମୋହିତ ହୋଇଗଲା। ଗୋଟାଏ ପ୍ରତିଜ୍ଞାବଦ୍ଧ ଶପଥ ମିଛ କରିଦେଲା ବାବୁ ସମ୍ପର୍କରେ ସମସ୍ତ ଭବିଷ୍ୟତ ବାଣୀକୁ।

ସେ ଅଣ୍ଟା ଭିଡ଼ି ଠିଆହେଲା ଏକ ଅସମ୍ଭବର ମୁକାବିଲା କରିବାପାଇଁ। ଥରେ ଜୀବନରେ ହାରିଥିଲା ସେ। ଦିନରାତି ଯେତେ ଗର ଗର ହେଉଥିଲେ ବି ଗୋଟାଏ ମଣିଷର ଅଳସୁଆପଣକୁ ତରଳାଇ ପାରି ନ ଥିଲା। ବର୍ତ୍ତମାନ ସେ ଧୈର୍ଯ୍ୟର ସହିତ ଶିଖଉଚି ମା' ବୋଲି ସମ୍ବୋଧନକୁ ଆଉ ଜଣେ ମଣିଷର ମୂକତା ଦୂରକରିବା ପାଇଁ। ସୁନ୍ଦରୀର ମୁହଁ ଉପରକୁ ଫେରିଆସିଲା ମୁକାବିଲା କରିବାର ଭଙ୍ଗୀ। ଅନ୍ୟ କାହାକୁ ଶୁଣେଇବା ଭଳି କହିଲା – "ଏତେ ଚଞ୍ଚଳ ହାରିବା ଲୋକ ମୁଁ ନୁହେଁ। ବୁଢ଼ୀ ହୋଇ ମରିବା ଯାଏ ତାକୁ ଶିଖେଇବି ଏଇ ପଦକ କଥା।"

ଏ ଧରଣୀ କଥାହୀନ ହୋଇଯାଉଥିଲା ସୁନ୍ଦରୀ ପାଇଁ। କଥାବାର୍ତ୍ତା କରିବାର ବେଦମନ୍ତ୍ର ଉଚ୍ଚାରିତ ନ ହୋଇ ପାରୁଥିବାରୁ ସବୁଆଡ଼େ ଯେମିତି ଘେରିରହିଥିଲା ଏକ ଉତ୍କଣ୍ଠିତ ଉଦ୍‌ବେଗ। ମାତ୍ର ମନ୍ତ୍ର ଉଚ୍ଚାରିତ ହେବ କିପରି ? ମା'ବୋଲି ଡାକର ଓଁକାର ଧ୍ୱନି ଏବେ ବି ଅକ୍ଷମତାର ଆସ୍ତରଣ ଭେଦ କରି ଶୁଭି ନାଇଁ କାହାରିକୁ।

ଡାକ୍ତରଖାନାରୁ ଫେରିବାରେ ପାଞ୍ଚ-ଛ' ଦିନ ପରେ ସୁନ୍ଦରୀ ବାବୁକୁ ଏମିତି ଦୃଷ୍ଟିରେ ଚାହିଁଲା, ଏତେ ଦିନ ପର୍ଯ୍ୟନ୍ତ ତିଆରିଥିବା ମହୁଫେଣାରେ ଟୋପାଏ ବି ମହୁ ନାଇଁ ବୋଲି କହିଦେଲେ ମହୁମାଛି ଏତେ ବିମର୍ଷ ଓ କାତର ଦେଖାଯାଆନ୍ତା ନାଇଁ। ସେ' ଦିନ ମା'କୁ ଚାହିଁଦେଇ ବାବୁ କାନ୍ଦିଉଠିଲା ଉଚ୍ଚ ସ୍ୱରରେ। ସେ ବୁଝିପାରିଲା ଯେ ପୁରୁଣା ଦାବି ଉପସ୍ଥାପିତ କରି ମଣିଷଟା ବସିଚି ତା' ଆଗରେ।

ସୁନ୍ଦରୀର ଧୈର୍ଯ୍ୟଚ୍ୟୁତ ଘଟିଲା ପ୍ରଥମ ଥର ପାଇଁ। ବିରକ୍ତ ହୋଇ ଧମକ ଦେଲା - "ଚୁପ୍ ହ!"

ବାବୁ ଏଭଳି ସ୍ୱର ଶୁଣି ନ ଥିଲା ଆଗରୁ। ସୁନ୍ଦରୀ ମୁହଁର କଠିନ ମାଂସପେଶୀ ଦେଖି ସେ କାନ୍ଦିଉଠିଲା ଆହୁରି ଜୋର୍‌ରେ। ବାବୁର ଦୁଇ କାନ୍ଧ ଦୃଢ଼ ଭାବରେ ଧରି ସୁନ୍ଦରୀ ହଲାଇଦେଲା ତାକୁ: ସତେ ଅବା ବାବୁ ସତ୍ତାର କେଉଁ ସନ୍ଧିରେ ଲୁଚିରହିଥିବା ମା' ଡାକଟା ଖସିପଡିବ ତା' କାନର ଭୂଇଁ ଉପରକୁ। ଚେତାବନୀ ଶୁଣେଇଲା ସେ - "ଚୁପ୍ ହେବୁ ନା ଦେଖିବୁ?"

ଚୁପ୍ ହେଲା ନାଇଁ ବାବୁ; ପରନ୍ତୁ ସୁନ୍ଦରୀର ନୂଆ ଆଚରଣ ଦେଖି ସେ ଶଙ୍କିତ ହୋଇପଡ଼ିଲା ଏବଂ ଗଳା ଫଟାଇ ଚିତ୍କାର କଲା। କିଛି ସମୟ ପାଇଁ ତା'ର ସର୍ବାଙ୍ଗ ନିରୀକ୍ଷଣ କଲା ପରେ ସୁନ୍ଦରୀ ମନ୍ତବ୍ୟ ବାଢ଼ିଲା "କାନ୍ଦିଲା ବେଳକୁ ବ୍ରହ୍ମାଣ୍ଡ କମ୍ପେଇ ଦେଇ ପାରୁଚୁ, ହେଲେ ସହଜ ଡାକଟା ତୋ ପାଟିରୁ ବାହାରି ପାରୁନି!" ତା' ମୁହଁ ତିକ୍ତତା ଓ କ୍ରୋଧରେ ଭୟଙ୍କର ଦିଶିଲା। ପାଖରେ ପଡ଼ିଥିବା ଖଣ୍ଡିଏ ଲମ୍ବା ଶାଳ ଦାନ୍ତକାଠି ହାତରେ ଧରିଲା ସୁନ୍ଦରୀ। ସେଇଟିକୁ ବାବୁ ଆଗରେ ହଲାଇ କହିଲା - "କହ, ମା'! କହିବୁ ନା ଦେଖିବୁ ଏଇଲାଗେ? ତୋ ପିଠିରୁ ଚମଡ଼ା ଉଠେଇ ଦେବି। ମୁଁ କିଏ ବୋଲି ଚିହ୍ନିବୁ ସେଇଠୁ।" ଏଥର ଅଧୈର୍ଯ୍ୟ ହୋଇ ଚିତ୍କାର କରିପକାଇଲା ସୁନ୍ଦରୀ- "ଡାକୁଚୁ ନା ବସିବ ତୋ ପିଠିରେ? ହାତ ପିଠିରେ ଆଖି ଘଷିଲେ କି ପାଟି କରି କାନ୍ଦିଲେ କେହି ତୋ ପିଠିରେ ପଡିବେ ନାଇଁ ଆଜି। ମା' ବୋଲି ନ ଡାକିବା ଯାଏଁ ତୋତେ ଜମା ଛାଡ଼ିବି ନାଇଁ।"

ସୁନ୍ଦରୀ ଅପେକ୍ଷା କଲା କେତୋଟି ମୁହୂର୍ତ୍ତ। ତା'ପରେ ସହସା ନରମ ହୋଇଗଲା। କ୍ଷିପ୍ର ଭାବରେ ହଲୁଥିବା ଦାନ୍ତକାଠି ଖଣ୍ଡିକ ପଡିରହିଲା ଭୂଇଁ ଉପରେ ଗୋଟିଏ ମଲା ସାପ ଭଳି। ସୁନ୍ଦରୀ ଠିଆହୋଇ ବାହାରି ଆସିଲା ପଦାକୁ। ଅଣଓସାରିଆ ପିଣ୍ଡାରେ କାନ୍ଥକୁ ଡେରି ହୋଇ ବସିଲା। ମନକୁ ମନ କହିଲା, "ତା'ର ଦୋଷ କ'ଣ? ପୋଡ଼ା କପାଳ ନେଇ ମୁଁ ଜନମ ହୋଇଚି। ଜୀବନଟା ସରିଯିବ; ହେଲେ କିଛି ମିଳିବ ନାଇଁ ମୋତେ। କେଉଁଦିନ ବି ଟିକିଏ ମନ ଖୋଲି ହସିପାରିବି ନାଇଁ ମୁଁ। କେତେ ଆଉ ଯୁଝିବି? ମନକୁ ପାଇଲା ଭଳି କିଛି ବି ଘଟିବ ନାଇଁ ଜୀବଦ୍ଦଶାରେ।" ତା ବାଷ୍ପରୁଦ୍ଧ କଣ୍ଠର ଦୁଃଖ ଝରିଆସିଲା ତା' ଗାଲରୁ ଦୁଇଟୋପା ଲୁହ ହୋଇ।

ପୁଣି କଟିଗଲା ଘଟଣାବିହୀନ କେତୋଟି ଦିନ। ଶଙ୍କରକୁ କେବେ ବି ଗାଳି ଦେବ ନାଇଁ ବୋଲି ନିଷ୍ପତ୍ତି ନେବା ଭଳି ସୁନ୍ଦରୀ ସିଦ୍ଧାନ୍ତ ଗ୍ରହଣ କରିଥିଲା ଯେ ବାବୁକୁ ଆଗରେ ଠିଆ କରାଇ ତାକୁ ଓ ନିଜକୁ କଲବଲ କରିବ ନାଇଁ ଆଉ କେବେ।

କିନ୍ତୁ ନା। ସେ ନିଜକୁ ସଂଯତ କରିପାରିଲା ନାହିଁ। ପୁଣି ସେଇ ପାଗଳାମୀ ଫେରିଆସିଲା ତା' ପାଖକୁ।

ସାମନାରେ ଠିଆ କରାଇବା ମାତ୍ରେ ଆଶଙ୍କା ପ୍ରପୀଡ଼ିତ ବାବୁ ଦୁର୍ବଳ ଗୋଡ ନେଇ ଧାଇଁ ପଳାଇଲା ସୁନ୍ଦରୀ ପାଖରୁ ପ୍ରତିବାଦର ଏକ ସଙ୍କେତ ହୋଇ। ପଛକୁ ଫେରି ସେ ଯେତେବେଳେ ଦେଖିଲା ଯେ ସୁନ୍ଦରୀ ଅସ୍ତବ୍ୟସ୍ତ ଲୁଗାପଟା ନେଇ ତାକୁ ଅନୁସରଣ କରୁଚି, ସେ ପ୍ରାଣବିକଳରେ ସମସ୍ତ ଶକ୍ତି ପ୍ରୟୋଗ କରି ଧାଇଁଲା। ଯଦି ସେ ଝୁଣ୍ଟି ପଡ଼ି ନ ଥାନ୍ତା, ତେବେ ଏଇ ଛକାପଂଝା ଚାଲିଥାନ୍ତା ଆଉ କିଛି ସମୟ ପାଇଁ। ତା'ର ଗୋଟିଏ ହାତ ଧରି ଏକରକମ ଘୋସାରି ଆଣିଲା ଘର ଭିତରକୁ ସୁନ୍ଦରୀ।

ସେଦିନ ପ୍ରଥମଥର ପାଇଁ ଗାଆଁର କେତେଜଣ ହସ୍ତକ୍ଷେପ କରିଥିଲେ ଏଇ ବ୍ୟାପାରରେ। ଗାଁର ବୃଦ୍ଧ ଜ୍ୟୋତିଷ ଜଣକ ରୋକ୍‌ଠୋକ ଶୁଣେଇଥିଲେ - "ତୁ ମା' ନା ରାକ୍ଷସୀ? ଛୁଆଟାକୁ ଦିନ ରାତି କଲବଲ କରି କେଉଁ ଆନନ୍ଦ ପାଉଚୁ ତୁ, ଆଁ? ସେ ବିଚରାର ଦୋଷ କ'ଣ? ବିଧାତା ତାକୁ ଯେମିତି ଗଢ଼ିଚି। ତୁ ଏତେ ସ୍ୱାର୍ଥପର କାହିଁକି? ମା' ବୋଲି ଡାକ ଶୁଣିବା ପାଇଁ ଏମିତି ମରିଯାଉଚୁ ତୁ କାହିଁକ? ଗୋଟାଏ ମା' ଜନ୍ମ ଦେଉଚି, କ୍ଷୀର ପିଏଇଛି ବୋଲି ତା' ଛୁଆ ପାଖରୁ ଜୋର ଦବରଦସ୍ତ କିଛି ଗୋଟାଏ ଆଣିବାକୁ ଚେଷ୍ଟା କରିବା କଥା ମୁଁ ଦେଖି ନ ଥିଲି ମୋ ଜୀବନକାଳ ଭିତରେ। ବିଧାତାର ଅଖଞ୍ଜା ଜିନିଷକୁ ସଜାଡ଼ିବା ପାଇଁ ଇଏ କି ପ୍ରକାରର ମୂର୍ଖାମୀ?

କୌଣସି କଥାକୁ କର୍ଣ୍ଣପାତ ନ କରି ସୁନ୍ଦରୀ ଟେକିଆଣିଲା ବାବୁକୁ। ପୁରୁଣା ନିର୍ଦ୍ଦେଶ ଦେଲା - "କଥା କହ। ମା' ବୋଲି ନ ଡାକିଲୁ ନାହିଁ। ଯାହା ହେଲେ ପଦେ କଥା କହ। କହ ଚଞ୍ଚଳ। କହୁଚୁନା, ଦେଖିବୁ?" ମୁହୂର୍ତ୍ତେ ବି ଅପେକ୍ଷା କଲା ନାହିଁ ସୁନ୍ଦରୀ। ପ୍ରଥମଥର ପାଇଁ ବାବୁର ଗାଲ ଉପରେ ସେ ଶକ୍ତ ଚାପୁଡ଼ାଟାଏ କସିଲା। ଟିକିଏ ବି ଫୁରୁସତ ନ ଦେଇ ଅନେକ ଚାପୁଡ଼ା ଅଜାଡ଼ି ଦେଲା ସେ ବାବୁର ଗାଲ ଆଉ ପିଠି ଉପରେ। ତା'ର କର୍କଶ କେଶ ଜାବୁଡ଼ି ଧରି ଦାନ୍ତ କଡ଼ମଡ଼ କଲା ସୁନ୍ଦରୀ। ଅଥଚ ଉଚ୍ଚ ସ୍ୱରର ଆର୍ତ୍ତନାଦ ବ୍ୟତୀତ ଆଉ ଅଧିକ କିଛି ଶୁଣିଲା ନାହିଁ ସେ।

ଏ ଘଟଣାର ନୀରବ ଦୁଇମାସ ପରେ ଦିନେ ଦିପହର ବେଳେ ବାବୁ ଏମିତି ଗୋଟାଏ ଶବ୍ଦ କଲା, ସତେ ଯେପରି ପାଟିରେ ମୁଠାଏ ଭାତ ପୂରେଇ ସେ ମା' ବୋଲି ଡାକୁଚି। ଧାନପାଛୁଡ଼ା କାମଟି ଅଟକିଗଲା ସେଇଠି। ଅବିଶ୍ୱାସ୍ୟ, ବିସ୍ମିତ ଆଖିରେ ସୁନ୍ଦରୀ ଚାହିଁଲା ବାବୁ ଆଡ଼େ। ପ୍ରଥମେ ସେ ଜାଣିପାରିଲା ନାହିଁ ଏଇ ଓଁକାର ଧ୍ୱନିର ସ୍ରଷ୍ଟା କିଏ। ପଚାରିଲା - "ମୋତେ ଡାକୁଚୁ?"

ବାବୁ ଅପ୍ରତିଭ ହେଲା, ସଙ୍କୁଚିତ ହେଲା। ପରେ ପରେ ଟିକିଏ ଡରିଗଲା ଭଳି ଜଣାପଡ଼ିଲା। ସୁନ୍ଦରୀ ଉଠିଆସିଲା ଧାନପୂର୍ଣ୍ଣ କୁଲାଟିକୁ ତଳେ ଥୋଇଦେଇ। ବାବୁ ସାମନାରେ ବସି ଆଶ୍ୱାସନା ମିଶା ସ୍ୱରରେ ଅଳି କଲା - "ଆଉ ଥରେ ସେମିତି କହ। ଧନଟା ପରା, ଆଉ ଥରେ। କହିଦେ ସେଇ କଥା ପଦକ।"

ବାବୁ ଚାହିଁଲା ପ୍ରାର୍ଥନାରତ ମା' ଆଡ଼େ। ତଥାସ୍ତୁ ବୋଲି କହିବା ପାଇଁ ସେ ଡରିଲା ନାଇଁ ଏଥର। ପାଟି ଖୋଲି ଅସ୍ପଷ୍ଟ ସ୍ୱରରେ ଡାକିଲା - "ମା!"

ଡାକଟା ମଳିନ ଥିଲା ସତ; କିନ୍ତୁ ତାହା ମା' ଡାକ ବୋଲି ସୁନ୍ଦରୀର ସନ୍ଦେହ ନ ଥିଲ ଆଉ। ତା'ର ସମଗ୍ର ଦେହ ବିହ୍ୱଳିତ ହୋଇଗଲା। ଗୋଟାଏ ଆବେଗରେ ସେ ଛାତି ଭିତରକୁ ଟାଣିଆଣିଲା ବାବୁକୁ ସମସ୍ତ ଈପ୍ସିତ ପ୍ରାପ୍ତିକୁ କୋଳାଗ୍ରତ କଲା ଭଳି। ହସୁ ହସୁ ସେ କାନ୍ଦିପକାଇଲା ଏବଂ ବାବୁର ମୁଣ୍ଡଠାରୁ ଗୋଡ଼ ପର୍ଯ୍ୟନ୍ତ ସମଗ୍ର ଦେହ ଉପରେ ଚୁମ୍ବନର ବନ୍ୟା ସୃଷ୍ଟି କଲା। କିଛିକ୍ଷଣ ପରେ କହିଲା - "ଆଉ ଥରେ ଡାକ। ଏ କାନ ଧନ୍ୟ ହୋଇଯାଉ।"

ଅକୁଣ୍ଠିତ ଭାବରେ ବାବୁ ଆଗଭଳି ଡାକିଲା - "ମା।" ତା'ପରେ ସୁନ୍ଦରୀର ଆଦେଶକୁ ଅପେକ୍ଷା ନ କରି ସେ ଥରେ ନୁହେଁ, ଅନେକ ଥର ମା' ଡାକି ଅଜାଡ଼ି ଦେଲା ତା'ର କୃତଜ୍ଞ ଭିକ୍ଷାପାତ୍ର ଭିତରକୁ।

■

www.ingramcontent.com/pod-product-compliance
Lightning Source LLC
Chambersburg PA
CBHW050250110726
47898CB00007B/2352
* 9 7 8 1 6 4 5 6 0 0 6 2 6 *